历史小说

君临天下

田芳芳 ◎ 著

康熙

（上册）

中国铁道出版社有限公司
CHINA RAILWAY PUBLISHING HOUSE CO., LTD.

U0741226

图书在版编目（CIP）数据

君临天下：康熙：上下册 / 田芳芳著 .— 北京：中国
铁道出版社有限公司，2024.8
ISBN 978-7-113-31266-4

Ⅰ.①君… Ⅱ.①田… Ⅲ.①康熙帝（1654-1722）—
传记 Ⅳ.① K827=49

中国国家版本馆 CIP 数据核字（2024）第 103073 号

书　　名：**君临天下：康熙**	
JUNLIN-TIANXIA : KANGXI	
作　　者：田芳芳	

责任编辑：荆　波　贾芝婷　　　　电　　话：（010）51873026
封面设计：尚明龙
责任校对：刘　畅
责任印制：赵星辰

出版发行：中国铁道出版社有限公司（100054，北京市西城区右安门西街 8 号）
网　　址：http://www.tdpress.com
印　　刷：三河市国英印务有限公司
版　　次：2024 年 8 月第 1 版　2024 年 8 月第 1 次印刷
开　　本：710 mm×1 000 mm 1/16　印张：35.5　字数：676 千
书　　号：ISBN 978-7-113-31266-4
定　　价：158.00 元（上下册）

目录

【第一回】

怜御医爱妃薨殁，殉私情圣主驾崩

1660年的某一天，北京，年轻的皇帝泪如雨下。

那天风和日丽，温暖的太阳，有些懒洋洋地照着北京城。京城的大街小巷中，车水马龙，热闹非常。

但是在紫禁城里。却几乎没有人走动，更听不到什么人的声音。不过，如果竖起耳朵在紫禁城里认真地走上一遭，特别是走到储秀宫的时候，你就会听到，有一个人正抽抽噎噎地诉说着什么。说话之人，便是那个泪如雨下的皇帝。这个皇帝叫爱新觉罗·福临，也就是大清王朝的顺治皇帝。

顺治皇帝伏在床沿抽泣，床上躺着一位女子，这女子十分年轻，也异常貌美。只是此刻，她脸色苍白，双目黯淡，纷乱的头发几乎摊满了一床。她，就是顺治皇帝平生最钟爱的妃子——董鄂妃。

她还没有死。在她干裂的双唇间，尚有微弱的气息出入。见顺治痛不欲生，她很想对他说些什么，但她的舌头已经僵硬，无法把她的心情表达出来。她也很想陪他流泪，可她的眼泪早已干涸。她只能那么一动不动地躺在床上，任双唇间的气息一点点地减弱，任柔软的躯体一点点地变硬。她知道，要不了多久，她就要与她心爱的皇上永别了。因为，她的视线越来越模糊，似乎她心爱的皇上正离她越来越远……她实在没有力气了，上下眼皮只能不由自主地一点点地向一起合拢。顺治看出了变故，连忙大叫一声："爱妃——"她好像听到了他的呼唤，双眼略略睁大了些许。他急忙又大叫了一声："爱妃——"

仿佛心有灵犀，她的双眼竟然完全睁开了，而且双眸明亮异常。叫顺治惊喜无比的是，从她早已干裂的双唇中，居然迸出了两个字来："陛下——"顺治就像三九天被人兜头浇了一盆冷水似的，"腾"地蹿了起来，一把将董鄂妃拥入怀中："爱妃，朕终于听到你的声音了……"

她的脸上慢慢地现出了一丝微笑。顺治觉得，她此时的微笑是他一生当中所见到的最美的风景。

她断断续续地道："陛下，这么多天来，为了臣妾，您吃尽了苦头——臣妾心中，委实不安……"

顺治眼眶内的泪水，此刻"吧嗒，吧嗒"地滴落在她苍白的脸上。也许，他的泪水太过炽热，她苍白如雪的两颊，渐渐地烧起了两抹红晕来。

"爱妃，只要你能平安无事，就是受再多的苦，朕也心甘情愿……"

顺治说着，猛一回头，冲着屋外高声叫道："都给朕滚进来！"

哆哆嗦嗦地，从屋外连滚带爬地走进来十几个御医。这十几个人刚一进屋，便"咕咚咚"齐刷刷地跪在了顺治的面前，且低头耸肩，不敢乱动一分。

顺治又大叫："都给朕抬起头来！"

十几个御医扭了半天脖子，才勉勉强强地抬起了头，一起战战兢兢地望着顺治。

顺治虽已停止流泪，但泪痕斑斑的脸庞，加上一双几欲喷火的怒目，样子实在骇人。而从他口中吐出来的言语，则更让人心颤："你们这些狗奴才，一个个都是酒囊饭袋，竟然敢说朕的爱妃已无药可治，你们都睁大狗眼好好地看看，朕的爱妃现在不是醒过来了吗？"

诚然，顺治怀中的董鄂妃已然醒来，且面色红润、双目溢彩，除瘦削不堪之外，似乎没有一点病状。

十几个御医你看看我，我看看你，面面相觑。顺治咆哮道："来人啊！把这些狗奴才统统拉出去斩了！"

"呼啦啦"从外面跑进来十几个宫廷侍卫，一人揪住一个御医，转瞬间便没了踪影。这时，顺治听得耳边有一个声音轻唤道："陛下——"

是董鄂妃的声音。顺治急忙转身，口中言道："爱妃，朕在这里……"

再看董鄂妃，脸上的红晕褪去了，眼中的光彩消失了，只有两片干巴巴的嘴唇在不停地嗫嚅着。

顺治慌了："爱妃，你怎么啦？"

董鄂妃吃力地言道："陛下，您不该杀他们，臣妾——真的不行了……"

顺治连连叫道："爱妃，你不能死，你不会死，你答应过朕，你要永远陪着朕……"

董鄂妃说出了她一生中的最后一句话："陛下，再见了——"

她说话的时候，似乎还想挤出一丝笑容，但没有时间了。她慢慢地合上了双眼，离开了世界。

董鄂妃走了。她走时，不仅带走了她自己的全部，同时也带走了顺治皇帝的灵魂。

一个人的躯体若失去了灵魂，便会变得空洞无物。空空如也的顺治，一点点地瘫在了地上。眼泪，就像决堤的江水，从他的眼眶中喷涌而出。泛滥的泪水，淹没了他的视线，也淹没了他所有的希望和信念。世上的一切，似乎都与他无关了。

不知何时，顺治的泪水终于流尽，也真的是流尽了。

他吁了一口气，踉踉跄跄地走出了储秀宫。

宫外，大大小小的太监、宫女不说，只朝中大臣就至少有数十位。但顺治就像没看见他们似的，一直踉踉跄跄地朝前走。那些大臣们不敢怠慢，簇拥在一起，不远不近地跟在顺治的后面。人虽多，可因为没有人敢喘粗气，所以一切都很静寂。但顺治还是觉察到了，打住脚，缓缓地转过身，不冷不热地言道："你们，为何跟在朕的身后？"

既是朝中大臣，自然就清楚顺治与董鄂妃之间非比寻常的亲密关系。现在董鄂妃去了，顺治能不悲痛欲绝？故而，顺治这么一问，众大臣便一起跪下，不约而同地说道："恭请陛下节哀，千万勿伤龙体……"顺治本不想理会众大臣的话，但好像忽然想起了一件什么事，于是就轻声言道："索尼，你近前听话。"

从人群中爬出一位年迈的老者来，他便是三朝元老索尼。顺治吩咐索尼道："董鄂妃的后事，由你去操办。"

索尼叩首道："老臣遵旨！"

顺治略略沉吟道："依皇后规格安葬董鄂妃。还有，那些被朕误杀的御医们的后事，你也一并料理吧。"

索尼再叩首："老臣这就去！"

索尼带了几个人匆匆而去。顺治面向众大臣道："你们都各自散去吧。朕有些累了，要去休息了。"

顺治的话音刚落，众大臣便纷纷离去。只有几个太监、宫女，还远远地站在顺治的一侧。

顺治叹了口气，径直朝养心殿而去。到了殿门口，顺治转身对跟在身后的那几个太监、宫女言道："朕去休息，你们就留在这里。任何人都不许进来打搅！"

紫禁城内的宫殿甚多，而顺治却偏爱养心殿。说是"休息"，实际上，顺治只是那么直挺挺地躺在龙床上，双眼睁得大大的，连一点睡意都没有。

其实，顺治的身心早已是疲惫不堪。好在他的灵魂已经被董鄂妃带走，他也就变得无所思也无所想了。不过，他没有合眼的一个重要原因是，他只要一合眼，那董鄂妃就会活灵活现地出现在他的眼前。他已经没有灵魂了，他不敢再直面他醉心痴爱着的女人。因此，他一动不动地躺在床上，似乎是在静静地品味着死亡来临前的那种独特的感觉。

中国历史上，痴情的皇帝当然有之，但顺治皇帝，也许是其中最典型的了。

在储秀宫的时候，面对着死去的董鄂妃，顺治就已经知道自己应该怎么做了。只是，作为一个皇帝，作为一国之君，他还有一个心愿未了。正是这未了的心愿，支撑着他从储秀宫走到了养心殿，又支撑着他硬挺挺地躺在床上，顽强地呼吸着。他不敢合眼。他竭力不去想他心爱的董鄂妃，他要抓紧时间去想他应该想的事。他想起一件事来了。那是两年前，在乾清宫，他的身边，围着三个小孩。他们分别是他的大皇子、二皇子和三皇子。

也许是下午时光太过美妙了，所以他就想问这三个皇子一个问题。说起来，这个问题非常简单，那就是：长大了想干什么？只不过，再简单的问题也会有不同的答案。更何况，顺治的那三个皇子都还很小。大皇子十岁，二皇子八岁，三皇子年仅六岁。

顺治按照长幼顺序，先问大皇子："大阿哥，朕现在问你，你长大了想干什么？"

大皇子答道："父皇，儿臣长大之后，想做一位大将军。为父皇征战沙场，保国安邦！"

顺治点点头，转向二皇子："二阿哥，你长大了之后，又想做什么呢？"

二皇子回答："儿臣想做一个贤明的亲王，治理好父皇分封给儿臣的一方土地和百姓，为父皇分担治国安邦的辛劳！"

顺治又点点头，最后面向三皇子："三阿哥，你大皇兄想做一位将军，你二皇兄想做一个亲王，你现在告诉朕，你长大了想做什么呢？"

三皇子直了直身体，挺了挺胸脯，十分清脆而又响亮地回答道："父皇，儿臣长大之后，愿像父皇一样，做一个让四海臣服的贤明君主！"

大皇子、二皇子都不由一怔，但三皇子却依然笔直地站立着。这一次，顺治没再点头，只是定定地看着三皇子。末了，顺治伸出手去，在三皇子的头上温柔地抚摸了一下。

两年过去了，三皇子的那句话时时刻刻在顺治的耳边回响。而此时此刻，顺治躺在养心殿里，三皇子的那句话，就显得异常地响亮。顺治不觉伸出手，似乎是想再摸摸三皇子的脑袋，可手伸出去了，却什么也没有摸到。

顺治又想起，他在储秀宫陪伴生病的董鄂妃的那十几个日日夜夜里，除了御医们之外，进出储秀宫最多的，便是三皇子。董鄂妃喝药，三皇子亲自奉上。顺治流泪，三皇子默默地为他拭去。今天下午，三皇子本也待在储秀宫内，只是顺治眼见得董鄂妃已奄奄一息，不忍心让三皇子看到那种生离死别的场面，这才强令三皇子离开储秀宫。

是的，三皇子不仅有勃勃雄心，而且聪明宽厚，确具一副帝王之资。只是，三皇子太过年幼，而朝中大臣，又不乏阴险狡诈之辈，如果大权旁落，岂不是有愧于列祖列宗？

"不过，"顺治下意识地锁起了眉头，"朕即帝位之时，只才六岁，而三皇子今已八岁，比朕当年尚长两岁。只要处理得当，料也不会出什么大事。"

想到此，顺治便从床上爬起，他要去慈宁宫一趟。他要把自己的意思向母亲说明。他知道，只要有母亲在，大清王朝的权柄就不会发生什么意外。

顺治感到了莫大的轻松。他明白，他现在真的是无牵无挂了，完全可以按照自己的意愿行事了。这么想着，顺治便在心灵深处低低地唤了一声："董爱妃，朕就要来了……"

此时，天已经黑透。养心殿内光线很暗。但顺治还是看见了，就在不远处的地上，跪着一个人。那跪着的身影很小，不像是一个成年人。顺治慢慢地走近那人，看清楚那跪着的原来是三皇子玄烨。所以，他尽量用一种温和的语调言道："三阿哥，你何时进来的？"

玄烨毕恭毕敬地回道："父皇，儿臣天未黑时就进来了。听门口的公公们说，父皇不想别人打搅，所以儿臣就一直长跪于此。"

天未黑时来，现在天已黑透，玄烨究竟跪了多长时间？顺治连忙说道："皇儿，快快起来，小心跪坏了身体……"

但玄烨没有动弹："父皇，儿臣不敢起身。"

顺治一怔："皇儿，这是为何？"

玄烨答道："因为儿臣有罪。"

顺治大惊："你，何罪之有？"

玄烨清清楚楚地言道："儿臣今日下午，假传了圣旨。"

顺治愕然："你，如何假传圣旨？"

玄烨回道："今日下午，父皇在储秀宫，命令侍卫将那些御医拉出去斩首。儿臣知道之后，心中有些不忍，又觉得那些御医本没有什么大错，所以就赶在他们被斩首之前，儿臣对那些侍卫假传了圣旨，说父皇有谕，赦免那些御医所有的罪过……"

顺治忙问道："这么说来，那些御医并没有被斩首？"

"是的。"玄烨言道，"儿臣知道假传圣旨理当问斩，所以儿臣就长跪于此向父皇请罪！"

顺治长长地吁了一口气："皇儿，假传圣旨可真的是一种不可饶恕的大罪啊……"

玄烨叩首道："儿臣知晓。请父皇发落！"

谁知，顺治却长叹道："皇儿，你以宽厚仁慈之心，弥补了朕的一大过失，何罪之有啊！"

玄烨再聪明，也只有八岁："父皇，您刚才所言，儿臣有些不明白……"

顺治双手扶起了玄烨："皇儿，朕在储秀宫，因爱妃病重，心中悲痛异常，一时失去了理智，乱了分寸，这才于盛怒之下谕令侍卫将那些御医拉出去问斩。而实际上，朕原本也不想滥杀无辜……"

玄烨立即问道："父皇的意思，是不想杀那些御医了？"

顺治不觉点了点头："朕一时大怒，铸下过错，皇儿却能及时补救，这不仅毫无罪过，反倒是大功一件啊！"

玄烨有些高兴起来："听父皇这么一说，儿臣好像真的没有什么罪过了……不过，儿臣假传圣旨，无论如何，总也是一件罪过！"

顺治爱怜地伸出手去，在玄烨的头顶上轻轻地摩挲了一阵，然后言道："皇儿假传圣旨，的确有罪在先，但皇儿补救了朕的过失，挽回了十多条无辜的性命，又立下大功于后……朕以为，皇儿的功过，至少是可以互相抵消了。"

玄烨真的高兴起来："父皇，儿臣以后一定像父皇这样，功是功，过是过，做个赏罚分明的帝王！"

玄烨的声音虽然稚气未脱，却也铿锵有力。顺治的内心不觉"怦"地动了一下。他仿佛是自言自语地道："皇儿，你的愿望，不久就会实现了……"

顺治的声音太低，也太过于飘忽，玄烨未能听真。玄烨只是仰起小脸问道："父皇，您好像要到什么地方去？"顺治应道："朕要去见你的皇祖母。"玄烨马上道："儿臣也要去见皇祖母。"顺治阻止道："皇儿，朕去慈宁宫，是有要事与你皇祖母商谈，你去了多有不便，还是回去好好地休息吧……待到明天早晨，一切事情你都可以知晓……"

最后的两句话，顺治说得很慢，也很含糊，好像有许许多多的内容，都包含在这两句话之中。可惜的是，玄烨太小，未能听出顺治话中的言外之意。玄烨只听清父皇叫他回去，而且，待明天早晨，他就会知晓"一切事情"。

玄烨离开了。顺治目送着玄烨由一方黑暗走入一片灯光之中。顺治的目光中虽泛起一些眷念，但终也没有犹豫，他带着几个太监，径向慈宁宫而去。

顺治的母亲博尔济吉特氏，自做了清太宗皇太极的皇后之后，一直住在慈宁宫内。

顺治只身走入慈宁宫的时候，迎面碰上了老太监赵盛。这赵盛自入宫之后，一直在慈宁宫内侍奉着博尔济吉特氏，顺治平日对他也比较尊重。见赵盛跪地给自己请安，顺治便忙言道："赵公公请起。烦赵公公入内禀报母后，说朕有要事与她老人家商谈。"

　　赵盛应诺一声，躬身而退。顺治每次来慈宁宫，总是先叫人通报母亲，然后再入内相见。从此不难看出，顺治对他的母亲是十分尊敬的。

　　很快，一个宫女打着灯笼迎住了顺治。这宫女的声音就像裹着蜜糖似的那般甜润："皇上，请随奴婢来。皇太后正在佛堂等皇上。"

　　顺治知道这宫女叫阿露，是去年才调至慈宁宫来的。由于她手脚麻利又诚实可靠，很快就博得了博尔济吉特氏的信任和喜欢。

　　因为顺治几乎每天都要到慈宁宫来给母后请安，所以对慈宁宫内的一切都非常地熟悉。他紧趋两步，抢在了阿露的身前，直向佛堂而去，慌得阿露一手提着灯笼，一手提着衣服的下摆，跟在顺治的后面一溜小跑着，口中还连连呼道："皇上，道路不大平，千万要小心脚下……"

　　博尔济吉特氏早已在佛堂门口相迎："皇上，已是深夜，何事这样紧急？"

　　顺治躬身下拜："孩儿给母后请安！"

　　博尔济吉特氏赶忙搀起顺治："皇上快入内说话。"

　　自董鄂妃患病之后，博尔济吉特氏就没再见过顺治的面。她当然想去储秀宫里看看，可顺治高低不让。此刻，顺治进了佛堂之后，再次冲着博尔济吉特氏伏地跪拜："孩儿这十几日忙于私事，未能来此给母后请安，还望母后原谅孩儿的不恭不孝之举……"

　　博尔济吉特氏连忙道："皇上快快起身。董鄂妃的事情我已听说，还望你不要太过悲哀……一切当以保重身体为最紧要……"

　　顺治缓缓地站起身来："母后，孩儿此时来打搅，实是有一件重要事情要向母后禀告。"

　　博尔济吉特氏用眼睛扫了一下跟进来的阿露。阿露会意，悄无声息地走出了佛堂，掩上了佛堂的门。博尔济吉特氏言道："孩子，有什么重要的事情，就直说吧。"顺治点头道："母后，孩儿想现在就立一个太子……"虽然顺治以前曾在博尔济吉特氏的面前提起过立太子之事，但他的爱妃刚死，他便又提及此事，博尔济吉特氏就多多少少地感到了有些不寻常："孩子，你真想……现在就立一个太子？"

　　顺治肯定地道："是的，母后，孩儿不是一时冲动。孩儿已经想好了人选。"

　　见博尔济吉特氏目不转睛地看着自己，顺治便又接着道："母后，孩儿想立三皇子玄烨为太子，不知母后可否同意？"

　　博尔济吉特氏颔首道："立玄烨为太子，我并无意见。说实话，在诸皇子之中，我最看中的也是玄烨。不过，你年岁尚轻，春秋正旺，过早地立下太子，恐会产生许多弊端……"

　　倏地，顺治不明意味地笑了一下："母后，天有不测风云，人有旦夕祸福。

孩儿虽还很年轻，可说不定什么时候，孩儿就会发生大的意外。到了那个时候，孩儿连太子都没有立下，岂不是会产生更多更大的弊端？"

博尔济吉特氏不由得一怔："孩子，董鄂妃在你心中的分量，我不会不知。但，董鄂妃既然去了，你也就不要再胡思乱想了……"

"母后，"顺治很想哭，可他的泪水早已为董鄂妃而流干了，"孩儿这不是胡思乱想。若说年轻，董鄂妃比孩儿还要年少，可顷刻之间，她不就舍孩儿而去了吗？"

博尔济吉特氏上前一步，伸手去抚摸顺治那憔悴不堪的脸庞："孩子，我知道，董鄂妃的离去，对你打击很大，你的心里，定然十分地难过。可是，孩子，这大清的天下是你的，天下所有的女人也都是你的，你只要耐心地寻找，就一定会找到第二个董鄂妃……"

顺治摇了摇头："董鄂妃只有一个，绝不可能再有第二个……母后，孩儿此番前来，是想请求母后答应孩儿一件事情……"

见顺治一脸郑重，博尔济吉特氏也不禁为之动容："孩子，有什么事尽管说，我不会无端地推辞。"

"孩儿这里先行谢过母后！"说着话，顺治又一次伏地，恭恭敬敬地给博尔济吉特氏叩了三个头，然后缓缓地爬起。

博尔济吉特氏一时有些忐忑不安起来。顺治今日，已经是第三次伏地叩首了。这在过去还从未有过。看来，今日之事，定然不太寻常。

博尔济吉特氏的眼睛直直地盯着顺治："孩子，你究竟……有何事求我？"

顺治几乎是一个字一个字地言道："母后，孩儿的意思是，如果孩儿有了什么不测，希望母后能像当年扶持孩儿那样地扶持玄烨，以确保大清江山的安定与繁荣……"

"孩子，"博尔济吉特氏惊讶地睁大了双眼，"你如何说出这种话来？莫非……"

"母后不必多虑。"顺治使劲儿地咧了咧嘴，好不容易露出一丝笑意来："孩儿也只不过是这么说说而已。孩儿以为，凡事都要考虑得周到全面。母后过去不也常常这样教导孩儿吗？"

博尔济吉特氏微微了摇头："孩子，你说的固然不错，可你今天的所作所为迥乎寻常。在你的心中，好像已经有了一个什么重大的决定。你似乎，有许多话没有说出口……"

顺治也微微地摇了摇头："母后，您也许是想得太多了。孩儿只是觉得，多日未能来此给母后请安，心中实在愧疚，所以母后才会觉得孩儿与过去有些不同……"

博尔济吉特氏点了点头："但愿你说的都是实话。"

顺治暗暗地咬了一下牙齿："母后，如果您没有什么别的吩咐，孩儿就不多打搅了……"

博尔济吉特氏应道："望孩儿回去好好休息。明日我去养心殿看你。"

顺治向博尔济吉特氏说道："母后，孩儿告辞了。孩儿恭祝母后身体康健、寿比南山……"然后走出了佛堂。

顺治离开了佛堂，离开了博尔济吉特氏。对她来说，顺治这一回是永远地离开了。可惜的是，博尔济吉特氏当时几乎全然不知。

实际上，顺治离开她之后，一切看起来都还很正常。他很正常地回到了养心殿，甚至，他还像往常一样喝了一杯浓浓的茶。只不过，侍奉他的那几个太监和宫女不知道，他在他喝的那杯茶里，放入了一种东西。这种东西，使他在喝过茶之后没多久，呼吸顿然困难起来。慌得那几个太监和宫女，忙着便要去喊御医，但被顺治制止了。

顺治斜斜地倚在龙床上，虽然呼吸十分困难，但却从容镇定地冲着那几个太监和宫女道："你们不要——惊慌，朕暂时还不会——有事——"又吩咐一个执事太监道："你，去把议政王大臣、内阁大臣——还有——六部大臣，统统叫到朕这儿来——要快！"

清初，议政王大臣会议是最高的中枢机构。议政王大臣人数不多，全由满族的王公贵族充任。内阁大臣又称内阁大学士，雍正执政前，大学士的官阶不高，仅为五品，但却掌有很大的实权，地位当在"六部"之上。"六部"，指的是吏部、户部、礼部、兵部、刑部和工部。每部设有满族、汉族尚书各一人，满族、汉族侍郎各二人，还有郎中、员外郎、主事等属官。而实际上，无论"六部"中的哪一部，权力都掌握在满族人之手。

很快地，数十位议政王大臣、内阁大臣和六部各大臣，都诚惶诚恐地来到了养心殿。由于时间太过仓促，有好些大臣的官服都未来得及穿戴整齐。只不过，对于此时的顺治来说，他已没有时间和精力来顾及那些大臣们的仪表了。他要抓紧有限的时间，利用有限的精力，来完成他生前的最后一件事。

顺治在龙床上吃力地欠起了身子："众位爱卿，都——到齐了吗？"

执事太监慌忙回道："禀圣上，议政王大臣、内阁大臣，还有六部各位大臣，已经全部到齐！"

"好，好……"顺治勉强地笑了一下。这一笑不要紧，差点把他笑得背过气去，吓得大臣们都一起惊恐不安地盯着顺治。

是呀，数十位大臣的心中肯定都有一个疑问：皇上虽说失去爱妃，心中悲恸，可无论如何，也不会变成现在这种光景啊！这，究竟是为什么呢？

殊不知，顺治已下定决心要为心爱的董鄂妃殉情。这种石破天惊的情感，寻常的大臣们又如何能知晓，更如何能理解？真所谓：问世间，情为何物？直教人生死相许！

顺治竭力地平静了一下自己，然后用一种慢慢悠悠的语调道："众位爱卿，朕……这么晚了把你们叫来，是因为——有一件重要的事情，要向你们宣布……"

夜已深沉，皇帝召群臣宣布一件事，这事情当然至关重要。所以，所有的大臣不仅连眼皮都不敢眨，而且一个个都屏住了呼吸。

顺治费力地喘了一口气，然后继续说道："朕——已身患重病，自知——当不久于人世。所以，朕现在向众位爱卿——口谕，如朕遇有不测，着三皇子玄烨——继朕为帝……"

众臣一片默然。忽地，众臣一起颂呼道："吾皇万岁万岁万万岁……"

顺治继续艰难地言道："……三皇子玄烨，年岁尚幼，一时——实难为政，所以，朕想为三皇子——挑选几位——辅政大臣……"

众臣更加默然。谁都明白，当上了辅政大臣，就等于当上了半个皇帝。当然了，并非所有在场的大臣都有这种非分之想。既是辅政大臣，那就要有辉煌骄人的业绩和出人头地的身份地位。寻常的大臣，即使平日与皇上走得很近，恐怕也难以沾上辅政大臣的边。还有，如果你是汉人，纵然你官至一品，也实难入围辅政大臣之列。

顺治接着道："朕……思虑再三，决定由下列四人……担当太子玄烨的辅政大臣……四人的地位排列，以朕宣布的顺序为序……"

众大臣的耳朵全都竖了起来。顺治竭力均匀了一下呼吸："第一位辅政大臣——索尼——"

"老臣在！老臣接旨！"看起来老态龙钟的三朝元老索尼，哆哆嗦嗦地向前爬了两步，然后叩头在地。

"第二位——苏克萨哈——"

"臣叩谢皇恩！"一位身材十分魁梧的大臣，爬到了索尼的身侧。

顺治歇了歇气，然后言道："第三位——遏必隆——"

"臣——在！"一位看来很像书生的大臣，急急忙忙地跪在了苏克萨哈的旁边。

"第四位——鳌拜——"

一位敦敦实实、异常粗壮的大臣，和遏必隆跪在了一起。跪下之后，鳌拜声如洪钟般地呼道："吾皇万岁万岁万万岁！"

顺治挑选出的这四位辅政大臣，都有一番不凡的来历。首先，从身份地位上看，索尼是正黄旗出身，遏必隆和鳌拜都属于镶黄旗，而苏克萨哈则来自正白旗。正黄、镶黄和正白这三旗，在"八旗"中称作"上三旗"。其次，这四位辅政大臣都有着显赫的过去。索尼、遏必隆和鳌拜都是清太宗皇太极的亲信旧臣，长期以来，为皇太极入主中原而驰骋沙场，立下了赫赫战功。尤其是那个鳌拜，曾救过皇太极的性命，为此，他的胸部至今还留有几道醒目的伤疤。而苏克萨哈，虽然不是来自皇太极的正黄旗，却是多尔衮的得力干将，更主要的是，多尔衮刚死，他便起来揭发多尔衮，站到了顺治的一边，因而大受顺治的器重和赏识。

可以说，顺治挑选出的这四位辅政大臣，无论是出身还是资历，其他的朝中大臣都难以相比。至于后来的鳌拜乱政，则是顺治始料未及的事。

刚任命完四位辅政大臣，顺治便开始剧烈地咳嗽起来。他那已经十分游离的目光，在索尼、苏克萨哈、遏必隆和鳌拜四人的身上缓缓地扫了一遍，然后轻声言道："你们——四个辅政大臣，在太子玄烨亲政之前，一定要尽心尽力地辅佐，以确保大清江山永远繁荣和昌盛……你们，可听到朕的吩咐？"

索尼率先表态："老臣已把圣上的口谕铭记在心。老臣决不会辜负圣上对老臣如此的重托和信任！"

苏克萨哈接着表态："陛下，为了辅佐太子，为了这大清江山，臣即使是肝脑涂地，也在所不辞！"

遏必隆弓了一下腰背，又慌忙伏下身去："陛下圣明！微臣愿把自己所有的一切，都献给太子，献给繁荣、昌盛的大清王朝！"

该轮到鳌拜表态了。但奇怪的是，鳌拜一时间竟默然不语，只将头颅紧紧地贴在地面上。似乎，他正在思考着一个十分重要的问题。

顺治感觉到了某种异样："鳌拜，你——为何不言不语？"

鳌拜开口了："陛下，臣自知无德无能，实难堪任辅政大臣一职……承蒙陛下垂爱，如此信任于臣，臣则恭请陛下放心，只要鳌拜还有一口气在，自当竭尽全力辅佐太子，绝不敢懈怠半分！"

"好，好。"顺治断断续续地道，"你们四位辅政大臣的话，朕已——听得明白。有如此——赤胆忠心，朕——也就放心了。朕现在，给你们下最后一道……口谕，你们务必——听清。"

四位辅政大臣，还有其他人等，赶紧都屏息凝听。顺治气息微弱地道："如果遇有——重大事情，你们当与朕之母后——商量，切不可——独断专行——"

四位辅政大臣一起应诺道："陛下圣明，臣等一切当全凭皇太后裁断！"

"好了，你们去吧，朕——也要去了——"顺治说完这句话就疲惫地合上了双眼。

群臣山呼"万岁"之后，各自散去。有的走得快，有的走得慢，有的昂首挺胸，有的低头不语。显然，离开养心殿的各位大臣，每人都一腔心事。是呀，如果顺治真的驾崩了，年幼的玄烨即位，那四位大臣辅政，自己的前途将会如何呢？

索尼平日上朝，都是坐轿子前往的，而今夜皇上临时急召，他就慌慌忙忙地徒步赶来了。此刻，他一个人在黑暗中往家里走，样子显得很是孤单。加上年已老迈，双脚不太灵便，所以行走起来就比较困难。不过，瞧他埋头弯腰的样子，显然也是心事重重。

出紫禁城前，苏克萨哈是一个人行走的。在快要走到自己的家门口时，有三个人匆匆地从后面赶上了苏克萨哈。他们是户部汉族尚书苏纳海、直隶总督朱昌祚和直隶巡抚王登联。这三人赶上苏克萨哈之后，一言不发地傍在了苏克萨哈的左右。

苏克萨哈情知这三人跟上来的意思。这三人可以说是苏克萨哈的朋友和亲信，所以，苏克萨哈就淡淡地问了一句："你们，是不是难以入睡？"

苏纳海回道："今日发生的事情，我们确实睡不着觉……"

苏克萨哈又看了看朱昌祚和王登联："既然你们都睡不着，那我们就随便聊聊吧……"

从顺治的养心殿里出来之后，鳌拜是在四个人的簇拥下往自己家里走的。簇拥鳌拜的四个人分别是：第三辅政大臣遏必隆，国史院大学士兼辅国公班布尔善，兵部尚书葛褚哈和户部满族尚书玛尔塞。客气点说，这四个人都是鳌拜的亲信或同党，不客气地说，这四个人全是鳌拜的走卒或走狗。

一路上，鳌拜做出一副很有城府的模样，只顾昂首挺胸地大踏步赶路，几乎没有吐出一句话甚至一个字。鳌拜如此，其他的人当然不敢轻易开口，一个个都像哑巴似的，紧紧地簇拥着鳌拜向前走。

鳌拜的府宅位于铁狮子胡同之内。推开两扇沉重的大铁门，是一座大花园，花园的尽头，是一排宽大的房屋。这排房屋是几间客厅及侍卫们的寝室。绕过这排屋子，是一座更大的花园，穿过这座花园，便看见好几排参差错落的房屋，这才是鳌拜及家人的住处。不过，在第二座大花园的一个拐角处，有一间不算很大的房子，四周被各色花草树木掩映，显得很是隐秘。这房子，就是鳌拜和亲信们商议重大事情的密室，鳌拜为它起名叫"醒庐"。这个"醒庐"，除鳌拜允许的人之外，任何人都不得擅自进入。

这一回，鳌拜领着遏必隆等四人，就是走进了这个"醒庐"。刚一跨进"醒庐"的大门，鳌拜的模样就顿然大变。他不再是那么一副颇有城府、煞有介事的模样，而是张开双臂、鼓起大嘴吼道："我鳌拜，终于有出人头地的一天了！从今往后，这天下便是我鳌拜的了！"

鳌拜的话说得很狂，若是寻常人听了，定然吃惊不小。不过，对遏必隆、班布尔善、葛褚哈和玛尔塞来说，似乎已经习以为常了。因为，就在这间"醒庐"里，鳌拜不知说了多少次要"出人头地"的话了。只是，与往日相比，鳌拜这次说话的声音，确实要高亢许多。

班布尔善说话了。在一般大臣的眼里，班布尔善属于那种老谋深算之类的角色。当然了，在鳌拜的面前，班布尔善即使再老谋深算，说话的态度和语气，也只能是谦恭有加。

班布尔善是这样说的："鳌大人，属下以为，我们现在似乎还不能高兴得太早，因为，当今皇上，还在养心殿里休息呢！"

遏必隆跟着道："是呀，鳌兄，只要当今皇上还在，我们就不可能真正地出人头地。"鳌拜眨巴眨巴大眼，没有正面说话，而是转向葛褚哈和玛尔塞道："两位尚书大人，依你们看来，当今皇上还能撑多久？"

一个"撑"字，便充分说明了鳌拜对顺治的不满和不敬。不能说鳌拜没把顺治皇帝放在眼里，恰恰相反，有顺治在，他鳌拜就不敢轻举妄动，不过，从"撑"字中却不难看出，鳌拜早就把顺治看作他"出人头地"的绊脚石了。只是慑于顺治的威望和手段，他鳌拜一时不敢发作罢了。

见鳌拜问起，葛褚哈和玛尔塞忙互相看了看，却谁也拿不定主意该如何回答。鳌拜有些不高兴了，冲着葛褚哈和玛尔塞翻了一个白眼，冷冷地道："两位尚书大人，莫非，你们的舌头都被狗吃了？"鳌拜生气了，葛褚哈和玛尔塞不敢再不开口。葛褚哈道："大人，属下以为，当今皇上是不会撑很久的……"

"属下也是这么以为。"玛尔塞赶紧言道，"属下还以为，从今往后，这大清江山就是鳌大人的了！"

"哈哈哈——"鳌拜仰天一阵狂笑，然后看着班布尔善和遏必隆道："你们都听见了吗？从今往后，这大清江山就是我鳌拜的了！"

鳌拜这么一笑，遏必隆、葛褚哈和玛尔塞也跟着大笑起来。刺耳的笑声，几乎要把"醒庐"的屋顶掀开。

但鳌拜迅速地止住了笑，因为，他发现班布尔善的脸上一点笑容都没有："班布尔善，你为什么不笑？莫非，你不想我鳌拜有出人头地的一天？"

班布尔善慌忙道："鳌大人误会属下了。属下连在梦里，都盼望着鳌大人能够尽快地出人头地。鳌大人出人头地了，属下岂不也跟着沾光？"

班布尔善说得异常诚恳，但鳌拜却似乎不大相信："班布尔善，你说得确实很好听，但你刚才为什么不笑？"

班布尔善这回笑了："鳌大人，并非属下不想笑，而是属下想到当今皇上还在养心殿里，属下一时笑不出来而已……"鳌拜冷笑一声道："班布尔善，别人都说你老谋深算，可在我看来，你完全是个狗屁不通的家伙！现在，我可以明白无误地告诉你，当今皇上，已经撑不了多久了，我鳌拜，就要执掌大清江山的大权了！"

班布尔善赶紧道："鳌大人对属下批评得对，跟鳌大人相比，属下确实是个狗屁不通的家伙。不过，属下还是想请教大人，大人如何敢断定当今皇上已经撑不了多久了？请大人赐教……"

鳌拜扫了其他人一眼，然后把目光停在班布尔善的脸上："班布尔善，我刚才说你是个狗屁不通的家伙，简直是夸错了你，现在看来，你连狗屁都不如啊！"

班布尔善急急地堆起一脸灿烂的笑容："属下敬请大人赐教……属下洗耳恭听……"

鳌拜用一种十分威严的调子道："班布尔善，你竖起你的驴耳朵听好了，当今皇上早已经奄奄一息了，我这里姑且不论，我也不想说当今皇上为什么在深夜把我们召到养心殿，匆匆忙忙地立太子，匆匆忙忙地挑选辅政大臣，我只想说一点，那就是，当今皇上最后对我等说的一句话是……"鳌拜突地打住了话，而是转向遏必隆问道："你，还记得当今皇上最后说的是什么话吗？"

遏必隆皱了皱眉，又歪了歪嘴，然后言道："鳌兄，当今皇上最后对我等说的话是：你们去吧，朕……也要去了……"

"没错，"鳌拜猛然拍了一下巴掌，"遏老弟说得一点都没错！"然后直视着班布尔善："班布尔善，依你看来，当今皇上的这最后一句话究竟是什么意思？"班布尔善终于悟出来了。遏必隆和葛褚哈、玛尔塞也终于悟出来了："朕……也要去了……"顺治本就躺在养心殿的龙床上，他还要到哪里去？他又能到哪里去？

鳌拜见班布尔善等人的脸上都现出一种恍然大悟的神情，非常地得意："诸位，当今皇上已经无路可去，他唯一能去的，就是去找他的爱人董鄂妃娘娘！"

"鳌大人啊！"班布尔善对鳌拜五体投地说道："您如此聪慧明智，非'前无古人，后无来者'而不能形容啊！属下一向以老谋深算自居，可同鳌大人相比，不仅是徒得虚名，而且简直就是连狗屁都不如啊！"

遏必隆也不失时机地抢着言道："鳌兄，与你的智慧相比，小弟我只能算是一个三岁的小娃娃啊！"

葛褚哈不甘落后："鳌大人如此英明，属下只能望尘莫及啊！"

玛尔塞当然也要奉承一番："鳌大人，您的智慧就像是滔滔的大海，属下的心计只是大海里的一滴水珠……"

类似的言语，鳌拜也不知听过多少回了，但今天听了，鳌拜觉得异常地顺耳。"各位，我刚才说了，从今往后，这大清天下就是我鳌拜的了。可是真理？""绝对是真理！""绝对是当之无愧的真理……"众人七嘴八舌，屋内的气氛相当地热烈。"那好！"鳌拜大嘴一张，"既然如此，我们何不在此庆祝一番？"

葛褚哈会意，从屋内的一个拐角处拽出两坛酒来。玛尔塞又找出几个大碗。几个人就围着一张桌子大口大口地牛饮起来。还别说，这种大口吞酒的方式颇有些江湖风味。

喝着喝着，鳌拜突将手中的酒碗朝桌面上一掷。鳌拜手中的力道该有多大？就听"咔"的一声，那酒碗当即四分五裂。

显然，鳌拜不知为何，突然生气了。他这么一生气，其他的人顿时就变得战战兢兢起来，不仅不敢再喝酒，甚至连大气也不敢出。

"可恶！"鳌拜咬牙切齿地叫了一声。

"真是太可恶了！"鳌拜的双眼都瞪成了牛眼。

不难看出，鳌拜不仅是生气了，而且这气还非常的大。如此一来，班布尔善、葛褚哈和玛尔塞三人就真的有惶惶不可终日的感觉了。

遏必隆小心翼翼地开了口。在鳌拜生气的时候，敢开口说话的人不多，遏必隆便是这不多的人中的一个。

遏必隆是这样说的："鳌兄，如何生这么大的气？当心气坏了身体……鳌兄要是气坏了身子，小弟等岂不是非常地难受？"

"就是，就是。"班布尔善、葛褚哈和玛尔塞也都低低地附和着，"请鳌大人务必要保重身体……"

"混账！"鳌拜大骂了一句。不过，他不是在骂他的这些亲信走狗，他骂的是其他的人："你们说，他为什么把我鳌拜排在辅政大臣的最后一位？"

原来，鳌拜喝了几碗酒之后，忽然想起了他在辅政大臣中的排名地位——他是在生顺治的气。这样一来，班布尔善、葛褚哈和玛尔塞等人就多多少少地松了一口气。

"依我之见，"班布尔善对着葛褚哈和玛尔塞二人道，"无论是从德还是从才的角度来考虑，我们的鳌大人都应排在辅政大臣之首！"

"那还用说吗？"葛褚哈很是一副愤愤不平的样子，"索尼那个老家伙，连路都快走不动了，怎能居辅政大臣之首？他又如何能堪此重任？"

"属下以为，"玛尔塞的脸上，现出一种悲天悯人的表情来，"一定是当今皇上失去了董鄂妃之后，乱了方寸，又失了理智，这才做出如此不合情理的人事安排……"

鳌拜道："当今皇上钦定的位置顺序，我鳌拜很难改变，我也不想强行改变，但是，只要我在辅政大臣中说一不二，那我鳌拜就是真正的第一辅政大臣。"

　　"那是自然，"遏必隆忙挤出一脸的笑容，"索尼那老家伙，怎敢与鳌兄为敌？"

　　"不过，"班布尔善一副沉思状地说道，"依属下看来，那个苏克萨哈，可不是一个听话的人啊！"

　　"就是，"葛褚哈接道，"苏克萨哈倚仗着当今皇上，好像从来都没有把鳌大人放在眼里……"

　　"岂止是没有放在眼里，"玛尔塞做出一种义愤填膺的样子，"苏克萨哈恨不能把我们的鳌大人一脚踩在地下，好自己一手遮天。对这种无耻小人，我们可不能不小心提防啊！"

　　鳌拜重重地点了点头："诸位，实不相瞒，当今皇上在养心殿谕定我为第四辅政大臣的时候，我就在想着该如何对付索尼和苏克萨哈了。在我看来，索尼根本不足为虑。只要他胆敢与我为敌，我就叫他死无葬身之地。至于那个苏克萨哈，倒多少有些棘手。虽然他很快就将失去当今皇上这个倚仗，可他的身边，也聚拢了一批大小人物。所以，我们要么就暂且放过苏克萨哈，要么，就彻底地将他们一网打尽！各位，你们觉得如何啊？"

　　"鳌大人，"班布尔善语气很重地道，"对待苏克萨哈那个家伙，只能消灭，不能放过！否则，这大清天下，就不能真正地属于鳌大人！"

　　"对！"葛褚哈道，"属下以为，苏克萨哈一日不灭，我们的鳌大人就一日不得安宁！"

　　"属下完全同意消灭苏克萨哈！"玛尔塞似乎是在做总结，"只要消灭了苏克萨哈，天下就是我们鳌大人的了。也只有消灭掉苏克萨哈，天下才能是我们鳌大人的！"

　　鳌拜笑问遏必隆道："遏贤弟，你以为呢？"

　　遏必隆摇头晃脑地道："鳌兄与苏克萨哈，一个是火，一个是水，水火怎能相容？不是火蒸干了水，就是水浇灭了火。属下以为，那个可恶的苏克萨哈，是断然不能放过的！"

　　"好，太好了！"鳌拜大笑道，"各位，你们以为我会放过那个苏克萨哈吗？不，绝不！谁挡住我鳌拜的路，我就坚决把他消灭掉！苏克萨哈要是识相，乖乖地到这儿来向我叩头请罪，也许我会放他一马，否则，等待他的，就只有死路一条！"

　　班布尔善很是激动地端着酒碗站了起来："来，让我们为鳌大人的雄才大略，干杯！"

　　遏必隆、葛褚哈和玛尔塞都迅速地端碗起身。鳌拜也许是太过兴奋了，抱起一只酒坛就"咕嘟咕嘟"地往嘴里灌。一直将一坛酒都喝个精光，鳌拜才"砰"

的一声把酒坛摔在地上。然后用手背一抹大嘴，醉醺醺地吼道："各位，时候不早了，你们都快点回去，等候着当今皇上驾崩的好消息吧！"

鳌拜令下，其他人当然不敢违背，一个个堆上笑容，向着鳌拜躬身而退。

但鳌拜没走，一个人依然坐在桌边。不知是兴犹未尽还是心事太重，他坐了一会儿之后，又打开一坛酒，自斟自饮起来。直到这坛酒被他喝干饮尽，他才跟跟跄跄地走出了"醒庐"。纵然他鳌拜真的是海量，两坛酒下肚，也免不了要步履蹒跚。出"醒庐"一看，四周是墨一样的黑。鳌拜心里清楚，这是黎明前的黑暗，也就是一天当中最为黑暗的时候。

此时的鳌拜是无论如何也睡不着觉的。他太高兴了。他就要独霸天下了。他早已经激情澎湃了。他现在急着要做的，就是把自己体内的激情和欲望，发泄出来。

鳌拜像是疯了。他跌跌撞撞地冲进了一间屋子。屋子里黑洞洞的，什么也看不见。鳌拜大叫道："快点灯！我要上床！"

鳌拜的叫喊声，震得这间屋子一阵颤抖。在颤抖中，屋内亮起了一盏油灯。在一张宽大的床上，惊坐起了一个女人，大约三十开外，这是鳌拜的一个小妾。他的女儿兰格格就是她生的，但鳌拜对她素无好感。没承想，他只在她的床上睡了一宿，便有了兰格格。

床上的她，以为鳌拜此番前来是要与她同床，所以很是惊喜："老爷，您……终于来了！"

鳌拜却很是失望。没料到，仗着酒劲儿，竟然闯到了这个没情没趣的女人房间来了。然而，就在鳌拜打着酒嗝想退出这个房间的当口，他朦胧的双眼却无意中发现了一样东西。确切地说，不是东西，是一个人。就是这个人，在鳌拜刚才的叫喊声中，慌慌张张地点亮了屋内的油灯。此刻，她正在灯光照不到的阴影处，惊恐不安地看着鳌拜。

她究竟有多大？几乎没人知晓。看她的模样，不过十多岁。可是，在鳌拜血红的眼里，她却是个女人。这就够了。这就注定了她一生的命运。

鳌拜朝着那个女人——小女孩——逼近了一步，然后问床上的小妾道："告诉我，这个女人，是从哪儿来的？"

鳌拜的小妾看出了问题的严重，赶紧哆哆嗦嗦地回道："老爷，她是妾身昨日在街上买的一个小丫头……因为老爷太忙，妾身还未来得及禀报老爷……"

"买得好！买得及时！"鳌拜又朝着那小女孩迫近一步。一回头，看见自己的小妾还在床上坐着，鳌拜便勃然大怒道："你还待在这里干什么？还不快点滚下床来？"

鳌拜的小妾慌了，一边往床下爬一边怯生生地问道："老爷，您……想要干什么？"

鳌拜一手抓住那阴影中的小女孩，一手指着自己的小妾道："多嘴的女人，老爷我要干什么事情，还得告诉你吗？"

即便是真正的疯子，此刻也能看出鳌拜要干什么。何况，鳌拜的小妾还不是什么疯子："老爷，求求您，您行行好，放过她吧……她跟我们的女儿……差不多大……"

鳌拜发怒了，"你这个女人，再不快点滚出这间屋子，我就一巴掌抽死你！"

鳌拜的小妾害怕了。在打人、杀人这些事上，鳌拜是从来都说到做到的。被鳌拜打了，只能是白打。被鳌拜杀了，也只能是白杀。所以，见鳌拜发怒了，她也顾不得衣衫不整的样子，慌慌忙忙地跑出了屋子。而一场罪恶，便在这屋子里发生了。

一个不知何名又不知岁数的小女孩，就这样在黎明前的黑暗中被鳌拜活活折磨而死。鳌拜懒洋洋地下了床。这时，东边的天空已经现出了鱼肚色。这一天，是1661年2月5日。

鳌拜刚刚跨出屋门，一个十八九岁的年轻人就神色惊慌地跑了过来。他跑到鳌拜的面前，双唇抖动了半天，一个字也没有说出来。鳌拜心中正闷着一股气呢，见此光景，抬手就给了那年轻人一记耳光："你是怎么回事？就是死了你爹娘也用不着这么惊慌！"

这年轻人名叫巴比仑，是鳌拜府中的侍卫。还别说，经鳌拜这么一打一骂，他像是猛然间清醒了过来："鳌爷，是……当今皇上……"

"啊！"鳌拜的双手，一下子抓住了巴比仑的双肩，"是不是当今皇上已经驾崩了？"

鳌拜的手劲儿太大，巴比仑感觉到双肩一阵火辣辣地痛："当今皇上在养心殿驾崩……王公大臣都赶到那儿去了……"

巴比仑这么一说，鳌拜顿时欣喜万分。他双手一推，竟然将巴比仑推得在地上一连翻了好几个跟头。鳌拜一边大踏步地走一边高声叫道："真是天助我也！我鳌拜终于等到这一天了！"

从地上爬起身的巴比仑听到鳌拜的叫喊声后，简直是目瞪口呆。虽然巴比仑并不知道鳌拜的心中究竟在想些什么，但巴比仑还是听出来了，鳌拜似乎早就在盼望着顺治皇帝尽快地驾崩。这，哪里还有一点点为臣之道？

巴比仑多少有些沉重地爬了起来。此时，东方已经燃起了朝霞。这时，一个十来岁的小姑娘踩着晨曦，走到了巴比仑的跟前。她，便是鳌拜的小女儿，兰格格。

兰格格关切地问巴比仑道："我父亲刚才又打你了吗？"

巴比仑慌忙道："不，没有，鳌爷刚才没有打我……"

兰格格嘟起了小嘴："你不用骗我，你是在说谎话。刚才，我在那边都看到了。"

巴比仑回道："兰格格，我真的没有骗你，鳌爷真的没有打我，他只是用手推了我一下，我就摔倒了……这怨不得鳌爷的，只怪我自己。"

可兰格格的一只纤细小手，却自然而然地抚上了巴比仑的脸颊："你还在说谎话，我父亲打你的那一巴掌，我在那边都听到了声音。你，还疼吗？"

他没有说话，任由她的小手轻轻地抚摩，只是他的眼中，在不知不觉间，已经蕴蓄了一种很难说清楚的东西。

兰格格很小，却仿佛读懂了巴比仑眼中的东西："你是在恨我父亲吗？我也恨他。他也经常打我，经常打我的母亲。他还打过许许多多的人……"

巴比仑慢慢地拿下她的手："兰格格，我们不说这些了。若是叫鳌爷听到，我和你，都不会有好结果……哦，我现在告诉你一件天大的事情。当今皇上，突然在养心殿驾崩了……"

"啊！"兰格格天真的小脸上，不觉现出一丝惊恐，"当今皇上，怎么会突然驾崩呢？"也甭说年幼的兰格格对顺治的突然离去大惑不解，就是许许多多的朝中大臣，对顺治的突然驾崩也大为迷惑。顺治的死因，就这样成了一个历史之谜。

有人说，顺治是服药自尽，主动去到阴间找他的爱妃董鄂妃了。还有人说，顺治是因为太过思念董妃，得暴病而气绝身亡。

为情而痴，又为情而死，从这个意义说，顺治也可谓是死得其所了。

有一点遗憾的是，顺治死得似乎太过年轻了。他死时，年仅二十四岁。

顺治既死，玄烨即位。博尔济吉特氏的身份，便由"皇太后"变成了"太皇太后"。在"太皇太后"的亲自操持下，在一个黄道吉日，玄烨就在紫禁城的弘德殿里正式登基称帝了。当时，玄烨刚刚八岁。第二年，即1662年，改元康熙。

【第二回】

遭挟持康熙受辱，逞凶顽鳌拜弄权

博尔济吉特氏仿佛一下子苍老了许多。几乎是在一夜之间，她的头发就白了一多半。

失去了顺治，对博尔济吉特氏来说，无疑是一个沉重的打击。从某种角度上看，这种打击，要比顺治失去董鄂妃沉重得多。

不过，她毕竟是一个坚强的女人。她知道自己不能沉浸在思念儿子的悲痛中，她明白自己应该要做些什么。所以，安葬了顺治之后，她做的第一件事情，就是把自己慈宁宫内的宫女阿露和老太监赵盛调往乾清宫，专门服侍小康熙的饮食起居。接着，她作出决定，要找那四个辅政大臣好好地谈一谈。尽管她对朝中的大小事情已经不甚明了，但她的下意识里，却有一种隐隐约约的担心：皇太极死后，多尔衮把持朝政，横行无忌；现在顺治死了，会不会又出现一个多尔衮式的人物呢？

那是一个下午。当时，鳌拜正在自己的宅第中严加训斥自己的儿子纳穆福。说起这个纳穆福，倒也不是个一般的人物。他的妻子是顺治的女儿。作为顺治的女婿，纳穆福似乎应该大权在握、威风八面。然而事实是，纳穆福好像是个知足常乐的人，什么名利之类，他都没有太强烈的欲望。甚至，鳌拜不叫，他都不轻易到铁狮子胡同来。

遏必隆走进鳌府的时候，鳌拜正在客厅里大声地教训纳穆福："你看看你自己，还有没有个人样？你再看看你的堂弟塞本得，身为镶黄旗的都统，走在京城里，就是朝中一品大臣见了，也要让他三分。可你呢，整天窝窝囊囊的，我们鳌家的脸都被你丢尽了！"

纳穆福却不冷不热地回了一句道："父亲，话可不能这么说。在你的眼里，我的堂弟威风凛凛、十分了得，可在我的眼里，他只是倚仗权势，胡作非为罢了。父亲，人各有志，你何必勉强于我呢？"

"你……"鳌拜被纳穆福气得瞠目结舌，一只大手不自觉地就抢了起来，"你要是再敢在我的面前这么胡说八道，我就一掌打死你！"

纳穆福不仅毫无惧色，而且身体连动都没动一下："父亲，如果你真想打死我，那就请快点动手。我的母亲，不就是这样被你打死的吗？"

"你……你这个混账，你给我滚出去！我不想再看到你！"鳌拜咆哮着，可早已抢起的巴掌，最终也没有打到纳穆福的脸上。如果说，在鳌拜的一生中还有过什么愧疚的话，那也许就是失手打死纳穆福的母亲这件事了。纳穆福的母亲与鳌拜从小青梅竹马，长大后情投意合，如愿结为夫妻。那个时候，鳌拜还不像现在这样暴戾成性。他对纳穆福的母亲也确实爱恋。纳穆福五岁那年，鳌拜因为立下战功被皇太极擢升，从外面醉酒回到家，刚踏进家门，就被一人从背后揽腰抱住。鳌拜酒力发作，大吼一声，转身就给了那人一掌。那人惨叫一声，扑倒在地。鳌拜这才发现，被他一掌打倒的原来是自己的妻子。鳌拜追悔莫及，慌忙找来医生为她医治。可他的掌力太重，任何医生也挽不回她的性命。她就在他的声声呼唤中幽忧地去了。而当时，鳌拜一掌将自己的妻子打倒在地的时候，纳穆福也在旁边。也就是说，纳穆福是亲眼看见自己的母亲被自己的父亲一掌打死的。

这，也许就是鳌拜之所以不会轻易对纳穆福动手的根本原因。从另一方面来讲，鳌拜后来的性情大变，与他失手打死妻子之事，也不无关联。

鳌拜训斥纳穆福的时候，遏必隆已经来到了客厅的门口。只是在鳌拜盛怒之时，遏必隆不敢轻易打扰。待纳穆福负气跑出客厅之后，遏必隆这才挂着笑容走到了鳌拜的身边："鳌兄，何必生这么大的气？贵公子只是一时想不通罢了。假以时日，贵公子一定会领悟到鳌兄对他的良苦用心。"鳌拜长叹一声道："老弟，你是不知道啊，我鳌拜家，就这小子不争气。我真是恨铁不成钢啊！"

遏必隆也跟着叹气道："鳌兄，别把贵公子的言行放心里去。请坐下来消消气，待会儿我们还要去见太皇太后呢。"

鳌拜"哦"了一声："太皇太后今日要召见我们？"

遏必隆言道："慈宁宫来了一位公公，说是太皇太后要找我们四个辅政大臣谈一谈。那公公要来通知你，我拦下了。这不，我赶来通知鳌兄了。"

鳌拜微微一笑道："老弟，看来太皇太后在先皇驾崩之后，也耐不住寂寞了！"

遏必隆问道："鳌兄，你以为，太皇太后此时召见我们，会有什么事情要谈？"

鳌拜大嘴一咧道："她还会有什么事情？只是走走过场罢了。先皇在临终前，不是嘱咐我们几个辅政大臣，在一些重大的事情上要听从太皇太后的吩咐吗？"

遏必隆犹犹豫豫地道："鳌兄，如果一切重大事情都需要太皇太后点头，那对鳌兄而言，终不是太有利的局面啊！"

鳌拜笑道："你真是老糊涂了！太皇太后只是一个女流之辈，她又能把我鳌拜怎么样？”

"那是，那是。"遏必隆赶紧道，"先皇驾崩之后，谁还敢与鳌兄争锋？"

鳌拜得意地言道："你这样想就对了。好了，遏必隆，我们还是快去慈宁宫吧。说不定，索尼和苏克萨哈早就到了呢。"

鳌拜估计得没错。当他和遏必隆二人优哉游哉地走到慈宁宫附近时，索尼和苏克萨哈已经在慈宁宫门前等候多时了。

鳌拜双拳一抱，冲着索尼皮笑肉不笑地道："索大人，别看你年已老迈，腿脚倒挺利索，这么早就赶到了。"

索尼忙对鳌拜一拱手道："鳌大人这是说哪里话？老朽也是刚刚才到，正等着鳌大人一起进宫呢！"

鳌拜像是才发现苏克萨哈似的："这不是苏大人吗？没想到，苏大人来得也挺早啊！"

苏克萨哈紧紧地绷着脸："鳌大人，太皇太后谕令召见，如果姗姗来迟，岂不是对太皇太后的不恭不敬？"

鳌拜牛眼一瞪："苏大人，你适才所言，是说我鳌拜对太皇太后不恭不敬了？"

苏克萨哈冷冷地道："谁对太皇太后不恭不敬，谁心里有数，何必明说？"

鳌拜的脸色比苏克萨哈的脸色更为阴冷："苏大人，你今日要不把话说清楚，我鳌拜绝不会善罢甘休！"

苏克萨哈回敬道："你鳌大人不想善罢甘休，我苏克萨哈就奉陪到底！"

鳌拜双拳一攥："好！我今日倒要看看，你苏大人究竟有多少斤两！"

见鳌拜似是要动武，索尼赶紧打圆场道："两位大人请听老朽一言。今日太皇太后召见我等，实是荣幸之至。如果太皇太后发现我等在此吵闹，似乎有失体统。不知两位大人意下如何啊？"

索尼这么一说，还真的奏了效。这里毕竟是太皇太后的慈宁宫，无论是谁，都应该稍稍收敛一下自己的言行。鳌拜慢慢地松了双拳。苏克萨哈对着索尼言道："索大人，你请先行。"

这四个人，便按照顺治钦定的顺序，依次走入慈宁宫。索尼在先，苏克萨哈紧跟其后。遏必隆故意放慢脚步，想让鳌拜走在第三，谁知鳌拜并不领情，反而顺手一推，差点将遏必隆推倒。不难看出，鳌拜对这种排列顺序是极不满意的。

四位辅政大臣鱼贯走进慈宁宫的大堂，见了博尔济吉特氏，四人相继跪地："臣等叩见太皇太后！"

博尔济吉特氏轻轻地挥了一下手："四位大人不必多礼。这是内宫，不是朝廷。四位大人请坐。"

　　四人起身，各自找了座位坐下。索尼先是看了一下其他三人，然后小声地对着博尔济吉特氏言道："臣等承蒙太皇太后召见，不知太皇太后有何吩咐？"

　　博尔济吉特氏微微一笑道："索大人，你太客气了。我素不问朝政，哪里会有什么吩咐？只是先皇突然驾崩，当今圣上尚且年幼，先皇慧眼识珠，将辅政之职托付给索大人及另三位大人，当可称得上是明智之举。所以，我今日请四位大人来，一方面是对四位大人表示敬意和谢意，另一方面是想请四位大人在今后的辅政之职上，能多多地为当今圣上着想，多多地为我们大清的江山社稷着想。果能如此，那我就实在是感激不尽了！"

　　索尼慌忙从座位上滑下来，冲着博尔济吉特氏伏地叩首道："太皇太后，老朽虽已年迈，但必将竭尽全力，辅佐当今圣上治理大清江山，以不负先皇对老朽的重托！"

　　博尔济吉特氏轻轻地点了点头道："索大人快请起。朝野上下，谁不知道索大人是德高望重的四朝元老？有索大人辅政，当今圣上及大清江山，真是幸莫大焉！"

　　索尼唯唯诺诺地爬起，退回到座位上坐下。苏克萨哈学着索尼的样子，对着博尔济吉特氏伏地叩头，口中言道："太皇太后，微臣虽自知无德无能，但既蒙先皇重托，就一定全心全意地为当今圣上及大清江山效犬马之劳……"

　　博尔济吉特氏点头道："苏大人请起。我虽不问朝政，却也知道苏大人向来都受到先皇的器重和赏识。先皇既然把辅政重任托与苏大人，那苏大人就一定会很好地完成先皇所托。"

　　苏克萨哈爬起身，退回到座位上。该轮到遏必隆向太皇太后表态了。遏必隆也想学着索尼和苏克萨哈的样子，准备给博尔济吉特氏叩头。谁知，他刚刚动弹了一下身子，那鳌拜就率先站了起来，亮开大嗓门言道："请太皇太后放心，臣等既然受先皇的委托，做了当今圣上的辅政大臣，那臣等就一定会辅助圣上，处理好朝中的一切事务。臣以为，有臣等几个辅政大臣在，太皇太后也就不必操那么多的心了！"

　　且不论鳌拜抢了遏必隆的先是否得体，也不说鳌拜的话中是否还有别的含义，只鳌拜站着跟博尔济吉特氏说话，就不难看出，在鳌拜的心中，博尔济吉特氏确实是没有多少分量的。

　　苏克萨哈看不惯了。他也着鳌拜言道："鳌大人，你如此与太皇太后说话，是否少了一些礼数？"鳌拜咧嘴一笑道："苏大人说得没错，我这般与太皇太后说话，确实是少了一些礼数。但我鳌拜是行伍出身，生性粗鲁无拘，对苏大人所说的那些礼数一直很不习惯，所以，如果鳌拜适才对太皇太后有什么冒犯不恭之处，还请太皇太后宽恕。不过，鳌拜虽愚，却也记得，太皇太后曾经说过，这是内宫，不是朝廷，用不着那么客气。苏大人，我说得没错吧？我鳌拜只不过是奉太皇太后旨意行事，苏大人你又何必大惊小怪呢？"

鳌拜的嗓门虽粗，但话语中的道理却十分妥当。苏克萨哈一时间竟被噎住了："鳌大人，你……你这是在无理狡辩！"

"是吗？"鳌拜冷冷地瞥了苏克萨哈一眼，然后转向索尼问道，"索大人，当着太皇太后的面，你给评评看，我鳌拜刚才是在无理狡辩吗？"

索尼打了个哈哈，又挠了挠头，然后用一种十分谦逊的语气回道："鳌大人，老朽早已年迈，耳朵有些不大好使。所以，鳌大人刚才究竟说了些什么，老朽实是未能听清……不过，老朽朦朦胧胧地觉得，鳌大人适才所言，确乎很有道理……"

"什么？"苏克萨哈有些坐不住了，"索大人，他说得有理？那我说得就没有道理了？"

索尼赶紧道："苏大人千万不要误会。老朽只是说鳌大人所言听来确乎很有道理，但并没有说苏大人的话就没有道理……老朽以为，苏大人的话听起来也不无道理……"

鳌拜朝索尼不满地白了一眼："索大人，你如此评价，岂不等于没说？"又转向遏必隆言道，"遏大人，你好歹也是第三辅政大臣，你总该有自己的主见吧？"

遏必隆忙着点了点头，先是看了博尔济吉特氏一眼，然后望着索尼言道："索大人，依在下之见，鳌大人适才所言所行，均按照太皇太后的谕令作为，又何错之有呢？又哪来的无理狡辩之说？分明是苏大人对鳌大人心存成见，想故意在太皇太后面前给鳌大人一个难堪罢了！"

苏克萨哈忍不住了，"腾"地站了起来。索尼连忙又将苏克萨哈按坐下去，然后对着鳌拜和遏必隆言道："鳌大人、遏大人，依老朽之见，还是听听太皇太后的意思罢！"

索尼这么一说，众人还不得不听。只见博尔济吉特氏"呵呵"一笑，又用力拍了一下手掌，接着大声言道："好！心直口快，不拘小节，鳌大人果然还是一代名将风范。有鳌大人辅政，当今圣上足可以高枕无忧了！"

看起来，博尔济吉特氏说得很是情真意切，所以鳌拜也就不得不应了一句道："太皇太后如此谬奖微臣，微臣确实受之有愧啊！""鳌大人这是说什么话？"博尔济吉特氏含笑摆了摆手，"想当年，鳌大人与遏大人为我们大清朝入主中原，立下了汗马功劳。现如今，两位人人担当辅政之职，岂不是顺理成章又当之无愧？"

见博尔济吉特氏言辞之间多是在表彰鳌拜的功绩，苏克萨哈的心中便很有点不快，但又碍于情面和场合，不好明说，故而只得紧绷着脸，不停地喘着粗气。索尼看见了，不明意味地摇了摇头。

博尔济吉特氏站了起来。她目光十分温和地把索尼、苏克萨哈、遏必隆、鳌拜都看了一遍，然后很是和蔼地言道："各位大人，你们都是我们大清王朝的栋梁，圣上年幼，全靠各位大人辅佐。希望各位大人能够精诚团结，共同为当今圣上及大清王朝再立新功！"

博尔济吉特氏说了这一番话，便意味着今天的召见该结束了。索尼、苏克萨哈、遏必隆和鳌拜四人，一起对博尔济吉特氏施了礼，然后依次退出慈宁宫。在他们走了之后，博尔济吉特氏独自在大堂内站了很久。她的脸上已没有笑容，她的双眉紧锁着。虽然她与四位辅政大臣只是初次见面，但她已经十分清醒地意识到，小康熙在通往亲政的道路上，必然要经历许许多多的坎坷，甚至是血腥。

走进铁狮子胡同，就要跨入鳌府的当口，鳌拜停住了脚步："遏必隆，你去把穆里玛和塞本得叫来，今晚我们要商量一些重要的事情。"

"是，是。"遏必隆连忙赔上笑，"鳌兄请稍候，小弟这就去叫他们。"

天就要黑了，鳌拜大步跨入府内。今天守门的侍卫正是那个年轻的巴比仑，见鳌拜走进来，忙上前迎接："鳌爷回来了？"

鳌拜就像没有看见巴比仑似的，径直向前走去。剩下巴比仑，在鳌拜走出很远之后，身体还禁不住地打了个寒战。

巴比仑打寒战不是因为冷，而是因为心里害怕。他永远忘不了那天凌晨，也就是顺治皇帝驾崩的那天凌晨，鳌拜打了他一记耳光，又将他推翻在地，然后便扬长而去；然后是鳌拜的小女儿兰格格来安慰；再然后，兰格格的母亲回来了，一言不发地走进了她的寝房。巴比仑发觉当时兰格格的母亲脸上的表情十分怪异。兰格格连叫她两声，她也没有搭理。紧接着，巴比仑便听见兰格格的母亲在房内惊叫起来。巴比仑不知发生何事，丢下兰格格就冲入房内。原来，房内的大床上横陈着一具小女孩精赤的尸体，这小女孩显然是遭到了强暴。尽管巴比仑并不知道事情的来龙去脉，但他却敢肯定，这凶残至极之事绝对是鳌拜所为，因为鳌拜先前就是从这间房里走出来的，而鳌拜的衣服上，似乎沾挂着血迹。当巴比仑惊恐地掉头准备跑出房间时，却发现兰格格也正惊恐地站在房门边。巴比仑情不自禁地一把将兰格格紧紧地抱在怀中。

后来，巴比仑和兰格格的母亲一起，将那位小女孩的尸体深深地埋在了花园的一个角落。再后来，巴比仑只要一看见鳌拜，便会不由自主地想起那个死去的小女孩，而只要一想起那个死去的小女孩，巴比仑的身体就会不由自主地颤抖。

巴比仑正在颤抖呢，遏必隆领着鳌拜的弟弟穆里玛和侄子塞本得相继跨进了大铁门。巴比仑赶紧止住身体的抖动，凑上前去问安。

因为鳌拜曾说过"要商量一些重要的事情"，所以遏必隆就径直将穆里玛和塞本得带到了密室"醒庐"。果然，鳌拜正在"醒庐"里稳稳地坐着呢，微合着双目，似乎是在静气养神。

遏必隆上前一步道："鳌兄，令弟和令侄都已到来。"

鳌拜长长地吐了一口气，然后猛然睁大牛眼："好，你们都坐下，待我们把重要的事情商量好了之后，再痛痛快快地喝他一顿也不迟。"

穆里玛迫不及待地问道："哥，究竟是什么重要的事情？"

塞本得紧接着道："叔，是不是关于抓人或杀人的事？"

鳌拜却懒洋洋地用手一指遏必隆道："究竟是什么事情，你们问他吧！"

穆里玛立即就冲着遏必隆道："遏大人，这就是你的不是了。我一路上再三问你，你都推说不知道。你这……到底是什么意思？"

塞本得也很是不快："就是，遏大人，你若是早点告诉我们，我们不就不这么着急了吗？"

遏必隆真的是急了："天地良心……鳌兄，你什么时候告诉我今晚要商谈何事了？你如此冤枉小弟，令弟和令侄已经对我有意见了……"

鳌拜"哈哈"一笑道："遏老弟，你当真是越老越不中用了。我虽然没有告诉你今晚要商谈何事，但你下午已经亲眼所见，我又何必再多此一举？"

遏必隆越发觉得糊涂："鳌兄，小弟下午……所见何事？"

鳌拜牛眼一翻："遏必隆，下午在太皇太后那里，你没见到是谁在和我过不去吗？"

遏必隆这才恍然大悟，连忙挤出笑容道："鳌兄，你是在说那个苏克萨哈啊……"

"不错！"鳌拜几乎是咬牙切齿地道，"我们现在要谈的，就是该如何对付苏克萨哈，尽早地拔掉这个眼中钉、肉中刺！你们都听明白了吗？"

塞本得当即言道："叔，如果你同意，我马上就带人去把苏克萨哈抓来，让他在这里向你叩头请罪！或者，我干脆一刀把他给宰了更省事……"

鳌拜不满地瞪了塞本得一眼："你满脑子就知道抓人、杀人，人当然要抓，也当然要杀，可要看在什么地方、什么时候。不管怎么说，苏克萨哈也是先皇钦定的辅政大臣，我们就这么把他给抓了，把他给杀了，文武百官会怎么看？更何况，他的身边也有不少死党，他们又会对我们怎么样？这些你都想过吗？"塞本得嗫嚅着双唇道："叔，你批评得对，你教育得好……小侄我，一直都四肢发达、头脑简单，希望叔以后经常地对小侄进行批评和教育……"穆里玛望着鳌拜道："哥，对苏克萨哈，既不能抓又不能杀，那我们到底该如何对付他呢？"鳌拜慢悠悠地道："对苏克萨哈，我们终将是要抓他、杀他的，只不过，现在还不是时候……"

穆里玛急道："哥，什么时候才是抓苏克萨哈、杀苏克萨哈的时候呢？"

鳌拜笑眯眯地对着遏必隆言道："遏老弟，你比穆里玛和塞本得都要年长，你是应该知道我们该如何对付那个苏克萨哈的，对不对？"

"这个……"遏必隆一时很是为难，吞吞吐吐地道，"鳌兄，如何对付苏克萨哈，自然还是鳌兄你拿主见，小弟我岂能随意和轻率地谈论？不过，小弟还是以为，既然我们现在不便直接对苏克萨哈下手，那我们何不先拿他的亲信、同党开刀呢？把他的亲信、同党一个个地收拾掉，到最后，苏克萨哈不就成了孤家寡人了吗？到那个时候，我们再来对付他，恐怕就只会是易如反掌了……"

遏必隆说完，神情很是复杂地望着鳌拜。而鳌拜，从座位上站了起来，在穆里玛和塞本得的注视下，一步步地走到了遏必隆的身边，慢慢腾腾地问道："遏老弟，你刚才的这个主意，真是你自己想出来的吗？"

遏必隆讪笑着："鳌兄，小弟性愚，只能想出这个不是办法的办法……让鳌兄见笑了……"

谁知，鳌拜却大声地叫了一声"好"，并重重地在遏必隆的肩头上拍了一巴掌，差点没把遏必隆的肩胛骨给拍碎了。

"好！"鳌拜又大叫了一声，"遏老弟，你还是有些鬼主意的。你的想法与我不谋而合。如果你也能称得上是英雄的话，那我们此刻便是英雄所见略同了！"见鳌拜认可了自己的话，遏必隆总算是长长地舒了一口气："鳌兄过奖了！小弟愚钝，怎堪与鳌兄比？"

鳌拜"哈哈"一笑，然后冲着穆里玛和塞本得言道："你们听好了，我们就先从苏克萨哈的亲信和同党开刀。现在，你们都好好地想一想，我们该先收拾谁比较合适？"

穆里玛和塞本得都真的在好好地想了。想了好一会儿，塞本得叫道："叔，苏纳海、朱昌祚和王登联那三个小子，经常跟苏克萨哈在一起，我们就先把这三个小子给收拾了！"

鳌拜摇头道："一下子收拾掉三个大臣，动静未免太大了些，况且一时间也不好找借口，还是一个一个地收拾比较妥当。"

穆里玛言道："哥，工部尚书费扬古跟苏克萨哈的关系很是密切，先拿他开刀如何？"

鳌拜沉吟道："拿费扬古开刀……这主意不错。把费扬古收拾了，再安排一个我们的人去做工部尚书，岂不是一举两得？"

遏必隆接道："鳌兄，若拿费扬古开刀，也不必直接对费扬古动手，我们可以从他的大儿子倭赫那儿想想办法。倭赫只是一个御前侍卫，脾气又倔又犟，从他那儿找个借口应该比较容易，只要能治倭赫的罪，费扬古就自然脱离不了干系。不知鳌兄意下如何？"鳌拜当即赞许道："遏老弟，你今天看来是越来越聪明了。好，就依你的，我们就从倭赫那儿着手。他不是什么御前侍卫吗？我就想法子在皇宫中治他一条罪状，然后再看看小皇上对此事持什么态度，最后，我再以小皇上的名义宣旨逮捕费扬古。这样一来，即使朝中有些大臣和苏克萨哈对我鳌拜有看法，恐也是哑巴吃黄连——有苦没处诉了！""妙！"遏必隆忙言道，"鳌兄这一招当真是妙不可言。如果此计一切顺利的话，鳌兄以后还不为所欲为，心想事成？"

穆里玛和塞本得也赶紧跟着遏必隆大加奉承。鳌拜最后大手一挥道："好，今天的商谈就到这里，接下来，我们该去大吃大喝一番了！"

很快地，一桌丰盛的酒席便已备妥。鳌拜嚷道："今天是个特殊的日子，谁喝不尽兴，谁就别想离开！"若论及酒量，遏必隆、穆里玛和塞本得三人加在一块儿，恐也不是鳌拜的对手。最后，那三人喝得烂醉如泥。鳌拜无奈，只得命人将他们三人分别送走。

然而，三人走后，鳌拜突然间又感到极度的空虚和无聊。他又独自喝了一会儿酒，然后便很是闷闷不乐地走出了餐厅。他竭力想象着明天该如何惩治费扬古的大儿子倭赫，好使自己兴奋起来，可不知为何，不管他怎么想象，都打不起精神。

就在这时，巴比仑急匆匆地跑了过来，冲着鳌拜一施礼道："鳌爷，门外有人求见……"

鳌拜抬头看了看夜空。一轮明月悬在当头，周围几颗星星显得十分黯淡，时辰已近夜半。

鳌拜本不想在这个时候再见什么人的，但考虑到自己实在是闲得无聊，于是就问巴比仑道："是谁此时要见我？"

巴比仑哈了一下腰："回鳌爷的话，是工部员外郎济世求见。"

鳌拜用手一指巴比仑："去，叫他在大厅候我！"

鳌拜之所以要见济世，是出于这样的考虑：济世每次来鳌府，总带着许多贵重的礼品，而今日夜深而来，所携礼品就肯定更加非同一般，说不定，还会给鳌拜一个意想不到的惊喜。果能如此，鳌拜今夜心中的那种空虚和无聊，不就因此而减轻许多了吗？

然而，当鳌拜摇摇摆摆地步入大厅，却看见济世正垂着双手毕恭毕敬地立于一边。好像济世此番前来，什么礼物也没有携带。鳌拜的脸顿时就沉了下去，两道目光就像两把刀子，笔直地射向济世："济世，你这么晚了来打搅我，有什么重要的事啊？"

济世忙点头哈腰道："大人，属下深夜打搅，实在是太不应该，敬请大人海涵……"

鳌拜很不耐烦地一挥手："济世，少说废话，你深夜至此，究竟所为何事？"

济世的脸上立即露出一种十分明媚的笑容："大人，属下此番前来，是有一件小事要禀告大人……"

鳌拜朝着济世狠狠地逼近了一步："济世，你知道我现在的想法吗？我在想，若不是你过去常来此走动，像你这般啰里啰唆之人，我早就拧下你的头了！济世，你听明白了吗？"

"明白，明白，属下明白！"济世的双腿战栗了一下，差点双膝着地，"大人，属下这次来，给大人带来了一件礼物……"

听到"礼物"二字，鳌拜多多少少地消了些气。不过，瞧济世两手空空的样子，又好像不会有什么太特别的东西。所以，鳌拜就很是狐疑地将济世打量了一番道："济世，你给我带来了什么礼物啊？"

济世言道："大人，属下两个月前去了一趟杭州，在西子湖畔，属下看见了一样好东西，所以就带回京城，送到大人这儿来了……"

鳌拜皱了皱眉头道："济世，究竟是什么好东西，你倒是快点拿出来啊！"

"是，是……"济世一边说着一边退至大厅的前门边，然后转身，冲着黑暗处吆喝道，"还不快点进来拜见鳌大人！"

济世话音刚落，从大厅的前门外走进一个十分年轻又十分美貌的女人。这女人进得大厅之后，袅袅婷婷地挪到鳌拜的一侧，羞羞答答地对着鳌拜施礼道："奴婢阿美，见过鳌大人……"

再看鳌拜，一对牛眼顿时瞪得溜圆，一种异常惊喜的表情立刻就显现在鳌拜的脸上。

鳌拜如此惊喜，当然不会仅仅是因为这女人长得十分年轻又十分美貌。凭鳌拜的身份地位，再美貌的女人他也不稀罕。鳌拜之所以如此惊喜，原因只有一个，那就是，这个名叫阿美的女人，无论是身段相貌，还是穿着打扮，都与纳穆福的母亲年轻时几乎一模一样，而纳穆福的母亲年轻时又正与鳌拜相亲相爱、情投意合。这怎能不令鳌拜又惊又喜？

见自己的良苦用心终于没有白费，鳌拜的脸上也终于露出了惊喜的表情，济世竭力抑制住内心深处的喜悦和激动，做出一副非常诚惶诚恐的样子对鳌拜道："大人，属下只是觉得这个女人长得颇不一般，所以特地从杭州带回京城送与大人，如果大人觉得不合适，就请大人宽恕属下的无礼和无知……属下只是想借此来表达对大人的一片孝心而已……"

鳌拜的目光终于恋恋不舍地从那个女人的身上挪开。鳌拜不是笨蛋，他当然知道济世为寻找到这样的一个女人肯定花费了不少的心思。所以，鳌拜就对着济世认真地点了点头，然后又更加认真地言道："济世，难得你有这么一份孝心。你这个礼物，我就算是正式收下了！"

济世赶紧躬身言道："大人能慷慨笑纳属下这份不成敬意的礼物，属下真是荣幸之至啊！"

鳌拜像是不经意地问道："济世，你既然送我礼物，那我就要给你相应的报酬。你说吧，你现在有什么要求？"济世的心弦一下子就绷紧了，他苦苦期盼的时刻已经来临。他吞吞吐吐地道："大人，属下并无什么太大的要求。属下只想能在工部做个郎中……不知大人意下如何？"

鳌拜"唉"了一声道："济世，你也太没有出息了。在工部做个郎中，顶啥用？不说别的，郎中之上还有侍郎，侍郎之上还有尚书，你做个工部郎中，还不是一钱不值？"

济世心里话：鳌大人啊，谁不想做个更高更大的官？可你不点头帮忙，我就是想碎了心，也只能是白想啊！不过，济世的脸上却是一副非常诚恳的表情："大人，属下不才，若能做个郎中，便很知足，尽管属下的理想也很远大，但在大人面前，属下实在是不敢有更多的非分之想啊……"鳌拜哼了一声道："济世，以前我还真没有看出来，你这小子不仅善解人意，而且还挺会说话。像你这样的人才，只做个工部员外郎，也实在是太委屈你了。"

济世忙言道："谢大人夸奖！大人如此体恤关怀属下，属下真是感激不尽……"

鳌拜随随便便地道："这样吧，济世，我就让你做一回工部尚书如何？"

济世猛一听，以为是自己的耳朵出了毛病。从一个微不足道的工部员外郎一下子跃升为工部尚书，这不啻一步登天了："大人，您……不是在拿属下玩笑取乐吧？"

鳌拜似是有点不快，"济世，我什么时候跟你开过玩笑？你好像有点不相信我鳌拜，是吗？"

济世双膝一软，终于跪在了地上："大人息怒，小人该死……"

鳌拜瞟了瞟那个叫阿美的女人，然后对济世言道："你快点爬起来滚回去。三天之内，我包你当上工部尚书。"

"是，是！"济世爬起来，一时却没动身，因为他实在是不敢相信眼前发生的事情。只一个杭州的风尘女子，便换来了工部尚书这一高官。这样的事情谁敢相信？

但鳌拜这会儿可真的有些怒了："济世，你这个混蛋还想耽误我多少时间？你想一直在这儿待到天亮吗？"

济世猛然清醒过来。鳌拜现在最需要的不是他济世，而是那个叫阿美的女人。慌得济世对着鳌拜又是点头又是弯腰，然后便惊恐地跑了。因为他是退着往后跑的，所以在退到大厅的门边时，一个不留神，整个儿地摔倒在大厅之外。鳌拜不禁摇头道："真是没见过世面，一个工部尚书，竟然得意到这种地步！若是让他做了辅政大臣，岂不是得意忘形得活不成了？"

一直默然不语的阿美此时开口了。她的声音又细又软又撩人，就像一羽绒毛，不小心落入到人的衣内："大人，在朝中，你想叫谁做什么官，谁就可以如愿以偿吗？"

鳌拜"嘿嘿"一笑，大手一伸，便将她整个身体拽入自己怀内："你说得没错！在朝中，我想干什么就干什么，谁也阻拦不了我。如果你愿意，我也可以弄个官让你当当。"

阿美妩媚地一笑："大人是在取笑奴婢了！奴婢哪有什么做官的福分。奴婢最大的愿望便是能在大人的身边，好好地伺候大人，给大人带来一点生活的快乐！"

鳌拜大声道："说得好，说得非常好！实话告诉你，大人我现在就想得到一点生活的快乐！"

阿美的双手就像蛇一般，迅速而紧紧地缠上了鳌拜："大人，既然如此，我们何不快些找个地方来寻求生活的快乐？"

这一夜，鳌拜显然没怎么睡觉。可第二天早晨起床，他的精神却特别好。待此时，他即将离开阿美的时候，却仍然不无留恋地对她道："你就在这里躺着，好好地休息，哪儿也不要去，哪儿也不许去，等我办完事后回来，我们再一起去寻找生活的快乐。"

当然，鳌拜的生活和快乐，决不会只局限在一个女人的身上。所以，他恋恋不舍地离开阿美的目的，便是要去宫中为济世办理担任工部尚书的事宜。

鳌拜胡乱地吃了早饭，刚跨出鳌府的大门，迎面便碰上穆里玛。穆里玛问道："哥，你今日没去上早朝？"

鳌拜不屑地鼓了鼓嘴："兄弟，我身为辅政大臣，还有必要去上什么早朝吗？"

"那是，那是。"穆里玛赶紧言道，"哥就是天天不去上朝，别人又能把哥怎么样？"

鳌拜哼了一声，然后道："你随我去宫中走一趟，我要去找小皇上办点事情。"

穆里玛有些不解："哥，那个小皇上……你找他会有什么事要办？"

鳌拜白了穆里玛一眼："你怎么到现在还没开窍？不管大小什么事情，只要经过了小皇上的手，不就都变得合理合法了吗？"

"是，是。"穆里玛傍在了鳌拜的身边，"哥，你就是比我聪明。"鳌拜懒得再跟穆里玛啰唆，只摆了一下手，便率先朝着宫中走去。穆里玛不敢怠慢，紧紧地跟在鳌拜的身后。

鳌拜今日带穆里玛入宫的最大目的，就是想让穆里玛亲眼见识一下他鳌拜在小康熙面前的所作所为。就像演员在台上演戏，如果台下一个观众也没有，即使台上的表演精彩纷呈、热闹非常，也实在是没有什么意思。

进得宫来，鳌拜捉住一个太监，问清了小皇帝康熙在何处后，便带着穆里玛直奔乾清宫而去。

一路上，经常有一些太监和御前侍卫殷勤地跑过来向鳌拜请安。鳌拜心中一动，自言自语似的问穆里玛道："那个费扬古的大儿子倭赫，不就是这里的御前侍卫吗？"

穆里玛有些不解："是的，哥，那倭赫就在这里当差。你现在问起他干什么？"

鳌拜阴险地一笑道："兄弟，我们既然来了，何不顺便见识一下这个费扬古的大儿子，究竟是一个何等人物？"

穆里玛虽然还是不太明白鳌拜话中的意思，但也没再继续问，而是拦住一名御前侍卫，问了几句后回到鳌拜的身边道："哥，那个倭赫现在正在乾清宫外当值。"

鳌拜点头道："很好！既然是在乾清宫外执勤，我们岂不是正好顺路？"

没有多久，鳌拜和穆里玛便来到了乾清宫外。在宫外当值的一个约莫三十开外的侍卫，连忙迎上来，单腿点地，向鳌拜和穆里玛请安。

鳌拜乜了那侍卫一眼，用一种漫不经心的语调问道："你这个侍卫，尊姓大名啊？"

那侍卫轻声应道："小人倭赫，参见两位大人……"

鳌拜"哦"了一声，很是意味深长地道："原来，你就是工部尚书费扬古费大人的大儿子倭赫啊！"

倭赫回道："正是小人。不知两位大人驾到，有失远迎，还望两位大人海涵……"

鳌拜看了看穆里玛："兄弟，想不到这费扬古费大人的大儿子，还如此的彬彬有礼啊！"

穆里玛笑道："哥，像他们这种不知好歹的家伙，总喜欢做这些虚情假意的举止！"

倭赫立即对着穆里玛言道："这位大人，小人前来给两位大人请安，完全是出自真情实意，您又何故冤枉小人？"

鳌拜阴阳怪气地对穆里玛道："兄弟，这位倭侍卫看来对你很有意见啊！"

穆里玛脸一沉，迅速地抬起右脚，照准倭赫的左肋狠踢过去，口中还骂骂咧咧地道："敢对我有意见，你不想活了？"倭赫看来是个不卑不亢的人，虽然中了穆里玛一脚，肋部很疼，但仍倔强地保持着单腿点地的姿势，不轻不重地道："这位大人，你踢了小人一脚，小人甘愿承受，只是，小的身后，便是当今圣上所在，如果这位大人无端地惊扰了当今圣上，那小人可就开罪不起了。请这位大人三思。"倭赫这一席话，居然说得穆里玛无言以对："哥，这小子……明显是在强词夺理……"鳌拜不悦地瞪了穆里玛一眼："兄弟，你真是个大笨蛋！他这不叫强词夺理，他这叫仗势欺人，懂吗？"

鳌拜话中的一句"仗势欺人"，明显是在暗指小皇帝康熙。倭赫听了心中很觉不快，但又不便发作，于是只得不高不低地言道："如果两位大人没有什么别的事情，那小人这就告退了！"说着话，倭赫身躯一扭，便要站起来。谁知鳌拜却冷冷地言道："倭赫，先别忙着起身！"

鳌拜的身份是辅政大臣，他叫倭赫"别忙着起身"，倭赫也就只能听从："不知鳌大人对小人还有什么吩咐？"

鳌拜哼哼唧唧地道："倭赫，你见了本大人，为什么不跪拜啊？"

别说倭赫了，就是穆里玛听了鳌拜的话后也不由得一惊。因为，在宫中，只有见了当今皇上或太皇太后才可以行跪拜之礼。鳌拜此时此地对倭赫提出如此要求，究竟是何用意？

穆里玛不觉看了鳌拜一眼。鳌拜正睁着一对牛眼瞪着倭赫。倭赫一字一顿地对着鳌拜言道："大人，你对小人提出任何要求，小人都可以答应，但在此地，大人要小人行跪拜之礼，恕小人不能答应……小人也恳请大人收回刚才的话……"

应该说，倭赫的话不仅在内容上有理有据，就是在语气上也十分得体。然而，倭赫还是错了。他错就错在，鳌拜根本就不是一个讲道理的人，他更不明白鳌拜此时的想法。此时的鳌拜只有一个想法，那就是，置倭赫于死地。

倭赫没能明白鳌拜此时的想法，但穆里玛却渐渐地明白了。所以，倭赫的话音还未落，穆里玛就气势汹汹地喝问道："倭赫，鳌大人的话，难道你没听见吗？"

倭赫还是硬硬地道："鳌大人，你如此要求，恕小人实难从命！"

穆里玛又踢了倭赫一脚，"你竟敢这样对鳌大人说话，不想活了？"

倭赫似乎也太过倔强了："两位大人，小人当然想活，但鳌大人适才对小人提出的要求，小人不敢也不能答应！"

鳌拜言道："倭赫，告诉你吧，敢违抗我鳌拜命令的人，下场只有一个，那就是——死！"

倭赫回道："鳌大人，小人以为，小人没有死的理由……"

鳌拜慢慢地提起了右掌："倭赫，我鳌拜杀人从来就不需要理由！"

倭赫道："鳌大人总不至于无端地就杀人吧？"

但鳌拜没再说话，他也不需要再说话了。他早已提起的右掌，以迅雷不及掩耳之势，挟着一股骇人的风，"嘭"地一下重重地拍在了倭赫的脑壳上。就这一掌，竟然将倭赫拍得从地上弹跳了起来。弹跳起来之后，倭赫就像喝醉酒似的，在原地转起了圈。好一会儿，倭赫才勉勉强强地停止了转动，可他刚站稳脚步，鳌拜的右掌就毫不客气地击在了他的胸口上。

鳌拜的这一掌太凶狠了。只听倭赫"哇"的一声惨叫，一股鲜血喷口而出。倭赫踉踉跄跄地向后退了几步，终于一头栽倒在地。穆里玛来了精神，大步抢到倭赫身边，用自己的双脚，在倭赫的脸上和身上拼命地胡乱踩着。直到踩得自己筋疲力尽时，穆里玛才意犹未尽地停住了脚。

可怜的倭赫，不仅被鳌拜、穆里玛兄弟活活地打死，而且死的时候，身上、脸上几乎已经找不到一块完整的地方了。倭赫那血肉模糊的死状，用"惨不忍睹"恐都不能形容。

打死了倭赫，穆里玛一时间有点犯难了。光天化日之下，在小皇帝康熙居住的乾清宫门外不远处，活活地打死了一名御前侍卫，这似乎确实有些说不过去。让穆里玛最感到犯难的是，一时间很难找到打死倭赫的"正当"理由，总不能把事实真相告诉小康熙吧？

穆里玛抓耳挠腮地问鳌拜道："哥，这事儿，该如何向小皇上交代呢？"

鳌拜趁机教训穆里玛道："兄弟，记住，做任何事情都要反复思虑、好好地琢磨琢磨。你以为，我刚才所作所为，只是一时冲动吗？"

"当然……不。"穆里玛很钦佩地看着鳌拜，"大哥行事向来是深谋远虑，三思而后行。大哥这样做，就必然有这样做的理由。请大哥赐教……"

鳌拜四处张望了一下，迅速从腰间摸出一把短刀来："快，把这把刀放在倭赫的手里。"

实际上，任何大臣入宫，身上都不得携带兵器。而鳌拜，几乎时时刻刻都带有一柄短刀。只凭这一点，便足以看出，鳌拜对当今的小皇帝康熙至少是大不敬的，但穆里玛却顾不了这一点。鳌拜的话对他而言，无疑比圣旨更有权威性。所以，他接过鳌拜的短刀后，急急忙忙地跑过去，将刀子放入倭赫的手中。做完这一切，穆里玛又赶紧跑回鳌拜身边。不管怎么说，在乾清宫外做这种伤天害理的事情，他多少还是有些紧张的。

鳌拜要比穆里玛镇定从容得多，他微笑着问穆里玛道："兄弟，可知为兄此举有何意思？"

穆里玛苦苦思索了一阵后回道："这倭赫胆大妄为，私带兵器入宫，被我等兄弟发现，所以就地正法了……"

鳌拜点了点头，又摇了摇头。穆里玛糊涂了："哥，你究竟是什么意思？"

鳌拜言道："你只说出了我等兄弟为何要处死倭赫的原因。若要依据此事把费扬古及费扬古一家全部抓起来，你就没有充分的理由了。"

看来，鳌拜确实要比穆里玛聪明。他不仅毫不犹豫地打死了倭赫，还要借此将倭赫的父亲费扬古及其全家全部除掉。也就是说，从今天开始，鳌拜已经正式向他的最大政敌苏克萨哈发起进攻了。当然，这种进攻是充满血腥的。

在穆里玛疑惑的目光注视下，鳌拜接着说道："兄弟，要这样来理解倭赫手中那把刀的含义。他带刀进宫干什么？刀只能是用来杀人的。他今日在乾清宫外当值，他究竟想杀的是谁？"

穆里玛大悟道："这倭赫妄想行刺当今皇上……"

鳌拜开心地笑道："他敢携刀阴谋行刺皇上，其背后就必然有主谋。如此一来，费扬古就只能去见他的大儿子倭赫了！"

穆里玛由衷地叹道："哥呀，世上还有比你更聪明的人吗？说吧，现在我们该干些什么？"

鳌拜指了指乾清宫："兄弟你去把当今皇上请来。不然的话，我兄弟打死刺客的功劳不就埋没了吗？"

穆里玛闻言，也不答话，拔脚就往乾清宫而去，刚刚跨进乾清宫大门，就看见那个小皇帝康熙，在一个宫女和一个老太监的陪同下，不紧不慢地向宫外走来……

康熙自小就有继承帝位的理想。只不过，除了父亲顺治之外，他心中的这种理想对谁也没有说过。然而，当顺治突然驾崩，他真的当了皇帝之后，却在博尔济吉特氏的面前又哭又闹着，说自己不想当。博尔济吉特氏当然理解康熙的心情。康熙的母亲死得早，与康熙在感情上贴得最近的人，除了博尔济吉特氏之外，便似乎只有顺治了。可顺治离开了，离开得又那么突然，这叫年幼而又似乎早熟的康熙怎能不悲痛万分？所以，博尔济吉特氏也就没有怎么多劝慰康熙。她深深地明白，此时此刻，对康熙说再多的话也没什么用。她只是对他道："玄烨，你想不想当皇帝不是你说了算，这是你父皇临终前的旨意。你父皇把皇位交给了你，同时也把整个大清江山交给了你。你回乾清宫好好地想想吧！"

小康熙住进了乾清宫。依康熙自己的意思，他本来想住在养心殿。因为顺治是在养心殿驾崩的，住在养心殿里，多少也寄托着小康熙对父皇顺治的怀念和哀思。但不知是出于何种考虑，博尔济吉特氏坚持不让康熙再住养心殿，甚至，她为此事还对康熙发了火。康熙无奈，只得哭哭啼啼地入住乾清宫。

刚住进乾清宫那阵子，小康熙有事没事地就会流下眼泪来，弄得乾清宫内的大小太监和宫女，一个个既战战兢兢又束手无策。博尔济吉特氏知道这种情况后，也深感忧虑。康熙还小，如果不慎生出什么毛病或事端来，那大清天下不就落入他人之手了吗？这是博尔济吉特氏最不愿看到的，她也绝不会让这种事情在她的身边发生。所以，她找来了她最喜欢同时也是她最信任的两个仆人，一个是常年在慈宁宫里伺候她的老太监赵盛，一个是刚调入慈宁宫不久的小宫女阿露，让这两个人来陪伴、开导小康熙。

还别说，赵盛和阿露去了乾清宫后没多久，小康熙的面貌就顿然大变。至少，他不再整日地悲悲戚戚、哭哭啼啼，而逐渐显露出一种活泼开朗的性情来。

小康熙改变了面貌，当然得归功于赵盛和阿露。只是，赵盛和阿露是如何使小康熙发生变化的，恐怕就是一个不大不小的秘密了。不过，博尔济吉特氏后来从康熙的嘴里打听到的一些情况，却又使这个不大不小的秘密多多少少有了一定程度的公开。从中不难看出，赵盛也好，阿露也好，他们为了能使小康熙开心，的的确确是尽了自己最大的努力，甚至，他们有时还不惜以牺牲自己的生命为代价。

就以阿露为例吧。为使小康熙的脸上能尽快地露出笑容，她有好几次都从死亡的边缘挣扎着走了回来。这里举例稍稍说明一下。

那是一个下午，在乾清宫内。阿露见小康熙在寝殿内默然不语的样子，于是就故意大声地对赵盛道：“赵公公，天气这么好，我们到外面荡秋千怎么样？”

赵盛一时未能理解阿露的意思：“阿露，你就在这儿老老实实地待着吧。”

阿露道：“赵公公，如果你有胆量，我们就出去比赛荡秋千，让皇上给我们做裁判，谁要是输了，谁今晚就不许吃饭，赵公公同意吗？”

听到“皇上”二字，赵盛便明白了：“阿露，老奴虽然老胳膊老腿的，却也不怕跟你比赛，只是，不知皇上可否愿意为我们做裁判……”

阿露立即跑到小康熙的面前跪下：“皇上，奴婢恳请皇上为奴婢和赵公公的比赛做裁判！”

小康熙伸手将阿露拉起来：“阿露，赵公公那么大年纪，怎么能比得过你？”

赵盛马上道：“皇上，老奴虽已年迈，但还不想在阿露的面前认输……”

小康熙无奈地道：“赵公公执意如此，那就出去与阿露比一回吧。”

出了寝殿，就有两架秋千。阿露和赵盛约定，谁在一定的时间里悠得远、荡得高，谁就是胜利者。

胜负自然是不言而喻的。阿露灵活自如、身轻如燕，在秋千上荡起来，活脱脱是一只花蝴蝶在上下翻飞，姿态既轻盈又优雅，的确是美妙无比。而赵盛，好不容易地坐在了木板之上，还没有荡起来，整个身子就滑落到地面上。赵盛似乎还不服输，跌倒了再爬起来，爬起来之后又再一次跌倒，其状既滑稽又十分狼狈。

小康熙纵然是满腹心事，也不禁被赵盛那略带夸张的动作逗引得面露微笑。

赵盛一次次跌倒，又一次次爬起，早累得气喘不已。小康熙赶紧道：“赵公公，你不要再荡了，你再荡，也不是阿露的对手。”

赵盛呼哧呼哧地走到小康熙身边：“皇上，老奴就是不服老，看来也不行了……"小康熙的目光紧紧地盯住了悠来荡去的阿露："赵公公，这阿露的秋千怎么荡得这么好看？"

赵盛躬身言道："回皇上的话，阿露正是因为秋千荡得美妙，才被太皇太后选调慈宁宫的。"

小康熙由衷地叹道："太好看了！朕长这么大，还从未见过谁荡秋千这么好！"

赵盛忙扯起嗓子喊道："阿露，皇上夸你荡得好看呢……"

阿露听到了，越荡越有劲儿，荡得越来越高，似乎她轻盈的身体，已经荡入云天之中。

小康熙不禁拊掌大笑道："赵公公，阿露有如此的本领，朕实在是太高兴了！"

小康熙这一笑不要紧，可把阿露乐坏了，她终于看见皇上开心地大笑了。然而，她也太过于大意了。就在秋千再次荡到半空中的时候，她的双手竟然松开了两边的绳子。当她手忙脚乱地想平衡自己的身体时，已然太迟，她的身体就像一只中箭的鸟雀，直直地从半空中栽了下来。

这一次，是小康熙首先来到了她的身边。见她一动不动地躺在地上，小康熙不知所措："赵公公，阿露她……是不是已经死了？"

赵盛心中虽也慌乱，但比小康熙要镇定一些。他探了探阿露的鼻孔："皇上，她好像还有气息……"

小康熙赶忙言道："赵公公，快去叫御医来……一定要救活她！"

阿露也真的是命大。在昏迷了一天一夜之后，她终于慢慢地睁开了眼。守候在旁边的小康熙惊喜地道："阿露，你又活了，你没事了……"

阿露低低地言道："皇上，奴婢在荡秋千的时候，看到皇上笑了……"

小康熙用力地点了点头："是的，朕那时真的笑了。可你，差点把自己的性命送掉……"

阿露气息微弱地道："只要皇上能够开心，只要皇上能够笑，奴婢就是真的把自己的性命送掉，也心甘情愿……"

小康熙听了阿露的话后，双眼不觉有些湿润。

当然，我们不能绝对地说，是因为阿露的几次"死里逃生"的经历，才使得小康熙从思念父亲顺治的莫大悲哀中解脱出来。不过，可以肯定的是，阿露和赵盛到了乾清宫一个多月后，小康熙的确是笑口常开了。

还有一件事情，似乎与小康熙的改变也有某种关系。那就是，自阿露从秋千上摔下来之后，小康熙就经常地和阿露肩并肩地睡在一起了。

本来，小康熙睡觉的时候，阿露和赵盛是睡在寝殿门外的偏房里的，只要小康熙轻轻一喊，阿露或赵盛便会迅速地跑入寝殿内伺候。也就是说，阿露和赵盛不仅要想方设法地使小康熙开心，还要殷勤周到地侍奉小康熙的饮食起居。换句话说，无论白天黑夜，阿露、赵盛和小康熙三人几乎时时刻刻在一起。

　　大概是阿露从秋千上摔下来昏迷过去又醒来后的第三天晚上，小康熙在寝殿里睡着了。阿露和赵盛也各自在寝殿门外的一间偏房里进入了梦乡。大约在半夜时分，阿露醒了，她醒了是因为她好像听见了一种什么响动。她虽然还没长成什么大人，但却十分地警觉。所以，听见了那种响动后，她就蹑手蹑脚地下了床，先走到赵盛的房里看了看，赵盛正均匀地打着呼噜，然后，她就悄悄地走进了寝殿。果然，那种响动来自小康熙的身上。

　　只见小康熙，四脚八叉地躺在龙床之上，双手一会儿高高地举起，一会儿又重重地落下，两条腿就像跑步似的一刻不停地乱动着。阿露不知出了什么事，慌忙跑到龙床边，将掉落在地的锦被抱回到床上，却见小康熙双目紧闭，满脸是汗，两颊处的肌肉还一动一动的，像是在做一件非常劳累的事。

　　阿露从未见过这种场面，一时间竟然呆呆地愣在了床边。亏得赵盛也走进了寝殿，不然的话，阿露在床边还不知要呆站多久。

　　"赵公公，"阿露竭力压低自己的声音，"皇上这是……怎么了？"

　　赵盛轻轻地回答阿露道："你不要紧张，皇上这是在做梦，一会儿就没事了。"

　　"哦……"阿露长出了一口气，"赵公公，要不要叫醒皇上？"

　　赵盛摇了摇头："如果皇上做的是一个美梦，我们无端惊扰了他，他岂不是很不快活？"

　　阿露点了点头，便和赵盛一起，几乎是屏住了呼吸，眼睛一眨不眨地盯着小康熙。

　　小康熙双手猛然一举，双腿猛然一蹬，大叫了一声道："中了！"然后就悠悠地睁开了眼。

　　阿露连忙言道："皇上，您醒了！"

　　小康熙眨巴眨巴双眼，显得有些莫名其妙："赵公公、阿露，你们怎么会在这儿？"

　　赵盛躬身回道："皇上，老奴与阿露适才见皇上正在做梦，不敢惊扰，所以就站在这儿。"

　　"做梦？"小康熙皱了一下眉，"莫非，朕适才见到的一切，都是在做梦？"说完，小康熙翻身看了看床，又看了看赵盛和阿露，不觉点头叹道："是的，朕的确是在做梦……"

　　赵盛低低地言道："皇上，恕老奴多嘴，皇上适才在梦中，是否又见到了先皇？"

　　小康熙吁了一口气："是的，赵公公。朕刚才在梦中，见到父皇正教朕骑马射箭，朕纵马狂奔，弯弓搭箭，一箭正中靶心。可是，这只是一场梦而已……"

见小康熙一副愁眉不展的样子，阿露赶紧道："皇上，梦醒了，一切都没事了，皇上还是好好地休息吧！"

阿露说着，扶小康熙躺下，又将锦被盖在小康熙的身上。小康熙有气无力地道："赵公公、阿露，你们也去休息吧。"

阿露和赵盛轻悄悄地出了寝殿。刚出寝殿，就听小康熙在殿内喊道："阿露，你来一下。"

阿露别了赵盛，重新走进殿内，来到小康熙床边："皇上是要方便吗？"

小康熙一下子变得有些支支吾吾起来："阿露，朕刚才……在梦中见了父皇之后，现在很难睡着了，所以，朕就想……叫你和朕一块儿睡，你……愿意吗？"

阿露几乎被吓了一跳："皇上，奴婢不知该如何回答。"

小康熙连忙道："阿露，你要是不愿意没关系，朕也不会生你的气，朕只是觉得，一个人躺在这床上，又睡不着，很闷，也很烦，所以朕就想叫你陪陪朕，既然你不愿意，那你就回去吧，朕不会生气的……"

阿露双膝一弯，跪在了床边："皇上误会奴婢的意思了……皇上叫奴婢干任何事情，奴婢都心甘情愿，只是，奴婢人微身贱，怎能与皇上睡在一张床上？请皇上三思……"

小康熙笑了："阿露，原来你害怕的是这个呀！朕既然叫你上来睡了，朕就不在乎什么人微身贱的事情。再说了，你上来和朕一块儿睡，别人是不知道的，只有赵公公知道，赵公公是个大好人，他是不会在外面乱说的。阿露，朕说得对不对啊？"

见阿露还一动不动地跪在地上，小康熙急了，"呼"地掀开被子，一下子从床上跳下来，伸手就去拉阿露。阿露忙道："皇上请快回床，当心龙体着凉……"小康熙耍起了无赖，一屁股坐在了阿露的身边，还嘟着嘴道："阿露，你要是不起来，不和朕一块儿睡，朕就永远不上床、永远坐在这里……"

阿露慌了，也有些怕了。这小康熙既然能这样说也就能这样做，所以，她就慌里慌张地道："皇上先起身，奴婢才敢起身……"

小康熙很快地站了起来，阿露慢慢地爬起了身。小康熙道："阿露，快跟朕一块儿上床吧。"

阿露嗫嚅着道："皇上先上床，奴婢才敢上床……"

小康熙也不客气，"嗖"地就钻入了被中："阿露，快上来吧，被子里可暖和呢！"

其实，这已经是春暮夏初了，寝殿内又有几个旺旺的炭炉，应该说是一点儿都不冷的，但阿露此时的心里却有些凉飕飕的，因为她就要上的是皇帝的龙床。十四岁的她，能不有些紧张吗？小康熙自然顾不了这些，见阿露迟疑地站在床边，他便伸出手去拉她："阿露，你快上来呀！你怎么说话不算话啊？"

阿露没法了，只得道："皇上请松手，奴婢这就上来……"

她暗暗地叹了一口气，缓缓地除去鞋袜，然后慢慢地朝床上爬去。爬到床上之后，她就一动不动地、直直地躺在了床边。

小康熙高兴了，拽过被子就将她盖上，然后贴上身来，双手还搂住了她的脖子："阿露，朕就这样抱着你睡好吗？"

她小声地道："皇上想怎样，就怎样，奴婢都愿意……"

因为彼此挨得太近了，她身上的某种特殊气味就不可避免地袭入他的鼻孔里。他情不自禁地道："阿露，你身上的味道真香，真好闻。朕的身上也有这么好闻的香味吗？"

她用鼻子在他的身上嗅了嗅："皇上身上的味道比奴婢身上的味道香多了，也好闻多了……"

他有些不信："阿露，你在骗朕吧？朕怎么就闻不到自己的身上有香味呢？"

阿露解释道："皇上，每个人身上的香味，自己是很难闻到的，只有别人才能闻得出来……"

阿露的这种解释好像应该是真理了，尤其是用在两情相悦的男女身上，则更加贴切。小康熙似乎是听懂了，"哦"了一声，道："阿露，你还真有学问呢！"

当然，小康熙还小，还不可能真正地懂得男女之间的情事。他叫阿露陪他一起睡觉，只是出于一种朦朦胧胧的天性或者好奇。更确切点说，一个八九岁的男孩子，整天一个人睡在一张偌大的床上，也实在是过于寂寞和冷清了。有阿露在身边陪着，至少也能赶走许多的寂寞和冷清。所以，开始那几天里，小康熙也只是紧紧地搂着阿露，呼吸着从她身上散发出来的那种特殊的芬芳，然后便安安静静地在她怀里睡着了。

尽管，不能武断地说，正是因为阿露和小康熙睡在了一起，小康熙才从思念顺治的阴影中走了出来。但是，不管怎么说，阿露在使小康熙重新开心和活泼起来的这一过程中，也的确起到了一定的作用。这一点，不仅别人无法否认，就连康熙自己，也铭记了很久很久，甚至可以说，是整整铭记了一辈子。

我们再回到那个上午，也就是鳌拜和穆里玛兄弟在乾清宫门外不远处活活打死御前侍卫倭赫的那个上午。小康熙用过早膳后，精神特别的好。回到乾清宫内，他突然对着赵盛和阿露道："朕现在要去拜见皇祖母！"

赵盛道："皇上前往慈宁宫，老奴也就能再见太皇太后了！"

阿露也道："是呀，赵公公，奴婢有好长时间没见到太皇太后了！"

而实际上，不要说赵盛、阿露都曾跟着小康熙去过慈宁宫，就是博尔济吉特氏本人，也隔三岔五地来乾清宫走一趟。赵盛、阿露之所以说出很久没有见过博尔济吉特氏的话来，只不过是因为看到小康熙皇帝真的快乐起来了，他们想再增加一些快乐的气氛而已。

果然，小康熙受到了这种气氛的感染："赵公公、阿露，朕已经好长时间没陪皇祖母用膳了，朕今日就在慈宁宫用膳，也好让皇祖母高兴高兴。"

接着，赵盛又特意将小康熙的发辫重新梳理了一番，阿露又替小康熙换上一套簇新的黄袍马褂。把小康熙打扮得容光焕发、精神抖擞之后，赵盛和阿露便一边一个地簇拥着小康熙向乾清宫外走去。

这一天上午的天气特别好，没有什么云，也没有什么风，只有一轮娇艳的太阳，温情脉脉地照着紫禁城，照着乾清宫。

俗语云：人逢喜事精神爽。实际上，好的天气和环境也能倍增人的精神。所以，小康熙在往乾清宫外走的时候，劲头特别足，一双小腿甩得虎虎生风，很有一种一步就能跨到慈宁宫的意思。慌得赵盛一边紧紧跟随一边小声言道："皇上，老奴年迈，还是稍稍走慢些吧！"

阿露却道："赵公公，你把步子迈大一些，不就跟上皇上的步伐了吗？"

小康熙乐呵呵地言道："赵公公、阿露，朕今日就与你们比一比，看谁走得快。谁最后一个到达慈宁宫，今天中午就不给谁饭吃。"

赵盛叹道："皇上，您这不是明摆着要饿老奴一顿吗？"

小康熙和阿露都开心地笑起来。笑声未落，小康熙等人已接近了乾清宫门，刚准备朝外走，却见一人急急忙忙地闯进了宫内。这人当然就是鳌拜的兄弟穆里玛。

小康熙不由得一愣。他在朝中见过穆里玛，见他此时闯了进来，便问道："这……不是靖西将军吗？你怎么……跑到这里来了？"

按照大清律例，皇宫内院，除皇上特旨之外，任何朝中大臣都不许擅自出入。这穆里玛竟然闯入了乾清宫，小康熙如何不感到意外？

穆里玛是奉鳌拜意旨行事，虽也知道不该擅入乾清宫，但心中却并无多少惊慌。他对着小康熙伏地叩头道："臣启奏皇上，适才宫外有一名刺客阴谋行刺皇上……"

听到"刺客"二字，小康熙不免有些紧张。连赵盛和阿露二人，也赶紧向四处张望，尤其是赵盛，还向前大跨了一步，似乎是想用自己老迈的躯壳来保护小康熙那稚嫩的龙体。

小康熙指着穆里玛问道："那刺客……是谁？现在哪里？"

穆里玛回道："禀皇上，那刺客就是御前侍卫倭赫……"

"什么？"小康熙大吃一惊，"靖西将军，你是不是搞错了？工部尚书费扬古的儿子倭赫会是刺客？他常常在乾清宫外守护着朕，尽职尽责，怎么会是刺客？他为什么要行刺朕？"

因为小康熙太过惊讶了，居然一口气说了这么多话。穆里玛却不紧不慢地言道："皇上，倭赫是不是刺客，您出去看看就知道了，他就在外面……"

小康熙闻言，撒腿就往外面跑。也真是跑，不仅赵盛难以跟上，就是阿露也立时被小康熙落下了十几步。可见，此时的小康熙心里该有多么急切。

小康熙正跑着呢，猛见一人挡住了去路，他只得刹住脚。挡住他去路的人当然是鳌拜。小康熙呼哧呼哧地道："鳌大人，你怎么……也在这里？"

鳌拜缓缓地跪下，然后做出一种非常难看的笑容言道："皇上如此匆匆，是否是在寻找那个胆大包天的刺客？"

小康熙惊愕道："鳌大人，你……也知道刺客的事？"

鳌拜又缓缓地站了起来。按例律，皇上不叫大臣起来，大臣是不能擅自起身的。不过，鳌拜也许是考虑到了此时的小皇上因为太过牵挂倭赫的事情而忘了叫他平身，所以就自觉、主动地爬起了身。

鳌拜起身之后，先看了一眼走过来的穆里玛，然后才慢悠悠地回答小康熙道："皇上，正是臣等及时发现了倭赫正要潜入乾清宫行刺并及时加以制止，臣如何会不知道刺客的事？"

小康熙的两条眉毛几乎皱在了一起："鳌大人，你也认为……那倭赫是刺客？"

"当然，"鳌拜的语气毋庸置疑，"人证物证俱在，他只能是刺客。"

小康熙刚想问鳌拜倭赫在哪儿，却听见身边的阿露异常恐怖地尖叫了一声："啊……皇上……"

小康熙顺着阿露的目光看过去，见不远处的一处空地上，横陈着一具血肉模糊的尸体。那尸体的脸早已被踩得皮开肉绽，就是他的亲生父母来了，也实不敢辨认。

小康熙只看了那具尸体一眼，就感觉体内就有一股黏稠物向上翻涌，跟着身体也摇晃起来，慌得赵盛和阿露赶紧从两边将小康熙架住。

小康熙几乎用尽了全力，才勉强把体内的那股东西压住。可尽管如此，小康熙的嘴里也立时就泛起了 ·种说不上是酸还是苦的怪异味道。小康熙一边品尝着这种怪异的味道一边头晕目眩地问道："鳌大人，那尸体是谁？"

鳌拜很是轻松地言道："回皇上的话，那尸体正是刺客倭赫。"

尽管小康熙心中已经知道那尸体是谁，可听到鳌拜口中说出"倭赫"二字后，他的身体还是极大地晃动了一下："鳌大人，那倭赫怎么会变成这副模样？"

鳌拜对着小康熙躬了一下身："回皇上的话，臣等见这倭赫狗胆包天，竟然敢图谋行刺皇上，所以心中实在愤恨至极，一时下手便略略重了些。如果因为臣等下手太重而意外地使皇上有所惊吓，那真是臣等始料未及的事。不过，还请皇上能够多多明察臣等对皇上的一片赤胆忠心。不知皇上意下如何啊？"

如果不是赵盛和阿露在两边扶持着，小康熙恐怕就要站立不住了。在如此状态之下，小康熙当然就不会有多余的体力和精力去"多多明察"鳌拜和穆里玛对他的一片"赤胆忠心"了。

小康熙只是有气无力地按照自己的思路问道："鳌大人，那倭赫一向忠于职守，为什么要行刺朕？先皇在世时，朕曾多次听先皇说过，说那工部尚书费扬古是一个大大的忠良之臣。如此的忠良之臣怎么会有一个不肖的刺客儿子？鳌大人，你与靖西将军是不是弄错了？如果倭赫不是刺客，他岂不是死得太冤？又死得太惨？"

鳌拜有点皮笑肉不笑地道："皇上，臣无论如何也没有想到，皇上竟会说出这番话来。臣等誓死保卫皇上，不仅没有得到应有的奖赏，反而遭到皇上的莫大误解，臣等想来也确实有些心酸，更有些心寒啊！"

鳌拜的表情不怎么受看，但他的言语却也很不中听。小康熙只得问道："鳌大人，你这话……是什么意思？"

鳌拜突然变得有些彬彬有礼了："皇上，汉人有句俗话，叫作'人不可貌相，海水不可斗量'。还有一句俗话叫'知人知面不知心'。想那工部尚书费扬古，在先皇陛下时，竭力藏起莫大的野心，而做出一副对先皇陛下和对大清王朝忠心耿耿的假象。就是这副假象，也不知蒙骗了多少朝中大臣，恕臣不恭，这副假象也曾经蒙骗了先皇陛下，所以先皇陛下才会对皇上提起过那费扬古是什么忠良之臣。殊不知，那费扬古早就包藏祸心，早就想在朝中唯我独尊，只是碍于先皇陛下的英明和威势，他才不得不暂时隐去他的真面目。可现在不同了，皇上，先皇已经驾崩，是皇上统治这大清江山，他费扬古觉得机会来了，他要狗急跳墙了。他利用他大儿子倭赫在宫内做御前侍卫这一有利条件，派倭赫阴谋行刺皇上。他的如意算盘是，只要倭赫阴谋得逞，那先皇钦定的四位辅政大臣就形同虚设了，那他费扬古从此就可以权倾朝野了。皇上，费扬古本来就是这么一个野心勃勃的小人啊，皇上怎么到现在还没有看出来呢？"

确切地说，鳌拜的这一番高谈阔论纯粹是信口开河。不说别的，单就费扬古本人来说，即使小康熙遭到不测，四位辅政大臣形同虚设了，凭费扬古一个工部尚书就能"权倾朝野"了？鳌拜之所以能将这长篇大论说得如此连贯和如此流畅，完全是他自己的狂妄野心不可抑制地极度膨胀罢了。

好在小康熙由于种种原因，也未能听清楚鳌拜到底都说了些什么。他只是言道："鳌大人，你一下子讲了这么多的话，朕实在记不住，朕只想问你，你与靖西将军……怎么就敢肯定，这倭赫就一定是刺客？"

一段长篇阔论竟然没有收到预期的效果，鳌拜的心中很是不快。心中不快，鳌拜的言语就变得没多少温情了："皇上，莫非你以为臣等一直是在信口雌黄？"小康熙的性格看来也有执着的一面："鳌大人，朕的意思是，你怎么敢肯定倭赫是刺客？"鳌拜朝着穆里玛一翻眼："靖西将军，还不快把凶器拿来让皇上过目？"

所谓凶器，本是鳌拜腰间暗藏的一把短刀，被穆里玛放在了倭赫的手中。只是那把短刀上沾满了血迹，小康熙在看倭赫尸体的时候并没有发现。当穆里玛拿着那把仍在滴血的短刀走到小康熙的面前时，小康熙不觉向后一连倒退了好几步："这把刀……是从哪来的？"

看着小康熙那惊慌的样子，鳌拜的心里十分得意："皇上休要害怕。这把刀便是倭赫阴谋行刺皇上的凶器，也是倭赫阴谋行刺皇上的证据。现在人证、物证俱在，皇上还不相信倭赫是刺客吗？"

小康熙太小，还不能一下子就洞察大千世界上的许多是是非非，更不可能一下子就明了鳌拜所隐藏的险恶用心，又加上被倭赫的那具惨不忍睹的尸体所惊吓，他也就实在没有什么精力再在此地支撑下去了，至于原来想去慈宁宫陪博尔济吉特氏用一顿午膳的打算，则更是忘到了九霄云外。所以，他就只能含含糊糊地道："鳌大人，就算那倭赫是一个刺客，现在既然已经被你们打成这样，你们就把他好好地安葬也就是了……"

鳌拜却不高不低地道："皇上，这倭赫冒犯不尊，竟然图谋行刺皇上，此等罪大恶极之人，怎能将他好好地安葬？臣以为，把他抛尸荒野就算是最便宜他了。"

小康熙怔道："鳌大人，将他抛尸荒野……是不是太绝情了？"

鳌拜立刻正色道："皇上，此等十恶不赦之人，本不该对他存有丝毫的怜悯之心。皇上作为一国之主，肩负着整个大清江山的神圣使命，竟然对这种小人存一片妇人之仁，臣作为先皇钦定的辅政大臣，窃以为皇上不可取也！"

鳌拜的话中虽有对小康熙不恭不敬的味道，但听起来却也不乏正气凛然的效果。尤其是他以"辅政大臣"自居，使得小康熙心中虽然有隐隐的不快，却也不好说出口。所以，小康熙只得说道："鳌大人，你的话说得未免太重了吧？这个刺客你想怎么处置就怎么处置好了，朕……想回宫休息片刻……"

实际上，小康熙早就想回乾清宫了，只是看那倭赫死得那么惨，他实在是有些不忍心。谁知，鳌拜却大声地道："皇上且慢，臣还有话说！"

小康熙都已经在赵盛和阿露的扶持下，掉头向乾清宫走了，可听到鳌拜的话后却又不得不转回头来："鳌大人，朕都同意你随意处置倭赫了，你还有什么话要说？"

鳌拜一步步地向小康熙走近，一字一顿地道："皇上，仅仅处置一个倭赫就行了吗？"

小康熙几乎是机械地说道："倭赫妄想行刺于朕，当然只是处置他了。

不过，朕还是以为，倭赫既然已经死了，好像就不要再对他做什么另外的处置了……"

鳌拜低低地哼了一声："皇上，臣以为，倭赫之所以敢妄图行刺皇上，绝不是他个人的行为，他也没有这个包天的胆量，他的背后定有人暗中指使……"

小康熙连忙问道："你这话什么意思？难道，你是说……是他的父亲费扬古在暗中指使？"鳌拜没有直接回答，而是反问小康熙道："皇上，按大清律例，像倭赫这种妄想行刺皇上的人，该处以何种刑罚？"小康熙虽小，但大清律例，他却几乎烂熟于胸："倭赫……当处绞刑，并诛灭九族……鳌大人，你不是想连工部尚书费扬古也一并处死吧？"

"岂止是费扬古一个！"鳌拜重重地道，"皇上，费扬古的大儿子倭赫是死了，可他还有二儿子尼侃、三儿子萨哈连，皇上敢保证费扬古的这两个儿子不再来宫中行刺吗？"

小康熙有些急了："鳌大人，你到底是什么意思？"

鳌拜含而不露地一笑道："皇上，臣并无别的意思，只不过，臣既受先皇委托辅政朝纲，那臣就要按大清律例办事，将犯上作乱的费扬古一族斩尽杀绝！"小康熙大惊道："这……岂不是要杀很多人？"鳌拜装模作样地叹了口气道："既然皇上有好生之德和仁慈之心，那臣就替费扬古求个情，不诛他九族，只杀他一家，皇上，这下总可以了吧？"小康熙又不知为何，竟有点气喘吁吁起来："鳌大人，这种杀法同样会累及许多无辜。你，为何会有如此狠毒心肠？"

见小康熙似乎有点动怒了，鳌拜也就做出一种毫不示弱的样子道："皇上，臣只是在竭力维护大清律例和先皇之法，并无半点滥杀无辜之意。皇上竟然如此冤枉和曲解于臣，臣心中实在不甘。不过，既然是先皇钦定的辅政大臣，那臣即使是冒天下之大不韪，今日也要行使辅政大臣的权力！"

小康熙长这么大，包括先皇顺治和皇祖母博尔济吉特氏在内，好像还从未有人像鳌拜这样对他说过话："你，究竟想怎样？"

鳌拜毫不客气地言道："臣今日就要行使辅政大臣的权力，代皇上宣旨，立即诛杀工部尚书费扬古全家！"

小康熙又气又急，也多少有些又惊又怕："你……朕是皇上，朕不同意，你也敢这么做吗？"

鳌拜高声回道："皇上永远是皇上，臣也永远是臣，但正是为了皇上着想，为了大清江山社稷着想，臣今日就不能不这样做。如果臣姑息、纵容像倭赫这样无法无天之人，那臣就对不起皇上，对不起这大清王朝，更有负于先皇对臣的殷殷嘱托。所以，无论皇上今日对臣有何看法，臣也只能按臣的意愿行事！"

小康熙简直是有些呆了。一时间，他竟然连一个字也说不出来。赵盛见状，赶忙小声地劝道："皇上，这外面风大，还是回宫内休息吧！"

实际上，外面几乎连一丝风也没有。阿露也跟着赵盛言道："是呀，皇上，外面的天气不大好，说不定很快就会下雨呢，皇上还是速速回宫吧……"

外面的天气当然很好，至少，太阳正暖暖地照着呢。如果这样的天气也会"很快"地就下雨，那这雨恐怕就只能是某个人在某时某地所流的眼泪了。

然而，此时的小康熙除了听从赵盛和阿露的言语之外，似乎就没别的选择了。所以，几乎是在赵盛和阿露的半扶半抱之下，小康熙趔趔趄趄地朝着乾清宫走去。

小康熙和赵盛、阿露进入乾清宫后，只剩下鳌拜和穆里玛二人。一直不敢轻易开口的穆里玛此时凑到鳌拜的跟前道："哥，我们现在该干什么？"

鳌拜没有马上回答，而是洋洋得意地问穆里玛道："兄弟，你觉得为兄刚才在小皇上面前的表现如何？"

穆里玛立刻道："大哥刚才的表现，兄弟只能佩服得五体投地……大哥那种出神入化的言行，兄弟一时实在难以形容……"

鳌拜轻轻地点了点头道："你既然看见了，那就要好好地跟着学。不学，怎么能取得长足的进步？"

"是，是。"穆里玛的脸上顿时就现出一种谦恭的表情来，"兄弟以后一定更加虚心地向大哥学习……不过，我们接下来究竟该干些什么呢？"

鳌拜的一只手指头，差点就戳到穆里玛的鼻梁上："你呀，真是个十足的大笨蛋！刚刚还说要向我虚心地学习，怎么一眨眼的工夫就全忘了？"

穆里玛赶紧道："大哥批评的是。兄弟真是太笨了，怎么学也学不到大哥的真本领，还望大哥以后多多费力指教……至于，兄弟接下来该干什么，还请大哥明示……"

鳌拜不由得摇了摇头道："穆里玛啊穆里玛，刚才皇上已经宣旨，你还不知道该干什么吗？"

穆里玛一时间真的如坠云里雾中："大哥，恕小弟愚钝，也许是小弟真的太过愚蠢了，小弟适才好像并没有听到皇上宣过什么圣旨……"

如果不是在乾清宫外，鳌拜可能真的要大声吼叫了："穆里玛，现在的圣旨都非得要皇上才能宣吗？"

穆里玛即使真的蠢笨如驴，此时也多少开了些窍："哦……哥，我明白了，你是要我去抓费扬古啊！"

鳌拜清了清嗓子道："记住，你带人去抓费扬古的时候，就说是当今皇上亲自下的旨令。另外，抓住费扬古和他的那两个儿子，立即就带到午门处斩，容不得半点拖延。还有，费扬古的那些家财，就全归你了！"

对穆里玛来说，鳌拜给他的这个任务自然是个肥差。不过，穆里玛似乎还有一桩未了的心愿："哥，那费扬古最近新纳了一房小妾，十分美貌，莫非，也要把她一并处死吗？"

鳌拜大手一摆道："我只要处死费扬古和他的那两个儿子，其他人等你就看着办吧。切记，杀人事大，其他事小。你现在就去办吧，我在家中等你消息。"

"谢谢大哥！"穆里玛赶忙勒了勒裤腰带，乐颠颠地跑开了。而鳌拜却在原地停了一会儿，心中想道："皇上啊，这才仅仅是开始，好戏还在后头呢！"

鳌拜想罢，又自我陶醉般地笑了笑，然后便悠着双手出了紫禁城，回到了铁狮子胡同他的鳌府之内，并径直走进了他的卧房之中。

而穆里玛，也确实没有辜负鳌拜对他的期望。在抓和杀费扬古这件事情上，他不仅顺利地完成了任务，而且完成得还非常出色。

别了鳌拜，出了紫禁城之后，穆里玛便急急地召集了数百名兵丁。但他并没有急着就带队开往费扬古家，而是将数百名兵丁分散开来，远远地对着费扬古的尚书府形成了一个大包围圈。穆里玛知道，费扬古和他的两个儿子都在朝中任职，现在都还没有回家，只有等费扬古全家都到齐了，才便于一网打尽。从此不难看出，这个穆里玛也并非像鳌拜所说的那样蠢笨。中午时分，费扬古乘着轿子回到了尚书府。穆里玛命令手下缩小包围圈，但不许轻举妄动。不大工夫之后，费扬古的二儿子尼侃和三儿子萨哈连也相继回到了家中。穆里玛对手下人叫道："封住乱臣贼子费扬古家的所有出口，谁想逃跑，一律格杀勿论！"

穆里玛此刻有这种生杀予夺的大权。这是鳌拜赋予他的权力，这种权力在当时应该是至高无上的。穆里玛本来的打算是，杀掉多余的人，将年轻的女人分给自己的手下，而费宅内所有的财产，包括费扬古新娶的那个美貌的小妾，则都归他穆里玛所有。当然，在午门外处斩费氏父子三人是最至关紧要的，不然，他就算没能完成鳌拜交给他的任务。

谁知，发生了一件意想不到的事情，使得穆里玛不得不更改他原来的打算。这件意想不到的事情，来自费扬古的那个小妾。原来，费扬古的那个小妾长得确实美貌非凡，穆里玛看见了，就忍不住走过去，在她的脸上摸了一把，又将她搂到自己的怀中。穆里玛这样做的意思是：从此以后，你这个漂亮女人就属于我靖西将军了。没想到，她却是个贞洁的烈性女子。趁穆里玛没注意，她从穆里玛的腰间抢走了一把刀。穆里玛不知她是何意，慌忙跃身躲开。只见她冲着费扬古凄怆地叫了一声道："大人，妾身先走一步了……"然后就用刀自刎而死了。

穆里玛气坏了，简直就是怒火中烧。他声嘶力竭地冲着手下人吼道："给我杀，统统地杀死，一个也不留！"

就这样，除了费扬古父子三人外，费扬古全家男女老少近百人，全部被穆里玛就地处死。之后，穆里玛命人将费宅内的所有财产统统装上马车，拉往他在京城的靖西将军府，自己则带人押着费扬古父子三人朝午门而去。

为确保任务的圆满完成，穆里玛在目睹了费扬古父子三人在午门外被处斩了之后，才有些兴味索然地走进了鳌拜的府中。

走入第二个大花园，穆里玛看见那个侍卫巴比仑正和鳌拜的女儿兰格格在一块儿有说有笑的，像是十分开心。穆里玛很是生气，便冲着他们嚷道："喂，你们两个，快滚到别处去，烦死人了！"

因为鳌拜对兰格格很不好已是一个公开的秘密，所以穆里玛才敢用这样的态度对兰格格说话。不过，兰格格却是一个倔强的小女孩。她见穆里玛如此待她，便毫不客气地回敬道："叔，你凭什么对我们这么凶？我和巴比仑在这儿玩耍，又没招你惹你，你哪来这么大的邪火？"

穆里玛一听，顿时火冒三丈，扬起手掌就向兰格格冲去，一边冲一边不干不净地骂道："你这个臭丫头，敢和我顶嘴？看我不一巴掌抽死你！"

依兰格格的脾性，她就是真的被穆里玛抽死也不会逃跑的。但巴比仑有些着慌，更不愿看着兰格格吃这个眼前亏，所以就一边对她说"格格快走"，一边硬是把她拖走了。

见巴比仑拉着兰格格跑了，穆里玛也就没去追，只是嘴里嘟噜了几句什么，就继续往前走了。

鳌第中的两个花园都不算小。第一个花园大概有五十多亩，而第二个花园更大，约是第一个花园的两倍。光是这两座花园所占的面积，其他朝中大臣所住的府第，恐怕就已经难以堪比了。不过，这么大的一座宅第，也并不是鳌拜强占的，而是清太宗皇太极所赏赐的。清太宗赏赐给鳌拜的东西很多，其中有两样东西，鳌拜比较满意，一个就是这座鳌第，另一个便是一件龙袍。鳌第自然是天天都在使用，但那件龙袍，鳌拜却不轻易穿。

因为穆里玛的心中不痛快，步子迈得很小，所以他走了很长时间，才走到第二个花园的尽头。这里有好几排房屋，是鳌第的内宅，非穆里玛这样的亲近之人，即使是朝中大臣来访，也不得擅自进入。

虽然穆里玛知道鳌拜就在这内宅里，但却不知道鳌拜究竟在何处。于是穆里玛就找到一个经常侍奉鳌拜的仆人，得知鳌拜正在卧房里休息，便慢慢腾腾地走到鳌拜的卧房附近。

鳌拜卧房的门紧闭着，像是里面藏着一个极大的秘密。里面究竟有没有秘密，穆里玛并不知道。穆里玛知道的是，鳌拜昨日得了一个漂亮女人叫阿美，现在鳌拜在卧房里休息，那阿美也十有八九在鳌拜的身边。因此，穆里玛就没有贸然地前去敲门。他想的是，如果鳌拜正与那个阿美在行云雨之事，自己"咚咚咚"地去敲门了，还不得把鳌拜气个半死？鳌拜生气了，他穆里玛也就定然没有好果子吃。

有了这么一层顾虑，穆里玛就只好远远地蹲在一边，两眼盯着鳌拜卧房的门看。看着看着，穆里玛就又想到了费扬古的那个美貌的小妾。"唉！"他不禁叹了口气，"真是红颜多薄命啊！也怪我这个堂堂的靖西将军没福气消受这份艳福……"

因为急着要杀掉费扬古，穆里玛到现在连中饭还没有吃。此刻，他连气带饿，心中也实在是烦了。加上鳌拜卧房的那扇门总是没有动静，他就再也蹲不住了。于是，他站起身来，也不管三七二十一了，对着鳌拜的卧房就喊道："大哥，兄弟我回来了！你听见了吗？"

为加强喊话的效果，穆里玛一连喊了三四遍。还别说，穆里玛这么一喊，鳌拜卧房的门还真的有了动静。先是开了一道缝，然后那道缝一点点地扩大，接着，一颗娇小的女人脑袋从那缝中探了出来，在看清了是穆里玛之后，那颗小脑袋就迅速地缩了回去，接着，那扇门重又掩上。

穆里玛赶紧又喊道："大哥，我回来了！你怎么不出来见我？"

这一回，那扇门洞开。鳌拜衣衫不整地堵在了门当中："兄弟，你瞎喊什么呀！敲敲门不就得了吗？"

穆里玛一边朝鳌拜走去一边言道："哥，我是想敲门，可又怕打搅你休息，但又觉得时间不早了，所以只能喊你了……"

"你瞎啰唆什么啊。"鳌拜有些不快地皱了皱眉，"我问你，叫你办的事情怎么样了？"

"按大哥的吩咐，全办好了！"穆里玛一五一十地将整个过程叙说了一遍。

"嗯，你这事办得还算不错。"鳌拜让开一条缝隙，招呼穆里玛进屋，"兄弟，你在处斩费扬古父子的时候，可有人在观看？"

穆里玛道："围观的人太多了，他们一边看一边在瞎议论。我就对他们说，这费扬古父子犯上作乱，阴谋行刺皇上，我是奉当今皇上之旨，来执行对费扬古父子的斩刑。哥，我当时这么一说，围观的人议论得就更厉害了！"

"好，很好！"鳌拜亲热地拍了拍穆里玛的肩，"兄弟，你很会办事，我很高兴。不过，你垂头丧气的，是不是有什么心事啊？"

穆里玛叹道："哥，费扬古的那个小妾那么漂亮，可我却眼睁睁地看着她死在我的面前，哥，我没能把她弄到手，我……能没有心事吗？"

鳌拜牛眼一瞪："兄弟，瞧你这点儿出息。只为了一个女人，竟然会有这么重的心事！"

"哥，"穆里玛像是在解释，"你没有亲眼所见，你不知道。那个女人该有多漂亮……""能有多漂亮？"鳌拜一闪身，用手朝床上一指，"兄弟，那女人会有我这个女人漂亮吗？"

阿美虽是躲在床上，此刻却欠着身体，被子稍稍向下滑落了一点，恰到好处地隐隐约约地现出了她的轮廓。穆里玛乍一见，还以为是看见了纳穆福的母亲。他赶紧眨巴眨巴眼，这才认定，这不是自己过去的大嫂，而是另外一个女人。

见穆里玛的眼睛中露出了一些贪婪，鳌拜就忙用自己的身体遮住了他的视线："兄弟，费扬古的那个小妾和我的这个女人，究竟谁漂亮？"

穆里玛使劲儿地吞下一口唾沫："哥，费扬古的那个小妾非常漂亮，但大哥的这个女人却更加的美貌！哥，兄弟真羡慕你有这么好的艳福哦……"

鳌拜不无得意地道："兄弟，要想在每个方面都超过别人，得有过人的本领才行啊！"

"是，"穆里玛连连点头，"大哥说得有道理，兄弟我日后一定加倍向大哥学习，努力争取尽快地掌握一套过人的本领。"

"好了，"鳌拜示意穆里玛可以离开这间屋子了，"你今天任务完成得不错，先回去休息吧。我现在要进宫一趟。"

穆里玛小心翼翼地问道："大哥此时进宫所为何事？"

鳌拜开心地一笑道："兄弟，费扬古死了，工部不就少一个满族尚书了吗？我得去找皇上重新任命一个新尚书啊！"

穆里玛明白了。昨天晚上他就听说，那个工部员外郎济世给鳌拜送了一个女人，而且是一个很特殊的女人。看来，济世这小子肯定是这个新工部尚书的最佳人选了。

实际上，鳌拜上午带穆里玛进宫本就是为济世的事，只是有了一个倭赫事件，他才半路上改变了主意。不过现在更好，费扬古死了，让济世当工部尚书就更顺理成章了。穆里玛很想跟鳌拜一同进宫，但鳌拜并无这个意思，他只得快快地离去。离去前，他也很想再看那个阿美一眼，可鳌拜却挡住了他的视线。就这样，穆里玛的两个愿望都未能实现，也确实怪可怜的。

穆里玛走了，鳌拜返回床边，把手伸到被子里在阿美赤裸的身体上胡摸一气，然后语气很重地道："你在这躺着，哪儿也不准去，我进宫办点事，去去就来。"

鳌拜说过之后似乎还不很放心，又找来两个仆人道："你们在这守着，不许里面的人出来，更不许外面的人进去！"

一切都安排妥当之后，鳌拜才晃晃悠悠地独自一人离开了鳌第。此时，太阳早已偏西，隐隐约约地，有一层薄薄的晚霞好像正从地平线上升起。鳌拜直奔乾清宫而去。到了乾清宫门外，一个年轻的侍卫慌忙赶过来给鳌拜请安。这名侍卫当然不再可能是倭赫了，倭赫也永远不可能再担任什么御前侍卫了。

鳌拜问那名侍卫道："皇上可在宫中？"

侍卫道："皇上一直在宫中。"

鳌拜点了一下头："你进去通报一下，就说辅政大臣鳌拜有要事需晋见皇上。"

侍卫应诺一声，躬身退入乾清宫。工夫不大，这侍卫领着赵盛走了出来。

赵盛迎住鳌拜道："老奴见过鳌大人。"

鳌拜抬了抬眼皮："赵公公，皇上是否准备接见本大臣了？"

赵盛拱了拱手道："回大人的话，皇上适才有旨，他已经休息，不准备接见任何大臣。"

鳌拜头一摇："天还未近黄昏，皇上如何就休息了？皇上如果真的不想见本大臣，也用不着找这种不是借口的借口嘛！"

赵盛赶忙道："鳌大人，这是皇上的旨意，老奴实不知内情……"

鳌拜慢慢腾腾地道："赵公公，麻烦你再进去禀告一声，就说我鳌拜确有重要事情启奏，还望皇上能尽快地接见本大臣为是。"

赵盛"哦"了一声："大人既如此坚持，那老奴就再去禀奏。"

赵盛多少有点蹒跚地走了，鳌拜的唇角却不觉漾出一丝冷笑。鳌拜当然知道小康熙不愿见他的原因，但鳌拜却是这样想的：不就是先死了一个倭赫，后又死了费扬古一家近百口人吗？有什么大惊小怪的？

在鳌拜的眼里，不该死的人是一个也不能死的，而该死的人，即使是死上个成千上万，也没有什么大不了的。但问题是，什么人该死什么人又不该死？似乎，连鳌拜自己也说不清楚。

那赵盛又缓缓地走出了乾清宫，这一回是鳌拜主动上前迎住了赵盛："赵公公，皇上这次怎么说？"

赵盛仿佛是一脸的无奈："鳌大人，皇上口谕，他不想见任何人……"

鳌拜开始有点火了："赵公公，皇上这是什么意思？本大臣再三申明，有要事禀奏，可皇上总是借故推托，这岂不是让本大臣左右为难吗？"

赵盛露出一丝苦笑道："鳌大人，老奴以为，皇上既然不想见什么人，大人也就打道回府算了。再说，皇上也的确上床休息了……"

"什么？"鳌拜的两道凶狠的目光，直直地盯着赵盛，"赵公公，你的意思是叫我鳌拜从什么地方来，再灰溜溜地回到什么地方去？"

见鳌拜动怒了，赵盛就难免有些心慌："鳌大人请勿发火，老奴也是在为大人着想，皇上不愿见任何人，老奴也没有办法……"

"哈哈哈……"鳌拜仰天一阵大笑，他的笑声许是太狂妄了，竟然吓得太阳也赶紧躲进了云彩里。太阳不见了，天空自然就变得黯淡下来。

"赵公公，"鳌拜一指赵盛，"你没有办法让皇上见我，但我却有办法做到这一点。"说完，鳌拜越过赵盛，大步就往乾清宫里闯。赵盛吓坏了，一边拼命拦阻一边言道："鳌大人请勿冲动，私闯禁宫万万使不得，容老奴再去劝劝皇上……""不必了！"鳌拜重重地道，"我身为辅政大臣，有义务、更有权力向皇上随时禀奏国家大事。如果每个辅政大臣都畏首畏尾，只考虑个人利益，那这大清江山还成个什么模样？"还别说，就鳌拜这番话本身而言，也确有道理和见地。赵盛忙道："鳌大人，你话虽说得不错，可皇上的口谕却明明白白，他现在不想见你……"

鳌拜牛眼一瞪："皇上不想见我，我就不能去见皇上吗？"

赵盛还想拦阻，鳌拜大手一推，赵盛一连向后倒退了十几步，还算不错，赵盛趔趔趄趄地摇晃了好一阵，才终究没有摔倒。只是，赵盛再想阻拦鳌拜已不可能，只得眼睁睁地看着鳌拜闯入了乾清宫。鳌拜闯入了乾清宫之后，一时不知该往何处去。乾清宫很大，小康熙会在哪儿？鳌拜无奈，只好亮开大嗓门叫道："皇上，你在哪儿？臣鳌拜有事禀奏……"

鳌拜连叫了几声，没叫出皇上，倒叫出一个小宫女来。这小宫女自然就是阿露。阿露乍见鳌拜，很感惊诧："大人，您……怎么跑进宫里来了？"鳌拜根本就没理睬阿露，依然大声叫道："皇上，臣鳌拜有事禀奏，你在哪儿？"

阿露赶紧道："大人，皇上已经休息，请您不要再大呼小叫了……"

鳌拜大眼珠一转，觉得这样干叫下去也确实没多大意义，于是就一把抓住阿露的肩，用一种恶狠狠的语气道："你快带我去见皇上，要不然，我就在这里一直叫到明天！"鳌拜的大手这么一抓，阿露顿时就痛彻骨髓："大人，您松开手，奴婢带您去见皇上就是了……"

阿露答应鳌拜，倒不是怕痛。她是这样想的：这个鳌拜看起来很凶，他不达到目的恐怕是不会善罢甘休的，不如带他去见一下皇上，皇上一会儿就肯定将他打发走了。

这么想着，阿露就把鳌拜带到了寝殿的门外，还嘱咐一句道："大人，说话声音放轻点，皇上受不得惊吓的。"

鳌拜自然不会把一个宫女的话放在心上。他一边大步跨进寝殿一边大声言道："皇上，臣鳌拜给你叩头了，祝愿皇上万岁万岁万万岁！"

鳌拜说着话，还真的跪在了小康熙的龙床前。这种君臣之礼，鳌拜还没有忘记，至少他暂时还没有忘记。

而小康熙根本就不想再见到鳌拜。实际上，只要一想到鳌拜那张怪模怪样的脸，他就止不住地有一种想要呕吐的感觉。

上午，小康熙亲眼看见了被鳌拜和穆里玛兄弟活活打死的倭赫的尸体。那鲜血淋漓、惨不忍睹的尸体，对小康熙的刺激非常大，他那稚嫩而又善良的心灵实在难以承受如此巨大的打击。故而，当赵盛和阿露将他扶回乾清宫之后，他就神思恍惚地上了床，什么话也不说，什么东西也不吃，就那么直挺挺地躺在床上。赵盛请他去用午膳，他拒绝。阿露想上床陪他，他不同意。他只圆睁二目，从上午一直躺到下午，几乎动也没动。

下午的时候，小康熙曾从床上坐起来过。原因是，赵盛告诉了他一件事。那件事就是，穆里玛带人杀了工部尚书费扬古全家。小康熙当时从床上坐起来的时候，曾大叫了一声，叫过之后，他就又躺在床上动也不动了。还算不错，赵盛告诉小康熙这件事的时候，阿露并不在边上，否则若听说穆里玛一下子杀了那么多的人，还不知她会被吓成什么样。

而此刻，小康熙无比憎恨的那个鳌拜，偏偏闯进了乾清宫，且还有模有样地跪在小康熙的床边，这叫小康熙该如何面对？

小康熙也不知哪来的那么一小股力气，"呼啦"一下就从床上翻坐起来，一只小手颤颤抖抖地指着鳌拜，用一种变了调的声音言道："你……先打死倭赫，后又叫穆里玛杀了费扬古全家……你，你现在还来这里干什么？"

鳌拜微微一笑道："皇上既然已经知道费扬古一家的事情了，那臣就不细细禀告了。不过，像费扬古这种乱臣贼子只杀了他一家而赦免了他九族，也算是够对他从轻发落的了。臣以为，这正体现了皇上的皇恩浩荡之意。不知皇上以为如何啊？"

小康熙差一点就从床上跳下来："鳌拜！朕并不想杀费扬古一家，更没有宣过什么圣旨，可你……竟然假传圣旨，残忍地杀死了近百口人……你，你这是什么意思？你眼中还有没有朕这个皇上？"

别看康熙虽小，说出来的话却很大气，颇有一种帝王风度。不过，鳌拜对此却并不以为然，他慢慢地站了起来，且一边起身一边不紧不慢地道："皇上此言差矣！臣早就对皇上言过，皇上永远是皇上，臣永远是臣，这君君臣臣之礼，无论如何都是更改不得的，否则，天下将成何体统？但是，臣始终以为，既然是先皇钦定的辅政大臣，那臣就要尽心竭力地为皇上、为大清江山效力效忠。像费扬古这种大逆不道、十恶不赦之人，就是杀他一百个、一千个，又有何妨？如果以皇上之意，一味地姑息、纵容，那像费扬古之流岂不是越来越有恃无恐？长此以往，大清国将何以堪？就是臣等，也实在无颜再见先皇陛下的在天之灵了！"

单论鳌拜的这一番话，倒也不乏义正词严的味道。只是，小康熙许是太乏力了，或者他再也不想与鳌拜这种人理论什么了，故而，他往床上一躺，紧闭双目言道："你，走吧……朕不想说话了……"

小康熙不想说话了，但鳌拜却还有话要说。鳌拜此番进宫的任务没有完成呢。所以，鳌拜就向床前进了一步道："皇上请勿休息，臣还有要事禀奏。"

小康熙猛然一睁双眼道："鳌拜，朕想休息一会儿都不行吗？"

鳌拜面带笑容言道："皇上，待臣将要事禀奏过之后，皇上再休息也不迟啊。再说了，天色尚早，皇上似乎也不该这么早就休息啊！"

小康熙不得不道："鳌拜，朕想什么时候休息，也得你来批准吗？"鳌拜回道："皇上这是说哪里话？臣虽是先皇钦定的辅政大臣，但也只是辅政而已，哪敢随便过问皇上的大小事情？不过，臣还是以为，以皇上如此年龄，似乎不该过于贪恋睡眠，而应该多出去走动走动。皇上，大自然对人的身体颇有好处，更何况大自然又是如此的美妙，特别是现在这个季节，大自然的美景简直就令人目不暇接……"

鳌拜之所以会有这么多的废话，是因为他觉得在小康熙的面前表现自己，的确是开心无比而又美妙无比。这种开心和美妙，在别的任何时间和任何地点都不可能获得。

小康熙不再说话，他似乎睡着了。偌大的寝殿里，一下子变得声息全无。孤零零地站着的鳌拜，突然间感到了一种无聊和无味，加上又似乎无端地想起了那个女人阿美，他便觉得自己不能再在这宫里耽搁下去了。因此，鳌拜就大声地咳嗽了一下，然后自顾自言道："皇上，那乱臣贼子费扬古已死，工部便缺一位满族尚书，臣经过认真仔细地考察，认为原工部员外郎济世可堪此任，所以臣在这里向皇上郑重提出，还望皇上谕令批准。"

不知是小康熙真的睡着了，还是他成心不想再理睬鳌拜，鳌拜说了一大堆话后，小康熙只言不发，且还侧了一下身，将屁股对着鳌拜的脸。

鳌拜倒也不生气，确切地说，他不仅没生气，脸上反而现出一种高兴的神色来。他慢悠悠地言道："皇上如果没有别的什么看法，那臣就暂代皇上宣布这件事了。"

小康熙还是没作声。鳌拜却动弹了，他看见御案上放有一块黄绢——那是皇帝用来御写圣旨用的，便大步走过去，抓起一支毛笔，也没怎么考虑，就"唰唰唰"地在黄绢上书写起来。

写字完毕，鳌拜双手捧绢，重新返回床边，先是装模作样地清了清嗓门儿，然后竭力模仿太监的声调念道："奉天承运，皇帝诏曰：查原工部尚书费扬古，心怀不轨，暗中唆使其长子倭赫在宫中阴谋行刺皇上，罪行败露，已按大清律法严加惩处。着原工部员外郎济世，即日起，代费扬古即工部满族尚书之职。钦此！"

原来，鳌拜是"替"小康熙拟了一道圣旨。如此一来，小康熙就再也"睡"不着了，一骨碌从床上跳起来，涨红着脸叫道："鳌拜，你……想干什么？"

鳌拜不高不低地回道："臣早已将此事禀奏皇上，皇上无以回应便是默认。臣考虑到皇上正在休息多有不便，就暂代皇上签下这道圣旨。臣以为，臣这也是尽了一个辅政大臣的义务，还请皇上能够体谅为臣的一片赤胆忠心。"小康熙原先涨红的脸，倏然变得惨白："鳌拜，你竟然如此……"

小康熙太气愤了，"竟然如此"后面的话他怎么也说不出来。如果这是一道填空题，那"竟然如此"的后面，究竟该填些什么呢？

鳌拜却不管这些，他的目的已经达到。离去前，他还没忘行君臣之礼。他双膝着地道："臣代工部尚书济世，叩谢皇上的大恩大德。臣祝皇上万岁万岁万万岁！"

说完之后，鳌拜轻轻松松地爬起，轻轻松松地退出了小康熙的寝殿。

见鳌拜离去，赵盛和阿露赶紧跑进了寝殿。只见小康熙一边大口大口地喘气，一边"吭哧、吭哧"地道："鳌拜……欺朕太甚……朕……绝不会罢休……"赵盛忙道："皇上，切不可动怒，动怒会伤龙体的……"阿露也神色不安地道："皇上，这个鳌大人为何会如此凶狠？"

小康熙没有回答，身子一仰，重重地躺在了床上，又伸手一拽，用被子将自己的脸捂得严严实实。

一直到黑暗笼罩了乾清宫，小康熙才将蒙脸的被子揭开，翻身爬起，急急忙忙地想要下床。阿露一边赶紧给小康熙穿鞋一边小声问道："皇上，此时起床，莫非是要用膳吗？"

小康熙"唉"了一声道："阿露，朕气都气饱了，哪里还想用什么膳？"

赵盛毕竟经验丰富："皇上，如果老奴所言不差，皇上这是要去慈宁宫吧？"

一个人的心中若是有了什么块垒，一般都是要去找自己最亲近的人倾诉的。对小康熙而言，最亲近的人当然就是博尔济吉特氏了。

赵盛要去准备车辇，小康熙言道："赵公公不必麻烦了，朕想步行去慈宁宫。"

于是，阿露打着灯笼，赵盛搀扶着小康熙，连一个侍卫也没带，就这么径直地往慈宁宫而去了。

今天不知是什么日子，夜空中的月亮又大又圆。小康熙走得比较慢，一会儿抬头看看天，一会儿又低头望望地，似乎他在思考着这么一个十分严肃的问题：处在天地之间的人，究竟有何含义？

当然，小康熙还没有长到那种十分理智的年龄，他暂时还不可能去思考这么一个深奥的问题。所以，工夫不大，他就端正了脑袋，一心一意地去平视前方了。

终于，来到了慈宁宫外。小康熙吩咐赵盛道："赵公公，你进去禀告一声，看皇祖母是否休息了……"

赵盛弯了弯腰，忙着迈进了慈宁宫。小康熙似乎很是不经意地问阿露道："你看出没有，这慈宁宫的月亮好像和乾清宫的月亮有所不同。"

阿露抬起了头："皇上，奴婢觉得，慈宁宫的月亮和乾清宫的月亮……没有什么不同。"

小康熙用手比画了一下天上的月亮："阿露，这儿的月亮比乾清宫的月亮又大又圆，你……知道这是为什么吗？"

阿露只能摇头："奴婢不知……皇上知道这是为什么吗？"

小康熙也摇了摇头："你不知道，朕也不知道……"

阿露轻轻地笑起来："皇上，以奴婢看来，天下的月亮本来就是一个模样……"这时，听得那赵盛在慈宁宫内叫道："太皇太后驾到……"

小康熙连忙冲着宫门跪了下去："孩儿叩见皇祖母！"

阿露也赶紧跪在了小康熙的身后："奴婢阿露，叩见太皇太后……"

只见那博尔济吉特氏三步并作两步地跨出宫来，急急地走到小康熙面前，伸双手将他扶起："皇上快快起来！"又招呼阿露道："你也快起来吧。"皎洁的月光下，小康熙的双眼早已湿润："皇祖母，孩儿的心里实在是难受……"博尔济吉特氏点了点头："皇上，今天发生的事情我都已听说……你来之前，我也正想去往乾清宫呢。"

小康熙揉了揉眼，依在博尔济吉特氏的身边，跟着她走进了一间内室。当室内只剩下他与博尔济吉特氏之后，小康熙终于抑制不住"哇"地哭了起来："皇祖母，您可知道，那鳌拜……欺人太甚，根本就没把孩儿这个皇帝放在眼里……"

博尔济吉特氏温柔地将小康熙揽入自己的怀中："孩子，一切的一切我都知道。我知道你受到了很大的刺激，我也知道你现在的心里很难受，可是，孩子，你知道吗？这发生的一切才仅仅是个开始啊！以后，还会发生更多更严重的事情……"博尔济吉特氏的眼中闪过两道非常深邃的亮光。小康熙没有看到，只是仰起泪痕斑斑的小脸问道："皇祖母，孩儿以后……该怎么办？"

博尔济吉特氏用自己温暖的手细心地为他擦拭着眼泪："孩子，你可知道你的父皇是几岁登基称帝的？"

小康熙扑闪了一下双眼："孩儿知道，孩儿的父皇是六岁登基称帝的。"

"是呀，"博尔济吉特氏仿佛已沉浸在对往事的回忆中，"你父皇是六岁登基，你是八岁称帝。你拥有大清江山的时候，比你父皇还大两岁……"

小康熙问道："皇祖母，您此时……为何要对孩儿说这些事情？"

博尔济吉特氏没有回答小康熙，而是按照自己的思路说道："孩子，你可知道你父皇登基称帝之后，又发生了哪些事情？"

小康熙回道："孩儿只是零星地听说了一些事情，具体发生了哪些事，孩儿并不知晓。"

博尔济吉特氏又问道："你可知道多尔衮的一些事情？"

小康熙问道："多尔衮是孩儿的皇叔祖……对了，皇祖母，听说这个皇叔祖最后被父皇处决了……这是为何？"

博尔济吉特氏顿了一下，然后言道："孩子，你父皇登基时，刚刚六岁，还不能亲理朝政，所以你皇祖父驾崩前就钦定多尔衮做了你父皇的摄政王。要说这个多尔衮，也确实为你的皇祖父和大清王朝立下了汗马功劳，如若不然，你的皇祖父也就不会让他做你父皇的摄政王了。"

小康熙插言道："皇祖母，听说那个鳌拜，也曾是皇祖父麾下的一员大将，还曾救过皇祖父的性命……这可否属实？"

博尔济吉特氏不觉点了点头："是的，鳌拜确曾救过你皇祖父的性命，也确曾与你皇叔祖多尔衮一起，为大清王朝一统天下而在疆场上出生入死。不过，鳌拜那时还很年轻，还不能与你皇叔祖多尔衮相提并论。只是，多尔衮死后，鳌拜就在朝中显得举足轻重了，这也是你父皇为何让他做你的辅政大臣的一个重要原因。"

小康熙的双眉渐渐地攒在了一起："多尔衮和鳌拜……都是皇祖父得力的大将，一个做了父皇的摄政王，一个成了朕的辅政大臣……皇祖母，那个多尔衮和这个鳌拜，倒很是相似呢……"

博尔济吉特氏缓缓地道："孩子，他们的相似之处恐怕不只是这一点啊……"

小康熙问道："皇祖母，他们二人还有什么地方相似？"

博尔济吉特氏道："你刚才不是问我，你的父皇为何要处决多尔衮吗？我现在就告诉你，把事情原原本本地都告诉你……"

当然，博尔济吉特氏话中的"原原本本"是留有余地的。至少，她不会把自己与多尔衮之间的那段暧昧关系告诉小康熙。她详详细细，甚至不厌其烦地讲述的内容，主要包含两个方面：一方面是多尔衮做了摄政王之后，如何地独断专权，如何地不把年幼的顺治放在眼里；另一方面是顺治如何地忍气吞声，如何地与多尔衮巧妙周旋，并在暗中积蓄势力，耐心地等待时机。

"最后，"博尔济吉特氏好像是在做总结地说，"你父皇长大了，羽翼丰满了，乘多尔衮毫无防备之机，将多尔衮一举擒获！"小康熙怔怔地道："皇祖母，听你这么一说，孩儿觉得，现在的鳌拜跟父皇时的那个多尔衮，好像是一个人似的……"

博尔济吉特氏言道："孩子，鳌拜与多尔衮是一个人，你与你父皇不也是一个人吗？"

小康熙不禁"哦"了一声道："皇祖母，您的意思是，孩儿现在也要像父皇当年那样，耐心地等待着时机？"

博尔济吉特氏深深地点了点头："孩子，你能这么快就明白了这一点，我实在是高兴！"

谁知，小康熙却一下子垂下了头："可是，皇祖母，孩儿究竟要等到什么时候？"

博尔济吉特氏言道："你父皇等了十年……你不会比你父皇等的时间长……只要你耐心地等待，这个时机就一定会到来！"

小康熙的头慢慢地抬了起来："皇祖母，孩儿的性子急，恐怕等不了那么长时间……"

博尔济吉特氏想了想，松开小康熙，一点点地站了起来："孩子，近来我拜了一位师傅，学练汉人的书法，你可想见识见识？"

小康熙不知博尔济吉特氏此时提起书法是何意："皇祖母，您莫非……要写字？"

博尔济吉特氏点点头："正是，我想写点东西让你评价评价。来，孩子，去为我研墨，我马上就来。"

看来，博尔济吉特氏近来的确是在学练书法。一张宽大的几案上，摆满了笔墨纸砚。小康熙走到几案前，开始为博尔济吉特氏研墨。因为两顿没有吃饭了，加上心事又重，刚刚研了一会儿，便觉得头晕脑沉，眼前有无数颗金星在跳动。小康熙赶紧强迫自己镇定下来。只见博尔济吉特氏稳稳地走了过来，抓起一支如椽巨笔，蘸了蘸小康熙费力研成的墨，在一张硕大的宣纸上，如走龙蛇般地写下了一个沉甸甸的"忍"字。写罢，她笑问小康熙道："孩子，你可认得这个字吗？"

小康熙虽还不到十岁，但从懂事的时候起，便有专门的大学士为他讲解四书五经等汉学课程。一个"忍"字，如何会认不得？甚至，小康熙不仅认识这个"忍"字的外形，他似乎还参悟出了这个"忍"字的丰富内涵。所以，博尔济吉特氏刚一问毕，他就弯腰施礼道："皇祖母，孩儿明白了……"

博尔济吉特氏将那支如椽巨笔往"忍"字上一放："孩子，只要能真正做到这一点，那昨日的多尔衮就必将是明天的鳌拜！"

小康熙忙上前，移开那支巨笔："皇祖母，这个忍字被糟蹋了……您再替我写一个吧。"

博尔济吉特氏问道："你要这个字何用？"

小康熙回道："孩儿想把这个字悬于室内，日日夜夜仔细地观瞧……"

博尔济吉特氏轻轻地摇了摇头："孩子，这个字不能悬挂何处，只能牢记心间。你懂了吗？"

小康熙认真地想了想，最后脸上露出了笑容："皇祖母，孩儿这回是真正地明白了！"

博尔济吉特氏也笑了："孩子，既然你明白了这个道理，那我们现在就去吃饭吧。"

小康熙一怔："皇祖母，您怎么知道孩儿到现在还没有吃饭？"

博尔济吉特氏指了指小康熙的肚子："你这里面一整天装的都是怒气和不平，哪还有多余的空间容纳饭菜？"

小康熙不禁叫道："皇祖母，您真是当今世上最了解孩儿的人呢！"

小康熙的声音很大，但博尔济吉特氏的声音却很小："孩子，你可知道，你饿了一天肚子，那赵公公和阿露也陪你饿了一天肚子呢！"小康熙心中顿时就"咯噔"一下："是呀，皇祖母，赵公公和阿露……赵公公那么大年纪，如何禁受得起？如此看来，这真是孩儿的不是了……"

博尔济吉特氏意味深长地道："孩子，赵公公和阿露因为你而饿了一天肚子，这本不是什么大不了的事情，但你要记住，做任何事情都必须将它的方方面面都考虑周全，否则，差之毫厘可就谬之千里了！"

"皇祖母说得是，"小康熙小声地道，"皇祖母的教诲孩儿已经铭刻在心。"

"好了！"博尔济吉特氏微微一笑道，"待会儿吃饭的时候，你叫赵公公和阿露多吃点，这也就算是你将功补过吧。"

小康熙喜滋滋地应道："孩儿遵命！"

吃罢饭，辞别了博尔济吉特氏，似乎已是深夜了。刚刚跨出慈宁宫，赵盛就忍不住地打了一个嗝道："皇上，你叫老奴拼命地吃喝，老奴的肚皮都快要撑炸了！"

阿露紧跟着道："是呀，皇上，奴婢吃了那么多的饭菜，到现在……嗓口儿还被饭菜堵着呢！"

能与当今皇上和太皇太后在一块儿用膳，甭说赵盛、阿露这样的太监、宫女了，即使是朝中的那些重臣，也实难获得这份莫大的殊荣。这当然说明了，小康熙也好，博尔济吉特氏也好，都是十分地平易近人。同时也说明了，赵盛、阿露二人在博尔济吉特氏和小康熙的心目中，确实占有一个非常重要的地位。

小康熙"哈哈"一笑道："赵公公、阿露，你们因为朕饿了一天肚子，如果朕适才不叫你们多吃点，你们岂不是要在背后埋怨于朕？"

阿露赶紧道："皇上，奴婢即使再饿也不会埋怨你的，也许……赵公公年纪大了，会对皇上有些看法……"

"什么？"赵盛慌忙言道，"阿露，你这个小丫头在皇上的面前可不能瞎说啊！老奴的年纪虽然是大了些，但还没有大到糊里糊涂的程度。老奴纵然饿死，也绝不会对皇上说一句不恭不敬的话……"

阿露言道："赵公公，奴婢只是跟你开个玩笑嘛，你又何必如此认真？"

赵盛似乎确实很认真："阿露，老奴入宫几十年，从来都没有开过不该开的玩笑！"

听着赵盛和阿露你一言我一语的，小康熙觉得非常开心："好了，你们都不要再说了。朕看你们的精神都挺不错，那你们就陪朕到宫外走走吧。"

小康熙话中的"宫外"，显然是指紫禁城之外，也就是所谓的"皇宫"之外。赵盛不由大惊："皇上，这么晚了，出宫去……恐怕不太方便……"

小康熙言道："朕现在心情不错，只想到宫外随便走走，这有什么方便不方便的？"

阿露想了想道："皇上，这个时候出宫，会不会……不太安全？"

小康熙却道："宫内是朕的天下，宫外也是朕的天下，朕到宫外去走动走动，怎么会不安全？"

小康熙说得自然在理，但赵盛的心里却很不踏实。他犹豫了一下，然后道："皇上坚持出宫，老奴不敢反对，但老奴请求皇上多带些侍卫相随，不然，老奴心中很觉不安……"

小康熙点了点头："好，赵公公，就依你的，朕这下总可以出宫了吧？"

小康熙说完，拔腿就走，慌得赵盛赶紧言道："阿露，你陪伴皇上，老奴去叫侍卫来……"

好家伙，等小康熙走出宫门的时候，他的身后及左右，至少已聚集了两百多名精壮的侍卫。小康熙笑问赵盛道："赵公公，朕这是去玩耍呢还是要去打仗？"

赵盛赔着笑脸道："皇上，人手似乎是略多了些，不过……有备无患嘛！"

小康熙本不想带这么多人出宫，可看到赵盛因招呼人手而累得气喘吁吁的样子，又不忍心拂了他的一番好意。所以，小康熙想了想之后，便对着众侍卫言道："朕出宫只是想随便走走，你们不许在朕的周围大呼小叫，你们都听到了吗？"

众侍卫齐声叫了一声"喳"。然后，小康熙一挥手，一行人便走出了紫禁城。赵盛明白小康熙的意思，叫众侍卫都散开，只留少数几个身高马大的侍卫傍在小康熙的左右。这样一来，没穿龙袍的小康熙便不显得那么太招人注目了。

夜真的很深了，大街上已经看不到多少行人了，这便少了几分热闹，却多了几分清静。对只想散散步的小康熙来说，这样的环境似乎很合适。不过，小康熙还没有长到真正想散步的年龄，看看"热闹"才是他这种年龄的真正本性。所以，走了一段路之后，小康熙便觉得有些兴味索然了。

小康熙对亦步亦趋的赵盛言道："公公，朕本以为，宫内比较单调，宫外一定好玩，没想到，宫外也是这样的无聊……"

赵盛回道："皇上，夜深了，到哪儿都一样。若是白天出宫，皇上就会看到很多好玩的东西了。"

阿露趁机言道："皇上，既然这宫外没有什么好玩的，那我们就回宫算了！"

小康熙有些动摇了，最后道："朕再往前走几百步，如果再没有什么好玩的东西，朕就回宫！"

小康熙的话音刚落，一个侍卫头领急匆匆地跑了过来："启禀皇上，左边的一条巷子里有些异常，小人已令手下将那条巷子包围，请皇上发落……"

"异常"本是意料之外的事，但小康熙却一下子来了精神："什么异常？在哪里？快带朕去看看！"

好奇是人的本性，更何况还是少年。小康熙虽贵为皇帝，也不能例外，跟着那个侍卫头领就向左边拐去。赵盛不放心，赶紧叫来几个侍卫，将小康熙团团护住。

来到那条巷边，小康熙急急地问那些堵住巷口的侍卫道："快告诉朕，巷子里究竟发生了什么事？"

一个侍卫禀道："巷内有两个人在摔跤。因为没有得到皇上的旨意，小人等并没有去惊扰他们。"

"摔跤？"小康熙真的来了精神，"朕一直都喜欢这个游戏。你们快快让开，朕要过去看看是何人在摔跤。"

"摔跤"一词，在满语中叫"布库"。小康熙未做皇帝时，经常在宫中和第一辅政大臣索尼的儿子索额图玩布库。因为索额图比小康熙大了将近20岁，所以小康熙在和索额图玩布库的时候，常常是负多胜少。不过，索额图很机灵，有时故意让小康熙赢，这样一来，若计算总成绩的话，小康熙和索额图二人倒也大致摔成了平手。只是，小康熙做了皇帝之后，就很少再见到索额图了，更不用说二人再在一起玩布库了。想起来，小康熙还真的十分怀念和索额图在一起玩布库的时光。

说来也巧，当小康熙走进巷子，抬头朝巷内仔细一望时，他的眼睛马上就不由自主地瞪大了。因为，朗朗的月光下，那两个正在摔跤的少年，其中一个分明就是索额图。

小康熙差点就叫出声来。虽没有叫出声，但他的身子却直直地向巷内走去。他本想跑的，可想到自己已是皇帝了，当着这么多侍卫的面乱跑起来，似乎有失皇上的威严。尽管如此，他此刻的走动与小跑也已经很难区分了。

赵盛不知究竟，可着实吓了一跳，忙着招呼众侍卫道："快，跟上去，保护皇上……"

赵盛这么一招呼，便至少有一百多个侍卫往巷子里拥，见此情状，把守另一头巷子的数十名侍卫也拼命地冲进了巷子，并很快将那两个摔跤的少年扭到了小康熙的面前。

小康熙发火了，冲着众侍卫吼道："你们这是干什么？这两个人是朕的朋友，你们还不快点走开？"

小康熙这么一吼，众侍卫慌忙丢下那两个少年，战战兢兢地退出了巷子。只赵盛和阿露二人，远远地站在小康熙的身后，不言不语。

见着小康熙，索额图急忙跪倒："索额图叩见皇上，祝吾皇万岁万岁万万岁！"

明珠见状也赶紧跪在了索额图的旁边："明珠叩见皇上，祝吾皇……"

"好了，好了！"小康熙打断了那个叫明珠的话，"索额图，你和明珠都快起来吧。这里不是宫中，不需要这么多礼节。"

索额图道了一声"谢皇上"，然后才和明珠一起缓缓地爬了起来，爬起来之后，索额图也好，明珠也罢，都没有抬头。显然，他们的心里很清楚，此刻站在他们面前的，已不是过去的那个三皇子玄烨了。

小康熙从未见过明珠，但看到明珠一派气宇轩昂的模样，心中却也欢喜。小康熙静静地道："索额图，朕与你好像很长时间没见面了。你为何不像过去那样常到宫中来与朕一起玩了？"

索额图弯腰言道："回皇上的话，小人也常想去宫中，可皇上与过去不同了，所以小人就不敢随便地去找皇上了……"

小康熙笑道："索额图，你这说的是什么话？朕现在虽然是皇上了，可朕过去与你在一起玩得有多么开心？所以，你什么时候进宫来找朕玩，朕都欢迎！"

索额图连忙道："谢皇上。皇上这么说，那小人以后就经常进宫找皇上玩……"

旁边的明珠赶紧言道："皇上，小人也想经常地进宫找皇上玩……"

"那好哇！"小康熙不禁拍了一下掌，"明珠，你以后就和索额图一块儿进宫来找朕。人多了在一起玩更热闹！"

明珠的父亲虽也是朝中大臣，但无论地位还是资历，都远远不能与索尼相比。不过，就是这个明珠，在若干年后，却成了朝中一位举重若轻的人物。而索额图，也一点不比明珠差，甚至他在朝中掌握的权力比明珠还要大。只是由于种种原因，二人的下场都不是太美妙。当然，这是后话。

此刻，小康熙问道："索额图，你和明珠为什么在晚上跑到这个巷子里摔跤？"索额图回道："皇上，明珠仗着他比我大两岁，非说我摔不过他，我不服，就约他在这里比一比……"

明珠连忙道："皇上，他说的不是事实，是他非说我摔不过他，我咽不下这口气，才约他这个时候在这里比试的。"

小康熙笑道："原来你们是在比赛啊！难怪你们摔得这么带劲儿，那么多的侍卫在巷子两头把守着，你们也没有察觉……你们比赛的结果怎么样？"

索额图道："我们摔了十跤，他胜五次，我也胜五次。"

明珠道："我们正在摔第十一跤的时候，那些侍卫就把我们扭到皇上这来了……"

"太好了！"小康熙简直是有些手舞足蹈了，"原来你们还没有决出胜负啊！来，你们继续摔，朕给你们当裁判，看到底哪个是最后的胜利者！"

赵盛闻言，忙低低地言道："皇上，夜已深了，老奴以为还是回宫吧……"

是啊，时候确实已经不早了。小康熙想了想，然后对索额图和明珠道："这样吧，你们就以一跤定胜负。朕给你们当裁判，保证不偏不倚！"

小康熙的话索额图和明珠当然不能不听，并且，当着小康熙的面，两人还都想自己是最终的胜利者。故而，两人扭到一起之后，不仅都使出了浑身解数，而且也使出了吃奶的力气。只是，两人的摔跤功夫大致在伯仲之间，彼此的力气也大抵旗鼓相当。所以，两人难解难分了好一阵子，谁也未能把对方摔倒。

真正高兴的当然是小康熙，他已经好久没见过这么精彩的摔跤了。过去，他多多少少还能勉强称作索额图的一个摔跤对手，可现在看来，无论是索额图还是明珠，其摔跤的功夫都远远地超过了他。如果……

一个念头，仿佛是在突然间蹦进了小康熙的脑海。他急急地冲着索额图和明珠叫道："你们都不要摔了！你们快过来，朕有话对你们说！"

小康熙这么一喊，索额图和明珠当然就不敢再摔了。只是，小康熙为什么在他们还没有分出胜负的时候就叫他们住手，他们却一点底都没有。所以，索额图和明珠二人虽然彼此都松开了对方的身子，但你看看我，我看看你，一时间谁都没有动身，只站在原地，多少有点可怜地望着小康熙。

小康熙可是急了："喂，索额图、明珠，你们快点过来呀，朕有话要对你们说。"

索额图看了明珠一眼，明珠也看了索额图一眼。然后，两人几乎是迈着同样的步伐，又几乎是同一时间走到了小康熙的面前，几乎同时说道："皇上，小人无能，没把他及时地摔倒，请皇上恕罪……"

说着话，索额图和明珠还一起屈膝准备给小康熙跪拜。显然，他们以为，小康熙之所以叫他们住手，是因为他们在这么长的时间内都没能将对手摔倒，于是生气了。谁知小康熙却迅速地拽住他们道："你们都想到哪儿去了？你们摔得都很好，你们都是胜利者。朕是想跟你们说另外一件事儿。"

索额图和明珠都不觉舒了口气。虽然他们并不知道小康熙将要说的是一件什么事，但只要不是责怪他们，他们似乎也就没什么可担心的了。

小康熙故意放大音量道："索额图、明珠听旨——"

索额图、明珠都没接过"圣旨"，但却知道接"圣旨"时应该是个什么样子。所以，索额图和明珠就双双跪地道："小人接旨……"

一边的赵盛和阿露也都多少吃了一惊，这小康熙此时要宣什么圣旨？要知道，天子无戏言。小康熙既然说过"听旨"二字，那他现在说什么也就只能算什么了。

只听小康熙朗朗言道："索额图、明珠，朕封你们为御前侍卫，专门负责保护朕的安全，你们可听清楚了？"

御前侍卫虽不是多么大的官，但专门负责保护皇上的安全，就意味着从今往后将和皇上紧密地联系在一起了。故而，索额图和明珠马上就"扑通"伏倒在地，齐声言道："小人叩谢皇恩！"

小康熙"哈哈"一笑，连忙把索额图和明珠拉起来："你们知道朕为什么要封你们做御前侍卫吗？"

索额图摇头。明珠也摇头。小康熙做出一副十分诡秘的样子道："朕告诉你们，你们做了朕的御前侍卫之后，不就整天都可以同朕在一起了吗？朕整天地同你们在一起，不就可以整天地同你们在一起玩了吗？"

索额图恍然大悟般地道："皇上原来是这个意思……"

明珠挠了挠脑袋道："皇上实在是比小人聪明百倍……"

索额图紧跟着问道："小人什么时候进宫去保卫皇上的安全？"

明珠也迫不及待地道："皇上，小人等干脆现在就随皇上进宫得了……"

小康熙却不紧不慢地言道："索额图、明珠，你们明天上午再进宫，今天晚上回去，你们都要把朕的意思告诉你们的父亲。另外，你们今天晚上还要为朕办一件事情……"

索额图和明珠的眼睛都一眨不眨地盯着小康熙。看他们那认真严肃的态度，即使小康熙现在叫他们去赴汤蹈火，恐怕他们也会在所不辞的。

当然，小康熙是不会叫他们去赴汤蹈火的。至少，暂时还不会。小康熙只是道："你们听好了，朕要你们办的事情是，你们今天晚上回去之后，在平日喜欢摔跤的伙伴们当中，给朕精心地挑选出十来个人来，明日你们入宫的时候，把他们一同带上，朕要在宫中专门辟出一块地方，供那十来个人练习摔跤之用，你们……能给朕找到这样的人吗？"

索额图立即道："皇上放心，甭说十来个了，就是一百个这样的人，小人也能找到。只是，小人有些不明白，皇上要找这样的人，干什么用呢？"

明珠也道："是呀，皇上，找十来个这样的人，也不大可能为皇上做什么事的……"

小康熙"嘿嘿"一笑道："你们不知道了吧？朕在宫中，整天都闷得很，几乎没有什么人来跟朕玩。而有了这十来个人，整天地在宫中玩摔跤游戏，朕看了心中不就舒服了吗？说不定，朕看得高兴，也会上去同他们摔上几跤呢！"

索额图似乎明白了："皇上原来是想同他们在一起玩啊！"

明珠向小康熙保证道："皇上放心，小人一定将那十来个人的摔跤功夫训练得棒棒的，让皇上看得舒心、玩得开心！"

"好！"小康熙最后道，"你们现在回去，给朕仔细地挑选人手。明日上午，朕与你们在宫中相见。"

问题是，小康熙当即钦封索额图和明珠二人为他的御前侍卫，是出于一时的冲动还是另有图谋？还有，他要索额图和明珠为他精心挑选十来个摔跤少年入宫，难道真的只是为他解宫中之闷吗？按理说，小小年纪的康熙，不大可能将问题考虑得那么远、那么深。然而，小康熙又确实和他年龄相仿的男孩子不大一样。至少，他在宣布封索额图、明珠为他的御前侍卫，要二人为他挑选十来个摔跤少年的时候，他的心中总是在念念不忘着一个人的名字。而且，当他别了索额图、明珠，在赵盛、阿露及二百多名侍卫的簇拥下往紫禁城走去的时候，他的心中也还在想着那个人的名字。那个人便是鳌拜。

实际上，当小康熙走进紫禁城，回到乾清宫，迈入寝殿，躺在了龙床上之后，他的眼前也还在不时地晃动着鳌拜那五大三粗的身影。直到阿露也上了床，将他那被夜风吹得凉飕飕的脑袋拥入她那温暖如春的怀中时，他的心中似乎才暂时忘却了鳌拜的存在。

当然了，小康熙虽然暂时忘却了鳌拜，但鳌拜却是依然存在的。在小康熙渐渐进入梦乡的时候，鳌拜的府内却依然还是一片欢天喜地的热闹景象。

【第三回】

横行似入无人地，霸道敢称唯我天

两棵不大不小的槐树，掩映着两扇不大不小的铁门，这便是第一辅政大臣索尼的宅第。推开铁门走进去，索尼宅内的一切都十分地平常。一座小花园约有十来亩面积大小，很不起眼。花园内虽然少不了种些花草，但花儿一律都开得淡淡的，草也一律都长得瘦瘦的，仿佛是索尼的一种化身。小花园的尽头是数十间高矮不等的房屋。索尼吃饭、睡觉和接待来访的客人便都在这里。

不要说索尼的宅第不能跟鳌拜的宅第相比了，就是许多朝中大臣的住处，其规模和装饰也比索尼的宅第要耀眼得多。不过，索尼似乎很知足，多少年了，他就住在这么一处简陋的宅内，看风霜雪雨，看世事更替，很有一种与世无争、超凡脱俗的味道。

下午，暖暖的阳光照在索尼家的花园里，显得十分温柔和惬意。温柔和惬意的，还有已经盛开的各色小花和花间的各种小草。当然，最温柔、惬意的，还要数索尼。

索尼站在自家小花园的中间，提着水壶，正在给花草浇水。瞧他那么一副神情专注又悠然自得的模样，根本看不出他是当今皇上的第一辅政大臣，倒像是一个花匠。

索尼的身边，紧傍着一位十来岁的小女孩。她长得眉清目秀，一脸的无邪和纯真，也提着一把小水壶，学着索尼的样子为花草浇水。她，便是索尼最钟爱的小孙女赫舍里。

一位看起来十分慈祥的老人，一位看起来十分纯洁的女孩，被柔和的阳光沐浴着，被摇曳的花草簇拥着，此情此景，该是何等的美妙？

也许是索尼太过专注了，或许是索尼太过悠然自得了，他提着水壶浇着、走着，一个没留神，一朵淡紫色的小花，被他的腿碰落在地。一边的赫舍里看见了，即刻便惊呼起来："爷爷，您犯下大错了……"

索尼一开始不知是怎么回事，听到赫舍里的叫声，很是吃了一惊。待看清楚只是一朵小花坠地之后，他便微微一笑道："我当是什么，原来是一朵花，算不了什么的。"

赫舍里的双眼却充满爱怜地望着那朵小花："爷爷，这朵花是您碰落下来的……它本来开得好好的，可现在它就要伤心地死了……"

索尼言道："傻孩子，花怎么会伤心呢？再说了，爷爷我刚才也不是故意的。来，帮爷爷灌壶水去。"

谁知，一向对索尼言听计从的赫舍里，此时却蹲下了身子，丢下小水壶，用一双柔嫩的小手开始刨土。

索尼不解地问道："孩子，你这是干什么？"

赫舍里头也不抬地回道："爷爷，这花就要伤心地死了，我要把它埋起来……"

索尼一怔。继而，他也缓缓地蹲下身去，帮着她刨坑："孩子，你说得对，做得也对。不过，这花儿是爷爷碰落的，应该由爷爷来埋葬它……"

赫舍里言道："花是爷爷碰落的，但我站在旁边，我也有责任，所以我要好好地安葬它。"

索尼点了点头："那好吧，孩子，就由我们俩共同安葬它吧！"

不忍看花朵萎落于地，这样的人，该是何等的冰清玉洁？

且说索尼帮着赫舍里埋葬了那朵不幸的小花儿之后，刚刚直起身，就看见一个人直直地朝着自己走来。索尼便对赫舍里道："孩子，你先回你的屋里去吧。爷爷有客人来了。"

赫舍里真的很听话，对着索尼摆摆手，然后就轻盈地走开了。索尼看了一眼赫舍里的背影，就赶紧掉过头去，迎着来人走上前去，且一边迎一边拱手道："是哪阵春风把苏大人给吹来了？"原来，来者不是别人，正是第二辅政大臣苏克萨哈。

索尼的脸上可谓是笑容可掬，但苏克萨哈却是一脸的肃然。刚一照面，苏克萨哈就急急地问道："索大人可知费扬古一家被满门抄斩之事？"

索尼点了点头："工部尚书费扬古费大人一家遭此不幸，老夫深感遗憾，也深表同情……"

苏克萨哈追问道："索大人可知费扬古一家因何被满门抄斩？"

索尼有些吞吞吐吐地道："具体情况委实不知，老夫只是听说，那费扬古的大儿子倭赫在宫中阴谋行刺当今圣上，费扬古才招致这一灭门惨祸的……"

"索大人，"苏克萨哈的脸色铁青，"那倭赫一直在宫中担当御前侍卫，无论是对先皇还是当今圣上，他始终都是忠心耿耿，他不可能也没有任何理由要对当今圣上图谋不轨。更何况，费扬古还是先皇公开表彰的一位忠臣，他怎么可能会指使倭赫做出这种犯上作乱之举？"

索尼干笑了一下道："依苏大人看来，费扬古之死究竟是什么原因呢？"

苏克萨哈愤愤地道："索大人，这分明是鳌拜一手所为！那鳌拜仗着手中权势，又欺当今皇上年幼，故意找个借口残杀了费扬古一家……索大人，苏某所言可是实情？"

索尼又干咳了一声："苏大人，老夫当然知道费大人与你的私交甚厚。不过，依老夫看来，你我同做辅政大臣的，似乎不能以个人的感情恩怨来处理一切事情。我们当一切以当今皇上为重，以大清的江山社稷为重啊！苏大人，老夫的话可有几分道理？"

苏克萨哈显然有些失望："索大人，看来你是不相信苏某之言了？"

索尼慢慢地摇了摇头："苏大人这是说哪里话？老夫也只是这么说说而已嘛。更何况，老夫早已经年迈，已没有多少时间和精力再为当今皇上和大清江山做什么贡献了。仔细想来，老夫真是有愧于先皇的重托啊！"

苏克萨哈急忙言道："索大人，难道你就眼睁睁地看着鳌拜在朝中上下横行无忌？"

索尼苦笑道："苏大人，我已老朽，还能在朝中有什么作为？即使想有所作为，恐怕也是心有余而力不足了！"苏克萨哈赶紧道："索大人，你切莫说这种泄气的言语。凭你的声望和经验，加上我的雄心和势力，只要你我联手，虽然不能马上就置那鳌拜于死地，但至少也可让他不敢过于放肆。长此以往，这朝中上下，不就是你我说了算了吗？"

索尼摇了摇头："苏大人的良苦用心，老夫已然知晓。苏大人对老夫的厚爱，老夫也已心领。只不过，老夫早就没有了什么雄心大志，还望苏大人能够理解，能够体谅……"

苏克萨哈真的失望了："索大人，你真的不愿与苏某联手？"

索尼默然片刻，然后露出一丝笑容，再仔细地看着苏克萨哈言道："苏大人，恕老夫言语有些唐突，像你这等正值盛年之辈，是不太可能真正地理解我这种老朽的心境啊！"苏克萨哈当然能够理解，只是他不愿意去理解："索大人，此时此地，你为何对苏某说起这等话来？"

索尼轻叹道："苏大人，一个人只有在他永远地失去了什么东西之后，才会真切地感到那个东西的无比珍贵……老夫的意思，只是想奉劝苏大人，趁着现在还年盛气壮，多饮些美酒，多抱些美人儿，不要像老夫这般，整天只能与小孙女儿一起，给花草浇水来打发时光了！"

苏克萨哈也不禁叹道："看来，索大人是真的不愿意与苏某联手了……"

索尼没有点头，也没有摇头，只是缓缓地言道："依老夫看来，苏大人也大可不必对任何事情都那么认真计较……"

苏克萨哈彻底地失望了："索大人，既如此，恕苏某无端打搅，苏某这就告辞！"

苏克萨哈说完，冲着索尼一拱手，便转身大步离去。他身材高大魁梧，走起路来铿然有力，几乎是在一眨眼的工夫，他就跨出了索尼的宅第。

索尼一直紧盯着苏克萨哈的背影，直到苏克萨哈走出了大门，什么也看不见了，他依然还站在那座小花园的中间。很久很久之后，他才像是自言自语般地说道："苏大人，你应该听老夫的劝告才是啊！你虽有重权在握，可你失去了先皇这个倚仗，就无论如何也斗不过鳌拜了……"

如果苏克萨哈听到了索尼这一番自言自语，他或许会改变自己的某些想法或某些做法。可惜的是，苏克萨哈没能听到。索尼自言自语的时候，苏克萨哈都快走到户部汉族尚书苏纳海的家门前了。

苏纳海家的院门敞开着。苏克萨哈正要往院子里走，却见从院里走出三个人来。其中一个便是苏纳海。另二人分别是直隶总督朱昌祚和直隶巡抚王登联。

四人见了面，彼此寒暄了几句，就依次走进了苏纳海家的一间小客厅。仆人送上茶水后刚一离开，苏纳海就高声地问苏克萨哈道："大人，那鳌拜残酷地杀害了费扬古一家上百口人，难道我们就这样忍气吞声吗？"

苏克萨哈环视了一下三人，然后低低地言道："你们也都知道，我苏克萨哈从来就不是那种忍气吞声的人！我此番前来，就是想找你们议出一个对付鳌拜的计策来！"

官衔、年龄都最小的王登联嗫嚅了一下双唇，最终言道："大人，在下以为，想要对付鳌拜，可不是一件容易的事啊……"

"是啊，"朱昌祚接着说道，"大人未来这里之前，我们三个人为此事商量了很久，可最终也没有商量出一个什么结果来……"

苏克萨哈呼出一口气道："如此说来，我们岂不是就只能任由那鳌拜胡作非为了吗？"

"不行！"苏纳海重重地道，"如果一直这样下去，那鳌拜明天说不定就会把刀架在我们的脖子上！"

"纳海说得是啊！"苏克萨哈颇有些语重心长地道，"如果我们一直姑息纵容下去，那鳌拜的气焰还不越来越嚣张？他今天能杀费扬古，明天就能杀我们。莫非诸位就甘心这样任人宰割？"

朱昌祚望着苏克萨哈道："大人，我们当然不想任人宰割，可我们现在……又能对鳌拜怎么样？"

苏克萨哈回道："他鳌拜能杀我们一个人，我们为何就不能找个借口杀他一个人？"

朱昌祚摇头道："大人，我们到哪儿找这个借口？总不能无缘无故地就杀人吧？"

王登联接着说道："是呀，大人，我们不仅要找一个借口，而且还要找到这个借口的证据……但这个证据并非那么好找啊……"

苏克萨哈喃喃自语般地道："是呀，关键是要找到确凿的证据……"

实际上，想要通过所谓"合法"的途径去杀一个人，是相当困难的，而先杀掉那个人，再给他罗织相应的"罪名"，却似乎非常的容易。所以，从这个意义上说，苏克萨哈等人根本就不是鳌拜的对手。更何况，鳌拜还十分善于利用自己辅政大臣的特殊地位以及小康熙年幼可欺的特点，再加上鳌拜心狠手辣，苏克萨哈等人的前途就注定是黯淡无光，而命运就注定是岌岌可危的了。

见苏克萨哈、朱昌祚和王登联三人一个个都紧锁双眉，无可奈何的模样，苏纳海便哼哼唧唧地开了口："我以为，我们不要太过灰心。鳌拜的那些手下，整天地为非作歹，我们还怕找不着一个有力的证据？"

朱昌祚苦笑着言道："话虽是这么说，可有几个人敢站在我们这边来指证鳌拜一伙？"

王登联言道："实不相瞒，在下早就派答尼尔去四处搜集鳌拜一伙的罪证，可这么多天过去了，答尼尔什么东西也没有搜集到……看来，鳌拜一伙人的势力，确实大到了让人谈虎色变的地步……"

说来也巧，王登联的话音刚落，一个仆人就在客厅的外面高声报道："布政使答尼尔求见几位大人……"

答尼尔是朱昌祚和王登联手下的一个布政使。他此时此地求见，定然有十分重要的事情。故而，客厅内的四个人马上就来了精神。苏纳海迫不及待地跑到客厅的门口喊道："答尼尔，你快点进来啊！"

答尼尔进来了，这是一个身材十分匀称的满族汉子。他对着苏克萨哈等人一一拜见了之后言道："属下奉巡抚王大人之命，专职去搜罗鳌拜一伙的罪证，几经奔波，今日终于有了一点眉目……"

一向比较沉稳的王登联此时也耐不住了："答尼尔，你倒是快说啊？"

苏克萨哈也急急地道："答尼尔，你快点往下说……"

答尼尔"哦、哦"两声，然后道："属下探知，鳌拜的侄子塞本得，近日在京郊的一个小村庄，犯下了一宗特大的人命案……"

苏纳海催道："快说这宗人命案的具体内容！"

答尼尔道："塞本得钻入那个村庄的一户农家，兽性大发，为了灭口，又将那户农家的十几个人全部杀光……"

朱昌祚不禁"啊"了一声："既然……全部杀光，岂不是死无对证了？看来，答尼尔此番奔波，也只能是徒劳无功了！"

王登联却摆了摆手："朱大人言之有误。如果真的死无对证，答尼尔又如何能探知此案？"

苏克萨哈双眉一扬："是呀，如果都死光了，答尼尔是怎么知道的呢？"

苏纳海跑到答尼尔身边："答尼尔，你倒是接着往下说啊！"

答尼尔道："塞本得虽然杀光了那户农家的人，但那个村庄的有些人却看见过塞本得进村。并且，属下得知，那个村庄里有一个叫哈吉的男人，曾看见了塞本得杀人的全过程……"

"好啊！"苏克萨哈大叫了一声，"我们只要找到了那个哈吉，岂不是就找到了塞本得杀人的证据了吗？"

"只要有了这个证据，"苏纳海也兴致勃勃地道，"我们就可以将塞本得捕获，交与刑部和大理寺审讯，即使塞本得仗着鳌拜的权势可以免于一死，恐怕他也只能在牢狱里度过一生了！"

朱昌祚的情绪自然也迅速地高涨起来："鳌拜杀了我们的朋友费扬古，我们就除掉他的侄子塞本得，这叫以血还血、以牙还牙！"

只有王登联似乎还显得比较冷静："几位大人，属下以为，我们暂时还不能高兴得太早。因为那个哈吉现在还没有掌握在我们的手中。如果塞本得也知道了哈吉的存在而先于我们动手，我们可就是竹篮打水一场空了。"

"王大人说得对！"苏克萨哈抑制住自己激动的情绪，"我们现在还不能高兴。我们首要的任务，是把那个哈吉秘密地带到京城来。"

苏纳海点点头："是要秘密地行动。如果被鳌拜一伙人得知，恐怕会另生事端。"

朱昌祚道："属下以为事不宜迟，最好现在就派人去找哈吉。要是被塞本得抢了先，可就前功尽弃了。"

王登联问苏克萨哈道："大人以为派谁去比较合适？"

苏克萨哈转向答尼尔："有劳答尼尔再辛苦一趟吧。你情况比较熟悉，办起事来比较方便。"

答尼尔冲着苏克萨哈一拱手："下官愿效犬马之劳。下官即刻便动身前往，不知大人还有什么吩咐？"

苏克萨哈想了想，道："你乔装出城，多带些银子，找到哈吉后，只要他愿意作证，他提出什么条件你都可以答应。你返回京城之后，直接带哈吉到我的住处，明白了吗？"

答尼尔应诺一声，然后就迅速地退出了客厅。答尼尔刚一走，苏克萨哈就问王登联道："王大人，我与答尼尔交往不多，让他去办这么重要的事情，你认为可靠吗？"

王登联回道："大人尽管放心，这个答尼尔办事十分谨慎周到，只要不出太大的意外，他会很好地完成这个任务的。"

苏克萨哈轻舒一口气："看来王大人对这个答尼尔是十分信任啊！"

王登联笑道："大人，答尼尔从骨头里都痛恨鳌拜，这样的人，下官能不十分信任吗？"

苏克萨哈的嘴终于咧开了："王大人这么一说，我便可以彻底地放心了！"

正如王登联所说的，答尼尔确实是一个办事十分谨慎周到的人。他别了苏克萨哈等人之后，匆匆地回了一趟家，换了便装，揣上一大包银子，就只身一人出了家门。为保密起见，他不仅没带什么随从，而且也向家人隐瞒了事情的真相。他装作无所事事的样子，大摇大摆地出了京城的南门。出城的当口，他看见了那个塞本得正领着数十个手下在南城门附近游荡。尽管塞本得认识答尼尔，但因为彼此相距较远，答尼尔又穿着便装，所以塞本得也就没有注意。

出京城的时候，已是薄暮时分。待答尼尔匆匆赶到那个小村庄时，天已经黑了下来。还算不错，天上的月亮虽不圆，却很亮，至少能照着答尼尔脚下的路。

答尼尔走进了小村庄。小村庄内不仅没有什么声音，也几乎看不见什么灯光。

答尼尔终于看见了一星灯火，他朝那星灯火走去。两间茅屋，门敞开一条缝，那星灯火就是从门缝里漏出来的。

答尼尔轻轻地叩开了门。一个四十岁左右的男人正端着碗在吃饭。屋内还有几个大小不等的孩子，一个中年女人在为那几个孩子盛饭。

四十岁左右的男人问答尼尔道："你找谁？"

答尼尔作出一丝笑容道："我是从京城来的。我来这里，是想找一个叫哈吉的人……"

那男人顿时就颤抖起来："你……找他干什么？"

一个孩子在旁边叫道："我爸爸就叫哈吉……"

答尼尔"哦"了一声道："你就是哈吉？那太好了！我用不着再四处寻找了。"

哈吉的身体看起来很壮实，但此刻却是一脸的惊恐和不安："你是谁？你为什么要找我？"

答尼尔尽力做出和颜悦色的样子："你不用害怕。我叫答尼尔，在京城做官，我来找你，是想了解一件事情……"

"不，"哈吉叫了一声，手中的碗"啪"地落地，"你不要来找我，我什么也不知道，我什么也没看见……"

那中年妇人看来还不知道究竟是怎么一回事，她扶住哈吉问道："你做了什么错事？你为什么这么害怕？"

哈吉哆哆嗦嗦地道："我什么也没做……我什么也不知道……"

答尼尔赶紧对哈吉的妻子道："哈吉什么也没做。我只是想了解一下，前几天，这个村里一户人家的十几口人被全部杀光的事情……"

哈吉妻子的脸上现出了一丝凄凉："……那事太惨了……十几个人，大大小小，一个也没剩……可这件事情，跟哈吉有什么关系？你为什么要来找哈吉？"

答尼尔小声地道："因为哈吉不仅看见了凶手，他还目睹了凶手杀人的全过程。"

哈吉妻子"啊"了一声，忙问哈吉道："你，真的全都看见了？"

哈吉有气无力地道："我也不想看啊……可偏偏让我看到了……那个凶手，拿一把大刀，在屋里乱砍乱杀……一会儿，十几个人就都被砍死了……可我，根本就不想看到的呀……"

哈吉妻子不禁张大了嘴，哆嗦了几下嘴唇，但没能说出什么话来。再看哈吉，就像是刚跑了一段长路，只顾"呼哧呼哧"地喘气。

答尼尔觉得时候已到，便从怀中拿出早已准备好的一大包银子，悠荡在哈吉夫妇的眼前，故意用一种平平淡淡的语调道："这里装的都是银子。如果你们想要，现在就可以拿去。"

哈吉还沉浸在一种极度的惊恐中，面对着那包银子似乎没什么反应，但哈吉妻子的双眼却一下子就瞪圆了，且支支吾吾地道："这些银子，你都给我们？"

"不错，"答尼尔道，"我只有一个条件，如果你们答应了，这些银子就全归你们。"

哈吉妻子的目光随着那银袋的晃荡而在不断地变换方向："你说，你……是什么条件？"

答尼尔道："我的条件非常简单。只要哈吉同意跟我去京城，指证那个凶手的所作所为，这些银子便全归你们了。"

哈吉妻子有些不相信地问道："就这么简单？"

答尼尔点头："就这么简单。"

谁知哈吉却闷叫了一声道："不……我不去！那凶手会杀了我的……"

答尼尔道："你跟在我身边，一点危险也没有。你指证那个凶手之后，凶手会被打入死牢，你也就可以平安地回来了。不过嘛，我也不想勉强你，你若同意跟我走，我就把银子留下，你若不同意，我就带着银子走人。"

答尼尔说完，做出了一副准备走人的架势。哈吉妻子忙言道："别……你是说，哈吉跟你走，一点危险也没有？"

答尼尔道："如果有危险，我从京城跑到这里来干什么？只要哈吉跟在我身边，我就包他平安无事。"

哈吉妻子捅了一下哈吉："喂，听到了吗？他说包你没事的……"

哈吉摇着头说："不，我不跟他去……那凶手太凶狠，他不会放过我的……"

答尼尔似乎很是无奈地道："既然如此，那我就只能回京向上面大人交差了。"

慌得哈吉妻子一把就拽住了答尼尔："你别走……哈吉这就跟你去。"又转向哈吉，几乎是声色俱厉地道："你这个孬种！跟他到京城走一趟怕什么？你没长眼睛啊？你没看到这么许多银子啊？你好好地想一想，你就是在田里苦上一辈子、两辈子，能苦到这么多的银子吗？"

不知是银子起了作用还是妻子的严厉态度起了作用，反正，哈吉在抖动了一会儿身体之后，终于犹犹豫豫地道："那……我跟你到京城去吧……"

哈吉话音未落，他妻子就一下子从答尼尔的手中抢过银袋，一边伸手往袋里摸银子一边急急地道："哈吉，你就放心地去吧，我在家等你回来。"

答尼尔见事情已基本办妥，心中非常高兴："哈吉，时候已不早了，我们还是抓紧时间快点上路吧。"

哈吉的眼中闪过一丝恐惧，他似乎预感到了此行去京城一定凶多吉少。他定定地望着自己的妻子道："你，可一定要等我回来啊……"

哈吉的妻子没有回答，也许是她没有听到哈吉的话，也许是她早已经被满袋的银子迷住了。哈吉只得深深地叹了口气，然后跟着答尼尔出了家门，走入无边无际的黑暗当中。

答尼尔出北京城的时候，曾看到塞本得带着几十个手下在城门外游荡。此刻，答尼尔要返回北京城了，塞本得依然还在城门外游荡。本来，塞本得在城外游荡也不是什么太反常的事情，他身为满族镶黄旗的都统，也确实负有保卫京城安危的重任，他并不是特意在此等候答尼尔和哈吉。而且，答尼尔和哈吉走近城门的时候，塞本得已经带着手下准备返城了，彼此之间，少说也隔着几十步的距离。如果塞本得就那么带着手下走进城门洞，事情便不会发生什么大的波折。然而，不知是为什么，也许是鬼使神差吧，塞本得在走入城门洞之前，突然转头向身后看了一眼。就是这一眼，将整个事情都看得变了样。

明亮的月光将塞本得的那张阔脸映照得异常清晰。答尼尔看见了，虽然心中多少有些紧张，但基本上还是镇定自若的，因为塞本得只是那么不经意地回头一瞥，未必就能认出他答尼尔来。而且，塞本得也确乎准备继续朝门洞里走了。但是，对哈吉而言，事情就好像不是那么简单了。哈吉的心中和脑海里，一直翻腾着塞本得挥刀杀人的场面。无论到何时何地，哈吉都难以忘怀塞本得那张狰狞恐怖的面孔。而此时此地，哈吉竟然又一次看见了塞本得的那张脸，这对哈吉软弱而又脆弱的心灵来说，该是一次何等剧烈的冲击？

故而，一路上几乎没有说过一句话的哈吉，此刻却不合时宜地大叫了一声道："他就是凶手……"

答尼尔心中一沉。他知道完了，一切都完了。

但答尼尔没有跑，甚至都没有动身。他还存有某种侥幸，他希望塞本得没能听到哈吉的叫声，或者塞本得对哈吉的叫声没有引起足够的注意。果真如此的话，他答尼尔就依然能够完成苏克萨哈的任务。

不能说答尼尔的这种侥幸的想法一点道理都没有。实际上，如果不是那个哈吉，答尼尔的这种侥幸还真的有可能变成现实。只可惜，有哈吉在，答尼尔就无法左右事情的发展了。塞本得当然听见了哈吉的叫声，而且将"凶手"二字听得十分清楚。所以，他就带着手下大摇大摆地朝着答尼尔和哈吉走来。答尼尔原地未动，但哈吉却躲在了答尼尔的身后，且身躯还好像筛糠似的抖个不停。

塞本得走近了，也就认出了答尼尔："原来是布政使大人啊！不知布政使大人出城去有何公干啊？"

答尼尔微笑着言道："有劳都统大人关心。下官出城，是因为下官的一个远房亲戚在当地犯了一宗人命案，下官想把他带到京城来避避风头，也好顺便找找关系给他开脱开脱。"

塞本得阴阳怪气地言道："布政使大人与直隶总督朱昌祚朱大人和巡抚王登联王大人一向私交甚厚，又是他们两位大人的下属，区区一宗人命案还不好处理吗？布政使大人又何必亲自出城呢？"

答尼尔回道："都统大人说得是。不过，下官的这个亲戚生来胆小，犯下命案之后，终日惶惶不安，下官怕出什么意外，只好将他接到京城里来。"

塞本得哼了一声道："生来胆小还要杀人，岂不是自作自受吗？"

答尼尔忙道："都统大人言之有理。下官将他带到京城，就是想趁机教导他一番，既然这么胆小，就不要做杀人之事……"

塞本得"哈哈"一笑道："布政使大人是得要好好地教导一番。不是所有的人都可以去杀人的，只有像本都统这样天不怕，地不怕的人，才可以去做天不怕，地不怕的事情。"

塞本得说完，就想转身走了。因为答尼尔虽然和朱昌祚、王登联关系密切，但与苏克萨哈却没有什么直接的关系，且也只是一个小小的布政使，还没有成为鳌拜集团的重点打击对象。另一方面，答尼尔此番所编的借口，不仅听起来很合逻辑，也符合答尼尔乔装出城的模样，且与哈吉先前所言"凶手"二字也十分吻合，所以塞本得就不想与这个小小的答尼尔多做什么纠缠。更何况，夜也深了，他塞本得还要回去好好地休息呢。

见塞本得要走，答尼尔便暗暗地舒了一口气。谁知，塞本得并没有马上走。他自言自语地说了一句道："我倒要看看，一个生来胆小的人，如何会做出杀人之事来……"

塞本得也只是一时好奇。如果哈吉还能保持一点镇定或理智，顺着答尼尔的话接着编一个故事，那就什么事也不会发生了。然而，哈吉没能这样做，他早就被塞本得的那一张凶脸吓坏了。当塞本得转过来，用一对大眼直直地瞪着他时，哈吉竟然双腿一弯，"咕咚"一声跪在了塞本得的面前，且还惊恐不安地表白道："大人，小人没看见你杀人。小人什么也没说，小人什么也不知道……"

哈吉"什么也不知道"，但塞本得却马上就"什么都知道"了。塞本得冲着手下大吼道："快！把这两个混蛋抓起来！"

几十个人对付两个人当然是轻而易举的事。很快地，答尼尔和哈吉就被五花大绑了起来。塞本得冲着答尼尔狞笑道："好啊，布政使大人，你竟敢骗到本都统的头上来了！"

事已至此，答尼尔似乎也就无所谓了。他冷冷地对着塞本得言道："你奸人妻女，又杀人灭口，这滔天的罪行，你能抵赖吗？"

塞本得阴险地一笑道："答尼尔，我刚才说过，我塞本得是个天不怕、地不怕的人，奸人妻女、杀人灭口，这统统都是小事一桩。你又能奈我何？"

答尼尔言道："塞本得，你不要太高兴！你犯下十几条命案，论律该凌迟处死，你还是想想你的下场吧！"

"哈哈哈……"塞本得一阵狂笑，"答尼尔，你自己都死到临头了，还什么论律不论律的？若要论律，本都统大人现在就可以将你凌迟处死！"

答尼尔倒也不惧："我是直隶总督府的布政使，你一个都统，无权把我怎么样。你现在将我等如此捆绑，便又是犯下一宗罪责！"

可怜的答尼尔，似乎也和苏克萨哈、苏纳海、朱昌祚、王登联一样，以为在争权逐利的过程中，还有什么道理和法律可讲，殊不知，争权逐利的内涵只有四个字：你死我活。

故而，塞本得抬手就给了答尼尔一个耳光，嘴里骂骂咧咧地道："你一个小小的布政使，竟敢教训起本都统大人来了。我老实告诉你，我现在叫你死，你就甭想活到明天！"

答尼尔冷笑了一声道："塞本得，别说大话给自己撑胆，我谅你也不敢把我怎么样？"

塞本得火了，"嗖"地从腰间抽出一把刀来，恶狠狠地言道："答尼尔，我看你真的是不知道天多高、地多厚啊！你不是说我不敢把你怎么样吗？那好，我现在就做给你看看。"

说着话，塞本得手中的刀就架在了答尼尔的脖子上。答尼尔竟然连眼皮都没有眨一下，说道："塞本得，光说大话没用，你动手啊？"

塞本得生气地骂了一句，看来真的想立即就割下答尼尔的脑袋。一个手下见状，忙凑到塞本得的耳边嘀咕了几句什么。塞本得"哼哈"几声，慢慢地收回了刀："答尼尔，本大人让你多活一会儿。"

答尼尔态度有些倨傲起来："塞本得，速速给我和哈吉松绑，否则，你将罪加一等！"

塞本得抬起脚，照准答尼尔的小腹就使劲儿踹去。答尼尔"啊呀"一声，仰面朝天摔在了地上。塞本得吩咐手下道："把这两个家伙的嘴堵上，抬进城去！"

却原来，塞本得并不是不敢杀答尼尔。布政使这个官虽然也够得上二品的级别，但在塞本得的眼里，那是算不上什么大官的。更何况，有叔叔鳌拜撑腰，即使再大的官，他塞本得也敢杀，只需要在杀过之后随便找个恰当的借口也就完事。塞本得之所以没有动手，是因为他的那个手下提醒了他：这个答尼尔出城去寻找他塞本得杀人的证据，肯定不是个人行为，其背后必然有一个大的背景。所以，塞本得便作出决定，将答尼尔和哈吉带进城里交给叔父鳌拜处理。

答尼尔哪知塞本得的心事？见自己不仅没被松绑，反而还被严严实实地堵上了嘴，所以答尼尔就又是蹦又是跳，以示对塞本得的不满和抗议。

看到自己的手下一时间无法带走答尼尔，塞本得就冲着手下嚷道："快，找两条麻袋来，把这两个家伙装进去！"

这下好了，答尼尔和哈吉被分别塞进了一条麻袋。为防止答尼尔在麻袋里乱动，塞本得又令手下在装答尼尔的麻袋外面结结实实地捆了十几道绳子。这样一来，答尼尔就是再不满、再抗议，也不能动弹了。

于是，在塞本得的指挥下，数十人抬着两只大麻袋，就像抬着两头死猪般，浩浩荡荡地进了北京城，直向铁狮子胡同的鳌府走去。

夜已深了，鳌府的两扇大铁门已然紧闭。塞本得因为有要事在身，也就了无顾忌，非常使劲儿地敲开了大铁门。值班的是巴比仑，塞本得冲着巴比仑嚷道："快去禀报我叔叔，就说我有重大事情相告！"

巴比仑有点犹豫："侄少爷，鳌爷早已休息，此时若去打搅，恐鳌爷会怪罪小人……"

塞本得一把揪住巴比仑的衣领："你要再敢废话一句，我就拧下你的脑袋！"

巴比仑被塞本得揪得几乎喘不过气来："佀少爷请松手……小人这就去禀报……"

塞本得哼了一声，丢了巴比仑。巴比仑就像刚刚捡回性命一般，撒腿就往里面跑，一边跑一边恨恨地想：这过的是什么日子？任何人都可以打我骂我……总有一天，我要离开这个不是人待的地方……

可想归想做归做，巴比仑还是以最快的速度穿过了两座花园，跑到了鳌拜的卧房前。他一边大口大口地喘气一边紧张地思忖着：这个时候喊鳌拜，鳌拜还不气得要死？鳌拜气得要死，那自己就不会有好果子吃，可要是不喊，塞本得在那儿等着，同样会气得要死，那自己也就同样没有好果子吃。

思前想后了好一阵子，巴比仑觉得还是喊比不喊好。于是，巴比仑就蹑手蹑脚地走到鳌拜卧房的门前，双膝一弯，跪在了地上，然后捏着嗓门喊道："鳌爷，鳌爷，佀少爷有要事求见！"

喊了几声之后，巴比仑又略略地提高了声音喊道："鳌爷，佀少爷要见您呐……"

这一回，鳌拜终于听见了。确切地说，是那个阿美先听见，然后才把他弄醒的。今天晚上，鳌拜睡得很早，在床上和阿美几度云雨之后，就精疲力竭地进入了梦乡。毕竟是五十好几的人了，朝朝暮暮地和阿美欢娱，确实有一种力不从心之感。正睡得香甜呢，却被阿美推醒了。当时，鳌拜确实很是生气，可听到巴比仑的喊话后，鳌拜的火气就又慢慢地下去了。因为他深知，塞本得这个时候要见他，肯定是非同寻常的大事。所以，他一边打着呵欠一边在阿美的帮助下穿好了衣裳，然后，他胡乱地摸了阿美一把，就下了床。

打开房门，见巴比仑规规矩矩地跪在地上，鳌拜就淡淡地言道："巴比仑，叫佀少爷到'醒庐'那等我。"

没看到鳌拜发火，对巴比仑而言，不啻是天大的喜事。巴比仑赶紧躬起身："小人这就去告诉佀少爷！"

巴比仑飞也似的跑了，鳌拜也朝"醒庐"走去。鳌拜边走边想：塞本得此时要见我，会不会是有关苏克萨哈的什么事呢？

"醒庐"门边，塞本得和几个手下早已在恭候。塞本得的脚下，堆放着两只大麻袋。鳌拜走过去，瞥了那麻袋一眼："塞本得，袋里装的是什么？"

塞本得连忙道："是两个大活人，是小佀亲手将他们逮住的。"

鳌拜预感到了事情的重大，朝着塞本得挥了一下手："抬到屋里去吧。"

塞本得令几个手下将两只麻袋抬到"醒庐"里，然后摆手叫几个手下出去。鳌拜言道："说吧，是怎么回事？"

塞本得想了想，只得将自己在京郊的那个小村庄里奸人妻女又杀人灭口的事情简单地说了一遍。他刚一说完，鳌拜的牛眼中就冒出了令人不寒而栗的凶光。

"塞本得，你半夜三更地把我喊起来，就是想告诉我你做过的这件好事吗？"

塞本得慌了："不……叔，如果只是这件事，小侄是不会来打搅的……"

鳌拜想想也是。即使是塞本得奸人杀人一事闹到了什么官府里，他塞本得也用不着来找他鳌拜的。更何况，塞本得还带来了两只麻袋。

"叔，"塞本得的声音有些降低，"小侄做了那件事之后，本也风平浪静，可今天，却有人出城去调查此事，小侄便觉得其中定有蹊跷。"

鳌拜皱了一下眉："就是袋里装的这两个人吗？"

塞本得道："袋里装的，一个是证人，另一个……叔叔想必也认得……"

鳌拜"哦"了一声。塞本得急忙将答尼尔和哈吉从袋里拖出来，答尼尔看起来似乎还好，只是脸庞被憋涨得彤红；而那个哈吉，连惊带怕，又让麻袋捂了半天，几乎已是奄奄一息了。

鳌拜看了看哈吉，不认识。又看了看答尼尔，认出来了："塞本得，就是这个答尼尔去调查你的事情的吗？"

塞本得点头："是的，叔。这个答尼尔是朱昌祚和王登联的手下，而朱昌祚和王登联又是苏克萨哈的同党……小侄以为此事非比寻常，不敢擅自处理，就将他们送到叔这儿来了。"

塞本得本想能够得到鳌拜的一番赞扬，然而，鳌拜只是动了一下手指道："你把答尼尔的嘴松开，我想问他几句话。"

塞本得走过去，一下子就把堵住答尼尔嘴的一大团破布拽了出来。答尼尔如释重负地长长地吐了一口气，并随即高声叫道："鳌大人，你的侄子无端把下官捆绑至此，这大清天下，究竟还有王法没有？"

塞本得当即就狠踢了答尼尔一脚："到这个地方还如此不知好歹，你真是活够了？"

鳌拜威严地一摆手，塞本得马上就一动不动地站在了原地。答尼尔竟似乎看到了什么希望，忙又声嘶力竭地喊道："鳌大人，你侄子如此滥用私刑，还成何体统？"

鳌拜的脸上似乎没什么表情。他一步步地走到答尼尔的身边，两只脚正好叉在答尼尔的头颅两边，说出来的话就像死人的尸体那般冰冷："答尼尔，你现在是想死还是想活？"

只要有可能，几乎人人都不想死。所以，尽管答尼尔在心里对鳌拜恨之入骨，但说出来的话也不免还抱有某种幻想："鳌大人，下官……当然想活……"

鳌拜笑了，只是笑得太过深沉："答尼尔，你只要想活，那就好办。我不仅能让你活得好好的，我还能让你做上巡抚、做上总督，你看怎么样啊？"

答尼尔喘了一口长气道："鳌大人，你的话……下官不大明白。下官现在只想……尽快地离开这里……"

鳌拜脸上的笑容似乎变得有些灿烂："答尼尔，想离开这里那是再简单不过的事了。只是，你必须老老实实地回答我一个问题，否则，你恐怕就只能永远地躺在地上了。"

答尼尔不由感觉到了一阵寒冷："不知鳌大人想问下官什么问题？"

鳌拜抬起一只脚，用脚底在答尼尔的脸颊上蹭了一下："答尼尔，你只要告诉我是谁派你出城的，你就自由了。"

答尼尔摇了摇头："大人，没有什么人派下官出城。下官只是偶然得知此事，一时兴起，便找了这个哈吉，准备将他交给刑部处理……"

鳌拜缓缓地摇了摇头："答尼尔，我真为你感到可惜。一个人毫无价值地为别人而死，究竟有多大意义？"答尼尔心里一悬："鳌大人，莫非你想……现在就处死下官？"

塞本得忍不住又踢了答尼尔一脚："你真是废话！现在不处死你，还能留你到明天？"答尼尔连忙叫道："鳌大人，你不能这样对待下官，你不能这样任意地处置一个朝廷命官。下官即使有罪，也应交刑部和大理寺处理，更何况，下官还清清白白并无任何罪过……"

谁知，鳌拜却将目光转向了塞本得："好侄儿，你听说过我当年征战沙场的时候，曾一掌砍下过一个汉人的脑壳的事吗？"

塞本得忙言道："叔，您这一英雄壮举，小侄很小的时候就已听过，只可惜，小侄一直未能亲眼所见……"

鳌拜慢慢地踱到了哈吉的头前："好侄儿，你现在想不想见识一下为叔的神掌？"

塞本得顿时精神倍增："小侄如能目睹叔叔的神掌，那真是三生有幸啊……"

鳌拜蹲下身，伸出右掌，在哈吉的颈间比画了一下，口中喃喃自语道："这么多年没用过掌了，也不知道还管不管用……"

哈吉虽然早已气息奄奄，但意识一时也还清楚，求生的本能使得他鼓足了最后一丝力气，可怜巴巴地乞求道："大人饶命……小人是无辜的……"

鳌拜根本就没听见哈吉的话，而是冲着塞本得怪模怪样地一笑道："好侄儿，如果为叔的一掌未能砍下他的脑袋，你可不要笑话为叔老了不中用了？"

塞本得赶紧道："叔，小侄坚信，叔只要一掌下去，定然马到成功！"

鳌拜认真地点了点头："有好侄儿这句话，为叔的也就彻底放心了！"

说着话，鳌拜的右掌便高高地举了起来。很显然，他要对哈吉下毒手了。哈吉拼命地张大了嘴，但已经没有丝毫的力气再说出什么话。而实际上，哈吉即使有充足的力气恐怕也不可能再说出什么话了，因为他没有了说话的时间。他的嘴巴刚一张开，鳌拜的右掌就快如闪电地切在了他的咽喉处。也没听见什么声响，哈吉便尸首分离。那断裂处，几乎比刀割的还要光滑整齐。而离开尸体的哈吉的头颅，嘴依然大张着，似乎是在重复他刚刚说过的那句话："大人饶命……小人是无辜的……"

鳌拜露出的这一手功夫，真的是惊世骇俗。把塞本得吓坏了，同时也乐坏了："叔……普天之下，还有谁是您的对手？"

鳌拜很是谦逊地摆了摆手："人老了，气力跟不上了。想当年，我当着文武百官的面，一拳将一匹战马打得喷血而死……可现在，我这一双拳头，恐怕只能打人了……"

说着话，鳌拜就又走到了答尼尔的身边，很是淡淡地言道："我现在问你最后一次，是谁派你出城的？"

答尼尔情知自己已是在劫难逃，所以就索性破口大骂道："鳌拜！你这个杀人不眨眼的禽兽！你今天杀我，明天就会有人来杀你……"

"嘭……"鳌拜的右拳，重重地击在答尼尔的腹部。这一拳太过霸道、也太过残忍，鳌拜的拳头，竟然打进了答尼尔的腹内。答尼尔剧烈地抽搐了几下，才慢慢地停止了搐动。再看鳌拜的脸上、身上，早已被答尼尔的鲜血染红，而鳌拜的右手里，却还抓着答尼尔的一截肠子。连一向以打人、杀人为乐的塞本得，见此情状也不禁毛骨悚然。

鳌拜倒是一脸的无所谓。他把正在滴血的右拳在答尼尔的身上揩了揩，然后直起身子道："这答尼尔太不经打，真是丢了我们满族人的脸……"

塞本得急忙堆起一脸的谄媚："叔，不是答尼尔太不经打，而是叔的拳头太过厉害……"

此时的鳌拜，模样十分地怪异和恐怖："塞本得，你说说看，究竟会是谁派答尼尔出城的？"

塞本得做出一副沉思状："叔，小侄一向愚钝，恐很难猜出谁是答尼尔的幕后指使者。不过，朝中上下，敢不自量力与叔叔作对的，恐怕也只有那个苏克萨哈了……"

"不错，"鳌拜点了点头，"除了苏克萨哈，谁还敢找我鳌拜的不是？"

塞本得问道："叔，我们现在该怎么做？"

鳌拜言道："苏克萨哈既然派答尼尔出城，那他现在就一定在家中等着答尼尔回来。你知道该怎么做了吗？"

塞本得抓耳挠腮了一阵，终于明白了鳌拜的意思："叔，小侄这就去安排……"

　　鳌拜却道："不用这么性急，夜还长着呢。趁这段时间，为叔的想教训你几句。"

　　听到"教训"二字，塞本得慌忙垂首而立："叔，小侄洗耳恭听……"

　　鳌拜清了清嗓子道："塞本得，你听好了：你奸人妻女我能理解，你杀人灭口我也不反对，但问题是，你干任何事情，都要干得干净利落。就像我，杀了倭赫，杀了费扬古一家，现在有谁在说三道四？千万要记住，要么不做，要做就做得天衣无缝。不要经常地拿些鸡毛蒜皮的小事来烦我。要知道我每天都在处理许许多多的大事情，你明白吗？"

　　"小侄明白！"塞本得诚惶诚恐地道，"叔叔放心，小侄以后决不再拿什么鸡毛蒜皮的小事来打扰叔叔……"

　　"好了，"鳌拜大度地摆了一下手，"人非圣贤，孰能无过？能吃一堑长一智就算是有了进步。现在，我回房休息，你去办你的事情。"

　　"小侄明白。"塞本得对着鳌拜讨好地一笑，"那苏克萨哈还在等着答尼尔回去呢！"

　　鳌拜和塞本得估计得当然没错，苏克萨哈当然是在等候着答尼尔的归来。

　　苏克萨哈的府第不算太大，内外的设置也不算太豪华，但是，苏府门前的两座石狮子却与众不同。表面上看起来，那两座石狮子也没有什么太特别之处，但如果转到石狮子的后面观瞧，便会发现，那两座石狮子的尾巴，都被涂成了金黄色。要知道，在封建社会里，金黄色是皇帝的专利，谁要与金黄色有缘，就说明他在朝中的地位很是不一般了。据说，苏府门前的那两座石狮子，是当年顺治赏赐给苏克萨哈的。因为苏克萨哈揭发多尔衮有功，顺治一时激动，便赏了这两座特殊的石狮子。所以，这两座石狮子就代表了苏克萨哈昔日的荣耀和地位，苏克萨哈也当然以这两座石狮子为傲。

　　自答尼尔走后，苏克萨哈就回到了自己的住处，耐心而又焦急地等待着答尼尔的归来。苏纳海、朱昌祚和王登联三人本也想随苏克萨哈到苏府的，但苏克萨哈没同意。苏克萨哈对他们说："人多了聚在一起，容易引起别人的注意。只要答尼尔一回来，我就派人去通知你们。"

　　因为有心事，苏克萨哈的饭菜吃得一点也没有滋味。吃罢，他便走进自己的寝房，慵慵地躺在床上，专心致志地等待着答尼尔的归来了。

　　可是左等不来，右等不来，也不知等了多久，苏克萨哈终也没有等到答尼尔回来的消息。他不由得有些担心起来，是答尼尔没有找到那个哈吉？还是答尼尔找到了哈吉之后在回京的途中出了什么变故？

　　苏克萨哈躺不住了，下床走出了寝房。抬头看看天，月色皎皎，似乎夜还不是很深。苏克萨哈想：是我太过性急了吧？也许，答尼尔带着那个哈吉正在回京的途中呢。

这么想着，苏克萨哈稍稍有些心安，便重新回到房内，又躺在了床上。这一躺不要紧，他居然迷迷瞪瞪地睡着了。

苏克萨哈醒了过来，是苏纳海、朱昌祚和王登联三人把他喊醒的。苏克萨哈醒来的时候还不知道发生了什么事，只是觉得天色已经放亮，于是就睡眼惺忪地咕噜了一句道："我怎么会睡着了呢？"

可紧接着，苏克萨哈就感觉到了事情不对头，苏纳海、朱昌祚和王登联三个人的脸上都十分地沉重。苏克萨哈本能地一惊："是不是答尼尔出事了？"

苏纳海点点头："我们一晚上没等到大人的消息，很不放心，就赶过来看看……"

朱昌祚言道："等我们赶到大人的府上，才知道出了大事……"

王登联接道："答尼尔就躺在大人的府门前……"

苏克萨哈"啊"了一声，慌忙跳下床来，直向府门跑去。此时天刚刚放亮，一切看起来都还有些模糊。只不过，苏府的大门是明明地敞开着的，而大门之外，也明明地躺着一具尸体，那正是答尼尔血肉模糊的尸体。

没有人说话，谁的心里都明白是怎么一回事。鳌拜把答尼尔的尸首扔在苏克萨哈的府门前，用意是十分明显的。苏克萨哈强作镇定，缓缓地对苏纳海、朱昌祚和王登联言道："你们好好地把答尼尔给埋了，多给他家人一些抚恤金，我去找太皇太后讨个说法……"

现在，苏克萨哈似乎也只有去找太皇太后博尔济吉特氏了。四个辅政大臣之中，遏必隆是鳌拜的同党，索尼又不肯与他苏克萨哈合作，当今皇上小康熙又太过年幼。苏克萨哈要想讨一个什么"说法"，除了太皇太后博尔济吉特氏之外，也确实无人可找了。然而，太皇太后会给苏克萨哈一个"说法"吗？

苏克萨哈只身一人，踩着薄薄的晨曦，急急忙忙地走进了紫禁城，又径直赶往慈宁宫。到了慈宁宫门前，见一位老太监神色悠然地站在那里。那老太监是赵盛。

朝中大小官吏，几乎谁都知道太监赵盛和宫女阿露现在是乾清宫的人了，所以苏克萨哈就问赵盛道："赵公公，皇上也在太皇太后这儿？"

赵盛施礼回道："苏大人说得是，皇上也刚刚驾到。不知苏大人所来何事？"

苏克萨哈言道："烦请赵公公去禀报太皇太后和当今皇上，就说微臣苏克萨哈有要事求见。"

赵盛躬身道："请苏大人稍候，我这就前去禀告。"

工夫不大，赵盛从宫内走出："苏大人请随我来，太皇太后和当今圣上都在佛堂敬香，请苏大人在客厅里稍候……"

苏克萨哈跟着赵盛走入慈宁宫，来到一间客厅里坐下。赵盛言道："苏大人稍候，我去佛堂伺候太皇太后和当今圣上……"

苏克萨哈忙道："赵公公请便，苏某在此恭候太皇太后和当今圣上。"

赵盛弯腰退去。苏克萨哈却怎么也坐不住，满腹的心事和怒气催得他从座椅上站了起来，开始漫无目的地在客厅里小心地转悠。他似乎是在无意中发现了地上有一张很大的废纸，废纸上写有一个斗大的字。他乍看没认出那是一个什么字，待站准了位置，他终于认出了那是一个十分苍劲有力的"忍"字。

苏克萨哈不禁纳闷起来：这"忍"字无疑是太皇太后所写，太皇太后何故要写这么一个特别的字？她又何"忍"之有？

赵盛走进了客厅："苏大人，太皇太后和圣上驾到！"

苏克萨哈闻言，赶忙跪倒于地，口中长颂道："微臣苏克萨哈，叩见太皇太后，叩见吾皇陛下……"

博尔济吉特氏在小康熙和阿露的扶持下，慢慢悠悠地走了进来，轻轻言道："苏大人请起，叫苏大人久候了……"

苏克萨哈叩首道："臣谢过太皇太后，谢过吾皇陛下……"叩首毕，苏克萨哈爬起身，欠着屁股坐在了一张椅子上。

博尔济吉特氏问道："苏大人，这么一大早就来找我，可有什么要事？"

苏克萨哈当即气愤无比："太皇太后，微臣之所以这么一大早就赶来无礼打搅，实是因为那鳌拜欺人太甚……"

博尔济吉特氏"哦"了一声，却未言语。小康熙却连忙言道："苏爱卿，你快说，鳌拜是如何欺人太甚的？"

小康熙这么一个清晨到慈宁宫来见博尔济吉特氏，就是因为他发觉，最近一段时间来，朝中上下，几乎已经全被鳌拜所左右。不论大小事件，没有鳌拜发话，几乎谁也不敢去做。而只要是鳌拜决定了的事情，谁不想做也只得去做。所以小康熙就感到非常地气愤，更感到非常地难受，气愤了、难受了，他就只能跑到他的皇祖母这儿倾诉。此刻，闻听苏克萨哈说鳌拜"欺人太甚"，小康熙能不格外地关注？

苏克萨哈冲着小康熙一躬身："皇上，微臣实在是忍无可忍了啊……"

接着，苏克萨哈就把塞本得如何在京城南郊的那个小村庄里干的可恶的事情着力渲染了一遍，小康熙是被苏克萨哈深深地感染了："这塞本得……也太过胆大包天！如果没有鳌拜，塞本得何至于如此草菅人命？"

"皇上说的是啊！"苏克萨哈长叹一声，"微臣得知此事后，觉得实难容忍，便派了布政使答尼尔前往京城南郊去调查取证。答尼尔行事周到谨慎，也果真没有辜负微臣的重托，到了京城南郊之后，找到了证人哈吉，便带着哈吉赶回京城……”

实际上，苏克萨哈并不知道答尼尔是否找着了哈吉。他只是这么推断：既然鳌拜一伙打死了答尼尔，那答尼尔就一定是找着了哈吉，而且，哈吉也必定是和答尼尔同一下场。

小康熙不知道结果，忙言道："苏爱卿，那答尼尔找着了哈吉，不就可以依大清律例给塞本得定罪了吗？"

苏克萨哈沉沉地摇了摇头："皇上有所不知啊！微臣派答尼尔出城，原是极端秘密的事，可不知什么原因，鳌拜一伙居然知晓了。所以，他们就在半道上截住了答尼尔和哈吉，用极其残忍的手段杀害了他们。并且，他们在杀害了答尼尔之后，竟然还将他惨不忍睹的尸体抛在微臣的府前……皇上，太皇太后，微臣实在想不通，鳌拜何以如此胆大妄为？他的眼中，还有没有皇上和太皇太后？他的心中，还有没有我们大清江山的律法？"

苏克萨哈最后的几句话，说得颇有些义正词严的味道。小康熙当即起身言道："苏爱卿不要着急，更不要灰心，朕给你做主……"

苏克萨哈还未来得及说声"谢皇上"，一直坐着纹丝不动的博尔济吉特氏抢先开了口："皇上请不要太过冲动，容我问苏大人两个问题之后再作定论也不迟……"

小康熙不由一怔。苏克萨哈更是感到有些意外："不知太皇太后……要问微臣什么问题？"

博尔济吉特氏微微一笑道："苏大人适才所言，如果一切属实的话，那鳌拜真可以称得上是罪大恶极了……"

苏克萨哈忙道："太皇太后，微臣适才所言，句句属实……"

"那好，"博尔济吉特氏点了一下头，"既然苏大人敢这么肯定，那我就请问苏大人，你说塞本得在京郊既淫人妻女又杀人灭口，现在可有确凿的证据？"

苏克萨哈愕然："太皇太后，那证人哈吉已死，微臣现在并无什么证据……"

博尔济吉特氏又点了一下头："苏大人说那答尼尔的尸体弃在你的府前是鳌拜所为，你可敢与鳌拜当面对证？"

苏克萨哈更加愕然："微臣只是据理推断，并没有亲眼所见……"

博尔济吉特氏不紧不慢地摇了摇头："苏大人，塞本得杀人一事，你没有证据；答尼尔弃尸一事，你又不敢与鳌拜对证，如此主观臆断的案子，你叫皇上如何为你做主？"

苏克萨哈脸上的冷汗都下来了："太皇太后，微臣虽然没有证据，但微臣绝不是主观臆断，请太皇太后明察微臣的一片赤胆忠心……"

　　小康熙刚要说什么，博尔济吉特氏挥手打断了。她轻声细语地道："苏大人，你对皇上和大清朝的赤胆忠心，我心中早已明白。不过，我以为，你苏大人也好，他鳌拜也好，都不是寻常人物，你们都是国家的栋梁，你们都担负着辅佐皇上的重任。所以，你们应精诚团结，共同为皇上、为大清朝尽忠尽力。不知苏大人以为如何啊？"

　　一来博尔济吉特氏的这一番话说得理正情真，二来苏克萨哈也确实没有什么更充分的言语可以说出。故而，苏克萨哈就只能对着博尔济吉特氏哈腰言道："太皇太后说的是……微臣一定为皇上和大清江山效犬马之劳……"

　　博尔济吉特氏言道："苏大人，依我看来，所谓塞本得在京城南郊奸淫杀人一案，你就不要再费心地去做什么调查了。至于答尼尔……一个朝廷命官，无端地弃尸京城，当然事关重大。我想，皇上一定会谕令刑部和大理寺悉心调查的。不知苏大人可有别的什么话要说？"

　　刑部和大理寺几乎全在鳌拜的控制之下，把答尼尔一案交与这两个部门去调查，充其量也只是走走过场罢了。然而，苏克萨哈也别无其他更好的办法。所以，苏克萨哈只得道："微臣一切全凭太皇太后安排……如果太皇太后和皇上没有别的什么吩咐，那微臣这就告退……"

　　博尔济吉特氏点头道："苏大人请好走。我与皇上还有点事情要谈。"

　　苏克萨哈刚一退出客厅，小康熙就迫不及待地对着博尔济吉特氏言道："皇祖母，虽然苏克萨哈没有充足的证据来证明那一切都是鳌拜和塞本得所为，但孩儿以为，朝中上下，也只有鳌拜一伙才能做出这等灭绝人性、伤天害理的事来。那倭赫和费扬古一家惨死，便是最好的例证！"

　　博尔济吉特氏没有直接回答小康熙，而是把目光投向地上的那张写有斗大"忍"字的废纸。然后，她走到那张废纸前，弯下腰，伸双手将那个皱皱巴巴的"忍"字抹平整、抹端正。嘴里自言自语地道："是谁这么多事，把这张废纸扔在地上任人践踏？"

　　看到那个"忍"字，又看到博尔济吉特氏那么一副认认真真的模样，小康熙便一时无话可说。是呀，一个"忍"字力重千钧。小康熙除了"忍"之外，似乎也确实别无他路可走。

　　小康熙走到博尔济吉特氏身边，将她缓缓地扶起，小声言道："皇祖母，孩儿要去上早朝了……"

　　博尔济吉特氏"哦"了一声："你去吧。那么多的大臣都在等着你呢！"

　　小康熙带着赵盛和阿露离开了慈宁宫。而博尔济吉特氏却一动不动地站在"忍"字的边上，站了很久，也想了很久。显然，博尔济吉特氏对这个"忍"字的理解，远远地超过了一般的人。

尽管苏克萨哈没有确凿的证据来证明京城南郊杀人一案是塞本得所为，布政使答尼尔被人害死是鳌拜所为，但博尔济吉特氏的心里却和小康熙口里所说的一样，认为这一切全是鳌拜一伙所为。博尔济吉特氏之所以没在苏克萨哈面前道出自己的真实想法，原因当然只是那么一个大大的"忍"字。

鳌拜太残忍了。鳌拜的势力也太强大了。如果现在就与鳌拜面对面地争长论短，那小康熙不仅帝位会变得岌岌可危，就是身家性命恐怕也实难保全。俗话说，狗急了会跳墙。鳌拜当然不是一只狗，但如果把鳌拜逼急了，鳌拜所能做出的，恐怕就不仅仅只是"跳墙"的事情了。

博尔济吉特氏一动不动地站在自己的客厅里，看了好半天"忍"字，又想了好半天"忍"字，最终喃喃自语道："孩子，你能够一直忍下去吗？"小康熙可以说是个很能"忍"的人，但同时也可以说是个很不能"忍"的人。他能忍，因为他是个皇帝；他不能忍，同样因为他是个皇帝。作为皇帝，他能容忍许许多多的事情，但作为皇帝，他最不能容忍的就是别人不把他当作皇帝。而那个鳌拜又简直狂妄至极，根本就没把他这个皇帝放在眼里。所以，当天晚上，也就是苏克萨哈跑到慈宁宫向博尔济吉特氏"揭发"鳌拜和塞本得"罪状"的那天晚上，小康熙用过膳回到乾清宫之后，他似乎变得有些再也"忍"不住了。

那是在小康熙的寝殿里，小康熙简直就是坐卧不安。他躺在床上，翻来覆去，不停地嘟哝道："这鳌拜，太可恶了，简直是可恶至极，朕与你势不两立！"

他跳下了床，慌得阿露急急地问道："皇上，你要上哪去？"

他没有搭理，径自朝寝殿外走去。她不敢怠慢，抓起他的衣服就追过去。小康熙走出了寝殿，赵盛从偏房里走出，一边揉眼一边问阿露道："发生了什么事？"

阿露一指前方："皇上跑出去了……"

"啊！"赵盛没敢再问，而是迈动一双老腿，尽自己最快的速度向前追去。阿露当然更快，只片刻工夫，就赶到了小康熙的身后。

小康熙此刻很清醒。他没有朝别的什么地方去，而是直接走到了乾清宫门外，门外不远处，有一位少年侍卫正全神贯注地在当差。这少年侍卫便是索尼的小儿子索额图。

前面已经交代，小康熙曾经有一天晚上带了赵盛、阿露及二百多名侍卫，出了紫禁城到京城大街上闲逛，在一条巷子里发现索额图和明珠在摔跤。小康熙当即任命索额图和明珠做他的御前侍卫，并叫他们二人为他挑选十多个少年摔跤好手一起带进宫来。第二天，索额图和明珠果然带了十几名少年进宫，小康熙就在乾清宫附近辟了一块地方让那些少年居住。小康熙给索额图和明珠的任务是，除了在乾清宫门口当差执勤外，就是一心一意地调教那十几名少年练布库——摔跤。今晚，轮到索额图在乾清宫外执勤。

索额图可能执勤得太专注了，并未发觉小康熙已经走出了乾清宫。小康熙冲着索额图高声叫道："索额图，你快过来！"

索额图大吃一惊，慌忙跑到小康熙面前跪倒："皇上……有什么吩咐？"

小康熙摆摆手："你快起来，去把明珠和那十几个人都叫到朕这儿来。"

早已是深更半夜了，小康熙这是要干什么？索额图也没问，爬起来就向旁边跑去。阿露赶紧走上前去，将手中的衣服递到小康熙的面前："皇上，天气很冷，快点穿上衣裳吧……"

小康熙不禁打了一个寒战："朕怎么会忘了穿衣裳……"

于是，赵盛和阿露二人，多少有些手忙脚乱地，帮着小康熙穿好了衣裳。这边刚穿停当，那边索额图和明珠二人就带着十几个少年飞也似的赶了过来，并一起跪在了小康熙的面前。

小康熙挥了挥手道："你们都起来吧，朕有话要说。"

众人规规矩矩地爬起身，一起神色紧张地看着小康熙。小康熙望了望索额图和明珠："朕有两天没看他们摔跤了，不知你们二人现在把他们训练得怎么样了……"

原来，小康熙半夜三更地爬起，是为了检查索额图和明珠这两天来的训练成果。索额图率先言道："回皇上的话，小人这两天除了当差执勤，便是对他们严加训练……"

明珠紧跟着道："小人一时一刻都不敢松懈。这两天来，他们的摔跤技术大有长进……"

小康熙的脸上没什么笑容："你们别在朕的面前吹大话，吹大话没用！你们叫他们一对一地操练起来让朕看！"

索额图和明珠不敢怠慢，连忙将那十几个少年分成两组，一对一地摔起跤来。一时间，乾清门外，人影攒动，好不热闹。

客观地说，那十几个少年的摔跤技术的确很不错，虽然还未达到索额图和明珠的水平，但也足以让赵盛和阿露二人看得眼花缭乱了。

但是，小康熙却不甚满意，确切地说，是很不满意。他猛然击了一下掌，高声言道："索额图、明珠，叫他们都住手！"

十几个少年停了手。索额图小心翼翼地问小康熙道："皇上有什么吩咐？"

小康熙用手指了一下那十几个少年："这就是你们这两天调教的结果啊？朕看他们一点长进都没有！"

明珠赶紧垂首言道："皇上说的是。小人今后一定再加一把劲儿，一定要让皇上满意！"

小康熙哼了一声，大踏步地走到了那十几个少年的对面，并指点着他们言道："你们，挑几个人出来，与朕比试比试！"

谁敢轻易地与小皇上比试摔跤？那十几个少年面面相觑，终也没人敢走上前来。

小康熙显然生气了："索额图、明珠，这是怎么回事？怎么没有人出来与朕比试？"

索额图和明珠赶紧跑到小康熙身边。索额图笑着道："皇上，他们是怕摔不过皇上，所以不敢出来……"

明珠接道："是呀，皇上，他们自知学艺不精，怕皇上怪罪……"

"不行！"小康熙斩钉截铁地道，"你们快点挑出几个人来，不然的话，朕就罚他们；还有你们，三天之内不许吃饭，也不许喝水。你们听见了吗？"

索额图和明珠被逼无奈，只好从十几个少年中挑选出五个人来。他们"挑"的是年龄比较小的，"选"的是个头比较矮的。不然的话，如果真把小康熙摔出个好歹来，他索额图和明珠就真的要吃不了兜着走了。

谁知，小康熙却不同意索额图和明珠的挑选。他亲自从那十几个少年中拽出五个个头最高的人来，并且还板着脸对那五个人道："朕有言在先，你们与朕摔跤时，都要使出真正的本领，谁要是故意让朕，那朕就同样罚他三天之内不许吃饭、不许喝水！"

索额图赶紧向明珠看去，明珠也正在看着他。两人的心都悬得高高的，又不约而同地朝赵盛和阿露看去。他们的意思，是想叫赵盛和阿露去劝劝小康熙。但阿露却好像没看见他们，只目不转睛地望着小康熙，而赵盛则冲着他们摇了摇头，意思是小皇上执意如此，他赵盛也无可奈何。索额图和明珠无奈，只能忐忑不安地把目光投向小康熙。

忐忑不安的当然不止索额图和明珠。赵盛也好，阿露也好，还有那剩下的七八个少年，包括被小康熙拽出来的那五个个头较高的少年，都一起神色不安地看着小康熙。只有小康熙，气定神闲，一副从容不迫的模样。

众人的心里都是这样想的：小康熙自当了皇帝之后，就几乎没再摔过跤了，而他现在挑选出的那五个少年，个头都比他高，这样看来，此次摔跤比试的结果，当然就是不言而喻的了。甚至，索额图和明珠心中都在这么想着，如果小康熙被摔得鼻青脸肿的，他们将会受到何种惩处。

然而，比试的结果却令众人大感意外。不知是小康熙真的发起了龙威，还是那五个少年的确心存顾忌，比试的结果是，小康熙几乎是一鼓作气地将那五个少年统统摔倒在地。而且，小康熙摔完之后，竟然步履从容，面不改色，只口中的呼吸稍稍有些急促。

阿露高声言道："皇上，您真是天下第一摔跤高手啊……"

赵盛笑容满面地道："皇上如此神威，连老奴看得也有些手脚发痒……"

索额图和明珠当然也想趁机恭维小康熙几句。但还没等他们开口，小康熙就逼视着他们率先开口道："索额图、明珠，你们就是这样替朕训练他们摔跤的？你们训练到现在，还口口声声地说他们的摔跤技术大有长进，可实际上呢？他们连朕都摔不过！你们告诉朕，这究竟是怎么回事？"

小康熙的语气十分地严厉，甚至都有点冷酷无情的味道。在索额图和明珠的记忆里，自他们入宫之后，小康熙还从未如此不留"情面"地对待过他们。这，究竟是因为什么呢？

索额图和明珠当然不会也不敢问询其中的原因，他们只能双双跪倒在小康熙的面前，几乎是异口同声地言道："小人知罪……请皇上发落……"

小康熙依然是气咻咻的模样："他们连朕都摔不过，还能摔过别人？摔不过别人，朕要你们进宫干什么？朕在宫中再闷，也用不着你们来陪朕玩。朕叫你们进宫，是准备派大用场的，是叫你们以后为朕干一件大事情的，可像你们现在这样，以后能为朕干什么大事情？"

当初，小康熙叫索额图和明珠带那十几个少年进宫，曾明明白白地对他们说，他们进宫的主要目的，就是陪他小康熙玩耍，给他逗乐，为他解闷。而现在，小康熙却又明明白白地对他们说，叫他们进宫不是要"陪朕玩"，而是要为他以后"干一件大事情"。这会是一件什么"大事情"？但不管怎样，如果说小康熙当初叫索额图和明珠带那十几个少年进宫的目的还有些模糊的话，那么此时此刻，这种目的在小康熙的心中就已经变得十分地清晰了。

索额图和明珠虽然目前还不知道小康熙的真正目的，但却都很明显地感觉到了自己的责任是非常重大的。他们都是十分聪慧的少年，他们知道小康熙已经在他们的身上寄予了很大的希望。故而，听了小康熙的"训斥"后，他们都一言不发，只将脑袋紧紧地贴在地面上，做出一种任小康熙处置的模样。

小康熙的语气舒缓了下来："索额图、明珠，你们都起来，朕有话对你们说。"

索额图和明珠缓缓地爬起，低头垂首，一副洗耳恭听的样子。小康熙轻轻地言道："你们听好了，从明天开始，你们除了继续训练他们摔跤外，你们自己，要去找一些武功高强的人来学习武艺。什么拳术、剑术、刀术、棍术，你们都要样样精通，你们学精通了，再来教那十几个人。朕要你们都成为武功盖世的英雄！你们听明白了？"

索额图和明珠齐声回道："小人明白。请皇上继续教诲！"

小康熙的确很想再"教诲"他们一番，可搜肠刮肚了好一阵子，终也没再找出新的"教诲"内容，只得有些吞吞吐吐地道："好了，朕这次就说到这里，以后有什么话了，朕会及时对你们说……不过，朕要补充一点，那就是，你们去向别人学武艺时，要秘密地进行，更不要让别人看出是朕叫你们去的。你们要给别人这么一个印象，你们到宫里来，就是练摔跤让朕开心取乐的……"

小康熙也算得上是一个颇有心机的人了。不过，当众人散去，他领着赵盛、阿露走回乾清宫的时候，他却忍不住地说了一句话，而且，这句话说得还颇有些咬牙切齿的味道："朕就不相信，十几个训练有素的人，会对付不了一个……"

"十几个训练有素的人"当然指的是索额图、明珠和那十几个少年，而那"一个"，又会指的是谁？会指的那个鳌拜吗？莫非，此时的小康熙，已经做好了对付鳌拜的某种打算？

经过这一番折腾，小康熙总算有些心平气和了。搂着阿露，小康熙就甜甜地进入了梦乡。

天蒙蒙亮的时候，赵盛蹑手蹑脚地来到了龙床边，小声地言道："阿露，今日是皇上读书的日子，该喊皇上起床了……"

阿露恍然大悟："公公说的是。皇上每次读书，都去得很早。"

原来，满族进关入主中原之后，接触到了汉民族的文化，一下子就对博大精深的汉族文学和文明深为叹服。为了学习汉民族的文学和文明，更为了把汉民族的文学和文明作为统治汉族的有力工具，大清朝规定，但凡皇太子及皇室子弟，都要定期地请朝廷中的汉人大学士讲解汉民族的文学和文明。小康熙做皇子的时候，顺治就钦定弘文院大学士熊赐履和魏裔介做小康熙的"师傅"。熊、魏二人是朝廷中鼎鼎有名的学识渊博之辈。从这件事情就不难看出，顺治从那时起便对小康熙有所偏爱了。而小康熙做了皇帝之后，也从未间断过学习汉民族的文化，而且，他对熊、魏两个师傅可以说是打心眼里钦佩。他以为，两位师傅不仅学识甚深，且人品节操也堪称朝中文武百官的楷模。故而，小康熙不仅将熊、魏二人引为知己，几乎无所不谈，并且为了表示对他们的敬重，他每次去读书时，总比他们到得早。

于是阿露便凑到小康熙的耳边轻声唤道："皇上，该起床了，要读书了……"小康熙看来也真的太困，阿露连唤了好几声，他才勉勉强强地睁开了一只眼："阿露，什么事啊？朕正睡得香呢……"

阿露言道："皇上，今天是您读书的日子……"

听到"读书"二字，小康熙顿时睡意全无，一骨碌便从床上翻身坐起："糟糕，朕竟然忘了此事……今日，那两位师傅一定是比朕去得早了！"

赵盛忙道："皇上，天才刚刚亮，那两位师傅恐怕还没有起床呢。"

小康熙摇摇头，急急地招呼赵盛和阿露为他更衣。一切收拾停当之后，小康熙便带着二人匆匆地向弘德殿而去。

弘德殿是小康熙经常上朝的地方，里面辟有一间小房子，专供熊赐履、魏裔介为小康熙讲授之用。小康熙赶到弘德殿。在那间小房子里坐定，发现熊、魏二人并没有来到。于是他就自言自语地道："还好，朕总算是先来了一步。"

赵盛、阿露早已退出殿外。小康熙捧起一本《诗经》准备从头朗读，可刚刚读了"关关雎鸠，在河之洲，窈窕淑女，君子好逑"几句，他就再也读不下去了。因为，他的眼前总是反复地现出一个人的影像，这影像便是那个鳌拜。

只要看到鳌拜，想起鳌拜，小康熙即使有再好的心情也会立即遭到破坏，更不用说还朗读什么《诗经》了。所以，小康熙就"啪"地将《诗经》往几案上一掼，耸身站了起来，口中大声地言道："朕……这叫当的什么皇帝？"

两个年迈的男人步入了这间小房子，他们便是小康熙的侍读、弘文院大学士熊赐履和魏裔介。乍见小康熙满面怒容的样子，他们都很是吃了一惊，但一时之间他们也没有言语，只定定地站在原地，望着小康熙。

小康熙又重重地说了一句："朕这当的是什么皇帝？"之后，他发现了熊、魏二人，便迎上去言道："两位师傅……早来了？"

小康熙曾经有旨，着熊赐履和魏裔介二人见了他不用下跪。故而，熊赐履只是对着小康熙拱了拱手言道："老臣今日特地起了大早，本想能先到一步，没承想，还是让皇上抢了先。"

小康熙道："两位师傅都已年迈，能起这么早，也着实不易。"

魏裔介来到几案边坐下，瞥了一眼被小康熙扔在案上的那本《诗经》："不知皇上今日要学习哪篇诗文？"

小康熙不觉叹了口气道："魏师傅，朕今日心绪不宁，恐怕哪篇诗文也学不进去……"

魏裔介和熊赐履对望了一眼。熊赐履言道："皇上有什么烦恼的事情，可否对老臣一说？"

小康熙点点头，便把昨日在慈宁宫的所见所闻大致说了一遍，最后言道："答尼尔是朝廷命官，竟然惨死在辅政大臣苏克萨哈的府前，这……还成何体统？"熊赐履问道："皇上敢肯定答尼尔之死是辅政大臣鳌拜所为？"

小康熙摇摇头："朕不能肯定，所以朕的心中就很气闷……实际上，即使朕能够肯定答尼尔是被鳌拜杀害，朕又能拿鳌拜怎么样？所以，朕现在的心情很不好，朕心情不好，当然也就无心念书了……"

魏裔介淡淡地道："皇上，依老臣看来，那个答尼尔，只不过是某些人争权夺利的一个牺牲品罢了！"小康熙不解："魏师傅……此话何意？"魏裔介言道："皇上，现在朝中的大小事务，几乎全是四位辅政大臣处理，其中以鳌拜的权势为最大，所以他处理的事情就最多，依附他的人也最多。不过，总有人在幻想着能与鳌拜一争高低，所以，鳌拜便把这种人当作了他的眼中钉、肉中刺，那个答尼尔……便成了这种斗争的一个牺牲品……"

小康熙忙道："听魏师傅所言，好像魏师傅也认为答尼尔是鳌拜所杀？"

魏裔介不置可否地一笑道："皇上都不可能肯定的事情，老臣岂能轻易地下结论？老臣的意思，是想告诉皇上，朝中的事情非常复杂，而不仅仅只是一个鳌拜……"

小康熙马上道："但鳌拜最可恶，他从来就没有把朕放在眼里。"

看来，小康熙是认准那个鳌拜了。魏裔介点点头道："皇上这么认为，当然不无道理……"

"所以呀，"小康熙接着道，"只要有鳌拜在，朕的心里就不舒服。朕常常在想，为什么这太平天下，朕就不能做一个名副其实的皇帝呢？朕为什么要常常受到鳌拜这种人的威胁和左右？到底朕是皇帝还是那鳌拜是皇帝？朕究竟什么时候才能将鳌拜这种人赶出朝廷？"

小康熙可能是太过激动了，竟一连串地说出了这么许多问句。这些问句，就魏裔介而言，是不可能给小康熙什么明确而又满意的答案的。所以，魏裔介就只能先点点头，又摇摇头，一时也没再说话。

熊赐履却突然言道："皇上，您以为，现在的大清天下，就那么的太平吗？"

小康熙闻言一愣："熊师傅，除了鳌拜之外，这大清天下……难道不太平吗？"

熊赐履沉沉地道："皇上，依老臣看来，这大清天下，是一点也不太平啊……"

小康熙大愕："熊师傅，你是不是有些……危言耸听？先皇在世时，已经平定了整个天下，这天下……如何会一点也不太平？"

熊赐履缓缓地言道："皇上，老臣并非在危言耸听，恰恰相反，在老臣看来，现在的大清江山，四处都有危机……"

小康熙更为惊诧，干脆一屁股坐在了熊赐履的对面："熊师傅，你与魏师傅的话，朕一向都十分相信。现在，你说大清江山四处都有危机，朕相信你说得自有一番道理。只是朕对此一无所知，有劳熊师傅对朕说得详细一些，也好让朕心中有个明白……"

熊赐履道："既然皇上想听，那老臣就慢慢道来，反正，皇上今日也不想读书了……"

小康熙马上道："熊师傅先把这件大事情说清楚，然后朕再读书学习也不迟。"

熊赐履顿了一下："皇上，老臣先从东北说起。东北是大清朝的发祥之地，可近来，却变得不太平了……"

大清朝正是从东北崛起的。小康熙赶紧问道："熊师傅，东北如何会变得不太平了？"

熊赐履道："皇上一定听说过罗刹国吧？罗刹国本来距我们大清国很远，可现在，许多罗刹兵竟然窜到了我们大清国的东北，杀人放火，无恶不作，看那架势，他们是想把我们大清国的东北占为己有。虽然在东北的罗刹兵现在还不是很多，还不能对我们大清朝构成多么大的威胁，但是，长此以往，那些罗刹兵就必将成为我们大清国的一大隐患。而且，老臣以为，如果不对那些罗刹兵的侵略行为进行有效的遏制，他们的野心就会越来越大，到那个时候，我们大清国恐怕只能与罗刹国刀兵相见了！"

罗刹国就是当时的沙皇俄国。小康熙蹙眉言道："熊师傅，那罗刹国为什么要跑到我大清国来骚扰？莫非，罗刹国以为我大清国好欺负？熊师傅，这罗刹兵侵扰东北边境一事，朕怎么一点都不知道？"

魏裔介一旁言道："皇上，东北边境的军事，一向是辅政大臣鳌拜全权处理，皇上哪里会知晓？""又是这个鳌拜……"小康熙气得直哼哼，"两位师傅放心，待朕亲政之后，一定会将那些罗刹兵统统赶出大清国！"

熊赐履微微地点了点头："皇上，大清国的东北不安宁，大清国的西北也不安稳……"

小康熙言道："熊师傅，据朕所知，大清国的西北一直是喀尔喀蒙古人的统治地区。先皇在世时，他们曾经对大清朝发生过叛乱，不过后来被先皇及时地平定了，他们的几个首领也都表示对大清朝无条件地臣服……现在，怎么又变得不安稳了呢？"

熊赐履道："皇上，此一时彼一时也。先皇在世时，西北当然安稳。可现在，情况不同了，一是朝廷对西北早就疏于管理；二是喀尔喀蒙古的首领已屡次更换，有些首领早就对臣服大清朝心怀不满。他们四方勾结，蠢蠢欲动，妄图对大清朝有所不轨……臣以为，如果不彻底地解决喀尔喀蒙古的问题，那西北地区就很可能再次发生大规模的叛乱……"

小康熙怔怔地道："熊师傅，蒙古的问题，朝廷不是专门有一个理藩院管辖吗？怎么会对大清朝的西北疏于管理呢？"

清廷为了统一和加强管理除满、汉两个民族之外的其他民族，专门设立了一个理藩院。理藩院设尚书一人，由满人担任。魏裔介轻轻地道："皇上，理藩院早就在鳌拜的控制之下，鳌拜不发话，理藩院就只能是形同虚设。"小康熙恨恨地道："还是这个鳌拜……朕向两位师傅保证，待以后，朕一定彻底解决喀尔喀蒙古的问题，让西北地区永远安稳！"

熊赐履微微一笑道："皇上，老臣说了东北，又说了西北，现在该说说东南了……"

小康熙忙道："熊师傅，东南的事情朕知道，东南有一个台湾，台湾现在还不在大清国的控制之下……"

"是呀，皇上说得没错。"熊赐履的目光慢慢地投向远方，似乎在遥望着被无垠的海水包围着的台湾岛，"台湾应该是大清朝的一片国土，可自从郑氏占了台湾之后，便与大清朝势不两立了。由于朝廷一直对郑氏集团没有采取强有力的措施，致使他们的嚣张气焰越来越盛。近来，郑氏常常派兵船到东南沿海一带骚扰，甚至攻入福建……"

"这还了得？"小康熙瞪大了眼，"这等重要大事，朕怎么一点都不知晓？"

魏裔介又道："东南沿海一带，饱受郑氏侵扰之苦，常有奏折上报朝廷，请求朝廷下令统一台湾。可朝廷却有人说，台湾乃一弹丸之地，又偏僻荒凉，即便能够统一，终也无益。朝廷如此，那些地方官吏岂会没事找事？"

小康熙"腾"地站了起来："这一定又是鳌拜一伙所为……朕现在对天起誓，只要朕一有机会，就一定发兵统一台湾！"

熊赐履深深地叹息了一声："皇上，依老臣看来，我们大清朝最大的潜在威胁，恐怕还是来自南方……"

小康熙一听，赶紧又重重地坐回了熊赐履的对面："熊师傅，南方如何是最大的潜在威胁？"

熊赐履问道："皇上可曾听说过吴三桂、耿仲明和尚可喜这三个人？"

小康熙点头道："这三个人朕知道。他们虽然都是前朝的降将，但对大清朝入主中原，统一天下，却立下了汗马功劳。"

熊赐履道："皇上可知这三个人现在何处？"

小康熙道："朕知道他们都被朝廷安排在南方为王……熊师傅，你说大清朝最大的潜在威胁来自南方，莫非就是指的这三个人？"

熊赐履悠悠地吁出了一口气："皇上，那吴三桂被封为平西王，现镇守云南。耿仲明被封为靖南王，因为早死，由他的孙子耿精忠继承王位，现镇守福建。尚可喜被封为平南王，现镇守广东。大清朝的整个南方，几乎都在这三王控制之下……皇上，这三王才是大清朝最大的潜在威胁啊！"

小康熙双眉一挑："熊师傅的意思是，这三王对大清朝怀有不轨之心？"

熊赐履缓缓地道："这三王是否真的有不轨之心，老臣不敢妄加推测，更不敢妄加断言。但是，这三王所辖的军队，每年要耗去大清朝半数以上的军饷，却让老臣不能不有所怀疑……"

"什么？"小康熙有些不敢相信，"大清朝每年一半以上的军饷都被三王耗去？他们要这么多的银子干什么？他们究竟有多少军队？"

魏裔介不紧不慢地接过了话："皇上，这三王究竟有多少军队，恐怕朝廷无人能说得清楚。不过，三王每年向朝廷索要军饷都是名目繁多，最充足的一条理由，就是边境不太安稳，他们要训练军队，保卫大清王朝……"

小康熙又皱起了眉："南部边境再不安稳，也用不着耗去那么多的银子啊？这兵部、户部为什么不对三王的过分索要加以节制？"

魏裔介摇头道："皇上，谁敢去加以节制？"

小康熙不明白："对三王的无理要求，为什么不能加以节制？"

魏裔介道："皇上，就是鳌拜也不敢不答应三王的要求啊！"

小康熙更加不明白了："鳌拜也……这是为什么？"

魏裔介道："三王不仅兵多将广，而且互为勾结，积蓄已久，如果朝廷不能满足他们的各种要求，他们就极有可能与大清朝反目为仇……皇上，朝中上下，包括四位辅政大臣在内，谁敢轻易地去冒同三王开战的风险？"

"可是……"小康熙的两条眉毛，差不多要攒到一块儿了，"长期这样下去，三王的胃口会越来越大，那大清王朝……朕以为，朝廷一味地迁就三王，终归不是个好办法……"

"所以呀，"熊赐履重又接上话头，"老臣以为，来自南方的威胁，才是大清朝最大的潜在威胁！"

小康熙一点点地又站起身来："只要朕亲政以后，朕就决不会再这样姑息南方的三王！"

小康熙的话说得可谓是掷地有声。但是，他说过没多久，却又慢慢地坐了下去，且双眉中和脸庞上，都现出了一种无可奈何的神色。熊赐履和魏裔介当然知道小康熙此时会想些什么，所以也就不言语，只默默地望着小康熙。

果然，小康熙叹道："古语云，听君一席话，胜读十年书。朕今日听了两位师傅的言语，的确是开了眼界，长了见识。朕今日方才明白，大清朝看起来天下太平，实际上，正如熊师傅所说，大清朝四处都有危机。这危机看起来，现在还不算严重，可假以时日，一旦都爆发起来，朕的大清朝恐怕就要摇摇欲坠了！"

应该说，只有十来岁的小康熙，能说出如此深刻的话来，也的确是难能可贵了。可问题是，小康熙目前似乎也只能做到这一步，再往前走一步，他便无能为力了。

熊赐履静静地道："老臣以为，皇上现在好像不该考虑太多的问题。东北的罗刹兵也好，南方的三王也好，那都是皇上以后要考虑的事情……"

魏裔介不高不低地接道："是呀，皇上，大清朝目前就是有再大的危机，似乎也与皇上没有太大的关系……"

显然，熊赐履、魏裔介和小康熙之间的关系非常地融洽，否则，他们就不会当着小康熙的面，说出这种"大不敬"的话来。

小康熙的脸上露出了一丝苦笑："两位师傅的话，朕能听得明白。朕现在还小，还不是真正的皇帝。朝中大小事件，朕即使想管，也管不了……朕每日在朝中，只是做做形式罢了……朕知道，现在真正行使皇帝权力的，并不是朕……"

熊赐履忙道："皇上请勿误会老臣的意思。老臣的意思是，现在朝中有四位辅政大臣，皇上也就不必考虑太多的事情了……"

魏裔介也道："老臣以为，有四位辅政大臣在，皇上也确实不需要考虑太多的问题……"

小康熙哼了一声道："两位师傅，你们口口声声说有四位辅政大臣，可实际上，不就那鳌拜一个人在辅朕的政吗？"

熊赐履言道："皇上既然这么认为，老臣当然别无他说。不过，即使只有鳌拜一个人在辅政，皇上好像也不需要考虑太多的问题……"

"实际上，"魏裔介接道，"皇上即使考虑再多的问题，也不能解决那么多的事情……"

小康熙点了点头道："朕告诉你们，你们的话，朕都能听懂。如果没有鳌拜，朕就不会像现在这样无所事事。如果没有鳌拜，朕就不会让大清朝的四周都处在一种危机之中！"

熊赐履垂首言道："皇上，在老臣看来，您现在诵诗论文，并不是无所事事啊！"

魏裔介仰首言道："汉人有句俗话，叫作磨刀不误砍柴工。皇上，老臣以为，皇上如欲砍柴，必先将手中的刀磨快才是啊！"

小康熙又一次站直了身："两位师傅，朕可以跟你们说实话，朕现在满脑子想的，就是如何尽快地将那个鳌拜除去！两位师傅，你们可有什么好办法助朕一臂之力？"

熊赐履摇头："皇上，老臣实话实说，老臣目前毫无办法……"

魏裔介也摇头："老臣除了为皇上讲授一些诗文之外，别无其他任何良策……"

小康熙叹道："是呀，两位师傅，你们没有办法对付鳌拜，朕也拿鳌拜毫无办法啊……朕现在，到底该怎么办呢？"

熊赐履从口中迸出一个字来："忍！"

魏裔介接道："除了忍，皇上目前别无他法！"

小康熙"唉"了一声道："你们叫朕忍，皇祖母也叫朕忍，可朕……究竟要忍到何时？"

是呀，小康熙究竟要忍到何时？熊赐履不知道，魏裔介也不知道，但小康熙似乎知道答案。他愤愤地道："不管朕忍到何时，朕都一定要将那鳌拜除去！"

事有凑巧，小康熙话音刚落，那赵盛便走进了这间小房子："皇上，鳌拜求见！"

听到"鳌拜"二字，小康熙连想都没想，小手一挥道："告诉他，朕现在不想见他！"

熊赐履忙言道："皇上，鳌拜身为辅政大臣，您不可不见啊……"

小康熙昂首挺胸言道："朕现在就不见他，他又能把朕怎么样？"

魏裔介赔起笑脸道："皇上不见他，他当然不能把皇上怎么样。不过，老臣以为，皇上现在就是见上他一面，也没什么大不了的。再说了，万事忍为先……不知皇上意下如何？"

魏裔介的这一"忍"字，倒似乎提醒了小康熙。是呀，"万事忍为先"，就是见上他鳌拜一面，结果又能如何？如果连见鳌拜一面这种事都不能"忍"，那以后还能有什么作为？再说了，上次在乾清宫，自己不想见鳌拜，那鳌拜不是照样闯进去了吗？如果现在不见，那鳌拜再闯进来，当着两位师傅的面，自己这皇帝当得岂不太过窝囊？不管怎么说，自己终究是皇帝，那鳌拜终究是自己的臣子，臣子还能把皇帝怎么样？

想到此，一股豪气似乎从小康熙的心底涌起。小康熙一指赵盛，大声地言道："去，叫鳌拜进来，朕倒要看看他此时找朕究竟有什么事！"

赵盛很快地走了。小康熙端端正正地坐在一张椅子上，努力做出一副庄重严肃的姿态，还叫熊赐履、魏裔介二人分别站在他的左右，好像是在为他保驾护航。

很快，鳌拜摇摇摆摆地走了进来。进来之后，鳌拜倒也十分地有礼，冲着小康熙就长跪了下去，口中高声颂道："臣鳌拜叩见皇上，祝吾皇万岁万岁万万岁！"

小康熙强压住心中的愤恨："鳌大人请起。不知鳌大人来找朕，有什么重要事情啊？"

鳌拜慢慢地爬起身："臣也没什么大不了的事。只是臣觉得皇上每日早读太过辛苦，所以特来拜望拜望，臣又觉得皇上太过繁忙，所以臣又顺便代为皇上草拟了一道圣旨……"

显然，鳌拜"特来拜望拜望"是假，而来告知小康熙他"草拟了一道圣旨"

是真。更主要的，在他鳌拜的眼里，"草拟了一道圣旨"只是一件"没什么大不了的事"，他鳌拜只不过是"顺便代为"而已。

但小康熙却受不了了，他再也不可能端端正正地坐着了。他身子一立，用手一指鳌拜言道："你——如何代朕草拟圣旨？"

鳌拜的神情十分地轻松："皇上不必动怒，更不必激动。臣作为一名先皇钦定的辅政大臣，有义务也有权力为皇上分担朝中事务。再说了，皇上还不知道臣代拟了一道什么样的圣旨，又何必如此动怒、如此激动呢？"

熊赐履见状，赶紧躬身言道："皇上，老臣以为，皇上应该先听听鳌大人代皇上草拟了一道什么样的圣旨……"

魏裔介也道："是呀，皇上，先听听鳌大人草拟的圣旨，然后皇上再作最后定夺也不迟……"

经熊赐履、魏裔介这么一"劝"，小康熙便不由得想起了皇祖母曾经写下的那个斗大的"忍"字。于是，他努力咽下一口唾沫，接着便不声不响地坐下了。

小康熙这一不声不响地坐下，便等于是默认了鳌拜"代为"草拟圣旨的合法性。只见鳌拜不慌不忙地从袖中摸出一小轴黄绢来，再慢慢地将黄绢展开，然后就很是字正腔圆地朗读起来，其朗读的轻重缓急，似乎比小康熙朗读《诗经》还要有节奏。

鳌拜草拟的圣旨上是这样写的："着户部、兵部合拨白银一百万两给平西王吴三桂购买西藏战马之用，不得有误，钦此！"

鳌拜的这道"圣旨"，可谓是言简意赅。但小康熙的头，立即就"嗡"的一声炸开了："鳌拜，你代朕草拟的……这是什么圣旨？"

鳌拜佯装不解道："皇上，如果臣代拟的这道圣旨在措辞上有何不当之处，臣即刻就可改正过来……"

小康熙的手几乎是在乱挥乱舞："你，为何要拨一百万两白银给那平西王吴三桂？"

鳌拜"哦"了一声道："皇上原来问的是这个呀！容臣禀告。那平西王吴三桂近日有奏折进京，说是云南一带边境不稳，他急需从西藏购买大批战马以装备他的军队，从而确保大清朝的南方稳如泰山。臣觉得平西王吴三桂所言确有道理，所以就代为皇上草拟了这道圣旨，还望皇上能够明察臣对大清朝的良苦用心！"

"鳌拜！"小康熙的身体止不住地颤抖起来，"那吴三桂，还有耿精忠和尚可喜，他们一年要耗去大清朝半数以上的军饷，他们究竟在干些什么？"

鳌拜不由一怔："臣没有想到，皇上在苦读诗书之余，对大清朝的南方情况也相当地熟悉啊……臣实在是钦佩之至。"又把目光投向熊赐履和魏裔介，有些阴阳怪气地道："臣如果没有猜错的话，皇上能够知道这些情况，应当是两位大学士的功劳吧？"

熊赐履倒也不惧，冲着鳌拜拱了一下手道："鳌大人所猜一点不错，老臣在为皇上讲授诗书之余，有时也与皇上谈论一些国家大事……"

魏裔介清了一下嗓子后言道："臣等以为，皇上作为一国之主，理应知晓国家大事。"

鳌拜笑模笑样地点了点头："很好，两位大学士说得都很好。皇上作为一国之主，当然要知道一些国家大事。不过，臣却以为，两位大学士的主要任务，是为皇上讲授汉人的诗书文学，除此之外，两位大学士是不是就不该太多地关心别的事情啊？"

鳌拜的专横残忍，熊赐履和魏裔介当然是清楚的，但他们并不害怕鳌拜会把他们怎么样。只是，鳌拜所言，也不能说没有道理。他们作为小康熙的侍读，也确乎没有与小康熙一起谈论"国家大事"的权利和义务。故而，鳌拜言后，熊赐履和魏裔介也一时无话可说。

熊、魏二人无话可说，但小康熙想说的话却很多："鳌拜，你现在告诉朕，那南方三王，每年要耗去那么多的银子，究竟在干些什么？"鳌拜不急不忙地对着小康熙言道："皇上，臣刚才已经说过，南方三王之所以要耗去那么多的银子，是因为他们要保卫大清朝的江山。有三王在，大清朝的南方始终是安定的。皇上也不希望大清朝的边疆处于一种动荡不安的境地吧？"

鳌拜说完，还冲着小康熙有模有样地笑了笑。小康熙真的有些气急败坏了："鳌拜，你纯粹是在……胡说八道！如果大清朝的每个封疆大吏，都像南方三王那样贪得无厌，那朕的大清朝……还能拿出多少银子？"

鳌拜慢慢地将那道"圣旨"重新塞入袖中："皇上所言，自然不无道理，但皇上可知，南方的情况与别处大不相同？"

小康熙追问道："南方情况如何与别处不同？"

鳌拜重重地咳嗽了一声道："皇上既然如此追根究底，那臣就不妨直接道来。南方三王不仅手握重兵，而且占据着大清朝的大片土地，如果朝廷不能满足他们在军事上的要求，那臣就不敢保证他们不会对大清朝怀有异心……"

小康熙也放大了声音："你的意思是说，不管南方三王提出什么要求，朝廷都得无条件地答应？"

鳌拜回道："臣就是这个意思。朝廷只有满足南方三王的要求，大清朝的天下才不至于发生动荡。更何况，在臣看来，南方的形势也的确复杂，各种蛮族杂居，局势一直不稳。在这种情况下，三王即使多耗去一些军饷，也并无什么太过分之处。相反，如果朝廷处处牵制三王，则三王必会对朝廷产生忤逆之心。果然如此的话，那大清的江山就将岌岌可危了！"

小康熙可不吃鳌拜这一套"理论"："鳌拜，如果南方三王要朕让出北京城，你是否也准备答应他们？"

鳌拜不禁怫然言道："皇上既然如此偏激，臣也实在无话可说。但是，臣既是先皇钦定的辅政大臣，那臣就要时时刻刻地为大清江山这千年基业着想。臣不能因为每年多耗了几百万两银子，就让大清的千年基业毁在臣这个辅政大臣的手中。果然如此的话，那臣不仅对不起先皇陛下，也实在有愧于臣的列祖列宗。希望皇上不要只心疼那几百万两银子，应该处处为大清朝的江山社稷着想才是！"

鳌拜所言，无疑是在"委婉"地教训小康熙。小康熙的脸"唰"一下惨白，神情几乎像愣了一般："鳌拜，你……居然这样跟朕说话？"

鳌拜一脸肃然："皇上，臣不是如何跟你说话，臣是在为大清朝的江山社稷着想。好了，臣该说的已经说完，不敢再多打搅皇上的早读，臣这就告退！"

鳌拜说完，只微微地对着小康熙弯了一下腰，然后就扬长而去。若不是熊赐履、魏裔介紧紧地拽住小康熙的两只胳膊，小康熙说不定就会一个箭步冲上去与那鳌拜拼命。

许久，小康熙才缓缓地吐出郁积在胸中的一股闷气。跟着，他"咚"一声将小小的右拳死死地砸在了几案上。这一拳砸得太实在了，当他慢慢地抬起右拳的时候，一滴滴殷红的血，有节奏地落在同样是殷红一片的几案上。但小康熙一点也没有感觉到有什么疼痛，他的双眼几乎要喷出火来。他口中迸出的话，似乎比火还要炽烈："朕……再也不能忍受下去了！"

可是，他小康熙"不能忍受下去"，又能如何呢？莫非，他真的要与那鳌拜拼个你死我活？

【第四回】

老臣不轨藏利刃，少年有志伏奸雄

　　鳌第今日为何这般拥挤和热闹？原来，这一年的五月十五，正是鳌拜的六十寿辰。鳌拜过六十大寿，谁敢轻易地不来？鳌拜的那些党羽们就不用说了，就是那年迈的第一辅政大臣索尼，也迈动着一双并不很利索的腿，颠颠簸簸地赶到铁狮子胡同，向鳌拜表示衷心的祝贺。不过，最让来宾们感到鳌拜确实非同一般的，是太皇太后和当今皇上也分别命人给鳌拜送来了生日贺礼。太皇太后博尔济吉特氏还在送来的生日贺礼中附言道：祝鳌大人长命百岁。只是，鳌拜不知道，所有的来宾们也都不知道，小康熙根本就没有送什么生日礼物，他甚至都不知道五月十五日是鳌拜的六十寿辰。他那份礼物，是博尔济吉特氏"自作主张"以他的名义命人送来的。

　　鳌拜端坐在一间大客厅的正座。他的身上，裹着当年清太宗亲手赏赐给他的那件龙袍。龙袍上，精心刺绣的九条龙栩栩如生，仿佛呼之欲出。只差再给此时的鳌拜戴上一顶皇冠，那他就与一个皇帝并无两样了。鳌拜就穿着那件金光闪闪的龙袍，笑容满面地端坐着，依次接受王公大臣们的热烈祝贺。

　　一直到夜阑更深之时，沸沸扬扬的鳌第才逐渐地安静下来。又过了一段时间，偌大的鳌第也归入沉寂。然而，鳌府内还有一处没有休息。不仅没有休息，那儿还灯火明亮，人影幢幢。那儿便是"醒庐"。

　　能进入"醒庐"的自然不是一般人，除鳌拜之外，有遏必隆、班布尔善和鳌拜的兄弟穆里玛及侄子塞本得。

　　鳌拜向班布尔善问道："今天晚上，朝中上下，有谁人没来给我祝寿？"

　　班布尔善即刻回道："除太皇太后和当今皇上没有亲临现场外，就苏克萨哈那一伙人没来给大人拜寿了。"

　　鳌拜点点头："班布尔善，你眼力不错，除去苏克萨哈、苏纳海、朱昌祚和王登朕那一伙人，其余的，包括那几个亲王，都来给我鳌拜祝寿了，这，说明了一个什么问题？"

班布尔善道："这说明鳌大人的威望与日俱增，鳌大人在朝中已经无人能够左右！"

"不！"鳌拜大手一摆，"班布尔善，你说错了！这只能说明这么一个问题，那就是，现在朝中还有人敢与我鳌拜作对。敢与我鳌拜作对的人，就是苏克萨哈！"

班布尔善赶紧言道："大人说的是。那个苏克萨哈一日不除，大人的心中就一日不安！"

鳌拜咧嘴道："那苏克萨哈仗着自己是先皇钦定的辅政大臣，谅我鳌拜不敢把他怎么样。那好啊，我现在就要以一个名正言顺的手段，让他苏克萨哈自投罗网！"

塞本得故作聪明地问道："叔，是不是叫小侄秘密地带人把那苏克萨哈抓到这儿来？"

"笨蛋！"鳌拜瞪了塞本得一眼，"秘密地抓来那还叫名正言顺吗？我不仅要除去苏克萨哈，我还要让朝中上下、包括当今皇上，看我鳌拜是如何除掉苏克萨哈一伙的。只有这样，我在朝中才有威慑力，才能够真正地说话算数，才能够保证永远都没人再敢与我为敌！"

鳌拜环视了一下众人后问道："你们，可还记得先皇时期的圈地一事？"

众人都不禁点了点头，但却不知鳌拜此时提起此事的意图。

见众人都是一副莫名其妙的样子，鳌拜便继续言道："当年的圈地运动，因为那多尔衮从中作梗，致使我等所属的镶黄旗吃了大亏。现在，我要把曾经颠倒了的顺序再重新颠倒过来。你们还不明白我的意思吗？"

班布尔善渐渐地有些明白过来。因为，那苏克萨哈是属于正白旗的。于是，他就小声地对鳌拜言道："大人的意思是，将镶黄旗和正白旗现在的领地互相调换一下……只要一互相调换，就势必会造成一片混乱，而只要一混乱，苏克萨哈就又势必会插手，只要苏克萨哈一插手，大人就可以从中找出一个名正言顺的理由来对付他……"

鳌拜很是满意地点了点头："班布尔善，别人都说你老谋深算，今日看来，你还真是有点小聪明啊……只要我等所属的镶黄旗去抢占正白旗的领地了，那苏克萨哈就必然不会熟视无睹。纵然他不亲自出来干预，他也肯定会指使他的党羽，像苏纳海、朱昌祚和王登联之流前去干涉。这样一来，即使我暂时还没有什么好的借口除掉苏克萨哈，但只要趁机除掉苏纳海之流，剩下他苏克萨哈一个，也就实在不足为患了！"

"妙呀，"遏必隆又道，"鳌兄的这个主意实在是妙呀！"

鳌拜微微含着笑，心安理得地接受了他对自己的称赞。

塞本得迅速地来了精神："叔，赶走正白旗的事，就交给小侄去办好了！小侄保证圆满地完成这个任务！"

鳌拜赞许地看着塞本得道："贤侄，做这种事情，你去是最合适不过的了。再者说，你又是镶黄旗的都统，你去做这种事情，可谓是名正言顺！"

穆里玛有些急道："哥，就没我什么事吗？"

鳌拜朝着穆里玛一笑："好兄弟，为兄怎么会让你闲着？赶走正白旗那么大的事情，让塞本得一个人去我如何放心？你这个靖西将军，就带上你的人马，陪塞本得去走上一遭。汉人有句俗话叫作人多势众。有你和塞本得在一起，就不会有办不成的事情。不过，你们要切记，如果是别的什么人去干扰你们，你们大可不必理睬，但如果是苏克萨哈一伙的人去干预你们，你们就一定要把他抓起来。不管青红皂白，只要抓起来就行！明白了吗？"

穆里玛回道："小弟明白！"

塞本得回答得更清楚："小侄全部都明白了！"

鳌拜点点头，又转向遏必隆和班布尔善道："你们在朝中走动，注意观察苏克萨哈一伙人的动向。如果他们有人前去干预，你们就赶快去通知穆里玛和塞本得。"

夜更深沉了，也更沉寂了。待众人走后，鳌拜回到自己的卧房将那个风光无限的阿美搂到自己怀中的时候，他的心中还不禁在洋洋得意地想道："苏克萨哈啊，从明天开始，你可就再也没有好日子过了……"

第二天中午，苏克萨哈正在吃饭，饭还没有吃完，直隶总督朱昌祚就一头扎到了他的面前，脸色苍白，神态不安。

苏克萨哈忙问道："发生了什么事？"

朱昌祚肯定是一溜儿小跑而来，气息很不均匀："大人，发生了一件重大的事情……"

苏克萨哈也不由得紧张起来："快说，到底是什么事？"

朱昌祚呼哧呼哧地说道："今天一大早，那穆里玛和塞本得……带着大批军队，到永平府一带……驱赶正白旗……下官刚刚得到准确消息，特来告知……"

"什么？"苏克萨哈撂下碗筷，站了起来，"穆里玛和塞本得……为什么要驱赶正白旗？"

朱昌祚道："下官只是听说，那穆里玛和塞本得要把正白旗赶走，让他们的镶黄旗回到永平府来，说永平府一带本来就是他们镶黄旗的领地……"

苏克萨哈自然知道当年的"圈地运动"是怎么回事："永平府一带是正白旗的领地，这早已是既成事实，为什么鳌拜一伙要在这个时候翻这一本陈年老账？"

朱昌祚言道："大人，下官以为，鳌拜一伙这么做，表面上看来是想重新调换正白旗和镶黄旗的领地，而实际上，他们是冲着大人您而来……这里面，也许会有一个什么阴谋……"

苏克萨哈皱了皱眉："不管鳌拜想要什么阴谋，我都不能让他们把正白旗从永平府赶走！"

朱昌祚面有难色地道："大人，他们人多势众，可以调来更多的军队……我们该怎么办？"

苏克萨哈想了想道："你去通知苏纳海和王登联，要密切监视穆里玛和塞本得的行动……不过，你们暂时不要去和他们发生正面冲突。也许，这里面确有一个大的阴谋……一切待我见过太皇太后之后再做定夺。"

这一回，苏克萨哈以为，太皇太后博尔济吉特氏是不会再姑息鳌拜一伙的所作所为了。因为强行将正白旗和镶黄旗的领地加以调换，不仅将毁掉无数即将收获的庄稼，而且极有可能引发京城四周乃至北京城内的动乱。

果然，当苏克萨哈赶到慈宁宫把穆里玛和塞本得强行驱赶正白旗一事说了之后，博尔济吉特氏大为惊愕道："他们为何要这样做？"

苏克萨哈忙道："太皇太后，正白旗和镶黄旗各自的领地，早已既成事实多年，现在若强行将两旗的领地加以调换，则势必造成土地荒芜，人心不稳的局面……请太皇太后速速谕令停止这种胡作非为之举……"

博尔济吉特氏思索了一会儿之后对苏克萨哈言道："苏大人，麻烦你派人去通知另三位辅政大臣来，就说我有话要对他们说。"

苏克萨哈一阵窃喜，连忙躬身退出了慈宁宫。虽然博尔济吉特氏并没有明确表态，但苏克萨哈却已经看出，博尔济吉特氏的心中至少是不同意调换两旗土地一事的。尽管鳌拜专横傲慢，但先皇驾崩前曾经谕令：遇有重大事情，四位辅政大臣必须要同太皇太后商量。而现在，鳌拜一伙竟然擅自要更换领地却又未同太皇太后商量，她能不生气？

故而，苏克萨哈乐颠颠地退出了慈宁宫之后，便即刻找来几个人分别去通知另三位辅政大臣，自己则优哉游哉地站在慈宁宫外看大好的风光。

先到的是索尼。虽然索尼已是老态龙钟，但几个轿夫的腿脚却十分地利索。见了苏克萨哈，索尼打了个"哈哈"问道："苏大人可知太皇太后此时召见我等有何要事？"

苏克萨哈用一种很是不屑的语气道："还能有什么事？还不是那穆里玛和塞本得无事生非，惹恼了太皇太后。不瞒索大人，小弟刚才入宫，瞧见太皇太后正在生气呢？"

索尼眼珠一转："苏大人，穆里玛和塞本得之事，老夫也刚刚得知，太皇太后为何这么快就知道了？若老夫没有猜错，这一定是苏大人所为了。"

苏克萨哈摆了一下手道："索大人猜错了！小弟确想向太皇太后禀告此事，但小弟进宫时，太皇太后早已知晓，并急令小弟速速派人去通知索大人等。索大人该明白是怎么一回事了吧?"

索尼有点夸张地点了点头:"原来是这么回事!看来,那鳌大人此次……该有一顿教训了……"

苏克萨哈听出了索尼话中的别样意味,于是就问道:"索大人以为,今日之事会有一个什么结果?"

索尼微微一笑道:"依老夫看来,今日之事就像这太阳一般,它从哪里升起,就又会从哪里落下……"

苏克萨哈有些悻悻然地道:"索大人言语太过深奥,小弟无以理解。不过,此次调换领地,不关索大人正黄旗什么事,索大人当然就不必操那份闲心了。"

索尼竟然很认真地点了点头:"苏大人说的是啊!所谓事不关己,高高挂起,老夫何乐而不为呢?"

苏克萨哈还要说什么,却瞥见鳌拜和遏必隆一左一右地徒步而来,也就忙住了口,且装作没看见他们的样子。

鳌拜倒是大大方方地冲着索尼拱了拱手道:"索大人,哦,还有苏大人,每次来见太皇太后,你们都比我先来一步啊!"

索尼赶紧朝着鳌拜回礼道:"鳌大人喜欢徒步,老夫却是乘轿而来,如果老夫也徒步,恐怕就要远远地落在鳌大人的身后了。"

苏克萨哈则不冷不热地看了鳌拜一眼道:"鳌大人,快进宫吧,太皇太后正在等着你呢!"

按四位辅政大臣的顺序,索尼应走在第一的位置,苏克萨哈其次,鳌拜是最后一位。但这回,苏克萨哈的话音刚落,鳌拜却一步跨到了最前面,且口中言道:"苏大人叫我快进宫,我敢不从命?"

说话的当口,鳌拜就率先走进了慈宁宫。苏克萨哈见情况不对,便想抢到鳌拜的前头,但遏必隆似乎看出了苏克萨哈的心思,有意无意地挡住了苏克萨哈的去路,急得苏克萨哈失声叫道:"鳌……大人,你如何走在了索大人的前面?"

鳌拜回头一瞪苏克萨哈:"苏大人,不是你叫我快点进宫的吗?我若不走在最前头,又怎能快点进宫?"

苏克萨哈并不示弱地回道:"鳌大人,苏某叫你快点进宫,是因为太皇太后正在等你,这与你抢在索大人之前本不是一回事。你这样一来,岂不是破坏了先皇钦定的辅政顺序?"

鳌拜更加咄咄逼人地言道:"苏大人,先皇钦定的辅政顺序,我自然记得。但先皇并没有谕令,每次来见太皇太后的时候,我鳌某就一定要走在你苏大人的后面!"

遏必隆一旁阴阳怪气地道:"鳌大人说的对!每次来见太皇太后,都是你们走在前头，这一回，就是轮也轮到鳌大人领先了！"

苏克萨哈转向索尼道："索大人，这个时候你该表态了呀……"

索尼嘿嘿一笑道："苏大人，依老夫看来，我们同为辅政大臣，谁走在前面也都是一样……"

索尼这么一说，苏克萨哈倒不好再开口。鳌拜不无得意地问道："苏大人，你怎么不说话了呀？"

苏克萨哈哼了一声，将脸扭过一旁。他心中是这么想的：鳌拜，就暂且让你得意一会儿，待见了太皇太后，你恐怕就再也得意不起来了。

鳌拜才不管苏克萨哈心中会怎么想，能走在四位辅政大臣之首，就是他鳌拜的一大胜利。所以，鳌拜就带着这种胜利的喜悦，一直走到了博尔济吉特氏的面前。

看到鳌拜走在了索尼等人的前面，博尔济吉特氏微微一愣，但旋即就明白了是怎么一回事。见鳌拜等人依次伏地叩头，她便轻轻地一笑道："四位大人请起，我们还是坐下来谈吧。"

待四人坐定，博尔济吉特氏缓缓地言道："今天叫四位大人来，是因为有一件事情要与各位大人商谈一下。"

鳌拜率先言道："臣正有一事想禀告太皇太后知道……"

博尔济吉特氏"哦"了一声道："不知鳌大人有何事要告诉我？"

鳌拜不紧不慢地道："臣今日凌晨已派靖西将军穆里玛和镶黄旗都统塞本得前往京城东北永平府一带驱赶正白旗……此等大事，臣未能及时禀报太皇太后，还请太皇太后恕罪……"

苏克萨哈忙言道："太皇太后，鳌大人擅作主张，无端地派遣亲信去永平府驱赶正白旗，其势必将引起京畿一带的凋敝和混乱，敬请太皇太后定夺……"

鳌拜翻了苏克萨哈一眼："苏大人怎么就敢肯定我鳌某派人去驱赶正白旗是无端之举？"

苏克萨哈回道："正白旗在永平府一带已定居多年，你现在擅自派人驱赶，岂不是无事生非，故意制造混乱？"

鳌拜冷冷地道："苏大人，你正白旗在永平府定居多年，我鳌某就没有理由把他赶走吗？想当年，李自成占据着北京城，我大清朝不照样把他赶走了吗？"

苏克萨哈言道："鳌大人，你分明是在强词夺理！大清朝当年赶走李自成与你鳌大人现在想赶走正白旗，根本就没有任何相同之处！"

鳌拜言道："大清朝当年赶走李自成是因为有充足的理由，我鳌某现在要赶走正白旗同样也有充足的理由，这二者之间，如何会没有相同之处？"

苏克萨哈还要言语，博尔济吉特氏打断了："苏大人请稍等，我有话要问鳌大人。"

苏克萨哈只得闭口，鳌拜却做出十分恭敬的样子对博尔济吉特氏言道："太皇太后请赐教，臣洗耳恭听！"

博尔济吉特氏问："鳌大人，那正白旗确已在永平府定居多年，你现在何故要把他们赶往别处？"

鳌拜言道："回太皇太后的话。臣之所以要派人驱赶正白旗，是因为那永平府一带，原是镶黄旗的领地。只因先皇时多尔衮从中作弊，才使得镶黄、正白两旗的领地一直错误至今。臣现在只不过是按照祖宗的'八旗自有定序'的原则，做一桩拨乱反正的事情罢了。望太皇太后能够体察臣等维护大清祖宗律法的一片良苦用心！"

"八旗自有定序"是当年清太宗皇太极为清廷"圈地运动"所定下的一条准则。皇帝定的准则，当然就是大清律法了，只是当年的多尔衮倚仗权势暗中篡改了这条律法罢了。博尔济吉特氏作为清太宗皇太极的妻子，自然知晓这条律法。故而，鳌拜以"维护大清祖宗律法"为由这么一说，博尔济吉特氏还就真的不太好反驳。

博尔济吉特氏言道："鳌大人，你能处处以大清祖宗律法为行事的依据，我不仅能够体察，也十分地钦佩。只是，据我所知，镶黄、正白两旗的子民都在各自的领地上生息多年，早已经安居乐业，更何况，要不了多久，便是收获的季节，如果此时进行大规模的换地之举，恐怕不仅会损失大批待割的庄稼，且很有可能引发京城四周的动荡不安。不知鳌大人想过这些没有？"

鳌拜镇定自若地道："太皇太后所虑甚深，微臣由衷地感动。不过，微臣以为，换地之事，当宜早不宜迟，因为大清祖宗的律法，是任何人都不能妄加更改的。为了维护大清祖宗律法的严肃性，损失一些待割的庄稼也实不足惜。至于太皇太后虑及的有可能引发京城四周动荡不安的问题，微臣在这里可以向太皇太后作出郑重承诺，无论换地之事规模有多大，持续有多久，臣都敢绝对保证京城及京城四周的安定平稳。如果有人敢于从中作梗或无端地阻挠，臣定将按大清律法从严、从重、从快惩处！"

鳌拜话中的"如果有人"显然是有所指向，但苏克萨哈却顾不了这么多了。他本以为鳌拜今日定会受到太皇太后的严厉训斥，没承想，鳌拜几乎没费吹灰之力便占了上风。故而，鳌拜的话音一落，苏克萨哈就大声言道："太皇太后，换地之事万万不能行啊！那么多的八旗子弟，那么多成熟的庄稼，如果一经大规模调换，则必将形成土地荒芜，民不聊生的局面……"

"苏大人，"鳌拜毫不客气地打断了苏克萨哈的话，"你究竟是何居心？假惺惺地只盯着那一点点土地和庄稼，竟然置祖宗律法于不顾，你苏大人的心里到底在想些什么？"

苏克萨哈也按捺不住了："鳌大人，你别张口一个祖宗律法，闭口一个祖宗律法，你的险恶用心谁人不知？你只是以换地为由，实则是趁机打击正白旗的势力。

待你的镶黄旗回到京畿一带，你鳌大人岂不是可以在朝中独来独往、唯我独尊？"

鳌拜"嘿嘿"一笑道："真没有想到啊，你苏大人的火气居然比我鳌某还要大。只可惜，在太皇太后这里，似乎还轮不到你苏大人撒野！"

苏克萨哈回敬道："有太皇太后在，你鳌大人也别想一手遮天！"一直持观望态度的索尼，此时不高不低地言道："两位大人都不要再争吵了，一切还应该由太皇太后做主为是！"

然而，太皇太后能做得了这个主吗？她深深地知道，别看鳌拜表面上对她十分尊敬，实际上，他对她也就像对小康熙一样，压根儿就没放在眼里。否则，他在驱赶正白旗之前，就会先来慈宁宫征求她的意见。也就是说，他鳌拜已经决定了要做的事情，她这个太皇太后也是没有办法拦阻的。换句话说，她博尔济吉特氏做不了鳌拜的主，当然也就做不了此番换地的主。不过，她今天召集四位辅政大臣的目的也总算是达到了。因为，她并不想强行改变鳌拜的决定，她也改变不了。她只是有些担心，怕两旗换地一事会引发京城及周边地区的不安定，如果这种"不安定"真的出现，则极有可能会影响到小康熙的帝位。京城陷入混乱，什么事情不会发生？而现在，鳌拜已经当面向她保证绝不会让这种可能有的动乱发生，她当然也就没有什么别样的想法了。

故而，听了索尼的话后，博尔济吉特氏低低地"啊"了一声，然后言道："两旗换地之事，非同小可，也非同寻常。这么大的事情，由我一人做主，恐怕不太合适，也不太妥当。我以为，此事应当由四位辅政大臣共同商量定夺。不知各位大人意下如何啊？"

博尔济吉特氏言中"由四位辅政大臣共同商量定夺"，听起来好像不偏不倚，而实际上，却是倾向了鳌拜一方。或者说，博尔济吉特氏在言语中有意无意地便把两旗换地一事的大权交到了鳌拜的手中。因为，四位辅政大臣当中，鳌拜和遏必隆是一伙的，索尼似乎是保持中立，只苏克萨哈一人是改变不了鳌拜的决定的。所以，尽管博尔济吉特氏实际上也难以更改鳌拜的决定，但她在言语上这么一说，鳌拜听了心中也自然高兴。博尔济吉特氏这种不动声色、进退自如的做法，实是小康熙一时所不能及。

一直默不作声的遏必隆终于开口说话了："太皇太后圣明！太皇太后将换地一事交与臣等商量定夺，实是臣等的莫大荣幸，也是臣等义不容辞的责任！"

鳌拜很是满意并十分赞赏地看了遏必隆一眼。索尼闭着嘴，但脸上却挂着一层浅浅的笑意，这笑意究竟含有什么内容，恐怕只有他自己才能说得清。苏克萨哈尽管有满腹的意见甚至不满，但最终也不便提出反对。

博尔济吉特氏又言道："如果四位大人没有什么别的意见，那现在就请四位大人对两旗换地一事举手表决如何？"

鳌拜马上道："太皇太后怎么说，臣等就怎么做。谁要是敢违背太皇太后的旨意，那就得先问问我鳌某答应不答应！"

博尔济吉特氏微微一笑道："鳌大人言重了。先皇钦定四位大人做当今皇上的辅政大臣，那一切就应由四位大人做主才是。"

遏必隆赶紧道："太皇太后，臣等现在就进行表决吧……如此重大的事情，臣都有些等不及了！"

博尔济吉特氏点点头："好吧，现在进行表决。请同意两旗换地的大人把右手举起来。"

遏必隆举得最快，且差点把两只手都举起来。跟着，鳌拜慢慢地举起了右手。苏克萨哈当然没有动。索尼也没有动，只眯缝着双眼，像是要睡着了。

博尔济吉特氏言道："鳌大人和遏大人请放下手。现在，请不同意换地的大人把右手举起来。"

苏克萨哈把右手举了起来，举起来之后，便迅速将目光投向索尼。只要索尼也举起右手，那鳌拜在表决中就占不到什么便宜。然而，索尼还是没有动，依然是那么一种半梦半醒的模样。他既没有同意两旗换地，也没有不同意两旗换地。索尼的这种做法，也许可以称得上是名副其实的"中立"了。索尼的这一"中立"，便使得苏克萨哈想阻止两旗换地的愿望彻底破灭。

博尔济吉特氏的心中十分钦佩索尼的这种不温不火的态度。她早已经看出，索尼并不是一个什么和事佬，更不是没有自己的主见。恰恰相反，索尼是一个城府颇深的人，他将自己的态度和主见，深深地隐藏在自己的审时度势之中。他这种含蓄而深刻的审时度势，寻常的人根本就难以看出。

博尔济吉特氏暗自思忖："说不定，玄烨以后的日子里，还要这位索尼在暗中助一臂之力呢！"

这么想着，博尔济吉特氏就笑吟吟地问索尼道："索大人，刚才举手表决，你第一次没有举手，第二次依然没有举手，你如此做法，倒把我弄得有些糊涂了呢……"

索尼这回睁大了一双老眼："太皇太后这么说，老臣心中委实不安。实际上，太皇太后的意思，也就完全代表了老臣的意思。既如此，老臣当然就不需要再举什么手了……"

鳌拜笑哈哈地言道："索大人在太皇太后的面前，倒也真会说话啊！"

索尼忙回答鳌拜道："鳌大人过奖了！索某刚才只不过是对太皇太后说了大实话，还望鳌大人不要见笑才是啊！"

鳌拜言道："索大人这是说哪里话？你在太皇太后面前如实而言，我何笑之有？"

索尼言道："鳌大人如此说来，我索尼便也心安了。"

索尼和鳌拜说来说去的，可把苏克萨哈气坏了。他当然气鳌拜，但此刻，他似乎更气索尼。他在心中言道："索尼，你这个老滑头，我苏克萨哈的一切，全毁在你的手里！"

苏克萨哈的这种想法，看起来不无道理，但实际上却一点道理也没有。连太皇太后都阻止不了的事，他索尼又如何能左右局势？如果索尼真的硬与鳌拜为敌，将会落得个什么样的下场？

博尔济吉特氏言道："各位大人，表决已经完毕，两位大人同意换地，一位大人不同意换地，少数应当服从多数，镶黄、正白两旗换地之事，看来就这么定下来了……"

苏克萨哈虽然已经完全失望，但似乎还没有完全死心。他抱着仅有的最后一点希望对着博尔济吉特氏言道："太皇太后，先皇驾崩前曾谕令臣等，凡遇有重大事情，臣等不能擅作主张，应与太皇太后一起商量酌定。现在两旗换地，理属重大事情之列，臣以为，太皇太后应该自己拿定主意裁决为是……"

鳌拜即刻冲着苏克萨哈言道："苏大人，你也太过狂妄了吧？竟敢当着太皇太后的面，妄言教训之辞，你到底是何居心？"

博尔济吉特氏对着鳌拜笑了笑，又转向苏克萨哈笑问道："苏大人的意思，是叫我对两旗换地一事作一个明确的表态喽？"

苏克萨哈回道："臣正是此意。如果臣的这种要求有些过分，还请太皇太后见谅……"

博尔济吉特氏言道："苏大人乃当朝的辅政大臣，提出这么一个小小的要求如何能算是过分？更何况，我也应该对两旗换地一事表明自己的态度。"

博尔济吉特氏这么一说，鳌拜和遏必隆就马上集中了自己的注意力。索尼刚刚眯上的双眼也不自觉地睁大了些许。当然，最紧张的还是苏克萨哈，他恨不得马上就从博尔济吉特氏的口中听到一个"不"字。

博尔济吉特氏的态度非常地明确："我的意思是，同意两旗换地。"

苏克萨哈闻言，差一点就瘫在了座位上。尽管他对这种结果早有预料，但听到博尔济吉特氏亲口说出来，他在感情上似乎很难接受。他很是痛苦地想道："太皇太后啊，你为什么总是偏向鳌拜？"

如果苏克萨哈知道了博尔济吉特氏的心中早已经有了那个"借鳌除苏"的念头，恐怕他的心里就不仅仅是"痛苦"两个字可以形容了。

鳌拜高兴了，这回他是彻底地高兴了，他就带着这种掩饰不住的高兴向苏克萨哈道："苏大人，太皇太后已经明确表了态，你现在可还有什么话要说？"

苏克萨哈无力地摇了摇头："太皇太后决定了的事情，臣不敢反对！"

遏必隆多少有些幸灾乐祸地道："苏大人既然已经同意换地，那就赶快回你的正白旗，把正白旗子弟带往别处去吧……"

苏克萨哈很想回敬遏必隆几句，但因为内心实在空虚得很，怎么努力也说不出话来。博尔济吉特氏又言道："换地之事已经决定，请各位大人就照此办理吧。"

索尼却不慌不忙地言道："太皇太后，老臣以为，应该尽快地将换地之事禀奏当今皇上……"

博尔济吉特氏点头道："难得索大人对皇上有如此耿耿忠心，此事我自然会告知皇上。"

四位辅政大臣相继离开慈宁宫。离开前，博尔济吉特氏留住鳌拜言道："鳌大人，两旗换地定将牵涉到许多方方面面的人和事，还望鳌大人多多辛苦，确保换地一事顺利进行，最主要的是不能让京城及周边地区发生大的动乱。京城一乱，大清朝的江山社稷就会不稳……一切，就拜托鳌大人多多地费心……"

博尔济吉特氏说得情真意切，鳌拜不能不有些感动。他信誓旦旦地对博尔济吉特氏道："请太皇太后放心，如果在两旗换地期间，京城及周边地区有丝毫的不稳或动乱，我鳌拜就提头来见！"

鳌拜自然有能力向博尔济吉特氏作如此保证。至于在这"保证"的后面，会发生何种事情，博尔济吉特氏就不想多去考虑了。她只是向鳌拜言道："有鳌大人这句话，我就彻底放心了！"

博尔济吉特氏"彻底放心"了，鳌拜也心满意足地离去。当然，从另一个角度来说，鳌拜还并非那么太心满意足。调换镶黄、正白二旗的土地只是一种手段，借这个手段最大限度地消灭掉苏克萨哈一伙的势力才是鳌拜最终的目的。所以，鳌拜一出慈宁宫，便又开始盘算着该如何向苏克萨哈一伙开刀了。

但这一回，苏克萨哈似乎变得聪明了。他从慈宁宫回到自己的府上后，马上找来苏纳海、朱昌祚和王登联等人，先将慈宁宫里发生的事情简单地说了一遍，然后告诫他们道："换地一事已不可逆转，你们千万不可轻易地插手此事，否则，鳌拜就极有可能以莫须有的罪名找你们的麻烦。"

一向较为刚直勇猛的苏纳海，此时却有些垂头丧气地道："看来，鳌拜一伙的势力是越来越大了……"

朱昌祚言道："待镶黄旗回到永平府，这京城，便真的是鳌拜一伙的天下了！"

王登联叹道："鳌拜野心十足，可太皇太后……为什么要站在鳌拜一边呢？"

王登联不明白这个道理，苏克萨哈也搞不懂其中的缘故。朱昌祚问苏克萨哈道："大人，莫非我们……就待在家里什么也不做？"

苏克萨哈点头道："索尼不支持我们，太皇太后又站在鳌拜一边，我们就只能坐在家里静观事态发展了……你们要牢记，切莫轻举妄动！"

很长一段时间，苏纳海、朱昌祚和王登联等人，确实是老老实实地待在家里没有做什么轻举妄动的事。苏克萨哈也强压心中的愤怒，痛苦地关注着换地一事的发展。但随着换地事件的一步步深入，苏克萨哈又实在难以坐在家里"静观事态发展"了。

换地一事，断断续续地持续了数月之久。时间之长，规模之大，甭说别人了，就是鳌拜自己，恐怕事先也没有估计到。

换地一事，一开始就遭到了正白旗人的强烈反对。就是镶黄旗，也有许许多多的人不愿离开自己早已熟悉了的土地。鳌拜不管这些，他一定要彻底完成这一重大事情，唯有如此，才能显示出他鳌拜莫大的权势和威望。他给穆里玛和塞本得下令：谁不愿搬迁，就烧了他的房子、砍了他的庄稼；谁要敢反抗，无论何人，都一律就地处死。为防止发生大规模的暴乱，鳌拜又令兵部尚书葛褚哈调来数万骑兵，为穆里玛和塞本得打气助威。不愿搬迁的人当然有之，所以穆里玛和塞本得就烧了一间又一间房子。有时候，焚烧房屋的大火照彻了黑夜，就是百里之外的人也能看得清清楚楚。敢于起来反抗的人当然也有之，所以穆里玛和塞本得就又杀了一个又一个。有时候，杀的人太多，尸体层层叠叠地摞着，不明真相的人从远处看去，那层叠着的尸体，就宛如是一座又一座的小山。鳌拜又借口镶黄旗比正白旗的人多，永平府一带的土地不够镶黄旗所用，便下令穆里玛和塞本得在京畿附近重新圈地，以弥补镶黄旗土地的不足。穆里玛和塞本得倒也图省事，只令骑兵催马乱跑，跑到哪儿就把哪儿的土地划归镶黄旗所有。一时间，京城附近几乎所有的土地，都遭到了穆里玛和塞本得骑兵的践踏。百姓受灾范围之广、受害程度之重，自顺治朝以来，还从未有过。到这年的初冬，用"哀鸿遍野""饿殍遍地"来形容北京城四周农村的形势，似乎一点也不为过。

正是在这么一种情况下，苏克萨哈才再也不能够在家里"静观事态发展"了，他觉得自己应该有所行动。

但问题是，苏克萨哈该如何行动？又该作出什么反应？硬碰硬地同鳌拜一伙干，他没有那么多的兵马，朱昌祚和王登联虽然是直隶总督和巡抚，但可调动的兵马也实在有限。想在朝廷中制约鳌拜吧，索尼根本不会帮忙，太皇太后又倾向鳌拜，苏克萨哈单枪匹马显然不是鳌拜的对手。他究竟该怎么办呢？

似乎是在万般无奈之际，苏克萨哈想到了小康熙。他之所以会想到小康熙，"万般无奈"当然是主要原因，不过，苏克萨哈同时也感觉到，小康熙虽然年幼，但极富主见，而且有一种很强烈的"正义"感。如果把换地之事所造成的严重破坏和严重灾难告诉小康熙，说不定小康熙就会去找鳌拜的麻烦。尽管小康熙不一定能把鳌拜怎么样，但小康熙如果真的同鳌拜翻起脸来，那太皇太后就很有可能会重新考虑对换地一事的看法。太皇太后若改变了对换地一事的看法，那总爱装糊涂的索尼，恐怕也就要明确地表示自己对换地一事的态度了。如果这一切的可能都变成了事实，那胜利的天平岂不是极有可能向他苏克萨哈倾斜？

于是，苏克萨哈几乎用了一整晚的时间，给小康熙写了一本奏折。奏折的内容很丰富，大致可以分成三个部分。第一部分，苏克萨哈表达了他对当今圣上及大清王朝的赤胆忠心，内容虽不是很多，但写得情真意切，非常感人。第二部分是奏折的重点，苏克萨哈向小康熙详详细细地描述了两旗换地给广大老百姓所带来的巨大的灾难。苏克萨哈在这一部分里并没有怎么夸张，因为那种灾难本身就已经十分触目惊心了，苏克萨哈只是用非常准确又非常形象的词语，把那种触目惊心的灾难描绘得更加逼真、生动而已。苏克萨哈在第三部分里主要是以辅政大臣的身份向小康熙请罪，说他身为辅政大臣，却不能够做到保国安民，实在是有负先皇的重托。

奏折写好之后，苏克萨哈找到了小康熙的侍读、弘文院大学士熊赐履，让熊赐履代他将那本奏折呈交小康熙，并叮嘱熊赐履，千万不要让别人知道他曾给小康熙写了这么一本奏折。由此不难看出，虽然还不能武断地说苏克萨哈就非常惧怕鳌拜了，但至少可以这么说，此时的苏克萨哈，已经确实对鳌拜颇有顾忌了。

熊赐履倒也尽职尽责。他并没有问苏克萨哈在奏折里写了什么，更没有去偷看奏折的内容，但凭借他丰富的经验，却也能猜出苏克萨哈的动机和目的。所以，在一次早读课行将结束之际，他突然停止了讲授，而是换了一种淡淡的语调问小康熙道："皇上可知镶黄、正白两旗换地的事？"

另一位侍读魏裔介虽然不明白熊赐履何以在此时对小康熙提起此事，但也没言语。小康熙回道："朕当然知道两旗换地之事。算起来，有好几个月的时间了……也不知道换地之事进行得怎么样了。"

熊赐履接着问道："不知皇上对换地一事有何看法？"

小康熙道："听朕的皇祖母说，换地一事是由鳌拜提起的。纵是鳌拜提起，似乎也有他的道理。祖宗定下来的规矩，能够遵守的当然就不要破坏。朕只是有些担心，那么多的人，那么多的土地，一经调换，势必会造成比较大的混乱……熊师傅，你此时向朕提起此事，是何意图？"

熊赐履答道："老臣只是想禀告皇上，两旗换地一事不仅造成了很大的混乱，而且形成了一场巨大的灾难……"小康熙一惊："熊师傅何出此言？"熊赐履从怀中掏出苏克萨哈写的那本奏折，双手呈到小康熙的面前："此有辅政大臣苏大人的一本奏折，请皇上御览。"

熊赐履已经猜出这本奏折上定然写着换地一事。小康熙尽管只有十多岁，但用"饱读诗书"来形容也不算太过分。故而，苏克萨哈的这本奏折虽很长，但小康熙还是很快一字不漏地看完了。看完之后，小康熙半晌没作声，只是脸色越来越白，且呼吸也有些急促起来。

　　魏裔介也大致明白是怎么一回事了，于是小声问小康熙道："皇上，这本奏折上可是写着换地一事？"

　　小康熙没有回答魏裔介，而是转向熊赐履道："熊师傅，这本奏折上所写，是否属实？"

　　熊赐履言道："苏大人的这本奏折，老臣并未目睹，不知皇上所问何事？"

　　小康熙把奏折递与熊赐履："换地一事，真的造成了这么大的灾难？"

　　熊赐履很快地看完了奏折："皇上，臣已经说过，两旗换地，确实给百姓带来了很大的祸害。其祸害的程度，恐怕比这本奏折上所描述的情况，还要严重……"

　　小康熙不禁"啊"了一声，然后怔怔地道："既然如此，为什么还要换地呢？"

　　魏裔介轻轻地道："八旗自有定序，这是祖宗定下的规矩，现在鳌大人行换地之举，理应是在维护祖宗规矩的尊严……"

　　魏裔介口中的"理应"二字，显然别有意味。不过小康熙也没有认真体会，而是顺着自己的思路说下去："祖宗定下的规矩，当然要尽可能地遵守，可如果危及国泰民安，那就得另当别论，更何况，两旗的土地，也不一定非要现在调换不可……"

　　小小的康熙，心中已有"国泰民安"之念，诚属难得。熊赐履言道："此等国家大事，只有皇上可以议论，老臣等岂敢多言？"

　　小康熙默然，一会儿之后，他神色凝重地离开了读书间，连向熊赐履、魏裔介打个招呼也仿佛省略了。望着小康熙离去的背影，熊赐履对魏裔介言道："你敢和我打个赌吗？"魏裔介多少有些意外："你想赌什么？"熊赐履道："我们就赌皇上离开这里后会向何处去。"魏裔介略略思忖了一下："可以。我们的赌金就定为十两银子，如何？"

　　熊赐履点头："我同意。你先说说你的看法。"

　　魏裔介道："我以为，皇上此去，必是往慈宁宫见太皇太后。你以为呢？"

　　熊赐履道："我以为，皇上定是去找那鳌拜，叫他速速停止换地。"

　　熊、魏二人打赌的实际结果是，谁也没有赢，谁也没有输。小康熙既没有去慈宁宫，也没有去找那鳌拜——他出了北京城。

　　小康熙离开熊、魏二人后，带着赵盛、阿露回到了乾清宫。之后，他急急地找来索额图和明珠二人，叫他们速速地准备一辆大马车，并在马车上装满可以现吃的馍、饼之类。马车准备好了之后，小康熙又命索额图、明珠及赵盛、阿露四人都换上便装，自己也脱下龙袍。一切收拾停当后，小康熙主仆五人便乘着那辆大马车悄悄地离开紫禁城，又悄悄地离开北京城，向京郊的农村驶去。

　　因为是冬天了，虽然有太阳，但坐在马车上，也会觉着寒冷。赵盛关切地问小康熙道："皇上，天气冷，你穿得暖和吗？"

小康熙摇摇头，忽地觉得摇头不妥，便又马上点了点头。索额图闻听赵盛所言，赶紧示意明珠把马车的速度再放慢些。

小康熙没有察觉到马车速度的快慢，他只是觉得所看到的景象有些奇怪。他喃喃自语道："怎么会一个人也看不到呢？"

马车走的当然是大路，大路两边是荒芜的农田。远远的可看见一两个小村庄的影子。但大路之上，却见不着一个身影。

赵盛低低地道："皇上，也许老百姓都在庄子里休息吧。"

不远处，又看见了一个小村庄。小康熙叫明珠停车，然后对明珠和索额图道："你二人跟朕到那个村子里去看看……"

赵盛和阿露留下来照看马车，小康熙领着索额图和明珠朝小村庄走去。进了村庄之后，小康熙从村东走到村西，再从村西折回村东，几乎走出了一身热汗，也依然没有发现一个人影。小康熙越发纳闷起来："这村子里的人都到哪里去了呢？"

就在小康熙纳闷的当口，索额图从一间摇摇欲坠的茅屋里跑出来，多少有些兴冲冲地对小康熙道："皇上，这里有一个老太婆……还活着……"

小康熙闻言，赶紧三步并作两步地朝那间茅屋奔去。跟在后面的明珠急忙喊道："皇上，别进去，那屋子要倒了……"

明珠的话音未落，小康熙就一头扎进了茅屋。果然，在摇摇欲坠的茅屋内，有一位形容枯槁的老太婆正软软地躺在一张摇摇欲坠的竹床上。看她那气息奄奄的模样，似乎也只能用"还活着"来形容了。这么冷的天，她除了穿着一身破烂的棉衣外，身上什么也没盖。她的反应显然已很迟钝，小康熙等人都走到她的身边了，她好像根本没看见一样。小康熙大声地问了她好几遍，她总算是听见了，可也只是微微地动了动脑袋，什么话也没有说出来。实际上，她早已经没有了说话的力气。

小康熙转问索额图和明珠道："这位老太婆是怎么了？"

索额图摇头，明珠也摇头。小康熙自言自语道："她不是病了就是饿了……"于是，小康熙就想吩咐索额图去马车上取些馍来。就在这时，一个蓬头垢面、瘦骨嶙峋的男人跟跟跄跄地从外面走了进来，右手里捧着一团血糊糊的东西。

乍见着小康熙等人，那已很难分辨年龄的男人很是意外和吃惊，微微气喘地问道："你们想干什么？"说着话，他就挡在了小康熙等人和那老太婆之间。看他那充满敌意的样子，仿佛生怕小康熙等人会一口将那老太婆吃了似的。

小康熙未及说话，反应敏捷的索额图抢先开了口："这位……大叔，我们几个是从京城来的，我们是当今皇上派来的……"

"皇上？"那男人显然不相信，皇上派这几个少年来此何干？"你们，真是皇上派来的？"

明珠的反应当然也不慢，他赶紧言道："是的，当今皇上听说这里老百姓的生活不太好，特意派我们送些吃的东西来。"

听到"吃的东西"几个字，那男人黯淡无神的眼睛里，顿时迸发出一种骇人的光芒来："皇上派你们……吃的东西在哪儿？"

那男人说完，眼睛便向四周张望起来。小康熙忙道："吃的东西多得很。不过，朕……我想问你一个问题，村子里的人都到哪儿去了？"

那男人一心只想着吃的东西了，并未注意到小康熙口中的那个"朕"字，一时之间也没有回答小康熙的话。小康熙顿了顿又道："你若不回答我的问题，我们就不给你吃的东西。你听到了吗？"

这下子那男人急了："你快说，你要我回答什么问题？"

小康熙道："你告诉我，你们村子里的人都到哪儿去了？"

那男人很快地道："村子里的人现在都在塘埂上吃肉呢……"

小康熙一时不明白："吃肉？吃什么肉？"

那男人将手中的那团血糊糊的东西往小康熙的眼前一送道："就是吃这个肉。"

小康熙还是不明白："这是……什么肉？"

从那男人口中说出的话，差点没把小康熙吓死。那男人言道："这是人肉。"

小康熙身体一震，又一颤，再一晃，慌得索额图和明珠赶紧把小康熙架住。小康熙不自觉地朝后退了两步，且哆哆嗦嗦地言道："你们……如何……吃这种肉？"

那团血糊糊的东西仿佛在渐渐地扩大，又仿佛渐渐地朝着小康熙挤压过来。小康熙的心跳顿然加快，呼吸也立马急促起来。

那男人倒像是一副若无其事的样子："吃这种肉？什么肉不能吃。官府叫我们搬家，我们不愿意搬，他们就毁了我们的庄稼，抢走了我们的东西，还杀了我们十几个人……能逃命的都外出逃命去了，剩下的都是些老弱病残。我本也想外出，可母亲年岁太大，走不动路，我只好留了下来……剩下的人，什么都吃，草根、树皮、老鼠、蚯蚓，凡是能弄到的，全部都吃。就是这样，也填不饱肚皮……渐渐地，有人饿死了。一开始，我们还把死去的人埋起来，可后来，觉得这样太浪费，也太可惜，死人肉不是也可以吃吗？所以，现在死了人，我们大家就一起把他吃掉……连以前埋到地下的人也被扒出来吃了……今天上午，一个老头子在塘埂上死了，他太饿了，想去喝点水，刚走到塘埂上，他就咽了气。大家听说了，就一起赶到那儿吃那老头子。我费了好大力气，才抢到这么一块，我就把它拿回来送给我母亲吃，我母亲好几天没吃到东西了，再饿下去，肯定会饿死的。一饿死，就会被他们吃掉……我不想他们吃我的母亲……"

那男人的语气十分地平淡，就像是在叙述一件与他毫无关系的事情。但因为体质太弱，说了这么一大段话之后，他就"呼哧呼哧"地粗喘起来，只是，他的粗喘也十分地虚弱。

而小康熙却再也受不住了。他简直不敢再看那男人一眼，因为那男人的手中正捧着一团血糊糊的人肉，而这团人肉还是那奄奄一息的老太婆的救命食粮。小康熙实在遏制不住，"哇呀"一声，一股黏稠腥秽之物，就从他的腹内喷出来，跟着，他身体摇晃起来，眼看就要栽倒。索额图和明珠虽然心里也很不是滋味儿，但要比小康熙镇静得多。所以，他们就一边一个，连扶带架地将小康熙拽出了那间茅屋。

那男人急了，赶忙挣扎着跑出屋子，冲着小康熙等人叫道："你们不要走啊……那些吃的东西呢？"

索额图回头言道："把全村人都带上，到大路上的那辆马车边上去……"

小康熙几乎是瘫了，怎么也走不动。索额图无奈，也不管三七二十一了，躬身将小康熙背了起来。明珠不敢大意，紧紧地跟在索额图的身后扶持。好在路途并不远，索额图虽然背得气喘吁吁，但好歹总算把小康熙背到了马车旁。

赵盛、阿露不知究竟，赶紧围住了小康熙。赵盛很是慌张地问道："皇上这是怎么啦？"

赵盛慌张了，阿露就更是六神无主："皇上……发生了什么事？"

看小康熙的模样，也确实怕人。双目似开非开，双唇似闭非闭，只一张小脸，雪似的惨白。不过，听了阿露的话后，他的双眼略略睁大了些，双唇也略略张开了些，且还说出几句话来："朕没事……把马车上的东西准备好，全部分给他们吃……"

"他们"很快地来了。约有三十来个人，多为老人、妇女和孩子，当然也包括那个蓬头垢面，形容憔悴的男人。实际上，那男人是一直走在最前头的，来到马车边，他也没要人吩咐，鼓足一股力量，就爬上了马车。当看到马车上装的全是饼、馍时，他的双眼顿时就直了。还好，他并没有愣多久，也没有自己率先吃，而是冲着车旁的那些老人、妇女和孩子大叫一声，然后就把车上的饼、馍成袋成袋地往下掀，一直掀得马车上空空如也了，他才跳下车来加入大吃的行列中。不过，那三十来个人当时的情形也不能称之为在"吃"，而至少应称之为在"吞"，也的的确确是在"吞"。一个五六岁的小男孩，抓起一个大馍，只几口，那大馍便没了踪影。这等吃相和吃法，直看得赵盛、阿露等人目瞪口呆且又胆战心惊。一个人，该饿到何种地步才会如此？

小康熙当然也在看着那些人拼命地、肆无忌惮地吃。只是从表面上看起来，小康熙很有一点无精打采的样子。待那些人都实在吃不下去了之后，小康熙低低地吩咐赵盛道："让他们把剩下的饼馍都带回去。"

赵盛点了点头。而实际上，即使小康熙不说，那些人也会毫不客气、毫不犹豫地将剩下的所有的饼馍都带回去的。

小康熙又问索额图和明珠："你们身上带了银子吗？"

索额图和明珠都摇了摇头。因为走得匆忙，他们都忘了带银两了。倒是赵盛行事比较周全，他见小康熙匆匆忙忙地急着要出城，估计会在什么时候用得上钱财，便向一个侍卫借了一小锭银子揣在了身上。此刻，他将那一小锭银子呈到小康熙的面前道："老奴带了一点银子。"

小康熙接过银子，吩咐索额图："去，把那个男人叫到朕这儿来。"

很快，那个蓬头垢面的男人来到了小康熙的面前。小康熙把银子递到他的手中，轻轻地道："用这点银子，想法子给你母亲买床棉被……天越来越冷，你母亲会吃不消的。"说完之后，又转向明珠道："把马车掉过头来……该回去了……"

马车掉过了头。小康熙在索额图和阿露等人的搀扶下上了马车，马车启动了。在那蓬头垢面的男人及三十来位老人、妇女和孩子的注视下，马车缓缓地朝着北京城驶去。

那男人看着马车离去，觉着了手中那锭银子异常沉甸。他像忽然想起什么事似的，猛然跪倒在地，冲着缓缓离去的马车就叩起头来，一边叩头一边扯起嗓子喊道："万岁万岁万万岁……"

这男人这么一叩头、这么一喊，那三十来位几乎都撑破肚子的老人、妇女和孩子，马上就受到了感染，也一起"咕咚咕咚"地跪倒在大路上，学着那男人的样子，一边冲着离去的马车叩头一边尽最大力气喊道："万岁万岁万万岁……"

"万岁"的声音很不整齐，而且他们也并不知道小康熙就是当今的皇上，但小康熙还是真真切切地听到了，更真真切切地看到了。所以，有两滴清泪就情不自禁地从小康熙的脸颊上滑落到马车上。

小康熙回到了乾清宫，不言不语地爬到了床上，直挺挺地在那儿躺着发呆。他在想些什么？又会想些什么？赵盛、阿露似乎知道，似乎又不知道。反正，他们连大气也不敢出，默默地站在床边陪着小康熙一起发呆。

是中午了还是下午了？抑或已经是黄昏了？时间在乾清宫内仿佛是凝固了，又仿佛流逝得特别快，快到几乎使人无法感觉。

也许真的是黄昏了。赵盛看了阿露一眼，然后低低地对小康熙言道："皇上，该去用膳了……你已经一整天没吃东西了！"

阿露接着言道："是呀皇上，不吃东西怎么行呢？不吃东西要饿坏身子的……"

小康熙终于开口了："你们要吃东西你们去！朕不想吃，什么也不想吃！"

尽管赵盛和阿露实在有些饥饿，但小康熙不去用膳，他们也就只能陪着他一起忍饥挨饿。赵盛无奈地摇了摇头，阿露伸舌头舔了舔双唇也就算了事。他们，究竟要饿到何时呢？

就在赵盛、阿露感到饥饿难耐的当口，索额图急急地跑进了寝宫。赵盛赶紧打起精神小声问道："索侍卫，什么事情？"

索额图的声音比赵盛的声音还小："赵公公，苏大人在宫外求见皇上，说是有十分紧急的事情……"

那么小的声音，小康熙居然听到了："索额图，是苏克萨哈吗？"

索额图连忙回道："是的，皇上，苏大人急着要见驾……"

小康熙一翻身在龙床上坐了起来："索额图，快叫苏大人进来。他见朕，定是有十分重要的事情！"

索额图刚跑了出去，苏克萨哈就跑了进来。就这一个"跑"字，便可看出苏克萨哈要告诉小康熙的事情的确非同小可。小康熙也看出来了，于是就抢在苏克萨哈准备叩头前言道："苏大人不必多礼，有什么事情直接对朕说。"

苏克萨哈也真的没有对小康熙行跪拜之礼。实际上，此时的苏克萨哈，已经很有了一种惶惶不可终日的感觉。他站在原地，双唇抖动了半天，才终于抖出一句话来："皇上，大事不好了啊……"

小康熙一怔，走下床来，快步走到苏克萨哈的身边："苏大人，究竟是什么大事不好了？"

苏克萨哈说出了那件"不好"的"大事"："皇上，那鳌拜……派人抓走了苏纳海、朱昌祚和王登联……"

苏纳海和朱昌祚都是正一品官，王登联是从一品官。鳌拜一下子私自抓走了三位朝廷重臣，委实是一件"不好"的大事。故而，小康熙听了苏克萨哈的话后，一时愣在了原地，半晌没说出话来。

原来，鳌拜派人抓走了苏纳海、朱昌祚和王登联，也是有着十分"正当"的理由的。

镶黄、正白二旗换地，从暮春开始，一直持续到初冬也还没有完全结束。在这么长的时间内，虽然不时地有这样或那样的"意外"事情发生，但在鳌拜看来，一切都还算是正常的。死了一些人，荒了一些土地，鳌拜以为这都属于区区小事。只要把正白旗从永平府赶走，让镶黄旗回到京城周围米，他就算是很好地完成了任务。

但是，让镶黄旗回到京郊来却并不是鳌拜的最大目的，他最大的目的是要借两旗换地一事趁机消灭掉苏克萨哈一伙的势力。然而，苏克萨哈一伙却好像变得聪明了，一个个都成了缩头乌龟，谁也不去介入到两旗换地一事中。眼看着换地之事行将结束，鳌拜却还没有找到除去苏克萨哈一伙的"正当"又"合法"的理由。

就在这当口，那个素有"赛诸葛"之称的班布尔善给鳌拜提供了一个很不错的"方法"。班布尔善的"方法"是：苏纳海是户部尚书，理应要对两旗换地一事负责，而朱昌祚和王登联一个是直隶总督一个是直隶巡抚，就更不能对在京畿一带的换地之事不闻不问，鳌拜可以辅政大臣的名义命令苏纳海、朱昌祚和王登联三人去亲自参与两旗换地一事。只要苏纳海等人卷入到换地一事中，鳌拜就很容易找到一个"正当"又"合法"的借口逮捕他们。

鳌拜对班布尔善的这个"方法"大加赞赏，鳌拜还补充道："如果苏纳海、朱昌祚和王登联不去参与换地一事，那我就更有理由逮捕他们！"

于是，鳌拜就以自己和遏必隆的名义给苏纳海、朱昌祚和王登联下了一道命令，要他们三人负责在十日之内把不肯搬走仍滞留在永平府一带的正白旗人统统赶走。苏纳海、朱昌祚和王登联没有同意，理由是第一辅政大臣索尼和第二辅政大臣苏克萨哈没有给他们这样的命令，而且，他们也没有接到当今皇上的圣旨。

鳌拜得知此事后笑了。班布尔善向鳌拜提议道："大人想办法弄一道皇上的圣旨给他们不就行了吗？"

鳌拜却对班布尔善言道："到了这种地步，我就没必要再去弄什么圣旨了，我已经有足够的理由置他们于死地了。"

就在小康熙领着索额图、明珠及赵盛、阿露乘马车离开北京城的那天凌晨，鳌拜找来穆里玛和塞本得，吩咐他们道："现在，你们带上足够的人手，去把苏纳海、朱昌祚和王登联抓到我这儿来！"

闻听要去抓人，而且是抓苏纳海等人，穆里玛和塞本得马上就兴奋异常。他们各自带上人手，借着薄薄的晨雾，将苏纳海、朱昌祚和王登联三人一个个地从被窝里捆绑了起来，带到了鳌府之中。他们的行动很迅速，也十分地隐秘，甭说外人了，就是苏纳海、朱昌祚和王登联的家人，也在好长时间内弄不清那些绑架者究竟是谁。因为没有得到鳌拜的确切指示，穆里玛和塞本得当时也只是抓走要抓的人。这样，苏纳海、朱昌祚和王登联的家人，才暂时幸免于难。然而可惜的是，也只是"暂时"。

苏纳海、朱昌祚和王登联三人虽然当时也未能看出绑架他们的人是谁，但他们的心中却都有数：敢如此明目张胆地绑架朝廷命官的人，除了鳌拜，应该就没有别人了。待绑架者将他们推进铁狮子胡同的鳌府之后，他们便彻底明白这是怎么一回事了。

鳌拜是在"醒庐"里"接见"苏纳海、朱昌祚和王登联三人的。见苏纳海等人都被捆绑得结结实实的，鳌拜似乎很是生气地对穆里玛和塞本得道："他们都是朝廷的一品命官，你们怎可如此对待他们？还不快快给他们松绑？"

穆里玛和塞本得真不想为苏纳海等人松绑，他们想的是能够马上就杀了苏纳海等人，但他们不敢违抗鳌拜的命令，只得带着怒气为苏纳海等人松了绑。

谁知鳌拜又道："快搬过几张椅子来，让几位大人好好坐着。"穆里玛、塞本得无奈，又只好搬过三张椅子，分别放在了苏纳海等人的身后，但苏纳海等人并没有坐下。

鳌拜皮笑肉不笑地问道："三位大人为何不坐啊？"

苏纳海似乎是在质问道："鳌大人，你为何将我等捆绑至此？"

鳌拜回道："我只是叫他们请几位过来一趟，谁知他们误会了我的意思，几位大人也就不必太在意了。"

朱昌祚好像比苏纳海要冷静些："鳌大人，你叫我等过来，究竟有什么事？"

鳌拜"哈哈"一笑道："也没什么大不了的事。我只是觉得，你们整天跟在那个苏克萨哈的身后，使得我们之间的关系越来越疏远。所以呢，今天就把几位大人请来，联络一下我们之间的感情。人嘛，总是有感情的。不知几位大人意下如何啊？"

穆里玛和塞本得站在一边很是不解。把他们抓来，杀了不就完事了，干吗要这么啰唆跟他们说这些废话？殊不知，猫逮着了老鼠，总是要好好地玩弄一番，然后才会美美地将老鼠吃掉。更何况，鳌拜比普通的猫也不知要高明多少倍，他除了"玩弄"之外，还存有别的目的。

王登联似乎不紧不慢地言道："鳌大人既然没有什么大不了的事，那下官就不敢无端地耽误鳌大人宝贵的时间了。至于联络感情一事，下官日后一定登门拜访向鳌大人请教。下官这就告辞。"

王登联说完，抬脚就走，苏纳海、朱昌祚也紧紧地跟在了王登联的身后。慌得穆里玛和塞本得赶紧抽出刀剑来，死死地封住了"醒庐"的大门。

王登联转身问鳌拜道："鳌大人，你这是什么意思？"

鳌拜随随便便地道："没什么意思。我只是忘了告诉你们一件事，不管是什么人，只要进了这间屋子，我不让他出去，他是根本出不去的。对了，几位大人想必还记得那个布政使答尼尔吧？我好心好意地把他请到这间屋子里来，又诚心诚意地问了他几个问题，我还向他许诺，只要他回答我的问题，我就让他做直隶总督。可结果呢，他不仅不回答我的问题，反而要走出这间屋子，我实在没办法，只好让他躺在苏克萨哈大人的府门前了。"

鳌拜这么一说，苏纳海等人就至少明白了这么两个问题。第一个问题，那布政使答尼尔横尸苏克萨哈府门前，的确是鳌拜所为；第二个问题，苏纳海等人今日极有可能成为第二个答尼尔。

既然免不了一死，苏纳海也就索性放开了豪气。他朗声言道："鳌拜，要杀要剐，苏某决不会皱一下眉头，你也就用不着再说那么多的废话了！"

朱昌祚也硬硬地道："鳌拜，你今日可以杀掉我们，但明日，就定会有人杀掉你！"

朱昌祚此时所说的话，与那日答尼尔在临死前所说的话，竟然有异曲同工之妙。只不过，他们口中的那"明日"，究竟指的是什么时候呢？他们又把"明日"的希望寄托在谁的身上？是苏克萨哈？还是他们根本没看得上眼的那个小康熙？只有王登联没有作声，他紧闭着双唇，似乎在考虑着一个很严重的问题。

鳌拜"哈哈"一笑道："几位大人何必急着要死呢？要知道，一个人的生命只有一次。几位大人要是真的死了，你们的生命岂不是也就完结了？"

王登联此刻开了口："鳌大人，听你的意思，我等今日莫非还有活路？"

苏纳海性子比较急，闻听王登联所言，以为王登联是想向鳌拜乞饶，于是就厉声言道："王登联，大丈夫何必贪生怕死？"

朱昌祚也许比苏纳海更了解王登联。他以为，王登联既然这么说，就一定有他自己的道理。所以，朱昌祚也就没言语，而是很注意地盯着王登联的一举一动。

鳌拜咧咧大嘴言道："苏大人所言，自然不无道理，贪生怕死绝不是大丈夫所为。但苏大人可能忘了这么一句话，识时务者为俊杰。我看各位大人都应属大丈夫、俊杰之类，所以实在不忍心看着各位大人的生命就此完结啊！"

苏纳海头一转，做出一副对鳌拜不屑一顾的样子。王登联却道："鳌大人所说，当是至理名言。但不知鳌大人如何才能放我等一条生路啊？"

苏纳海一听，赶忙又将脸转向了王登联。只听鳌拜言道："想要有一条生路其实非常简单，只要王大人等能在太皇太后和当今皇上的面前历数那苏克萨哈几条罪状，我就不仅能给王大人等一条生路，还能给王大人等享受不尽的荣华富贵。王大人，你以为如何啊？"

苏纳海冷冷地言道："鳌拜，你别痴心妄想了！纵然是千刀万剐，我苏纳海也不会做出对不起朋友的事！"

鳌拜冲着苏纳海拍了两下巴掌："好，苏纳海，你够朋友、够义气，那苏克萨哈知道此事肯定会感激你一辈子的……只是可惜，你再也见不着苏克萨哈了！"

王登联瞟了朱昌祚一眼，然后对鳌拜言道："鳌大人，下官同意你刚才所说的事……"

苏纳海一听，顿时大惊失色。真没有想到，一向沉稳的王登联，竟然会是这么一种卖友求荣的小人。他一指王登联，愤怒地言道："你，意欲何为？"

王登联哼了一声道："苏大人，你没听到鳌大人刚才所说的话吗？识时务者为俊杰，我王某何必要为了一个苏克萨哈而白白断送了自己的性命和前程？"

苏纳海愤恨交加，一时竟说不出话来。而朱昌祚，却从王登联先前的一瞟中明白了他的意图。毕竟二人在直隶衙门里共事多年，虽不敢讲心有灵犀，但多少也有些息息相通的。

故而，朱昌祚就冲着苏纳海微微一笑道："苏大人，何必生这么大的气？俗话说得好，人往高处走，水往低处流。王登联适才所言，也并非没有道理啊！"

"什么？"苏纳海更觉意外，"朱昌祚，你竟然……也和王登联是一种人？"

朱昌祚没言语，而是斜跨一步，站在了王登联的身边，且还和王登联相视一笑。鳌拜高兴了，大声言道："好！朱大人、王大人，只要你们真能够弃暗投明，我不仅既往不咎，还要给你们重重的奖赏！"

"多谢鳌大人！"王登联朝着鳌拜鞠了一个躬，然后从怀中摸出一封信来，"鳌大人，下官这里有一封苏克萨哈的信件，大人凭借此信，就可以在太皇太后和当今皇上的面前，定苏克萨哈一个诽谤圣上之罪……"

鳌拜还未来得及高兴，那朱昌祚也从怀中掏出一封信来，"大人，下官这里也有苏克萨哈的一封信，大人依据此信，至少可以定苏克萨哈一个藐视圣上之罪……"

一个是"诽谤圣上"，一个是"藐视圣上"，这两项罪状加在一起，纵然是十个苏克萨哈，恐怕也得人头落地。

苏纳海糊涂了。朱昌祚和王登联的身上，为何会有这样的信件？而鳌拜则是喜形于色，大声地招呼道："王大人、朱大人，快把那两封信件呈上来。有了这么两封信，那四位辅政大臣就要马上少掉一位了……"

这究竟会是怎么样的两封信？朱昌祚和王登联肩并肩地走到鳌拜的对面，恭恭敬敬地将信件递了过去。两封信的信封上，都赫然写有"王登联"和"朱昌祚"的字样，只是字迹各有不同。原来，这是朱昌祚和王登联的属下给他们寄来的两封"公函"。像这样的信件，朱昌祚和王登联几乎每天都能收到。

鳌拜接过信之后，刚看了一眼信封，心中就起了疑惑，他刚想抬头问个究竟，却见那朱昌祚和王登联二人猛然扑了过来，且迅速地抱紧了他的两只胳膊。紧跟着，苏纳海就像约好了似的，一个箭步跨上前，伸双手死死地卡住了鳌拜的脖子。

王登联、朱昌祚和苏纳海三人配合得太过默契，鳌拜几乎还没有完全反应过来，就被他们三人死死地捺在了座位上动弹不得。

苏纳海为何也会那么及时地参与王登联和朱昌祚的行动？原因是，他在鳌拜之前看到了那两封信。确切地说，他看到了那两封信的信封。他一看到那信封，就知道那信根本就不是什么苏克萨哈的"罪状"。换句话说，在王登联和朱昌祚并肩向鳌拜走去的时候，苏纳海就明白过来：王登联和朱昌祚是有所图谋的。故而，王登联和朱昌祚那边一动手，苏纳海就奋不顾身地冲了上去。

这场变故来得太突然，守在门边的穆里玛和塞本得也没有及时作出什么反应。待反应过来，已经迟了，鳌拜已被那三人擒住。尽管他们手中握有刀剑，可投鼠忌器，也只能握着刀剑，并不敢冲上前去。

苏纳海一边死死地卡住鳌拜的脖子，一边脸有愧色地对朱昌祚和王登联道："愚兄刚才……不该那样错怪你们……"

朱昌祚回道："苏大人一副铮铮铁骨，下官委实钦佩得紧……"

王登联言道："两位大人，我们还是快点从这里出去吧！"

是啊，不离开鳌府，就没有安全可言。于是，苏纳海等三人就将鳌拜从座位上拖起来，一点点地向"醒庐"的门口移去。穆里玛和塞本得不敢阻拦，只得一点点地退出屋子。

眼看着鳌拜被苏纳海等人挟持着就要走出"醒庐"了。门外的穆里玛和塞本得等人又急又怕，脸上竟然沁出了豆大的汗珠。可也就在这时，鳌拜找着了一个摆脱的机会。

那是在"醒庐"的门边，鳌拜装着被门槛绊了一下，身子便打了一个趔趄，这一趔趄，他的头颅就要往下低。鳌拜的头颅一低，苏纳海就不禁犹豫了一下，自己的双手是使劲儿呢还是松劲儿呢？如果使劲儿怕把鳌拜卡死，卡死了鳌拜自己就会有麻烦，如果松劲儿又怕鳌拜逃脱，鳌拜逃脱了自己同样会有麻烦。

实际上，苏纳海犹豫的时间也就那么一瞬。鳌拜的头一低，苏纳海犹豫了，这么一犹豫，苏纳海的双手就不觉略略地松了一点劲儿。可就是这么一个瞬间，对鳌拜而言，也就足够了。

只见鳌拜的头颅猛然向下一低，趁着脖子上的压力略微有些放松的当口，他迅速鼓起一股力量，双臂倏地一抖、一弹，不仅抖掉了王登联和朱昌祚的双手，而且将王登联和朱昌祚的身体弹到"醒庐"之内。

苏纳海反应过来了，双手赶紧发力。他也确实发上了力，鳌拜的脖子几乎被他卡得变了形。然而，此时的鳌拜，双手是自由的。就在苏纳海发力的同时，鳌拜的双掌也重重地击在了苏纳海的胸前。

鳌拜双掌齐发，该有何等的力量？虽然他脖颈被卡，不可能使出全身的力量，但尽管如此，那苏纳海也被他打得发出"哇"的一声惨叫，不自觉地就松了双手，且"噔噔噔"地退到"醒庐"里，终究把持不住，一个后仰，栽倒在地。

这一回，穆里玛和塞本得反应过来了，一个持刀，一个拿剑，带着几个侍卫就往"醒庐"里冲去。只可怜了苏纳海、朱昌祚和王登联三人，在鳌府内，被穆里玛、塞本得等人用小刀一点点地削割而死。他们死时，他们的家人还不知晓，只能跑去找苏克萨哈。苏克萨哈也不知究竟，费尽了九牛二虎之力，才终于查明苏纳海等人是被绑进了鳌府。其时，天已近薄暮。苏克萨哈丝毫不敢迟疑，急急忙忙又慌慌张张地赶到乾清宫求见小康熙。

小康熙听说鳌拜擅自抓走了苏纳海、朱昌祚和王登联，一时又惊又愕，竟然愣在了原地，半晌没说出话来。见小康熙一言不发，只站在那儿发呆，苏克萨哈慌了神，双膝一弯，就跪在了地上："皇上，被鳌拜抓去的人，十有八九难以活命。苏纳海等人一贯对皇上忠心耿耿……恳请皇上救助他们一把……"

小康熙这才回过一点神来："苏大人，你先起来，先回你的府上去。朕……不会对此事不闻不问，朕……一定会把苏纳海等人从鳌拜那里要回来！"

小康熙的言语，虽然有些断断续续，但从语气上听，倒也不乏坚定有力。苏克萨哈虽然有点将信将疑，可此刻，他除了相信小康熙之外，也确乎无人可以相信了。

苏克萨哈走后，小康熙便在地上来回地乱走起来。显然，他现在的心绪很乱。上午在那个小村庄里的所见，刚才从苏克萨哈的口中所听，搅得小康熙头欲裂、肺欲炸，加上一整天都没有吃东西，所以他走着走着，双腿一软，一屁股就坐在了地上，慌得赵盛和阿露急忙走过来，好不容易才将小康熙扶到了床上。小康熙在床上躺了一会儿之后，便感觉到了心口处在一阵阵地隐隐作痛。有几幅画面不时地在他眼前闪现：一幅是那个蓬头垢面的男人站在一位垂死的老太婆的面前，手里捧着一团鲜血淋淋的东西；另一幅画面是三十来个老人、妇女和孩子，拥挤在马车旁，拼命地吞吃着扔在地上的饼馍。还有一幅画面，是一个邪恶的男人，张着血盆大口，要吞吃掉所有的一切，这个邪恶的男人，就是鳌拜。

小康熙再也"忍"不住了，他"嗷"地怪叫一声，突然从床上坐了起来，吓得赵盛和阿露一下子扑倒在了床边，惊恐不安地盯着小康熙。谁知，小康熙用手一指赵盛道："你，快派人去通知鳌拜，就说朕现在要见他！"

显然，小康熙在"忍"与"不忍"之间矛盾了很久，也斗争了很久，最终还是"不忍"占了上风。赵盛无奈，只得甩动老腿，尽最快速度走了出去。

赵盛刚出去没多久，小康熙就急了。他几乎是在质问阿露道："你说，那鳌拜为何到现在还没有来？是不是他抓走了苏纳海等人，不敢来见朕？"

这叫阿露如何回答？她只能嗫嚅着双唇言道："皇上，该来的一定会来的……要不，奴婢也出去看看……"

小康熙立即道："你快出去！待那鳌拜来了，叫他速速来见朕！"

阿露慌里慌张地跑了出去。虽已是暗夜，但紫禁城内却可以见到不少灯火。换句话说，夜晚笼罩下的紫禁城，多多少少还是有些光明的。只是这光明太微弱，还不能改变黑暗的本质。

阿露跑到宫门处一看，见赵盛正瑟缩在寒风里，似乎有些颤抖。今夜把守乾清宫的，有两名侍卫，一个是索额图，一个是明珠。平日，索额图和明珠是轮换值夜的，但今天，他们可能考虑到小康熙在那个村子里受到了不小的惊吓，所以就一起来当差了。由此不难看出，索额图和明珠二人，对小康熙也确实是尽职尽责、忠心不二的。

阿露小声地问赵盛道："那鳌……大人怎么还没来啊？皇上都等不及了……"

赵盛言道："哪能这么快啊。你是不是饿得受不了了？"

阿露轻声道："大概是公公饿得受不住了吧？我年纪轻，不怕饿，可公公这么一大把年纪，就不能和我比了哟！"

赵盛却道："小姑娘言之差矣！老奴这一把贱骨头算得了什么？老奴只是担心，皇上到现在也还没有用膳呢……"

阿露不觉点头道："公公说的是。皇上龙体禁不住这么饿的。要是皇上饿出个什么好歹，奴婢和公公……就罪大恶极了！"

看起来，若论"忠心"二字，赵盛和阿露是一点都不比索额图和明珠差的。从这一点上说，小康熙有赵盛、阿露和索额图、明珠为伴，的确是一大幸事。

不知过了多长时间，鳌拜大摇大摆地打远处向乾清宫走来。阿露眼尖，首先看见了鳌拜，忙对赵盛道："公公，鳌大人来了，你快去禀告皇上吧……"

赵盛答应一声，刚刚举步，阿露又道："公公走得慢，还是我去禀告皇上吧。"

说话的当口，阿露就没了身影，其速度之快，确实令赵盛感叹不已。还未入寝殿，阿露就大声言道："皇上，鳌大人来了……"

小康熙身子一震，当即对跑进来的阿露言道："你且退出，朕要好好地问那鳌拜一番言语。"

即使小康熙不说，阿露也会很快退出去的。阿露退出后，小康熙的脑海中便又闪出了那个斗大的"忍"字。于是他就反复告诫自己说，见了鳌拜，一定要冷静，千万不能太过冲动，冲动是办不成任何事的。但问题是，见了鳌拜，小康熙真的能够一直保持冷静吗？

没有多久，那赵盛在寝殿外呼号道："鳌拜鳌大人觐见皇上……"

跟着，鳌拜的双脚就踏入了寝殿，并随即跪倒叩头道："臣鳌拜叩见皇上，祝吾皇万岁万岁万万岁！"

小康熙看起来倒也比较平静。他端坐在一张椅子上，声音很是平稳地道："鳌大人请起。你身后有一张凳子，请坐下与朕说话。"

鳌拜道了一声"谢皇上"，然后爬起，但并没有坐下，而是目不转睛地看着小康熙，且淡淡地问道："不知皇上夜晚召臣入宫，可有什么重要之事？"

小康熙心道："好个鳌拜，私自抓走苏纳海等人，现在竟然与朕装糊涂！"但小康熙嘴里却道："已是夜晚，朕此时召见鳌大人，确有打搅之嫌，只是有件事情比较重大，也很是紧急，还望鳌大人能够理解。"鳌拜微微一笑道："皇上好像有些太客气了。君召臣至，臣哪敢不至？但不知皇上所言，是什么样的一件大事啊？"

小康熙言道："朕听说，鳌大人于今日凌晨，无端地抓走了户部尚书苏纳海、直隶总督朱昌祚和直隶巡抚王登联，可有此事？"

鳌拜也不隐瞒，更没有否认，而是很明确地点了点头："回禀皇上，臣今日凌晨确曾派人抓走了苏纳海、朱昌祚和王登联三人，但皇上指责臣是无端抓人，臣委实不敢苟同。"

　　有一股怒火从小康熙的心头升起，但他及时地把它压了下去："鳌大人，苏纳海、朱昌祚和王登联都是朝廷命官，也是朝中重臣，纵使有罪，也理应由刑部会同大理寺及都察院共同审办，你鳌大人未履行任何手续，便私自将苏纳海三人抓走，这岂不是无端所为？更何况，在朕看来，苏纳海、朱昌祚和王登联三人，也委实没有任何罪过。不知鳌大人对此有何解释啊？"

　　几乎没有任何人能够难倒鳌拜，小康熙当然也不例外。只见鳌拜不紧不慢地言道："臣以为，皇上适才所言，未免太过偏颇……"

　　敢如此对小康熙说话的人，满朝文武，恐怕只有鳌拜一个。鳌拜接着道："镶黄、正白两旗换地一事，不仅符合祖宗既定的律法，而且也是太皇太后及当朝四位辅政大臣一起同意的，臣还听说，皇上得知此事后，也没有表示什么不同意。这就是说，两旗换地一事，朝中上下，任何人都不得借故阻挠，谁胆敢阻挠，谁就犯了弥天大罪。苏纳海身为户部尚书，显然要对两旗换地一事作出应有的贡献，而朱昌祚和王登联，一个是直隶总督，一个是直隶巡抚，就更应该对两旗换地一事全权负责。可是，待臣与遏必隆遏大人以辅政大臣的名义命令苏纳海、朱昌祚和王登联三人负责正白旗迁移时，他们却拒不执行。皇上，你可知这是什么缘故？"

　　还别说，鳌拜这一席话，竟然说得小康熙一时无以应答。是鳌拜真的有理，还是小康熙已经词穷？

　　鳌拜见小康熙不言不语，倒也并不在意，而是自顾自言道："臣以为，苏纳海、朱昌祚和王登联三人之所以拒不执行臣等的命令，是因为有人在暗地里指使他们这么做。因为正白旗迁离了永平府，朝中有些人的势力和影响就会大大削弱。这个人究竟是谁，臣即使不说，皇上的心中也定然有数。不过，臣请皇上放心，臣绝不会去计较什么个人的恩怨与得失。臣作为先皇钦定的辅政大臣，只能效忠于大清王朝和当今圣上。所以，在臣看来，苏纳海、朱昌祚和王登联三人拒不执行臣等的命令，并不是他们没有把臣等放在眼里，而是他们根本就没有把大清朝祖宗的律法放在眼里，没有把太皇太后和当今圣上放在眼里。皇上，此等十恶不赦之人，难道还不该抓起来吗？"

　　鳌拜许是说得累了，便停下来喘了两口气。而小康熙不知为何，依然那么有点怔怔地坐着，一言不发。

　　鳌拜可不在乎小康熙会有什么态度，歇了歇气之后就继续说道："皇上，臣之所以派人将苏纳海、朱昌祚和王登联抓起来，一是因为他们确实该抓，不抓就有失大清朝的体统；二是臣有这个权力派人去抓他们。臣既然是当朝的辅政大臣，就不能对这些乱臣贼子熟视无睹，不然，将何以辅政？更主要的，太皇太后早已将两旗换地一事的大权交与了微臣，微臣有权处理在换地一事中发生的任何事情，谁无端阻挠换地，臣都有权惩处他们。臣派人抓走苏纳海等人，只是在行使臣手中应有的权力。这权力是太皇太后赋予微臣的，微臣敢不遵行？"

鳌拜说完后，笑模笑样地望着小康熙。而小康熙却依然坐着，不发一言。不过，从小康熙的表情来看，他似乎是在思考着一个什么问题。

小康熙会思考什么问题？原来，小康熙是这么想的，这个鳌拜也真的太混账了，明明没有理的事情，可到了他鳌拜的嘴里，却变得什么都是他鳌拜的理了。亏得是那斗大的"忍"字此刻还在小康熙的心中浮现；如若不然，小康熙定然会与鳌拜大吵一番。小康熙想：朕也不同你争辩什么道理了，跟你这种人争辩也不会争出什么道来，辩出什么理来，朕还是把苏纳海等人从你手中要回来吧。

小康熙主意拿定，刚想开口，那鳌拜却笑嘻嘻地问道："皇上，听微臣如此一说，您还认为微臣抓走苏纳海等人是无端之举吗？"

小康熙竭力使自己的面部表情放松："鳌大人，听你刚才这么一说，朕好像也认为那苏纳海等人确实有不小的罪过。不过，朕以为，家有家规，国有国法，任何朝臣犯了罪，都应交与相关的衙门处理。所以，朕想请鳌大人先把苏纳海等人放出来，然后让刑部、大理寺和都察院对他们进行三堂会审如何？"

以小康熙的"皇帝"身份，似乎不该与一个朝臣如此谦逊，然而鳌拜却好像一点也不领情："皇上所言自然不无道理，只可惜，皇上说得有些迟了。"

小康熙不由一愕："鳌大人，你这是什么意思？"

鳌拜慢悠悠地道："实不相瞒，臣本来也有和皇上差不多的想法。臣把苏纳海、朱昌祚和王登联请到臣的家中，好心好意地劝他们低头认罪，并对他们说，如果态度好一些，把罪行交代清楚，太皇太后和皇上也许会网开一面，赦免死罪的。可谁知，他们不仅不供认罪行，反而合力图谋杀死微臣。微臣实在迫不得已，又气愤至极，于是就给了他们应得的惩处。"

小康熙惊问道："你把他们怎么样了？"

鳌拜回道："皇上，他们都想谋杀微臣了，微臣还能怎么样？只能以其人之道还治其人之身了！"

小康熙有些坐不住了："你，莫非把他们全杀了？"

鳌拜认认真真地点了点头："皇上所言极是。早在中午的时候，微臣就令手下将苏纳海等人凌迟处死。"

"啊！"小康熙从座位上弹起来，差点就蹿到了鳌拜的近前，"你……竟然一下子……私自杀掉了三个一品大臣？"

鳌拜的脸上，居然也现出了一种惊讶之色："皇上，您为何如此激动？像苏纳海这种不杀不足以平民愤的乱臣贼子，甭说是什么一品大臣，也甭说只有三个人了，就是再大的官，再多的人，臣也照杀不误，臣也绝不会手软！臣既如此，皇上又有什么激动和担心的呢？”小康熙惊怒交加，心中飘荡的那个斗大的“忍”字，早不知飘到何处去了。只是一时太过惊怒，小康熙怎么也说不出话来。

鳌拜却是一副悠然之态：“皇上，像苏纳海、朱昌祚和王登联之流，就是再杀他十个八个的，也实不足惜啊！”

就在这时，赵盛颤颤巍巍地从外面走了进来：“禀皇上，辅政大臣苏克萨哈有一封紧急奏折在此……”

赵盛话未落音，鳌拜的手就向赵盛伸了过去：“快拿过来给我看看。这个苏大人也真是的，有什么事情明天不能说，非得现在来打搅皇上？”

鳌拜的大手伸到了赵盛的面前，赵盛拿不定主意到底该怎么办。赵盛刚一犹豫，鳌拜就一把将那封奏折抓了过去，且迅速地展开浏览，只浏览了片刻，便又将奏折塞到赵盛手中，口里很是不屑地道：“我当会是什么大事情，只这鸡毛蒜皮的小事，也要拿来惊扰皇上。我看那个苏克萨哈大人啊，虽还没有年老，可也糊涂得不中用了！”

鳌拜口中的那“鸡毛蒜皮”的小事，究竟是一件什么事情？赵盛慢慢走过去，把奏折呈给了小康熙。待小康熙展开奏折这么一看，可就根本不是什么“鸡毛蒜皮”的小事了。

原来，苏克萨哈在奏折中向小康熙皇帝禀告了这么一件事，就在日落前，鳌拜的弟弟穆里玛和侄子塞本得带着大批官兵，将苏纳海、朱昌祚和王登联三家男女老幼约七百余人，一个不剩地全部处死。

七百多人，而且是男女老幼，只片刻工夫，全部人头落地。而在鳌拜的眼里，这居然只是“鸡毛蒜皮”的小事！

小康熙张开了稚嫩的小嘴，可无法将心中的怒火喷烧出来。鳌拜却道：“皇上，那苏克萨哈漏掉了一件事没写，就是穆里玛和塞本得已经将抄没的财物如数地上交了朝廷，微臣特此禀告皇上知道。时间也不早了，微臣不敢再多打扰皇上，微臣这就告退！”

鳌拜说完，恭恭敬敬地朝着小康熙鞠了一个躬，然后就大步跨了出去。待鳌拜不见了身影，小康熙才终于迸出一句话来：“鳌拜！朕不杀你，誓不为人……”

话还没有全部说完，小康熙就身子一软，一头栽在了地上，且双目紧合、双唇紧闭，早已昏了过去。

赵盛吓坏了，一边踉踉跄跄地奔向小康熙一边朝着外面大叫道：“阿露，大事不好了，皇上晕过去了……”

阿露就待在门外，闻听赵盛之言，慌忙跌跌撞撞地跑了进来，赶到小康熙身边，见小康熙脸色惨白，不省人事，她顿时就手足无措起来，一张红艳艳的小脸，霎时变得比小康熙的脸色还要惨白，还要难看："赵公公，皇上……该如何是好？"

赵盛毕竟要沉着些，他指着阿露，哆哆嗦嗦地道："你跑得快，快去叫御医来……"

听到"御医"二字，阿露立即就清醒过来，她以常人难以企及的速度，几乎是在眨眼之间，就奔到了索额图和明珠的身边，且不迭地言道："快去叫御医，皇上晕过去了……"

很快，十多个御医在索额图的带领下，匆匆忙忙地跑进了乾清宫。阿露觉得皇上突然晕倒事关重大，就叫明珠去慈宁宫通知太皇太后。

待博尔济吉特氏在几个太监、宫女的簇拥下匆匆忙忙地赶到乾清宫时，赵盛、阿露和索额图及那十多个御医都神色不安地站在小康熙的床边，一动不动地盯着自己的小皇上。见了博尔济吉特氏，众人慌忙伏地叩头。博尔济吉特氏摆了摆手，众人又都慌忙地爬起身来。

在路上，博尔济吉特氏从明珠的口中已大致知道了小康熙突然昏过去的原因，虽然还不知详情，但她估计小康熙之所以昏倒，一定与那鳌拜有关。故而她走进寝殿之后，并没有向谁去询问小康熙昏倒的前因后果，而是直接走到一位年纪颇大的御医近前，小声地问道："皇上龙体如何？"

那御医赶紧言道："回太皇太后的话，皇上只是怒火攻心，加上饥饿难耐，一时昏厥……臣以为，要不了多久，皇上就会苏醒过来……"

博尔济吉特氏长长地舒了一口气，忽而转向赵盛问道："赵公公，皇上怎么会饥饿难耐？"

赵盛朝着博尔济吉特氏躬了一下腰身，然后便把这一整天里发生的事情大致说了一遍。因为有十多个御医在旁边，赵盛的叙述很是客观，几乎没有带任何主观的感情。

博尔济吉特氏点了点头："原来是这么回事……赵公公，皇上一整天没用膳，你和阿露也肯定一直都饿着肚子吧？现在，这儿没什么事了，你和阿露就去吃饭吧。"

赵盛立即道："回太皇太后，皇上不用膳，老奴岂敢吃饭？再说，老奴的肚中也并不饥饿……"

阿露也慌忙道："是的，太皇太后，奴婢和赵公公一样，现在不想吃饭……"

博尔济吉特氏的脸微微一沉："赵公公，阿露，你们快去吃饭，吃好了之后，去通知御膳房准备一些清淡的食物，待皇上醒来，送与皇上服用，你们听到了吗？"

赵盛和阿露只得应诺一声，相伴离去。索额图和明珠在征得了博尔济吉特氏的首肯后，也离开了寝殿。博尔济吉特氏又对那十来个御医道："你们也可以走了，不过要打起精神来，随时听候调用。"

众人相继离去。就仿佛是心有灵犀般，博尔济吉特氏刚刚在小康熙的身边坐定，小康熙就悠悠地睁开了眼。博尔济吉特氏惊喜地道："孩子，你可醒过来了……"

小康熙扑闪了一下双眼，情不自禁地，两行泪就滑到了腮边。博尔济吉特氏伸双手为他拭去腮边的泪水："孩子，你这是怎么了？"

小康熙哽咽着道："皇祖母，您是不是认为孩儿太过懦弱了？连一点打击都禁受不住？"

"不，不。"博尔济吉特氏硬是挤出了一个笑容，"孩子，你很坚强！你今天所看到的一切，听到的一切，就是铁打的汉子恐也经受不住。可是你，孩子，你现在不是挺过来了吗？"

小康熙摇了摇头："不，皇祖母，孩儿并不坚强，孩儿的确是一个懦弱无能的人。孩儿身为皇帝，却不能够保国泰民安……两旗换地，换得百姓家破人亡、民不聊生，甚至要靠吃死人的尸肉才能勉强活下来，可朕……虽是皇帝，却对此无能为力，只能发些干粮让他们暂且充饥，可他们吃完了朕发的干粮之后呢？他们又会吃些什么呢？苏纳海、朱昌祚和王登联又何罪之有？鳌拜不仅凌迟处死了他们，还杀了他们三家七百多人！朕虽是什么皇帝，可连朝中大臣的性命也保不住……皇祖母，孩儿真是个软弱无用的皇帝啊……"

小康熙太虚弱了，说完这一段话之后，只顾在那儿大口大口地喘气。博尔济吉特氏实在有些不忍心，但同时又觉得，有些话必须要对他讲清楚。所以，待小康熙气息稍稍均匀了之后，她便又言道："孩子，我说你是一个坚强的人，并不是在安慰你，你之所以觉得自己太过懦弱、太过无能，对许许多多的事情无能为力，那是因为你还太小，你还没有拥有你应该拥有的权力，而你应该拥有的权力则是至高无上的。你一旦拥有了这个权力，你就会发现，你的的确确是一个无比坚强的人！"

小康熙依然摇头："皇祖母，只要有鳌拜在，孩儿就永远不可能成为一个坚强的人……"

博尔济吉特氏缓缓地道："孩子，你说得没错，只要有鳌拜在，你就很难成为一个坚强的人……可是，孩子，请相信我，你终究会成为一个坚强的人的，而且，这样的日子也不会太远了！"

小康熙看起来像是在苦笑："皇祖母，鳌拜一天不死，孩儿就一天也不会成为坚强的人。可是，鳌拜哪一天才会死呢？孩儿究竟要等到什么时候呢？"

博尔济吉特氏言道："孩子，不会太久了，你也不必要等到鳌拜死的那一天。按大清律例，皇帝及太子十四岁便可成亲，皇帝成亲后即可亲政，亲政就意味着皇帝可以拥有自己应该拥有的那种至高无上的权力了。孩子，你想想看，这样的日子还有多远？"

小康熙立即就兴奋起来："十四岁？皇祖母，孩儿不是快到十四岁了吗？"

博尔济吉特氏点点头："是的，孩子。你只要一到十四岁，我便替你完婚。你完婚之后，便可亲执朝政！"

小康熙仿佛是自言自语地道："鳌拜，你等着，只要朕一亲政，你就绝没有好下场！"

博尔济吉特氏自然听到了小康熙的话，她的一只手缓缓地抚上了他的额头："孩子，我知道，你心中痛恨鳌拜，恨不能现在就将他打翻在地，但是，孩子你要记住，这中间必须要有一个过程。当年，你父皇也是在亲政之后才铲除掉多尔衮势力的。孩子，你明白了吗？"

小康熙明白了。这一回，他也许是真正地明白了："皇祖母，孩儿其实一直都没有忘记您写的那个'忍'字，只是今晚，那鳌拜杀人太多，孩儿怎么也控制不住，加上孩儿上午的所见所闻，孩儿便又将那个'忍'字给忘了……不过，孩儿此番晕倒，那鳌拜并未发觉……"

博尔济吉特氏言道："孩子，你以后肯定还会遇到这样的事情，甚至，比这些更残忍、更让你痛心和气愤的事情，你也会碰到……"

"孩儿明白。"小康熙很快地言道，"皇祖母放心，以后不管遇到什么事情，哪怕鳌拜再杀掉一千个人，哪怕鳌拜把唾沫吐到孩儿的脸上，孩儿也会忍受下去。孩儿只耐心地等待亲政的那一天，待那一天到来，孩儿再与那鳌拜算总账！"

博尔济吉特氏这回是真的笑了："孩子，你能这么想，我打心眼里高兴。我知道，你是一个正直的皇帝，也是一个仁慈的皇帝。邪恶的东西，残忍的事情，都会令你不安和气愤，可你必须记住，要想消灭邪恶，要想避免残忍，要想使大清朝真正的国泰民安，你就一定要拥有你应该拥有的权力。权力是最最重要的东西。没有权力，你所有的愿望都只能是空想。在你拥有这种权力之前，不管世上有多少邪恶的东西存在，也不管世上有多少残忍的事情发生，你都不要去管它，你也不应该去管它。你要管的，你要做的，只能是千方百计地使自己一步步地登上权力的巅峰。只要能登上权力的巅峰，你的心中也可以有邪恶的东西存在，你也完全可以去做一些看起来十分残忍的事情。这就是权力斗争，这就是政治斗争。谁不这么去做，谁就不可能是胜利者。孩子，你能理解我的话吗？"

小康熙能理解吗？小康熙能理解。只是他的心中不想有什么邪恶的东西存在，更不想去做什么残忍的事情。不过，小康熙嘴里说出的话却与心中想的不尽相同："皇祖母，孩儿一定会照你说的去做！"

博尔济吉特氏笑道："既然如此，我们的皇上现在就该用膳了！"

大概是第二天中午的时候，小康熙带着赵盛和阿露走进了鳌府。

小康熙为何会带着赵盛和阿露走进了鳌府？原来，经过昨天一天的波折，特别是昨天晚上与鳌拜的当面交锋以及晕倒后醒来与皇祖母博尔济吉特氏的一席谈话，小康熙终于大彻大悟出一个道理来，那就是，鳌拜是自己最大的敌人和最大的威胁，而要想最终除去这个敌人，则首先必须要同这个敌人搞好"关系"，因为只有同这个敌人搞好了"关系"，自己的地位和安全才有了保障，而只有在自己的地位和安全有了保障的前提下，才能最终去考虑和设法除掉这个敌人，否则，一切都只能是空的。

小康熙想了整整一个晚上，第二天又想了整整一个上午，恰好鳌拜整个上午都没有入宫，小康熙便借机带着赵盛和阿露到铁狮子胡同亲自"拜访"他的敌人鳌拜。

小小康熙，在博尔济吉特氏的帮助下，竟能悟出"欲置人死地，先麻痹其人"这一以守为攻的至深道理，确属难能可贵。尤其是在当时，小康熙根本无力与鳌拜相抗衡，能悟出这么一个道理，便为他以后的最终胜利奠定了一个坚实的基础。

小康熙在赵盛和阿露的陪伴下，走进鳌拜的卧房。巴比仑见状，慌慌忙忙地冲着小康熙跪下了身子，口中言道："奴才巴比仑叩见皇上。"

小康熙点点头："巴比仑，你起来吧。你告诉朕，鳌大人是否就在这屋内？"

巴比仑战战兢兢地道："奴才回皇上的话，鳌大人就在这屋内……"

小康熙摆了一下手："巴比仑，你可以走了，朕自会去见鳌大人。"

小康熙说着，便甩手去推卧房的门。那门虚开着一道缝儿，显然没有闩死，许是鳌拜和阿美昨夜里太过激动了吧。巴比仑很清楚卧房内会有一种什么光景，他本想给小康熙一个什么提醒或暗示，但最终，他却只是偷偷地一乐，退身溜了。

在巴比仑溜之前，鳌拜已经被阿美弄醒。闻听"皇上驾到"，鳌拜既感到意外又感到吃惊。小康熙怎么会跑到鳌府里来？他来鳌府目的何在？同时，鳌拜多少还有点着急：自己和阿美赤身裸体地睡在床上，万一小康熙此刻推门进来，他与阿美这种模样，也实在是不太雅观。不管怎么说，臣子见了皇上，总是要行跪拜之礼的，自己与阿美，难道就这么在床上给小康熙叩头？

然而糟糕的是，鳌拜因为昨晚太过激动和兴奋，几乎所有的衣裳都扔在了地上，阿美也不例外。鳌拜急了，也顾不了那么多了，光着身子就跳下床来，将地上所有的衣裳都抱到了床上。但因为过于着急，鳌拜和阿美的举动就未免有些慌乱，不是他拿错了她的衣裳就是她拿错了他的衣裳。两人正忙乱着呢，小康熙推门而入。鳌拜一见，赶紧拽过被子，将自己几乎依然精赤赤的身体裹了个严严实实。幸亏床上不止一床被子，如若不然，那阿美可就真的要在当今皇上的目光里毕露无遗了。

小康熙踏进了鳌拜的卧房之后，也很是觉得意外和吃惊。他意外的是，鳌拜到现在还睡在床上，而且身边还有一个女人。令小康熙吃惊的，倒不是因为他看到了眼前的情景，而是因为他明明白白地看见，那鳌拜的床下，斜斜地摆有一把雪亮的短刀。小康熙虽然不知道那把短刀为何会在这里，但却敢和任何人打赌：那种短刀的最大用处就是杀人。

因为小康熙只不过是瞟了那把刀一眼，并没有把目光停在那把刀上，而且，小康熙的脸上也只有意外之情并无什么惊讶之色，故而，鳌拜当时也就没有感到什么不对头的地方。

当然了，鳌拜不会什么感觉也没有的。当着小康熙的面，他与阿美两个在床上一人裹着一床被子，此情此景也实在是颇为难堪和尴尬。所以，小康熙推门而入后，鳌拜就只能堆上一脸假笑，讪讪地言道："臣……不知皇上驾到，臣……这副模样，就不能给皇上叩头了，还请皇上多多原谅……"

那阿美虽是一个老于世故的女子，但见了当今皇上，心中也很是惊慌，说出来的话，悠悠忽忽的，就像是一只断线的风筝："奴婢阿美……叩见皇上，祝吾皇……万岁万岁万万岁！"

她虽是这么说，但并没叩首。她很想在床上给小康熙叩几个头，但又不敢松手。因此，她那一副欲作还休的模样，既滑稽又让人觉得有点可怜。

小康熙赶紧微微一笑道："鳌大人，你们就不要多礼了。只是朕觉得，朕来得不是时候……"

"哪里，哪里。"鳌拜不再有什么慌乱和不安，"皇上来看望臣子，什么时候都是合适的。请皇上……找个位子坐下。"

阿露眼疾手快，忙搬来一张椅子让小康熙坐下。鳌拜问道："不知皇上驾临臣宅，有什么重要的指示？"

小康熙言道："朕并无什么指示。只是朕一个上午没见着鳌大人入宫，很不放心，便特来看望看望。"

鳌拜言道："皇上如此关怀微臣，微臣只能感激涕零……"

鳌拜的心里却道："小皇上啊，你甭跟我来这一套了。昨天晚上你不被我气死就算不错的了，你还会来看望于我？"

但小康熙看来却真的是在关心鳌拜："鳌大人，昨晚可曾休息好？"

鳌拜心中暗暗一惊。莫非小皇上知道了我鳌拜昨晚与阿美整整玩耍了一夜之事？但鳌拜旋即就释然，小皇上如何知道这种事？即便知道，也不会在此发问。所以鳌拜故意皱着眉头言道："回皇上的话，臣昨晚休息得并不太好。臣似乎有点发烧，一夜未曾入眠，故而皇上驾到时，臣依然躺在床上。"

鳌拜说"一夜未曾入眠"，自然属实，而"有点发烧"之语，也不算虚。试想想，鳌拜与阿美一整夜地颠鸾倒凤，岂不是真的"有点发烧"？

小康熙"哦"了一声："原来如此！鳌大人是身体不适啊。难怪鳌大人一个上午未去宫中走动……鳌大人，朕昨晚也没有休息好啊！"

鳌拜心道：小皇上，你昨晚自然不会休息好。但他嘴上说的却是："敢问皇上因何没有休息好啊？"

小康熙脸上的表情十分地真切和真诚："鳌大人，朕是在担心你会生朕的气啊……"

小康熙的这一回答，很出乎鳌拜的意料："微臣……怎么会生皇上的气呢？即使真的有气，微臣也不敢生啊？"

鳌拜真的不敢生小康熙的气吗？小康熙微微叹息道："鳌大人，朕昨晚想了一夜，终于想通了一个问题，所以特来告知鳌大人一声。"

鳌拜的双眉这回真的皱了起来："不知……皇上想通了一个什么问题？"

小康熙认认真真地道："朕终于明白了这么一个道理，那就是，祖宗的律法不能更改，大清朝的制度不能擅变。鳌大人过去所做的一切都是正确的，苏纳海、朱昌祚和王登联之流死不足惜，死有余辜……朕想通了这一点，便觉得朕过去对鳌大人的态度不够友好，朕太年幼，没能明察鳌大人对大清朝的一颗赤胆忠心……朕实在有些过意不去，所以就特来向鳌大人表示朕的一点歉意。希望鳌大人以江山社稷为重，切莫再在心中气恨于朕……"

不难听出，也不难看出，小康熙的这番话，才是他此次来到鳌府的真正"目的"。但鳌拜的心里却不禁嘀咕开了：小皇帝说这番话是什么意思？是真话还是假话？小皇上的态度为何转变得这么大又这么快？

见鳌拜默然不语，小康熙便又轻轻地道："鳌大人，你在想什么呢？莫非，你真的还在气恨于朕？"

鳌拜赶忙言道："臣哪敢气恨皇上？臣是在想，皇上能明白这么一个深刻的道理，实是臣之大幸，也是大清江山社稷之大幸啊！"

小康熙笑吟吟地站了起来："听鳌大人如此说，朕实在是高兴万分。鳌大人身体有恙，朕就不多打搅了。祝愿鳌大人早日恢复健康！"

鳌拜高声言道："臣不便恭送皇上……臣在此向皇上保证，为了大清朝的江山社稷，臣纵然是肝脑涂地，在所不惜！"

小康熙也略略提高了声音道："鳌大人，即日起，朕将完完全全地相信于你！"说完，便领着赵盛走出了鳌拜的卧房。阿露的反应似乎稍微慢了些，但很快，她就追上了小康熙。

估摸着小康熙等人走得远了，那阿美才长长地吐出一口气，低低地言道："当今圣上原来是这么年轻啊……小女子我，今日也有幸一睹龙颜了！"

但鳌拜却依然端坐在床上，动也不动。显然，他还在琢磨小康熙来这儿的意图。听起来，小康熙言之凿凿、煞有介事，可究竟是真是假？小康熙来鳌府，真正的目的何在？思来索去，他得出了这么一个结论，不管小皇上来此有何目的，都不可能把他鳌拜怎么样。

不过，自此以后，在很长一段时间内，鳌拜和小康熙之间的关系，的的确确变得十分地"友好"和"融洽"，几乎都可以用"蜜月"来形容。无论大小事情，只要是鳌拜点了头的，小康熙不仅不反对，反而大力支持。而班布尔善、葛褚哈、玛尔塞和济世等人，包括穆里玛和塞本得，都纷纷向鳌拜汇报，说是小康熙无论在明里还是暗处，都竭力称赞鳌拜是大清朝的"第一功臣"和"第一忠臣"，并经常谕令大臣们听从鳌拜的吩咐。这样一来，久而久之，"汇报"听得多了，鳌拜都有些飘飘然起来。仿佛，他真的成了大清朝的"第一功臣"，也真的是大清朝的"第一忠臣"。作为对小康熙的"回报"，有些时候，在处理一些事情之前，鳌拜就特地跑到小康熙面前聆听"圣意"，而小康熙则又往往是在鳌拜主意的基础上发表自己的见解。这样来来往往，小康熙和鳌拜之间的这种君臣关系，倒很是有些"情投意合"的味道。对此，鳌拜当然非常满意；而小康熙，也确实十分满意。

只不过，如果鳌拜知道了那么一件事情，恐怕他就不会非常满意了。那就是，小康熙皇帝在乾清宫外豢养的那十几个少年，绝对不是为了玩耍的需要，而是要把他们一个个地都培养成真正的武士。小康熙要准备与谁作战？鳌拜不知道，但小康熙知道。

就在小康熙前往铁狮子胡同"拜访"鳌拜回来之后的那天晚上，他又在乾清宫外命令索额图和明珠把那十几个少年召集起来，演练武艺。一般情况下，索额图和明珠都是在晚上把自己从别的武功高强的侍卫那儿学得的武艺传授给那十几个少年，而大白天，索额图和明珠则带着那十几个少年练习摔跤游戏，宫中诸人见了，自然以为他们是在逗小康熙皇帝开心。而总是每隔一段时间，小康熙就要选择一个晚上来检查那十几个少年的武艺。如果那些少年的武艺大有长进，小康熙就会奖赏索额图和明珠，反之，索额图和明珠就会受到小康熙的严厉训斥和处罚。好在索额图和明珠都很尽心尽力，故而他们很少受到训斥和处罚，更多的则是小康熙的奖赏。

小康熙从鳌府回来的那天晚上，索额图和明珠把那十几个少年召集完毕之后，小康熙突然提出自己要与一个少年比试徒手搏斗。小康熙所挑的那个少年是最矮的一个，比小康熙起码要矮半个头。但索额图和明珠不敢同意，因为徒手搏斗不同于摔跤，小康熙曾一连摔倒过四个少年。只要不是故意所为，摔跤一般是摔不出什么严重后果的。而徒手搏斗则不然，弄得不好，就会造成较为严重的伤害。如果这种伤害落在了小康熙的身上，那还怎生了得？

但小康熙却坚持己见，他还对那矮个少年道："你听着，只要你打赢了朕，朕就赏你二十两银子。"

不知那少年是对自己的武功信心十足，还是因为那二十两银子确有莫大的诱惑，他一挺胸脯，大声地言道："只要皇上不怪罪小人，小人就一定会打败皇上。"

那少年此言，当真是有些年轻气盛的味道，而在索额图和明珠的耳里，却听出了那少年有一种不知天高地厚的意味，所以索额图和明珠便想好好地"开导"那少年一番。谁知，索额图和明珠还未开口，小康熙就一把抓住那少年的手道："好，说得好！朕记得汉人有一句俗话，叫作'君子一言，驷马难追'！朕现在与你比试，除非有一方举手投降了，否则，朕与你二人就一直比试下去！"

小康熙的态度如此坚决，索额图和明珠就只能听之任之。只见小康熙束了束腰身，捋了捋衣袖，也不打招呼，一个"双雷灌耳"就朝那少年狠狠地打去。

小康熙虽然没有直接跟着索额图和明珠练武，但因为经常地观看那些少年在一起演练，加上他又天资聪慧，所以小康熙至少不能说是一个不懂武艺的人。只不过，那少年看起来的确是一个身手不凡的人，只将头颅微微一低，便闪过了小康熙勾来的双拳。跟着，那少年身形一晃，一个斜跨步，右拳直直地朝着小康熙的右肋打来。小康熙不知如何才能避开这一打击，万般无奈之下，只得"咚咚咚"地一连向后倒退了好几步，样子十分地狼狈。

那少年似乎得理不饶人，紧跨几步，就跟上了小康熙，在小康熙立足未稳之际，那少年以左脚撑地，右脚悬起，猛然弹向小康熙的腹部。小康熙即使再想后退，已然不及，只得下意识地用双手去护挡腹部。谁知，那少年弹起的右脚在即将弹到小康熙的腹部前，突然向上变成了侧踹，直往小康熙的胸部踹去。小康熙再也反应不及，也躲闪不及，那少年的右脚端端正正地踹在了小康熙的前胸。小康熙"哦"的一声闷叫，仰面跌倒在地。

霎时，乾清宫外的空气就像是凝固了，包括踹倒小康熙的那个少年在内，所有人的目光，都定定地望着小康熙。除小康熙之外，每个人的精神都紧张到了极点。是呀，把小康熙皇帝踹倒了，岂不是惹出了天大的祸端？天大的祸端除了皇上能担待得起之外，谁人还能担待？索额图的脸青了，明珠的眼绿了。两人的目光由震惊变成紧张，又由紧张变成恐慌。而恐慌的感觉，是令人极为难受的。

小康熙看来确实被踹得不轻。好一会儿，他才动弹了一下身躯。又好一会儿，他才摇摇晃晃地爬起来。他刚一爬起，索额图和明珠就双双跪倒在地，跟着，那十几个少年一起跪在了小康熙的身边。

小康熙有些莫名其妙地道："你们这是怎么了？朕并没有叫你们跪下呀？你们都快起来，朕现在特别地高兴！"

众人在索额图和明珠的带领下，哆哆嗦嗦地爬起，爬起来之后，众人的目光还是一起看着小康熙。小康熙走到索额图和明珠的身边，拍了拍他们二人的肩膀言道："你们二人做得不错！这么一个矮少年，居然三拳两脚就把朕打倒在地，这说明你们的训练很有成效，朕一定会重重奖赏你们的。"

接着，小康熙又走到那个把他踹倒在地的少年身边，很是开心地言道："你实现了你的诺言，那朕就要兑现朕的诺言。朕本来许诺赏给你二十两银子，现在看来，二十两银子太少。朕就赏给你五十两银子，如何？"

那少年倒也机灵，忙伏地叩头道："小人谢过皇上！"

小康熙转向另外十多个少年言道："朕看得出，你们训练得都很刻苦，也都卓有成效。朕现在宣布，每人都赏给二十两银子！"

众人都一起伏地叩谢。小康熙哈哈笑道："只要你们如此苦练下去，朕的苦心就不会白费！"

如果那鳌拜看见了小康熙这么一副哈哈大笑的模样，他还会感到"非常满意"吗？

【第五回】

深宫幼龙行云雨，索府雏凤栖梧桐

鳌拜的女儿兰格格与鳌府中的年轻侍卫巴比仑之间，确实存在着一种非常亲密的关系，这种"亲密的关系"，用今天的眼光来看，也就是恋爱了。

他们有恋爱的基础。一方面，在鳌府中，只有他们俩的年龄最为接近，所以他们就经常在一起玩。男女之间，只要经常在一起玩，就难免会玩出一种不同寻常的感情来。另一方面，兰格格虽然是鳌拜的亲生女儿，但却得不到应有的父爱和家庭温暖，巴比仑对此非常地同情。而巴比仑只是鳌府中一个普通的侍卫，又不善于逢迎拍马，故而就常常地受到鳌拜等人的欺凌和侮辱，兰格格反过来又对巴比仑非常地同情。这样，他们便有了一种"同是天涯沦落人"的感觉，所以他们也都把对方当成了自己的倾诉对象。而经常地在一起倾诉，在一起互吐衷肠，就使得他们之间原有的那种不同寻常的感情大大地前进了一步，也大大地加深了一层。更主要的，他们俩还有着一个共同的理想和目标，那就是，要离开鳌府和脱离鳌拜的控制。既然有了共同的理想和目标，他们俩那日渐浓郁的感情便自然而然地朝着"爱情"的方向转化和发展了。

兰格格与巴比仑在一次约会时被鳌拜撞见，于是鳌拜以巴比仑的性命相威胁，要兰格格入宫为秀女。降服了兰格格，鳌拜认为这才是第一步。接下来，他该去找太皇太后好好地"谈一谈"了。

于是，鳌拜就特意选择了一个阳光明媚的下午，将自己穿戴一新之后，就向紫禁城赶去。和往日一样，他没带任何侍从，只身一人，徒步走入皇宫。

因为心情不错，赶到慈宁宫外的时候，看到一个太监在那儿守着，鳌拜就用一种少有的温和态度对那个太监言道："烦请公公禀报一声，说我有要事求见太皇太后。"

鳌拜如此温和，那太监很是有点受宠若惊："鳌大人请稍候，小人这就进去禀报！"

很快，那太监又走出宫来："鳌大人请随小人来。"

那太监一直把鳌拜带到了佛堂门外："鳌大人请进，小人告退。"

鳌拜心里话：这太皇太后看来也真的是无所事事啊，整天地求神拜佛，难道，这神真的有那么灵验吗？

鳌拜刚要跨入佛堂，博尔济吉特氏已经迎出了门外，笑容满面地言道："是哪阵风把我们的鳌大人给吹来了？"

鳌拜连忙跪倒："微臣鳌拜叩见太皇太后，祝太皇太后福如东海，寿比南山……"

博尔济吉特氏笑道："鳌大人速速请起，我们不妨坐下谈话。"

博尔济吉特氏先落座，鳌拜跟着坐下。小小的佛堂内，金碧辉煌、香烟袅袅，好一派安宁、祥和的气氛。

博尔济吉特氏言道："闻听鳌大人有要事见我，但不知是何要事啊？"

鳌拜欠了欠屁股道："回太皇太后的话，臣近日因为反复考虑一件头等大事而寝食难安……"

博尔济吉特氏略略有些惊讶："不知是什么头等大事使得鳌大人如此难受？"

鳌拜言道："臣近来总在想，当今圣上虽还年幼，可毕竟也已长大，按大清有关例律，当今圣上似乎到了该立后的时候了……不知太皇太后意下如何？"

博尔济吉特氏不觉心中一动："原来鳌大人是为此事而寝食难安啊……鳌大人真不愧为大清朝的第一忠臣啊！"

鳌拜谦逊地道："太皇太后有些谬奖微臣了。微臣只是觉得，身为辅政大臣，就当尽心尽力地为大清江山、为当今皇上效力。皇上既已到了立后的年龄，微臣敢不日夜为此操心？"

博尔济吉特氏点了点头："是呀，鳌大人所虑的确很有道理。皇上今年已届十四岁，应该考虑立后的问题了。不瞒鳌大人，我近来也正为此事而劳神，但苦于找不到一个好的办法。鳌大人既已提及此事，想必一定是胸有成竹了？"

只听鳌拜言道："太皇太后过奖了。其实微臣也没有什么好的办法，微臣只是有一个想法，所以特来禀告太皇太后知道……"博尔济吉特氏静静地道："鳌大人请直说。"鳌拜清了清嗓子道："太皇太后，下月就要进行选秀，微臣的意思是，让皇上在所挑选的那些秀女中，再精选出一个秀女为后，不知太皇太后以为如何？"

博尔济吉特氏言道："鳌大人的这种想法，当真是非常地巧妙。只是，皇上立后，事关重大，似乎应该把其他三位辅政大臣找来一起商议才是……"

鳌拜马上道："太皇太后言之有理。不过，只要太皇太后同意，微臣就敢担保其他的辅政大臣绝对没有意见。"

博尔济吉特氏微微一笑道："鳌大人既如此说，那这事儿就这么定了吧！"

鳌拜呼出一口气道："臣这就去把太皇太后的谕旨告诉那几位辅政大臣。"

博尔济吉特氏点点头。鳌拜便躬身退出了佛堂。鳌拜的目的已经达到，他的心中自然高兴，而博尔济吉特氏也早就想着要趁"选秀"之机给小康熙挑选一位皇后，所以她的心中也不可能不高兴。然而，鳌拜离开佛堂之后好一会儿，博尔济吉特氏的脸上却并未现出多少喜悦之色，甚至相反，她的脸上还渐渐地现出一种明显的忧虑来。这是为什么呢？

原来，博尔济吉特氏想到了这么一个问题：小康熙只要一结婚立后，就要实行"亲政"，而只要小康熙一"亲政"，那几位辅政大臣便完成了自己的历史使命。对此，鳌拜不可能不知道。既然知道，他又为什么要主动地提出给小康熙皇帝挑选一位皇后？是这里面藏有一个大阴谋，还是因为鳌拜觉得自己年岁已大想主动地交出手中的权力？

显然，依鳌拜的为人，是根本不可能主动交权的，既如此，那他主动提出要给小康熙选后就必有阴谋或企图。然而，博尔济吉特氏思来想去，终也没有想出个究竟和头绪。

因为，博尔济吉特氏对鳌拜的那个女儿兰格格并不熟悉，她只熟悉另外一个小姑娘，好像今年也是十六岁，与兰格格同龄。那个小姑娘叫赫舍里，是小康熙御前侍卫索额图的侄女，也就是当朝辅政大臣索尼的孙女儿。

实际上，早在鳌拜赶到慈宁宫"劝"博尔济吉特氏为小康熙选后之前，博尔济吉特氏就与小康熙二人悄悄地定下了皇后的人选。如果鳌拜不是下午，而是上午赶到慈宁宫，他就会发现，小康熙也在慈宁宫内的佛堂里。是博尔济吉特氏派人将小康熙从乾清宫召到慈宁宫的，她召见小康熙的目的，当然就是商谈关于选后的事情。自小康熙年满十四岁之后，她与他的这种商谈也不知进行了多少次了。商谈的结果是：无论如何也要趁今年选秀之机为小康熙"挑"一个皇后，而遗留下来的一个重要问题是：究竟该"挑"什么人为皇后。

小康熙本来想的是，不管挑什么人为后，只要他结了婚，他就可以名正言顺地亲政，而只要他一亲政，便可以痛痛快快地清除鳌拜一伙的势力了，就像他的父皇顺治亲政后就迅速地铲除了多尔衮势力一样。小康熙还想到，清除了鳌拜 伙势力之后，自己就要全身心地去治理看起来歌舞升平实际上危机重重的大清江山。

但博尔济吉特氏却比小康熙考虑得深远。她想到，尽管小康熙结婚，甚至"亲政"都不是太困难的事情，可"亲政"之后，如果鳌拜依然把持朝政不放手，小康熙又能把鳌拜如何？鳌拜虽然与多尔衮有许多相同之处，但鳌拜毕竟不是多尔衮，鳌拜是一个不死就绝不丢权的霸道之徒，如果鳌拜死死地握住"辅政大臣"之职，那小康熙即使"亲政"，也只能是徒有虚名。故而，博尔济吉特氏便对皇后的人选异常地慎重。她不仅要趁选秀之机为小康熙挑一个贤淑的皇后，她还要趁挑选皇后之机为小康熙增强对抗鳌拜的实力。所以，她再三地劝说小康熙不要在选后的问题上过于草率，要从大局和全局的角度上去对待这件事。如此一来，该选谁为后便成了一个悬而未决的问题了。不过，小康熙也不是太着急，因为他始终相信，自己的皇祖母是正确的，而且他还相信，他的皇祖母一定会为他挑选一个十全十美的皇后。因此，那一段日子里，小康熙除了安心等待之外，也就别无什么大事了。

当这天早晨，博尔济吉特氏派一个太监赶到乾清宫，说她要见小康熙的时候，小康熙十分高兴地问赵盛和阿露道："你们快猜猜，皇祖母这么一大早就要召见朕，会是什么事情？"

阿露摇头道："太皇太后和皇上要谈的事情，奴婢如何能猜得着？"小康熙笑道："阿露，不是你猜不着，而是你不愿意猜。凭你这么聪明伶俐，还有你猜不着的事情？"

赵盛犹犹豫豫地言道："皇上，恕老奴大胆，老奴以为，太皇太后现在要见皇上，八成是要与皇上谈论立后之事，而且，老奴还以为，太皇太后的心中，一定有了皇后娘娘的合适人选……"

小康熙击掌道："阿露，你听到了吗？赵公公不是一下子就猜出来了吗？"

"真的？"阿露惊喜道，"皇上，奴婢这里给皇上道喜了！"

赵盛也道："老奴这里也给皇上道喜……"

小康熙哈哈一笑道："你们道喜未免早些，朕尚未娶后，何喜之有？你们还是速速与朕一起去往慈宁宫吧。"

果然，当小康熙领着赵盛、阿露赶到慈宁宫并走进佛堂的时候，博尔济吉特氏对小康熙所说的第一句话便是："孩子，我已经为你选好了皇后……"

小康熙急忙问道："皇祖母快说，是谁？"

博尔济吉特氏言道："她就是索尼的孙女儿赫舍里……"

小康熙闻言，双眉不觉攒到了一起。博尔济吉特氏知道他的心里在想些什么："孩子，我已经暗中察访过了，那赫舍里不仅容貌出众，更主要的，她的行为、举止和秉性，也是百里挑一……我以为，让这样的女子做你的皇后，是再合适不过的了……"

小康熙开口了："皇祖母，无论你挑谁家的女子做孩儿的皇后，孩儿都没有意见。可是，你却偏偏挑中了索尼的孙女儿……孩儿实在是有些想不通……"

博尔济吉特氏知道他的心事，便故意言道："那赫舍里是索额图的侄女儿，索额图又是你最亲近的人之一，让赫舍里做你的皇后，岂不很适宜？"

小康熙言道："皇祖母，如果仅仅从索额图这方面来考虑，孩儿自然一点意见也没有。可是，那赫舍里不仅仅是索额图的侄女儿，她还是索尼的孙女儿……索尼年迈软弱，不仅从不敢与那鳌拜对抗，而且对任何大事情，也都没有自己的主见……孩儿若娶这样一个人的孙女儿为后，岂不是太过窝囊？"

博尔济吉特氏缓缓地摇了摇头："孩子，你错了，你不仅说错了，更主要的，你看错了索尼这个人。"

小康熙自然不相信："皇祖母，孩儿如何说错了？那索尼不就是一个软弱无能的人吗？"

博尔济吉特氏悠悠言道："孩子，你父皇钦定索尼做你的辅政大臣，不是没有理由的……表面上看起来，索尼确是一个软弱无能、毫无主见之人，而实际上，他却城府颇深、工于心计。他之所以不与鳌拜争锋，甚至还奉承鳌拜，并不是他胆小，而是他自知不能。他深知，在鳌拜气焰最为嚣张的时候，如果与鳌拜明目张胆地对抗，那结果只能是一败涂地，甚至身家性命不保。那苏克萨哈不就是一个很好的证明吗？虽然苏克萨哈本人目前还安然无恙，可苏克萨哈的那些手下，不都被鳌拜一一除去了吗？索尼深深地看出了这一点，也深深地明白了这一点。故而，他就借年迈体弱，敛其锋芒，明哲保身……但这正是他比苏克萨哈高明的地方……"

博尔济吉特氏这么一说，索尼的形象还真的在小康熙的心中变了样。看来，索尼不是真正糊涂，而是佯装糊涂。不过，即使索尼真的是佯装糊涂，与这种人联上"亲戚"关系，又有多少实际价值呢？

"皇祖母，"小康熙轻轻地道，"那索尼也许真的是一个工于心计之人，可是，他既然已经明哲保身了，他对我们也就不会有太大的用处……"

博尔济吉特氏回道："孩子，你又说错了。索尼虽然是明哲保身了，但他锋芒仍在、雄心仍在，他是不会甘心让鳌拜永远都这么骑在他的头上的，只是一时不能敌，他暂且忍耐罢了……"

小康熙心中一动："皇祖母，你是说，索尼也和我们一样在忍？也像我们一样在等待时机？"

博尔济吉特氏微微地点了点头："是的，他应该是在等待。而且，他日渐老迈，他这种等待的欲望就必然越来越强烈，他不会眼睁睁地看着自己即将死去也未能将鳌拜掀下马来……他不会甘心如此的，他一定会有所行动。他现在最需要的，是找到一个得力的帮手……"

小康熙紧接着道："如果我们与他携起手来，他就一定会起来反抗鳌拜？"

"应该是这样。"博尔济吉特氏言道，"索额图现在是你的亲信，如果你再娶赫舍里为后，那他的利益就与我们的利益紧紧地捆绑在了一起。我们的利益受到了鳌拜的威胁，也就等于是他索尼的利益受到了威胁。他的利益不能保全，他还会对鳌拜无动于衷吗？"

博尔济吉特氏这一番"利益"论，确实让小康熙开了不少窍："皇祖母所言极是。不过，孩儿还是有些不明白，那鳌拜大权在握、骄横无忌，索尼又如何对付？"博尔济吉特氏轻叹道："是呀，对付鳌拜的确不是一件简单的事情，我也不知道索尼会如何对付鳌拜。我只知道，与索尼联手，对我们来说，只有莫大的好处……"

只有"好处"而无"不利"的事情，当然人人想做，所以小康熙就笑着对博尔济吉特氏言道："皇祖母，这事儿就这么定了吧。反正，孩儿娶后就可以亲政，只要亲政，孩儿就不会再受那鳌拜的气了！"

博尔济吉特氏却摇头道："孩子，不要把事情想得太简单了。我以为，如果没有索尼，我们恐怕很难对付鳌拜……孩子，千万要记住，我们还并没有真正地忍到时候……"小康熙郑重地点了点头："皇祖母放心，孩儿现在与那鳌拜的关系十分融洽……"

博尔济吉特氏会心地一笑道："孩子，你与鳌拜的这种融洽关系，可要一直保持下去哦！"

小康熙言道："孩儿以为，现在到了该与那索尼搞好关系的时候了！"

博尔济吉特氏言道："你说得很对。不过，与索尼搞好关系，可不能大明大亮的，得在暗中进行。最主要的，是不能让那鳌拜有所察觉。"

小康熙回道："孩儿明白。孩儿已经长大，孩儿知道该怎么做。"

小康熙真的长大了吗？是的，小康熙确已长大。从慈宁宫回到乾清宫之后，小康熙立即找来索额图，单刀直入地言道："朕告诉你一件事，朕要娶你的侄女儿赫舍里为皇后。"

小康熙说得似乎很平淡，但索额图听了，不禁大喜过望。当今皇上若娶了赫舍里为后，那他索额图与皇上就成了什么关系？有了这种皇亲国戚的关系，他的未来和前程还可以限量吗？

小康熙接着对索额图言道："你今日回家一趟，将朕的这个意思告诉你父亲。明白了吗？"

"明白，明白！"索额图不住地点着头，"皇上还有什么吩咐？"

小康熙摇了摇头："索额图，你的父亲是一个大智若愚的人，你只要把朕的意思传到，他就会明白一切！"

小康熙用"大智若愚"来形容索尼，虽不十分贴切，却也妥当。索额图自然不会去考虑"大智若愚"一词的确切含义，他的心早就为光辉的未来和前程而激动、而燃烧。好不容易熬到了下午，也就是鳌拜前往慈宁宫去"劝说"博尔济吉特氏为小康熙选后那个时候，索额图跟明珠打了个招呼之后，就急急忙忙地出了紫禁城，径奔自家而去。

一入家门，索额图就直接找到索尼，气喘吁吁地把小康熙的意思和盘托出。

他本以为，父亲听了他的话后，一定会高兴得合不拢嘴，至少，也该喜形于色。然而，索额图看到的却是，索尼紧锁双眉，沉吟不语。

索额图大为不解："父亲，你这是怎么了？你好像……不大高兴？"

索尼开口了："孩子，能攀上这等皇亲国戚，为父自然应该高兴。不过，为父以为，这不会是当今皇上的意思，这应该是太皇太后的主意……"索额图言道："父亲，不管是谁的主意，只要我们与皇上结了亲戚，那就总是会有大大的益处！"

索尼点了点头："与皇上结亲，自然是一件好事，也自然会有莫大的益处……对了，孩子，你刚才说，当今皇上说为父是一个大智若愚之人？"

索额图肯定地道："皇上就是这么说的，孩儿听得真真切切！"

索尼的脸上现出了一丝笑容："皇上也许真的是聪明绝伦……"

索额图急切地问道："父亲，我们就要成为皇亲国戚了，我们现在该做哪些事情？"

索尼缓缓地摇了摇头："孩子，你什么也不要做，你就当根本没有这回事。还有，你回去禀告皇上，让皇上不要轻易地来这里走动，若有什么事情，就通过你来回传达……孩子，你可否明白？"

索额图虽然不能完全明了父亲话中的意思，但却也听出，索尼是不想让选后的事情被别人知道，甚至不想让人看出他们索家已经开始和小康熙"亲近"了。尽管索额图也不是很大年纪，但倒也能大致猜出，父亲之所以要这么做，定然是与那鳌拜有关。于是他就在父亲的面前保证道："孩儿明白。孩儿一定会做出若无其事的样子！"

索额图走了。索尼在自家那小花园里见着了孙女儿赫舍里，她从小就跟着索尼在花园里给花草浇水、施肥。现在她长大了，长成一个十六七岁的大姑娘了，还依然乐于此道，常常跑到花园里莳草、赏花。此刻，她正站在一朵硕大的鲜花旁，目不转睛地看着那花蕊。她的手中，提着一把小水壶。

索府的花园虽然只有十多亩面积，但花色品种却十分齐全，加上主人又精心培育、呵护，故而每一种花卉都显得异常精神。现在正值夏初，各色鲜花早就竞相绽放。一座小小的花园，居然呈现出一派生机勃勃、姹紫嫣红的美妙景象。当然，在索尼的眼中，花园里最娇媚、最美妙的，还是自己的孙女赫舍里。

索尼轻轻地走到了赫舍里的身边。她许是看花看得太入迷了，一时没有察觉到索尼的到来。索尼小声地问道："你是在赏花还是在浇花？"她一惊，连忙转身："是爷爷……"他微微笑道："你好像……有什么心事？"她也许真的是有什么心事，他这一说，她的脸就红了。在鲜花的映衬下，她脸红得特别有韵味儿，也红得极富诗情画意，"爷爷，我整天地待在家里，哪会有什么心事？莫非是爷爷有了什么心事，故意来拿我取笑逗乐？"

索尼一捋颔下的胡须："正是因为整天地待在家里，我的宝贝孙女儿才会有心事啊，不然，何故一个人跑到这里来看花？不过，你说得倒也没错，爷爷我现在确实有一桩心事。"

赫舍里忙问道："爷爷有什么心事？"

索尼爱怜地摸了摸她的秀发："爷爷的心事是，爷爷现在想把你嫁出去……"

赫舍里属于那种比较标准的"三从四德"式的女子，听了索尼的话后，她并没怎么惊讶，而是羞红着脸，低低地问了一句："不知爷爷……要把我嫁给谁？"

索尼言道："我的好孙女儿，你告诉爷爷，你自己想嫁给一个什么样的男人？"

在索府，赫舍里似乎只有在索尼或索额图的面前，才会露出一个少女所特有的天真活泼的本性，而在其他人的面前，包括她的生身父母，她总是给人一种端庄贤淑、不苟言笑的印象。此刻，听了索尼的反问后，她便用一种玩笑的口吻道："爷爷，我告诉你，我想嫁给当今皇上……"

索尼一怔，还以为她猜出了自己的心事："好孙女儿，你真想嫁给当今皇上吗？"

她马上道："爷爷，我是在逗您开心呢！当今皇上，怎么会愿意娶我？我即使做皇上的一名妃子，恐怕也不够格呢！"索尼轻轻地道："好孙女儿，我来找你，就是想告诉你，当今皇上已有密旨，他就是要娶你为妻，而且不是做什么妃子，他要娶你做他的皇后。"

这下子赫舍里不能不吃惊了："爷爷，您不是在骗我吧？当今皇上……怎么会知道我？"

索尼心道：是呀，当今皇上是不可能知道你，可当今皇上却知道我索尼。索尼嘴里说的却是："好孩子，不要问那么多了。不久之后，你就是当朝的皇后娘娘了。从现在起，你就回你的房里好好地待着，不要轻易地出来走动，想想自己的言行举止还有哪些不够得体的地方，也可以向你的母亲问一问宫中的一些礼节和做女人的一些事情。总之，从今往后，你不要像现在这样跑到花园里来抛头露面了。你听清楚了吗？"

赫舍里低低地"哎"了一声，然后便提着小水壶，迈着碎步很快地离开了索尼。索尼一动不动地看着她离去的背影，猛然间想起一件往事来。他曾经找来一个汉人为索额图和赫舍里算命，那汉人"实话实说"，说索额图是一个"命大福大"之人，但可惜不能够"善始善终"，说赫舍里也是个"福大"之人，但可惜的是"命"不大。当时，索尼为那两个"可惜"很是有些忧心忡忡，后来时间一长，索尼便将此事给淡忘了。现在看来，索尼觉得那汉人的预言还是有些"先知先明"的，赫舍里做了皇后，岂不是"福"大？索额图本就是当朝皇帝的亲信，再加上"皇后"这一层关系，未来的"福"气定然小不了。然而，那两个"可惜"又是怎么回事？莫非，那汉人的预言真的都那么灵验吗？若是，那索额图的未来，特别是赫舍里的未来，岂不又令人大大地担忧？想到此，索尼的双眉就不由自主地攒到了一起。

而回到闺房里的赫舍里，也一点点地敛拢了两条秀眉。不过，她敛拢双眉，倒不是因为什么担忧。她是在紧张，在激动，在憧憬。当今皇上长得是什么模样？做一个皇后会是什么滋味？甚至，她都想到了自己与皇上同床共枕的情景……是呀，就要成为皇后娘娘千岁了，赫舍里有充足的理由在自己的闺房里"想入非非"，甚至"胡思乱想"。但是，她恐怕连做梦都没有想到，尽管她真的当上了皇后，可真正第一个与当今皇上"行云布雨"的女人，却不是她赫舍里，而是那个位卑身贱的宫女阿露。

得知索尼的孙女儿赫舍里就要成为自己的皇后，小康熙的心里十分地激动和高兴。只是，他那时高兴和激动，倒不是因为自己就要有妻子了。他那时对"妻子"的含义还不确切理解，他高兴和激动的是，自己一结婚，就可以马上"亲政"，而只要一"亲政"，便可以迅速地铲除掉鳌拜一伙的势力。而到了当天晚上，小康熙的心里依然充满了激动。

因为太激动了，小康熙到很晚很晚的时候才上床就寝，是阿露一个人服侍小康熙上床的。赵盛可能年纪大了，又着了凉风，整个一个下午脑袋都昏昏沉沉的。所以天刚一黑透，小康熙便让赵盛上床休息了。偌大的寝殿里，就只有小康熙和阿露二人。小康熙几乎一刻不停地在阿露的面前"说三道四""说长道短"。而阿露则是一名忠实的听众，不管小康熙说什么、说多少，她从不插嘴，只静静地聆听，还时不时地露出一种开心的笑容来。一直到夜深之际，小康熙才恍然言道："阿露，时候不早了，朕也该睡觉了。说不定，明天会有很多事情等着朕呢！"

阿露这才殷勤周到地服侍小康熙上了床。待小康熙在龙床上睡定，阿露刚欲离开的当口，小康熙却一把抓住她的手道："阿露，今晚在这儿陪朕睡吧……朕太激动了，一时也睡不着……"

毕竟都已经长大，毕竟都明白了一些事情，小康熙和阿露这一对彼此熟悉得不能再熟悉的少男少女，此刻并肩躺在一张床上，竟仿佛是一对陌路人。

第二天，日上三竿了，阿露昏昏沉沉地醒了过来。一转脸，看见小康熙依然在均匀地打着鼾声，再一转脸，却发现赵盛正直直地站在床边。

阿露很是慌乱地问道："赵公公，有什么事？"

她之所以慌乱，是因为她和小康熙都赤裸着身体。尽管她和小康熙的身体都让被子遮去了大概，但无论是谁往这床边一站，也都能想得出被子里的她和小康熙的身体会是个什么样，更不用说，小康熙的双手还紧紧地搂着她。

赵盛脸上的表情却十分地平静："阿露姑娘，那鳌拜鳌大人正在宫门外等着见驾……"

赵盛说完，便有板有眼地离开了。阿露急了，她多少了解鳌拜的为人。如果鳌拜此时闯进寝殿来，看到龙床上是这么一副光景，她阿露该有多么难堪？于是，赵盛刚一转身，她就弓起腰身用力地推着小康熙道："皇上，快醒醒，有人要见你呢……"

可她喊了好几声，他却丝毫不动。她真想狠狠地抽他两巴掌，但又不敢。她深知，如果时间真耽搁久了，那鳌拜说不定就真的会闯进宫来。情急之中，她眉头一皱，想出了一个好办法来。她凑到他的耳边，声音不高但却异常有力地言道："皇上，鳌拜来了！"

要知道，鳌拜是小康熙心中永远的痛，所以阿露的这一招就很是奏效。只见小康熙，就像被人兜头泼了一盆冷水似的，浑身止不住地打了个激灵，一骨碌就从床上翻身坐起，并忙着四处张望，口中还不迭地言道："鳌拜何在？鳌拜在哪里？"

见小康熙光着身子、一副紧张兮兮的样子，阿露实在忍不住，"扑哧"一声笑了起来。她这一笑，他便误以为她是在开玩笑，所以他就一把搂住她，只将自己的脸往她的怀里拱，口中佯嗔道："好啊，阿露，你竟然敢用鳌拜来骗朕！你以为朕就真那么害怕鳌拜吗？你以为你用鳌拜的名字就能吓唬到朕吗？朕明确告诉你，待朕先收拾了你，然后朕便去收拾那鳌拜……"

眼见着小康熙就已经兴奋起来，阿露赶紧言道："皇上，奴婢没有骗你，那鳌拜真的来了！"

"你还敢骗朕？"小康熙说着便要跃上阿露的身。这时，那赵盛在寝殿门边高声言道："启禀皇上，辅政大臣鳌拜请求见驾！"

小康熙闻言，不觉便丢了阿露的身，口中喃喃自语道："那鳌拜，真的来了？"

阿露抓过衣裳就往小康熙的身上套："皇上，奴婢没有骗你吧？"

在阿露的帮助下，小康熙很快地穿好了衣裳。穿好了衣裳之后，他一边亲吻着阿露的脸蛋一边言道："现在是非常时期，朕不能不去见见鳌拜。"说完，就跳下床，匆匆忙忙地走了。

来到大厅上，小康熙一边落座一边吩咐赵盛道："快去叫那鳌拜来见朕……"

小康熙话音未落，就听大厅外有一个声音高叫道："皇上，臣已经来了！"

原来，鳌拜在乾清宫外等候了一会儿，不见回音，有些按捺不住，就径自走进宫来。守卫乾清宫的是索额图，若不是小康熙常常叮嘱索额图等人不要轻易与鳌拜一伙公开对抗，索额图是不可能就让鳌拜那么毫无阻碍地走进乾清宫的。

鳌拜刚一跨进大厅，就双膝跪地言道："臣鳌拜叩见皇上。祝吾皇万岁万岁万万岁！"

小康熙连忙起身，走到鳌拜身边，伸双手将鳌拜扶起："鳌大人快快请起。

这里就你我君臣二人，鳌大人实不必行此大礼……"

鳌拜一边起身一边郑重其事地言道："臣以为，皇上适才所言有些欠妥。君君臣臣之礼，是祖宗定下的规矩，臣等岂能擅自更改？"

小康熙唱叹道："鳌大人，朕过去说得没错，你果真是大清朝的第一忠臣啊！"

不难看出，小康熙与鳌拜二人之间的关系，的确是进入了一个"蜜月"阶段。有"蜜月"做铺垫，他们之间也就没有什么谈不来或谈不拢的事情了。

鳌拜悠然地坐定。小康熙刚要发话，鳌拜却抢先言道："皇上，依臣所见，皇上的气色似乎不大好，莫非，皇上的龙体欠安？"

小康熙当然不是龙体欠安，只不过昨天夜里有些过度劳累，睡眠不足而已。小康熙打了个"哈哈"言道："朕的身体很好，只是昨夜有些失眠，头有点昏沉……"

鳌拜马上道："现在天气虽然变暖，但正是春夏交替时节，稍不注意，便容易患得疾病。臣敬请皇上应多多地保重身体为是！"

瞧瞧，鳌拜对小康熙是多么地关心和体贴。小康熙微微一笑道："朕多谢鳌大人如此牵挂！但不知鳌大人此番前来，有何贵干啊？"

鳌拜像是很不好意思地摆了一下手："臣也没什么大不了的事，只有一件小事，想与皇上随便聊聊。"

小康熙心里说：鳌拜，你既然特地找上门来，就绝不会是什么"一件小事"。但他口里却道："鳌大人有什么事情，尽管说，朕洗耳恭听！"

鳌拜不紧不慢地言道："皇上，臣昨日下午去慈宁宫拜见太皇太后，臣为一件事情已与太皇太后达成了共识，所以臣就特地赶来，报以皇上知道。"

小康熙恍然大悟似地道："鳌大人原来是为此事而见朕的啊！"

鳌拜淡淡地一笑道："皇上既如此说，想必皇上已经知道了此事？"

小康熙点了点头："皇祖母已经对朕说了，说鳌大人想趁今年选秀之机，为朕挑选一位皇后……朕正想为此事向鳌大人表示谢意呢！"

鳌拜谦逊地一摆手："臣只是做了分内之事，皇上又何必如此夸赞？不过，臣此番前来，还有一事需同皇上面谈。"

小康熙心中一怔。昨日下午，博尔济吉特氏在鳌拜走后赶到乾清宫，将鳌拜主动提出选后的事情告诉了小康熙，可除此之外，博尔济吉特氏就没再提及别的什么事情。小康熙略一思忖，便做出一副很感兴趣的样子道："鳌大人还有什么事，快说出来与朕听听！"

鳌拜轻轻地咳嗽了一声："皇上，微臣有一小女，不知皇上可曾听说过？"

小康熙摇了摇头："朕几乎终日待在宫中，并不知鳌大人还有一个千金小姐。"

小康熙心里犯起了嘀咕：鳌拜此时提起他的小女是何用意！莫非……就听鳌

拜言道："皇上，微臣小女，人唤兰格格，今年恰是二八芳龄，虽不敢说有倾国倾城之貌，但依微臣看来，用沉鱼落雁、闭月羞花来形容，也实不为过……"

小康熙"哦"了一声道："朕万万没有想到，鳌大人膝下，竟然有一位如此美貌的女儿……朕也实在太过孤陋寡闻了！"

小康熙之所以这样说，是因为他已经猜出了鳌拜的来意。鳌拜接着道："皇上，微臣的女儿不仅长得容貌非凡，更主要的，还是她有一种人见人爱的兰心蕙性。她的美丽，她的温柔，她的贤淑，她的端庄……皇上，微臣确实是难以用恰当的语言来形容她啊！"

小康熙故意长叹一声道："关关雎鸠，在河之洲，窈窕淑女，君子好逑……鳌大人，世间竟然有如此奇妙无比的女子，朕为何却无缘相见？鳌大人，朕希望你找个合适的机会，把令爱带进宫来，让朕好好地目睹一下她那惊世的容颜和惊世的温柔，也算是了却了朕的一桩平生大愿，鳌大人以为如何啊？"

小康熙说得煞有介事，不由得鳌拜不信。鳌拜即刻问道："皇上此话当真？"

小康熙信誓旦旦地道："自古天子无戏言，朕岂能诓骗鳌大人？"

鳌拜不觉点了点头，突然又"哈哈"大笑道："皇上不必费那么许多心思了，臣此番前来，就是想与皇上商谈，让臣的那个小女，日日夜夜地厮守，相伴皇上……"

小康熙早就料到了鳌拜的真正来意，但表面上却佯装不解道："鳌大人此话何意？"

鳌拜从椅子上站了起来，一步步地踱到了小康熙的身边，样子极其地亲密，"皇上，臣早就安排好了一切。待下月选秀之日，臣把小女送往宫中，皇上先挑她为秀女，然后再钦定她为皇后，这样，既了却了皇上的一大心愿，同时也使微臣与皇上的关系更加地亲近，岂不是两全其美的大好事？"小康熙一拍脑门："朕总算是明白了……鳌大人的意思，是让朕娶你的千金为皇后……"

鳌拜重重地点了一下头："臣正是此意，但不知皇上意下如何啊？"

鳌拜说完，定定地看着小康熙，那两道鹰隼一般的目光，仿佛要看到小康熙的心里去。当然，他不可能看到小康熙的内心，他只能看到小康熙的脸。而小康熙的脸上却充满了一种十分灿烂的笑容，他就这么笑着对鳌拜道："鳌大人，朕能娶贵千金为皇后，这是打着灯笼也难找的大喜事，既是如此难得的喜事，朕焉能说出一个'不'字？"

鳌拜马上言道："皇上圣明！臣没齿难忘皇上的大恩大德！"

鳌拜说着，居然做出了一副要给小康熙叩头的架势。小康熙赶紧拦阻道："鳌大人不必多礼。如果一切顺利，鳌大人便是大清朝的国丈了。不过，朕现在却多少有些担心……"鳌拜一愕："不知皇上担心何事？"小康熙皱着眉头道：

"朕担心的是，朕与贵千金素昧平生，朕又尚且年幼，如果朕与贵千金相处得不是那么融洽，这岂不是有损于鳌大人的威望和名声？"

看起来，小康熙不仅已经把娶鳌拜之女兰格格当成了既成事实，而且还把这个问题考虑得相当深远。鳌拜"哈哈"一笑道："皇上处处替微臣着想，微臣真是感激不尽，但依微臣看来，皇上适才所虑，未免有些多余……"小康熙双眉一挑："请鳌大人明说。"鳌拜振振有词地言道："臣以为，普天下的女子，没有一个不盼望着能够在皇上的身边悉心地伺候。更何况，臣早已将心中的想法告诉了小女，臣还依稀记得，当臣把此事告之小女的时候，小女实在难以遏制心中的激动与兴奋，竟然喜极而泣……"

鳌拜显然说的是违心话。小康熙倒显得很是高兴地道："鳌大人既如此说，那这事就这么定了！"

"臣多谢皇上成全！"鳌拜的心里当然十分舒坦，"不过，臣以为，此事目前还是不宜过分声张，不然，朝中定会有人对此事说三道四……"

鳌拜口中的"有人"，当然指的是苏克萨哈之流。这并不是说鳌拜对苏克萨哈之流还有什么忌惮，原因是鳌拜不想在兰格格正式成为大清朝的皇后之前惹出什么不必要的麻烦。

小康熙深深地点了点头："鳌大人说得有理。事情还没有成为定论之前，最好不要过分地渲染……一切就拜托鳌大人多多地费心，朕只需在此静候佳音便是。"

鳌拜见来此的目的已经完全达到，便对着小康熙拱手作揖道："皇上昨夜失眠，臣不敢再行打扰，如果皇上没有别的吩咐，臣这就告退！"

小康熙还真的打了个哈欠："此事既已敲定，朕就不多多挽留了，鳌大人请便！"

鳌拜又冲着小康熙鞠了一个躬，然后才慢慢地退出了大厅。鳌拜刚一离开，小康熙就急急地叫道："赵盛、阿露，速陪朕去往慈宁宫！"

原来，小康熙适才在鳌拜面前的所作所为，全是在演戏。他之所以演得那么逼真，是想先稳住鳌拜，然后再图对付鳌拜的方法。从此时的表现不难看出，现时的小康熙，的的确确与过去人不相同了。似乎，他不仅仅是生理上成熟了，他的心理，也在与鳌拜的屡次交锋中日趋成熟。

小康熙带着赵盛和阿露出了乾清宫直奔慈宁宫而去，半道上，恰恰碰见了博尔济吉特氏。小康熙不由得惊讶道："皇祖母如何知晓孩儿要来慈宁宫？"

博尔济吉特氏言道："我并不知道你要来。我只知道，那鳌拜先前去找了你，我隐隐约约地有些不放心，所以就赶过来看看。"

很显然，博尔济吉特氏早就在暗暗地留意着鳌拜的一举一动了，小康熙低声而又迅速地把鳌拜的意图说了一遍。博尔济吉特氏一怔，然后言道："难怪鳌拜会那么主动、热情地要为你挑选一个皇后了，原来他是为自己打算！"

小康熙有些不安地问道："皇祖母，孩儿该怎么办？"

博尔济吉特氏看了一下四周："孩子，这里不是说话的地方，还是回慈宁宫再谈吧。"

小康熙跟着博尔济吉特氏走进了慈宁宫并走进了佛堂。当佛堂里只剩下他们二人时，小康熙言道："皇祖母，无论如何，孩儿也不能娶鳌拜的女儿为后！"

博尔济吉特氏言道："是呀，孩子，若让鳌拜的女儿做了大清朝的皇后，以后的事情，显然就会更加麻烦……"

小康熙道："那鳌拜仗着手中的权势，名义上是在与孩儿商谈，而实际上，他是在威胁孩儿……孩儿知道，即使孩儿当面拒绝了他的要求，也只能是无济于事，所以孩儿就佯装答应了他。"

博尔济吉特氏点了点头："孩子，你做得对！就目前而言，那鳌拜想做什么事情，是无人能够阻挡得了的。"

小康熙着急道："皇祖母，如此说来，孩儿岂不是一定要娶那鳌拜的女儿为后？"

博尔济吉特氏沉吟道："看来，我们只有先稳住鳌拜，然后再想出一个万全之策来……"

小康熙不觉挠了一下头："可是……皇祖母，稳住鳌拜容易，可要想出一个万全之策来，却着实不易……"

博尔济吉特氏仿佛自言自语地道："鳌拜一意孤行，无人能够阻拦。但不知，那索尼得知此事后，心中会做何感想……"

小康熙眼睛倏地一亮："对了，皇祖母，你不是说过那索尼城府颇深吗？皇祖母已经暗定了索尼的孙女儿做大清朝的皇后，现在鳌拜要强行把他的女儿送与孩儿为皇后，鳌拜此举，显然触动了索尼的利益。如果我们把此事告诉索尼，如果索尼真是一个城府颇深的人，那他就决不会袖手旁观，他就肯定会为我们想出一个万全之策来！"

博尔济吉特氏摇头道："索尼即使是诸葛孔明在世，恐也实难想出一个对付鳌拜的计策来……"

是呀，索尼即使有千万条计策，但鳌拜执意要把兰格格送上大清朝皇后的宝座，他索尼又能把鳌拜怎样？

但小康熙却不死心："皇祖母，就算那索尼想不出什么好办法来，但孩儿以为，我们姑且试他一试，也并无妨碍……"

博尔济吉特氏闻言，很是认真地看着小康熙的双眼，看得十分专注，也看得十分仔细。小康熙都被她看得忸怩不安起来："皇祖母，您为何……如此看着孩儿？"

博尔济吉特氏浅浅地一笑道："孩子，你真的长大了。你懂得了一个很重要的道理，那就是，在一件事情还没有彻底绝望之前，哪怕只是还有一点点可能或希望，也绝不放弃……"

小康熙被博尔济吉特氏夸得很是羞涩："皇祖母，孩儿只是病急乱投医，并没有想得那么深远……"

博尔济吉特氏摸了摸小康熙的头："孩子，去吧，去把这件事情告诉索尼。说不定，索尼真会想出一个什么好办法来为我们的皇上排忧解难呢！"

小康熙跟着道："皇祖母，如果索尼真的想出了一个好办法，那其实也是在为他自己排忧解难呢！皇祖母，孩儿说得对不对？"

"说得好！"尽管博尔济吉特氏满腹的心事，但看到小康熙确已长大成人，心中也不由得十分高兴，"孩子，那索尼的利益已经和我们的利益紧紧地捆在一起了！"

小康熙别了皇祖母，领着赵盛和阿露又匆匆地回到了乾清宫。也顾不得腹中饥饿，他就把那索额图找来，开门见山地问道："你可知那鳌拜要把他的女儿嫁与朕做皇后？"

索额图大吃一惊："这……怎么可以？皇上，你不是已经答应让小人的侄女做皇后了吗？"

小康熙言道："是的，朕是这么答应过你的。但鳌拜半路上来了这么一手，朕也没有办法呀！"

索额图不能不着急。谁做皇后，将直接影响他未来的前程："皇上，就一点办法也没有了吗？"

小康熙道："办法自然有，天无绝人之路嘛！朕的办法就是，你速回家中，将此事告诉你父亲，让你父亲想出一个好办法来。明白了吗？"

索额图不太明白，但又无奈，只得遵旨行事。好在索额图内心虽然着急万分，但表面上看起来却十分地从容，他离开皇宫的时候，步履也还算得上是不慌不忙的。

小康熙当然比索额图更为焦急。他真想能够当面同索尼深谈一次，但为了不引起鳌拜可能有的猜忌和怀疑，他就只能通过索额图与索尼取得联系。

索额图是当天中午回宫的，小康熙迫不及待地问他道："你父亲可有什么话带给朕？"

索额图有点沮丧地摇摇头："小人的父亲……只叫小人三天后再回家中听消息。"

小康熙也不免有些灰心丧气，但他却强打起精神来安慰索额图道："别着急，你父亲一定会想出一个好办法的。"

三天之后，索额图急急地回了一趟家，可带回来的消息却依然让小康熙失望：索尼还是没能想出什么好办法来，只叫索额图三天后再回家一次。

小康熙暗自思忖道：看来，索尼也是一筹莫展啊！三天、三天，再过几个三天，就要选秀了，到那时，即使索尼想出了一个什么好计策，恐怕也毫无用处了。

然而，又过了三天之后，索尼却让索额图带给了小康熙一张小纸条。那小纸条上有几行蝇头小楷，大致内容如下：兰格格因对鳌府侍卫巴比仑倾心相爱，不愿入宫为后，鳌拜便因禁巴比仑以相要挟，兰格格只得同意……皇上定有好生之德，定有普度众生之意。

小康熙将索尼的那张纸条看了好几遍，却一时无法理解其义："索额图，你父亲除了写这张纸条之外，可还说了些什么？"

索额图回道："小人的父亲只是说，皇上看了这纸条后，一定会明白该怎么做的。"

小康熙不禁倒吸了一口凉气，又将那张纸条仔细地看了两遍，口中不住地念叨道："……朕有好生之德，朕有普度众生之意……"

突地，小康熙一把抓住索额图的手道："朕终于明白了！你父亲果然是一个工于心计之人。他是用这张纸条来考朕呢！"

索额图却是一副莫名其妙的样子："皇上，小人的父亲到底是什么意思？"

小康熙眉飞色舞地道："你暂时不要问这么多，你很快就会明白的。你现在就回家去告诉你父亲，说朕同意他的建议，并叫他拟定一个具体的方案，好两边同时行动。"

你知道索尼的那张纸条究竟是什么意思？原来，索尼得知鳌拜的"阴谋"后，异常地惊诧不安。他不甘心让即将到手的皇后宝座无端地再落入鳌拜之手，可情急之中却也想不出什么良策来。如果硬碰硬地同鳌拜对着干，那必将是头破血流。所以，他一边叫小康熙耐心地等待，一边在家中绞尽脑汁地想心事。他以为，想在鳌拜的身上找到什么"突破口"看来是不可能的了，既如此，也就只能在鳌拜的女儿兰格格的身上动脑筋。可兰格格的身上又有什么"脑筋"可动？他猛然想起，兰格格与鳌拜素来不和，这次鳌拜叫她去做皇后，她会不会有什么抵触情绪？如果有，他索尼就可以在她的身上想想办法。于是，索尼就颇费了一番周折去悄悄打探鳌府内的究竟，没承想，居然打探出了兰格格与巴比仑之间还有着一层特殊关系。索尼真是如获至宝，凭他丰富的生活经验和斗争经验，他很快就从中想出了一个对付鳌拜的办法来。他以为，只要能创造一个条件，让兰格格和巴比仑双双离开北京城，那兰格格和巴比仑是没有理由不同意的。当然，这一切都只能秘密地进行。如果兰格格突然"秘密"地失踪，那皇后的位置就非索尼的孙女赫舍里莫属了。索尼之所以要在那张纸条上写着"好生之德""普度众生之意"的字眼，只不过是想顺便"考考"小康熙是否真的有那么聪明。

　　于是，就有了这么一件事情。在"选秀"的前一天下午，索尼乘着一顶八抬大轿走进了铁狮子胡同。索尼来鳌府前已经知道了这么两件事：第一，鳌拜此时不在家，兰格格与待选的"秀女"都集中在了户部；第二，鳌拜正在户部对户部尚书玛尔塞等人面授机宜；第三，索尼已经探得了鳌拜拘囚巴比仑的位置所在。这样，索尼要见巴比仑，也就不必在鳌府内四处找寻了，而四处找寻是最容易引起别人怀疑的举动。

　　索尼下了轿，走进了鳌府。守门的侍卫告诉他，鳌大人不在家。索尼道："我在花园里转转，等鳌大人回来。"

　　索尼是当朝的第一辅政大臣，守门的侍卫当然不便阻拦。索尼也果真没去什么地方，只在前花园里慢慢地转悠。看索尼悠然自得的神情，似乎他已被满园的奇花异草深深地陶醉了。而实际上，他此刻的内心却十分地紧张。他来鳌府只有一个目的，那就是去通知巴比仑一个具体的时间。他不想把这件重要的事情交与别人办，交给别人办他很不放心，所以他就亲自来到了鳌府。

　　他在前花园里转悠也是有目的的。他知道巴比仑就关在前花园边上的一间小屋里，而且平日无人看守。所以，索尼转来悠去的，就走到了关押巴比仑的那间小屋的附近。索尼并没有太靠近那间小屋，而是与小屋保持着一定的距离，保持着这边讲话那边能够听到的那种距离。

　　巴比仑正趴在小屋的窗前向外张望，他几乎每天都这么趴在窗边。今天以前，他还常常地可以看到兰格格。兰格格只要一有可能，就会走到这窗边，同他说上几句话。他显然是憔悴了，而她似乎比他更憔悴。但不管有多么憔悴，只要俩人能够常常地见上面，那对他们而言，就都是一种莫大的宽慰和满足。可今天一大早，兰格格就被鳌拜送到户部去了。明日便是宫中"选秀"的日子，从此以后，他巴比仑恐怕就再也见不着兰格格了。想到此，巴比仑就不禁悲从心来，他真想一死了之。与心爱的人天各一方，活着还有什么意义？可他又不敢死。他深知，如果他寻了短见，那兰格格知道后，就定然会步他的后尘。如果真的是这样一种结局的话，那他巴比仑岂不是太过自私了吗？

　　就在巴比仑趴在窗边泪眼婆娑的当口，猛听得耳边传来一个低低的声音道："巴比仑，如果你能听到我说话，就点点头。"

　　巴比仑一惊，眨巴眨巴眼睛，终于看到了索尼，索尼正用眼的余光在乜着他。他认识索尼，虽然不知索尼的来意，但还是点下了头。

　　索尼的目光投向了别处，但口里却很清晰地言道："巴比仑，兰格格让我带信给你，三天后的晚上，她在东华门外等你。记住，是大后天的晚上，子夜时分兰格格在东华门外等你。如果你全部听清楚了，就再点一下头。"

　　索尼眼的余光又瞟向巴比仑。他看见，巴比仑很是明确地点了下头。虽然，索尼不敢绝对保证巴比仑会百分之百地相信他刚才所说的话，但索尼以为，巴比仑除了冒险一试之外，也实在是别无选择。至于巴比仑在三天后的子夜时分如何离开这间小屋，如何离开鳌府，似乎就不是他索尼需要操心的问题了。因为，巴比仑在鳌府任侍卫多年，想要离开这个地方，应该不是一件太困难的事。

索尼直了直腰身，最后叮嘱了一句道："巴比仑，这几天里，你千万不要露出任何破绽，否则，不仅你有性命之忧，就是兰格格，也会有生命危险。"

索尼相信，提到"兰格格"三个字，就足以使得巴比仑在这几天里保持相当的冷静。一切办妥之后，索尼就像什么事也没发生过似的，悠搭地返回到鳌府的大门边。事有凑巧，索尼刚到鳌府门边，就看见鳌拜一个人背着双手不紧不慢地打外面走来。鳌拜出门，常常是一个人徒步而行。索尼忙迎上去，双手一拱，笑嘻嘻地言道："鳌大人，你可叫老夫一阵好等啊！"

鳌拜刚进铁狮子胡同，就看见了索尼所乘的那顶八抬大轿，故而此刻见了索尼，也并不觉得有什么意外。他也朝着索尼拱了拱手，满面笑容地言道："若知索大人光临敝府，鳌某也就早些回来了。"

鳌拜之所以满面笑容，当然是因为心里高兴。兰格格已在户部，明日便要入宫候选，用不了几日，她就是大清朝的皇后了。事情进展得如此顺利，他能不高兴？

鳌拜与索尼二人走进一间小客厅，分宾主坐下。鳌拜言道："索大人，鳌某适才在户部，看到待选秀女的名单当中，有索大人的孙女儿赫舍里，索大人是不是有什么大的图谋啊？"

鳌拜话虽是这么说，但心里却根本没把索尼的孙女当一回事。他以为，只要有兰格格在，其他任何女子，就甭想坐上皇后的位置。更何况，包括索尼在内，谁人敢与他鳌拜争锋？

索尼"哈哈"一笑道："鳌大人，老夫就是为此事而来。老夫直到今日中午才知鳌大人的千金也在待选秀女之列，老夫怕鳌大人会产生什么误会，所以特来告知鳌大人……"

鳌拜咧了咧大嘴道："索大人如此在意鳌某，鳌某当十分地感谢。不过，即使索大人真的有什么大的图谋，那也是人之常情啊！所谓水往低处流，人往高处走，如果索大人的孙女儿被皇上看中而成了大清朝的皇后，岂不是一件光宗耀祖的喜事？"

鳌拜显然是在调侃索尼，索尼却装着一无所知的样子摆了摆手道："老夫哪会有如此的福气？不瞒鳌大人，老夫本不想把孙女儿送往宫中，可她却高低不同意，没办法，老夫也就只能由着她了。凭她那么一副长相和德行，如果能被皇上选中为妃，老夫也就十分地满足了。"

"索大人岂能如此悲观？"鳌拜似乎是在安慰索尼，"据鳌某所知，索大人的那个孙女儿不仅容貌出众，且德行也是有口皆碑的，加上索大人第一辅政大臣的身份，即使索大人的孙女儿当不上皇后，也理应坐上皇贵妃的位置。索大人放心，待明日选秀结束之后，鳌某去跟太皇太后商量商量，让当今皇上娶索大人的孙女儿为皇贵妃，你看如何啊？"

索尼赶紧道："有鳌大人这句话，老夫幸莫大焉！"

清朝制度规定，大清朝的后、妃、嫔等共分八级，名额也有限制，即皇后一名，皇贵妃一名，贵妃二名，妃四名，嫔六名，贵人、常在、答应等没有定额。而实际上，许多皇帝往往不按照这个规定办理。就以康熙皇帝为例，他的一生中，有名号的后、妃、嫔共有三十一个，另有贵人八名，常在、答应等就更难以统计。而康熙还算不上什么好色的皇帝，若碰上好色的皇帝，那妃、嫔的数额就一点限制也没有了。当然，这是别话。

但不管怎么说吧，若从等级上看，皇贵妃是仅次于皇后的一个重要的位置。鳌拜能慷慨地将这么一个重要的位置"送与"索尼，也算是鳌拜给了索尼一个莫大的面子了。不过，索尼的心中却这样想道："鳌拜，你先别得意，更不要高兴太早，皇后之花究竟落入谁家，并不是由你鳌拜说了算！"

索尼想是这么想，脸上却是笑容可掬。鳌拜因为心中得意，所以也就陪着索尼笑个不停。俩人又东拉西扯了一会儿，索尼便起身告辞。鳌拜也没挽留，只殷勤地将索尼送到门外，就大步返身回府。显然，俩人尽管都各怀鬼胎，但有一点却是相同的：等待或盼望明天的到来。

鳌拜和索尼"等待或盼望"的"明天"终于到来了。这一天，紫禁城北的神武门周围，一下子变得异常热闹：人头攒动，熙来攘往。还刚刚是早晨，便足有上千名少女聚集在了神武门四周。原来，大清朝三年一度的"选秀"活动，就要在此开始了。

紫禁城共有四道门，向南的叫午门，也是紫禁城的正门，向东的名东华门，向西的名西华门，向北的门本来叫玄武门，后因康熙登基避康熙名字"玄烨"之讳，就改称神武门。大清朝的"选秀"活动，便在神武门内进行。

这一年的"选秀"与过去相比，大有不同。这是小康熙皇帝登基后的第一次"选秀"，太皇太后及四位辅政大臣早就公告天下：当今皇上要在此次选中的"秀女"中，钦封皇后、皇贵妃、贵妃及妃、嫔若干人。也就是说，与过去"选秀"相比，此次被选中的"秀女"，其前途可以说是一片光明，其出人头地的机会和可能大大增加。故而，往届"选秀"时，许许多多有权有势的人，总想方设法地将自家的女子隐瞒不上报户部，而此次却正好相反，都千方百计地把自家的适龄女子，亲自送往户部。这也难怪，有几人不想成为大清朝的皇亲国戚呢？所以，一时间，户部里人满为患。从全国各地送往户部的少女，林林总总地至少有数千人。这样一来，以户部尚书玛尔塞为首的一批官吏可就发了大财，谁要是不给他送上一点适当的礼物，谁家的女子就很有可能通不过户部的"复选"。纵是如此，待户部"复选"结束，也还足足剩下有千余名少女。这千余名少女在选秀日的一大清早，便由户部官员领着，集合在紫禁城的神武门内外，等候着当今皇上的亲自挑选。

聚集在神武门内外的那千余名少女，容貌、身段不尽相同，脸上的表情就更是大不一样。有的胆子很小，所以就显得较为紧张；有的见多识广，看起来就比较平静；有的很想成为皇上的妃嫔，脸上自然就流露出一种期待和憧憬；有的根本就不想入宫，脸上显然就挂着一层忧虑和不安。比如那个兰格格和赫舍里吧，一个只满心牵挂着被囚禁了的巴比仑，一个却在想象着做了皇后时的情景，俩人脸上的表情当然就迥乎不同了。

"选秀"的程序大致是这样的：户部把待选的少女集中在神武门内外，到了正式"选秀"的时候，再把少女们按照一定的顺序编成五人一组，然后由当值太监以"组"为单位依次将少女们引进皇宫内一个规定的地点，那地点摆有一张几案，几案上放有五块绿色的木牌，几案旁站有一位执事太监，几案后悬挂着一张透明度很好的珠帘，珠帘后便端坐着皇上和皇后。待选的少女五人一排地站在那张几案之前，如果皇上和皇后认为哪个少女可以入选，执事太监便将几案上相应的绿木牌翻过来，反之，则几案上相应的绿木牌就不动。被选中的少女很快就由一名当值太监领入宫中一处指定地点休息，未被选中的少女也马上由当值太监送出皇宫。因为小康熙皇帝尚未结婚，大清朝还没有什么皇后，所以这次选秀活动就由小康熙皇帝和大清朝的太皇太后博尔济吉特氏二人共同来主持。那张几案旁站立的执事太监是赵盛，阿露及一干宫女侍立在小康熙和博尔济吉特氏的身后。

小康熙对这次选秀活动并不是很在意。虽然他已经在阿露的身上知道了男女情事的奇妙，他还知道，此次选秀过后，他不仅将有皇后，而且还有数目可观的妃嫔，他尽可以在她们的身体上任性地寻找着那种奇妙的感觉，故而他对此次选秀活动多多少少地有些期盼和激动。但是，他毕竟不是那种耽于享乐的皇帝，他有着自己的理想和追求，至少，就目前而言，他着重要去考虑的，是那个鳌拜的女儿兰格格的问题。如果兰格格的问题处理不好，恐怕他所有的理想和追求就都要化为泡影了。

所以，当小康熙随着博尔济吉特氏在那张珠帘后面坐定之后，小康熙就对博尔济吉特氏言道："皇祖母，这次选秀，一切就由您老人家做主吧！"

博尔济吉特氏虽然知道小康熙满腹心事，但还是言道："孩子，这一次不是普通的选秀，你的皇后、皇贵妃等都要从这些秀女中产生，你还是定下心来好好地看一看吧。"小康熙笑了笑道："皇祖母，即使孩儿定下心来，也难以看出个子丑寅卯来呀！"

博尔济吉特氏想了想，觉得小康熙说得也有道理。他毕竟才十四岁，也实难分辨出什么女人的优劣来。于是她就点头道："既如此，那就由我自作主张吧！"

博尔济吉特氏向站立在几案旁的赵盛打了一个手势，赵盛便扯起尖细的嗓门儿喊道："选秀活动现在开始……"

很快，一个当值太监就领了五个少女并排地站在了几案前。遮住小康熙和博尔济吉特氏的那层珠帘很奇特，坐在珠帘后面，能清楚地看见外面，而站在外面，却难以看清珠帘后面。故而，小康熙和博尔济吉特氏二人能将几案前的少女们的身段、容貌看得逼真无遗，而那些少女们却很难窥到小康熙和博尔济吉特氏的真面目。这，也许也算得上是皇家的一种尊严和神秘吧。

小康熙的眼睛虽然也在朝着珠帘外面看，但他的大脑却在急速旋转思考着其他的问题。博尔济吉特氏问他道："皇上，你看这一组当中有谁可以入选？"

小康熙低"啊"一声："皇祖母，你看谁合适就谁合适，孩儿全凭皇祖母做主。"

博尔济吉特氏多少有些无奈地摇了一下头，略略停顿了一下，然后朝着赵盛伸出两个手指头。赵盛会意，轻轻地将几案上的第二块绿木牌翻了过来，意思是，第二个少女被选中入宫，其他四位少女落选，各自回家。

一组又一组少女井然有序地走到几案前站下，又很快地离去。因为看得多了，又没把心思放在这方面，所以在小康熙的眼里，那些少女几乎都是一个模样，根本就没有什么特点可言。不过，有一次，也仅有这么一次，当一组少女在几案前站定了之后，小康熙的眼睛不由得就瞪得溜圆。

那大概是第九十九组，五个少女并肩往几案前一站，当值太监便高声叫道："第一位，辅政大臣索尼的孙女儿赫舍里，年方十六……第五位，辅政大臣鳌拜的女儿兰格格，芳龄十六。"

也真是凑巧，赫舍里和兰格格分在了一组。有这么两个少女站在前面，小康熙的眼睛能不睁得大大的吗？

小康熙首先看的是赫舍里。如果计划顺利，她不久便将成为他的皇后。他以为，她长得很美。她这种美，就像是清晨带露的鲜花，美得清纯，美得水灵，而清纯和水灵中又不乏艳丽，加上她此时的脸上正现着一种微微的、甜蜜的笑容，小康熙看了，不禁怦然心跳。他有一种直觉，他的直觉是，皇祖母为他挑选的这位未来的皇后，的确十分地可人。

小康熙的目光又迅速地移向那个兰格格。如果他的计划失败，那么这个兰格格就极有可能成为他未来的皇后。他发现，这个兰格格长得也非常美，但美得不像是带露的鲜花，而像是笼罩着一层寒霜的鲜花，美得倔强，美得冷艳，而倔强和冷艳中又透着一种淡淡的忧伤，加上她此时脸上几乎毫无表情，所以小康熙看了她之后也不禁怦然心跳。只是这种心跳与先前的心跳大不相同，他为赫舍里心跳是感到了一种温馨，而为兰格格心跳则是觉着了一种酸涩。

博尔济吉特氏知道小康熙的心境，所以停顿了好一会儿才向赵盛伸出了一根手指，紧接着又伸出了五根手指。

第一块绿木牌翻过来了，小康熙看见那赫舍里的脸上迅速地浮起两抹红晕。他知道，她此时的心里一定有一种幸福的感觉。第五块绿木牌也翻过来了，小康熙看见，那兰格格原先几乎毫无表情的脸上霎时变成一片惨白。小康熙明白，对兰格格而言，她是多么希望那块木牌子不要翻过来啊！

赫舍里和兰格格都被当值太监领入后宫去了，又一组少女站在了康熙和博尔济吉特氏的面前。不知是看得时间长了，有点疲惫的缘故，还是由于其他什么原因，小康熙的双眼居然慢慢地合了起来。若不是他的身体间或地动弹一下，别人还会以为小康熙已经睡着了。

博尔济吉特氏看了看小康熙，又忙转过头去。小康熙可以在一旁打盹，但她却不可以，选秀活动一定要顺利地进行和结束。这是大清祖宗定下的规矩，岂能随意变更？

因为待选的少女有千余之众，所以此次选秀活动所花费的时间就相当地长。从早晨开始，一直到晌午时分，最后一组少女才从小康熙和博尔济吉特氏的面前离开。小康熙因为年少，并没有觉得有多劳累，只是感到有些心绪不宁。博尔济吉特氏虽然疲惫，但因为始终坐着，倒也能支持得住。而最苦最累的还是赵盛，一大把年纪了，站了大半天，连喝口茶的工夫也没有。当选秀终于结束之时，赵盛摇摇晃晃地像是要栽倒。慌得阿露连忙跑过去扶住他，言道："赵公公，皇上叫你不要当这个执事，你偏要逞能，这下好了吧？腰酸背痛了吧？"选秀之前，赵盛就主动要求当选秀的执事。小康熙考虑到他年已老迈，本不准备答应，可赵盛执意如此，说此次选秀意义重大，且他已经老朽，很可能见不着当今皇上的第二次选秀了，因而他一定要充任此次选秀的执事。小康熙感其一片忠心，也就最终同意了他的要求。

此时，见赵盛摇摇晃晃的样子，小康熙便笑着站起来道："赵公公，你今天累坏了，快来朕的位子上坐下歇歇。"

赵盛赶紧摆手道："皇上的位子，老奴如何坐得？老奴虽有些劳累，但也还支撑得住……"

还是阿露乖巧，早找了一把椅子放在了赵盛的身后："赵公公，别打肿脸充胖子了，快坐下歇歇吧！"

博尔济吉特氏也笑着道："待赵公公喘过气来，我们就一起陪皇上去吃饭。"

赵盛闻言，忙从椅子上站起来："太皇太后，老奴已经喘过气来了……"

阿露笑道："赵公公，我看你不是喘过气来了，而是肚子饿得喘不过气来了！"

　　小康熙大笑，连博尔济吉特氏身后的那十几名宫女也都大胆地放声笑起来，大清朝此次意义非凡的"选秀"活动便在这大笑声中圆满地结束了。"选秀"是结束了，而有些事情，似乎才刚刚开始。

　　就在"选秀"结束后的第二天下午，在慈宁宫的一间客厅内，大清朝的四位辅政大臣聚在一起，正与太皇太后博尔济吉特氏商量着小康熙选后及婚期有关事宜。

　　好像还是第一次出现这种情况：四位辅政大臣和博尔济吉特氏的意见，完全一致。博尔济吉特氏的意见是，三天之后，待那些被选中的秀女们对宫中的情况和礼节比较熟悉了，由小康熙亲自从那些秀女们中间挑选出大清朝的皇后、皇贵妃、贵妃及妃、嫔等。鳌拜说太皇太后的意思就是他鳌拜的意思。遏必隆当然支持。索尼说没有意见。苏克萨哈表示同意。

　　博尔济吉特氏的另一个意见是，小康熙的婚期最好就定在今年的秋天。鳌拜表示绝对赞同。遏必隆补充说皇上的婚期越早越好。索尼和苏克萨哈同样没有任何异议，只是说皇上的婚期不能太早，因为要留有充裕的时间好好地筹备。最后大家一致同意博尔济吉特氏的意见：小康熙的婚期定在今年秋天。

　　看起来，这四位辅政大臣的意见异常地统一，而实际上，他们同意的动机却有很大的不同。鳌拜和遏必隆几乎是一致的，他们认为兰格格是当朝皇后的唯一人选，所以小康熙皇帝年内结婚当然是最好不过的了。索尼的想法自然与鳌拜和遏必隆不同，他知道，如果事情顺利，真正的皇后会是他的孙女赫舍里，故而他在表示同意的时候，心里就未免有些洋洋得意，当然，在这洋洋得意的里面，也多少有点担心。而苏克萨哈之所以表示同意，乃是因为他清楚地知道自己现在已无力同鳌拜相抗衡了，所以就盼望着小康熙早点结婚并亲政。他以为，只要小康熙一结婚、亲政，那鳌拜在朝中的地位和权势就会顿然消失。尽管小康熙不一定会马上就置鳌拜于死地，但只要鳌拜不能够再嚣张，不能够再霸道，他苏克萨哈也就算是出了心中的恶气。说不定，小康熙再重用他苏克萨哈，那么，他便可以在鳌拜的面前重新抖一抖他在顺治时的威风了。当然，苏克萨哈自己也清楚，想要重抖顺治时的威风恐怕很难，因为小康熙和鳌拜的关系现在看起来似乎很融洽。不过，哪怕只有一点点希望，苏克萨哈也会满腔热情地去期待，而小康熙结婚、亲政，便是他的最后一点希望。

　　见四位辅政大臣的意见相当一致，博尔济吉特氏自然就十分高兴。她含笑言道："各位大人对当今皇上如此爱护，我这里就向各位大人表示深深的谢意了！"

　　鳌拜马上便躬身言道："太皇太后言重了！为大清朝、为当今皇上效力效忠，是我等辅政大臣义不容辞的责任，又何谢之有？"

　　遏必隆和苏克萨哈也都说了一番"谦逊"之言。索尼却不紧不慢地言道："太皇太后，老臣以为，当今皇上选后及完婚，是一件非比寻常的大事情，应当记录下来，载于大清史册，并应速速告知朝中上下文武百官知晓……"

博尔济吉特氏知道索尼与小康熙的某种"联系"。她明白索尼说这番话的用意，是怕日后"口说无凭"。只要小康熙选后及完婚之事"载于大清史册"，只要朝中上下文武百官都"知晓"了此事，即使鳌拜日后想要反悔，恐怕也实难开口。

想到此，博尔济吉特氏就笑问鳌拜等人道："不知各位大人对索大人的这个意见，怎么看啊？"

鳌拜当即言道："臣绝对赞同索大人的意见。皇上选后及完婚，不仅要载入大清史册，让文武百官都知晓，而且应该诏示天下，让整个大清朝都家喻户晓！"

遏必隆和苏克萨哈当然不会有什么意见。博尔济吉特氏言道："既然各位大人都赞成，那就按索大人说的办理吧！"

于是，博尔济吉特氏叫来几位史官，将当日四位辅政大臣的商谈内容记录在案，并以太皇太后和四位辅政大臣的名义通告朝中上下：当今皇上决定三日后亲自挑选后、妃，并定于今年秋天完婚，待具体婚期选择好了之后，再晓谕天下。

此次会议结束之际，几乎每个参加会议的人心里都非常高兴和满意。尤其是鳌拜，似乎已经以"国丈"的身份自居了。刚出慈宁宫，他就踌躇满志地对索尼道："索大人，鳌某今日上午已和皇上谈妥，他决定挑选你的孙女儿做大清朝的皇贵妃。索大人，你听到这个消息，心中有何感想啊？"

尽管鳌拜没有明说，但苏克萨哈早就听出，鳌拜已将大清朝的皇后之位视为自己的囊中之物了，所以苏克萨哈就很是厌恶、不满和愤怒地瞟了鳌拜一眼。但因为早已是今非昔比，故而苏克萨哈瞟鳌拜的那一眼，就多少有些偷偷摸摸的味道。而索尼却笑容满面地朝着鳌拜一拱手道："鳌大人如此关爱老朽，老朽真是无言以谢啊！"

鳌拜"哈哈"一笑道："索大人，你我都同为当今皇上效力，彼此间也就用不着这么客气了！不像有的人，口是心非又自不量力，可结果呢？还不是一无所有！"显然，鳌拜那"有的人"，指的就是苏克萨哈。若是过去，苏克萨哈恐怕早就要对鳌拜反唇相讥了，可现如今，听了鳌拜的话后，苏克萨哈却只能一言不发，至多，他会在心里悲伤地感叹道：真是凤凰落毛不如鸡，虎落平阳被犬欺啊！只不过，苏克萨哈恐怕到现在也还没有搞清楚，他与鳌拜，究竟谁是虎、谁是犬。

当然了，如果鳌拜得知了当天晚上在皇宫里发生的一件事情，他也许就不会在索尼和苏克萨哈的面前那么自鸣得意了。

当天晚上，夜很深的时候，有两个少女，几乎是肩并肩地走进了乾清宫。一个是阿露，另一个则是鳌拜的女儿兰格格。因为兰格格和赫舍里的身份地位非同一般，所以她们被选中秀女后的待遇就比较特殊。就说住的条件吧，别的秀女大都是七八个人挤在一间屋内，而她们两个则是独处一室，且还有丫环、仆人悉心地照料伺候。赫舍里还好，虽然一下子离开了亲人，单独住在一间陌生的屋子里，多多少少有些落寞之感，但一想到未来那美好的日子，她便也能保持着一种"既来之则安之"的较为平稳的心态。而兰格格却不行，她一心只牵挂着那个被囚禁在鳌府内的巴比仑。故而，她独处一室，便觉度日如年、心似油煎。一个白天好不容易地熬过去了，却迎来了一个更为漫长的黑夜，待黑夜蹒跚离去，竟然又是一个恼人的白昼。

兰格格几乎都不知道她到宫中后的第二个白天是如何挨过去的，反正，天色又一点点地黑暗了下来。她的身子虽然躺在床上，但心却早已飞到了巴比仑的身旁。鳌拜曾向她许诺，只要她一入宫为秀女，巴比仑就可以获得自由。现在，她已经入宫了，巴比仑是否真的获得了自由？

她不知道巴比仑现在究竟如何了，所以她就很伤心。她知道自己进了皇宫之后便很难再见着巴比仑了，所以她就更加伤心。而一个人——特别是女人，在伤心到了一定程度的时候，则又会自然而然地想到一个好的去处，那就是死。兰格格虽然比一般的女人要倔强、要坚强，但在她想到从此以后就不能再见巴比仑的时候，那"死"的念头也确实在她的脑海里来回地萦绕过几番。

但她又不敢死。她深知，如果她一死了之，鳌拜知道了，是定然不会放过巴比仑的。而想死又不能死，岂不是一个人在一生当中所能遭遇到的最大的痛苦？

就在兰格格痛不欲生的当口，一个人几乎是悄无声息地走了进来。走进来的人当然就是那个阿露。

阿露也没客套，而是直截了当地道："兰格格，皇上现在要见你。"

听到"皇上"二字，兰格格稍稍回过了神。虽然她不认识阿露，也不知道皇上现在要见她是何用意，但有一个念头却在她的心中油然而生：何不趁此机会向皇上说说自己与巴比仑的事呢？说不定，皇上念其痴情，会放她出宫。

就这么着，兰格格与阿露肩并肩地走向乾清宫。也许是夜深的缘故，或者是早有了什么安排，兰格格与阿露在走往乾清宫的路途中，居然没有碰到一个人。

乾清宫门外，是索额图在值勤。许是他早已知晓此事，也没言语，就让阿露和兰格格走进了乾清宫。只是，在兰格格走进乾清宫前的一刹那，他曾很仔细地瞥了她一眼。也许，他是在暗中比较她与自己的侄女赫舍里哪一个更漂亮些吧。

阿露径直将兰格格带往小康熙的寝殿。寝殿门口，站着赵盛。赵盛堆起那皱巴巴却又十分慈祥的笑容对兰格格言道："姑娘，不要害怕，皇上正在里面等着你呢！"

兰格格见了小康熙心中会感到害怕吗？这个问题，甭说别人了，恐怕连兰格格自己都一时很难说清楚。只不过，她早已横下一条心：无论如何，也要把自己和巴比仑的事情告诉皇上。

　　然而，兰格格跨进寝殿的时候，心中确实害怕了一下。因为，小康熙坐在床上，正笑眯眯地望着她。她心中一凉：皇上在夜深之际，在寝殿之内召见自己，莫非是要自己侍寝？果真如此的话，自己该怎么办呢？

　　尽管心中有些害怕，尽管心中忐忑不安，但兰格格还是不由自主地跪了下去："奴婢叩见皇上……"

　　小康熙"噌"地就从床上跳了下来："兰格格快平身，这里没有别人，你用不着跪拜。"

　　是呀，这里只有她和小康熙二人，且小康熙一步步地就走到她的身边来了，所以她虽然爬起了身子，但心中却异常地空虚。尽管她早就下定了决心，要把自己与巴比仑的事情说出，可此时此刻，她嗫嚅了好一会儿，也终究没能说出话。

　　小康熙虽然只有十四岁，但长得却很是高大，乍看上去，他真的像是个大人了，只是身体略有些单薄。见兰格格欲言又止的样子，他便轻轻地言道："你用不着紧张，朕今夜召你，没有什么大事，只是想和你谈一谈关于那个巴比仑的事情……"

　　兰格格一愕，终于能开口说话了："皇上也知道……巴比仑？"

　　小康熙点点头："昨天上午，你父亲解除了对巴比仑的囚禁。巴比仑在鳌府内可以行动自由了！"

　　"真的？"她的脸上，情不自禁地就现出了一种喜悦之色，但旋即，那种喜悦之色便消失殆尽。显然，她想到了自己。巴比仑看来是自由了，可她却又被父亲"囚禁"在了宫中，她与巴比仑依然不能相见。

　　小康熙没有骗兰格格。昨天上午，鳌拜确实"解放"了巴比仑。鳌拜之所以这么做，当然不是发了什么善心，他主要是担心兰格格若是知道了巴比仑依然被囚会在宫中做出什么"傻"事来。殊不知，鳌拜放了巴比仑，就为巴比仑的逃跑提供了一个很便利的条件。

　　小康熙看出了兰格格是对巴比仑一往情深的，于是就单刀直入地问道："兰格格，朕如果放你出宫，你可愿意？"

　　兰格格几乎不敢相信自己的耳朵："皇上……肯放奴婢出宫？"

　　这一回，兰格格清清楚楚地看见了小康熙在点头。她不禁"扑通"一声跪倒在地："皇上大恩大德，奴婢永远难忘……"

　　小康熙双手扶起她："兰格格，你想过没有，朕如果放你出宫，你会去哪里？"

　　她脱口而出道："奴婢先去找巴比仑，然后与他一起远走高飞！"

　　小康熙微微一笑道："兰格格，如果你回鳌府，你父亲就定然会知晓。你父亲知晓了，还会让你和巴比仑一起远走高飞吗？"

　　兰格格一愣："奴婢……可以偷偷地回去，再偷偷地去找巴比仑……"

　　她的声音很低，显然对"偷偷地回去"连自己都没有把握。小康熙言道：

"兰格格，如果朕帮你和巴比仑见面，然后再帮你和巴比仑二人离开北京城，你可愿意？"

兰格格如何会不愿意？"扑通"一声，她又跪在了地上："奴婢但凭皇上做主……"

小康熙再次将她拉起："你不要再下跪了，你再如此，朕就不帮你了！"

他虽然说得并不当真，她却哆哆嗦嗦地点了点头。小康熙道："朕可以帮你，但你要答应朕两件事情。"

她立刻道："只要奴婢能与巴比仑在一起，皇上什么事情奴婢都答应……"

小康熙言道："第一件事，朕今日帮你，你与巴比仑什么时候都不能说。第二件事，你与巴比仑离开北京之后，几年之内不要再回来。你能做到吗？"

"能！"她差点要大叫起来，"奴婢保证任何时候都不会说出今天的事情，奴婢与巴比仑离开北京后，永不再回来。如果奴婢做不到这一点，就让奴婢遭天打雷轰！"

小康熙看得出，兰格格确是一个说得到就能够做得到的奇女子。于是他淡淡一笑道："你用不着发这么重的毒誓。朕看起来是在帮你，实际上，朕是在帮自己啊！"

小康熙说的当然是实话，只是兰格格没有朝这方面去想。她现在只可能去关心自己的事情："皇上，奴婢什么时候……能见到巴比仑？"

小康熙回道："明天晚上，子夜时分，巴比仑会在东华门外等你。"

兰格格的心差点要蹦出来。明天晚上，就是明天晚上，自己就要同心爱的巴比仑相见了："皇上，奴婢现在……该做些什么？"

小康熙道："你什么也不要做，回去好好地休息，一切朕都自有安排。"

兰格格千恩万谢地离开了。她很想给小康熙磕几个响头，但小康熙不让，她也毫无办法。而兰格格走了之后，小康熙的心却悬了起来。是呀，兰格格这边看来是没什么问题了，可巴比仑那边，会不会一切都顺利呢？

很快地，这一个夜晚就过去了，又很快地，第二天的夜晚又来临了。小康熙多少有点紧张兮兮地找来索额图吩咐道："到时候，你去一趟东华门，如果巴比仑没能按时到达，你就速速将兰格格带回宫中。明白吗？"

索额图明白。如果巴比仑没能按时到达，那就说明巴比仑出了问题，而只要巴比仑一出问题，那小康熙和索尼共同拟订的这个"逃跑"计划就宣告失败。计划失败了，就只能将兰格格带回宫中，不然，小康熙就无法向鳌拜作出相应的"交代"。

就要到子夜时分了。索额图和阿露二人在小康熙凝重的目光注视下离开了乾清宫。到了兰格格居住的地方，阿露唤出了兰格格，然后三人蹑手蹑脚地朝着紫禁城的东门东华门走去。因为事先已经作了相应的安排，所以索额图、阿露和兰格格的行动就非常地隐秘。到了东华门附近，明珠从黑暗中迎了上来，他对索额图、阿露和兰格格道："一切都很顺利，巴比仑已在门外等候。"

索额图道："事不宜迟，让兰格格和巴比仑快走！"

明珠将兰格格领出东华门。一辆小马车静静地停在门外，马车旁，正站着兰格格朝思暮想的巴比仑。兰格格刚一出东华门，巴比仑就扑上来紧紧地拥住了她。明珠催促道："快上车吧，出了北京城，你们有的是时间亲热。"

兰格格和巴比仑携手上了马车。驾车的人是索尼的一个亲信。索尼是数朝元老，又是当朝第一辅政大臣，虽然平日不怎么显山露水，但亲信也还是很多的。按照约定，小康熙只负责将兰格格秘密地送出紫禁城，其余的事情，就都由索尼去办理了。

那辆小马车载着兰格格和巴比仑向着北京城的东门驶去。最终的结果是，在索尼的帮助下，兰格格和巴比仑二人平安地到达了渤海湾附近的一个小村庄。在那儿，兰格格用索尼赠送的银两，买了一些土地，置起了一份很不错的家业，和巴比仑一起，过起了一种男耕女织的田园生活。据说，她和巴比仑都活了八十多岁，子孙满堂，而她的子子孙孙们，也都世世代代地生活在那儿。据传说，如今的渤海湾一带，还有兰格格和巴比仑的后人。当然，这只是一种传说而已。

小康熙虽然不可能知道兰格格和巴比仑以后的生活，但当听说兰格格和巴比仑已经安全地离开时，他还是感到异常兴奋。待索额图和明珠悄悄地离去，寝殿内只剩下他与赵盛和阿露时，他禁不住地眉飞色舞言道："待明日，那鳌拜得知兰格格突然失踪，他的脸上会是一种什么表情？"

赵盛干咳了一声道："皇上，你已经好几天没有睡过安稳觉了，现在也早过了半夜，老奴以为，事已至此，皇上也该好好地休息了……"

小康熙却道："赵公公，你说得虽然在理，但你却无法体会朕此时的心情……这样吧，你先去休息，明日一早，你就到鳌府去，将兰格格突然失踪的事情告诉鳌拜。朕看他这回还有什么话可说。"

赵盛点点头，看了小康熙一眼，又看了阿露一眼，然后默默地离开了。阿露见状，低低地对小康熙道："皇上，时候确已不早了，您该上床休息了，奴婢这就告辞……"

谁知，小康熙一把揽腰抱住了她："阿露，朕不想休息，朕要休息，就与你一块儿休息。"

天刚刚亮，小康熙便醒了过来。他心里有大事，自然不会酣睡。怕弄醒阿露，所以他起床和穿衣的动作就很轻。穿戴整齐之后，他走出寝殿，赵盛正恭候着呢。

小康熙问赵盛道："公公见了鳌拜知道该怎么说吗？"

赵盛回道："皇上放心！老奴虽已年迈，但还不至于糊涂透顶。"

小康熙笑道："公公办事朕总是放心的。你去吧，朕在这里等那鳌拜。"

于是，赵盛就离开乾清宫，出了紫禁城，悠动一双老腿，径向铁狮子胡同走去。来到鳌府门前，赵盛重重地对守门的侍卫道："快去禀报鳌大人，当今皇上要他进宫见驾！"

此时的鳌拜，正在花园内演练拳脚，闻听小康熙要见他，心中多少有些纳闷：距选后之日尚有两天，皇上此时要见我何事？一边想着一边就来到了大门边，见赵盛正气喘吁吁地站在门外，鳌拜就上前一步问道："有劳公公，可知皇上这么一大早召臣入宫，所为何事？"

赵盛脸上的表情既神秘兮兮又惶恐不安："鳌大人，宫内出了一件大事情……"

鳌拜双眉一蹙："敢问公公，宫内究竟出了什么大事？"

赵盛装模作样地四处瞅了瞅，然后凑到鳌拜的耳边道："鳌大人，大事不好了……你的千金今日早晨在宫中突然失踪了……"

"什么？"鳌拜大惊失色，"那兰格格……不见了？"

"是呀，"赵盛低低地道，"昨天晚上，贵千金还在宫内好好的，可今日早晨，她却突然不见了……皇上为此事焦急万分，着老奴前来召大人进宫问个究竟……"

鳌拜当然不知究竟，一时间心乱如麻。但很快，他便镇定下来。他用一种十分平静的语调对赵盛道："烦公公先回宫禀告皇上，就说鳌拜马上就进宫见驾。"

赵盛"嗯啊"一声，缓缓地离去。但鳌拜却并没有"马上"就进宫。他虽然尚不知晓兰格格突然失踪是怎么一回事，但他敢肯定这里面有很大的蹊跷。所以，他略略思忖了一下，便派人去通知国史院大学士班布尔善、兵部尚书葛褚哈、户部尚书玛尔塞和工部尚书济世等人火速入宫去打探宫中动静，又派人去叫自己的弟弟穆里玛和侄子塞本得速速赶到鳌府来。做完了这一切之后，他才像恍然大悟似的想起一个人来，那个人便是巴比仑。

然而，鳌拜得到的消息是：巴比仑已经不在鳌府内。有人向鳌拜汇报说，昨天晚上还看见过巴比仑的。而据赵盛刚才说，昨天晚上兰格格也在宫中好好的。就是说，巴比仑和兰格格都在今天早晨同时失踪了。不会有这么巧合的事情。鳌拜敢断定，兰格格的失踪定然与巴比仑失踪有关。

正好穆里玛和塞本得匆匆忙忙地赶到。鳌拜也没有工夫向他们细说事情的根由，只命令他们道："派出你们的部队，迅速地向北京城四周搜寻，只要发现兰格格和巴比仑，就即刻抓他们回来。"

穆里玛和塞本得也没询问为什么，就又匆匆忙忙地离开了鳌府。他们一个是八旗军的靖西将军，一个是镶黄旗的都统，在北京城内外，他们掌握着大批精锐的军队。后来，他们动用了上万人的军队去四处搜捕兰格格和巴比仑，而且一连搜捕了两天两夜，但终因索尼早就料到这一点，已经作了周密的部署和安排，所以尽管穆里玛和塞本得在搜捕兰格格和巴比仑时使出了浑身的解数，却也终无所获。由此看来，若不是索尼倾心相助，即使兰格格和巴比仑二人插上翅膀，也实难飞出鳌拜的手掌心。

穆里玛和塞本得走后没有多久，班布尔善、葛褚哈、玛尔塞和济世等人便陆陆续续地走进了鳌府。他们接到鳌拜的命令后，都亲自去了宫中。他们带给鳌拜的消息几乎大同小异：兰格格昨晚确实是在宫中。大概是在半夜时分，有人看见有一男一女偷偷地溜出了紫禁城的西华门，而那一男一女很像是巴比仑和兰格格。

班布尔善等人带回来的"消息"当然是假的，可这假的"消息"当时却在宫中广为流传。"流传"一广，假的东西就似乎变成真的了。实际上，这假"消息"是索额图和明珠等人根据小康熙的旨意故意在宫中散播的。他们散播得十分隐秘和巧妙，即使鳌拜想通过这假消息获得什么真实的线索，恐也是徒劳。

鳌拜对班布尔善等人带回来的"消息"是不大相信的。最简单的一点就是，紫禁城内的防卫即使再松懈，也不可能松懈到巴比仑先溜进去，然后再和兰格格一起溜出西华门而竟然无人察觉。鳌拜的推测是，巴比仑极有可能是和兰格格一起逃掉的，但在这中间，定有其他人帮助他们，否则，他们不可能逃跑成功。

你道鳌拜心中的那个"其他人"是谁？不是索尼。索尼给鳌拜的印象是"不问世事政事，但求明哲保身"，鳌拜无论如何也不会想到会是索尼从中作梗。那个"其他人"也不是小康熙。鳌拜始终认为小康熙只是一个"娃娃皇帝"，根本就成不了什么气候。加上索尼和小康熙之间从表面上看起来几乎一点"亲近"的关系都没有，好像还不如鳌拜和小康熙之间处得那么融洽，所以鳌拜就更不会想到兰格格和巴比仑的失踪正是小康熙和索尼二人联手作的"案"。

如果说鳌拜在权倾朝野的时候身上还有什么"弱点"的话，那这个"弱点"就可以用两个字来概括：成见。因为他对索尼有"成见"，所以他才不会去怀疑索尼。同样，因为他对小康熙有"成见"，所以他也不会去怀疑小康熙。令人有些不敢相信的是，正是因为他的这种"成见"，使得他心中的那个帮助兰格格和巴比仑逃跑的"其他人"，渐渐地指向了与此事一点关系也没有的苏克萨哈。他以为，定是苏克萨哈为了报"仇"雪"恨"，才秘密地派人帮助兰格格和巴比仑逃跑的。尽管鳌拜在很长一段时间内都未能找到苏克萨哈插手此事的证据，但鳌拜的心中，却始终咬定此事是苏克萨哈所为。可以这么说，苏克萨哈后来那么悲惨地死去，是与鳌拜的这种"成见"分不开的。而鳌拜后来也落得了一个十分悲惨的结局，同样与他的这种"成见"分不开。当然，这是后话。

鳌拜是在当天的中午才一个人徒步入宫的。这期间，小康熙曾数次派人来召他见驾，他都没有及时进宫。这并不是说，他对小康熙已经有了什么"意见"或猜忌，原因是，尽管他还不知道兰格格和巴比仑是如何逃掉的，但他却在希望着穆里玛和塞本得会有所收获。只要穆里玛和塞本得有所收获，他鳌拜就不难查出事情的真相。然而，临近中午了，穆里玛和塞本得才派人给他送回了一个令他十分失望的消息：不仅没有搜捕到兰格格和巴比仑，甚至连一点点有用的线索也没有找到。鳌拜无奈，只得一边命令穆里玛和塞本得继续搜捕，一边很是沮丧和懊恼地走入宫中。他一边往乾清宫走去，一边暗自思忖：即使穆里玛和塞本得一时无法抓到兰格格和巴比仑，但至少也该搜寻到他们二人逃出北京城的线索啊？莫非，他们二人还在北京城里？或者，他们二人已经消失了？

远远的，鳌拜看见小康熙正在乾清宫门外来回地走动着。他心想，看来，小皇帝也确实是在焦急万分啊！

而实际上，在鳌拜入宫之前，小康熙一直是在龙床上舒舒服服地躺着休息。赵盛去召鳌拜，鳌拜没有及时入宫，小康熙便知道那鳌拜定是在竭力去寻找兰格格和巴比仑的下落了。鳌拜急，小康熙却不急，所以就爬到龙床上休息以弥补昨晚上睡眠的不足。待鳌拜快要走到乾清宫的时候，小康熙才不慌不忙地来到乾清宫门外，做出一副焦虑不安的模样给鳌拜看。大约距鳌拜还有十几步远的时候，小康熙大步迎上去，故意用一种高亢而怨怒的语调冲着鳌拜嚷道："鳌大人，朕三番五次派人去召你，你何故姗姗来迟？"

小康熙的这种表现很是得体。如果小康熙的态度不够激烈和冲动，倒很容易引起鳌拜的某些怀疑。鳌拜重重地"唉"了一声道："皇上啊，臣如何不想速速地入宫见驾？只是闻听臣之贱女突然失踪，臣心中惊恐，赶紧四处去打听贱女的下落，故而姗姗来迟啊！"

小康熙急忙问道："你可打听到兰格格的下落？"

鳌拜缓缓地摇头道："许是臣之贱女早有预谋。臣费尽心机搜寻了半天，也终无所获……"

小康熙长叹一声道："鳌大人，朕自那日选秀之时见过兰格格一面后，便一直念念不忘。诚如鳌大人所言，那兰格格确实有沉鱼落雁之貌和闭花羞月之容，朕实指望能在几天之后可以一亲她的芳泽，故而朕这两天来一直处于一种激动和兴奋之中。可是，有谁知，那兰格格突然从宫中消失……鳌大人，你说，这到底是怎么一回事？"

听小康熙所言，似乎他小小年纪便已很是好色。鳌拜苦笑道："皇上，臣也不知道这到底是怎么一回事啊！如果知道，甭说皇上了，就是臣也用不着如此不安啊！"

小康熙颓然言道："如此看来，也许是朕根本就无福消受像兰格格这样的美丽女子……鳌大人，你说朕的命苦也不苦？"

小康熙说得真真切切的，连鳌拜这样铁石心肠的人也仿佛受到了很大的感染。鳌拜慌忙道："皇上千万不要过于心伤……都是臣的过错。臣家教不严，自小纵容贱女，所以今日才会做出这等不忠不孝的事来。如果皇上心气难平，便只管惩处微臣，微臣绝无怨言……"

小康熙无力地摆了摆手："算了，鳌大人，朕怎么会怪罪于你？只是两天后朕便要选后，可兰格格突然失踪了，你叫朕怎么办？"

是呀，小康熙选后是鳌拜等四位辅政大臣及太皇太后共同商定了的事情，早已记录在案，且也通告了朝中上下文武百官。鳌拜即使想要更改，也实难找到更改的理由。更何况，兰格格的突然失踪，与小康熙和太皇太后好像一点关系也没有。

鳌拜犹犹豫豫地言道："皇上，也许两天之后，臣就可以将兰格格找回来……"

但小康熙知道，既然索尼插手了此事，那鳌拜就甭想再找到兰格格。通过此事，小康熙对索尼的认识无疑是大大地加深了一步。小康熙觉得，皇祖母说得没错，那索尼的确是一个工于心计之人，要想对付鳌拜，还真的少不了像索尼这样的人。

小康熙点头言道："鳌大人，如果你能在两天之内把兰格格找回来，那是朕最高兴不过的事了。朕答应过你，朕一定封兰格格为后，让索尼的孙女儿做朕的皇贵妃……可是，如果你两天之内未能找回兰格格，那朕又将如何是好？"

鳌拜心道：如果找不回兰格格，那就只能便宜索尼那个老滑头了。鳌拜嘴里说的是："臣如果找不回兰格格，那就是臣对皇上犯下了一个不可饶恕的罪过。皇上即使不怪罪于臣，臣的心中也大为不安……好在索尼的那个孙女儿还在，还有那么多姿容出众的秀女，臣以为，皇上尽可以从中挑出皇后和皇贵妃来……"

显然，鳌拜已经料到，兰格格不在了，那索尼的孙女赫舍里便是大清朝皇后的最佳人选了。想到这里，鳌拜的心里就很不是滋味儿。自顺治驾崩之后，他鳌拜好像还从未做过如此窝囊的事情。

小康熙似乎万般无奈地道："看来，朕也只能如鳌大人所言，从那些秀女中胡乱地挑出一个皇后来了……"

从脸上看去，小康熙好像真在垂头丧气，似乎，失去了兰格格，他的确十分伤心。然而，鳌拜刚一离开，他就跑进乾清宫内大笑起来。这是得意的大笑，更是胜利的大笑。

自登基以来，小康熙还从未取得过对鳌拜斗争的任何胜利。但这一回，他胜利了，而且还胜利得非常彻底。尽管，这还不是一场决定命运的大胜利，但小康熙却从这场胜利中悟出了这么一个道理：鳌拜并不是不可战胜的。只要计划周全、策略巧妙，他同样可以打败鳌拜。小康熙能够悟出这么一个道理，便大大地增强了他最终战胜鳌拜的决心和信心。

当天晚上，小康熙令索额图和明珠把那一直在秘密操练武艺的十几个少年召集起来，逐对比试武功。小康熙觉得，这十几个少年的武功比过去已大有长进。所以，他就不仅重赏了索额图和明珠二人，还对那十几个少年一一给予重赏。

两天之后，小康熙郑重其事地挑选了索尼的孙女赫舍里做他的皇后。

【第六回】

登大宝玄烨亲政，上奏表鳌拜参臣

大概是1667年夏季中最热的一天，地上没有一丝风，天上没有一朵云彩，远远地看去，整个紫禁城的上空，都蒸腾着一层闪闪烁烁的热气。

就在这么一个热得难耐的天气里，大清朝的太皇太后博尔济吉特氏在慈宁宫里召见了索尼、苏克萨哈、遏必隆和鳌拜四位辅政大臣。这次太皇太后及辅政大臣"联席"会议的主题是，商定小康熙大婚的具体时间及小康熙亲政的有关事宜。

博尔济吉特氏言道："这么热的天把几位大人叫进宫来，实在是有些委屈，但因为皇上成婚之事已迫在眉睫，所以只得辛苦几位大人一回了。"

索尼首先答话道："太皇太后言语重矣！想我等都是先皇陛下钦定的辅政大臣，为皇上操心、效力而受点炎热之苦，不仅不足挂齿，也实乃本分之责啊！"

鳌拜瞟了索尼一眼，但没有作声。那遏必隆却阴阳怪气地说上了："索大人自然是不怕炎热的，即使这屋内再架上几盆炭火，索大人恐也会泰然处之。所谓人逢喜事精神爽，索大人既然逢了喜事，岂会在乎这区区炎热之苦？"

索尼朝着遏必隆一笑道："遏大人言之有理。不过，老朽听说过这么一句话，叫作心静自然凉。只要心中清静，炎热又能其奈我何？"

遏必隆刚要开口，鳌拜不耐烦地言道："遏大人，今日是来听太皇太后的训示还是来听你与索大人的说笑？"

显然，鳌拜的心中是很不愉快的。既如此，遏必隆就不得不闭了嘴。索尼冲着鳌拜一拱手道："还是鳌大人说得对。一切事情，但凭太皇太后做主！"

博尔济吉特氏微微一笑道："我岂能自做什么主张？只是将几位大人请到一起商量罢了。"

一直保持沉默的苏克萨哈此时言道："太皇太后有什么旨意，请对臣等明示。不然，说来说去的，也终究说不出一个结果来。"

博尔济吉特氏看见，鳌拜狠狠地瞥了苏克萨哈一眼。她不紧不慢地言道：

"承蒙几位大人的关心，早将当今皇上的婚期定在今年秋天。我昨日着人测算，说今年的九月初八是个黄道吉日。所以我今日将几位大人请进宫来，看把皇上的婚期就定在九月初八，是否合适……"

"臣没有意见。"苏克萨哈首先表态，"既然九月初八是太皇太后选中的黄道吉日，那皇上的婚期就应该定在这一天。"

索尼跟着道："老臣同意苏大人的意见。"

遏必隆没敢轻易表态，而是偷偷地看着鳌拜。鳌拜轻吁一口气道："太皇太后决定了的事情，臣自然是不会反对的。不然，还成何体统？"

遏必隆紧接着道："臣同意鳌大人的意见。"当然了，鳌拜不是不想反对，而是实在难以找到反对的理由。更何况，兰格格不在了，小康熙跟谁结婚，什么时候结婚，似乎都与他鳌拜关系不大。既然没多大关系，他又何必强行反对呢？不过，看鳌拜双眉不展的样子，他显然又是在想着什么别样的心事。

博尔济吉特氏言道："既然四位大人都没有意见，那皇上的婚期就定在今年的九月初八吧。距九月初八也没有多少时间了，还请四位大人为皇上的婚事多多地费心操劳。到时候，晓谕天下，让大清所有的臣民都来庆贺皇上的这一空前盛典……"

四位辅政大臣都自觉不自觉地点了点头。博尔济吉特氏接着言道："还有一件事情也必须说出来与四位大人商量，那就是，按大清律例，皇上大婚之后，便要实行亲政……"

"臣同意皇上亲政！"苏克萨哈又是第一个表明态度，"这是大清祖宗定下的规矩，臣等岂能擅自更改？"

博尔济吉特氏注意到，鳌拜又狠狠地瞥了苏克萨哈一眼，唇角还掠过一缕不易察觉的冷笑。于是她便笑问鳌拜道："鳌大人，你对皇上亲政一事，如何看法？"

鳌拜咧了咧大嘴道："回太皇太后的话，刚才苏大人已经说过，皇上大婚后亲政，是大清祖宗定下的规矩，任何人都不得擅自更改，既如此，臣当然就不会有任何意见。"

见鳌拜如此说，遏必隆也就跟着表示"同意"。索尼最后一个道："臣已经年迈老朽，早就该卸下辅政一职了……"

博尔济吉特氏点头道："四位大人如此忠诚地维护祖宗定下的规矩，真乃大清朝的一大幸事啊！既然这样，那就在皇上大婚后的第二天，举行一个皇上的亲政大典……"

太皇太后及辅政大臣的这次"联席"会议终于散了，四位辅政大臣都默默地退出了慈宁宫。不过，在走出慈宁宫之后，鳌拜却怪模怪样地叫住了苏克萨哈："苏大人，如果鳌某没有看错，你好像对皇上即将大婚和亲政一事，显得异乎寻常地高兴啊？"

苏克萨哈当然有些"异乎寻常"地高兴，他就盼望着小康熙皇帝亲政之后能灭一灭鳌拜的那种不可一世的威风。所以苏克萨哈就用一种不冷也不热的语调反问鳌拜道："莫非，鳌大人对皇上即将大婚和亲政，一点也不高兴？"

鳌拜"嘿嘿"一笑道："苏大人，你错了，鳌某的心中其实比你还要高兴呢！只不过，鳌某是想提醒苏大人一声，无论是皇上大婚还是亲政，你都千万不能高兴得太早……"

鳌拜显然是话中有话，但苏克萨哈却也不惧："鳌大人，我苏某不能高兴得太早，你鳌大人好像也不能高兴得太早啊……"

鳌拜夸张地点了点头："苏大人说得是。不过，汉人中好像有这么一句话，叫作'骑驴看唱本——走着瞧'。我与苏大人就走着瞧好了！"

苏克萨哈看来是不愿与鳌拜再啰唆，只道了一声"告辞"便转身离去。遏必隆似乎很不解地言道："这个苏克萨哈，怎会如此不知好歹？"

鳌拜仿佛无奈地摇了摇头道："像他这种人，是不到黄河就绝不会死心的。"

遏必隆笑道："那鳌兄就让他去黄河一次不就成了吗？"

鳌拜也笑道："遏贤弟，我正有此意呢！"

暑热渐退，凉爽渐生。仿佛是在不知不觉间，农历九月初八就适时地来到了。顿时，整个紫禁城沸腾了，整个北京城也沸腾了。

这一天，是小康熙大婚、大喜的日子。从早到晚，整个紫禁城、整个北京城都沉浸在一种无比激动又无限欢乐的气氛中。

当然，在九月初八这一天，最为欣喜、最为高兴的，恐怕还是索尼的孙女赫舍里。她都高兴得有些晕眩了，她甚至都记不清了这一整天里都发生了哪些事情。

她只依稀记得，她和小康熙的结婚大典是在太和殿里举行的。明、清两朝，皇帝大婚，一般都是在太和殿里举行仪式。当时，她坐在小康熙的旁边，接受着文武百官的朝贺。她还明白，从此以后，她就不是普通的赫舍里了，她成了大清朝的"皇后"了。结婚仪式完毕之后，她曾傍着小康熙——应该称作"康熙皇帝"了，因为中国有一种传统，一个男人未结婚前总是"小"的，而结婚之后便不再"小"了——从午门的正门走了一次。可别小看了这"走了一次"，放眼天下，能从午门的正门走过一次的人，实在是屈指可数。

按清朝规定，皇帝和皇后成婚后，皇帝必须要在坤宁宫里住上几晚上。故而，赫舍里被送到坤宁宫之后，尽管还只是下午，离天黑还早着呢，但她却抑制不住自己内心的激动和憧憬，在期盼着康熙的到来了，而这种期盼，又无疑会令她紧张、不安。当然了，再紧张、再不安，对赫舍里而言，也都是幸福的。

清廷还有一项规定，做了皇后，住进了坤宁宫，便会有十个宫女来服侍她。

这十个宫女，就算作是皇后的私有财产了。所以，赫舍里被送往坤宁宫之后，就有十个年少清秀的宫女恭立在她的身旁听候差遣。只不过，赫舍里现在不想"差遣"她们，她只想一个人待着。她所有的激动、紧张、不安或幸福，不愿与她们一起分享，她要一个人细细地咂摸、品味它。因此，她刚一入坤宁宫，就把那十个宫女支出了寝室，剩下她一个人，着凤冠霞帔，坐在床上，默然不语。

天一点点地黑了下来，终于，赵盛和阿露搀扶着康熙走进了坤宁宫。

康熙刚一走入坤宁宫，赫舍里就急急地迎了过来，且躬身言道："臣妾见过皇上……"

康熙还未发话，赵盛和阿露却慌忙伏地。赵盛颂道："老奴赵盛，祝皇后娘娘千岁千岁千千岁！"阿露说得比赵盛要稍稍简洁些："奴婢见过皇后娘娘千岁……"

康熙发话了："赵盛、阿露，你们快快起来，这里没有别人，用不着对皇后行如此大礼。"

很显然，赵盛和阿露在康熙心目中的地位，确实非一般人所能比拟。赫舍里不仅没有生一点点气，反而亲热地将阿露拉起，口中还言道："皇上说得对。你们以后见了我，不必行如此大礼。我虽做了皇后，但也同你们一样，都是伺候皇上的，既如此，我们日后见面，就应当随便一点。"

康熙的酒看来是喝多了，一言不发，趔趔趄趄地走进了赫舍里的寝室。他三步并作两步地跨到床边，一头就栽倒在床上，动也不动了，似乎，他已经进入了梦乡。

赵盛和阿露的任务算是完成了。只不过，阿露在离去前曾深深地看了康熙一眼。她的目光是幽幽的，幽幽之中蕴含着一种酸涩。可惜康熙未能看见她的目光，他是动也不动地趴在床上的。赫舍里也没有去注意阿露，她全副的身心都集中在康熙的身上了。

赫舍里根本就没有察觉到那赵盛与阿露是何时离开的。她一双深情的目光，只停留在康熙的脸上。是的，他很年少，也很英俊。他是大清朝至高无上的皇帝，同时也是她赫舍里的丈夫。

然而，丈夫脸冲着床垫好像睡着了，剩下做妻子的她，寂寥地坐在床边，景况也未免有些难堪。新婚之夜，做妻子的落到这种地步，无论是谁，心中也多少有些酸楚。故而，赫舍里仔细地端详了康熙一会儿之后，就不禁轻轻地叹了口气。

她叹的声音也真轻，轻得仿佛只有她自己才能听得见。但是，她的叹气声还没有完全落下，他却倏然翻过身来，睁着一对眼睛，定定地看着她，且言道："皇后，你是在生朕的气吗？"

她一怔，就有些惊慌失措起来："皇上，臣妾没有生气……臣妾如何敢生皇上的气？"

他止不住地打了一个嗝，一股浓浓的酒气就袭向她的脸庞。他也叹了口气道：“皇后，你应该生朕的气……朕今晚不该饮这么多的酒。”

她赶紧道：“皇上切莫如此说……皇上如此说，臣妾心中委实不安……”

柔和的灯光下，她竟然显出一种超凡脱俗的美丽来。看着她的这种美丽，康熙的心中就不禁想起阿露来。灯光下的阿露，也是和此时的赫舍里一样美丽啊！阿露曾带给他一种前所未有的快感，这个赫舍里，是否也能带给他同样的快乐？

这么想着，康熙的心中就有了某种冲动。在这种冲动的驱使下，他猛然将她拽入自己怀中，她期盼已久的“新婚之夜”似乎就要从此开始……

第二天的太阳终于出现了。乍看上去，这一天的太阳与往日没有什么不同，但若仔细地观瞧却不难发现，这一天的太阳好像被一层隐隐约约的薄云遮挡着。尽管这层薄云并不能遮挡住太阳的光辉，但有了这层薄云，太阳就多少有些黯然失色。

鳌拜是在太阳刚刚升起时起床的。阿美知道他今日要在朝中做一件大事情，所以就没做什么挽留，而是殷勤地为他着衣戴帽。鳌拜今日的衣着可不一般，他穿上了清太宗皇太极赏赐给他的那件龙袍。这件龙袍他已珍藏了许多年了，只在过六十大寿时小心翼翼地穿过一次。因为穿得少，虽然经过了不少年，但穿在身上，那龙袍却也像簇新的一样。

鳌拜穿好龙袍，在床边悠悠地转了一圈，然后笑问阿美道：“小乖乖，老爷我这身打扮，你觉着如何？”

她眼睛盯着那金光四射的龙袍，说：“……妾身以为，如果老爷再戴上皇冠，就与当今皇上并无两样了……不，比当今皇上还要像皇上！”

“比当今皇上还要像皇上”的人，究竟会是什么人？莫非，是当今皇上的“太上皇”？鳌拜“哈哈”一笑道：“小乖乖，老爷我虽不是皇上，但皇上又能奈我何？皇上今日不是要亲政吗？我鳌某就是要在今日，穿上这件龙袍，去朝中给当今皇上一点颜色瞧瞧。”

阿美突然言道：“老爷，皇上今日亲政，如果他命令宫中侍卫将你抓起来，你岂不是糟了？”

鳌拜不屑地说道：“如果皇上有这个胆量和力量，恐怕他几年前就要着人抓我了！只可惜，皇上既没有这个胆量，更没有这个力量。既如此，那老爷我就要在今日的朝中，尽情地展现一下我的胆量和我的力量。否则，皇上还以为他亲政之后，就真可以在朝中发号施令了呢！”

很明显，鳌拜压根儿就没把康熙皇帝放在眼里，他也从来就没想过在康熙皇帝亲政之后交出自己手中的权力。如此看来，康熙皇帝想在亲政之后就清除掉鳌拜一伙的势力，便只能是一种天真的幻想了。

康熙在太阳还没有升起的时候就起了床。尽管昨夜里与赫舍里极尽风流浪漫之能事，但起床之后，康熙却依然感到精神抖擞、信心百倍。在赫舍里依依不舍的目光里，他出了坤宁宫，在几个执事太监的簇拥下，马不停蹄地赶到了太和殿。六年前，他是在弘德殿里登基称帝的。六年后，他要选择这里作为他亲政后的第一个早朝。他一边往太和殿里走一边想道：今日可不比六年前了，今日朕要行使一个皇帝真正的至高无上的权力了。

康熙本以为，自己今日来得这么早，太和殿里定然空无一人。没承想，他刚刚在皇帝的宝座上坐定，却发现下面早站着一个人，定睛一看，原来那人是索尼。而与此同时，索尼也看见了康熙，于是索尼就跪拜道："老臣叩见吾皇陛下，祝吾皇万岁万岁万万岁！"

因为索尼现在的身份非同一般，又与康熙之间有一种十分隐秘的"关系"，所以见索尼跪倒，康熙就急急地下阶言道："索大人快快请起！朕以为，朕是今日到达这里的最早一人。没想到，索大人比朕来得更早，真所谓：莫道君行早，更有早行人啊！"

看得出，康熙此刻的心里异常兴奋。但是，索尼的脸上却几乎毫无喜色。他在爬起身的同时低低地对着康熙言道："老臣知道皇上今日来得肯定很早，所以就等在这里想对皇上说几句话……"

康熙不由得一怔："你想对朕说些什么？"

索尼瞥了一眼站在阶上的那几个执事太监，然后压低嗓门言道："皇上，今日不管发生什么事情，您都千万不要冲动，否则，皇上过去所做的一切，就只能是前功尽弃……"

康熙兴奋不起来了："你以为，今日会发生什么事情？"

索尼摇了摇头："老臣也不知道今日将会发生什么事，但近几天来，鳌府内非常热闹，似乎，有一种山雨欲来风满楼的味道。所以，老臣今日就特地早到一步，想给皇上提个醒，希望皇上无论如何都应保持冷静……"

康熙已经真正地了解了索尼的为人。没有把握的事情，索尼是不会做的，更不会说出。今日，索尼虽然也说不清楚将要发生什么事情，但他既然特地在此等候、提醒，就一定有他充分的理由。故而，康熙就很是郑重地对着索尼点了点头道："你放心，今日就是天塌下来一块，朕也会保持冷静的！"

事实证明，若不是索尼事先提醒，康熙今日说不定就会大大地冲动起来。而只要康熙一冲动，事情的结局恐怕就难以预料。

康熙刚刚转身想要回到皇帝的宝座上坐下的当口，就听得太和殿外有执事的太监高叫道："辅政大臣苏克萨哈到——"

康熙心中一怔：索尼先到，苏克萨哈紧跟着便来，看来今日之事确实非同寻常。苏克萨哈来得这么早，肯定也是有什么很重要的事。

果然，苏克萨哈见了康熙，伏地叩拜之后，有些颤巍巍地从怀中摸出一本奏折来，双手呈向康熙："臣有要事启奏皇上……"

因为康熙就要亲政了，所以朝中大臣的奏折就可以直接呈给当今皇上了。不过康熙并没有马上就伸手去接苏克萨哈的那本奏折，而是有点犹豫地道："苏爱卿，待文武百官都到齐了，你再向朕面奏此折，岂不更好？"

康熙的意思是，等王公大臣们都聚在了太和殿里的时候，苏克萨哈再把奏折呈上，这样便可显示出他康熙亲政后的莫大威望。但苏克萨哈却道："皇上，这本奏折是臣的一点私事，请皇上先行御览，再行恩准……"

康熙闻听"私事"二字，就不知不觉地接了奏折，并迅速地展开，仔细地观看起来。看着看着，康熙的双眉间就凝成了一个小小的"川"字。

你道苏克萨哈究竟有什么"私事"？原来，苏克萨哈是在向康熙"请假"。这本奏折上的文字虽然较多，但基本内容却一目了然。苏克萨哈在奏折上称，皇上业已亲政，他作为辅政大臣的历史使命便已结束，加上他年岁已大，身体也不好，所以他就恳请皇上恩准他告老还乡。

康熙看完奏折后，想安慰苏克萨哈几句，再顺便热情挽留一番。但是，康熙热情的话语还没有说出口，却听得太和殿外执事太监的呼喊声接连不断。原来，早朝时间已到，王公大臣们都陆续进殿来了。

索尼赶紧走到康熙的身边道："请吾皇上坐，不便在阶下拖延……"

康熙只得对苏克萨哈道："爱卿，朕待会儿自然给你一个交代……"

说完，康熙便急急地走回皇帝的宝座上坐下。紧跟着，有一百多人从太和殿外鱼贯而入。这里面，大多数是朝中的王公大臣，也有一些是昨日赶到京城来给康熙朝贺的各省总督、巡抚等地方高官。今日康熙亲政，他们自然要来朝拜。

在索尼和苏克萨哈的带领下，入殿的一百多人一起给康熙伏地叩首，山呼"万岁"毕，分左右两排恭敬地站立着。康熙问索尼道："索爱卿，还有哪位大臣尚未来到？"

索尼细心地查点了一下人数，然后回答康熙道："启奏皇上，尚有辅政大臣鳌拜、遏必隆和辅国公班布尔善、兵部尚书葛褚哈、户部尚书玛尔塞、工部尚书济世、靖西将军穆里玛、镶黄旗都统塞本得……尚未到来。"

康熙闻言，心中不禁一嘀咕：未到的这些人，都是鳌拜一伙的中坚势力，他们迟迟不来上朝，莫非是想在朕亲政之日给朕来个下马威吗？

康熙心中虽这么嘀咕，但面上的表情却也自然。他叫过鳌拜的儿子纳穆福，轻声询问道："你可知你父亲因何事而耽搁早朝？"

纳穆福异常恭敬地言道："回皇上的话，臣是从自己家中直接入宫，实不知臣之父亲因何事而耽搁早朝……"

康熙"哦"了一声，不再言语，但心中却隐隐地有些不安。苏克萨哈上前一步道："启奏皇上，今日皇上亲政，那鳌拜、遏必隆及班布尔善等人故意迟迟不到，实是犯了大不敬之罪，请皇上严加惩处……"

康熙偷偷地瞥了索尼一眼。但索尼一动不动地站着，双手微垂，双目微合，就像根本没听见苏克萨哈的话，更没有听见左右人的议论，仿佛正在闭目养神。康熙心中不禁叹道：好个索尼，如此气定神闲之态，当真有一种"任凭风浪起，稳坐钓鱼船"的境界啊！

有语云：榜样的力量是无穷的。有索尼做榜样，康熙就知道他今日应该怎么做了。所以，康熙便面带微笑地回答苏克萨哈道："苏爱卿，你适才所言，自然在理，但朕以为，那鳌拜、遏必隆等人对朝廷一向是忠心耿耿，此次早朝迟迟不来，定然有他们不来的理由，所以，待他们来了之后，朕先把事情问清楚，然后再作区处，苏爱卿以为如何啊？"

苏克萨哈虽然对康熙的回答不甚满意，但皇帝既然这么说了，他也就只得唯唯诺诺地退下。康熙似乎是无意中看见，索尼听了他的话后，微微地点了点头。

于是，太和殿里，包括康熙在内，一百多个人，都在"耐心"地等待那鳌拜和遏必隆等人的到来。也真够"耐心"的，众人等了差不多有一个时辰，仍未看见鳌拜等人的身影。

太和殿里不再寂静无声，众人都忍不住地交头接耳起来。只是由于这些王公大臣平日里都很忌惮鳌拜，所以他们此刻交头接耳的声音就非常地小。这也难怪，如果议论的声音大了，谁敢保证这里面就不会有人去向鳌拜汇报？

康熙多少有些按捺不住了。他重重地咳嗽了一声，然后轻轻地向着众人言道："诸位爱卿，你们说说看，那鳌拜等人今日会不会来上早朝？"

苏克萨哈忙着言道："启奏皇上，臣以为，那鳌拜等人是不会来上朝的了……他们如此藐视朝廷、藐视皇上，皇上绝不能姑息纵容……皇上应立即着人将他们拘束，先问究竟，再行定罪……"

听了苏克萨哈的话后，康熙一时沉吟不语。

索尼略一思忖，然后不高不低地言道："启奏皇上，臣不同意苏大人的看法。老臣以为，那鳌拜、遏必隆等人今日无论如何也是会来上朝的，只是可能因为有什么紧急的事情而耽搁了，所以，老臣恳请皇上再等上一些时间……如果老臣所言不实，就请皇上治老臣的欺君之罪，老臣绝无怨言……"

康熙终于呼出了闷在胸中的一股浊气，十分轻松地言道："索大人言之有理，朕就再等鳌拜他们一会儿……"

康熙话音未落，就听殿外那执事太监的尖细嗓门呼喊道："辅政大臣鳌拜、辅政大臣遏必隆、辅国公班布尔善……进殿——"

　　"呼啦啦"地，殿内一百多个王公大臣，包括索尼和苏克萨哈在内，都一起不自觉地朝两边分了分。由此不难看出，那鳌拜在朝中的地位该有何等的显赫。只见，打太和殿之外，威风凛凛地走进一干人来。鳌拜阔步走在前头，遏必隆傍在鳌拜的侧面，班布尔善、葛褚哈、玛尔塞、济世、穆里玛和塞本得等人，鱼贯尾随在鳌拜的身后。来到阶前，在鳌拜的带领下，一干人齐刷刷地冲着康熙跪下。鳌拜朗声言道："启奏皇上，微臣等因为有要事缠身，迟迟才来上朝，恳请皇上恕罪……"

　　鳌拜话中虽有"恳请……恕罪"之语，但听其声音和语气，却颇有一种慷慨陈词的味道。康熙似乎也没在意，只淡淡地一笑言道："鳌爱卿，你们既然来了，就请快快平身吧，其他的事情，朕自会问你……"

　　鳌拜爬起，其他的人跟着爬起。索尼哈了哈腰，然后走近鳌拜言道："鳌大人，皇上今日亲政，你是否先对众人说上几句？"

　　鳌拜大手一摆道："索大人是否太客气了？你是四位辅政大臣之首，今日之话，理应由你先说。要不……"他转向苏克萨哈，语调一下子变得阴阳怪气起来，"要不，就让苏大人先说上几句？不然的话，过了今日，苏大人恐怕就找不到这样合适的说话机会了！"

　　鳌拜对苏克萨哈所说的话，是颇有深意的。只是苏克萨哈没有理会，也不可能去理会。苏克萨哈面对着索尼言道："索大人，你是第一辅政大臣，今日自然由你代表我等发话。"

　　索尼装模作样地干咳了一声，然后前走两步，再回过身来，面对着众人不紧不慢地言道："我索尼，受几位辅政大臣的委托，在这里，向各位大人说几句话……我等四人，承蒙先皇陛下的隆恩和信赖，被指定为当今圣上的辅政之臣。六年来，我等兢兢业业诚惶诚恐地做了一个辅政之臣应该做的事情，虽然没有做出什么惊天动地的伟业，但我等对大清朝、对当今皇上的一片赤胆忠心，天地可鉴，日月可昭。今天，现在，当今圣上已经亲政，我等辅政之职便就此卸下。在这里，请允许索某代表几位辅政大臣，向六年来给予我等关心和帮助的各位大人，表示衷心的感谢！如果这六年来，我等没有能够做到恪尽职守，没有能够完成先皇陛下赋予我等的辅政任务，那么，在这里，我等就敬请各位大人原谅，也恳请皇上恕罪……现在，我提议，让我们一起，为当今圣上亲政而三呼万岁……"

　　索尼说着，便转身跪倒。跟着，一百多人一起伏地向康熙叩首并山呼"万岁"。康熙笑呵呵地站起道："众位爱卿平身！朕今日实行亲政，希望各位爱卿以大清朝为念，各司其职，为大清朝的繁荣昌盛作出自己应有的贡献。朕相信，只要各位爱卿与朕同心同德、共同奋进，大清江山就永远固若金汤、兴旺发达！"

　　太和殿里又响起了一阵震天动地的"万岁"声。就在这震天动地的"万岁"声中，康熙笑微微地，有模有样地坐在了皇帝的宝座上。从表面上看起来，康熙皇帝确实是开始亲政了，因为，整个大清朝似乎都被他坐在了臀下。然而，事实又是如何呢？

一个执事太监面对着众人高声尖叫道："有事参奏，无事散朝……"

这执事太监的话音未落，鳌拜就咕咚一声跪在了地上："皇上，臣有本参奏！"

康熙心中一"咯噔"：好个鳌拜，朕今日刚刚亲政，你便有本参奏。虽然康熙尚不知道鳌拜所参何事，但康熙敢肯定，那鳌拜所参，绝不会是什么"好"事。说不定，鳌拜故意用这种"参奏"的方式来出他康熙的难堪。

康熙刚想令执事太监将鳌拜的奏本呈上来，却见遏必隆也走到鳌拜的旁边伏地叩首道："皇上，臣也有本参奏……"

康熙心道："这遏必隆定是与那鳌拜串通一气的。"心念未已，却又见那辅国公班布尔善、兵部尚书葛褚哈、户部尚书玛尔塞和工部尚书济世等人一起走到鳌拜身后跪地叩首道："臣等有本参奏！"

康熙心中未免一惊。这么多人，而且都是鳌拜一伙的人，都有本参奏，定然不是什么偶然或巧合，说不定，这是一种预谋或阴谋。看来，索尼提醒得没错，今日极有可能发生一场非同寻常的事情。

康熙想到此，就渐渐地稳住心神。他已拿定主意，不管今日之事如何，他都一概冷静处之。于是，康熙便微笑着对一个执事太监道："去把各位大人的奏折呈上来。"

那执事太监不敢怠慢，连忙走下阶来，将鳌拜、遏必隆等人手上的奏折依次收好，然后呈在康熙面前的几案上。

康熙看奏折之前，先冲着鳌拜等人言道："各位爱卿平身，待朕阅完尔等的奏折后再作相应区处。"

康熙开始御览鳌拜等人的奏折了。这一御览不打紧，可把康熙暗暗地吓了一大跳。原来，奏折虽有六七本之多，却如出一辙，写的都是同一内容。显然，康熙估计得没错，鳌拜与遏必隆等人的确是早有预谋，而这预谋也的确是一个阴谋。

你道鳌拜等人的奏折上写的究竟是什么内容？康熙当然知道，但苏克萨哈却不知道。所以康熙就用一种不浓不淡的语调问苏克萨哈道："苏大人，你可知罪？"

苏克萨哈闻言大愕，急忙双膝跪地言道："皇上，臣……何罪之有？"

康熙用手一指几案上的那六七本奏折："苏大人，你可知这些奏折之中，所参何人何事？"

苏克萨哈摇了摇头："臣不知那些奏折上所写内容……"

康熙言道："苏大人，你既不知，那朕就来告诉你。这些奏折中，所参的人只有一个，那就是你苏克萨哈苏大人……"

苏克萨哈慌忙道："皇上，臣究竟犯了何事被人参奏？"

康熙似乎淡淡地道：“你结党营私、唯我独尊；你暗地里诋毁朕的声誉，还私下里冒犯太皇太后的尊严；你常常谣言惑众，与大清朝离心离德；你曾口出狂言，说朕的大清江山是你苏克萨哈的天下……苏大人，你还需要朕把你的罪行一一历数下去吗？”

很明显，苏克萨哈的这些“罪名”都是鳌拜亲自创意的，因为这些“罪名”若戴在鳌拜的头上，应非常地适合、恰当。鳌拜的这种做法，是否也能称之为“以小人之心度君子之腹”？

只不过，此时的苏克萨哈早就失去了什么“君子”之态。他可谓是又气又急、又恼又怒且又慌又乱。他有点结结巴巴地言道：“皇上，臣虽然无德无能，但臣对大清朝、对皇上、对太皇太后的一腔忠诚，却完全发自肺腑……这分明是那鳌拜串通其亲信同伙，对臣诬蔑陷害……他们，血口喷人，他们，恶人先告状，他们，是想除掉像臣这样的忠良之人，好让他们一手遮天胡作非为……结党营私、唯我独尊的不是臣，是他鳌拜；诋毁皇上声誉、冒犯太皇太后的尊严的，也不是臣，同样是他鳌拜；与大清朝离心离德、说大清江山是他自己天下的，更只有他鳌拜才能说得出、做得出……皇上，你千万不能听信鳌拜一伙人的造谣诬蔑之辞啊！臣对大清朝、对皇上、对太皇太后一直都是忠心耿耿的啊……”

苏克萨哈虽说得有些结巴，却也不乏一种一气呵成之感。更主要的，他那义愤填膺的情感，应该是深深地打动了那一百多个朝中大臣。只可惜，那些朝中大臣虽有某种同情、理解之心，却并无什么同情、理解之举。面对着鳌拜，他们只能是敢怒而不敢言。所以，苏克萨哈说完了之后，太和殿里竟然静悄悄地，一点声息好像都没有。

鳌拜咧了咧大嘴，冷冷地说了一句话——他是冲着苏克萨哈说的。他说道：“苏大人，你对皇上说的话，都说完了吗？”

苏克萨哈又朝着康熙叫道：“皇上，臣与鳌拜，谁忠谁奸，你可千万要明察啊！”

康熙皱了皱眉，然后望着索尼言道：“索大人，朕现在很是为难……鳌大人、遏大人和苏大人，都是朝中重臣，在这之前，也都是朕的辅政大臣，可现在，竟然互相攻讦起来……如果鳌大人和遏大人所奏属实，那苏大人就显然是一个十恶不赦之人；可如果苏大人的确是一个忠良之臣，那鳌大人和遏大人则又犯了欺君之罪……十恶不赦也好，欺君之罪也罢，按大清律法都该处斩……索大人，你说朕现在究竟该怎么办呢？”

看起来，康熙是在征求索尼的意见，而实际上，康熙早已明了鳌拜等人的险恶用心，只是一时拿不定主意，这才用“征求意见”的方式，希望索尼能给一个比较明确的提示。

索尼有多精明？听了康熙的话后，马上伏地叩首道：“回禀皇上，老臣以为，鳌大人、遏大人等所奏……句句属实。皇上应该当机立断！"

康熙一听，顿时就明白了索尼的"提示"：现在还不能同鳌拜对着干，只能牺牲苏克萨哈。明白了这一点，康熙的心中就很是不平和难受：自己盼星星盼月亮似的盼来了亲政的这一天，可到头来，却还是任由鳌拜摆布，还是只能按鳌拜的意志办，这，到底是为了什么呢？

苏克萨哈听了索尼的话后，差点瘫倒在地。他虽然早就知道索尼不愿与他联手来共同对付鳌拜，但他万万没有想到，索尼会在这个时候对他落井下石。要知道，此时的索尼，其身份地位都非常地特殊，康熙不会不听索尼的意见。所以，苏克萨哈就颤巍巍地指着索尼言道："索大人，你……为何说出这样的话来？"

索尼却一本正经地回答道："苏大人，当着皇上的面，老夫只能实话实说……"

苏克萨哈有气无力地道："索大人，你……说的真是实话吗？"

索尼言道："老夫自以为说的是实话……请苏大人原谅。"

鳌拜高兴起来。索尼有如此表现，也着实出乎他的预料。看来，连索尼这样的老家伙，也都站在自己一边了。故而，鳌拜笑指苏克萨哈道："苏大人，我鳌某说你是十恶不赦之人，你不相信。现在，索大人也说你是十恶不赦之人。你，还有什么废话要说？"

苏克萨哈有些胆战心惊起来。他"呼"地从地上爬起来，冲着那一百多个王公大臣呼喊道："各位王爷，各位大人，我苏克萨哈真的是一个十恶不赦的人吗？"

没有人回应苏克萨哈。当着鳌拜的面，谁敢替苏克萨哈说句"公道"话？苏克萨哈失望了。实际上，他是绝望了。他带着绝望的神情转向康熙，使劲儿地捶打着自己的胸脯道："皇上，臣真的是十恶不赦之人吗？"

康熙也没有回答苏克萨哈。他知道，即使自己今日想搭救苏克萨哈恐也是徒劳。只不过，他的潜意识里，却尚存着一种要搭救苏克萨哈的意愿。所以，他就轻轻地冲着鳌拜言道："鳌爱卿，若不是尔等忠心耿耿，朕也不会知道苏克萨哈原来是这么一个罪不容赦之人……不过，在尔等入殿之前，苏克萨哈就已经向朕呈了一本请求告老还乡的奏折。朕以为，苏克萨哈虽然罪该万死，但念其毕竟为大清朝做过一些事情，功虽然不能抵罪，但饶其一死，让他回归故里，似乎也并无不妥……"

康熙心里话：鳌拜，你纵然横行霸道，可当着这满朝文武的面，你总不会不给朕一个面子吧？只要给了朕一个"面子"，那苏克萨哈就可以留下一条性命。

谁知，鳌拜却"哈哈"大笑起来。鳌拜的笑声太肆无忌惮了，震得康熙的耳鼓一阵发麻，震得偌大的太和殿一阵颤抖。笑毕，鳌拜旁若无人似的言道："皇上，难道你还没有看出苏克萨哈的一颗叛逆之心吗？皇上今日亲政，他却要告老还乡，他居心何在？他这不是明摆着对大清朝、对皇上心存不满吗？像这种居心叵测的卑鄙小人，纵然将他千刀万剐也难消其罪，皇上又怎能让他回归故里？"

鳌拜似乎是在"教训"康熙，而且还是当着文武百官的面。好在康熙早就抱着一种"冷静"的态度，所以听了鳌拜的话后，脸上一点生气和惊讶的神色都没有，反而微笑着对鳌拜言道："鳌爱卿所言，是不是过于严重了？"

鳌拜的脸上连一点点微笑的痕迹都找不到。看起来，他颇为义正词严："皇上，你既然为君不忍，那就让微臣代皇上来清除朝廷叛逆！"

苏克萨哈看出了鳌拜目光中的浓浓杀气。事已至此，苏克萨哈倒也不再惧怕。他挺直腰板，厉声喝问道："鳌拜，你想干什么？你想犯上作乱吗？"

鳌拜牛眼一瞪道："苏克萨哈，你死到临头，还敢嘴硬？"

苏克萨哈的眼睛睁得也不小，虽没有睁到鳌拜那个水平，但也着实吓人："鳌拜，你想把我怎么样？"

鳌拜笑了，只是笑得很奸、很阴："苏克萨哈，我不想把你怎么样，我只想把你送到你的好朋友苏纳海、朱昌祚和王登联那儿去……你可知道，你的这些好朋友都在想你呢！"

闻听鳌拜在此时提及苏纳海等人，苏克萨哈不禁怒火中烧。他一指鳌拜，咬牙切齿地言道："有当今圣上在此，还轮不到你鳌拜嚣张！"

殊不知，"当今圣上"早已是有苦难言。只见鳌拜面色一沉，冷冷地却又高声地吆喝道："来啊！给我把这个叛臣贼子速速拿下！"

早就等得极不耐烦了的穆里玛和塞本得二人，在鳌拜"拿下"一词刚刚说出口的时候，就仿佛两头饿狼般，凶狠地扑到了苏克萨哈的身旁，将苏克萨哈的两条胳膊紧紧地抓住。苏克萨哈虽然身高马大，可毕竟敌不过身强体壮的穆里玛和塞本得，挣扎了一阵之后，终也动弹不得。

鳌拜有板有眼地踱到了苏克萨哈的对面，且字正腔圆地言道："苏大人，你现在所说的话，就是你留在世上的遗言了……"

鳌拜说的是实话。苏克萨哈留在世上的最后一句话是："皇上，你怎么能够容忍鳌拜如此霸道？"

康熙的内心深处当然不能"容忍"，可瞥了一眼索尼，索尼就像什么也没看见、什么也没听见似的，康熙便强迫自己"容忍"了下去，也做出一副什么也没看见、什么也没听见的模样，静观事态的继续发展了。

然而，康熙那颗仁慈的心却在一阵阵地抽搐。他看见，鳌拜的右拳已经重重地击在了苏克萨哈的胸膛上。苏克萨哈惨叫一声，从口中喷出的一股鲜血，宛如一支利箭，直向康熙射来。康熙本能地向后一仰，再看，鳌拜的左拳又重重地击在了苏克萨哈的腹部。这一次，苏克萨哈没再惨叫，也没再喷血。他死了，被鳌拜活活地打死在朝廷上、打死在康熙和文武百官的眼前。

可怜的苏克萨哈，直到死时也没能弄明白康熙为什么要如此地"容忍"鳌拜的霸道行径。

苏克萨哈死了，但康熙还活着。表面上看过去，康熙不仅没有因为苏克萨哈的惨死而现出什么伤心悲痛或不满怨尤之色，相反，他的脸上还由原先的无动于衷变为一种淡淡的喜悦来。这，是康熙真的变得成熟了还是变得冷酷了？

殿内那一百多位王公大臣，像康熙那样面带喜色的不多，大多数人都现出一种木呆呆的神情来，还有极个别大臣，可能是因为天生胆小的缘故吧，见苏克萨哈被活活打死，竟然止不住地哆嗦起来。当然，所有的大臣，不管其脸上是何种表情，都无例外地缄口不语。

再看鳌拜，见自己只两拳就将苏克萨哈送上了西天，不禁心花怒放。看来，自己的确还是宝刀未老啊。这么想着，他就似乎很是奇怪地问穆里玛和塞本得道："你们两个是不是打算给苏大人送终啊？"

穆里玛和塞本得一怔，继而明白了鳌拜的意思，赶紧松开了苏克萨哈的手臂。只见苏克萨哈就像被人抽去了筋骨似的，软绵绵地瘫在了地上。

鳌拜不屑地瞥了苏克萨哈尸体一眼，然后转过身去，"咕咚"一声朝着康熙跪下，口里高声言道："启奏皇上，微臣杀死奸臣苏克萨哈，虽然是替天行道、为大清朝的江山社稷着想，但毕竟有违皇上的旨意。现在，微臣除奸之事已经了结，请皇上发落……纵然皇上将微臣零刀碎剐，微臣也死而无憾！"

康熙心里话：鳌拜，你才是大清朝真正的奸臣啊！但康熙嘴里说的却是："鳌爱卿言重了。像苏克萨哈这种罪大恶极之人，爱卿替朕处置，岂不是大快人心之事？爱卿只有功、并无过，又何来'发落'之说？只不过，朕以为，爱卿适才处置苏克萨哈的手段，似乎有些过于严厉了……"

鳌拜大嘴一咧道："皇上批评的是。皇上有如此仁慈之心，真乃臣等的莫大福分啊！"

康熙竭力不去看苏克萨哈的尸首。实际上，他也不敢看。苏克萨哈死时，双眼仍然瞪得大大的，似乎还在向康熙质问：你为何如此容忍鳌拜无法无天的行为？

康熙把目光投向那一百多位王公大臣。见那么多王公大臣都鸦雀无声地站立着，康熙不由得暗自叹息了一声。心念一转，他略略提高了声音问道："各位大人还有无要事启奏？"

没有谁有什么"要事"启奏。其实，有不少大臣都是带了奏折来的，可见到康熙亲政之后，朝中局面并没有改变，还是由鳌拜把持、操纵，他们就不敢轻易地当着鳌拜的面把奏折直接呈给康熙。

康熙似乎很理解各位大臣的心事，于是就自顾点了点头，然后轻声问鳌拜道："爱卿，你已经除去了苏克萨哈，现在可还有别的什么事情？"

鳌拜回道："臣别无他事，只恳请皇上能够饶过奸臣苏克萨哈的其他家人……"

鳌拜言辞切切，好像真的很"同情"苏克萨哈的家人。鳌拜此种做法，是不是对"贼喊捉贼"作了一个全新的诠释？

康熙仿佛也很认真地言道："鳌爱卿有如此好生之德，实在令朕感动……这样吧，朕着人令苏克萨哈的家人速速离开京城，也就罢了……"

说完，康熙冲着一个执事太监摆了一下手。那执事太监冲着阶下喊道："散朝——"

索尼、鳌拜和遏必隆及一百多位王公大臣一起伏地称颂道："吾皇万岁万岁万万岁！"

康熙的脸上露出了灿烂的笑容。可"万岁"声中，他的目光却迅速地掠了苏克萨哈的尸体一眼。康熙暗道：苏克萨哈，你死得太惨，也死得太冤，你放心，朕一定会替你报仇，替你讨回一个公道！

苏克萨哈在朝中被鳌拜打死的事情，博尔济吉特氏很快就知道了。知道了之后，她就急急忙忙地奔坤宁宫而来。如果坤宁宫内见不着康熙，她就再去乾清宫。她无论如何也要尽快地同康熙谈一下。她以为，康熙尽管已经完婚，今日在朝中的表现也并无什么不妥之处，但他毕竟还很年少，苏克萨哈的惨死不可能不在他的心中留下深深的烙印，这个时候的康熙，应该是最需要找一个知心的人倾诉的。

诚然，最了解康熙的人，应该莫过于她博尔济吉特氏了。然而，这一回，她却似乎想错了，至少，她没有料到，康熙竟然会变得如此成熟。

博尔济吉特氏刚一跨进赫舍里的寝室，就见康熙早已翻身下床，正朝寝室外走。见着博尔济吉特氏，康熙似乎很是惊讶："皇祖母，你怎么来了？"

见康熙神色镇定，并无什么异样，博尔济吉特氏也很是惊讶："孩子，你这是……要上哪儿去？"

康熙回道："孩儿见时已正午，肚中恰又饥饿，便想去用膳……"

若是过去，目睹了鳌拜那么嚣张、那么残忍，康熙哪还会有什么心思用膳？博尔济吉特氏不觉点头道："是呀，孩子，现在正是用膳的时候……"

康熙恍然悟出了博尔济吉特氏的来意，于是赶紧挽住她的手臂道："孩儿现在不想去用膳了，孩儿现在想与皇祖母谈一谈了。"

康熙说着话，便将博尔济吉特氏搀扶在了一张椅子上坐下，自己则恭恭敬敬地立在一边。博尔济吉特氏微笑着言道："孩子，我已经看出来了，你已经不需要我再在你的身边啰唆了……"

康熙连忙道："皇祖母千万不要这样说……孩儿就像是一只小船，皇祖母就是掌船的舵手，孩儿无论何时何地，也都离不开皇祖母的教导，不然，孩儿这只小船，岂不是要偏离了航向？"

康熙的这个比喻，不一定十分地贴切，但博尔济吉特氏听了，心中却十分地舒畅。因为她已经感觉到了，康熙的确能够独立自主地去处理一些重大的事情了。

于是，博尔济吉特氏就异常开心地言道："孩子，你不仅能做大事了，而且还学会了满嘴的花言巧语……"

康熙也笑着道："孩儿这不是花言巧语。孩儿知道皇祖母时时刻刻都在惦记、牵挂着孩儿……皇祖母定是得知苏克萨哈的事情后，赶到这儿来安慰、开导孩儿的……"

博尔济吉特氏言道："你说得没错。我得知苏克萨哈的事情后，的确有些为你担心。"

康熙脸上的笑容渐渐地淡去："……当时，眼睁睁地看着苏克萨哈被鳌拜活活打死，孩儿心中确实很难受，也确实非常地愤怒，甚至，孩儿都想冲下去与那鳌拜拼个你死我活……但后来，孩儿终究还是忍住了。这其中，索尼的镇定自若对孩儿起到了很大的示范作用。同时，孩儿也发觉，自己与过去好像大不相同了。现在，无论让孩儿面对多么残忍的事情，我也都能够做到不动声色了……"

博尔济吉特氏喜滋滋地插言道："孩子，这就是你成熟的表现啊！"

康熙"哦"了一声，继续言道："……不过，当孩儿一个人独处的时候，所经历的事情却久久难以忘怀……鳌拜张狂大笑的模样，苏克萨哈死不瞑目的惨状，就是孩儿现在想来，也依然气愤难平……还有，朝中那么多王公大臣，竟然无一人敢站出来指责鳌拜一伙无法无天的行径。不过，孩儿后来还是想通了，连孩儿都不敢以真面目示以鳌拜，那些王公大臣们又能对鳌拜怎样？"

博尔济吉特氏接道："是呀，孩子，以后的路还长着呢！不能想通的事情，你都应该尽力想通啊！"

康熙半蹲在了博尔济吉特氏的面前："皇祖母请放宽心，孩儿觉得，孩儿已经真正地想通了。虽然孩儿亲政之后，并未能如孩儿先前所愿将鳌拜一伙的势力迅速地铲除，但孩儿今日也已经看出，真正跟鳌拜一伙的大臣，并不是很多，连鳌拜的儿子纳穆福也跟鳌拜貌合神离。大多数朝臣，虽然平日唯鳌拜之命是听，但他们内心深处，却都对鳌拜极为不满。他们只是惧怕鳌拜在朝中的权势而敢怒不敢言罢了，而鳌拜在朝中的权势又只不过是依仗着他们一伙手中握有很大的兵权，京畿一带几乎都在他们的控制之下。乍看起来，他们是很强大，但孩儿以为，他们实际上是十分孤立的，而孤立的人是根本称不上什么强大的。所以，孩儿并不惧怕他们。孩儿有信心、也有能力战胜他们！只要孩儿不急不躁，同他们较量智谋，孩儿以为，清除鳌拜一伙的势力，当为期不远！"

这么一大段话，康熙几乎是一气呵成。很显然，他在博尔济吉特氏到来之前，便已成竹在胸。博尔济吉特氏不禁充满深情地抚摸了一下康熙的额头："孩子，听你如此一番言语，我很激动……大清朝，有救了！"

康熙倏然间有些腼腆起来："皇祖母，孩儿能有今日这般彻悟，全赖于皇祖母昔日对孩儿的悉心教诲。皇祖母为孩儿所写的那个大大的忍字，孩儿一直镌刻在心中，不敢轻易忘怀。若没有皇祖母，孩儿恐早就同那鳌拜反目为仇、势不两立了。果真如此的话，孩儿今日的处境，定然不堪设想……"

是呀，如果康熙一直同鳌拜对抗，鳌拜会对康熙怎么样呢？如果鳌拜真对康熙"怎么样"了，那大清朝的历史就很有可能重写了。

博尔济吉特氏缓缓地站起，康熙跟着缓缓地起身。博尔济吉特氏缓缓地言道："孩子，对付豺狼就得有豺狼一样的凶狠，对付狐狸就应该有狐狸一样的狡猾。否则，不仅打不倒豺狼，反而会被豺狼所伤，即使抓住了狐狸，也会让狐狸溜走……这是狩猎的道理，也是为人的道理啊！"

康熙缓缓地点了点头："皇祖母，你过去跟孩儿说过类似的话，可孩儿那时不懂，至多是一知半解，但现在，孩儿懂了，真正地懂了。不管那鳌拜是一只豺狼还是一只狐狸，孩儿这个猎人都可以将他捉住、打倒！"

用过午膳，康熙着人唤来索额图和明珠，劈头就问二人道："你们可知今日朝中发生了何事？"

索额图回道："今日朝中发生的事情，早已在宫中传开……"

明珠言道："小人等中午便听说了朝中发生的事情……听说，那苏克萨哈死得很惨……"

康熙略一停顿，继而沉声问道："你们两个，加上你们训练的那十几个人，如果去和那鳌拜搏斗，能有几分胜算？"

原来，康熙苦苦训练索额图、明珠和那十几个少年，目的就是用来对付鳌拜的。尽管索额图和明珠早就大致猜出了康熙训练他们的用意，但由康熙如此明确地亲口说出，这还是第一次。故而，听了康熙的问话后，他们俩还是大大地吃了一惊。

见二人闭口不语，康熙不禁皱眉道："朕问你们话，你们为何不回答？"索额图慌忙言道："回皇上的话，小人以为，那鳌拜两拳便打死了身高马大的苏克萨哈……小人等若与鳌拜相搏，恐无绝对的胜算……"

明珠赶紧补充道："小人以为，如果配合得当、齐心合力，小人等或许可以同鳌拜战成平手……"康熙慢慢地摇了摇头道："就算战成平手，又有何用？"

康熙早就知道鳌拜有一身不凡的武功，所以就经常督促索额图和明珠刻苦地训练人手以备未来之需。他本以为，鳌拜的年岁一天天地大了，纵然年轻时有一身盖世的武功，现在恐也要大打折扣，加上索额图和明珠也确实尽职尽责，那十几个少年也确实被他们二人训练得身手敏捷、不可小觑，所以康熙的心中就有了这么一种想法：到了那一天，用索额图和明珠等十几个人去对付鳌拜一个人，料也不会有什么大问题。但今日，康熙在太和殿内目睹了鳌拜的所作所为之后，才幡然醒悟过来：自己过去是大大地低估鳌拜了。苏克萨哈长得那么强壮高大，鳌拜只两拳便将他打得喷血而死，若换了索额图、明珠等人，谁又能受得住鳌拜的一拳一掌？

索额图和明珠见康熙的脸色十分难看，不由得有些心慌。俩人对望了一眼，一起跪在了康熙的脚边。康熙明白他们的意思，也没责备，只是轻轻言道："朕已经把训练你们的目的告诉了你们，以后你们就应该有针对性地刻苦训练了……如果你们最终一事无成，那朕的这番苦心，就算是付诸东流了！"

康熙虽只有十四岁，但这番话却说得语重心长。索额图叩头言道："皇上，如果小人完不成任务，皇上就把小人的脑袋从颈上拿去……"

明珠几乎要落下泪来："皇上如此器重小人，小人即使是肝脑涂地，也要完成皇上的任务。"

康熙一时没有言语。索额图和明珠的忠诚，应该是毋庸置疑的，但光有忠诚，就能够办成任何事情吗？蓦地，康熙沉声言道："索额图、明珠听旨——"

索额图、明珠二人乍听到"听旨"二字，不知将要发生什么事，都赶紧把头伏在地上，动也不动，只他们的心中却在疑疑惑惑地想着：莫非，皇上现在就要派我等去对付那鳌拜吗？

就听康熙一个字一个字地言道："朕封索额图为吏部右侍郎，明珠为内务府总管！"

索额图、明珠闻言大惊又大喜。他们都才十六七岁，于倏忽之间，便由一个普通的御前侍卫变成了朝中大臣，这叫他们如何不又惊又喜？因为太惊了，更因为太喜了，以至于他们都忘了"谢主隆恩"。

康熙淡淡地问道："索额图、明珠，你们现在都做了朝中大臣，怎么不向朕谢恩啊？"

索额图、明珠这才回过神来，一边不停地说着"谢主隆恩"一边不停地给康熙叩头。康熙微笑道："两位爱卿平身吧。你们虽然做了大臣，但也不必每次都去上朝。你们主要的任务，还是在宫内。朕怕你们平日活动有所不方便，所以就封给你们一个官职。你们明白了吗？"

索额图和明珠都是极聪明之人，自然明白康熙皇帝的意图。"吏部右侍郎"一职，虽然名义上属吏部管辖，而实际上，却是由皇帝直接亲管，因为它的主要任务，就是负责皇宫内的安全保卫工作。"内务府总管"更是由皇帝直接管辖，它除了安全保卫工作之外，皇宫内的其他一切事务，则都由它统一安排、处理。康熙让索额图和明珠担当这么两个官职，显然是为他们二人在皇宫内的活动提供最大的方便，同时，有索额图和明珠掌管皇宫大小事务，康熙当然是最放心不过的了。不难看出，康熙已经是在有意识地培养自己的亲信并暗中扩大自己的势力了。

康熙钦封索额图和明珠为官，是经过一番深思熟虑的。最明显的，是他考虑到了鳌拜的因素。如果封索额图和明珠为官，会引起鳌拜的猜忌或不满，那他就不会这么做，至少，他暂时不会这么做。他以为，封索额图为吏部右侍郎、封明珠为内务府总管，那鳌拜是不会怎么太在意的。因为，这两个官职只涉及皇宫内部事务，与朝中大事并无多少关联，所以鳌拜就不大可能也没有多少理由反对。更主要的，索额图和明珠都才十六七岁，在鳌拜的眼里，他们只不过是两个少不更事的"娃娃"，既然鳌拜连康熙这个皇帝"娃娃"都没放在眼里，自然就不会把索额图和明珠这普通"娃娃"当做一回事情。既不会"当做一回事"，鳌拜就当然更不会反对或不满了。康熙以为，鳌拜会反对或不满的，是对他能构成威胁的人和事。只要不对鳌拜构成威胁，无论是什么人、什么事，他恐怕都只会抱着嗤之以鼻的态度。

应该说，康熙对鳌拜的这种分析和理解是十分正确的，而事实也证明了康熙的这种正确性。当有人把康熙封索额图、明珠为官的事情告诉鳌拜时，鳌拜只淡淡地说："皇上是在闹着玩呢！"而当康熙在一次早朝前故意将封索额图、明珠为官的事情向鳌拜"通报"时，鳌拜竟大大咧咧地言道："皇上封谁为官，微臣岂敢胡言乱语？"可见，鳌拜的确是没有把这件事情放在心上的。这当然是鳌拜的狂妄自大性格使然，但同时，也足见康熙对鳌拜已经渐渐地做到了"知己知彼"了。而"知己知彼"，岂不是"百战不殆"？

康熙封索额图和明珠为官，还有一个很重要的原因，那就是，使索额图和明珠更加忠心耿耿地为自己效劳。要知道，"吏部右侍郎"和"内务府总管"虽还不是什么一品、二品极臣，但索额图和明珠小小年纪竟能位列朝臣之中，这该是何等的荣耀？有了这等荣耀，他们的内心深处，还不对康熙皇帝感激涕零？

所以，当康熙叫索额图、明珠"平身"，索额图、明珠激动不已地爬起身来之后，康熙看见，索额图、明珠二人的眼睛里，都闪烁着晶莹的泪花。

康熙静静地道："两位爱卿切记，你们要做的事情还很多，千万不可掉以轻心啊！"

索额图和明珠赶忙躬身言道："皇上旨意，臣已铭刻在心……"

看看，索额图和明珠刚刚还是"小人"，现在却都以"臣"自居了。是事情变化得太快，还是历史本来就有些不明不白？

【第七回】

正皇权鳌拜被缚，引众怒群臣议诛

康熙的生活一下子变得十分有规律起来，规律得都令人难以置信。

每天一大早，康熙爬起来之后，不是去上朝，就是去听弘文院大学士熊赐履、魏裔介等人讲解汉人的文化。若是去上朝，他顶多虚应一番，几乎从未处理过任何具体事情。比如有一次早朝，一个大臣向康熙禀奏，说是罗刹兵（沙皇俄国士兵）在大清朝的东北地区越来越肆无忌惮，他们滥杀大清朝臣民，奸淫掳掠妇女儿童，其残忍、暴戾的程度，令人发指。康熙回答那位大臣道：朕没有时间处理这种事，这事就交与鳌拜去办吧。又有一位大臣向康熙禀奏，说是盘踞在台湾的郑氏集团，近来常常派兵船到福建沿海一带骚扰，甚至侵入福建内地，攻城掠寨，气焰十分嚣张。康熙回答说：朕没有精力去管这种海盗的事，这事就由鳌拜全权处理吧。也就是说，康熙在早朝的时候，若有大臣上奏比较重大的事情，他一般都是推给鳌拜处理；而如果是比较小的事，他一般则交给索尼和遏必隆或其他各部大臣去办。久而久之，几乎就没有什么人在早朝的时候向康熙禀奏什么事情了。这样一来，康熙上朝就好像是成了一种形式。而鳌拜，则名副其实地成了大清朝廷的主宰，许许多多的大臣遇有什么事体都直接去向鳌拜禀奏。对此，鳌拜当然心满意足；而康熙，似乎也乐得这种清闲。

北京城西郊有一个很大的苑囿，称之为"西苑"，里面豢养着许许多多的大小动物，专供皇帝和皇室子弟狩猎消遣之用。康熙在那些日子里，曾带着索额图和明珠去过那儿好多次。有一段时间，康熙几乎每天都要到那儿去，甚至，有好几个晚上，他都没回皇宫，而是住在了西苑附近的行宫里。鳌拜得知此事后，曾笑对遏必隆等人道："皇上是玩上瘾了呢！"

鳌拜说得一点没错，康熙那段时间确实是在西苑玩上了"瘾"。不过，一开始的时候，康熙去西苑玩耍主要还只是做做样子，做出一种"不务正业"的模样让鳌拜一伙观瞧，只是后来，康熙去西苑的目的就发生了巨大的变化，这种变化源于一个叫吴有财的年轻侍卫。

那一天，康熙在乾清宫午睡醒来，时间已经很迟了，但还是带着索额图和明珠等人赶往西苑，到达西苑时，已近黄昏。康熙看见，那吴有财正和几个满族的侍卫在一起摔跤玩耍。因为那几个侍卫都是满人，自小就受过摔跤训练，故而吴有财怎么摔也都是失败者。索额图正想过去吩咐那吴有财牵马，却被康熙止住。因为，康熙发现，那吴有财又一次被摔倒在地，爬起来之后，突然变得凶狠凌厉起来。一个侍卫走到吴有财的身边，抓住吴有财的手，想故伎重演将吴有财撂翻，谁知，吴有财双手一抖，竟然将那个侍卫的一只手臂扭到了背后，那侍卫苦苦挣扎，终也动弹不得，吴有财脚下使了个绊子，那侍卫就一头栽倒在地。另一名侍卫见状，抢步过来，伸手就去抓吴有财的衣领。只见吴有财不躲不闪，一只手上抬，迎住了对方伸过来的手，只将对方手腕往上一扳，对方就如杀猪般地"嗷嗷"大叫起来，吴有财用脚一勾，对方就"咕咚"倒地。

康熙看在眼里，喜在心上。他冲着索额图言道："快，叫吴有财快来见朕！"

索额图过去大声一喊，吴有财等人都大惊失色。因为玩得兴起，吴有财等人都没有看见康熙。在索额图又一次催促之下，吴有财才战战兢兢地走到康熙的面前，"扑通"跪倒，一边叩头一边不迭地言道："小人罪该万死，小人罪该万死……"

皇上在一边站着，吴有财等人却旁若无人地尽兴嬉闹，这种"大不敬"之举，也的确是"罪该万死"了。只不过，康熙叫吴有财过来，并非想追究他的什么责任，而是另有目的。

康熙和颜悦色地对吴有财道："你且起来，朕有话对你说。"

吴有财见康熙皇帝并无责怪之意，也就哆哆嗦嗦地爬起了身子。康熙言道："吴有财，朕见你刚才所使的招式，煞是厉害，真看不出，你还是个打斗的高手啊。"

吴有财慌忙道："小人不是什么打斗高手，小人只会那么一招半式，小人老是被他们摔倒，心中不服，才使出这种打法……其实，摔跤是不允许用这种打法的，小人已经犯规了……"

康熙微微一笑道："你这种打法，用在摔跤上，未免有犯规之嫌，但用在打斗上，却并无不妥。"招过明珠道："你现在就同吴有财比试一回。"明珠虽和吴有财差不多年纪，却是堂堂的皇宫内务府总管，吴有财自然不敢轻易地和明珠比试。康熙看出了这一点，于是就拍了拍吴有财的肩膀道："你听着，你用不着害怕，只要你用刚才的招式，能将明珠制服，朕就重重地奖赏于你。"

吴有财决定豁出去了，既是皇上之命，自然不得违抗，而打赢了还有重赏，又何乐而不为？所以，吴有财应诺一声，就直直地朝着明珠看去。

明珠根本就没把吴有财放在眼里。不说别的，他明珠在宫内苦练武艺多年，还对付不了一个普通的吴有财？故而，明珠身子一挫，双脚一分，右拳就挟起一股微风朝着吴有财的面门打去。看来吴有财也确实颇有打斗经验，识得明珠此拳的厉害，没敢硬接，而是晃动了一下身躯，堪堪躲过。明珠见一拳不中，也没停顿，而是迅速地冲出左拳向吴有财的胸部击去。吴有财开始反击了，只偏了偏身子，双手灵巧地捉住明珠的左臂，向后一扭，就将明珠的左臂扭到了背后。可能因为是有所顾忌吧，吴有财一开始扭动明珠左臂的幅度不是很大，所以明珠尽管身体被制，但还依然不停地挣扎，且还用右手向吴有财发起攻击。吴有财也就顾不了那么多了，将明珠的左臂在明珠的背后向上使劲儿一抬，明珠就顿时大喊大叫起来，再也不敢挣扎半分了，脸上是一副异常痛苦的表情。

康熙忙叫道："吴有财，快放了明珠，千万不能伤了他……"

吴有财闻言，赶紧丢了明珠的左臂。饶是如此，明珠也依然用右手捂住左臂，呻吟个不停。

康熙见状，一步步地走到明珠的近前，既十分关切又有些笑模笑样地问道："明大总管，感觉如何啊？"在康熙的面前，被吴有财打败，明珠的确感到十分地难堪和难受。然而，不管明珠愿意承认还是不愿意承认，这都是事实。所以，见康熙问起，明珠只得哭丧着脸道："回皇上的话，微臣实在无能，居然败在一个无名小卒的手下……微臣真是有负皇上的厚望……"

康熙缓缓地摇了摇头道："明珠，你还没有回答朕的问话呢！朕是问你，你适才被吴有财轻易地制服，你现在是否心服口服？"

康熙口中的"轻易"二字，明珠听了更觉难堪。他嗫嚅着双唇言道："微臣……心服口服。不知吴有财从哪儿学来的这等怪异招数……如果微臣适才再要挣扎，他只要再使上一点力，微臣的这条胳膊恐怕就要折了……就是现在，微臣也实在疼痛难忍……"

康熙点点头，然后走到索额图的面前，轻声问道："如果让你与吴有财比试，你自忖有几分胜算？"

索额图老老实实地答道："微臣与明总管的武功当在伯仲之间，明总管既然不敌，恐微臣也实难有多少胜算……"

康熙不禁叹了一口气道："尔等苦练多年，竟然不敌一名普通的侍卫，看来，尔等这么些年，也确实是白练了……"

索额图和明珠就像是约好了似的，几乎是同时跪在了地上，不约而同地道："臣等无能，请皇上治罪……"

那吴有财不知究竟，见索额图和明珠双双跪倒，也不敢怠慢，重重地跪在了地上，只低下头颅，一言不敢乱发。

康熙沉吟片刻，然后对索额图、明珠和吴有财言道："你们都起来，朕并无怪罪之意。"待索额图、明珠和吴有财都战战惶惶地爬起身之后，康熙又对吴有财言道："天色将晚，朕今日就不骑马狩猎了。你且回去，朕也要去用膳了。"
然而，吴有财离去之后，康熙并没有急着去用膳，而是将索额图和明珠叫到自己身边，低低地问道："你们可看出吴有财的那种招数有什么特点？"

明珠看了看索额图，索额图看着康熙摇了摇头。康熙却缓缓地道："朕倒是看出了一点门道……朕以为，吴有财的那种招数，乍看起来十分怪异和诡谲，但仔细一推敲，就不难发现，他的那种招数，全是挟制对手的反关节。一个人的关节被制，身体也就被制，身体被制，当然就只能任人宰割了……"

康熙一边说着一边还用双手比画。他这么一说、一比画，索额图和明珠就顿时恍然大悟。索额图心悦诚服地道："皇上实在是英明……"

康熙继续言道："要想制住对方的反关节，就必须做到眼快、身快和手快。眼要看得真切，身要闪得迅速，最主要的，是手要拿捏得准确。这种招数，虽然十分简单，但若用在实战上，却非常奏效。不然，凭吴有财的功夫，是不可能制住明珠的。"

实际上，吴有财所使出的招数，今天看来是再寻常不过的了。他那种专制对方反关节的手脚，用今天的话来说就是"擒拿"。

康熙四周张望了一下，然后压低声音对索额图、明珠言道："朕问你们，如果用吴有财刚才使出的招数，去对付那鳌拜如何？"

索额图和明珠这才真正明白康熙为何对吴有财的这种招式如此感兴趣。索额图回道："皇上圣明……鳌拜虽然武功高强，但用这种招式去对付他，却能使他猝不及防。纵然他会很快地醒悟过来，可当他醒悟时，身体恐怕早已为我所制……"

明珠紧接着道："只要鳌拜的身体被制，那么他武功再高强，终也是枉然……"

康熙点了点头道："所以，朕的意思是，从今天晚上开始，你们就去跟那吴有财学习这种打斗之法。待学习得纯熟了，你们再回宫中去教授那十几个人……注意，千万不要在吴有财等人的面前暴露你们学习的目的。"

索额图和明珠都神色凝重地点了下头。康熙又补充道："你们切记，这种招式看起来非常简单，但要真正做到熟练运用，绝非易事！"

就这样，索额图和明珠在康熙的指引和督促下，花了约半个月时间，终于从吴有财那儿学得了"擒拿"的基本要领，而且还有所发挥：吴有财只懂得制服对方双手和双臂的"擒拿"法，而索额图和明珠推而广之，研练出了一套制服对方双脚和双腿的"擒拿"法。对此，康熙大为赞赏，并诏令二人，将全部所学所悟，尽数传授宫内的那十几个少年。由此可见，康熙虽然看起来终日地"花天酒地"，而实际上，他几乎无时无刻不在想着、做着如何对付鳌拜的事情。

其实，康熙早就把自己对付鳌拜的"一揽子计划"通过索额图转告了索尼，请索尼发表看法和提出意见。索尼让索额图带给康熙一张纸条，纸条上只有四个字：皇上英明。显然，老谋深算的索尼觉得康熙对付鳌拜的那个"一揽子计划"已经无可挑剔。而康熙看到"皇上英明"那四个遒劲有力的字时，也不由得会心地笑了。

经过一段时间的"花天酒地、无所事事"的生活后，康熙觉得对鳌拜"试探"的时机已经成熟。说是"试探"，其实也就是在检测他康熙这段时间"花天酒地、无所事事"的生活是否起到了应有的作用，是否真正地蒙骗、麻痹住了鳌拜一伙。

于是，就有了这么一个中午，康熙在御膳房大吃大喝了一顿之后，并没有像往日那样在赵盛和阿露的扶持下回乾清宫睡午觉，而是喷着满嘴的酒气，跟跟跄跄地径直去了弘德殿。他满嘴喷酒气是真，因为他午膳时的确是喝了两大碗酒，而他跟跟跄跄却就多少有些伪装了，因为他根本就没醉，他头脑异常地清醒。

康熙走进弘德殿之后，先着人分头去通知文武百官来此上朝，说是皇上有重大事情要宣布。

听说"皇上有重大事情要宣布"，朝中所有在京的大臣，包括鳌拜、索尼和遏必隆在内，都很快地来到了弘德殿。除索尼之外，其他的大臣，包括鳌拜和遏必隆，一边冲着康熙叩首一边暗自思忖道：皇上会有什么"重大事情"要宣布呢？

只见康熙打了两个浓浓的酒嗝，歪歪倒倒地站起身子言道："各位爱卿平身……朕此时召见各位爱卿，是因为……朕有一项重大任免决定要晓谕各位爱卿……"

听了康熙的话后，最吃惊的恐怕莫过于鳌拜了。鳌拜心道：这个醉兮兮的小皇帝，将要任免何人何职？这么重大的事情，为何不事先通知我？还有，如果酒醉的康熙信口胡说而免去了他鳌拜在朝中之职，他鳌拜岂不是要在文武百官的面前丢了一回脸面？尽管鳌拜对康熙的"任免决定"并不多在乎，但丢脸面的事情，他却又非常地在乎。故而，鳌拜从地上爬起身来之后，就一眨不眨地盯着康熙，那两道冷峻而锐利的目光似乎是在郑重地提醒康熙：你若在我鳌拜的身上胡说八道，那你就要考虑和承担一切应有后果。

只是康熙没有提鳌拜的名字，康熙提到的是另外的人和事。当然，不管是"另外"的什么人或什么事情，也都不可能与鳌拜无关。

康熙笑微微地言道："兵部尚书葛褚哈听旨！"

那葛褚哈上前一步，先悄悄地瞥了鳌拜一眼，然后跪地言道："微臣在。"

康熙又止不住地打了个酒嗝道："葛褚哈听好了，从现在起，朕免去你的兵部尚书之职……"

康熙此言一出，满朝皆惊。谁都知道葛褚哈是鳌拜最得力的干将之一，康熙如此作为，岂不是明摆着要与鳌拜公开对抗？

葛褚哈几乎不敢相信自己的耳朵，自己的兵部尚书之职，就这么给康熙皇帝罢免了？他赶紧用惶惶不安的目光看了看鳌拜。鳌拜当然也大感意外和惊讶，但却也沉得住气，用目光暗示葛褚哈道：先应承下来，看康熙皇帝还有什么话要说。

于是，葛褚哈就叩首言道："微臣接旨……"

康熙一个趔趄，跌坐在皇帝的宝座上。停顿了片刻，康熙接着言道："朕委任葛褚哈为弘文院大学士兼议政大臣……钦此！"

鳌拜闻言，心中略略轻松了一些，而葛褚哈却不禁喜形于色，忙朝康熙叩谢道："吾皇万岁万岁万万岁……"

满朝文武这才明白，康熙并不是要与鳌拜等人公开对抗，而是同他们开了个不大不小的玩笑：先撤葛褚哈的职，再升葛褚哈的官。

然而，鳌拜对这种结果却并非很满意。他想的是："兵部尚书"一职虽不十分显赫，却有调动军队之实权，而"大学士"兼"议政大臣"地位虽高，却是虚职。"看来，"鳌拜思忖道，"我得找皇上好好地谈一谈，那兵部尚书一职，是断不能落入不可靠的人之手的。"显然，"兵权"对鳌拜而言，是一切事情中的重中之重。若没有了兵权，鳌拜也就几乎没有了一切。

就在鳌拜暗自思忖时，听得康熙又含含混混地言道："靖西将军穆里玛听旨！"

众人闻言又是一惊。尤其是穆里玛，连忙看向鳌拜。鳌拜微微一皱眉，但旋即便暗暗地向着穆里玛点了点头。穆里玛这才跨出两步伏地道："臣恭候圣旨……"

只见康熙在一个执事太监的扶持下，踉踉跄跄地从台上走了下来，且一直走到了穆里玛的近前，打住脚，又打了个酒嗝，然后摇头晃脑地对穆里玛言道："朕适才升了葛褚哈的官，但却撤了他的职……现在，他空出来的那个兵部尚书一职，就由你这个靖西将军兼任，如何？"

穆里玛当然是喜出望外。平白无故地就得了个"兵部尚书"职位，不管怎么说，也是值得高兴的事情。因此，他在向康熙谢恩的时候，脑门竟然将坚硬的地面撞击得铿然有声。

康熙又冲着众人言道："各位爱卿如果没有别的什么事情，就可以离开这里了。"

众人相继散去。虽然许多人都默然无言，但心中却都在这么想着：皇上这是喝醉了酒闹着玩呢！还有不少人心中想得似乎更为深远：皇上如此闹下去、玩下去，这大清朝将会变成什么模样？

康熙似乎也想离去，但却又留下步，叫住鳌拜、索尼等人问道："朕刚才的这一重大决定，你们觉得如何？"

鳌拜笑模笑样地回道："皇上的重大决定，微臣岂敢轻易评说？"

索尼却突然言道："鳌大人不敢评说，老朽却敢妄言。"

鳌拜不禁"哦"了一声，然后不紧不慢地望着索尼问道："不知索大人对皇上的这一重大决定作何评说啊？"

索尼没有看鳌拜，而是看着康熙，只说了这么四个字："皇上英明！"

鳌拜笑了："索大人，你对皇上这一重大决定的评说，既简明扼要，又恰如其分。鳌某实在佩服得紧哪！"

康熙也笑了："能得到索大人如此的评说，朕的心中也确实高兴得紧啊！"

索尼也笑了："皇上如此谬奖老臣，老臣的心中着实惶恐得紧……"

于是，康熙、索尼和鳌拜三人，各自笑着离开了弘德殿。表面上看，三个人脸上的笑容几乎相差无几，都十分高兴、十分开心，但实际上，三个人脸上笑容所蕴含的实质却不尽相同，确切地说，是大不相同。

就这样，在康熙、索尼和鳌拜等人都很高兴、都很开心的氛围中，时间的车轮便到了1668年的5月。春末夏初季节，人们的脸上都或多或少、或浓或淡地露出笑容的时候，大清朝皇帝康熙，却突然病倒了。

说突然病倒，也不确切，因为在康熙病倒之前，他整日里都是一副愁容满面、心事重重的模样。也不上朝了，连早课也变得断断续续的了，也不喝酒了，甚至连女人也疏远了许多。那一段时间里，皇宫内外，几乎无人不知康熙发生了巨大的变化，而这种变化的原因，又几乎人人都知道：康熙有一块很大的心病。

康熙究竟会有什么"心病"？俗话说，心病还得心药治，能医治康熙"心病"的"心药"会藏在哪儿呢？

于是就有了这么一天，下午，紫禁城内，有两个男人，不疾不徐地朝着乾清宫而去。这两个男人不是别人，正是那鳌拜和遏必隆。他们去乾清宫的目的，显然是要"探视"一下当今皇上的病情。

乾清宫内，几乎站满了御医、太监和宫女，但乾清宫的寝殿内，却只有康熙一个人躺在床上，连忠心耿耿的赵盛和阿露也被挡在了寝殿之外。显然，康熙的意思，是不希望别人来打搅他。鳌拜和遏必隆快要走近乾清宫的当口，那索额图迅速地跨进了康熙的寝殿，竭力压低声音言道："禀皇上，他们来了……"

康熙"忽"一下翻身坐起，自言自语般地道："终于来了……"

显然，康熙根本就没有什么病。他是在装病，只是装得很像，除极少数人之外，其他的人，包括赵盛和阿露在内，都不知内情。康熙装病的目的，是要等鳌拜主动送上门来。鳌拜主动送上门来了，康熙才好很自然地把自己的"病情"和"病因"说出。康熙估计，只要自己"病倒"几日，那鳌拜就定然会来宫中"探视"，而只有鳌拜主动地来"探视"，自己的目的才有可能实现。

索额图向康熙禀报了鳌拜和遏必隆到来的消息后，又迅速地退去。康熙重新在床上躺好，并立即做出一副真真切切的愁容来。乍看上去，康熙皇帝确实病得不轻。

康熙刚刚将准备工作做好，就听得赵盛在寝殿外低低地言道："皇上，鳌大人和遏大人来了……"

赵盛声音虽低，但康熙听得很清楚，只不过康熙装作没听见，等着赵盛说第二遍。果然，那赵盛略略提高了声音又道："皇上，鳌大人和遏大人来了……"

康熙这才有气无力地应道："让他们进来……"又补充一句道："赵盛，你和阿露也进来。"

鳌拜、遏必隆双双走进寝殿，又双双跪倒在地，口中呼道："微臣叩见皇上，祝吾皇万岁万岁万万岁！"

赵盛和阿露也双双走进来，跪在了鳌拜和遏必隆的身后，一时没有言语，只在心中暗想道：皇上这次病得有些蹊跷，为何不让我等进殿伺候呢？

殊不知，如果让赵盛和阿露进殿伺候，那康熙的"病"恐怕就装不出来了，至少，也不会装到像现在这样，连鳌拜等人也信以为真的地步。当然，这并不是说康熙对赵盛和阿露二人不放心，而是康熙以为，有些事情，还是多加小心谨慎为妥。

康熙用一根手指头指了指鳌拜和遏必隆："两位爱卿……快起来……"又用五根手指招了招赵盛和阿露："你们，过来扶朕起身，朕有话要与两位爱卿说……"

一个十几岁的大男孩，能将"病"装得如此逼真，也真是难得。见赵盛和阿露小心翼翼地把康熙扶起，鳌拜忙言道："皇上切莫动身，千万不要损伤龙体……"

康熙恍恍惚惚地望着鳌拜言道："鳌爱卿如此关心于朕，朕当感激不尽……只是，朕患的这病不是来自身体，而是来自大清东北……"

康熙的身体似乎太过虚弱了，只说了这么一小段话，便累得气喘不已。不过，康熙的这一小段话，却使得鳌拜和遏必隆大感意外。遏必隆不禁问道："皇上的病……为何来自大清东北？"

康熙动了动嘴唇，却没有说出话来。那种欲言又止的模样，康熙装得非常到位。而鳌拜却渐渐地有些明白了："如果微臣没有猜错，皇上龙体有恙，是与那罗刹士兵侵扰大清东北有关……"

大约是从17世纪30年代末开始，罗刹国（沙皇俄国）的士兵就不间断地窜入清朝东北地区，烧杀奸掳，无恶不作。但由于种种原因，清朝政府一直对此没有做出相应的举动。此刻，康熙说他的"病"是"来自大清东北"，莫非真的是"与那罗刹士兵侵扰大清东北有关"？

只见康熙悠悠地吐了一口气道："鳌爱卿真的是最了解朕的人啊……朕的病，确实与那些罗刹士兵有关……"

遏必隆虽有些明白，但还没有真正明白："皇上，那些罗刹士兵纵然可恶，但却远在东北，与皇上并无多大关系啊，皇上怎么会因此而患疾病？"

鳌拜不屑地瞥了遏必隆一眼："遏大人今日为何如此糊涂？想那东北，乃是大清王朝的发祥之地，现在，那些罗刹士兵在那为非作歹，皇上能不心急如焚？"

遏必隆终于大彻大悟道："哦……皇上心急如焚，自然就会龙体有恙……"

康熙轻轻喟叹道："知朕者，鳌爱卿也。朕这一段时间里常常在想，朕并不想做多少事情，更不想做多大的事情，朕只想过一种平平安安的快乐生活。可是，那些可恶的罗刹兵，偏偏不让朕过得安稳，窜到朕的东北来，占朕的土地，杀朕的百姓，看他们那架势，好像还要窜到朕的京城来……朕再无能，也不会眼睁睁地看着大清江山被那些罗刹国士兵骚扰，更何况，东北还是大清朝的发祥之地，没有东北，又哪来的这大清江山？如果朕不能保东北一方安宁，将来又以何面目去见列祖列宗？唉……每念于此，朕就寝食难安……再美的酒，朕都觉得没有滋味；再美的女人，朕也感到讨厌。就这么着，朕便病倒了……"

康熙许是太激动了，说完这番话后，只顾张着大嘴喘息。遏必隆像是被康熙感染了，一时竟不知所以。鳌拜却不紧不慢地言道："皇上为保大清江山安宁，忧思成疾，微臣着实万分感动……但不知，皇上可想出什么万全之策来？"

康熙勉力苦笑了一下："朕哪有什么万全之策？朕只有一个想法，却又不知该如何实施……"

鳌拜道："皇上可否将那个想法说出来？也许，臣等可以为皇上排忧解难呢！"

康熙的眼睛确乎一亮，但旋即就又黯淡下来。鳌拜似乎看出了康熙的心事，于是就笑着言道："皇上莫非不相信臣等？"

康熙赶紧言道："鳌爱卿误会了……朕本来的想法，是叫鳌爱卿做朕的钦差，兼黑龙江总督，代朕去东北巡视查看……可现在看来，鳌爱卿年事已高，早就不能经受多少鞍马劳顿之苦。朕的这个想法，也未免过于荒唐……只是，除去鳌大人和遏大人等，其他年轻力壮的大臣，朕既不了解也不相信他们，这叫朕……该如何是好？"

鳌拜"哈哈"一笑道："皇上如此看重老臣，老臣真是幸莫大焉。若不是放心不下朝中之事，老臣还真想做一回皇上的钦差，到东北去转上个一年半载，看看那些罗刹士兵到底是何胆量敢在大清的土地上为所欲为、无法无天……只可惜，老臣一时离不开京城啊！"

康熙接道："是呀，若鳌爱卿不在朝中，朝中之事就没有人做主了……朕的这个想法也实在太过偏颇了……"

鳌拜却又道："皇上不必过于焦虑。老臣虽然不便离开京城，但老臣却可以向皇上推荐一名合适的人选去往东北。皇上意下如何啊？"

康熙仿佛来了不少精神："鳌爱卿推荐的人选，朕肯定满意。快说，鳌爱卿所荐何人？"

鳌拜咧了咧大嘴道："老臣所荐之人，乃老臣之弟穆里玛……"

鳌拜故意停顿了一下，等着康熙的反应。康熙略略皱了皱眉头道："鳌爱卿之弟穆里玛，现在不是朝中的兵部尚书吗？"

"正是。"鳌拜道，"老臣以为，让兵部尚书做钦差大臣，兼黑龙江总督之职，去往东北巡视，也许是最恰当不过的了！"

康熙似乎有些犹豫："鳌爱卿，东北现在不很太平，令弟去了之后，会有生命危险的……"

鳌拜立即正色言道："为保大清江山太平，个人的安危又算得了什么？皇上放心，如果穆里玛真的去了东北，老臣定会仔细地叮嘱他一番。"

康熙点下了头："那好吧，就让穆里玛做朕的钦差兼黑龙江总督。鳌爱卿须叮嘱于他，不可轻易地与那些罗刹士兵发生冲突，待东北一带略略平静了之后，便叫他速回京城。"

鳌拜笑道："皇上如此关爱臣之兄弟，臣这里就代穆里玛向皇上谢恩……"

康熙笑了，而且精神也一下子好了起来："赵盛、阿露，朕的身体已经康复，快来扶朕去饮酒玩耍。"说完，撇下鳌拜和遏必隆，径自离去。

没有了穆里玛，就剩下那个塞本得了。塞本得是镶黄旗的都统，京畿一带的清军几乎全在他的控制之下。只要塞本得还留在京城，康熙就不敢对鳌拜采取什么行动。所以，康熙和索尼等人密谋了许久，于1669年5月，以台湾郑氏不断袭扰福建一带为"借口"，并征得鳌拜的"同意"，给塞本得挂上"兵部侍郎"衔兼"福建总督"职，将塞本得打发到福建去了。

穆里玛去了东北，塞本得去了福建，京城里虽然还有遏必隆、班布尔善、葛褚哈、玛尔塞及济世等一些鳌拜的死党，但用康熙的话来说就是：除了穆里玛和塞本得，这些人都不足为虑。

太皇太后博尔济吉特氏亲往乾清宫，称赞康熙"做得巧妙"，并提醒康熙"时机已经成熟"。而索尼则在通过索额图呈给康熙的一封信中说得更为直截了当：皇上，可以动手了！

1669年6月初，康熙在乾清宫的寝殿内召见索额图和明珠。在这之前，康熙请大学士熊赐履和魏裔介拟了两道"圣旨"。康熙将一道"圣旨"交给索额图道："你速去东北，将那穆里玛捕获归京。"

索额图郑重地应答道："臣若抓不回穆里玛，臣就死在东北！"

康熙点点头，又将另一道"圣旨"交到明珠的手上："你速去福建，把那塞本得抓回来！"

明珠神情肃然言道："臣若完不成任务，臣就跳进大海！"

康熙又点点头，最后吩咐道："你二人此行，绝不可事先泄露身份。穆里玛和塞本得都是凶猛歹恶之徒，你们应多带些得力人手同去，如果穆里玛和塞本得拒捕，你们便就地正法！记住，千万不能让他们二人逃脱。"为了确保万无一失，为了取得对鳌拜斗争的彻底胜利，康熙也就顾不得什么仁慈了。结果是，索额图和明珠分别去了东北和福建，很轻易地就将穆里玛和塞本得抓捕归京。之所以会"很轻易"，是因为穆里玛和塞本得没做任何抗拒。他们之所以没做任何抗拒，是因为他们以为康熙不会也不可能把他们怎么样。显然，穆里玛和塞本得这回是想错了。

索额图和明珠秘密地离开京城后不久，康熙就找到了自己的早课师傅熊赐履和魏裔介。因为熊、魏二人已经知道了康熙皇帝过去那"花天酒地"的生活全是假装的，现在要对鳌拜一伙动手了，所以熊、魏二人对康熙的态度就异常地谦恭和热情。两人刚见着康熙的面就异口同声地问道："皇上有什么吩咐？"

康熙微微一笑道："没什么太大的事情，只想请两位师傅再替朕拟一道圣旨。"

熊赐履连忙问道："皇上这回又要抓什么人？"

抓捕穆里玛和塞本得的"圣旨"就是熊、魏二人草拟的。康熙静静地回道："朕要抓鳌拜！"

魏裔介赶紧言道："老臣终于等到这一天了！"

康熙言道："朕想请两位师傅把鳌拜的罪状好好地罗列一下。"

熊赐履急急地找来笔墨纸砚："臣遵旨！"

很快，熊赐履就一气呵成地给鳌拜定下了十条大罪状，诸如"结党营私、犯上作乱、滥杀无辜"等等，每一条都足以给鳌拜定个死罪。然而，康熙浏览了一下那"十大罪状"后，却轻轻地摇了摇头道："朕以为，这些罪状还不够多……"

那魏裔介忙言道："请皇上稍候，让老臣再给鳌拜加上几条罪状。"

只见魏裔介笔走龙蛇，片刻工夫，便又在鳌拜的头上增加了另十条罪状。谁知，康熙看了之后仍然摇了摇头："朕以为，像鳌拜这样罪大恶极之人，只列他二十条罪状，恐群臣不服啊！"

熊魏二人对视了一眼，便不言不语地奋笔疾书起来。少顷，整整三十条鳌拜的罪状便呈在了康熙的眼前。康熙终于点下了头："有这么三十条，大概也就能说得过去了……烦请两位师傅把这些罪状再整理一番，朕到时候会用得着的。"

于是就到了六月上旬的一天，午后，一个老太监颤颤巍巍地出了紫禁城，朝着铁狮子胡同内的鳌府而去。这个老太监不是别人，他是康熙的近侍赵盛。赵盛是奉康熙之命去鳌府通告鳌拜一件十分重大的事情，这件"事情"重大得足以让鳌拜乖乖地走进紫禁城。至于这件"事情"是真是假，那就是另外一回事了。

赵盛缓缓地走进了铁狮子胡同，走进了鳌府，走到了鳌拜的面前。鳌拜见赵盛独自前来，便知道定然是发生了什么不寻常的事。然而赵盛一开始还故意绕弯子，只说康熙皇帝请鳌拜进宫一次，就是不说发生了什么事。在鳌拜的再三追问下，赵盛才装作很不情愿的样子，吞吞吐吐地问道："鳌大人可否还记得令千金兰格格小姐？"

前书中曾有交代，兰格格是鳌拜的女儿，鳌拜本想把她嫁给康熙为后，但她却连同鳌府中侍卫巴比仑"神秘"地失踪了。鳌拜着穆里玛和塞本得等人领兵寻找，终也没有什么结果。这事儿，便多多少少地成了鳌拜的一块心病。

鳌拜回答赵盛道："老夫那贱女，即使真的消失了，老夫也不会忘记。"又马上反问赵盛道："赵公公，你为何要提起兰格格？"

赵盛神秘兮兮地四处瞅了瞅，然后尽力凑到鳌拜的耳边，压低嗓门儿言道："鳌大人，实不相瞒，皇上之所以现在要见你，是因为……大人的千金兰格格小姐，又在宫里出现了。"鳌拜不禁一怔："赵公公，你此话当真？"赵盛言道："鳌大人，我岂敢随意骗你？是我在宫中亲眼看见的……两年前选秀，我做的是执事，曾有幸目睹过兰格格小姐的容颜。我人虽老迈，但眼力很好，绝不会认错。"

鳌拜相信了。相信的理由是，两年前，兰格格已经被送进了皇宫，不可能就那么无缘无故地突然失踪了，定是有人在宫中将她隐匿了起来。鳌拜想，找到了兰格格，就不愁找不到那个巴比伦，他们俩同时失踪，其中必然有一定的联系，而这回再抓到巴比伦，就真要让这个色胆包天的侍卫永远地"失踪"了。

想到此，鳌拜就迫不及待地问赵盛道："皇上召我入宫，就是要与我谈谈兰格格的事？"

赵盛略略犹豫道："正是如此……看皇上的意思，好像是要与鳌大人商量，打算封兰格格小姐为皇贵妃……"

鳌拜马上道："这怎么行？索尼那老家伙的孙女儿做了大清朝的皇后，我鳌某的女儿怎么可以只做一个皇贵妃？"

皇后和皇贵妃都是皇帝的妻子，但后者的等级要比前者低一等。赵盛言道："皇上也考虑到了这一点，但皇上以为，按大清律例，皇帝只能有一个皇后，所以皇上很是为难……"

鳌拜却咧了咧大嘴道："这有什么好为难的？要么让我鳌某的女儿做皇后，要么就让皇上有两个皇后。"

赵盛苦笑道："这等大事，只有鳌大人与皇上当面商定了。"

鳌拜重重地一点头："那好，赵公公在后面慢走，鳌某我先行进宫。"

像往常一样，鳌拜一个侍从也没带，独自一人徒步向皇宫走去。赵盛在后面尖着嗓门喊道："鳌大人，皇上在弘德殿里等你呐……"

鳌拜大踏步地朝前走。他的脚步，一般的人难以跟上。但此时，他却觉得自己走得太慢了，他恨不得一步就跨进宫去。恰好，他走出铁狮子胡同的时候，瞥见一名鳌府侍卫正牵着一匹马在溜达，便不由分说地拽过缰绳，跃上马背，绝尘而去。

脚步走得再快，也比不上马的四只蹄子。更何况，鳌拜本来就是在马背上长大的，一身精湛的骑术，至少可以同康熙的骑术相媲美。虽然鳌拜现在年纪大了，但背不驼，腰不弯，端坐在马上，显得异常的威武和精神。只是，鳌拜再威武、再精神，此次进了紫禁城，恐也只能是凶多吉少了。

鳌拜就那么骑着马大模大样地踏进了紫禁城。没有人加以阻拦，因为没有人敢阻拦他。鳌拜的马蹄声渐渐地踏向弘德殿。

表面上看起来，皇宫内并没有什么异常。实际上，即使皇宫内有了什么异常，鳌拜也不会觉察。因为，在鳌拜的眼里，这偌大的紫禁城就像是他的另一个家，他高兴来就来，高兴去就去。

其实呢，皇宫内总还是有些异常的。比如，鳌拜骑着马刚刚走进紫禁城，便有两个精壮的少年远远地跟在了后面，而且，随着鳌拜一点点地向弘德殿靠近，那两个少年与鳌拜的距离也在一点点地缩短。只是，鳌拜太大意了，他太急着想见到康熙和兰格格了，不然的话，他就会发现，始终跟在他身后的那两个少年是那样的陌生。

鳌拜看见了弘德殿的殿门，殿门外站着两个太监。显然，康熙皇帝此刻就在殿内。鳌拜也没下马，双腿用力一夹马肚，便朝着弘德殿的殿门口奔去。

就在这当口，一直跟在鳌拜身后的那两个少年逐渐靠近了鳌拜。也就在这个时候，鳌拜发现了那两个少年，并觉出了有些异样。皇宫之内，这两个少年跟着自己意欲何为？故而，鳌拜就放弃了下马的念头，直直地坐在马上，直直地逼视着那两个已走到近前的少年。那两个少年显然是康熙派来的，见鳌拜没有下马，他们便知道鳌拜有所警惕了。如果让鳌拜始终坐在马上，那鳌拜是很容易逃掉的。所以，两个少年对望了一眼，在鳌拜还没有生起逃跑念头的当口，俩人同时大叫一声，然后一起纵起身子，直向马上的鳌拜撞去。

鳌拜确实没有生起过什么"逃跑"的念头。无论何时何地，"逃跑"都是别人的所作所为，与他鳌拜无关。故而，尽管鳌拜的心中已经有了一种隐隐约约的不祥之感，甚至，他都开始怀疑"找到了兰格格"是一个骗局，但是，当那两个少年奋不顾身地向他扑来的时候，他依然没有选择逃跑，而是出手进行还击。

鳌拜的两只手掌迎上了扑过来的两个少年。两个少年纵然都有一身好武艺，但与鳌拜相比，显然还差了很多。就听"呼""呼"两声钝响，那两个少年纵起的身体就像失控的风筝，倏然坠落于马下。跟着，两个少年的嘴角就溢出了殷红的血。

然而，两个少年尽管都被鳌拜打成了重伤，但他们的任务却的的确确地完成了，他们的任务就是把鳌拜撞下马来。而鳌拜虽然打伤了那两个少年，自己的身体却被他们扑过来的冲力冲到了马下。

鳌拜刚一摔落马下，便有七八个少年"呼啦啦"地从弘德殿里冲了出来。这七八个少年显然都训练有素，冲出弘德殿之后，在鳌拜还未来得及爬起身之前，他们就两个人一组地迅速朝着鳌拜扑了过去。两个人扑向鳌拜的左臂，两个人扑向鳌拜的右膀，另两个人压住了鳌拜的左腿，还有两个人扭歪了鳌拜的右脚。他们的动作如此地娴熟又配合得如此默契，显然在这之前，他们也不知道有针对性地训练、演习了多少回。

那七八个少年所运用的正是那种简单而有效的擒拿格斗之法。鳌拜的双手被反扭到了背后，鳌拜的双脚也被反扭到了背后。鳌拜纵有一身盖世的武功，此时也不能动弹分毫。只要他一动弹挣扎，他的四肢和身体便痛彻骨髓。实际上，他也不可能再动弹挣扎。

鳌拜刚一被制服，便又有两个少年从弘德殿里跑了出来。一个少年手里拿着一圈绳索，另一个少年提着一张大渔网。看来，康熙已经做了这样的准备：如果擒拿鳌拜失败，就用渔网罩鳌拜，只要能把鳌拜罩住，鳌拜就不可能使出浑身的功夫，到那个时候再擒拿他就比较容易了。当然，渔网是否真能够罩住鳌拜还是个未知数，所以康熙只是把渔网留作一种预备手段。

提着绳索的少年跑到鳌拜的身边，十分麻利地将鳌拜的手脚反捆在了一起。这样一来，鳌拜便形成了这么一副模样：肚皮着地，首尾都向上翘着，有点像现在幼儿园里的那种跷跷板。恰在此时，康熙缓缓地从弘德殿里踱出，踱到鳌拜身边，蹲下，一眨不眨地望着鳌拜那张因痛苦而变了形的脸，笑眯眯地问道："鳌大人，你可想过你也会有这么一天？"

鳌拜至此才终于明白了一切，只可惜为时已晚。也许是太过痛苦了吧，或许是过于愤怒了吧，他只圆睁着一对牛眼，像虾米般上下左右地晃了晃身躯，却最终没有说出话来。

不过，鳌拜的身躯那么一晃，却晃下一件东西。你道是什么东西？原来是一柄闪着寒光的短刀。前书中有过交代，鳌拜无论到什么地方，身上都要掖着一把短刀。

见短刀落地，那十来个少年都大吃一惊。康熙也暗自心惊不已，但却仍然保持着镇定。少顷，他捡起那把短刀，仔细地看了看，然后自言自语地道："暗藏兵器，显然是想行刺朕……这样看来，鳌拜该有三十一条死罪了！"

紧接着，康熙便有条不紊地安排了三件事情。第一件事情，着人将那两个被鳌拜打伤的少年送往太医院细心地诊治。第二件事情，着人去通知在京的所有朝中大臣速速来弘德殿上朝。第三件事情，命那十来个少年将鳌拜抬进弘德殿里的一间密室内听候发落。后来，康熙见鳌拜被捆成了一个虾米模样，似乎不仅有碍观瞻，而且也多少显得不够仁慈，所以就着人给鳌拜换上粗重的手铐和脚镣。这样，鳌拜就多多少少地有了一点自由，却又不可能自由得能够跑掉。

一切安排就绪之后，康熙重新返回弘德殿内，沉沉地坐在了皇帝的宝座上。这个宝座，他已经坐了八年，可只有这一次，他才真正地感觉到了双臀下的宝座是如此踏实、如此至高无上。而在这之前，他就像坐在一块云彩上，随着风向不停地飘浮着，且还有随时摔下来的危险。

康熙不禁自言自语地道："朕今日才算是真正地做了大清朝的皇帝！"

索尼是第一个走进弘德殿的大臣。他一直在皇宫附近徘徊，他看见鳌拜骑着高头大马，不可一世地踏进了皇宫。他估计时间差不多了，就竭力甩动一双老腿，颤颤簸簸地迈进了弘德殿。

见索尼进殿，康熙忙走下台来，将如何擒获鳌拜的经过略略地讲述了一遍。索尼闻之，突然放声大笑起来，一边大笑一边还大叫道："鳌拜，你终于完蛋了……"

在康熙的记忆中，索尼好像从来都没有如此地大笑过。索尼的大笑声，久久地在弘德殿内回荡。可是，不幸正应验了那句俗话：乐极生悲。康熙正想陪着索尼笑上一阵子，却见索尼两眼一翻，又双目一闭，"咕咚"一声栽倒在地。康熙骇然，慌忙抢过去查看，然而索尼早已经停止了呼吸。

索尼，四朝元老，在康熙逮住鳌拜之后，竟溘然长逝。这是一种巧合，还是一种宿命？应该说，索尼死时的模样还是十分安详的。鳌拜终于被擒，他没有理由死不瞑目。只是，就索尼而言，他却有着一桩未了的心愿，那就是，他曾请人为他的孙女儿赫舍里和儿子索额图算过命，算命的结果是：赫舍里福大命不大，而索额图则福大命也大，但却不能"善始善终"。那位算命先生的预言究竟是否灵验，索尼就永远无从知晓了。

康熙正在思索着该如何料理索尼后事之时，一些文武大臣已经陆陆续续地走进殿来。康熙心一横，决定先把鳌拜的事情办完之后再细心料理索尼的后事。这么想着，康熙就一言不发地走回宝座前坐下，然后一言不发地看着陆续进殿的朝中大臣们。

所有走进大殿的大臣，包括遏必隆、班布尔善、葛褚哈、玛尔塞和济世等一些鳌拜的死党，还包括鳌拜的儿子纳穆福，都紧闭双唇，不敢乱说半个字，因为，他们都看到了索尼的尸体，他们都不知道发生了什么事。既然不知道事情的底细和究竟，他们当然就不敢轻易地乱说乱动了。

工夫不大，弘德殿内大约聚集了近百位朝中大臣。康熙觉得人来得差不多了，便重重地咳嗽了一声，然后铿锵有力地道："朕此刻召你们来，是要当着你们的面，痛数那奸臣鳌拜的罪状！"

康熙此言一出，满殿皆惊。因为事情来得太过突然，谁也没有这方面的思想准备。而鳌拜的那些死党们，听了康熙的话后，就更是目瞪口呆。不过，所有的大臣在听了康熙的话后，又都隐隐约约地感到今日之事绝非寻常，因为，康熙自亲政以后，还从来没有像今天这样坐得这么威严；还有，那鳌拜居然不在。

康熙故意停顿了一下，然后一指索尼的尸体，掷地有声地道："对大清朝忠心不二的索尼索爱卿，就是刚才活活被鳌拜气死的。这，便是鳌拜的第一条罪状！"

"第一条罪状"当然是康熙临时编出来的。也许康熙觉得，要是众人都知道索尼是笑死的，恐对索尼一生的名声有碍，既然这样，还不如把索尼之死加在那鳌拜的头上。反正，对鳌拜而言，多一条罪状或少一条罪状现在也无所谓了。

虽然有些大臣对索尼的死因多少有些将信将疑，但此时此刻，却也不敢做声。康熙扫了众人一眼，然后从身边摸出一把短刀来，朝着众人晃了晃，继而沉声言道："朕今日召那鳌拜入宫，他竟然暗藏凶器，阴谋行刺于朕，这，便是奸臣鳌拜的第二条罪状！"

"暗藏凶器"是真，"阴谋行刺"倒也未必。不过，鳌拜的那些死党们，见鳌拜腰间的短刀竟然握在了康熙的手中，一个个大惊失色。遏必隆和班布尔善等人情知不妙，悄悄地向殿门口挪移，可抬头一看，"逃跑"的念头顿时就消失殆尽，因为，殿门口内外，早就站满了皇宫里的侍卫。这些侍卫，都是属于索额图管辖的。很快，遏必隆和班布尔善等人的脸上就沁出了豆大的汗珠。

康熙放下那把短刀，又拿出一张大纸来。大纸上，是熊赐履和魏裔介二人共同给鳌拜罗列的三十条罪状。康熙竟然大声地、一口气将那三十条罪状清清楚楚地念完。念毕，康熙长长地喘了几口气，并随即言道："奸臣鳌拜的罪行，真是数不胜数、罄竹难书……"又突地大喝一声道，"把奸臣鳌拜押上殿来！"

康熙话音刚落，那十来个少年便押着鳌拜从一间小屋里走了出来。顿时，殿内所有人的目光，都一起射向了鳌拜。其中，有许多人的心情是颇为复杂的。而鳌拜的那些死党们，在看到被手铐、脚镣牢牢缚住的鳌拜时，其心情却惊人地一致，那就是：末日来临了。

缚住鳌拜的那双手铐、脚镣也太过沉重了，连鳌拜这样孔武有力的男人走起路来也颇为艰难。不过，话又说回来，如果是一般的手铐、脚镣，说不定就会被鳌拜挣脱。鳌拜那一身盖世武功，康熙不得不严加提防。

十来个少年连推带拽地，好不容易才把鳌拜拉到了康熙的对面，又颇费周折地，甚至运用了擒拿手段才将鳌拜按跪在地上。然而，一眼看上去，鳌拜不仅面无惧色，反而倒有一种大义凛然的模样。

康熙厉声喝问道："鳌拜，你知罪吗？"

谁知，鳌拜突然放声大笑起来。这笑声也太过刺耳了，似乎比索尼临死前的那种笑声还要高亢些许，甚至，整个弘德殿都在鳌拜的大笑声中微微战栗。

鳌拜又突然止住了笑，同样用一种严厉的口气反问康熙道："皇上，鳌某为大清朝的建立赴汤蹈火、出生入死，立下了汗马功劳，何罪之有？"

实际上，鳌拜此时的心中异常后悔。他后悔什么？他后悔的事情太多。不过，他最后悔的，还是他不该被康熙的假象所蒙骗，更不该让穆里玛和塞本得离开京城。如果穆里玛和塞本得还在京城，康熙岂敢这样待他？鳌拜明白，他太低估康熙了。他还明白，康熙既然敢如此待他，那就说明，穆里玛和塞本得二人也定将凶多吉少。只是，他现在明白得越多，心中的后悔也就越多。

当然，鳌拜不是什么事情都会明白的。比如，他现在就有一件事情弄不明白，那就是，那个索尼，为何会直挺挺地死在殿里呢？

康熙不想与鳌拜在殿内争辩，他把那张写有鳌拜三十条罪状的大纸交予一个太监，放到鳌拜的面前："鳌拜，你睁开眼好好地瞧瞧，那上面的每一条罪状，朕都可以处你绞刑。这么多罪状聚在一起，朕究竟该如何处置你啊？"

鳌拜并没有去看他的那些"罪状"。也许，他犯下了哪些罪状，他比康熙要清楚得多。他只是冷冷地看着康熙言道："皇上，欲加之罪，又何患无辞？"

康熙也冷冷地言道："鳌拜，你一生作恶多端，满朝文武每人都可以指证你一二罪行，你又何必巧言抵赖？"

"皇上，"鳌拜猛然提高了声音，又奋力抬起双手，"嗤"地将胸前的衣衫撕开，"你好好地看看，我鳌某这一生究竟做过些什么？"

鳌拜的胸前，赫然有几道醒目的伤疤。这几道伤疤，记录着他一生当中最为荣耀的事。那是清兵刚刚入关之际，清太宗皇太极（康熙的爷爷）不幸陷入敌人重围，就在皇太极走投无路的当口，鳌拜率人不顾一切地杀入重围，救出了皇太极，自己的胸口上便留下了这么几道刀疤。

"鳌拜舍身救太宗"的故事，康熙早就听说过，而且还听了不止一次。正因为鳌拜有过这么一次壮举，所以才得到了皇太极的极大信任和赏识。皇太极一生中，也不知赏赐给鳌拜多少东西，其中以那座府邸和一件龙袍最为著名。故而，若论战功和资历，鳌拜在满朝文武中也的确是首屈一指的。

康熙略一思忖，吩咐那十来个少年道："将奸臣鳌拜打入死牢，听候朕的发落！"

鳌拜一边吃力地朝殿外走一边高声言道："皇上，我救过先祖陛下，你是不能杀我的……"

康熙装作没有听见鳌拜的话，但心中却不禁在犹豫道："该不该处死鳌拜呢？"

康熙正在犹豫呢，猛然间，大殿内骚动起来。康熙定睛一看，却原来，众大臣已经自发地将遏必隆、班布尔善、葛褚哈、玛尔塞、济世和纳穆福等人缚将起来，并推跪在康熙的面前。正所谓：墙倒众人推。鳌拜擅权时，众大臣即使敢怒也不敢言。而现在，鳌拜已成了阶下囚，他们就不仅敢怒，也敢言、敢动了。

康熙稍稍动了动身体，然后直视着遏必隆等人道："尔等可知罪吗？"

班布尔善率先朝着康熙叩起头来："小人知罪，请皇上恕罪……"班布尔善开了头，其他鳌拜的死党，也包括鳌拜的儿子纳穆福，就一起学着班布尔善的样子，一边死命地朝着康熙叩头一边哽咽着向康熙求饶。康熙冷笑一声言道："尔等皆为鳌拜的死党，平日里为非作歹、为虎作伥，如果朕轻饶了尔等，天理难容。即便朕以宽大为怀，想从轻发落尔等，恐众大臣也不会同意！"

康熙这么一说，众大臣便一起鼓噪起来："不能放过他们！""绞死他们……"

康熙大喝一声道："来啊！将鳌拜的这些死党统统打入死牢，待穆里玛和塞本得被押解进京后，一并处决！"

一批皇宫侍卫，像捉小鸡似的将遏必隆、班布尔善等人从地上捉了起来。康熙又突然高叫了一声道："等一等！"

众人都不知所以，一起怔怔地看着康熙。只见康熙走下台来，走到了纳穆福的身边，低低而又十分清晰地言道："你只是鳌拜的儿子，并不是鳌拜的死党，既不是死党，就没有什么罪责，既没有罪责，朕就不该如此待你。"停顿了一下后又道，"你继续在朝中为官，朕绝不会为难于你。还有，你父亲的那座府宅，朕现在就赏赐于你。"纳穆福伏地叩拜道："臣谢皇上隆恩！"康熙挥了挥手，也没言语，就走回宝座旁坐下。康熙之所以单单放过纳穆福，"赏罚分明"当然是其中主要的原因，纳穆福确实算不上鳌拜的什么死党；而且，纳穆福的妻子是先皇顺治的女儿（康熙的姐姐），却也是康熙放过纳穆福的一个不容忽视的原因。不然，纳穆福死了，康熙似乎就不太好向自己的姐姐交代。而康熙把鳌拜的住宅赏赐给纳穆福，就更与姐姐有关。

康熙重新坐定之后，提了提气息，然后冲着众人朗声言道："朕知道在场的有些大臣，过去曾对鳌拜言听计从，不过，你们不要担心，更不用害怕，朕绝不会怪罪你们。不用说各位了，就是朕，过去不也对鳌拜忍气吞声吗？朕现在想告诉你们的是，只要各位爱卿尽忠尽心，各司其职，朕对过去的事情，一概既往不咎！"

近百位大臣纷纷跪地，口中齐呼道："吾皇圣明！吾皇万岁万岁万万岁！"

不几日，索额图押着穆里玛，明珠押着塞本得相继归京。又过了数日，康熙旨下：将遏必隆、班布尔善、葛褚哈、玛尔塞、济世、穆里玛和塞本得等人押赴午门外处绞，并暴尸示众三日以平民怨民愤。

那时候的康熙也的确是够仁慈的了。他在取得了对鳌拜斗争的最终胜利后，并没有滥杀无辜、株连九族。他只是处绞了遏必隆、班布尔善等为数不多的鳌拜的死党，而遏必隆、班布尔善等人的家人和财产却都安然无恙；而且，只要遏必隆、班布尔善等人的家人中有出类拔萃之辈，康熙也照样让他们入朝为官。比如，遏必隆的儿子阿灵阿，后来就做了领侍卫内大臣。从这一点上来看，那时候的康熙也确实是很英明的，更确实很难得。

鳌拜活了下来。这是康熙征求了太皇太后博尔济吉特氏的意见之后，才决定让鳌拜活下来的。实际上，博尔济吉特氏也没有发表什么意见，她只是对康熙道："鳌拜一伙的势力已除，这大清天下就是你的了，既是你的天下，一切当以你做主。我只去享享清福便了。"博尔济吉特氏是这么说的，也是这么做的。从此以后，她就几乎再也没有过问康熙的政事。而康熙想的则是：鳌拜一伙的势力已灭，留下鳌拜一个人已无大碍；更何况，鳌拜也确曾救过先皇祖的性命，凭这一份功劳，鳌拜似乎有理由活下来。

就这么着，鳌拜侥幸得以苟活了下来。当然，鳌拜也只是苟活了下来，并没有什么人身自由，康熙也不可能让他恢复自由。鳌拜是被拘押在牢房里，且还戴着手铐脚镣。后来，鳌拜就郁郁寡欢地死在了牢中，死前，他的手脚依然锁着镣铐。

【第八回】

明朝遗老三太子，今岁新帝一隐患

自清除了鳌拜一伙势力之后，康熙就很少再去"西六宫"处胡闹玩耍了。他大部分的晚上，都是在坤宁宫内度过的。似乎，有这么一个孝诚皇后，他就很满足了。当然，他也不会忘记那个阿露。有许多个晚上，他都留给了她。而且，因为阿露几乎与他形影不离，所以他与阿露之间的亲热，就不仅仅只局限于夜晚。有时，只要时间、地点合适，即使是大白天，他也会和阿露亲热那么一回。这种几无规律的亲热方式，康熙十分喜欢，阿露也很满意。也许，在有规律的生活当中，适当地做一些无规律的事情，便会觉得有别样的趣味。可能也正是去追求这种"别样的"趣味吧，康熙也偶尔地在乾清宫召幸其他的后妃。这当然不能说康熙就很好色，谁叫他是皇帝呢？谁叫他有那么多的妻子呢？夫妻之间来点床笫勾当，岂不是天经地义的事吗？

不过，康熙再怎么和其他的后妃们"勾当"，也始终都认为，天下最为美貌、最有滋味的女人，只有两个，一个是皇后赫舍里，另一个便是服侍他的宫女阿露。

所以，当云贵总督甘文焜的那本奏折星夜送往紫禁城的时候，康熙正在和"最为美貌"的女人赫舍里"最有滋味"地玩耍着。一轮玩耍还未真正结束，太监赵盛就颤巍巍地走进了坤宁宫。

康熙清除了鳌拜势力之后曾有旨明谕各部大臣，只要有重大的事情发生，无论是什么时候，也不论他当时在何地做何事，都要及时地呈报于他，否则，对懈怠的大臣，定将严惩不贷。所以，最早接到甘文焜奏折的户部，见奏折上所言事情至关重要，不敢怠慢，赶紧派人将奏折送往宫中。

送奏折的人入宫之后，也不知道康熙在哪儿，更不敢乱闯，只得找到内务府总管明珠，请他将奏折转呈皇上。明珠虽和康熙关系不一般，但夜深人静，他也不便在皇宫内四处寻找康熙，更何况，这么一个晚上，康熙多半是在后宫歇宿，而后宫是任何男人都不得擅入的。思来想去，明珠只好托一个太监将奏折送给赵盛，请赵盛把奏折呈给皇上。因为明珠知道，赵盛不仅明了康熙的去向，而且皇宫内的任何地方，他赵盛都可以来去自如。

就这样，甘文焜的那本奏折，几经辗转，终于送到了赵盛的手中。赵盛的确知道康熙现在坤宁宫。他本想叫阿露与他同去的，可阿露推说身体不适，不愿动弹，赵盛只好独自前往坤宁宫了。不过，赵盛也明白，阿露并非什么"身体不适"，而是皇上和皇后在一起，她去了似乎有些不便。阿露虽然只是一个宫女，但在康熙的心目中，她的地位，虽不敢说与"皇后"可以平起平坐，但至少，她与"皇贵妃"也没有多少差别了。

赵盛走进坤宁宫之后，几个宫女迎了上来。一个宫女问道："赵公公莫非现在要见皇上吗？"

赵盛扬了一下手中的那本奏折："正是。"

另一个宫女言道："皇上吩咐过，这个时候，不许任何人去打搅……"

赵盛轻轻一笑道："皇上讲的那个任何人，指的是你们，不包括我。"

赵盛说完，径向皇后的寝室走去，几个宫女也没拦阻。因为她们知道，赵盛与皇上的关系，用"亲密无间"来形容，虽不够准确，却也并不过分。

赵盛来到皇后的寝室门前，并没有急着敲门或喊话，而是静静地站在门口，细心地谛听室内的动静。这并不是说赵盛有什么窥探别人"隐私"的癖好，他之所以要细心地倾听，乃是在寻找最恰当的敲门时机。如果皇上与皇后正在行云布雨，他"笃笃笃"地把门一敲，岂不太煞风景？

赵盛细心地听了一会儿，觉得室内并无什么异样动静，便一边轻叩门板一边轻声呼道："皇上，云贵总督甘文焜有紧急奏折呈上……"

当时，康熙已和赫舍里布完了一轮云雨，正在相偎小憩。赵盛那么轻轻一叩、轻轻一呼，康熙马上就觉察到了。

闻听是云贵总督甘文焜有紧急奏折呈上，康熙便迅速地翻身下床一边急急地穿衣套裤一边冲着室外言道："赵公公，速将甘总督的奏折呈上……"

赫舍里寝室的门没有闩。谁也不敢轻易地推开这道门，除了康熙。赵盛轻轻一推，大门洞开，康熙正在手忙脚乱地穿衣，那赫舍里已用一床单被将自己的胴体严严实实地遮住。赵盛微微一低头，又深深一哈腰："皇上，老奴来得不是时候……"康熙却伸过手来道："快把甘总督的奏折呈上……"

康熙为何对甘文焜的一本奏折如此看重？原来，"三藩"之事一直是他心中的一大忧虑。史书上记载，康熙曾把"三藩、河务、漕运"三件事情刻于宫内柱上，每天观看，以志不忘。可见，康熙对"三藩"之事有多么重视了。而"三藩"之中，又以云南的吴三桂为最，甘文焜又恰恰是驻在昆明的云贵总督，康熙能不对甘文焜的奏折格外重视吗？

待康熙看完了甘文焜的奏折之后，赵盛发现，康熙英俊的脸庞，顷刻间便变了模样：眉也扭了，眼也直了，鼻尖一动一动地，两颊一搐一搐的。很明显，甘文焜的这本奏折，惹得康熙生气了，惹得康熙发怒了。

只见康熙"啪"地将奏折往地下一扔，几乎是咆哮道："大胆吴三桂，又来向朕要银子！他以为，朕是造银子的吗？"

赵盛赶紧道："皇上息怒，一切事情当从长计议……"

然而康熙一时间很难"息怒"，他愤愤地言道："那吴三桂，仗着曾经为大清立过功劳，便肆无忌惮、贪得无厌！难道朕的大清对不起他吴三桂吗？封他在云南为王，给他那么多的土地和百姓，可他如何？不仅不思回报朝廷，反而恃功倨傲、得寸进尺，今日向朕要一百万两，明日又向朕要二百万两，他以为，朕就那么好欺负吗？是可忍孰不可忍？"

赵盛看见，康熙的头发都似乎气得变了颜色。赫舍里吓坏了，她还从未见过康熙如此发怒过。故而，她虽然很想劝劝康熙，可因为心中惊恐，一时不知从何劝起。

只听康熙又恨恨地言道："朕连鳌拜都不怕，难道还怕他一个吴三桂吗？"

到底赵盛比赫舍里老练些，见康熙气怒不止，灵机一动，"扑通"一声双膝跪地。果然，赵盛这一跪，的确把康熙跪得理智了些。康熙不解地问道："赵公公，你此时为何下跪？"

赵盛言道："回皇上的话，老奴以为，皇上在此发怒，实在有伤龙体，老奴恳请皇上想想别的什么法子排遣冲天的大火……"

康熙不觉"哦"了一声，沉吟片刻后对赵盛言道："公公请起。你去通知索额图和明珠，叫他们速速召集六部各大臣在弘德殿等候朕。"

赵盛唯唯诺诺地退去。赫舍里惶惶不安地问道："皇上现在还要去上朝？"

十八岁的康熙，仪表非凡，已经颇具一个成熟男人的风度了。他走回床边，爱怜地摸了摸她的脸，轻轻喟叹道："皇后，不彻底解决三藩之事，你与朕，都将睡不安稳啊！"

因为室内再无他人，赫舍里就裸着身子爬了起来，一边帮着康熙穿龙袍，一边低低地言道："皇上去办国家大事，臣妾在这里恭候皇上归来……"

康熙略一思忖，然后吻了一下她的额头："你先休息吧，不必等朕，朕自己都不知道什么时候才能把事情办完。"

她很听话地点了点头。然而，康熙走后，她却一直睁着双眼躺在床上，耐心地等待。只是，她一直等到天亮，康熙也没有回来。她似乎明白了：看来皇上真的是遇到了十分棘手的事了。

康熙来到弘德殿，六部各大臣，包括索额图和明珠，都聚集在了弘德殿之内。索额图为吏部右侍郎，当在六部大臣之列。明珠是内务府总管，虽不属六部编制，但因为和康熙关系密切，所以也可以参加这次特别会议。

康熙进了弘德殿之后，索额图、明珠等人刚要跪拜，康熙却摆了摆手道："今日不必多礼，还是讨论事情要紧。"

待众人都站好了位置，康熙便直截了当地问道："那吴三桂又来向朕要二百万两银子军饷，你们说，朕是给还是不给？"

明珠当即言道："臣以为，皇上应该拒绝吴三桂的无理要求！"

康熙没言语，只是看着明珠，示意他继续往下说。明珠慷慨陈词道："吴三桂贪得无厌！他每年向皇上索要大批军饷，其目的只有一个，那就是，竭力发展他自己的势力。臣以为，如果皇上一而再、再而三地继续满足他的这种无理要求，臣便担心，终有一日，大清朝将岌岌可危……"

明珠的语气和言辞都未免有些激烈了，但康熙不仅没在意，反而追问道："明总管，你的意思，那吴三桂是在用朕的军饷来扩充他自己的军队，欲对大清朝行不轨之事，是也不是？"

明珠躬身言道："臣正是此意。请皇上明察！"

康熙并没有表态，而是沉吟了一下后对众人言道："各位爱卿不必多虑，就像刚才明总管这样，有什么就说什么，怎么想的就怎么说。朕，究竟该不该给吴三桂这批军饷？"

康熙的言语似乎很冷静，面上的表情仿佛也很沉着，但实际上，他的内心却并不轻松，否则的话，他就不会在坤宁宫里大发雷霆了。

他对吴三桂的看法，几乎和明珠完全相同。他早就怀疑吴三桂等人对大清怀有异心，只是某种"时机"还没有成熟，吴三桂等人尚不敢轻举妄动而已。基于此，康熙不仅不想再给吴三桂等人什么军饷，而且还早就有了一种"撤藩"的念头。南方有那么一个"三藩"，大清朝就不能算是真正的完整。只不过，康熙不想自己"独断专行"。他明白，有些重大的事情，须同众大臣在一块儿商量了之后才能够办妥。汉人有句俗话，叫作"众人拾柴火焰高"，汉人中还流传着这么一句话，叫"三个臭皮匠，赛过诸葛亮"。康熙还从史书中得知，一个帝王，"兼听则明，偏听则暗"。故而，康熙就暂时没把自己的真实想法说出，而先去倾听大臣们各有什么高见。由此不难看出，那时候的康熙，还的确是一个虚心纳谏、从善如流的皇帝。

诸位大臣果然不再有什么顾虑，一个个争先恐后地向康熙发表自己的见解和看法。虽然每个人的见解和看法都不尽相同，但归纳起来，也无外乎这么两种：一种是同意明珠的意见，认为吴三桂包藏祸心，是大清朝的一大隐患，所以不应该再拨给吴三桂银子；因为银子拨得越多，吴三桂的实力就会越强，而吴三桂的实力越强，大清朝的潜在威胁和危险也就越大；另一种看法是，虽然吴三桂包藏祸心，是大清朝的一大隐患，但这次还应该再拨给吴三桂一些银子，理由是，吴三桂现在的实力已经十分强大了，再加上广东的尚可喜、福建的耿精忠，"三藩"的兵马加在一起，恐不下数十万之众，如果不拨给吴三桂银子，"三藩"在南方乱起来，局面就很难控制和收拾了。

两种意见针锋相对，各不相让。持第一种观点的大臣质问持第二种观点的大臣：没完没了地拨给"三藩"大批军饷，"三藩"的实力岂不越来越强大？既然越来越强大，那以后的局面岂不更难控制、更难收拾？而持第二种观点的大臣却反问持第一种观点的大臣：如果不拨给吴三桂军饷，吴三桂联合尚可喜和耿精忠在南方发动叛乱，谁可以收拾这个局面？谁又应对此事引发的严重后果负责？

两种观点谁也说服不了谁，有几个性急的大臣，争着吵着，几乎都要挥拳相向了。明珠见状，赶紧言道："各位大人都不要再争吵了，还是听凭皇上裁断吧！"

明珠这么一说，众人便忙住了口。是呀，最终的裁断大权，只能在康熙的手中。然而，康熙又将如何裁断呢？康熙的心中也很是左右为难。从感情上讲，他绝对赞同第一种意见，可从理智上来考虑，第二种意见也确实不无道理。既如此，他又该如何选择呢？

康熙还是没有表态，他见索额图一直没开口，便把目光投向索额图，轻声问道："索爱卿，你同意哪种看法啊？"

康熙既问起，索额图就不能不说话了。他看了众人一眼，然后言道："回皇上的话，微臣以为，还是暂且拨给吴三桂一些银子为妥……"

康熙不禁"哦"了一声："索爱卿能否说说你的理由啊？"

索额图言道："皇上，就微臣的本意而言，微臣不仅不同意再给吴三桂什么军饷，微臣恨不得马上就去云南，将那吴三桂押解进京向皇上谢罪。大清财赋，大半耗于吴三桂和尚可喜、耿精忠之手，他们是大清朝的罪人啊！纵然将他们千刀万剐，他们也死有余辜。可是，臣却不能对吴三桂怎么样，更不能将他绳之以法，因为，他的确拥有很强大的实力，加上尚可喜和耿精忠，南方三藩的实力确实不可小觑。如果三藩真的发动叛乱，皇上恐一时难以应付……"

康熙不动声色地问道："索爱卿，如此说来，朕岂不是任由吴三桂等人胡作非为？"

索额图言道："皇上，微臣的意思是，如果三藩现在就发动叛乱，皇上恐确实难以应付，因为京畿一带，能机动的八旗兵并不是很多，且因久未征战，早已松弛懈怠，而三藩的军队则不然，他们不仅人数众多，而且一旦发生叛乱，其气焰必然嚣张至极，皇上若以松弛懈怠之师去逐气焰嚣张之旅，则不战而胜负自判矣！所以，臣以为，皇上暂拨一些军饷给云南，先稳住吴三桂，加上吴三桂的子孙还拘留在京，一年半载之内，想必吴三桂还不会把叛乱之心付诸行动。这样，皇上就有一定的时间来做相应的准备。只要准备得当，纵然三藩一起叛乱，皇上也能应对自如了……微臣所言，只是权宜之计，敬请皇上酌定！"

康熙马上便感觉到，索额图言之有理，也言之有据。索额图的一番分析，有两点最让康熙首肯：一是目前双方军队的比较，一是吴三桂可能发生叛乱的时间。诚然，就目前而言，大清军队实不是"三藩"军队的对手，且撇开人数多少不说，单就质量而言，"三藩"既要叛乱，其军队必然训练有素，而清军八旗兵自入关之后，少有操练，早已变得松懈不堪了。暂拨一些银两给云南，如果吴三桂真的会在一年半载内按兵不动，他不就可以腾出时间来专心致志地准备应对可能发生的叛乱了吗？

想到此，康熙环视了一下众人，然后平平稳稳地言道："大清为何要在南方设立三藩，想必各位爱卿都很清楚。那是因为当时大清刚立，四境甚不安稳，为了安抚吴三桂等人，才定此权宜之计。可现在，大清业已一统，三藩便不再有存在的必要。朕早就想撤掉三藩，使大清南方也真正地置于朕的统治之下。只是那鳌拜倚仗权势、把持朝政，使得朕的这一夙愿一直难以实现。然而，鳌拜虽除，但整个大清江山却被他搞得千疮百孔。东北有罗刹国士兵肆意骚扰，东南的台湾又常常派兵船到内地掳掠，西北的厄鲁特蒙古的某些头领也在蠢蠢欲动，而南方三藩则更是对大清朝虎视眈眈。所以，朕这两年来，无时无刻不在想着如何才能使大清朝真正地安定、真正地富强。可是，百废待兴、积重难返，朕纵有三头六臂，一时也难以如愿。故而，朕每日每夜都心急如焚、焦虑不安……"

康熙停下来，歇了口气，然后接着言道："不过，朕现在已经作出决定：攘外必先安内。只有把大清内部的事务处理妥了，朕才能去认真地同那罗刹国计较。而大清内部的事务，当以南方三藩为重。不把南方三藩的事情处理好，就谈不上处理台湾问题，也谈不上去考虑西北边境不稳定的问题。虽然南方三藩问题处理起来必然困难重重，但朕有信心把这个棘手的问题处理妥当。朕以为，只要各位爱卿与朕团结一致、同心协力，就没有解决不了的困难，就没有处理不好的问题。"

康熙的语调虽很平稳，但言语之中，却充满了信心和力量。索额图和明珠等人顿时就受到了感染，一个个变得神情肃然起来。

康熙继而言道："朕早就想着手去处理南方三藩的问题了，可平日琐事太多，朕一直不能够集中精力……朕本来的想法是，先撤掉三藩建制，然后再把南方各省的兵权、财权等收归中央朝廷，但现在看来，朕的这个想法有些过于简单了，也太过于急躁了……还是索爱卿说得有理，考虑得周全。应该先稳住吴三桂等人，然后腾出时间来做充分的准备。就像打仗一样，如果战前不做好一切准备，那必然是要吃败仗的。"

康熙这么一说，众人便明白了皇上的意图：同意拨给吴三桂军饷。户部尚书犹犹豫豫地问道："皇上……准备拨多少银子给吴三桂？"

康熙反问道："户部现在能拿出多少银子？"

那尚书回道："只能拿出一百五十万两左右。"

康熙点点头："拨给吴三桂一百万两。并着人通知云贵总督甘文焜和云南巡抚朱国治，要他们密切注意吴三桂的动向。如果吴三桂有什么异常的举动，他们要速速地禀报于朕！"

户部尚书唯唯诺诺地退下。康熙又召过兵部尚书言道："从现在起，你就给朕训练一支精锐部队，争取在南方三藩可能发动叛乱之前，将这支精锐部队训练完毕。"

尔后，康熙面对着众人言道："如果朕没有估计错，朕与南方三藩必将有一场生死大战。所以，六部各大臣回去之后，应立即着手做这方面的准备工作。只有在人力、财力诸方面都做好了充分准备，朕与各位大臣才能够以不变应万变。切记，一切以南方三藩之事为重，其他的事情，一律都可以暂缓，如果三藩之事不彻底解决，其他的事情处理得再好，也毫无意义。"

不难看出，当时的康熙已把彻底解决南方三藩当作了头等大事。而事实恰恰证明，他的这一决定是无比正确的。如果他当时没有做好这方面的相应准备，那后来局势的发展，恐怕就难以预料了。尽管，后来局势的发展，比他预料得还要严重、还要糟糕。

六部各大臣，包括索额图和明珠，相继离开了弘德殿。他们每个人的脸上，都十分严肃。显然，他们的心里都很清楚，如果南方三藩真发动叛乱，将会有一个什么样的严重后果。故而，他们每个人都感觉到了自己肩上担子的沉重，所谓"国家兴亡，匹夫有责"。尽管目前还没有到"国家兴亡"的地步，但如果南方三藩真的发动了叛乱，那与"国家兴亡"也就相差无几了。

康熙对六部各大臣脸上所显露出来的那种庄重、严肃的神情，十分满意。有这种庄重、严肃的神情，就说明他们明白了自己应担负的责任。而康熙始终认为，单靠他一个皇帝，其力量毕竟是有限的。俗话说，人心齐、泰山移，他康熙就好像是一艘大船上的舵手，舵手是很重要，他掌握和决定着船只行进的方向和前途。但是，仅有一个舵手远远不够，至少船只不会自动开启，船只的航行得靠众水手的齐心协力，所谓"众人划桨开大船"就是这个道理。而这个道理，当时的康熙是非常明白的。他不仅明白这个道理，而且他还会按这个道理去做。

一日，朝中经略大臣莫洛来报，说平南王尚可喜有奏折进京，其奏折大致内容是，因近来边境不稳，海盗日益猖獗，请求朝廷紧急调拨饷银一百万两。康熙闻知，不由得双眉紧锁。而到了第二天，又是那个经略大臣莫洛来报，说靖南王耿精忠也有奏折进京，其奏折内容几乎与尚可喜的奏折如出一辙。只是耿精忠在奏折的后面还特意补充道：如果朝廷不如数拨给所需军饷，恐福建一省将在旦夕之间沦于海盗之手。

莫洛愤怒地言道："皇上，那耿精忠分明是最大的海盗！"

康熙缓缓地道："耿精忠是在要挟于朕啊……"

莫洛几乎是咬牙切齿地道："不久前是吴三桂要军饷，昨天是尚可喜，今日又是耿精忠，他们……还有完没完？"

康熙神色凝重地道："这就说明，南方三藩已经串通一气了……如果朕拒绝他们的要求，他们就很可能起而叛之，而朕现在还没有做好相应的准备……"

莫洛问道："皇上莫非答应他们的无理要求？"

康熙点头道："朕不久前才拨给吴三桂一百万两，朕现在自然还应这样做……朕这样做的目的，就是用银子买时间。"

于是，康熙就召见户部满、汉二尚书，谕令他们从速分别拨给广东和福建各五十万两银子。满族尚书犹犹豫豫地答应了。而汉族尚书却吞吞吐吐地道："皇上，臣等好不容易才从各地收上来了一百万两银子，本打算留着给京城附近的军队用的，可如此一拨，国库就又空空如也了……"

康熙言道："国库空了，你们要想方设法地去填充。但这批银子，你们当速速拨到南方去！"

户部满、汉二尚书诺诺退去。康熙又召见兵部满、汉二尚书，询问训练新兵一事。康熙早有旨下，着兵部在南方三藩可能发生叛乱之前，训练出一支精锐的军队。谁知，兵部满族尚书的回答却是：目前只征到千余新兵，还谈不上什么"训练"二字。康熙怒斥兵部二尚书，说他们是一对无能之辈，长此以往，必将祸国殃民。盛怒之下，康熙要罢免兵部二尚书之职。恰经略大臣莫洛当时在场，莫洛向康熙禀道："兵部办事迟缓，实与汉族尚书无关，兵部大小事情，均由满族尚书说了算，那汉族尚书纵有浑身本事，恐也无用武之地。"

听了莫洛的禀告，康熙一时沉吟不语。朝廷各大部门，几乎均设有满、汉两位尚书。看起来，满、汉二尚书的地位是平等的；但实际上，在许多部门里，汉族尚书就像是一个摆设，根本没多少地位和权力可言。

康熙沉吟罢，叫过那兵部汉族尚书，认真严肃地问道："如果朕现在给你相应的权力，你敢保证不折不扣地完成朕交给你的任务吗？"

兵部汉族尚书伏地言道："只要皇上给微臣相应的权力，微臣现在就敢在皇上的面前立下生死令状！"

"好！"康熙点点头，"从现在起，兵部只有你一个尚书了。朕要你在半年之内，给朕训练出一支十万人的劲旅，你能否办到？"

那尚书叩首道："如果微臣能够得到其他各部尚书大人的通力合作，微臣保证在半年之内为皇上训练出一支十五万人的精锐之师。如微臣有半点虚妄，皇上可以任意处置微臣！"

康熙即刻草拟了一道圣旨，大致内容如下：六部及理藩院、大理寺各大臣，尔等应无条件地满足兵部所提任何要求，若有玩忽懈怠之举，定严惩不赦，钦此。

康熙将圣旨亲手交到那汉族尚书手中，并郑重言道："朕手谕在此，大清朝的一切人力物力，你现在都可以任意支配……朕最后想对你说的是，朕能否应付得了可能发生的严重局势，就看你能否如期为朕训练出一支精锐之师了！"

那汉族尚书没有言语，只神情肃穆地将康熙的那道圣旨纳入怀中，然后便默默地退去。

半响，康熙对经略大臣莫洛言道："朕以为，半年之后，朕一定可以得到一支十五万人的精锐大军！"

是啊，有一支十五万人的精锐之师，再加上京畿一带原有的清军，还有各省可以抽调的一些地方部队，当可以应付南方三藩可能发生的叛乱了。实际上，只要有足够的兵力可以应付局面，即使南方三藩不发生叛乱，恐怕康熙也会"逼"着吴三桂等人叛乱。因为，康熙无论如何也要彻底地结束大清朝南方的那种分裂割据的局面。而康熙现在最为担心的就是，在他还没有做好充分的准备之前，南方三藩就已经发难。所以，康熙现在最需要的就是时间。然而，时间越是珍贵、越是紧张，麻烦事还接连不断地找到康熙的头上。1672年（康熙十一年）的年底，一件非常重大的麻烦事，使得康熙本就绷得紧紧的神经，又绷紧了许多。

你道是什么非常重大的麻烦事？原来，有人向吏部右侍郎索额图密报，说北京城里有一个叫杨起隆的汉人，自称是明朝崇祯皇帝的三儿子，准备在京城里起兵，以响应南方三藩的叛乱。索额图虽然一时无法证实这"密报"的真伪，但因事关重大，他不敢怠慢，迅速如实地禀报了康熙。康熙得知后，不禁自言自语地说了一句道："又来了一个朱三太子……"

康熙的口中为何会说出"又来了一个朱三太子"之语？原来，朱明王朝虽然一去不复返了，但在许许多多的汉人心目中，仍然眷恋朱明的统治，因此，恢复明朝仍然是许多反清志士对抗现政权的一面旗帜。而明朝崇祯皇帝吊死煤山之后，他的几个儿子却下落不明。这样，清朝顺治和康熙两朝，就发生了许多起冒称崇祯皇帝的儿子逃出北京组织反清活动的事件。

例如，1655年（顺治十二年），扬州有一个叫朱周的人，自称是"朱三公子"，在苏北组织反清活动，后在扬州事发被捕。次年，直隶平山又抓获朱慈焯，自称是崇祯之子，密谋在正定举事。而在顺治、康熙年间，清廷抓获了那么多"朱三公子"，究竟哪一个才是明朝崇祯皇帝的真正儿子，恐怕就无人能够知晓了。反正，只要哪个地方冒出了一个"朱三公子"之类的人，则清王朝便会不遗余力地去抓捕。因为，"朱三公子"之类的人，虽然对大清王朝构不成多大的威胁，但蛊惑性很大，"影响"也极大。而作为清王朝，是绝对不允许有这种"蛊惑"和"影响"出现的。

不过，对当时的康熙来说，闻听北京城里又冒出了一个"朱三太子"，他所考虑的，恐怕就不仅仅是什么"蛊惑"和"影响"的问题了。对康熙而言，这时候冒出来的"朱三太子"，对他简直就是一种莫大的威胁。

所以，听了索额图的密报，康熙在说了一句"又来了一个朱三太子"之后，就沉默不语了。不过，康熙的脸上，却是异常的严肃和凝重。

索额图似乎是想宽慰一下康熙。他轻轻地道："皇上，这事儿还不知道是真是假……也许，只是一种捕风捉影之说……"

康熙缓缓地摇了摇头："不，索额图，这事即使是假，也要认真对待。朕以为，在这种时候出现这种流言，必然有一定的依据。更何况，如果这事儿属实的话，那么，南方三藩就不是可能要发生叛乱，而是一定要发生叛乱。"

是呀，如果北京城里真的有一个叫杨起隆的人，也真的要起兵响应南方三藩的叛乱，那么，这个杨起隆就极有可能和南方三藩有直接的联系。说不定，杨起隆还会知道南方三藩发动叛乱的具体时间。

想到此，索额图马上对康熙言道："皇上，微臣以为，应速速查清杨起隆一事的真伪……"

康熙言道："不错，朕也是这个意思。"

索额图请求道："如果皇上同意，微臣想去查办此事……"

满朝文武中，康熙最信任的人，莫过于索额图和明珠了。由索额图去查办杨起隆之事，康熙不仅同意，也最为放心。所以，康熙略略思忖之后，轻轻地对索额图道："你自小随朕入宫，很少有抛头露面的时候，京城百姓，几乎无人能识得你的真面目。你可以乔装打扮一下，混迹于京城的大街小巷中……朕以为，只要你悉心观察、打听，是不难发现那个杨起隆的行踪的。"

索额图回道："皇上放心，如果京城里真有杨起隆其人，微臣就一定能够把他的底细打探清楚。"

康熙又道："从现在起，你就应把全部精力都用在查办此事上。皇宫内的事，你全交给明珠处置好了。"

索额图问道："皇上还有没有别的指示？"

康熙言道："第一，你要在尽量短的时间内，将此事查个大概；第二，你单枪匹马行动，一定要注意安全。若遇有万不得已之事，你可以暴露身份。"

"暴露身份"是康熙对索额图的关心，但身份一暴露，就无法再秘密地查下去了，所以，索额图就在心中对自己说道："无论如何，我都不会轻易地暴露自己。"

离开康熙之后，索额图立即就找来曾经向他密报杨起隆事件的人。那是一名皇宫内侍卫，索额图又详详细细、不厌其烦地向他询问事情的来龙去脉。

事情的大致经过是这样的。那名侍卫两天前出宫办事，回来的时候已是黄昏。在护城河边，他遇见了一个醉酒的乞丐。那乞丐就躺在护城河的边上，看样子，只要他一动身子，就会掉到护城河里去。那侍卫出于好心，就走到乞丐身边，劝他当心点。谁知，那乞丐红眼一瞪，竟然质问那侍卫道："你是谁？为何管这么多的闲事？莫非你是杨起隆吗？"

那侍卫当然不想多管"闲事"，但却也随口反问了一句道："杨起隆是谁？"

那乞丐"忽"的一下爬起身，差点掉到护城河里去："你不知道杨起隆是谁？难道你不知道杨起隆就是朱三太子吗？"

那侍卫本来打算离开的，可听到"朱三太子"几个字后，他马上就打住了脚。那个时候，几乎所有的人对"朱三太子"之类的名字都很敏感。所以，那侍卫不仅停下了脚步，而且还蹲下身子，装作一无所知又很有兴趣的样子问乞丐道："老兄，那杨起隆就是朱三太子？你是如何知道的？我怎么不知道？"

那乞丐浓浓地喷出一口酒气，不无得意地道："你是谁？你算老几？实话对你说，我知道的事情多着呢……"

那侍卫转了转眼珠，用一种不相信的口吻言道："你别仗着几两酒劲儿在我面前吹大牛，你又能知道多少事情？恐怕，你还没有我知道的事情多呢！"

"什么？"那乞丐不快活了，"我没有你知道的事情多？我问你，你知道朱三太子要在京城里起兵吗？你知道朱三太子起兵的目的是配合南方三大王要干一番大事业吗？"

那侍卫闻言大惊，也顾不了那么许多了，拔脚就往皇宫里跑。因为索额图就是管皇宫内侍卫的，所以那侍卫就找到索额图，将刚才的所见所闻慌里慌张地说了一遍。索额图听后也大为震惊，但比那侍卫要冷静得多，连忙领着那侍卫出宫去找那乞丐，可惜的是，天色已昏暗，那乞丐早已踪迹全无。索额图无奈，只得速速地将此事禀告康熙。

索额图问那名侍卫道："如果在街上再遇着那个乞丐，你能把他认出来吗？"

那名侍卫费力地想了想，然后摇头道："那乞丐蓬头垢面、满脸醉意，已非本来面目，就是让小人迎面撞上，小人恐也不敢确认……"

如果那侍卫还能认出那乞丐，倒也许会省却不少的麻烦。不过，索额图还是从中得出了一点有益的启示，那就是，如果京城内真有杨起隆其人其事，那乞丐群体中，是应该有人知晓·点底细的。

所以，索额图经过一番思考之后，就脱下满族官服，换上一套褴褛不堪的汉人衣衫，且也把自己弄得蓬头垢面，只身一人溜出宫去往大街上行乞去了。一眼看过去，索额图也确实与一般的乞丐并无二样。

索额图本来的想法是，只要自己吃得了辛苦，耐得住心性，在北京城的大街小巷里混上一段日子，多与那些乞丐交往，是应该能摸到有关杨起隆的一些线索的。然而事实却是，索额图冒充乞丐在北京城里混了十几天，也着实交往了几十名乞丐，可就是没有打探到有关杨起隆的一点点情况。

　　索额图开始怀疑了：一是怀疑自己的乞丐模样可能在自觉不自觉之中露出了什么破绽，二是怀疑北京城内是否真的有杨起隆其人其事。说不定，是那醉酒的乞丐想象力太过丰富，凭空臆造出一个杨起隆来。然而问题是，那醉酒的乞丐如何会知道"南方三大王"要干一番什么"大事业"？

　　最终，索额图只能怀疑自己，怀疑自己冒充乞丐这条路是否走对了。如果是自己走错了道路，那还不该赶紧转过身来？

　　于是，索额图就脱下乞丐服，将自己收拾得利利索索的，做出一副走南闯北的江湖人模样，专拣北京城内大小酒店及大小妓院里逗留。他以为，如果京城里真有杨起隆其人其事，那酒店和妓院应该是探得有关消息的好场所。因为酒也好，色也罢，都能使有些男人在经意或不经意之中说出自己的心里话，而只要把这种"心里话"听得多了，就自然能听到跟杨起隆有关的内容。

　　索额图大概又花了十几天的工夫，在十来家大小饭店里吃过饭，在十来家大小妓院里留过宿，大约喝下去有好几坛子酒，也曾"顺便"玩过好几个妓女，可结果却是，依然没有探得有关杨起隆的一点点消息。

　　"莫非，"索额图不禁有些失望，"我冒充江湖人士这条路，又走错了？或者，京城里根本就没有什么杨起隆这个人？"

　　就在索额图有些灰心丧气，不知该如何向康熙皇帝交代的当口，事情却突然出现了一个大的转机。

　　那是一天傍晚，在一家名叫"回头香"的大酒店里，索额图因为心事重重，便要了两壶酒，一边没滋没味地慢慢地喝着，一边有意无意地打量着酒店里的食客，心中还这样想着：今天是最后一晚了，喝完酒便去找家妓院歇息，如果再探不出有关杨起隆的情况，明日一早就如实去向皇上汇报。纵使皇上斥我无能，要对我惩处，那也是没有办法的事儿。

　　因为"回头香"是一家很高级的饭店，所以来这里吃饭的食客，大都衣冠楚楚、脑满肠肥。索额图看着那一张张陌生的面孔，心中又不禁想：这诸多食客当中，会不会恰恰就有那个杨起隆呢？

　　眼看着天就完全黑下来了。"回头香"里虽然食客不断，谈话声也此起彼伏，但无论索额图怎么用心去谛听，也听不到一句跟杨起隆其人其事有关联的言语来。索额图无奈，只得长叹一声，快快地喝干了两壶酒中的最后一滴，晕晕乎乎地站了起来，准备去找家妓院好好地歇息一番了。他在站起来的时候这样想道："今日吃饭是在一家高级酒店，那今日歇息也该找一家高档妓院，反正，过了今日，一切都将恢复如初了。"

　　这么想着，索额图竟然有些飘飘然起来。既是高档妓院，那就会有高档妓女，不管明日皇上会如何处罚我，今日是一定要尽情地快活风流一番的。今日事今日了，明日愁明日忧嘛。

索额图正在飘飘然呢，冷不丁地，从旁边伸过一只脚来。索额图没防备，加上脚步本来就有些踉跄，所以那只脚一伸过来，他就"咕咚"一声摔了个狗吃屎。

这一跤，将索额图的酒意摔跑了不少。他一边慢慢地爬起一边细细地打量，酒店中有不少人正在注目着他。而距他最近的，是两个身着满族服装的青年。瞧那两个满族青年一身绫罗绸缎的穿戴，显然是两个平日里作威作福惯了的满族阔少。

索额图爬起身之后，并没有直接去质问那两个满族阔少，而是冲着所有的食客大声嚷道："刚才谁将我绊倒的？"

索额图之所以要这么大声地叫嚷，目的是想让所有的人都来注意他，从而造成一种轰动的效果，而这么"轰动"一下，是有可能"轰"出意想不到的收获的。另一方面，索额图的酒有些过量，心情又很不好，他很想趁此机会好好地发泄一番。事实证明，索额图的这两个目的还真都达到了。

索额图刚一嚷毕，那两个满族阔少就同时站了起来。看他们趔趔趄趄的模样，显然也喝了不少酒。其中一个阔少逼视着索额图道："你这条汉狗，你刚才骂谁呢？"

乍听到"汉狗"二字，索额图很是有些不解，但旋即又明白过来：原来自己穿的是汉人衣衫。汉人在有些满族权贵的眼里，那无疑是跟一条狗没什么差别的。

索额图冷冷地一笑言道："谁刚才伸脚绊了我，我就骂谁！"

另一个满族阔少"呼"地就蹿到了索额图的对面，用手一指索额图的鼻子道："汉狗！你竟敢辱骂本少爷，你是不是不想活了？"

很明显，伸脚绊倒索额图的，正是这个满族阔少。索额图"哦"了一声道："原来刚才是你把我绊倒的？那你肯定就是一个坏蛋了！"

两个满族阔少被索额图气得"哇哇"直叫唤，可看着索额图一副精精干干的江湖人打扮，他们又不敢贸然跟索额图动手，只站在那儿一边直叫唤一边干瞪眼。索额图在一旁嬉笑。

两个满族阔少似乎再也受不了了，互相对望了一眼，然后一起捋了捋胳膊，又大叫一声，再一起举拳向索额图打来。看那种气势汹汹的模样，倒也着实有些骇人。

索额图在宫中习武多年，该具有一副什么样的身手？见两个满族阔少一起举拳打来，他不惧不怕，更不躲不闪，只不慌不忙地迅速伸出双掌，准确地抓住了冲过来的两只拳头，向上那么一扭，那两个满族阔少就痛得哭爹叫娘起来。

索额图使出的这种招式便叫"擒拿"。那两个满族阔少的手腕就像断了似的剧烈地疼痛。如果索额图的双掌再稍稍用点力气，那两个满族阔少的手腕恐怕就真的要断裂了。就在那两个满族阔少龇牙咧嘴、鬼哭狼嚎的当口，索额图猛然松了双掌，又迅即抓过两个满族阔少的头，让他们眼对眼、鼻对鼻地互相撞击在一起。那撞击的声音还很大，酒店里几乎所有的食客，都听到了"咕咚"一声。

再看那两个满族阔少，每个人的额头上都赫然鼓起了一个大肉包。可能刚才撞击的力道太大，他们都被撞迷糊了，竟然在原地打起了圈，似乎怎么也找不到行走的方向。

索额图抓住他们的肩，笑容可掬地对着他们示意道："酒店的门在那边儿，你们应该往那儿走。"

两个满族阔少还真听话，"啊啊呜呜"了几句，便手拉手、肩并肩地走出了"回头香"的大门。顿时，众多的食客中，就有不少汉人朝着索额图鼓起掌来。

打发走了两个满族阔少，索额图郁闷的心情多少轻松了些。他弯过双臂，抱拳冲着诸多食客拱了拱，异常豪爽地言道："各位兄弟，各位朋友，青山常在，溪水常流，咱们后会有期！"说罢，双手一背，就扬长而去。其姿其态，也委实与走南闯北的江湖人无异。

只不过，潇洒走出"回头香"的索额图，心中却很有一种失落之感。如果，那诸多食客当中，真的有那个杨起隆或杨起隆的手下，那此刻，岂不应该追出店来？

这么想着，索额图就不禁回过头去，企盼着会有什么奇迹发生。"回头香"也果真名不虚传，一股股酒香、菜香直往索额图的鼻孔里钻。只是，索额图不是来探究"回头香"一名的含义的，他是来探听有关杨起隆的消息的。此刻，他最希望发生的事情，是能从"回头香"里走出一个人来，并一直走到他的身边。

然而，索额图看见，"回头香"酒店门口，尽是人往店里走，并没有人从店里走出来。那酒店门楣上高高悬挂着的两只大红灯笼，仿佛在挤眉弄眼地对索额图道："你快走吧，到妓院里去好好玩玩吧，你所企盼的奇迹是根本不会发生的……"

索额图好像读懂了大红灯笼的意思，所以他就准备转身离去。可就在这当口，索额图明明白白地看见，有一个人走出了"回头香"，而且，还明明白白地朝着他索额图走来。

那人是"回头香"里的一个小二，曾为索额图端过菜、拿过酒。索额图见那小二一步步地朝自己走近，心中不由一阵窃喜。当然了，他是不会把这种窃喜流露在脸上的，尽管当时天色很黑，那小二是很难看清他脸上的表情的。

索额图装作喝多了酒的样子在那儿干呕。那小二都走到他的身边了，他也假装没看见。小二说话了，声音很细很低："这位客官，请跟我回店里一次……"

索额图听得真真切切，却佯装没听见。那小二只得又道："这位客官，请随小人回店里一次……"

索额图直起了腰身，故意迷离着双眼问小二道："你，刚才是在跟我说话吗？"

那小二点头哈腰言道："是的，客官，小人想请客官回店里一趟……"

索额图很响亮地打了一个酒嗝道："我为什么要跟你回店里？我不是早就付

过酒钱了吗？"

小二忙赔上笑脸道："这位客官请别误会，小人是奉主人之命，请客官回店有要事相谈的……"

听到"主人"二字，索额图心中不由得一震：这小二的那个"主人"，莫非就是自己苦苦寻找的那个杨起隆？

想到此，索额图恨不得一步就跨回到"回头香"里。但索额图知道，性急不仅吃不了热豆腐，反而会坏了大事。所以，他就用一种疑疑惑惑的口吻言道："我与你家主人素不相识，会有什么要事相谈？还是不去了吧……"

说着，索额图还做出了一种转身欲去的态势。那小二急忙言道："客官且慢……小人奉主人之命来请客官回去，如果客官就这么走了，小人回去该如何向主人交代？请客官多替小人着想，不要使小人太过为难……"

小二这么一说，索额图便趁机打住了脚："你说得倒也在理啊……如果我就这么走了，你回去也确实不好向你家主人交代……也罢，我现在就随你回店。我倒要看看，你家主人究竟要与我谈些什么。"

那小二赶紧言道："客官请，请随小人来。"

索额图甩开大步，故意将地面踩得"咚咚"直响。他一边跟着小二往"回头香"走一边暗自思忖道：如果这小二的主人真的是那个杨起隆的话，那真是踏破铁鞋无觅处，得来全不费工夫了。

进而，索额图又想道：如果真的和那个杨起隆面对面地见着了，是当场把他逮捕，还是先回去向皇上禀告？

索额图正想着，却见那小二并不是朝"回头香"的大门走，而是向一处很黑暗的地方走去。索额图连忙问道："你这是要去何处？你不是说你家主人要见我吗？"

小二在黑暗中解释道："客官有所不知。若从大门进入，人多嘴杂，不太方便。此处有一道小门，可直达敝店的后院。这也是小人的主人吩咐的。"

索额图"哦"了一声，不再言语，跟着那小二径往黑暗中走。果然，行不了几步，便有一道狭窄的小门，那小门狭窄得似乎只能容一个人出入。索额图刚刚走近，那道小门就"吱呀"一声从里面打开了。显然，一切的一切都早有准备。那小二冲着索额图一躬身言道："客官里边请，小人暂且告辞。"

那小二说完，就从原路返回去了。索额图定了定神，也没犹豫，就一步跨进了小门。小门之内是一条窄窄的甬道，光线不是很亮，勉强可以照着人行走。

一个仆人模样的男人在前面引着，索额图不紧不慢地在后面跟着。仆人模样的男人不说话，索额图也就不言语。

走完了窄窄的甬道，便是一座偌大的院子。虽然院内没什么灯火，但仍然可以看出这院内的布置既精致又堂皇。索额图没有想到，在"回头香"酒店的里面，居然还有这么一处洞天福地。不难看出，这"回头香"酒店的主人，定然不是一个寻常之辈。

那仆人模样的男人一直把索额图领到一扇门的前边，这才开口言道："客官屋里请，小人告辞。"

一眨眼的工夫，那仆人模样的男人就不见了踪影。索额图正要推开那道虚掩的门，却见那门无声无息地从里面打开了。

屋内光线很亮，清楚地映照着站在门边的一个身材异常高大的男人。那男人不仅身材高大，且衣着非常讲究，乍看上去，很难猜出他的真实身份。

但索额图却以为，这个身材异常高大的男人，八成就是那个"朱三太子"杨起隆。所以，索额图就装作不胜酒力的样子，抢先发问道："莫非，你就是这家酒店的主人？就是你要与我好好地谈一谈？"

那男人"哈哈"一笑道："不错。适才见你在敝店内大显身手，心中实在仰慕得紧，所以就想与你好好地聊上一聊。"

索额图缓缓地摇了摇头："你虽是这家酒店的主人，但我与你素昧平生，似乎也就没有聊聊的必要了……"

见索额图转身欲走，那男人忙道："壮士留步。虽然我与壮士素不相识，但看得出，壮士是一位走南闯北的侠义之士。既走南闯北，那壮士就该知道这么一句话：'四海之内皆兄弟也'。既然我们是兄弟，壮士又何必如此拒人于千里之外呢？"

那男人一席话，倒也不乏豪侠之气。索额图却冷笑一声道："四海之内未必都是兄弟吧？就像适才，被我打跑的那二人，莫非也能以兄弟一语称之？"

"壮士言之有理！"那男人"啪"地鼓了一下掌，"四海之内皆兄弟，但四海之内又未必都是兄弟。所谓道不同不相为谋，壮士一身出神入化的功夫令我十分佩服，但我更佩服的，还是壮士身上的那种爱憎分明的正义之气。一个人只要有了这种正义之气，就一定会所向披靡、锐不可当！壮士，你以为如何？"

索额图似乎被那男人的言语吸引住了，但又似乎，他根本就不相信那男人所说的话。所以，索额图就用一种将信将疑的语气问那男人道："你究竟是谁？听你的口气，你根本就不像是一个生意人……"

那男人点头回道："壮士真是好眼力。我既是一个生意人，但同时又不是一个生意人。说我是生意人，是因为这家酒店我已买下两年，而且生意做得还挺红火。说我不是生意人，是因为我买这家酒店并不是为了赚钱，而是为了给像壮士这样的英雄好汉提供一个落脚之处。一个人纵然有通天的本事，充其量也只能逞匹夫之勇，但如果众多的英雄好汉能够团结起来，劲往一处使，心往一处想，就不愁做不出一番惊天动地的大事业来！"

索额图越听越坚信：此人就是那个"朱三太子"杨起隆："敢问……阁下尊

姓大名？”

那男人言道：“免尊姓张，单名一个林字。”

索额图不免大失所望。既姓张名林，那就不是什么杨起隆了。不过，也许这“张林”就是那个杨起隆的一个化名也未可知。故而，索额图就冲张林一抱拳言道：“阁下言豪语壮，着实令人钦佩之至！”

张林一撤身言道：“壮士何不入屋来与张某好好地叙谈一番？”

索额图的脸上现出了一丝笑意：“阁下如此盛情，当恭敬不如从命了！”

于是，索额图就跨进了张林的屋子。这一跨进，索额图就很快得知了他一直很想得知的重要内容。

原来，北京城内确实有一个自称为“朱三太子”的杨起隆。大约在一年前，他就以“朱三太子”的名义在北京城内暗暗地发展着自己的势力。目前，他大约已拥有了数千名追随者。他的目标是，在南方三藩发动叛乱之前，将自己的追随者发展到万人左右。虽然没有什么史料能够证明这个杨起隆是南方三藩派到北京城来的，但杨起隆与南方三藩，特别是吴三桂的确有较为密切的联系。比如，杨起隆就清楚地知道，南方三藩大约需要一年的时间才能够做好同大清皇帝开战的一切准备。而吴三桂也清楚地知道，南方三藩叛乱之后，杨起隆会带着他的追随者，乘北京城空虚之机，冲入皇宫，活捉或打死康熙。

“回头香”酒家的店主张林，虽然不是杨起隆本人，却是杨起隆手下的一个得力干将。他主要的任务，就是为杨起隆发展人手，他前前后后已经为杨起隆发展了数百名追随者。早在几天以前，他就注意到了索额图。只是为了慎重起见，直到索额图走进了“回头香”，他才终于决定拉索额图入伙。主要原因就是，索额图敢在大庭广众之下教训那两个满族阔少，张林以为，索额图的心中，一定是对大清朝廷不满的，加上索额图的一副身手也的确不凡，杨起隆、张林等要做的那番大事业，正需要像索额图这样的武林人士参加。

然而，张林却说不准那杨起隆究竟住在北京城的哪个地方。杨起隆居无定所，除他身边的几个亲信外，谁也弄不清他的行踪。就是像张林这样的人，想见杨起隆一面也非易事。如确有什么重大事情了，杨起隆自会派人前来联络。当然，偶尔的，杨起隆也会突然出现在“回头香”酒店里。

那张林与索额图从晚上一直畅谈到深夜。张林可能是认为遇到知音了吧，对索额图简直是无所不谈。索额图对此当然十分满意，不过满意中也有不少缺憾。最主要的缺憾有二：一是不知道那杨起隆的确切住址，二是杨起隆目前已拥有的那数千名追随者。张林只知道一小部分。既如此，索额图下一步究竟该怎么办呢？

索额图决定把打探到的情况向康熙禀明，让康熙斟酌拿主意。于是，他就用一种很重的语气对张林言道：“满人占了我大明江山，实在让人怒不可遏。大凡汉人子弟，皆应投身到这反清复明的伟大事业中来。某虽不才，但愿能为这伟大事业竭尽绵力，虽抛头颅、洒热血也在所不辞。只是，某已与江南的几位朋友约好，要在江南小聚一次。身在江湖，讲究的就是信义二字。看来某只好要同张先生小别一些时日了……"

张林立即言道："大丈夫顶天立地，但信义二字万万不可丢。壮士且去江南，张某在此备酒恭候壮士归来。"忽而话锋一转言道，"壮士在江南的那几个朋友，如果与壮士志同道合，壮士何不带他们一同北上？"

索额图脱口而出道："张先生嘱咐，某已谨记在心。"

就这样，索额图在"回头香"里住了一夜之后，次日一大清早，就别了张林，径向北京城的南门而去。他担心张林会派人跟踪，所以就真的出了北京城，又绕了一个大弯子，复又从东边进了北京城，然后便悄悄地走入了皇宫，直接去见康熙。

康熙听完了索额图的汇报后，先嘉奖了索额图几句，然后静静地言道："那杨起隆的狼子野心不小，朕自当严加防范。而南方吴三桂等人，暂时还不会图谋不轨，朕便有了一定的时间来做充分的准备……"

索额图问道："微臣下一步该怎么办？"

康熙蹙眉沉吟了片刻，接着言道："如果现在就派人去把那张林抓获，虽然也能给杨起隆一个沉重的打击，但杨起隆却未必能够抓住，他的那数千死党也不能尽灭。只要杨起隆还在，他的那些死党还在，京城就不会安稳，朕的心也不会安稳。好在杨起隆目前还不会轻举妄动，朕就有时间好好地筹划……要么不抓，要抓就应该一网打尽，永绝后患！"

索额图明白了："皇上，微臣看来是要在张林的酒店里好好地待上一段时间了……"

康熙微微一笑道："你不必急着回去嘛。你不是还要去江南会几个朋友吗？你就安心地在宫内住上十天半月的，然后将朕身边的那些侍卫都带去引荐给那个张林。有你们这么多人，花上一定的时间，杨起隆的什么底细还不能摸清？"

康熙身边的"那些侍卫"，指的就是当年合力擒住鳌拜的那十几个少年。当然，他们现在都已是英姿飒爽的年轻人了，一个个气宇不凡、武功超绝，也确乎是索额图口中的"江湖朋友"。康熙又叮嘱索额图道："事情已经到了这个地步，你就更应该处处谨慎。如果一不小心而露出什么破绽，不仅前功尽弃，而且尔等的性命也委实堪忧。"

索额图回道："请皇上放心，微臣一定处处小心谨慎，绝不会辜负皇上对微臣的厚爱……"

康熙点点头，索额图退去。虽是冬天，但不知为何，康熙却仿佛看见了一幅"山雨欲来风满楼"的画面。

【第九回】

康熙帝拟撤三藩，吴三桂欲占龙庭

1673年的春天，北京城里依然十分寒冷，而广东境内却已经开始炎热。寒冷当然让人很不舒服，但炎热似乎就更加让人难受。那个年迈而又衰弱的平南王尚可喜，好像已经难以忍受广东境内的那种炎热，整天都寝食难安。而尚可喜的儿子尚之信，却仿佛对那种炎热无动于衷，依然由着性子嗜酒、由着性子杀人。

有那么一天，一个虽然炎热却又风和日丽的日子，尚之信喝了两坛酒又杀了两个人，心中正快活着呢，尚可喜派人把他叫了去，说是有一件很重要的事情要告诉他。尚之信便带着酒后杀人的快乐，兴冲冲地迈进了平南王府，笑嘻嘻地走到了尚可喜的身边，见着尚可喜就开口问道："父亲，是什么大事要现在召见孩儿？"

尚可喜看来真的是衰老不堪了，蜷在太师椅上，一边喘粗气一边流着汗。他招呼尚之信道："信儿，你且坐下，待为父慢慢道来。"

见尚可喜一副很严肃的样子，尚之信便慢慢腾腾地坐下，并疑惑地看着尚可喜，心中暗想：父亲近些天来，不仅变得异常苍老，也变得不苟言笑了，却是为何？

尚可喜几乎是一个字一个字地言道："信儿，为父昨日已着人进京，给大清皇帝呈了一本奏折……"

尚之信问道："父亲给大清皇帝呈了一本什么奏折？"

尚可喜道："为父是在向大清皇帝请求退休……"

"退休？"尚之信眨巴眨巴眼，"父亲为什么要请求退休？"

尚可喜道："信儿，为父年纪大了，身体又不好，这个平南王的王位该你继承下来了……"

尚之信明白了："父亲，你给大清皇帝写奏折，就是为了这事？"

尚可喜点点头："为父向大清皇帝请求退休，同时请求把平南王的王位传给你……如果大清皇帝同意为父的请求，那这广东一地，就好歹还是我们尚氏的地盘……"

尚之信笑了："父亲，孩儿以为，你给大清皇帝写什么奏折，纯属多此一举。就算那大清皇帝不同意把平南王位传给孩儿，这广东一地，岂不还是我尚氏的天下？"

尚可喜不觉摇了摇头："信儿，话可千万不能这么说啊……为父早已经对你讲过，现在的大清皇帝不比过去，如果此事处理不当，我们恐怕就会失去广东这块地盘……所以，为父在那本奏折上，就特意加上了一条：同意大清皇帝撤藩……"

"什么？"尚之信立刻就从座位上弹起了身子，"父亲，你为何要同意大清皇帝撤藩？藩一撤，孩儿即使继承了王位，还有什么意义？"

尚可喜忽地干咳了两声："信儿，你不要太过冲动，你要冷静……藩撤了，你的权力和地位是受到了很大的限制，但你做了平南王，这广东就还是你的地盘……"

"不……"尚之信几乎要冲着尚可喜吼起来，"父亲，藩一撤，我还要这王位何用？到时候，大清皇帝派些官吏至此，我在广东还能说一不二吗？我在广东还能生杀予夺吗？不，父亲，我无论如何也不会同意撤藩的！"

尚可喜长长地吐了一口气："信儿，你道为父想心甘情愿地撤藩啊？可不撤行吗？如果不以撤藩为条件，恐怕连这个平南王的王位都保不住啊！"

尚之信却做出了一副横眉冷对的模样："父亲，你何必要向大清皇帝示弱？你当年驰骋沙场，气吞万里的豪气哪儿去了？如果撤了藩，我们尚氏一族苦心经营多年的成果，岂不瞬间就化为乌有？"

尚可喜的脸上现出了一种苦笑："信儿，所谓此一时彼一时也。现在的为父早已不是当年了，而现在的大清皇帝也不是当年的大清皇帝了啊！信儿，你要明白，为父这样做，全是为你着想，为我们尚氏一族着想啊！"

"不——"尚之信终于大叫了出来，"父亲，我不同意撤藩！大不了，我跟着平西王一起反了！不是鱼死，就是网破！"

尚可喜悠悠地道："信儿，你以为起来一反，就能够反出一个好结果来吗？只恐怕，反来反去的结果，只是一无所有……"

尚之信不再言语，而是狠狠地瞪了尚可喜一眼，拔脚离去。显然，尚之信对尚可喜向大清皇帝请求"撤藩"的这一"馊主意"极为不满。

尚之信离开尚可喜之后，一时愤怒难平。看来，父亲确实是老糊涂了，竟然做出"请求撤藩"这等傻事。藩是能随便撤的吗？撤了藩，他尚之信还如何在广东快意地饮酒、快意地杀人，不能快意地饮酒，快意地杀人，他尚之信的生活还有什么意义？

待那种难平的愤怒稍稍有些平息之后，尚之信便找来几个亲信，骑上几匹快马，径向福建而去。他要去找靖南王耿精忠一起商量对策，如果大清皇帝真宣布撤藩，他尚之信等人岂不很是被动和尴尬？

尚之信快马加鞭、日夜兼程，不几日便赶到了靖南王府。耿精忠乍见到尚之信，很是惊讶："尚兄，你如何到福建来了？"

尚之信顾不得好好地喘一口气，好好地喝一口茶，而是迫不及待地将其父向朝廷请求撤藩的事儿说了一遍。耿精忠闻言大震："尚兄，平南王为何会做出这等不假思索之事？既主动要求撤藩，那大清皇帝就有充分的理由批准。如果大清皇帝真宣布撤藩，我等将如何是好？"

"是呀，"尚之信急急地道，"所以我就赶来这里，向耿贤弟讨个周全之策……"

耿精忠摇头道："尚兄，我哪里会有什么周全之策？我只是以为，无论如何，这藩也不能撤……"

尚之信紧接着道："尚某心中也是这个意思。可如果大清皇帝真的宣布撤藩，我等将如何应对？"

耿精忠紧锁双眉，半晌，缓缓地言道："看来，我与尚兄，应该去云南一趟……"

尚之信问道："耿兄弟的意思是，去云南听听平西王对此有何高见？"

耿精忠点头："我们现在，似乎也只能这样了……"

就这样，耿精忠和尚之信带着一干随从，卷起一股尘烟，从福建直向云南奔去。长话短说，这一日，耿精忠和尚之信一干人风尘仆仆地驰进了昆明。早有人报知了吴世璠。吴世璠一面着人去准备酒席一面亲自走到大街上迎住了耿精忠和尚之信。待得知了耿精忠和尚之信的来意后，吴世璠不禁大惊失色道："怎么会有这种事情发生？"

尚之信摇头叹息道："尚某无奈，只得与耿贤弟来此，请世兄弟和平西王他老人家给出个主意……"

吴世璠点头道："尚兄言之有理。事已至此，也只有兄弟的爷爷可以从中决策了……"

于是，吴世璠也顾不上为耿精忠和尚之信接风洗尘了，急急忙忙地把耿、尚二人领进了平西王府。有仆人告知吴世璠：王爷现在"圆圆居"内。

耿精忠和尚之信虽然不是常来平西王府做客，却也知道"圆圆居"不是随便可以进入的。所以，在"圆圆居"门前，耿、尚二人就很自觉地打住了脚步。吴世璠对守门的一个女仆言道："速速通报王爷，就说靖南王和平南王的儿子来此……"那女仆应诺一声，急急地走开。一会儿，那女仆又出现在"圆圆居"的门口："王爷有令，叫小王爷等随奴婢入内。"

一般情况下，吴三桂是不会轻易让别的男人随便踏入"圆圆居"的。吴世璠虽是他的孙子，但踏入"圆圆居"的次数也屈指可数。除吴世璠外，似乎只有吴三桂的那两大爱将林兴珠和韩大任曾经应召进过"圆圆居"。耿精忠和尚之信的身份、地位虽然都很高贵，但过去来平西王府做客，却从未走进过"圆圆居"。而今日，吴三桂竟然下令让吴世璠、耿精忠和尚之信三人同时踏进"圆圆居"，这就不难看出，吴三桂已经料到了，耿精忠和尚之信此番前来，定有非常大事。

吴三桂静静地听完了尚之信的"汇报"，然后冷笑一下，接着言道："之信贤侄，看来你父亲很害怕当今的大清皇帝啊！"

尚之信言道："王爷说得是。小侄的父亲常常对小侄说，当今的大清皇帝是如何如何的不凡，是如何如何的了得……不瞒王爷，小侄都听得有些腻了。"

吴三桂哼道："那大清皇帝，不也就一颗脑袋、两只手吗？又如何不凡，如何了得？"

耿精忠问道："平南王既然给大清皇帝呈了那么一道奏折，我等究竟该如何应对？"

吴三桂定定地望着耿精忠道："平南王弄了那么一道奏折，看起来确是一件坏事，但也未尝不是一件好事。你，还有我，马上也给大清皇帝去一道奏折，请求撤藩……"

吴世璠即刻言道："爷爷，孩儿没听错吧？你也要主动撤藩？"

吴三桂没有卖关子，他几乎从没有这种习惯。他扫了耿精忠、尚之信及吴世璠一眼，沉沉地言道："我们去那么一道奏折，目的是试探一下大清皇帝的态度。如果他不同意撤藩，我们就可以让他再安宁一段日子。如果他马上就宣布撤藩，那我们就把军队开到北京去，叫他乖乖地交出玉玺，滚出北京城！"

吴三桂的语言冷得怕人，而吴三桂的表情就更是阴冷得叫人不寒而栗，连嗜杀成性的尚之信站在吴三桂的面前，都感到有些惶恐不安。耿精忠似乎想说些什么，但只是动了动嘴唇，并没有发出声音。

吴三桂问耿精忠道："靖南王，你现在手下有多少兵马？"

耿精忠答道："约有十万之众。"

吴三桂又问尚之信道："贤侄手下，至少也有十万军队吧？"尚之信回道："不瞒王爷，小侄的手下，已有十数万之众。"

吴三桂点点头，继而言道："如果大清皇帝胆敢宣布撤藩，我吴某在云南首先起兵发难。"耿精忠接道："云南只要一动，我耿某便马上在福建响应。"

尚之信有些不甘示弱地道："王爷只要在云南打响第一枪，小侄我便在广东接着打第二枪。"

吴世璠轻声问耿精忠道："贤弟与台湾方面的关系现在如何？"

耿精忠回答吴世璠道："我已与台湾方面多次联络。他们说，大清皇帝是我们和他们的共同敌人。他们向我保证，只要我与大清皇帝开战，他们绝不在我的背后趁火打劫。"吴世璠点头道："如此甚好。贤弟既无后顾之忧，便可以放开手脚同大清皇帝决一雌雄了！"

尚之信此刻却皱着眉头问吴三桂道："王爷，如果大清皇上真的宣布撤藩，那我们就只有同他决一死战。只是，小侄不知，待仗打起来的时候，小侄的军队究竟该往何处开？"

吴三桂一指耿精忠："你，先发兵占领福建全部，然后挥师北上。"又一指尚之信："你，领兵西进，控制整个广西。这样一来，南方数省便都在我们的掌握之中。"

吴世璠迫不及待地问道："爷爷，到时候，我们云南的军队开往何处？"

吴三桂长臂一挥，言语十分铿锵有力："到时候，我的大军直趋湖南，渡过长江以后，直捣北京！"

吴世璠兴高采烈地言道："爷爷，那样一来，大清朝不是就完蛋了吗？"

吴三桂的脸上却看不出什么笑容。他重重地对耿精忠和尚之信道："我该说的都说完了。你们也可以回去了。记住，必须做好一切开战的准备，切不可荒唐懈怠。"耿精忠和尚之信答应一声，便退出了陈圆圆的闺房。吴世璠刚欲离开，吴三桂叫住道："璠儿，你留一下。"

吴世璠只得打住脚："爷爷还有什么吩咐？孩儿要去为他们饯行呢！"是呀，耿精忠是靖南王，尚之信是平南王的儿子，远道来昆明，总不能连一顿饭也不招待吧？吴三桂略一沉吟，然后道："儿，你先去为他们饯行，送走他们之后，你就带着二十万两银子去陕西……"

吴世璠不解："爷爷，要孩儿带那么多银子去陕西干什么？"吴三桂道："陕西提督王辅臣是经我向朝廷推荐才担任此职的。他欠我一个人情。王辅臣一向贪婪，而朝廷每年只拨给陕西数万两军饷，所以王辅臣心中一定对朝廷心存怨恨。你带二十万两银子去陕西，好好地劝说一下，那王辅臣肯定答应与大清皇帝反目。陕西距北京较近，如果王辅臣起兵东进，北京城必大受震动！"

吴世璠不觉就睁大了眼睛："爷爷，陕西要是一反，这半壁江山，不全都在我们的控制之中了吗？"

吴三桂怪模怪样地搐动了一下两颊上的皮肉："岂止是陕西……儿，到那么一天，只要爷爷我振臂一呼，四川、贵州等地便会群起响应！"

吴三桂并不是在说大话。几乎长江以南的所有省份，都有他吴三桂的党羽和亲信，而这些党羽和亲信，还大都是手握重权的提镇大员，吴三桂"振臂一呼"，他们是没有理由不"群起响应"的。吴世璠连忙言道："爷爷放心，孩儿送走耿精忠和尚之信之后，便马上携银子去往陕西！"

吴三桂摆摆手，吴世璠就恭恭敬敬地退出了陈圆圆的闺房，剩下吴三桂一个人在那"圆圆居"中想心事。你道吴三桂正在想什么心事？原来，他在想着康熙。他在想，康熙接到了尚可喜及他吴三桂和耿精忠的"请求撤藩"的奏折后，会作出什么样的决定呢？

吴三桂开始想的是，康熙接到奏折之后，肯定不禁大喜，并马上宣布撤藩。但吴三桂后来又想，康熙还没有宣布撤藩的胆量，所以，康熙接到奏折之后，定然十分为难，想撤藩不敢，不想撤藩又不甘，留下的，就只有无奈和恼火了。想到此，吴三桂很想笑那么一回，可因为脸皮僵硬惯了，不是特殊情况，根本就笑不出来。故而，吴三桂的两颊努力挣扎了一番，终也没有做出什么笑意来。但是，精明过人的吴三桂，这次却想错了。康熙接到吴三桂等人的奏折后，既没有什么无奈，也没有什么大喜，而是带着一腔恼火，马上就作出了决定：撤藩。

康熙首先接到的是尚可喜的那本奏折。接到尚可喜的奏折后，康熙确实是思索了一阵子。思索之后，他叫来内务府总管明珠和经略大臣莫洛等亲近大臣，对他们言道："尚可喜请求退休，把平南王王位传给他的儿子尚之信，倒也合情合理，先皇曾经对他做过如此的承诺，朕好像没有什么理由拒绝他的这个要求。更何况，他还主动要求撤藩……"

明珠问道："皇上是准备批准尚可喜的这本奏折了？"

康熙还没有回答，那莫洛便道："皇上，臣以为，即使把平南王的王位传给尚之信，也要大大削弱平南王的权限，不然，大清国的南方永无宁日……"

满朝文武中，坚决支持康熙撤藩并彻底解决南方三王问题的，似乎只有索额图、明珠和莫洛等寥寥数人，而以莫洛的态度最为激烈。莫洛常说：南方三藩就像是大清国躯体上的三个硕大的毒瘤，不彻底根除，大清国就永远处在一种极大的危险之中。康熙对莫洛这样的话非常赞赏，莫洛也由此成为康熙的亲信大臣之一。

明珠对莫洛道："莫大人，只要将广东的藩撤掉，那尚之信就是做了平南王，恐也是徒有虚名了。"

莫洛却不同意："明大人，仅仅将广东的藩撤掉恐怕还不够。想那尚氏父子，在广东经营多年，不仅势广力众，且还拥有一支庞大的军队，如果仅仅只是撤藩，恐怕有换汤不换药之嫌，因为广东还是他们尚氏父子的天下，皇上和朝廷对广东还是和过去一样鞭长莫及。所以，不仅要撤掉广东的藩，而且还要将广东的一切军政大权收归皇上手中！"

明珠轻笑道："莫大人所言，确有见地！"

康熙却言道："只看着一个广东远远不够，还应把目光投向云南、投向福建……朕要考虑这些事情，你们也不应忽视。"

莫洛忙接道："皇上所言甚是。南方三藩当一并彻底解决！"

明珠问康熙道："皇上，既如此，那尚可喜的这本奏折究竟该如何处置？"

康熙言道："朕本来想，立即就批准尚可喜的这本奏折，因为朕无论如何也要撤掉南方三藩。不过，朕现在却又这么想，尚可喜独自进奏，那吴三桂和耿精忠不可能不知晓。既然知晓，那吴三桂和耿精忠，特别是吴三桂，就一定会有所行动。所以，朕便想暂缓处置尚可喜的这本奏折，看看吴三桂究竟会对朕玩什么花招。"

明珠赶紧道："皇上英明……臣以为，那吴三桂和耿精忠，说不定也会有奏折进京……"莫洛接道："臣也是这么认为……"康熙微微点点头："两位爱卿的想法与朕不谋而合。但不知，两位爱卿可否想得出，如果吴三桂和耿精忠真的有奏折进京，他们会在奏折中写些什么？"

明珠和莫洛苦思良久，终没有说出什么肯定的看法。康熙言道："两位爱卿，朕以为，那吴三桂和耿精忠如果真有奏折进京，其奏折之上，必然也是请求撤藩！"莫洛一怔，继而喃喃言道："皇上，那吴三桂……会主动请求撤藩？"

明珠也觉得难以置信："皇上，那吴三桂……怎么可能呢？"

康熙"哈哈"一笑道："两位爱卿，过不了多少时日，便自会见分晓。"

康熙估计得当然没错。一段时间之后，吴三桂和耿精忠的奏折果然呈到了康熙的手中，而奏折上也果然写着请求撤藩之意。康熙如此神机妙算，着实让明珠和莫洛等人钦佩不已。康熙接到吴三桂和耿精忠的奏折后，马上在弘德殿内召集群臣。除索额图去了"回头香"酒店"卧底"之外，在京的所有文武百官，齐刷刷地聚集在了庄严的弘德殿内。

康熙威严地坐在宝座之上。他将吴三桂和耿精忠的奏折往几案上一搭，朗声问道："各位爱卿，你们可知吴三桂等人为何进奏请朕撤藩？"

众大臣一时皆无言。不是他们对康熙皇帝心存什么恐惧，主要的原因是，他们几乎都以为，像吴三桂等人是根本不可能主动请求撤藩的。大清朝廷与南方三王之间，就是因为"藩"的问题而产生了极大的矛盾。如果吴三桂等人真有撤藩之意，那这种矛盾也许早就化解了。然而，吴三桂等人主动请求撤藩的奏折现在就明明白白地摆在那里，这，究竟该如何解释呢？众大臣找不到明确的答案，自然就无言回答康熙的提问。

许久，一个叫齐耳丹的吏部侍郎伏地启奏道："皇上，微臣以为，那吴三桂等人之所以主动请求撤藩，乃是因为他们对吾皇陛下心存忠良之意……"

"皇上，"经略大臣莫洛赶紧奏道，"微臣以为，吴三桂等人的心中根本就没有什么忠良之意，他们假惺惺地向皇上请求撤藩，其中必有某种阴谋……"

内务府总管明珠也马上奏道："微臣同意莫洛大人的看法……"

那齐耳丹当即问莫洛和明珠道："两位大人说吴三桂的奏折有某种阴谋，可否当着皇上及各位大臣的面，具体说说这种阴谋的内容？"

莫洛望望明珠，明珠也望望莫洛，两人均不知该如何回答齐耳丹。最后，俩人像求助似的一起将目光投向康熙。康熙重重地咳嗽了一声，然后冲着那齐耳丹道："齐大人，朕来回答你的问题。"所有人的目光，都一起投在了康熙的脸上。康熙缓缓地言道："吴三桂等人在奏折中请朕撤藩，不仅毫无什么忠良之意，而且的确是别有用心！"

偌大的弘德殿内，一切都静悄悄的，只有康熙的声音在继续发着震撼人心的力量："吴三桂等人为何要写这样的奏折？他们为何要假惺惺地请朕撤藩？朕现在告诉你们，他们之所以这样做，目的就是要试探于朕。更准确点说，他们以为，朕根本就不敢宣布撤藩。但是，他们想错了！朕现在可以明确地告诉你们，南方三藩，朕一定要撤！不是以后，而是马上！朕已经忍耐多日，无论如何也不能再继续忍耐下去！明天，朕就派钦差去南方，当着吴三桂等人的面，宣布朕决定撤藩的旨意！"

康熙此言一出，弘德殿内顿时哗然。康熙虽高居于宝座之上，却也能大致听出，除了明珠和莫洛等少数人外，其余诸大臣好像都不同意马上撤藩。于是，康熙就故意大声地言道："众位爱卿对朕马上撤藩这一决定，若有什么别的看法，不妨直接道来。"

哗然声止。那吏部侍郎齐耳丹又走出了人群，看来，这齐耳丹是那些大臣们的全权代表。康熙笑问齐耳丹道："齐大人莫非又有什么高见？"

齐耳丹叩头道："微臣不敢说有什么高见，微臣只是想把自己心中的话对皇上说出……"

康熙点头道："既是齐大人心中之语，那就快些说出让朕听听。"

齐耳丹道："皇上决定撤藩，实乃英明之举，不过，皇上如果真宣布撤藩，恐怕会引起天下大乱……"康熙静静地问道："依齐大人之见，朕应当如何？"

齐耳丹道："依微臣之见，皇上不应宣布撤藩，而应派一钦差去南方，对吴三桂等人着力安抚。这样，南方三藩感念皇上的大恩大德，便不会故意滋事，天下也就依旧太平……"

康熙不动声色地言道："齐大人的意思，是叫朕维持现状，让大清南部天下，依然处于分裂割据的局面？"

齐耳丹回道："微臣正是为大清江山着想。目前虽然不尽理想，但大清江山，毕竟已成一统。如果皇上宣布撤藩，那吴三桂等人必然联手谋反……皇上，南方三藩所拥有的军队，据说已达数十万之众啊！如果南方三藩真反了，则大清江山，不只是南方不宁，就是这北方，恐也不会太平啊！"

康熙知道，齐耳丹的意思，就代表了许多大臣的想法。他们都以为，南方三藩的势力太过强大，朝廷不宜同南方三藩公开对抗，而应对吴三桂等人悉心安抚，以竭力维持现状。然而，康熙不这么想。他想的是，这种分裂割据的现状，必须尽快地结束。所以，他就在宝座上动了一下身躯，又稳稳地坐好，然后肃然对齐耳丹道："齐大人，你能否在这里向朕保证，如果朕不宣布撤藩，那南方三王就永远不反？"

齐耳丹一时哑口无言，许多大臣也不禁面面相觑。是呀，谁敢向康熙保证，那吴三桂等人永远不反？

康熙一点点地从宝座上站了起来。他先环视了一下众人，然后铿锵有力地言道："朕很清楚，有齐耳丹这种想法的人，绝不止他一个。朕也很明白，你们这种想法的出发点是好的，你们是在为朕及大清江山着想。但是，朕在这里要告诉你们，你们想错了！你们忽视了一个根本性的问题，那就是，南方三王，朕撤藩亦反，朕不撤藩也终将要反。既如此，朕又有什么理由要对他们一味地姑息迁就？"

众大臣皆屏息凝听，不敢妄言一字。康熙接着道："朕撤藩主意已定，尔等皆不得再有别样的想法。从现在起，你们当各司其职，听朕统一调度。谁胆敢懈怠不从或阳奉阴违，朕绝不宽恕！"

康熙说完，冲着一执事太监摆了一下手。那执事太监慌忙尖着嗓门叫道："散朝——"除明珠和莫洛等少数人比较镇定外，其余诸大臣皆惶恐不安地退出了弘德殿。那齐耳丹出殿之后，特地找到明珠，很是惴惴地道："明总管，南方三藩有数十万大军，如果一起反了，恐局面不好收拾啊……"明珠却皱眉回道："齐大人，你害怕南方三藩，皇上莫非也害怕吗？"

明珠说得一点都没错。康熙之所以在接到吴三桂等人的奏折后马上就召集文武官员宣布撤藩，一个很重要的原因就是，他现在不"害怕"南方三藩了。过去，他一直想撤藩又一直没有撤，原因就是他有些"害怕"。"害怕"的主要原因是，他手中没有一支得力的军队。而现在，那兵部汉族尚书已经如期地训练出了一支十五万人的精锐部队。有了这支部队，康熙就再也不会姑息南方三藩的所作所为了。也就是说，即使吴三桂等人不上奏请求撤藩，康熙也会"主动"地派钦差到南方宣布撤藩。有了这支十五万人的精锐部队作资本，康熙还何怕之有？

当然，康熙也充分地考虑了南方三藩所拥有的实力。吴三桂等人在南方盘踞多年，实力定然非同小可。但是，康熙始终以为，像齐耳丹等人，是过高地估计了南方三藩的实力。康熙相信，凭兵部训练成的那支十五万人的军队，就足以对付吴三桂了。而京畿一带其他的清军，加上从各省可以抽调的地方部队，用来对付耿精忠和尚可喜、尚之信，则绰绰有余。另外，户部已经殚精竭虑地为可能爆发的南北大战筹措了充足的饷银。有充分的人力、物力和财力作后盾，康熙此时不宣布撤藩，还要等待何时？

不过，康熙虽然觉得自己完全有把握打赢即将爆发的南北大战，但他同时也还有这么一种"侥幸"的想法：这场看起来注定要爆发的南北大战，如果万一能够避免，那是最好不过的事情。因为一旦打起仗来，那无论是百姓还是国土，就都要遭殃。尽管康熙自己也知道，避免这场战争的可能性几乎微乎其微，但康熙却曾这么想过：如果吴三桂等人同意撤藩，并且同意将军、政大权统归中央，那么就完全可以放吴三桂等人一马，让他们继续在南方待着并拥有一定的权限，因为，吴三桂等人对大清王朝的建立，毕竟立下过赫赫战功，更主要的，避免了战争，也就避免了生灵涂炭。只是，康熙的这种"仁慈"的想法根本就没有实现，也根本不可能实现。

康熙本准备立即派钦差携"圣旨"南下宣布撤藩，但由于那个"朱三太子"杨起隆的事和陕西提督王辅臣的事而被迫将钦差南下的日期一再推后。

就在康熙当着文武百官的面宣布要撤掉南方三藩的当天晚上，吏部右侍郎索额图悄悄地从"回头香"酒店回到了紫禁城，并迅速地晋见了康熙。索额图自奉康熙之命返回"回头香"酒店与"朱三太子"杨起隆的得力手下张林"混"在一起后，便很少回宫。除非有特别大事需要面奏康熙外，他几乎整日整夜地跟着那个张林在北京城的大街小巷中转悠。他转悠的目的有两个，一是尽可能多地掌握杨起隆的那些追随者的行踪，二是想方设法地弄清杨起隆究竟住在北京城的何处。几个月过去了，索额图确实收获颇丰，但同时，他也有很大的遗憾。这一次，索额图觉得有必要把自己掌握的情况向康熙当面汇报一下，所以就趁着黑夜，偷偷地从"回头香"酒店溜回了紫禁城。

一见着索额图，康熙就面带微笑地率先言道："索爱卿，你回来得正好，朕明日便要派钦差南下，去向吴三桂等人当面宣布朕决定撤藩的旨意。"

接着，康熙就简单地向索额图说了一下吴三桂等人奏折的事儿。谁知，索额图听罢，半晌沉吟不语，且脸色还相当地凝重。

康熙有些奇怪地道："索爱卿，你为何一言不发？莫非，你也不同意朕要撤藩？"

"不，不，"索额图赶紧道，"臣和过去一样，坚决支持皇上撤藩！南方三藩一日不撤，大清朝就一日不宁。只是……"

"只是什么？"康熙皱了一下眉头，"莫非，是京城里的那个杨起隆，又出了什么变故？"

索额图禀道："臣无能，到现在也未能查出那个杨起隆究竟藏身何处……"

康熙顿了一下，然后道："索爱卿，这不是你无能，而是那个杨起隆太狡猾了。"

索额图轻轻地道："微臣以为，皇上如果现在就公开宣布撤藩，那吴三桂等人必然会群起谋反……杨起隆依然不知下落，对皇上、对京城，都是一大隐患啊！"

康熙略略思忖了片刻，然后问道："索爱卿，杨起隆的那些追随者，你现已掌握了多少？"

索额图回道："杨起隆的追随者，大约有万余人，臣已掌握十之六七……如果再给臣一点时间，臣就可以全部掌握那万余人的行踪。"

康熙低低地言道："如果能将杨起隆的手下全部抓获，即使杨起隆漏网，也无大碍……"又略略提高了声音道："索爱卿，朕就暂缓派钦差南下，给你一段时间，把杨起隆手下的行踪全部打探清楚，你以为如何？"

索额图言道："臣只要月余左右，便可完成皇上交给的任务……臣现在只担心，那吴三桂等人既有奏折进京，就必有谋反的准备，如果吴三桂等人不待皇上回复便起而反之，那杨起隆就很可能铤而走险，率众攻打皇宫。所以，臣以为，为皇上安全计，为京城安全计，在南方三藩还没有谋反之前，就应速速派军队将杨起隆的那些手下先行捉拿！"

索额图所言应该不无道理，但康熙却不同意。康熙言道："索额图，杨起隆有万余手下，你现在只掌握十之六七，就算朕派兵将那十之六七全部捉拿，那杨起隆也仍然还有数千人手。这数千人手，岂不还是朕及京城的一大隐患？朕早就说过，对杨起隆这种邪恶之徒，要么不抓，要抓就应抓个一干二净！"索额图犹犹豫豫地道："皇上圣明，对杨起隆这种狂妄之徒，理应铲草除根……可是，如果等南方三藩反了之后，我们再去抓捕杨起隆，岂不是过于被动？"康熙信心十足地道："索爱卿不必担心。吴三桂等人的这本奏折，其目的主要是来试探于朕，朕不回复他们，他们就暂时不会谋反。即使他们起而反之，朕也有足够的时间和人手去对付那个杨起隆。所以，索爱卿，你不要考虑得太多，你只需用心考虑一个问题，那就是，尽快地把杨起隆的万余手下全部摸清楚！"

索额图尽管还有些忧心忡忡，但康熙皇帝已经说得如此肯定，他也就不好再争辩。实际上，康熙早已将保卫皇宫的禁卫军暗暗地扩充到了三万余众，专门用来对付杨起隆。如果索额图知道这一点，心中恐怕就会安稳得多。

转眼间，一月时间已过。索额图向康熙密报，杨起隆那一万余名手下，已基本在他掌握之中，只有杨起隆本人仍不知下落。康熙很高兴，只要将那万余名手下全部捕获，剩一个杨起隆，料他也翻不起什么大浪。所以，康熙一边密令索额图在恰当的时候脱身回宫，一边准备派钦差南下宣布撤藩。可就在这当口，又一件事情打乱了康熙的全盘计划。

那好像也是在康熙准备派钦差南下的前一天晚上，康熙出了乾清宫，在赵盛和阿露的陪同下准备去往坤宁宫。恰在这时，一个当值太监匆匆跑来向康熙禀奏道：经略大臣莫洛有要事求见皇上。

莫洛是康熙的近臣，此时要进见康熙，必有重大事情，所以康熙就吩咐那当值太监道："叫莫大人到这乾清宫来见驾。"

康熙为表示亲近，便在乾清宫的寝殿内接见莫洛。见了莫洛，康熙就急急地问道："莫爱卿有何事情，请速速道来。"

莫洛显然比康熙还要急："启禀皇上，微臣刚刚得到确切消息，那吴三桂的孙子吴世璠前不久到过陕西，在陕西提督王辅臣的家中一连待了数日……"

康熙闻言一震："莫爱卿，你这消息是否绝对可靠？"

莫洛回道："微臣的一个亲信家人，刚刚从陕西回来，他目睹了此事。他还听说，那吴世璠去见王辅臣的时候，带着大批银两……"康熙一时默然。半晌，他仿佛自言自语般地道："吴三桂的孙子吴世璠去见王辅臣，绝非偶然或寻常之举……王辅臣本是吴三桂向朝廷推荐才担任陕西提督的，他似乎欠吴三桂一个人情。王辅臣又是一个贪财之人，吴世璠带去大批银两，就正中王辅臣的下怀。既欠一个人情，又得了大批银子。王辅臣还有什么事情做不出来？"

莫洛紧锁双眉言道："皇上，如果那王辅臣跟着吴三桂一起叛逆朝廷，那将是极其严重的事情……"康熙点头道："朕也是如此忧虑……王辅臣手下虽然没有多少兵马，但若真跟着吴兰桂一起谋反，则影响极大，也影响极坏……"

莫洛主动请缨道："皇上，微臣想去陕西走一遭……"

莫洛的用意很明显，他想去陕西说服那王辅臣，不要跟着吴三桂走。但康熙却有些不放心："莫洛，如果那王辅臣已经倒向了吴三桂，你前去陕西，岂不是会有性命之忧？"

莫洛言道："皇上，危险自然会有，但微臣不惧。一来王辅臣未必就真的倒向了吴三桂，二来微臣曾经在陕西待过一段日子，与王辅臣有些私交……即使王辅臣已经真的倒向了吴三桂，谅他也不会把微臣怎么样。"

康熙沉思。陕西距北京比较近，只要有可能，就不能让陕西也动乱起来，而要去说服王辅臣，放眼朝中上下，经略大臣莫洛也许是最合适的人选了。莫洛曾作为钦差在陕西一带待过数月时间，听说与那王辅臣私交不错。也许，莫洛前往陕西，还真能稳住王辅臣。

想罢，康熙轻轻地对莫洛言道："爱卿，朕同意你去陕西，不过，朕要嘱咐你两点：第一，你要确保自己的人身安全；第二，你要及时把那王辅臣的动静传告于朕。"

莫洛言道："皇上旨意，臣已铭刻在心。"

康熙问道："爱卿准备何时动身？"

莫洛言道："如果皇上恩准，臣准备马上就起程西行……"

康熙点了点头："待朕拟道圣旨让你带上，你就算朕的钦差到陕西巡视政务。"

莫洛刚一离开，康熙便吩咐太监赵盛道："烦公公速将明珠叫到朕这儿来……"

赵盛早已年迈，手脚也很不利索，但听了康熙的吩咐后，还是鼓足力气，以最快的速度走出了乾清宫。工夫不大，内务府总管明珠就来到了康熙的面前。

康熙神色凝重地言道："朕本准备明日就派钦差南下宣布撤藩，可现在看来，钦差明日不可动身……"

明珠自然不知究竟，待康熙将吴三桂的孙子吴世璠和陕西提督王辅臣已有来往的事说了之后，明珠不禁大惊失色道："皇上，如果王辅臣也反，后果当极其严重啊！"

康熙言道："不知莫洛能否说服得了王辅臣……朕现在担心的是，吴三桂既然会不惜重金去拉拢王辅臣，那他就还会用别的方法去拉拢其他各省的督抚……"

明珠言道："皇上的意思是，如果南方发生叛乱，当不只是南方三藩？"

康熙面色肃然："明爱卿，看来，未来的局势比朕原先的想象要复杂得多，要更严重得多啊……"

明珠停了停，然后小心翼翼地问道："不知皇上……将如何应对？"

康熙想了想言道："明爱卿，朕现在封你为兵部尚书，统一掌管调度京城内外的所有军队，以备不测之事发生。"

明珠刚刚二十多岁，就一下子做上了大清朝的兵部尚书，若是平日，他肯定会高兴得三天三夜睡不着觉。然而，现在不是"平日"，现在是"山雨欲来风满楼"的时刻，所以，明珠尽管免不了要暗自高兴一番，但更多的，则是感觉到了肩上担子的沉重。所以，听了康熙的钦封之后，他一边伏地叩首一边信誓旦旦地言道："臣愿为皇上和大清朝鞠躬尽瘁并效犬马之劳……"

康熙道："明爱卿，你且起身，朕还有事要吩咐于你。"

明珠毕恭毕敬地爬起。康熙言道："你速速派人去通知云贵总督甘文焜和云南巡抚朱国治，叫他们密切注意吴三桂的动向，若吴三桂有什么异样的举止，当速速禀告于朕。"

明珠应诺："臣即刻便去办理。"

"还有，"康熙又道，"你派人去通知浙江、江西、湖南和贵州等省督抚，令他们一定要加强戒备，千万不可松懈！"

康熙口中的浙江、江西、湖南和贵州各省，都是与南方三藩控制区域的接壤地区，如果南方三藩动手叛乱，这些地区都将可能成为战场。明珠言道："如果皇上同意，臣想亲自去浙江等省走一遭。"

康熙动了动双眉："也好。明爱卿亲自去南方各省巡视，朕颇为心安！"

就这样，莫洛去了陕西，明珠去了浙江诸省，索额图依然留在"回头香"酒店里当卧底。剩下康熙，整日待在皇宫里，心事重重。这期间，康熙不仅在吃喝上极为马虎，就是那深得康熙宠幸的孝诚皇后赫舍里，也被康熙冷落了许多。赫舍里如此，其他的妃嫔们就更是难得一睹康熙的龙颜了。不过，从某种意义上说，这倒"便宜"了那个宫女阿露。因为，康熙大半时间都是在乾清宫度过的，整天陪伴他的女人似乎只有阿露一个。康熙尽管心事万千，但二十岁的男人却正是热血沸腾、情欲勃发的时候。所以，许多个夜晚，包括白天，康熙实在按捺不住生理的渴求和冲动了，便会唤来阿露侍寝。只是，阿露不禁暗暗纳闷和心忧：自己已和皇上亲热多年，为何肚中一直没有怀上龙子呢？

阿露在心忧，康熙也在心忧，但康熙心忧的不是什么"龙子"，而是时局和政事。康熙很清楚，与南方三藩的战争将关系到大清朝的生死存亡。如果大清江山不保，即使有再多的"龙子""龙孙"也毫无意义。

就在康熙整日忧心忡忡的时候，"好消息"却接二连三地传进了紫禁城。首先，那索额图使了个"金蝉脱壳"之计，从"回头香"酒店返回了皇宫，并给康熙带来了一个好消息：那"朱三太子"杨起隆的住处终于查到了，就在北京城铁狮子胡同外的一个小四合院里。

铁狮子胡同内曾经有那个鳌拜的府宅，所以康熙听完了索额图的汇报后便不禁笑道："那杨起隆倒也会选择住处啊！"

第二个"好消息"是，新上任的兵部尚书明珠风尘仆仆地从南方回来了。他向康熙禀奏道：南方浙江、江西、湖南和贵州诸省，已经做好了同吴三桂等开战的准备。康熙听后一展龙颜，心中大安。

第三个"好消息"是，经略大臣莫洛从陕西给康熙写了一封信，信中莫洛称，那陕西提督王辅臣确实已被吴三桂收买，准备参与吴三桂的叛乱，但在他莫洛苦口婆心的劝说下，王辅臣的态度已经有了明显的转变。莫洛在信中说，为保险、稳妥起见，他决定继续留在陕西，监督王辅臣的一举一动，并请皇上定夺。

康熙接到莫洛的来信后，龙颜大悦，当即修书一封谕示莫洛：陕西的事情，一切由莫爱卿自行主张。

这样，一切事情似乎又都回到了起点，康熙便又着手准备派遣钦差南下宣布撤藩的事宜了。为慎重起见，康熙还就派钦差南下之事率先征求了索额图和明珠等人的意见，并要索额图和明珠等人向他推荐合适的钦差人选。索额图和明珠都主动要求充任钦差南下，但康熙没有同意。康熙没有同意的原因有二：一是京城里少不了索额图和明珠，明珠是兵部尚书，自不必说，而要抓捕"朱三太子"杨起隆，就离不开索额图；第二个原因是，到吴三桂等人的面前去宣布撤藩，可不是一件闹着玩儿的事，弄不好，就会得个"有去无回"的结局。索额图和明珠是康熙在朝中最为信赖的大臣，康熙自然不会让索额图和明珠去冒这个"不必要"的风险。说"不必要"，是因为只要找一个稳妥的人南下便可。最后，康熙采纳了索额图的提议：让吏部左侍郎尼德尔任南下的钦差。

尼德尔是吏部左侍郎，索额图是吏部右侍郎。虽然索额图主要的职责是皇宫的安全保卫，但因为同在吏部，索额图和尼德尔之间就比较熟悉。索额图以为，尼德尔不仅胆大，且对康熙皇帝无限忠诚，完全可以充任钦差南下宣布撤藩事宜。康熙同意了。明珠也没有意见。

康熙还特地将尼德尔召至乾清宫，给了他一道圣旨，并赐给他一柄可先斩后奏的尚方宝剑，最后嘱咐道："爱卿南下之后，一路当多加小心。你先去云南，将朕的旨意向吴三桂宣告，然后去广东和福建，分别晓谕尚可喜和耿精忠等人。爱卿切记，完成朕的任务之后，当速速回归，不可在南方久留！"

尼德尔言道："臣一定竭尽全力完成皇上赋予的神圣使命！"

康熙言道："待爱卿回京之后，朕定在此设宴为爱卿洗尘。"

尼德尔躬身言道："臣这里先行谢过皇上隆恩……"

殊不知，如果尼德尔在离京前不"先行谢过"康熙的恩德，恐怕他以后就没有机会向康熙表白忠心了。因为他此番南下，正应验了那句老话：牛羊走入屠宰家，一步步来寻死路。

尼德尔是1673年底离开京城南下的。尽管一路上风尘仆仆、马不停蹄，但当尼德尔及随从一行人踏入云南地界时，已是1674年的一月了。一月，是冬天的日子还是春天的日子？

也许，对钦差大臣吏部左侍郎尼德尔来说，一月是属于冬天的，因为一月的天气还非常的寒冷。而对平西王吴三桂来说，一月却无疑是春天的时候，因为昆明素有"春城"之谓，一年四季，昆明都是春天，既不会太过寒冷，也不会太过炎热。更主要的，吴三桂只要待在平西王府的"圆圆居"内，只要待在"圆圆居"内的那个陈圆圆的身边，就只会有这么一种感觉：四季如春。

钦差大臣尼德尔走进昆明城的时候，是一月中旬的一个下午。当时，吴三桂正在"圆圆居"内和陈圆圆一块儿玩耍。

直到傍晚时分，吴三桂才优哉游哉地走出了"圆圆居"。吴三桂的两大爱将林兴珠和韩大任及吴世璠等人，正毕恭毕敬地站在"圆圆居"门外等候。吴三桂冲着他们微微地点了点头道："你们都来了？很好！"

吴世璠小声地道："爷爷，那朝廷钦差好像等得有些不耐烦了……"

吴三桂哼了一声道："他没有理由不耐烦的。"

许是吴三桂这句话太过深奥了，吴世璠一时没听明白，只得皱了皱眉头。林兴珠轻轻地问吴三桂道："王爷，今日之事，当如何？"

吴三桂瞥了一眼已经西坠的太阳，然后淡淡地冲着林兴珠和韩大任道："见了那个钦差，你们只需按我的命令去做便是。"

林兴珠和韩大任应了一声，尔后便紧闭起双唇。接着，吴世璠在前，吴三桂居中，林兴珠和韩大任一左一右地跟在后面，一行人不紧不慢地朝着一间大客厅走去。

那间大客厅里，康熙的钦差吏部左侍郎尼德尔正在和云贵总督甘文焜及云南巡抚朱国治小声地议论着什么。见吴三桂摇摇晃晃地走进客厅，甘文焜首先站起来，并叫了一声"王爷"，朱国治犹豫了一下，终也站起，但没有叫"王爷"。那尼德尔自恃是康熙皇帝派来的钦差，所以就既没有起身，更没有叫"王爷"，只用一双微含凉意的目光，打量着貌不惊人的吴三桂。

吴三桂瞟了尼德尔一眼，然后皱了皱眉，看着甘文焜，明知故问道："总督大人，这位陌生的客人是谁？见了本王爷，为何坐着不动？"

甘文焜连忙回道："王爷，这位是当今皇上派来的钦差，吏部左侍郎尼德尔大人！"

吴三桂干巴的脸皮搐动了一下："原来是大清皇帝派来的钦差，吴某真是失敬啊！不过，即使是大清皇帝派来的钦差，在本王爷的面前，也不能摆出这么大的架子啊！"

吴三桂说着话，就大模大样地坐下了。他这一番话，显然是犯了"大不敬"之罪。因为钦差是直接代表皇上的，吴三桂如此"教训"钦差，也就等于是在"教训"康熙。所以，吴三桂话音刚落，那林兴珠和韩大任就不禁对看了一眼。而甘文焜和朱国治也不禁对看了一眼。只有那尼德尔，纹丝不动地坐着，像是没有听到吴三桂的话。

其实，尼德尔的心中是非常气愤的。早就听说吴三桂目中无人、不可一世，今日一见，果然如此。只是考虑到自己肩负的重任，所以尼德尔才没有发作，只暗暗地紧握了一下康熙皇帝所赐的那把尚方宝剑。

吴三桂那两道冷冰冰的目光，从甘文焜的脸上移到朱国治的脸上，最后盯在了尼德尔的脸上，且慢慢悠悠地问道："钦差大人，你大老远地从北京跑到昆明来，定是有很重要的事？"

尼德尔按捺住心中愤怒的情绪，丢下那把尚方宝剑，拿出怀中的那道"圣旨"，然后异常郑重地站起，字正腔圆地言道："平西王吴三桂接旨——"

　　按规矩，吴三桂听到"接旨"二字后，应速速起身伏地，聆听皇上的圣谕。但是，吴三桂不仅没有动身，反而阴阳怪气地言道："尼德尔，有话快说、有屁快放，不必啰唆！"

　　尼德尔还从未见过，也从未听过有像吴三桂这样如此藐视、轻侮朝廷和皇上的事情。所以，他再也捺止不住自己，用手一指吴三桂，声色俱厉地质问道："吴三桂，你这般藐视朝廷、皇上，居心何在？"

　　居德尔太过激愤了，身躯都在不住地颤抖。而吴三桂却异常地从容，冲着身边的吴世璠摆了一下手道："去，儿，将那什么圣旨拿来，让爷爷我瞧瞧。"

　　吴三桂的声音很轻，也很柔，就像是在吩咐吴世璠去做一件什么家常小事。云南巡抚朱国治立即怒不可遏地道："平西王，你如此作为，岂不是太过无礼？"吴三桂仿佛不经意地乜了朱国治一眼道："巡抚大人不必激动，待本王看了那道圣旨之后，便会知道究竟是谁无礼了。"

　　最震惊的当然还是尼德尔。他简直不敢相信眼前发生的一切：眼睁睁地，那吴世璠就走到了尼德尔的面前；又眼睁睁地，那吴世璠一把将那道"圣旨"从尼德尔的手中抓了过去。那吴世璠的口中还这样对尼德尔道："钦差大人，不麻烦你念叨了，我爷爷要自己看呢！"

　　因为极度震惊，手中的"圣旨"被吴世璠抢走之后，尼德尔竟然好像没有反应过来，只直直地站着，目瞪口呆。

　　那云贵总督甘文煜也实在看不下去了，重重地言了一句道："平西王，你不该这么做，也不能这么做……"

　　吴三桂可不管什么"不该"和"不能"的，他接过吴世璠抢来的"圣旨"，只粗略地浏览了一下，就气呼呼地将"圣旨"掷到了地上，并阴沉沉地言道："看来吴某是低估了大清皇帝啊……他的胆子很大嘛，既要撤我的藩，还要把云南的一切军政大权都收归中央……"又逼视着尼德尔问道："钦差大人，大清皇帝为何不在圣旨上写明，把我吴三桂的人头也一并收归中央？"

　　尼德尔似乎还没有从极度的震惊中回过神来。朱国治却很清醒，他已清醒地看出，吴三桂根本就不会执行这道"圣旨"。所以，他"呼"地从座位上站起，圆睁二目，厉声喝问道："吴三桂，你着人抢圣旨于前，又将圣旨掷地于后，你，意欲何为？"

　　吴三桂冷冷地盯着朱国治道："在我吴三桂的眼中，这道圣旨简直狗屁不如！"

　　尼德尔终于回过神来，听到吴三桂这句狂妄透顶又无礼至极的话，便"嗖"地抓过那把尚方宝剑，并"嗖"地将剑身从剑鞘里抽出，用剑尖一指吴三桂，大义凛然地言道："吴三桂，皇上赐我这把尚方宝剑，有先斩后奏之权，待本钦差先将你这大逆不道、犯上作乱的奸贼斩首示众之后，再回京城向皇上叙说原委！"

尼德尔说着话，就仗剑向吴三桂走来。只可惜，他根本就近不了吴三桂的身。因为，他刚一拔出尚方宝剑，那吴世璠和林兴珠、韩大任等人就早已各执兵器将吴三桂团团护住。吴世璠和林兴珠执的是剑，而韩大任的胸前则横着一柄寒光闪闪的大刀。一时间，客厅内呈出了一种剑拔弩张的局面。

尼德尔又气又急，握着尚方宝剑的手在不停地哆嗦着："吴三桂，你的眼中还有没有当今皇上？"

吴三桂皮笑肉不笑地看着尼德尔道："钦差大人，在北京，玄烨是皇上，而在云南，我吴三桂便是皇上。你现在明白了吗？"

朱国治一步跨到尼德尔的身边，直视着吴三桂道："莫非，你想造反吗？"

吴三桂居然很认真地点了点头道："玄烨能做皇上，我吴三桂为什么不可以？"

大厅内最慌乱的，要数云贵总督甘文焜了。他急急忙忙地扯开嗓门叫道："平西王，你千万不能反啊！你若一反，这天下可就要大乱了啊！"

吴三桂却似乎显得有些不耐烦了，他冲着林兴珠和韩大任言道："这尼德尔竟然敢用剑指着本王爷，显然是不想活了。你们就成全他吧。"

朱国治情知今日之事不妙，但仍没有放弃最后的一丝努力和希望。他望着林兴珠和韩大任，急急忙忙地言道："两位将军，吴三桂如此犯上作乱，你们可万万不能跟着他走啊……"

林兴珠几乎面无表情地回答朱国治道："巡抚大人请原谅，有道是世事纷纭、各为其主，我等只能听从王爷的吩咐！"

林兴珠话音刚落，那韩大任手中的大刀就在头顶之上划过一道弧光。再看那钦差大臣尼德尔，一声未吭却已身首分离，只手中还紧握着康熙所赐的那把尚方宝剑。就这一招，便不难看出，韩大任一身的刀法，已达炉火纯青之境。只不过，此时的韩大任，也和林兴珠一样，脸上几乎什么表情也没有。

吴世璠倒是兴高采烈地言道："韩将军，你真是神刀啊！"

尼德尔死了，甘文焜像是被吓呆了，只张着大嘴，一动不动地站着。而朱国治则不然，双目几乎要喷出火来，头发几乎要竖起来。

吴三桂冷蔑地看了看尼德尔那已然身首分离的尸体，然后大大咧咧地冲着甘文焜和朱国治言道："尼德尔死了，就说明我吴三桂已经跟大清皇帝分道扬镳了。现在，你们有两条路可以选择，一是跟着尼德尔走，一是站到我的身边来。"

只见朱国治缓缓地蹲下了身子，一点一点地将那把尚方宝剑从尼德尔的手中拿了过来，紧跟着，就听"嗖"的一声，朱国治竟然连人带剑，一起向吴三桂扑来。看朱国治那架势，不仅十分骇人，且也的确有很大的威力。看得出，朱国治对于剑术一道，至少不是外行。只可惜，在朱国治和吴三桂之间，恰恰隔着林兴珠。就是让朱国治再练上三年五载剑法，其剑道上的造诣恐也比不上林兴珠。

所以，朱国治的身子刚一跃起，林兴珠的长剑就几乎本能似的递了过去。先是"嗖"的一声，朱国治手中的那把尚方宝剑被震飞，不偏不倚，正好落在甘文焜的脚边，差点把呆若木鸡的甘文焜吓了一跳。紧跟着，便是"扑"的一声，朱国治的身体被林兴珠的长剑穿了个透心凉。

吴世璠又手舞足蹈地叫道："林将军，你真是神剑啊！"

林兴珠没言语，撤回长剑，一动不动地傍在吴三桂的一边。而吴三桂的另一边，则站着一动不动的韩大任。林、韩二人这般姿势，倒也真的像是吴三桂的左膀右臂了。

吴三桂有些懒洋洋地问甘文焜道："总督大人，你想走哪条路啊？"

甘文焜活动了。他慢慢弯下腰身，慢慢地捡起那把尚方宝剑，然后对着宝剑仔细地端详着。吴世璠一见，赶紧仗剑跳到吴三桂的前边，口中言道："爷爷，韩将军杀了尼德尔，林将军杀了朱国治，这个甘文焜，该轮到孩儿了！"

然而，甘文焜并没有冲过来。他对着宝剑轻轻地言道："皇上，臣身为云贵总督，却不能保一方平安，虽万死也难辞其咎……"言罢，将尚方宝剑上举，在脖子上轻轻一抹，就很快地去见尼德尔和朱国治了。

吴世璠极为不快地嘟哝道："这个甘文焜竟然不让我动手杀他……"

吴三桂却"忽"地站了起来，语气十分急促："璠儿，你速带人手，去将甘文焜和朱国治全家都杀光。然后，你带上十万两银子，再去陕西见王辅臣！"

吴世璠见吴三桂神情肃然，不敢怠慢，连忙应了一声，急急而去。吴三桂又转向林兴珠和韩大任问道："两位将军，可知道你们现在要做些什么？"

韩大任望着林兴珠，林兴珠望着吴三桂言道："王爷，属下明白。从现在起，属下就要领兵同大清朝开战了！"

吴三桂非常满意地点了点头："不错！你们即刻回去，速速调集军队，明日一早，你们二人率十万大军开进湖南，争取在一月之内，打过长江去！"

林兴珠和韩大任应诺一声，双双离去。剩下吴三桂在大厅里自言自语地道："玄烨，我吴三桂同你正式摊牌了！"

第二天，林兴珠和韩大任奉吴三桂之命，率十万军队从云南杀入湖南。吴三桂树起"反清复明"大旗，自封周王，称"大卜招讨都元帅"，正式公开向大清朝宣战。几天之后，尚之信在广东响应，领兵攻入广西。与此同时，耿精忠亲率数万军队，开始在福建境内大肆围剿清军。这，便是清朝历史上赫赫有名的"三藩之乱"。

【第十回】

起反心三藩作乱，怀孤忠老奴求情

北京城虽已是春天了，但却意外地下了一场大雪。那雪也真大，纷纷扬扬，不仅整个紫禁城被它映得一片纯白，就是整个天空，也被它映得惨白一片。

即使不下雪，北京城就已经够寒冷的了，而下了一场雪之后，北京城的寒冷就越发难以形容。不过，让大清朝廷文武百官真正感到寒冷的，倒不是这个有些反常的季节，也不是这场大得有些邪乎的春雪，而是那不断从南方传到京城里来的消息。

"三藩之乱"的消息传到北京城，朝野震惊。虽然许许多多大臣对此早就有了不祥的预感，但当这种"预感"真变成现实时，他们依然感到极大的震恐。许许多多大臣变得惶惶不安，茫然不知所措起来。甚至，有不少大臣在私下里都这么以为：大清朝完了。

北京城内最镇定、最沉着的人，恐怕莫过于康熙了。对"三藩之乱"，他既没有感到有多大的意外，更没有觉着有什么惶恐。相反，康熙还以为，"三藩之乱"终于爆发实比"三藩之乱"始终不爆发要好得多。除康熙之外，对"三藩之乱"不怎么感到惊慌的，还有索额图和明珠等少数大臣。对"三藩"态度最激烈的，要数经略大臣莫洛，只是他当时不在京城，而是在陕西监督那个陕西提督王辅臣的一举一动。

康熙在弘德殿内召集群臣，商议如何平定南方的"三藩之乱"。康熙首先言道："乱臣贼子吴三桂，杀朕派出的钦差大臣尼德尔于前，又杀朕的封疆大吏甘文焜和朱国治于后，然后胆大包天，公然扯起反清大旗，派兵攻打湖南，意欲抢夺朕的天下，此等滔天罪行，人人得而诛之！希望各位大臣齐心协力，把吴三桂这等十恶不赦之人，尽早地剿灭！"

康熙说得慷慨激昂，然而，除了索额图、明珠等少数人积极响应外，其他诸大臣几乎都缄默不语。康熙对此极为不快，他一拍龙案，厉声喝问道："各位大臣为何不言不语？莫非，你们都惧怕那吴三桂不成？"

康熙这一喝问倒也见效，不少大臣都赶紧抬起头来，直直又惶惶地看着康熙。康熙又大声地言道："你们今日都要在朕的面前表个态，你们究竟有没有决心和信心打败吴三桂？"

康熙这么一说，众大臣便不禁面面相觑起来。只是，面面相觑了半天，终也没有人主动开口。康熙大为恼怒，不觉从宝座上站了起来，绷紧双颊喝问道："你们怎么不说话？都变成哑巴了？"

终于，一个人缓缓地走出人群，并缓缓地伏在了地上："皇上，微臣有些话想说……"

康熙注目一看，见那人正是吏部侍郎齐耳丹。如果说经略大臣莫洛是朝中最主张同南方三藩彻底决裂的人，那么，吏部侍郎齐耳丹便是朝中最不主张同南方三藩动武的人。

见齐耳丹伏地并"有些话想说"，康熙真想将他斥退下去，因为康熙敢肯定，从齐耳丹的口中，是不会吐出让人感到振奋的话的。但康熙转念一想，既然齐耳丹代表了那么多大臣的想法和看法，又何不拿齐耳丹"开刀"来"教育"众大臣呢？

想到此，康熙就吞下去一口唾沫，再慢慢地坐下，然后直视着齐耳丹道："齐大人，你有些什么话要对朕说啊？"

齐耳丹叩首后言道："皇上，臣以为，我们的眼睛不能只盯着一个吴三桂……"

康熙不禁皱了皱眉："齐大人此话何意？"

齐耳丹道："吴三桂拥有数十万大军，当然是大清朝莫大的威胁，可是，那尚之信和耿精忠所拥有的军队，也达数十万之众，也是大清朝极大的威胁啊！"

康熙被齐耳丹所言弄得有些糊涂："齐耳丹，你到底想对朕说些什么？难道朕不知道，那吴三桂也好，尚之信、耿精忠也罢，都是朕的心腹之患吗？"

"皇上，"齐耳丹的表情十分地认真，"微臣的意思是，只一个吴三桂就很难对付了，再加上尚之信和耿精忠，大清朝实难有把握战胜他们……如果强行同他们开战，臣担心，大清朝恐有亡国之忧……"

索额图闻言，立即伏地启奏道："皇上，齐耳丹危言耸听，不是贪生怕死，就是别有用心，请皇上明察！"

明珠也紧接着索额图言道："皇上，臣以为，齐耳丹在朝廷之上，长他人志气，灭自己威风，当从严惩处！"

就听齐耳丹言道："皇上，臣既不是危言耸听，也不是长他人志气，臣说的全是实话，也完全是在为大清朝和皇上着想……"

康熙稳定了一下情绪，然后不动声色地问道："齐大人的意思，是叫朕不要派兵去反击三藩之乱，而让他们的军队顺顺当当地开到北京来，然后把朕及各位大臣都捉了去，是也不是？"

齐耳丹磕头道："皇上言重了。微臣的意思是，不应公开地同吴三桂等人对抗，而应想一个办法使吴三桂等人的军队退回到原来的地方去……"

康熙不觉"哦"了一声道："莫非齐大人有什么锦囊妙计，能使吴三桂等人按兵不动？"

齐耳丹回道："微臣确实有一个办法……"

康熙真的有点惊诧了："齐大人，何不快些将你的办法说出？"

齐耳丹道："皇上，微臣以为，吴三桂等人之所以会大动干戈，最主要的原因，乃是朝廷撤了他们的藩，如果朝廷不这么做，吴三桂等人就不可能燃起战火。所以……"

康熙明白了："齐大人，你是不是叫朕再收回撤藩的谕旨啊？"

齐耳丹居然有模有样地点了点头："是的，皇上，微臣正是这个意思，而且，微臣还以为，仅仅收回撤藩的成命还不够，还应将朝中竭力鼓吹撤藩的大臣杀掉几个，向吴三桂等人谢罪。吴三桂等人这才有可能停止战争……"

齐耳丹此言一出，众大臣皆相顾愕然。只有康熙，看起来还十分平静："齐大人，依你之见，应该杀掉哪几个大臣比较合适啊？"齐耳丹似乎早有准备："皇上，依微臣之见，只需杀掉两个大臣便可：一个是兵部尚书明珠，另一个是吏部右侍郎索额图。满朝文武当中，就这二人竭力地鼓吹撤藩……"

康熙一点点地站了起来："齐大人，鼓吹撤藩最厉害的，不是别人，是朕。照齐大人的意思，是不是要把朕的脑袋取下去向吴三桂等人谢罪啊？"康熙这么一说，齐耳丹便有些慌了："皇上，微臣不是这个意思……"

"一派胡言！"康熙猛然一拍几案，"朕早发过誓言，朕与吴三桂等人势不两立、不共戴天，你如何敢说出这等混账话来？"

齐耳丹胆子再大，此时也止不住地有些哆嗦："皇上，微臣可是在为大清江山和皇上着想的啊……"

"住口！"康熙怒不可遏，用手一指齐耳丹，"你妖言惑众、胆大妄为，即便朕马上将你处死，你也是死有余辜！"

齐耳丹慌忙叩头道："皇上息怒，皇上恕罪，微臣对皇上可是一片赤胆忠心啊……"

康熙厉声喝道："来啊，将齐耳丹打入死牢！待朕平定了三藩之乱后，再行释放。"

很快地，几个宫廷侍卫跑进来，将大声叫嚷着的齐耳丹拖出殿去。实际上，康熙本想把齐耳丹就地正法以儆效尤的，但考虑到齐耳丹虽然"胡言乱语"，却也勇气可嘉，故而就饶了他一命。

尽管如此，齐耳丹被拖出殿之后，满朝文武也都立即变得战战兢兢。而此时的康熙，看起来也着实怕人：双眉倒竖，双目如电，整个脸庞惨白如雪。显然，康熙是被齐耳丹气坏了。这个时候，谁再敢说出和齐耳丹类似的话来，恐怕就只有死路一条了。

众大臣皆噤若寒蝉，康熙也直直地站着不言不语。一时间，弘德殿内的空气仿佛是凝固了，而凝固了的空气是最容易使人窒息的。康熙不想让殿内的空气凝固，所以，他沉默了一会儿之后，便长长地吐了一口气。接着，他沉声言道："各位大臣都听着，多年以前，朕就把南方三藩看作大清朝的心腹大患。现在，吴三桂等人公然作乱，意欲颠覆朕的大清江山。如果朕不以牙还牙，坚决反击，朕还有何面目去见列祖列宗？"

众大臣虽然依旧不敢言语，但弘德殿内的空气确乎已经松动。康熙停顿了一下，后退两步，在宝座上坐好，然后重重地言道："吴三桂等人虽然手握重兵，但并非像齐耳丹之流所想象的那样强大。齐耳丹以为，如果与吴三桂等人开战，将有亡国之忧，这纯粹是无稽之谈。既然开战有亡国之忧，那不开战国岂不亡得更快？所以，对乱臣贼子吴三桂等人的叛乱，朕只有一条路可以选择，那就是，坚决予以打击。只有彻底打败吴三桂等人，朕的江山才可以安宁。只有完全消灭吴三桂等人，朕的江山才可以高枕无忧！"康熙说到最后两句话的时候，身体不自觉地在宝座上弹动了两下。机灵的索额图一见，连忙伏地称颂道："吾皇圣明！吾皇万岁万岁万万岁！"

索额图这一喊不要紧，明珠及殿内所有的大臣都一起跪地山呼道："吾皇圣明！吾皇万岁万岁万万岁！""圣明"声中，"万岁"声里，康熙又稳稳地站了起来，气宇轩昂地大声言道："兵部尚书明珠听旨！"

明珠匍匐两步："臣在……"

康熙威严地道："朕命你速带人马，将吴三桂留在京城的子孙悉数斩首，不得有误！"

明珠叩首道："臣遵旨！"说罢，便急急退去。

康熙瞥了一眼明珠离去的背影，然后缓缓地言道："朕杀吴三桂的子孙，并非朕心地残忍，朕这样做的目的，是想告诉天下的百姓，朕与吴三桂等人绝没有任何妥协的余地，不是他死，就是朕亡！"

索额图及众大臣闻听康熙口中说出"朕亡"二字，都慌忙叩头呼道："吾皇圣明……"

康熙在"圣明"声中又大声言道："吏部右侍郎索额图听旨！"

索额图伏地回道："臣在……"

康熙朗声言道："吴三桂在南方叛乱，那朱三太子杨起隆必将蠢蠢欲动。为更好地打击吴三桂等人，解京城后顾之忧，朕命你统领禁卫军三万，从现在起，全力抓捕杨起隆及其党羽，争取把杨起隆这帮亡命之徒一个不剩地全部抓捕归案！"

索额图"喳"了一声，便很快地退出了弘德殿。康熙又面对着众大臣言道："从现在起，尔等都必须在各部衙门全天候办公，谁不经朕的允许胆敢擅自离开，朕定严惩不贷！"

众大臣唯唯诺诺之后，相继退去，退去时，都未免有些战战兢兢的。只有康熙，屹立在皇帝的宝座前，像齐鲁大地上岿然的泰山，风吹不动，雨打不摇。

康熙对吴三桂等人叛乱的态度，之所以如此地坚决，除了他早就具有了一种必胜的信心外，更主要的，还是他以为，众大臣都过高地估计了南方三藩所拥有的实力。康熙的估计是，吴三桂的兵马，不会超过二十万众，而尚之信和耿精忠的军队加在一起，也至多在二十万人左右。康熙想，京畿一带的清军约有三十万众，一半是兵部特地训练出来的精锐之师，一半是拱卫北京城的八旗兵。康熙认为，以兵部训练出来的精锐之师，加上一些地方部队，完全可以对付那狂妄的吴三桂，再以卫戍京城的八旗兵，加上一些地方部队，就可以打败尚之信和耿精忠了。更何况，吴三桂等人只占据着南方那么几个省，地小人少，而大清朝则拥有广袤的土地和众多的人口，只要调度有方、指挥得当，平定"三藩之乱"当不是一件太困难的事情。所以，基于这种想法，康熙才会对吴三桂等人的叛乱，既不感到意外，更不感到慌张。

当然，康熙也深深地知道，虽然最终肯定能平息"三藩之乱"，但"平息"的过程，恐怕不会一帆风顺，说不定，还得做好打一场持久战的准备。故而，康熙以为，除了准备好必要的人力、物力和财力资源外，还有一个很重要的因素不能忽视，那就是，必须精心挑选出一些能征善战的将军。如果没有一批能征善战的将军，恐怕这个仗也不好打。

大清朝就是靠打仗才夺得江山的，自然不乏能征善战的将军，然而问题是，时过境迁，当年的一些马上将军，包括鳌拜在内，死的死，亡的亡，现在还活着的，也早已垂垂老矣。军队中的一些现役将军，几乎都没经过实战的考验和锻炼，加上不少将军都出身豪门，平日里懒散骄纵惯了，若让他们领兵去同吴三桂等人作战，康熙委实不放心。所以，虽然康熙决意要同吴三桂等人一比高低，但在挑选领兵打仗的将军方面，康熙却颇有一番踌躇。

正是在这种踌躇之下，康熙想到了索额图和明珠。是的，索额图和明珠都还很年轻，也都没有领兵打仗的经验，但康熙以为，凭着索额图和明珠的聪慧机灵，到了战场上，定然会有一番作为。于是，康熙就暗自决定，将索额图和明珠都派上前线战场，让他们在血与火的战场上好好地洗礼一番，也好为日后重重地提拔他们打下一个坚实的基础。

康熙本来的打算是，让明珠跟着另外一个将军率兵部训练出的那十五万精锐之师，南下湖南去抗击吴三桂的军队，让索额图跟着另外一个将军率戍卫京城的十五万八旗兵去抗击耿精忠和尚之信的兵马。康熙之所以让明珠和索额图都跟着"另外一个将军"，原因是，明珠和索额图都没有领过兵，让他们先跟着"另外一个将军"学习学习，然后再独自指挥打仗。看得出，康熙对索额图和明珠二人是极其信任的。只是因为后来的事情突然发生了一个莫大的变故，康熙的这个"打算"才没有完全地付诸实践。

原来，那陕西提督王辅臣突然起兵向康熙发难，而且，由王辅臣起，又发生了一连串的事情，都让康熙有措手不及之感，故而，康熙就不得不重新调整部署。

不过，在交代王辅臣突然"发难"之事之前，有两件事情应该补充交代一下：一件是明珠诛杀吴三桂留在京城子孙的事，一件是索额图率禁卫军抓捕"朱三太子"杨起隆及其党羽的事情。

明珠诛杀吴三桂子孙的事情，十分地简单。他奉康熙皇帝之命，把吴三桂留在京城的子孙，悉数押至午门之外，当着数千看客的面，将吴三桂的子孙一一斩首示众，以此向京城的百姓证明：当今皇上决心与吴三桂对抗到底。明珠这一干净利落的做法，事后博得了康熙的赞赏。

索额图率禁卫军在抓捕"朱三太子"杨起隆及其党羽的过程中，若从整体上看，也算是干净利落。因为索额图在"回头香"酒店里"卧底"了很长时间，对杨起隆及其党羽的情况可以说是了如指掌，所以抓捕起来就非常地得心应手。大约只花了半天时间，索额图率禁卫军就将杨起隆手下的万余党羽，包括"回头香"酒店店主张林在内，几乎全部抓捕归案。然而，可惜的是，当索额图亲率百余名禁卫军扑向铁狮子胡同外准备抓捕"朱三太子"杨起隆的时候，却扑了个空。也就是说，索额图虽然及时地粉碎了京城即将发生的叛乱，但"叛乱"的罪魁祸首杨起隆却狡猾地漏网了。对此，康熙也并没有怎么责怪索额图。他虽然不免有些遗憾，但却还安慰索额图道："爱卿，不要太过内疚，更不要太过自责。有道是，跑了和尚跑不了庙，躲过初一躲不过十五。朕相信，那杨起隆是一定难逃法网的！"

杀了吴三桂的子孙，又消除了杨起隆这一莫大隐患，康熙便觉得可以放手同吴三桂等人一搏了。这期间，曾发生过这么一个小插曲，那就是，统治西藏的达赖喇嘛五世曾托人给康熙呈了一封信。在信中，达赖喇嘛五世建议康熙与南方三藩"裂土罢兵"，具体内容是，以长江为界，南方三藩统治长江以南的土地，而康熙则统治长江以北的土地，彼此都不要大动干戈，以免伤了"和气"。康熙接到达赖喇嘛五世的信后，勃然大怒，当即将那封信撕得粉碎，气咻咻地言道："无论长江以北还是长江以南，都是朕的江山，朕决不允许任何人将朕的江山加以分裂。若达赖喇嘛不是远在西藏，朕定将他打入死牢！"

　　然而，就是康熙准备派索额图和明珠分别领兵南下的当口，却突然从陕西传来消息：陕西提督王辅臣公开响应吴三桂的号令，已从宁关起兵，正向甘肃的兰州攻去。康熙闻之，一时间目瞪口呆。

　　王辅臣本来并不想与大清朝和康熙皇帝为敌。他的确是一个贪财的人物，也的确对康熙皇帝每年只拨给他数万两银子军饷心怀不满。不过，在吴世璠携二十万两银子到达陕西之前，王辅臣也只是心怀不满而已，还并没有对康熙皇帝产生什么别样的念头或想法。然而，吴世璠的到来却改变了这一切。确切地说，是那二十万两银子使王辅臣改变了主意。加上王辅臣能当上陕西提督，也确是吴三桂向大清朝廷极力举荐的结果，因而，王辅臣就向吴世璠保证：愿意接受吴三桂的调遣，准备同大清朝廷开战。

　　王辅臣虽然向吴世璠当面保证过了，但心里却也并不踏实。待吴世璠离开陕西回云南之后，王辅臣就不由得犹豫起来：吴三桂等人会是大清朝的对手吗？想当年，大明王朝，还有李自成等人，拥有那么多的土地和军队，可最终不都是被大清朝打败了吗？现而今，吴三桂等人所拥有的土地和军队，应该不能与当年的大明王朝或李自成等人相提并论，既如此，若跟着吴三桂等人同大清朝公开叫战，又会落个什么样的结局？如果偷鸡不成反而蚀把米，自己岂不是连个陕西提督也做不成了吗？

　　就在王辅臣的态度有些动摇的当口，经略大臣莫洛以康熙钦差的身份适时地抵达了陕西。莫洛曾在陕西待过数月，与王辅臣比较熟，私交也算不错，所以，在莫洛动之以情，晓之以理的劝说下，王辅臣便向莫洛表示：愿意与吴三桂一刀两断，继续为康熙镇守陕西。莫洛看出，王辅臣虽然有所表示了，但因为接受了吴三桂的二十万两银子，所以"有所表示"的态度就并不是很坚决。故而，为防止王辅臣再有什么"不轨"之举，莫洛便向康熙请求继续留在陕西以监督王辅臣。康熙考虑到陕西地理位置的特殊性，也就答应了莫洛的请求。

　　事情似乎一点点地归于平静和正常了。吴三桂在昆明杀死康熙的钦差尼德尔及云南巡抚朱国治、云贵总督甘文焜时，王辅臣当时并不知晓。实际上，即使王辅臣当时知晓，恐怕也不会马上就起兵响应吴三桂。因为王辅臣几乎一直处于一种观望之中，既拿不定主意是否继续"效忠"康熙，也拿不定主意是否死心塌地地跟着吴三桂反清。然而，吴世璠的第二次抵达陕西，却使王辅臣不得不最终拿定了主意。

吴世璠奉吴三桂之命，在昆明处死了甘文焜和朱国治的家小后，便带着十万两银子，星夜兼程赶往陕西。当王辅臣再一次见到吴世璠时，很是惊讶地言道："小王爷，你如何又到这里来了？大清皇帝的钦差正在这里监视我呢……"

吴世璠"嘿嘿"一笑道："提督大人，大清皇帝的钦差有什么稀奇？几天以前，大清皇帝也曾派了一个钦差到云南去呢。"王辅臣问道："那钦差到云南去做什么？"

吴世璠道："那钦差说大清皇帝要撤掉三藩，还说要把三藩的一切权力都收归中央。我爷爷当时真是气得不行！"

王辅臣小心翼翼地问道："你爷爷……平西王他老人家，同意了吗？"

"同意？"吴世璠的嘴一撇，"提督大人，你说我爷爷会同意吗？""当然……不会同意。"王辅臣的心里有些紧张起来，"不过，大清皇帝既然决定撤藩了，就不会收回成命。你爷爷……该怎么办？"

"怎么办？"吴世璠两眼一翻，"我爷爷一气之下，干脆将那钦差给杀了，又一不做二不休，顺便将甘文焜和朱国治也一并解决了！"

王辅臣大为震惊："小王爷，你爷爷竟然把皇上派来的钦差……还有云贵总督和云南巡抚……都杀了？"

"一点不错。"吴世璠有些自鸣得意，"这一切都是我亲眼所见。而且，我还奉我爷爷之命，将甘文焜和朱国治两家的大大小小、老老少少全给处置了！"

王辅臣愕然道："小王爷，如此一来，平西王他老人家，岂不是真的反了？"

吴世璠点了点头："提督大人说得没错。此时此刻，我爷爷的十万大军，恐怕早已经打入了湖南。如果消息传送得快，广东的尚之信和福建的耿精忠，此时也该领着他们的军队同大清朝开战了！"

吴世璠估计得还真不错。几乎就在他又一次见到王辅臣的同时，尚之信和耿精忠分别在广东和福建扯起了反清大旗。王辅臣仿佛是下意识地问吴世璠道："小王爷，我现在……该怎么办？"

吴世璠毫不犹豫地道："我爷爷叫你马上起兵响应，先攻下兰州，稳定后方，然后全力向北京方向攻击！"

王辅臣却很是犹豫地道："小王爷，这恐怕……不妥。大清皇帝的钦差……是不会同意我这么做的……"

吴世璠显然有些不快："什么钦差不钦差的？提督大人，我爷爷能将钦差干掉，你就不能这么做？"

王辅臣吞吞吐吐地言道："小王爷有所不知……这钦差，是我的朋友，叫我杀掉我的朋友，我实在有些不忍心，也实在下不了手……"

吴世璠却道："提督大人，那钦差既然是你的朋友，就叫他跟我们一起干吗，如果他不同意，再杀他也不迟，如果提督大人真不忍心，下不了手，那世璠很乐意代劳！"王辅臣连忙言道："小王爷莫性急，容我与那钦差好好地商量一番……"

吴世璠言道："商量当然可以。不过，提督大人必须记着，我不可能在这儿待很久。我爷爷吩咐过，叫我把事情办妥后就即刻回赴云南。"

王辅臣赔上笑脸道："小王爷放心，不会很久的，我只需同那钦差好好地谈一谈，事情便可解决……"

于是，王辅臣就将吴世璠妥善地安排在一个地方住下，以美酒、美女款待于他，自己则在苦思冥想着究竟该怎么办。

晚上，王辅臣摆了一桌丰盛的酒席，将康熙的钦差经略大臣莫洛热情地邀来，与之同饮。酒席旁，只有王辅臣和莫洛二人。王辅臣亲自为莫洛斟酒，态度异常地恭敬和真诚。

两杯酒下肚，王辅臣喟然言道："莫大人，陕西地处偏僻，莫大人滞留于此，可真是受了不少委屈啊，每念于此，王某心中着实不安……"

莫洛言道："王大人太过客气了。莫某在这里，一切都过得很好。即便真的有什么不习惯之处，那也是不足挂齿的，因为，我们都是在为当今皇上效力效忠！"

"是呀，是呀，"王辅臣连连点头，"莫大人对当今皇上的赤胆忠心，真令人感动。不过，如果能使自己的生活环境得到一个很大的改善，岂不是更好？"

莫洛从对方有些游离的目光中看出了事情的蹊跷："王大人，如果我没有猜错，你今晚好像有什么话要对我说……"

王辅臣顿了一下，然后低低地道："莫大人，你我应该算是朋友了，所以我不想瞒你……三天前，吴三桂的孙子吴世璠来到了这里……"

莫洛一惊："吴世璠？他现在何处？他来这里做甚？"

王辅臣"咕咚"灌下去一杯酒，然后低低地道："吴世璠现在就在这里……他又给我带来了十万两银子……"

莫洛冷冷一笑道："吴世璠出手如此阔绰，定然又是来收买于你。"

王辅臣点点头："你说得没错，他来的用意正是如此……有件事情你还不知道，南方三藩已经正式同大清朝开战了……"

莫洛大惊："王大人，如此严重之事，你为何到现在才告诉我？"

王辅臣又"咕咚"灌下去一杯酒："因为……我想把吴世璠此次带来的十万两银子分一半与你……你我终是朋友，我王某再贪财，也不会忘了朋友……"

莫洛愕然："王大人，你这是什么意思？"

王辅臣似乎嫌一杯一杯地喝不过瘾，干脆抓过酒壶，"咕噜咕噜"地往口中倒。一壶酒倒光了，他止不住地连打了几个酒嗝，然后一抹嘴唇道："莫大人，我王某对待朋友，是有福同享、有难同当……吴世璠带来十万两银子，我不能独吞，定然要分一半与你……"

莫洛慢慢地明白了王辅臣的用意，于是就冷冷一笑道："王大人，你既如此慷慨，又何不将吴世璠上回带来的二十万两银子也分我一半？"

王辅臣当即瞪大了眼。因为酒已喝多，他此时的双眼彤红如血："莫大人，你提这般要求，是不是有些强人所难？"

要知道，王辅臣决定将吴世璠此次带来的十万两银子分一半给莫洛，已经是痛下了一番"狠心"，如果再将吴世璠前次带来的二十万两银子分一半与莫洛，那岂不是要了王辅臣的性命？

莫洛"哈哈"一笑道："王大人，如果你已经被吴世璠收买，如果你已经决定跟着吴三桂犯上作乱，那就请直说，又何必兜这么大的一个圈子？"

王辅臣又抓过一壶酒，一仰脖子，一气喝下大半，然后将酒壶重重地往桌面上一掼，"呼哧呼哧"地言道："不错！王某是已经决定了跟着平西王他老人家同大清朝开战，你又能如何？"

莫洛冷哼一声道："王大人，这是你的地盘，你手下有数万将士，我莫洛岂能将你奈何？只不过，作为朋友，我想劝你在轻率地作出决定之前，应仔细地考虑考虑，不然，一失足可就落得个千古恨啊！"

"考虑什么？"王辅臣因为酒喝多了，所以胆子也就大了不少，"我没有什么可考虑的。我唯一要考虑的，就是……你莫洛算是我的朋友，所以，我要分给你一些银子，我要你跟着我一起向大清朝开战……"

莫洛缓缓地摇了摇头："王辅臣，你这岂不是痴人说梦？我莫洛对大清皇帝忠心耿耿，岂是你用五万两银子就可以收买？即使你把吴世璠带来的三十万两银子都送给我，我对大清皇帝的这片忠心也不会产生丝毫的动摇！"王辅臣"呃"了一声道："莫洛，王某好心给你五万两银子，你偏不要，你……究竟意欲何为？"

莫洛肃然言道："王辅臣，我只想诚心奉劝你好好地思考一番，是银子重要，还是忠义二字重要？当今皇上待你不薄，你为何要随吴三桂行犯上作乱之举？"

"当今皇上待我不薄？"王辅臣猛然吞下去一杯酒，"莫洛，当今皇上如何待我不薄？每年只拨给我几万两军饷，还不够分给我手下的官兵……我一年到头辛辛苦苦地镇守于此，究竟图的是什么？又究竟落到了什么？"

莫洛叹道："王辅臣，这一点我早就跟你说过。目前，朝廷拨给你的军饷是少了点，可究其原因，却正是南方三藩肆意侵吞的结果。天下财富，半耗于三藩，你不会不知道。所以，待当今皇上解决了三藩问题之后，全国各地的军饷，包括你这里在内，都定将会有很大程度的增加。"

莫洛说得言之凿凿，王辅臣却不大相信："增加？莫洛，你告诉我，大清皇帝每年会拨给我几十万两银子吗？"

莫洛回道："朝廷究竟会拨给你多少银子，自有皇上决断，我莫洛身为臣子，不敢妄加推断。"

王辅臣哼了一声道："莫洛，漂亮话谁不会说？可光说漂亮话又有什么用？如果到时候，大清皇帝还是每年只拨给我几万两银子，我岂不是空欢喜一场？我区区一个提督，又能奈大清皇帝几何？"

莫洛即刻言道："王辅臣，你如何敢这般非议皇上？"

"非议？"因为酒喝多了，王辅臣的五官都有些变形，"我非议什么了？非议的话我还没有说出来呢……莫洛，你怎么就敢肯定，那大清皇帝就一定会彻底地解决三藩问题？"

莫洛铿锵有力地回道："吾皇陛下圣明非凡，甭说只是小小的三藩了，即使天下都已大乱，吾皇陛下也会从容地予以平息！"

王辅臣"嘿嘿"一笑道："莫洛，你恐怕是在头脑发热吧？你想过没有，如果平西王他们打进了北京城，那将会形成一个什么样的局面？如果我现在还继续为大清皇帝卖命，到了那个时候，我王某岂不是竹篮打水一场空吗？"

莫洛愤然言道："王辅臣，你如何敢说出这等不忠不孝的话来？"

王辅臣双唇一撇："莫大人，什么叫忠又什么叫孝？岂不知，识时务者为俊杰，有奶便是娘……"

莫洛再也捺止不住，拍案而起："王辅臣，朝廷怎么会让你这等不忠不义之徒做一省的提督大员？"

王辅臣抓过一酒壶，"咕咚咚"地灌了两口，然后醉眼惺忪地道："莫洛，我王某能做上提督大员，这完全是平西王他老人家的恩德啊！既如此，我王某岂不要好好地报答平西王他老人家？"

莫洛直视着王辅臣："如此看来，你是要死心塌地地跟着吴三桂一起叛乱了？"

王辅臣翻了翻眼皮："一点……不错。我王某不仅要跟着平西王他老人家走，我还要你莫洛莫大人跟着我王某一起走……你和我，终归是朋友嘛！"

"简直是一派胡言！"莫洛很是一副正气凛然的模样，"我莫洛，堂堂朝廷命官，岂能跟着你这种不仁不义的小人，做出对不起皇上、对不起列祖列宗的事来？"

王辅臣的脸色开始阴沉下来："莫大人，你这一番豪言壮语，的确令人钦佩。但是，不知你想过没有，你若一意孤行，不跟我走，你会落个什么样的下场？"

莫洛的双眼射出炯炯有神的光芒来："王辅臣，你是在威胁我吗？你以为，我莫洛是那种害怕威胁的人吗？"

王辅臣也慢腾腾地站起："莫洛，难道你……不怕死吗？"

莫洛"哈哈"一笑道："宁为玉碎，不为瓦全。为大清皇帝而死，我也算是死得其所了！"

王辅臣的双眼被酒烧得似乎要冒出血红的火苗来："莫洛，你……真的不怕死？"

莫洛重重地道："大丈夫死则死耳，何饶舌也！"

王辅臣用手一指莫洛："你不要以为……你是我的朋友，我就不会杀你……把我逼急了，我什么人都敢杀！"

莫洛轻轻地摇了摇头："王辅臣，与你交上朋友，我真是瞎了眼……如果我是贪生怕死之辈，我就不会向皇上主动请求留在这里了！"

王辅臣挪了挪脸上五官的位置，又抓过一壶酒，一气儿喝下大半，然后趁着酒劲儿喊道："来人啊！"

随即，从外面跑进两个彪形大汉来，将手中寒光闪闪的剑分别架在莫洛颈项的左右。很显然，王辅臣早就做好了杀死莫洛的准备。

见莫洛一副处之泰然的模样，王辅臣气急败坏地叫道："你，到底跟不跟我走？"

莫洛轻蔑地言道："王辅臣，别大呼小叫的了！人生自古谁都免不了一死，要杀要剐，任由你的便！"

王辅臣突然间像泄了气的皮球一般，一下子瘫倒在座位上，且有气无力地道："莫洛，你现在要是后悔，也还来得及……"

莫洛不再言语，而是笔直地站着，微合着双目。也许，他正在想念着远在北京城的康熙。是呀，远在北京城的康熙又何尝不在牵挂着他莫洛呢？

王辅臣似乎没辙了，猛然跳起来，声嘶力竭地喊道："杀死他！把他杀死……"

那两个彪形大汉只用剑轻轻一抹，经略大臣莫洛就无声无息地訇然倒地。莫洛死时虽然无声无息，但倒地的声音也确实非常大，至少，王辅臣就感觉到了大地在颤抖，所以，莫洛倒地之后，王辅臣很是被吓了一跳，颓然坐下。

就在王辅臣被吓了一跳，刚刚有点回过神的当口，吴世璠一边拍着双手一边悠然地走了进来，口中言道："提督大人，干得漂亮，干得真是漂亮啊！"

王辅臣应该是喝醉了，他想站起来，但没有成功。好在，他毕竟还认识吴世璠："小王爷？这一切，你都看见了？"

"我全都看见了！"吴世璠兴高采烈地道，"待我回到昆明，定将这一切都如实禀报我爷爷。我相信，我爷爷得知此事后，一定会欢喜异常，也一定会对提督大人另眼相看！"

一股污秽，欲从王辅臣的嗓门儿处涌出。王辅臣费了好大的劲儿，才勉强将那股污秽重新吞咽下去："小王爷，我既杀死了朝廷派来的钦差，那就无路可退……待明日，我将亲率大军，向兰州进发！"

"好！"吴世璠大叫了一声，"如果天下的将领，都能像提督大人这般豪爽果断，那千秋大业，何愁不成？"

说罢，吴世璠就肆无忌惮大笑起来。王辅臣见状，也半痴半傻地跟着吴世璠大笑起来。

吴世璠和王辅臣似乎都有理由大笑，然而，远在北京城的康熙却无论如何也笑不出来。当得知王辅臣杀死莫洛、起兵攻打兰州时，康熙简直就像是呆了一般。莫洛是他的亲信，而陕西是战略要地。莫洛惨遭杀害，康熙自然异常难受，而陕西发生了叛乱，康熙就更加感到担忧。

很显然，康熙原先的战略部署不得不作重新调整。康熙原来想把聚集在北京城周围的三十万大军分成两路南下，一路去对付吴三桂，另一路对付尚之信和耿精忠。可现在，陕西王辅臣叛乱，就使得康熙又增添了一条战线。尽管王辅臣的兵马不多，但如果不及时地加以有效遏制，定将产生极其严重的后果。康熙，究竟该如何调遣京城的三十万大军？

就在康熙举棋未定之际，一连串更为严重的消息相继传入北京城：云南提督张国柱、贵州提督李本深、四川提督郑蛟麟及总兵吴之茂、长沙副将黄正卿、湖广总兵杨来加、广东总兵祖泽清、潮州总兵刘进忠和温州总兵祖宏勋等，纷纷树起叛旗，响应吴三桂，归附吴三桂。而吴三桂的兵马已攻入湖南省腹地，正火速向长江沿线推进；尚之信的军队已基本上控制了广西；耿精忠的军队已经占领了福建全部。那陕西提督王辅臣的动作也不慢，只几天工夫，就攻下了兰州。

大清朝国土，整个长江以南，加上陕西、甘肃和四川，不是被吴三桂等叛军占据，就是处于战火纷飞之中。史书记载当时的情形是：东南西北，全在鼎沸。大清朝各省还效忠于康熙的地方部队，疲于奔命，处处设防，又处处挨打。一时间，吴三桂等叛军，还真有一种改朝换代的气势。

各路叛军中，以吴三桂的军队声势最为浩大。吴军在大将林兴珠和韩大任的统率下，连克沅州、常德、衡州和长沙等地，兵马直逼长江南岸。

康熙这才似乎真正地感觉到了"三藩之乱"的严重性。整个大清王朝，几乎半壁江山已经沦入叛军之手。如此一来，康熙寝食难安了。

康熙在乾清宫内召集索额图、明珠等十数位亲近大臣商议应急的办法。康熙首先言道："朕过去确实低估了南方三藩的叛乱实力。朕只把目光放在了南方三藩的身上，殊不知，三藩在南方经营多年，其党羽早已遍布南方各省……若不制订出一个周全的计划，恐实难在短时间内有效地打击叛军的嚣张气焰……"

索额图言道："皇上所言甚是。不过，臣以为，虽然各路叛军的气焰十分嚣张，但各地的清军也正在英勇地抵抗。臣以为，在短时间内，叛军还不可能大举北犯。"

康熙微微叹息道："索爱卿，各地清军虽然英勇，但毕竟是寡不敌众啊！如果不迅速地派兵增援，恐叛军北上或东进，也只是时间上的问题了。"

明珠忙言道："皇上，京城还有三十万大军，将这三十万大军投入南方或西线战场，就一定可以打退叛军的进攻！"

康熙缓缓地言道："朕的手中，只有这三十万军队了。短时间内，朕很难再调集到其他的军队。如果这三十万军队投入战场不当，不能有效地遏止叛军的进攻，那未来的局势就很难预料了……所以，朕叫各位爱卿来，就是想请各位爱卿动动脑筋、想想办法，看京城的这三十万军队，该如何投入战场……"

三十万军队，看起来是一个不小的数目，但当时，如果将各路叛军的兵马加在一起，恐怕不止百万之众。更主要的，这三十万军队，可以说是康熙手中的最后一张王牌，如果这牌使用得不当，未能起到应有的作用，那大清王朝就真的有被吴三桂等人颠覆的可能。所以，康熙叫"各位爱卿动动脑筋、想想办法"之后，索额图和明珠等人便认真而又热烈地讨论起来。

讨论来讨论去，大致形成了这么两种意见：一种意见是，把三十万大军集中投放到某一个战场上，把那个战场上的叛军迅速地歼灭，然后再调去对付其他的叛军。另一种意见则是，把三十万大军平均投放到各个战场上，先遏制住各路叛军的疯狂攻势，然后再想其他的办法来消灭叛军。

在索额图和明珠等人认真而热烈地讨论的过程当中，康熙始终一言不发。显然，他是在认真地倾听，同时也是在认真地思考。待索额图和明珠等人都住了口，一起凝望着康熙时，康熙轻轻地说开了："各位爱卿说得都很好，但似乎也都不无欠妥之处……如果能集中这三十万军队迅速歼灭叛军一部，当然十分理想。可朕以为，就目前形势来看，这种想法不大可能实现，因为叛军的气焰十分嚣张，且东西左右的叛军几乎已连成一线，要想在短时间内把某路叛军分割开来、聚而歼之，实属不易，弄得不好，不仅不能把某路叛军歼灭，反而使得其他各路叛军乘机迅速北上。如果真是这样的话，势必会引起百姓的恐慌和京城的不稳……而若把三十万军队平均投放到各个战场，也似不当，因为叛军虽然东西连成了一片、齐头并进。但仔细看来，各路叛军的攻势毕竟有强有弱，比如吴三桂的叛军，其攻势就明显比其他各支叛军猛烈……所以，这三十万军队在全部投放战场的时候，必须有所侧重，必须起到应有的作用，必须能在较短的时间内遏制住叛军的攻势。只有这样，百姓才会心安，京城才会稳定，朕也才有时间、有办法来对付叛军！"

康熙虽然说得很轻，但娓娓道来，有条有理，反映了康熙具有一种很冷静的性格和很缜密的思维。索额图和明珠等人，只静静地倾听，并不多发一言。

康熙继续言道："叛军虽然横贯东西，但认真地推敲一下便不难发现，数十支叛军大致可以分成三条战线。朕在这里姑且把叛军的这三条战线称之为东线、西线和中线。东线在江西、浙江一带，以耿精忠的叛军为主力。西线在陕西、甘肃和四川一带，以王辅臣的叛军为主力。而中线则是在湖南，主要是吴三桂的叛军。三条战线上的叛军，虽然人数看起来差不多，但若以战斗力而言，显然是吴三桂的叛军最强。所以，朕便把中线湖南战场列为重点，应在这重点战场上投入更多的兵力。因为，各路叛军虽然都一起鼓噪，但关键的一环还是在湖南战场。如果不能很快地遏制住吴三桂叛军的攻势，其他各路叛军必将有恃无恐、越战越凶，而只要遏制住了吴三桂叛军的攻势，那其他各路叛军的攻势就必将会有所收敛。就像是去对付一群野狼，如果有效地制服了其中的头狼，那其他的野狼就肯定会有所顾忌……"

康熙的这个比喻应该说十分恰当，而从以后的事实来看，康熙的这一番分析也是极有见地的。如果康熙没有把主要兵力投入到湖南战场，那他平定"三藩之乱"的结局就实难预料了。因为其他各路叛军确实是在观望和等待着吴三桂叛军的攻势能有更快更大的进展。就像高手下棋，如果走错了第一步，恐怕满盘皆输。幸运的是，康熙的第一步棋走对了。

明珠小声地问康熙道："皇上，你打算如何分配京城的这三十万军队？"

康熙扫了众人一眼后缓缓地言道："朕打算把兵部训练出来的那十五万精锐之师，再加上五万八旗兵，全部开往湖南战场！"

康熙此言既出，众人皆惊。因为把二十万军队投入到中线湖南战场，那东线和西线战场就只能分别有五万人马去增援了。而区区五万人马，无论是投往东线或西线，都无疑是杯水车薪。故而，康熙作出这一决定之后，众人一时都面面相觑，不知所措。

康熙淡淡一笑问道："各位爱卿是不是觉得朕在湖南战场上投入的兵力太多了？"

十多位康熙的亲近大臣中，有一位顺承郡王，名叫勒尔锦，曾跟在鳌拜的后面打过几次仗，且还曾博得过"常胜将军"的美誉。在当时的朝廷中，能具有勒尔锦这种作战资历和作战经验的大臣，委实不多。此刻，见康熙问起，勒尔锦犹豫了一下后言道："皇上，那吴三桂在湖南战场上投入了很强大的兵力，加上长沙副将黄正卿等叛军的支援，吴三桂在湖南战场上的实力就更是非同小可。甭说派二十万军队去湖南战场了，就是把在京的三十万军队全部投放到湖南战场，也不为多。只是，把二十万军队投入中线战场，那东线和西线战场就没多少兵力去增援了，而东线和西线战场上的叛军，其实力也不容低估。如果东线和西线的叛军，一个迅速北上，一个迅速东进，那我们将无力阻止，如此一来，大清朝岂不是岌岌可危？请皇上三思！"

康熙并没有直接回答勒尔锦，而是面向索额图和明珠等人道："你们是如何认为的啊？"

索额图是极端聪明之人。他当即言道："顺承郡王所虑，应该说不无道理，因为如果东线和西线的叛军，一个真的迅速北上，一个真的迅速东进，那局势就将相当严重和危急。但是，微臣以为，这种情况不大可能发生，因为刚才皇上已经说过，如果我们及时地阻止住了吴三桂在湖南的攻势，那东线和西线的叛军就会颇有顾忌，就不敢轻易地迅速北上或东进。而要保证能够及时地阻止吴三桂叛军的攻势，那就必须在湖南战场投入更多的兵力……"

顺承郡王勒尔锦微微摇头道："索大人，皇上适才所言，臣不会不记得，但臣斗胆以为，皇上适才所言，是基于一种主观推断的基础上。臣担心的是，如果我们在湖南阻止住了吴三桂叛军的攻势，但东线和西线的叛军却并没有因此而停止或放慢进攻，到了那个时候，我们将何以应对？"

明珠的聪明自然不会比索额图逊色多少。他紧跟着勒尔锦之后言道："顺承郡王所担心的事情，也正是微臣所担心的。恕微臣冒昧，微臣以为，皇上之所以这么决定，乃是不得已而为之。我们总共只有三十万军队，既不能集中优势兵力歼灭叛军一部，因为我们本来就没有什么优势兵力可言，又不能把三十万军队平均投放到三条战场，因为那很容易被各路叛军各个击破，所以，我们只能相对集中兵力，去遏制住叛军的重点攻势，说不定，皇上这一英明决策，还真的能奏奇效……"

明珠既说出"说不定"之词，就说明他对康熙的这一决定，心中也没有什么底。康熙轻轻叹息道："朕又何尝不想在东线和西线战场上投入更多的兵力？可朕没有这么多的军队啊！朕作出如此决定，通俗地讲，就像是在赌博，如果赢，就算是赢了，而如果输，也就只能算是输了……"

索额图想了想，然后低低地问道："皇上，我们能否把东北地区的军队全部抽调回来投入到南方战场？"

当时，似乎也只有东北地区的清军没有抽调了，其他地区的清军，几乎都南下或西进与各路叛军交战了。

康熙缓缓地摇了摇头道："朕考虑过东北地区的清军，但朕以为，东北的清军不能抽调，一是因为东北的清军人数不多，即使全部抽调回来投入战斗，作用也不大，更主要的是，东北地区一直不太安宁，那罗刹士兵在东北一带肆意烧杀抢掠，如果东北的清军全部抽调回来，那罗刹士兵岂不更加肆意妄为？"

索额图唯唯诺诺地道："皇上圣明，微臣考虑问题太过肤浅……"

康熙顿了一下，继而沉声言道："前线将士正在为朕、为大清江山浴血奋战。朕，还有你们，不能也不该总是坐在这里纸上谈兵，要立即行动起来，去英勇顽强地打击叛军！"

康熙如此一说，索额图、明珠及勒尔锦等人便马上挺直了身子。康熙言道："东线和西线的各五万名援军，由八旗兵中的将领统率南下便可，但驰援湖南的二十万大军，则必须挑选得力的大将统领。因为，湖南战场是关键，只有力挫吴三桂叛军的锐气，朕才有时间和希望来逐步地消灭各路叛军！"

康熙顿了顿，略略提高了声音道："勒尔锦听令！"

勒尔锦连忙伏地。康熙言道："勒尔锦，朕封你为宁南靖寇大将军，专门负责湖南战场事宜。"

勒尔锦叩首道："臣遵旨！"

康熙又道："明珠听令！"

明珠赶紧跪地。康熙道："明珠，朕封你为宁南靖寇大将军副将，协助勒尔锦处理湖南战场事宜。"

明珠磕头道："臣遵旨！"

康熙看了看勒尔锦和明珠，然后重重地言道："勒尔锦、明珠听令！朕命你们即刻率二十万大军，火速开往湖南战场，争取在较短的时间内，遏制住吴三桂叛军的攻势，不得有误！"

勒尔锦和明珠一起响亮地回答道："臣遵旨！"然后便双双离去。离去时，俩人的脸色都很凝重，俩人的脚步也都很坚定。

康熙对其他人言道："你们可以回去了……索额图留下。"

索额图留下了，脸上似有一些不快之色。康熙问道："你是不是也很想上战场啊？"

索额图点了点头："臣确实很想上战场，同那些叛军真刀实枪地大干一场……而且，皇上本来也是准备叫臣到东线战场的……"

确实，康熙本来是准备把索额图派往东线战场去同尚之信、耿精忠等叛军交手的。"但是，"康熙解释道，"事情发生了变化。朕没有想到，叛军的实力会有这么强大。朕的大清江山，几乎都处在一种战争状态中。所以，朕就迫切需要及时而又全面地了解各个战场上的真实情况，以供朕决策之用。朕坐镇宫中，不可能亲往前线，这就需要找一位诚实可靠又精明能干的大臣代替朕去了解各个战场上的情况，然后把那些情况迅速地告诉于朕……索爱卿，除了你，还有谁更适合替朕做这些事情？"

许是康熙的"诚实可靠又精明能干"之语深深地打动了索额图，索额图当即言道："皇上，微臣明白了……"

康熙进一步言道："你的任务，主要就是替朕及时地了解各个战场上的情况，并注意协调各个战场间的关系。另外，如果哪个清军将领胆小怕事、贻误战机，你可以将他就地免职或就地正法；同样，如果哪个士兵奋不顾身、作战英勇，不管他是满人、蒙古人或汉人，你都可以破格提拔他。"

实际上，康熙已经是把索额图当作"战场钦差"对待了。索额图连忙伏地言道："臣遵旨……臣一定不辱使命！"

康熙轻轻地道："爱卿平身……从现在起，朕寸步不离乾清宫。你一有战场上的消息，就马上到这里来见朕……无论是白天黑夜，无论是深夜凌晨，你都可以直接到这里面朕！"

康熙最后一句话的语气很重，索额图明显地感受到了这句话的分量。索额图斩钉截铁地言道："臣如果不能把各个战场上的消息及时而准确地禀报皇上，皇上可以随时取下微臣的脑袋……"

康熙一时默然。看康熙紧锁双眉的模样，显然是在想心事。索额图搐动了一下双颊，做出一种很是勉强的笑容来，且低低地问道："皇上是否在想该如何取下微臣的脑袋？"

康熙缓缓地摇了摇头道："不……朕想的是，该如何取下那吴三桂的脑袋……"

从此，除了吃饭、早朝和早课，康熙就一直待在乾清宫内处理各种事宜，哪儿也不去，包括孝诚皇后赫舍里所居住的坤宁宫，甚至也包括太皇太后博尔济吉特氏所居住的慈宁宫。只偶尔地，康熙在早朝或早课后，顺便去慈宁宫走一趟，看望一下自己的皇祖母，然后就又回到乾清宫。

康熙如此，博尔济吉特氏当然能理解。所以，平定三藩之乱的战争刚刚开始的那段时间，博尔济吉特氏就常常领着皇后赫舍里到乾清宫来看望康熙。博尔济吉特氏这样做的用意很明显，康熙太过于紧张和忙碌了，她和赫舍里到乾清宫来，多少能给康熙带来一点精神上的安慰。然而，没有多久，康熙就不让博尔济吉特氏和赫舍里到乾清宫来了。原因是，皇后赫舍里的肚子里怀上了龙胎，康熙请求皇祖母博尔济吉特氏多多地在坤宁宫内照料赫舍里，而不必为他担忧。

这里就有必要交代一下皇后赫舍里肚中所怀的那个龙胎的情况了。这一年（1674年）5月3日，皇后赫舍里生下了康熙的第二个儿子，胤礽。然而，因为生胤礽的时候难产，所以，在生下胤礽之后，赫舍里由于失血过多不幸身亡。前文中曾有详细交代，康熙与赫舍里是非常情深意笃的。故而，赫舍里因生产胤礽而死，康熙心中的莫大悲伤自然就可想而知。尽管当时的战事十分紧张，大清王朝已到了岌岌可危的地步，但康熙还是亲自为赫舍里举行了隆重的葬礼，并狠狠心、咬咬牙，将为赫舍里接生的十几名太医全部处死。更主要的，康熙以为，赫舍里的死，他也有很大的不可推卸的责任。他想，如果自己能抽出一定的时间去照看赫舍里，也许她就不会如此身亡。所以，赫舍里死后，康熙就很是内疚。在这种内疚情感的支配下，加上对赫舍里无限的怀念，康熙就于赫舍里死后不几天，当着满朝文武的面，立二皇子胤礽为皇太子。

在那段日子里，除了阿露和赵盛外，和康熙皇帝见面最多的人，好像就是索额图了。索额图三天两头地往乾清宫里跑，有时一天要跑好几趟，有时深更半夜地也跑到乾清宫里来。当然，有时候，一连十多天，阿露也见不着索额图的身影。

索额图到乾清宫里来的目的只有一个，那就是向康熙皇帝禀告各条战线上的情况。阿露虽然不知道索额图禀告的具体内容，但从康熙脸上的表情，阿露却也能猜出个大概。比如，听完索额图的禀报后，康熙如果皱眉，那就说明某条战线上又吃紧；相反，如果康熙展眉，则表明某路清军在某个地方打了一个胜仗。可惜的是，在战争刚开始的那段日子里，阿露似乎只看见康熙皱眉，而看不见康熙展眉。

阿露记得很清楚，康熙第一次认认真真地展了眉头，是在一天的半夜里。那是四月份，顺承郡王勒尔锦和明珠等人率二十万大军南下去对付吴三桂两个多月之后。天气并不很热，但那天晚上，康熙却洗了一个冷水澡，说是洗冷水澡可以使昏昏沉沉的脑袋清醒一些。尽管阿露十分担心，但康熙执意如此，她也就只好准备了一池冷水让康熙浸泡。浸泡完了之后，康熙说他的头脑果然清醒了，然而没有多久，阿露所担心的事情终于发生了：康熙发烧了。这样一来，康熙的头脑不仅不再清醒，反而变得越发的昏沉。不过，他还没有昏沉到什么也不知道的地步。他在昏沉中似乎也还有些清醒，比如，阿露要去唤御医来为康熙诊治，但他不同意。他说，只要躺在床上睡一会儿就什么事都没了。他的话便是圣旨，阿露只得伺候他上床休息。他倒好，上床便睡着了。而阿露却不敢闭眼，守在他身边，密切地注意着他病情的进展。而实际上，从晚上到半夜，他也的确是一直在发着烧。

半夜的时候，也就是阿露倍感困倦，几乎很难再坚持下去的当口，索额图走进了乾清宫要求觐见皇上，说是有重要情况禀奏。当阿露唤醒了还在发烧的康熙，将索额图的来意说了之后，康熙一骨碌便从床上爬将起来，大声言道："快叫索额图进来！朕估计他今日也该回来了！"

十数日前，康熙命索额图亲自南下，看看中线战场上的战事究竟如何。在这之前，康熙只从索额图的口中得知，吴三桂的叛军在林兴珠和韩大任的统率下，已占领湖南全境，正挺进湖北，逼近长江南岸，而勒尔锦和明珠所率的二十万大军，好像也开进了湖北南部，正汇同地方清军，向长江北岸进发。也就是说，康熙的清军主力与吴三桂的叛军主力即将在长江沿岸遭遇。在康熙看来，这一仗事关重大。如果吴三桂的叛军被打败，那吴三桂的攻势乃至所有叛军的攻势都将可能被清军遏制住。相反，如果勒尔锦和明珠吃了败仗，那整个清军的防线就极有可能都被叛军攻破，若真是如此的话，其后果和局面将不堪设想。所以，康熙就命令索额图以最快的速度赶到湖北去，再以最快的速度返回京城，然后把勒尔锦、明珠和吴三桂叛军交战的情况如实禀报。

那索额图风尘仆仆地走进了康熙的寝殿。一见着索额图，康熙就一边急急忙忙地下床一边急急忙忙地言道："索爱卿不必多礼，只需速速将南方战况道来便可……"

索额图本是想跪拜的，闻听康熙之言，也就真的没有"多礼"，而是大口大口地喘了喘气，然后言道："启奏皇上，勒尔锦和明珠奉旨率军抵达湖北南境时，那吴三桂的叛军已经越过长江，占领了荆州……"

康熙不禁"啊"了一声："吴三桂叛军的行动竟然如此神速……勒尔锦和明珠如何应对？"

索额图显然是星夜兼程赶回来的，不仅面容异常憔悴，就连说话也颇为吃力："禀皇上，那吴三桂的手下林兴珠和韩大任的确非同一般，他们闻知勒尔锦和明珠赶来增援，便火速派遣一支先头部队，渡过长江，占领了荆州，意欲占据荆州要塞，挡住勒尔锦和明珠，待他们大部队全部到达，再行与勒尔锦和明珠交战。好在林兴珠和韩大任的那支先头部队人数不多，只有几万人，不过，因为勒尔锦和明珠贻误了战机，这才使得夺取荆州的战斗变得异常艰难和激烈……"

康熙连忙问道："勒尔锦和明珠如何会贻误战机？"

索额图回道："勒尔锦和明珠抵达荆州北面时，林兴珠和韩大任的那支先头部队也刚刚占领荆州。如果勒尔锦和明珠当时就向荆州发起攻击，则很容易就能将那支叛军的先头部队打垮。可是，勒尔锦没有这么做。他以为，吴三桂叛军的主力已经全部渡过长江，所以，他不仅没有及时地向荆州发起攻击，反而把自己的大军后撤，准备摆出阵势与叛军主力决战。直到三天之后，他才弄清占领荆州的并非叛军主力，而叛军主力也真的来到了长江南岸准备渡江。勒尔锦在这危急时刻，居然不知所措起来。亏得明珠认清了形势，决定在叛军主力渡江之前，迅速占领荆州，然后依据长江天险，将叛军主力挡在长江以南……"

康熙点头道："还是明爱卿有远见、有主见！夺取荆州的战斗如何？"

索额图道："明珠亲率数万将士，轮番向荆州发起攻击。因为贻误了三天时间，荆州内的叛军已经站稳了脚跟，所以夺取荆州的战斗就异常残酷……整整一天一夜，在叛军主力渡江之前，明珠终于攻进了荆州，打垮了荆州城内的叛军。只不过，明珠所率数万将士，几乎全部阵亡……"

康熙"哦"了一声："这都是那勒尔锦之过……战局又当如何？"

索额图道："明珠虽然损失严重，但毕竟及时地夺取了荆州，占据了长江北岸，从而掌握了这场战斗的主动权……"

康熙继续问道："索爱卿，那叛军主力没有北渡长江？"

索额图言道："回皇上的话，明珠夺了荆州之后，那林兴珠和韩大任的叛军主力已经陆续渡江，好在勒尔锦率大部队早已赶到，将先期渡过长江的万余叛军全部歼灭在长江边上……现在想来，如果不是明珠及时地攻下荆州，那这场战斗的结果就很难预料了！"

康熙停顿了一下，然后问道："索爱卿，你返京之时，那长江边上的战况如何？"

索额图回道："微臣返京之前，长江边上的战局已经相对平静。林兴珠和韩大任曾数次组织军队趁夜间偷袭江北，均被高度戒备的明珠和勒尔锦打退。微臣离开那里的时候，明珠叫微臣转奏皇上：只要他明珠还有一口气，就绝不会让叛军踏上江北一步！"

康熙悠悠地舒了一口气道："明爱卿办事，朕自然放心……索爱卿，那勒尔锦贻误战机，差点铸成大祸，你为何不对他进行处罚？"

康熙曾赋予索额图这么一种权力：对在战场上贪生怕死或贻误战机之人，无论是满人、汉人，也无论是多大的官职，索额图均可以就地免职或就地正法；相反，对在战场上英勇奋斗或功勋卓著之人，无论是满人、汉人，哪怕本来只是一个低级的士兵，索额图也可以破格将他擢升。实际上，索额图就是康熙派往前线战场的"钦差大臣"。

索额图回答康熙道："微臣正想向皇上禀奏这件事……微臣并没有免去勒尔锦的官职，微臣只是将勒尔锦和明珠的官职对调了一下……微臣如此处置，不知可否妥当？"

康熙略一沉吟，然后言道："索爱卿如此处置，非常恰当。那勒尔锦虽然差点铸成大祸，但也毕竟是个有丰富战斗经验的将领。他先期不敢攻打荆州，固然是他判断失误，但这判断失误之中，却也包含着谨小慎微之举。与吴三桂叛军作战，应该是少不了像勒尔锦这样的人物的。索爱卿将勒尔锦和明珠的官职互相调换了一下，当真是恰当无比啊！"

顺承郡王勒尔锦本是康熙钦封的"宁南靖寇大将军"，明珠为副将。现在，索额图这么一调换，明珠便成了中线战场上清军的主帅，而勒尔锦倒变成了明珠的助手了。

康熙言道："索爱卿，中线战场暂时如此了，但不知东线和西线战场现在又如何？"

索额图马上道："臣即刻便派人去东线和西线打探，一有确切消息，臣就速来禀奏。"

康熙点头言道："索爱卿一路鞍马劳顿，还未及休息，又要为朕去忙碌……朕心中确实有些不忍……"

索额图赶紧伏地言道："国难当头，皇上日理万机，微臣岂能轻易休息？微臣只恳请皇上劳逸结合，千万不要有损龙体安康……"

一直静静聆听康熙和索额图谈话的阿露，此时插话言道："索大人，皇上一直在发烧呢……"

索额图闻言脸色顿变："阿露姑娘，你为何不叫御医来为皇上诊治？"

因为阿露与康熙关系特殊，所以索额图就称呼她为"姑娘"。阿露刚要作出解释，康熙却一把捉住她的一只小手，放在了自己的额头上，且言道："阿露，休得在索爱卿的面前危言耸听。朕的大脑一直十分清醒，何曾发过什么烧来？"

说来也真是奇怪，索额图到来之前，康熙的脑门上还炽热无比，可现在，阿露的小手抚上去，康熙的脑门处却变得无比清凉了。

阿露惊讶道："皇上，您刚才分明是在发烧的嘛……"

康熙将她的手在自己的脑门上使劲儿地按了按："阿露，朕何烧之有？"

机灵的阿露当即浅笑道："皇上，奴婢明白是怎么回事了……叛军打过了长江，皇上的烧就发起来了，现在，叛军被明大人他们打退到长江南岸去了，皇上的烧也就跟着退了下去……"

也就在这个时候，阿露真真切切地看见，康熙紧锁多日的双眉，一点点地舒展了开来，最后，脸上还露出了一些难得的笑容。

康熙就那么带着笑容对着阿露言道："听你这么说，好像朕的发烧跟叛军的攻势有关……叛军的攻势盛了，朕的烧就起来了，而叛军的攻势退了，朕的烧也会随之而退……阿露，你的话是不是这个意思？"

阿露煞有介事地点头道："奴婢正是这个意思。奴婢以为，如果皇上永远不发烧，那叛军的攻势就永远不会盛……"

阿露此言，虽然类似玩笑，但在玩笑之中，却暗含着劝诫康熙要保重身体之意。康熙对此当然明白，所以就开心地一笑道："如此看来，朕在这样的季节，是万万不能洗什么冷水澡了！"

康熙之所以会发烧，自然与晚上洗冷水澡有关系。而康熙之所以会退烧，似乎又与吴三桂的叛军不无关联。但不管怎么说吧，康熙这么开心地一笑，阿露便马上跟着开心地笑起来。那索额图虽然不明就里，却也很快地随着阿露开心地大笑起来。

康熙开心，自然有开心的道理。各路叛军中，以吴三桂的势力最为强大，攻势也最盛，而现在，明珠等人在长江边上遏制住了吴三桂叛军的攻势，康熙岂有不开心之理？

十多天之后，康熙似乎就更有理由开心了。索额图禀报，自吴三桂的叛军在长江边上被阻之后，东线战场上的耿精忠和尚之信等叛军及西线战场上的王辅臣等叛军，很快就停止了各自的攻势。康熙得知这一消息后，不禁长长地吐了一口气。看来，自己先前估计得没错。叛军虽然人多势众，但一切都取决于吴三桂叛军的进展。只要将吴三桂的叛军挡住，其他各路叛军就不会卖命或全力地向清军发起进攻。

当然，挡住吴三桂的叛军，并不是康熙的目的。康熙的目的，是要彻底地消灭吴三桂。这就需要时间，需要时间去集结军队。康熙心里很清楚，那吴三桂是绝不会主动放下手中的屠刀的。只有拥有强大的军事力量，才能够将吴三桂彻底地消灭。不过，明珠等人暂时遏制住了吴三桂叛军的攻势，使得京城人心大稳，康熙也就自然而然地轻松了许多。

尤其让康熙感到轻松的是，这一年（1674年）的年底，吴三桂手下的大将林兴珠和韩大任，纠集了近二十万军队，分乘数百艘战船，于一天凌晨，突然向驻扎在长江北岸的明珠和勒尔锦发动全面攻击。明珠和勒尔锦率清军同突然袭击的叛军进行了殊死搏斗。这一仗，整整打了三天三夜，结果是，清军和叛军各死伤数万，但清军仍然坚守在长江北岸。重要的是，这一仗之后，叛军的士气大为低落，两个多月内，林兴珠和韩大任在长江以南，没有任何动静。吴三桂的叛军没有动静，那其他各路叛军就更没有什么动静。这样一来，康熙就有一定的时间来大力组建新的军队。

康熙需要的就是宝贵的时间。现在有一定的时间了，康熙自然就心安不少。就在康熙略略心安的时候，赵盛向康熙提出了自己酝酿已久的请求。

大概就是康熙得知明珠、勒尔锦在长江边上力挫林兴珠、韩大任率二十万叛军企图渡江北上的消息之后的第二天的下午，康熙破例地睡了一个午觉，醒来的时候，康熙发觉赵盛正颤颤巍巍地立于龙床边。康熙一时很是有点惊讶："赵公公，看模样，你好像在这里已经站了很久了……"

赵盛哈腰言道："回皇上的话，皇上英明，老奴确已在此站了很久……"

康熙在阿露的服侍下，一边穿衣一边问道："赵公公，你年已老迈，身体多有不便，又何故在此久立？"

赵盛言道："老奴在此久立，是想让皇上好好地看一看，老奴在宫中，已经毫无用处了……"

康熙整日地忙于军务，差不多已经将年迈体弱的赵盛给淡忘了。此刻见赵盛如此说，康熙就忙着言道："朕近来过于繁忙，没能着人来照料公公，这全是朕的过错，还望公公不要过于责怪朕的不是……"

赵盛赶紧言道："皇上太过言重了。老奴区区一身贱体，怎敢劳动皇上挂牵？再说了，老奴的饮食起居，自有阿露姑娘照料，老奴心中，早已对阿露姑娘感激不尽！"

康熙渐渐地看出，那赵盛的心中，定然有什么重要的事情："赵公公，朕觉得，你现在好像有什么话要对朕说？"

赵盛"哦"了一下，然后道："皇上圣明，老奴确实有些话想对皇上诉说，但又不知，当说不当说……"

康熙言道："赵公公何出此言？想当年，朕八岁登基称帝时，你便与阿露姑娘从慈宁宫迁来于此……在朕的面前，你还有什么话不可以直接说出？"

赵盛轻轻言道："皇上，老奴有一个请求……"

见赵盛依然有些欲言又止的模样，康熙就拍了拍他的肩，且微笑着言道："赵公公，有什么话尽管说来。即使你现在当着朕的面辱骂于朕，朕也恕你无罪！"

很显然，在康熙的心目中，赵盛的地位是非常特殊的。赵盛弓了弓腰身，然后低低地言道："皇上，老奴年迈体衰，留在这里，不仅毫无用处，反而会给皇上和阿露姑娘增添许多的麻烦……老奴的意思是，老奴斗胆请求皇上，允许老奴出宫……"

"公公原来是这个意思……"康熙说完这句话后，一时默然不言。是呀，皇宫深似海，一般的太监和宫女自入了宫之后，恐怕就再也出不了宫门了。有几个太监和宫女不想走出宫门，去过一过普通人所过的那种正常的生活？

见康熙沉吟不语，赵盛就慌忙言道："如果皇上不准老奴出宫，就当老奴刚才什么话也没有说……"

康熙缓缓地摇了摇头，又长长地吁了一口气道："赵公公，朕不是这个意思。朕的意思是，你自入宫之后，先服侍的太皇太后，然后又来服侍朕，直弄到今日这般年老体弱的地步……朕，早就该让你出宫了啊！"

赵盛若不是阿露搀扶，恐怕早就要伏跪于地了："皇上万不可这么说……如果老奴不是这般模样，不是变成了如此的废物，即使皇上赶老奴出宫，老奴也要留下来继续服侍皇上。"

康熙微微地摆了摆手道："赵公公不要说那么多的话了……现在国库比较空虚，朕只能赏你五千两银子。还有，你离开皇宫之后，享受正四品官的待遇。"

应该说，康熙对赵盛算得上是慷慨大方的了。当时战事吃紧，能从国库中拿出五千两银子来赏与赵盛，实属不易。而当时宫中太监的最高官衔便是正四品，赵盛能以正四品衔出宫，实在是一种莫大的荣耀。故而，赵盛硬是从阿露的搀扶中，挣扎着跪了下去，且尖着嗓门儿大声呼道："老奴谢主隆恩！祝吾皇万岁万岁万万岁！"

见赵盛那么一副苍老的身躯跪在地上，康熙的心中实在是不忍。所以，康熙忙上前两步，一边搀扶赵盛一边言道："公公快快平身……公公若还有别的什么话，请一并说出。"

赵盛只跪了这么一下，便跪得气喘吁吁："皇上，老奴还有一个请求……"

康熙道："公公有什么请求，但说无妨。"

赵盛均匀了一下气息后言道："皇上，老奴有一位年幼的兄弟，三年前也入宫中为奴……"

康熙不由一怔："赵公公，你那年幼的兄弟叫什么名字？他三年前就已入宫为奴，你怎么从未向朕提起过？"

赵盛解释道："老奴的这位年幼的兄弟名唤赵昌，是老奴的同父异母兄弟，今年方才二十岁。他三年前入宫为奴的时候，老奴也并不知晓。直到近来，老奴才偶然得知此事……老奴之所以要提及这位同父异母的兄弟，是想请求皇上在老奴走后，将老奴的这位年幼的兄弟调至此处，代老奴继续伺候皇上……但不知皇上可否恩准？"

康熙不禁喟叹道："赵公公，你如此请求，朕能不答应？"

赵盛就要出宫而去，康熙自然很是舍不得。就在康熙正要对赵盛再安慰几句的当口，那一直傍在赵盛身边的阿露，突然双膝一弯，重重地跪在了康熙的面前。康熙愕然问道："阿露，你这是何意？"

阿露低头言道："奴婢也想请求皇上允许奴婢出宫……"

康熙大惊道："阿露，你如何会有这种想法？莫非，朕在什么地方曾亏待于你？"

阿露急忙道："皇上对奴婢情深似海、恩重如山……奴婢就是身死万次，也难以报答皇上对奴婢恩情之万一……"

康熙赶紧追问道："既如此，你为何又要离朕而去？"

阿露显然是迟疑了一下，然后嗫嚅着双唇言道："奴婢想，赵公公年已老矣，起卧行走多有不便……奴婢想随赵公公一起出宫，以便照料赵公公的饮食起居……"

"阿露，朕已赏给赵公公四品顶戴，他的饮食起居自有别人照料，你又何必要去凑这份热闹？""凑这份热闹"之语，说明康熙根本不相信阿露的话，既不相信，当然就有些生气，既生气了，阿露也就不敢再多言，只是低着头，不声不响。

康熙好像觉着了自己刚才所说的话有些不大中听，所以就很快地补充了一句道："阿露，朕是不想让你离开皇宫、离开朕啊！"

阿露依旧低着头，不言不语。很明显，她是很想离开这里的。

赵盛对着阿露轻轻言道："姑娘对老奴如此挂牵，老奴感激不尽……老奴有一些言语，不知当讲不当讲？"

阿露开口了："公公有什么话，请直说。"

赵盛喘了一口气，然后道："老奴与姑娘是在太皇太后的慈宁宫相识的，然后奉太皇太后谕旨，一起到这里来共同伺候皇上。皇上圣明，正如姑娘先前所言，皇上对你我情深似海、恩重如山。这等大恩大德，姑娘也好，老奴也罢，都不敢言报万一。你我唯能竭尽全力，悉心伺候皇上，以示奴仆对皇上的一片忠诚。只是老奴已成了一个废物，如果再留在这里，不仅毫无用处，反而是一个累赘。承蒙皇上恩宠，允许老奴出宫了此残生。但老奴以为，姑娘与老奴完全不同，姑娘风华正茂，应该没有理由不留下来继续伺候皇上……老奴一番啰唆，不知姑娘以为如何啊？"

康熙立即道："赵公公所言，朕最爱听……阿露，你快快起身，就按赵公公所说的做吧。"

但阿露并没有起身，也没有言语。她的心中，会在想些什么呢？

赵盛直了直腰身，又随即朝着康熙弯下了腰："老奴有些话想对皇上讲，不知当讲不当讲……"

康熙马上道："赵公公有话，尽管讲。公公的话，朕爱听……"

赵盛缓缓言道："皇上，现在南方三藩作乱，天下很不太平。皇上日理万机、辛劳异常，老奴真是看在眼里、急在心里……老奴以为，在这非常时期，阿露姑娘是断然不能离开皇上一步的……"

康熙忙点了点头："赵公公言语，朕越听越爱听。"

赵盛喘了喘气，继续言道："皇上，三藩作乱，终有平息之日。老奴的意思是，待四海一统、天下太平之后，皇上是否可以恩准阿露姑娘出宫？"

康熙当即无言，只将目光一会儿投在赵盛身上，一会儿又投在阿露的身上。半晌之后，康熙终于开口言道："赵公公，朕今日方才看出，你原是个如此聪明之人啊！"

你道康熙为何夸赞赵盛"聪明"？原来，赵盛适才一番言语，十分巧妙地为阿露和康熙都找到了一个"台阶"，且不仅找得巧妙，还找得合情合理。阿露想马上出宫，赵盛说现在是"非常时期"，不宜出宫，想必阿露听了心里能够接受。康熙想永远留住阿露，而赵盛说待"天下太平"之后再让阿露出宫，康熙对此似乎也没有什么不同意的理由。

谁知，那阿露慢慢悠悠地爬起身来，望着康熙言道："皇上，奴婢先前一时冲动，嚷着要出宫，使得皇上心中不快，奴婢真是罪该万死……如果皇上能宽恕奴婢，奴婢想收回先前说过的话……从今往后，奴婢当一心一意地伺候皇上，绝不再言出宫之事……"

阿露之言，让赵盛颇觉吃惊。又谁知，康熙言道："不，阿露，朕刚才说过，赵公公的话，朕最爱听。君无戏言，朕现在向你保证，待四海一统、天下太平之时，你想去哪里，朕绝对不会反对！"

阿露没言语，看了一眼赵盛，似乎还掠过一缕十分含蓄的笑容。赵盛倒觉得有些尴尬，朝着康熙很不自然地一笑，喃喃言道："皇上，老奴刚才……是不是太过多嘴了？"

康熙也笑了一下，笑得同样有些不太自然："不，赵公公，你并没有多嘴。你的话，朕最爱听……"

就这么着，赵盛享四品顶戴，出宫而去。阿露作为一名宫女，依旧留在了康熙的身边。只不过，从此以后，康熙的心中就有了一个不大不小的疙瘩：阿露原来是很想出宫的……

除阿露之外，康熙最"繁重"的心事，当然莫过于平定三藩的战局了。不过，如果说阿露提及出宫之事多多少少地在康熙的心中投下了一道阴影的话，那么，平定三藩之事，却让康熙一点点地看到了光明。

到1675年的夏天，无论是中线、东线和西线战场，都出现了对康熙极为有利的局面。

中线战场上，吴三桂的大将林兴珠和韩大任屡次强渡长江不成后，似乎也就放弃了继续北进的计划，只占据着既得的土地，并没有什么新的或大的军事行动。

东线战场上，耿精忠叛军只盘踞在福建一省，既没有北上浙江，也没有西进江西。而尚之信叛军在占领了广西全境后，不仅没有派兵入湖南去增援吴三桂叛军，反而陆陆续续地向广东撤军。

西线战场上，王辅臣叛军攻下了兰州之后，竟然既没有在甘肃扩大战果，也没有向东边的清军发动进攻，反而将叛军撤出兰州，退到了平凉一带，始终按兵不动。

当康熙从索额图的口中得知三条战线上出现如此"平静"状态后，他笑吟吟地问索额图道："爱卿，你对这种战局有何高见啊？"

索额图回道："臣以为，这一切都是皇上英明所致。只要遏制住了吴三桂叛军的攻势，其他的叛军就不会有什么作为！"

康熙点点头，又问道："索爱卿，你再说说看，东线和西线的叛军，为何会主动放弃占领的土地，都撤回原地去了？"

索额图沉吟片刻，然后道："皇上，这正是臣纳闷和不解之处，乞望皇上明示。"

康熙悠然言道："朕以为，东线和西线的叛军，之所以会主动地放弃占领的土地，主要原因是，他们兵力虽多，但兵源枯竭。他们占领的土地越多，兵力分配上就越有捉襟见肘之感。各路叛军看起来声势浩大，但几乎全在各自为战。他们缺乏一个统一的指挥，互不相援，如果不主动撤回原地、集中自己的兵力，他们就怕朕将他们一一地各个击破。"

索额图恍然言道："皇上的意思是，东线和西线的叛军之所以主动撤回原地，其目的主要是想保存自己的实力？"

康熙言道："朕正是此意。想当初，三藩叛乱之前，朕有些过低地估计了三藩的实力；三藩叛乱之后，朕又有些过高地估计了三藩的实力。而现在看来，甭说只有三藩了，即便有四藩、五藩，朕也毫不畏惧。"

索额图不觉皱了一下眉："皇上所言，过于深奥，微臣听不明白……"

康熙的目光，投向很深很远的地方："索爱卿，你想想看，三藩在其统治区内，暴虐无比，有几个百姓愿为他们而战？吴三桂叛乱时，竟然打出反清复明的旗帜，这岂不是自欺欺人之举？他吴三桂本为明朝守关大将，却为大清朝的建立立下了汗马功劳。他叛乱时打出这等荒唐可笑的旗帜，对汉人还有什么号召力？吴三桂等人苦心经营多年，但只能逞一时之勇。只要朕能够挡住叛军一时的疯狂攻势，那平定叛乱，当指日可待！"

索额图悟道："皇上圣明。想我大清朝，无论在人力、物力和财力上，都比叛军高出何止数倍……"

康熙接道："更何况，朕平定叛乱，是维护国家一统江山，合乎民情，顺乎民意。既如此，朕岂有不胜之理？"

索额图连忙言道："听皇上一番教诲，微臣何止是茅塞顿开……皇上，明珠、勒尔锦等人请求渡江南下，给吴三桂叛军来一次新的打击，皇上可否恩准？"

"不可！"康熙明确回答，"虽然最终的胜利者一定是朕，但朕现在还没有任何把握战胜叛军。你速速去通知明珠和勒尔锦，叫他们坚守长江北岸，切不可贸然南进。还有，你派人去告之东线和西线战场上的清军，既不要同叛军主动交战，也不要急于收回叛军丢弃的土地，只需与叛军形成对峙局面即可。"

索额图问道："皇上此举，是不是想赢得必要的时间？"

康熙言道："不错！朕现在最需要的就是时间。时间越充足，朕的军队就会越来越多、力量就会越来越强大。而叛军，随着时间的推移，兵力就会越发感到不足，其战斗力也会越来越弱。到了那个时候，朕定将会一鼓作气，把叛乱一举平息！"

康熙说得慷慨激昂且信心十足。而实际上，康熙的分析和决策是十分正确的。

今天看来，吴三桂等叛军之所以最终会失败，其主要原因，恰如康熙当时所分析的那样。首先，吴三桂等人发动叛乱，得不到老百姓的支持。以吴三桂为例，尽管他在讨清檄文中声称什么"共举大明之文物，悉还中夏之乾坤"，但人们对他的所作所为，却依然记忆犹新。他以明朝守关大将的身份引清兵入关，残酷地镇压了农民起义军，并一直穷追到缅甸，捕杀了南明王朝的永历皇帝。故而，他的叛乱行为就失去了道义上的号召力。甭说一般的老百姓了，就连明朝的遗老遗少们也不肯与他合作。而在他统治下的云南、贵州等省，饱受他欺凌压榨的各族百姓，更是恨不得能亲手剥了他的皮、抽了他的筋。这样，叛军失去了百姓的支持，也就失去了胜利的基础。

其次，参加叛乱的都是一批骄兵悍将，除了吴三桂之外，其他的人物，包括耿精忠、尚之信和王辅臣等，只顾及自己的眼前利益，几乎没有任何政治目标。又缺乏统一的指挥，各自为战，没有整体作战方略，稍一受挫，就想着保存实力，不对清朝军队进行坚决攻击。

相反，康熙掌握的是一个统一的中央政府，他平定叛乱，是维护国家的统一，自然得到了大多数老百姓的支持和拥护。另外，康熙能够调度全局并谨慎从事，把整个战局当作一盘完整的棋来下，统一决策、统一指挥。这样，正如康熙所言，清军战胜叛军，不是什么有无可能的问题，而只是个时间上的问题。

康熙苦苦等待的，也就是那个"时间"。

历史小说

君临天下

田芳芳◎著

康熙

（下册）

中国铁道出版社有限公司
CHINA RAILWAY PUBLISHING HOUSE CO., LTD.

【第十一回】

耽国事冷落皇后，论朝政擢升大臣

1677年的春天，荣妃马佳氏为康熙生下了三阿哥胤祉。康熙很高兴。只不过，康熙高兴的，不是他有了三皇子胤祉，而是他已经看到了平叛胜利的曙光。因为，康熙在京城已经新组建成了一支十分强大的军队，这支军队的人数多达三十万之众。

这年春天的战事基本上是这么一种情况：东线和西线战场上，除了零星的冲突外，几乎没有战事，而中线战场上，战争骤然间变得激烈起来。吴三桂在向湖南、湖北大举增兵的同时，严令林兴珠和韩大任，务必在这年春天打过长江去，在这年夏天之前，占领湖北全境。所以，林兴珠和韩大任便倾数十万军队，向长江北岸发动了一轮又一轮的攻击。一时间，中线战场变得异常紧张。如果吴三桂的计划得以实现的话，那东线和西线战场上也必将发生重大的变故。

故而，索额图等文武大臣们均以为，康熙定然会把那新组建成的三十万大军派往湖北前线，与吴三桂的叛军决一死战。然而，康熙却作出了一个令众人都颇感意外的决定：只派五万人南下增援湖北战场，另二十五万军队全部开往西线，并明令由索额图担任那二十五万军队的统帅。

索额图能亲往前线作战，心中当然激动，可对康熙作出的这一重大决定，依然大惑不解。明明湖北一带战事吃紧，为何要把大军开到几乎没有战事的西线战场？

康熙在索额图去往西线战场的前一天晚上，把他召到了乾清宫。当时，乾清宫内，除了阿露和赵昌（赵盛的同父异母兄弟）外，就康熙和索额图二人。

康熙问索额图道："你可知朕为何要你率大军开往西线战场？"

索额图如实回答："臣实不知。"

康熙又问道："你以为，东线、西线和中线，哪条战线上的叛军实力最弱？"

索额图回答道："显然是西线上的叛军力量最弱。"

康熙再问："依你之见，如果把在京的三十万军队全部开往湖北战场，是否可以在较短的时间内彻底击垮吴三桂的叛军？"

索额图想了想后回道："恐怕不易。吴三桂的叛军不仅人数众多，且战斗力也很强，想在较短的时间内彻底打垮他，实属难事。"

康熙点点头，接着问道："在你看来，明珠和勒尔锦，加上新派去的五万人马，能否在长江北岸，挡住林兴珠和韩大任的疯狂进攻？"

索额图又想了想，然后言道："臣不敢保证明珠和勒尔锦能够永远地挡住林兴珠和韩大任的进攻，但凭明珠的才干和勒尔锦的经验，加上长江这一道天险，在较长的时间内，把吴三桂的叛军阻在长江以南，料也不是什么难事。"

康熙"哈哈"一笑道："既然如此，索爱卿还不知道朕为何要把你派往西线吗？"

索额图双目一亮："皇上，微臣终于明白了……"

康熙追问道："爱卿终于明白了什么？"

索额图言道："皇上的意思是，叫明珠和勒尔锦在长江沿线挡住林兴珠和韩大任，让微臣率大军集中兵力先把实力最弱的西线叛军解决掉……"

"不错，"康熙重重地道，"伤其十指不如断其一指。待爱卿解决了西线叛军，再挥师南下，加入湖北战场，那林兴珠和韩大任，纵然有三头六臂，恐怕也招架不住了。"

索额图缓缓地言道："如果，能再有一支大军，从东线发起进攻，牵制住东线的叛军，那这一切就非常稳妥了……"

康熙却道："爱卿不必担心东线的叛军。东线叛军以耿精忠和尚之信最为强大，他们即使想驰援西线，恐也鞭长莫及。实际上，他们根本就没有援助之意。不然的话，那尚之信为何龟缩在广东而不领兵加入中线战场？"

索额图道："皇上说得是。不过，待微臣领兵与西线叛军作战时，那吴三桂如果派兵增援西线，恐怕也是一个很大的麻烦……"

康熙微笑着摇了摇头："索爱卿将问题考虑得很周到，但依朕看来，爱卿未免过于谨小慎微了。吴三桂叛军的主力，基本上都集中在湖北战场，他急于打过长江去给其他各路叛军鼓气，如果他撤兵增援西线，他就不怕明珠和勒尔锦趁机南下？"

索额图心悦诚服地道："皇上真是圣明无比啊……区区叛军，怎敢与皇上为敌？"

康熙一乐："索额图，你休得当面吹捧朕。朕且问你，你去了西线之后，打算如何行动？"

索额图道："微臣手中现有二十五万大军，加上西线原有的清军，微臣可以集中近四十万军队，而西线各路叛军加在一起，恐也不过微臣兵力的一半。所以，微臣打算西去之后，集中所有兵力，对西线各路叛军展开全面攻击，力争将西线所有叛军，全部歼灭！"

索额图说得信心百倍，康熙却轻轻问道："索爱卿，你要消灭西线所有叛军，大约需要多长时间？"

索额图胸有成竹地回道："少则两三个月，多则半年。"

康熙继续问道："你说，明珠和勒尔锦能在长江边上守这么长的时间吗？"

索额图一怔："微臣以为，明珠和勒尔锦……应该能守这么长的时间……"

康熙摇了摇头道："'应该'不行，要'一定'才行啊……如果在你还没有将西线叛军全部消灭的时候，那林兴珠和韩大任已经率兵打过了长江，则战局将会有何变化？"

如果真的是那样的话，则战局的变化将会十分明显：西线的叛军定会殊死抵抗，吴三桂的叛军不是西去增援就是迅速北进，而东线叛军也会在吴三桂叛军胜利的鼓舞下，大举向清军发动进攻。

索额图讷讷言道："那样一来，整个战局将会变得非常复杂，也非常危险……"

"所以，"康熙静静地道，"你想将西线叛军全部歼灭、永绝后患，意图虽很好，但不太现实。"

索额图低低地言道："微臣无能，请皇上教诲……"

康熙不动声色地道："要消灭西线叛军，不一定全都需诉诸武力。应先仔细地分析一下具体情况，然后再作出相应的计划。西线各路叛军中，以王辅臣的兵力最多，看起来，王辅臣的战斗力也最强。但实际上，在朕看来，王辅臣根本就没有多少同大清朝作战的决心。否则，他在攻下兰州之后，就不会又主动地放弃而退守平凉。王辅臣此举，是否含有等待招安之意？若是将他招安过来，岂不是既避免了军队的损失又节约了很多时间？而如果真能这般解决了王辅臣，那西线其他各路叛军还不望风溃逃？这样，你不就可以在最短的时间内挥师南下，与明珠、勒尔锦一起，合力夹击吴三桂叛军？"

索额图的声音依旧很低："皇上大略，实在是英明。那王辅臣退守平凉之后，一直按兵不动，确有等待朝廷招安之意。只是，微臣对王辅臣招安一事，有些担心……"

康熙问道："你是否指的莫洛一事？"

索额图点头道："微臣正是此意。王辅臣既已杀死了莫洛，纵然他真想接受招安，恐怕他也心有顾虑。还有，朝廷若真的将他招安过来，又将如何处置？"

康熙慢慢地从身上摸出一道圣旨来，他一边将圣旨递与索额图一边言道："朕对此早有考虑。朕在圣旨上写得明明白白，凡主动停止与朝廷为敌者，往事一概不究。至于真的将王辅臣等人招安过来了该如何处置，那就是以后的事了。目前最紧要的，是先解除掉西线叛军的威胁，然后集中力量消灭吴三桂。吴三桂一除，东线的叛军就不足为虑了。"

索额图将那道圣旨细心地纳入怀中："皇上，如果王辅臣不愿意接受招安，该怎么办？"

康熙手掌朝下一劈："他若一意孤行，你就彻底消灭他！"

索额图紧接着道："臣明白了，臣应做好两手准备。"

"是的。"康熙言道，"但你必须记住，你西去之后，不要对西线所有的叛军都展开攻击，那样战线太长，耗时也太多，弄得不好，还会使西线战场处于一种胶着状态。你到达西线之后，应集中优势兵力，将平凉一带团团围住。换句话说，你去西线作战的重点，就是那个王辅臣。不管你用什么方式，只要将王辅臣解决掉了，就一定会起到杀一儆百的作用。朕再重复一次，你西去的目的，就是要在最短的时间内，替朕解除西线的威胁，然后掉过头来，加入湖北战场。你明白了吗？"

索额图神色凝重地回道："微臣明白了！如果皇上没有别的什么旨意，微臣想即刻回去，准备明天出发事宜。"

康熙轻轻地点了点头："索爱卿，你回去吧。朕在这里等着你的好消息。"

索额图刚一离开，那赵昌就迫不及待地言道："皇上，奴才以为，凭索大人这般英俊才干，对付一个狂妄的王辅臣，当是小事一桩……"

赵昌所言，本也无可厚非，但康熙听了，却不禁皱了皱眉。赵昌来乾清宫已有一段时间了，康熙觉得，这赵昌不但与乃兄赵盛长得极其相像，而且似乎比赵盛要乖巧伶俐得多，也许是因为赵昌要比赵盛年轻许多的缘故吧，但是，如果让康熙在赵盛和赵昌之间选择一个的话，康熙则肯定会选择前者。因为，这个赵昌似乎太过于聪明了，聪明得都让康熙感到不快。尤其让康熙感到不快的是，这个赵昌在刚入乾清宫的那阵子，居然在康熙与大臣谈论的时候中途插嘴。为此，康熙曾严厉地训斥过赵昌，叫他不要对任何政事乱发议论，要好好地以其兄赵盛为榜样，忠心耿耿地做一个安分守己的宫人。康熙曾对阿露言道："若不是看在赵盛的份上，朕定要重重地处罚于他！"不过，自康熙严厉地训斥之后，赵昌也的确变得规矩了，至少，在康熙与大臣们交谈的时候，他是再也不敢胡乱插嘴了。

此刻，见康熙不禁皱起了眉头，赵昌情知自己又说了不该说的话，所以，他就慌忙跑到康熙的正对面，一边自己打自己耳光一边言道："皇上，奴才该死，奴才总是管不住自己的这张嘴……"

康熙摆了摆手道："好了，赵昌，你出去吧，朕还有事要办。"

赵昌应诺一声，乖乖地离开了。这是在康熙的寝殿里，除康熙外，就只有阿露了。康熙和阿露，会有什么事情要办？

然而，这一次，当康熙的双手准备卸下阿露的衣衫时，阿露却低低地说了一句道："皇上，你下午答应过皇后娘娘的，你今晚要去坤宁宫安息……"

闻听"皇后娘娘"几个字，康熙顿时就散了精神，双手也不自觉地松了阿露的身体。

康熙的孝诚皇后赫舍里在生下二皇子胤礽之后不幸因难产死去，现在如何又出来个"皇后娘娘"？却原来，赫舍里于1674年5月死去之后，太皇太后博尔济吉特氏见康熙皇帝十分地悲伤，加上当时的战事又十分地吃紧，所以也就没提什么重新立一个皇后的事情。到了第二年的五月，赫舍里死去已整整一年了，南方的战事也相对松弛了些，博尔济吉特氏就找到康熙言道："皇上，该立一个皇后了……"

是呀，作为一个国家，不可以长时间地无主，否则天下必将大乱。而作为一个皇帝，似乎也不可以长时间地无后，否则将不成体统。只不过对康熙而言，好像有一种"曾经沧海难为水，除却巫山不是云"的感觉。那么可人的孝诚皇后赫舍里死了，想再找到一个像赫舍里那样的皇后定然难上加难。既如此，对康熙来说，再立一个什么新皇后，似乎也就没有多大意义了，只是碍于"体统"，康熙又不能不立皇后。所以，康熙就了无兴趣地对博尔济吉特氏道："皇祖母，就麻烦你老人家为孩儿选一个皇后吧。"

博尔济吉特氏言道："皇上，你早已经成年，选皇后的事，应该由你自己做主。"

康熙却道："皇祖母，现在战事这么紧张，孩儿哪有时间和精力去挑选什么皇后？"

博尔济吉特氏有些迟疑地道："我替皇上选出的皇后，皇上若是不满意，该如何是好？"

康熙强自一笑道："皇祖母为孩儿选出的皇后，孩儿如何会不满意？孝诚皇后便是皇祖母为孩儿选出来的，孩儿不是很满意吗？"

于是，博尔济吉特氏就应诺道："皇上既然这么说，那就照皇上说的办吧。"

博尔济吉特氏决定从康熙已有的妃嫔中选一个人作为皇后。为使这个新皇后让康熙满意，博尔济吉特氏在那段时间里，几乎整天地在后宫里转悠。她转悠的目的，是想找到一个体型和外貌都与赫舍里比较接近的人。但可想而知，要找到一个与赫舍里很相像的女人该有多难。挑来选去，博尔济吉特氏最终决定将贵妃钮祜禄氏升为新的皇后。

当博尔济吉特氏将自己挑选的结果告诉康熙时，康熙只"哦"了一声，轻轻地道："既是皇祖母选中的她，那就让她做皇后吧。"

既然康熙没有意见，这事儿也就这么定了下来。贵妃钮祜禄氏一夜之间升为了大清朝的皇后，是为孝昭仁皇后。但从后来康熙的表现来看，他并不喜欢这位孝昭仁皇后，而更加喜欢德妃乌雅氏，也就是胤禛的生母。

实事求是地讲，德妃乌雅氏应该可以称得上是一位绝代佳人了。不仅在后宫佳丽中，她是姿容最出众的一个，且她的肤色，也是后宫粉黛中最白皙、最亮丽的。康熙之所以喜欢她，与她的肤色也大有关系，因为，死去的赫舍里其皮肤就异常地白洁、光润。

然而，康熙对钮祜禄氏却不甚满意，只是他没有对博尔济吉特氏说。因为他知道，无论挑选谁做皇后，他都不会怎么太满意的。除非让赫舍里复活，或者让阿露入主坤宁宫。

一个人若是有了什么成见，那就很难改变。比如，康熙总喜欢拿赫舍里与钮祜禄氏作比较。在康熙的心里，赫舍里所有的特点全都是优点，而钮祜禄氏身上所具有的与赫舍里不尽相同的东西，在康熙看来，就都是她的缺陷和不足了。这样一来，即使钮祜禄氏是天底下最为美好的女人，康熙也是不会满意的。

故而，钮祜禄氏虽然升格成了大清朝的皇后，但康熙留宿坤宁宫的次数却并不是很多。有时，他虽然留宿在坤宁宫，却并不与钮祜禄氏亲热。更有时，他明明朝坤宁宫去了，却突然掉转方向，跑到其他的妃嫔处潇洒走一回。当然，由于战事吃紧，他这种"潇洒走一回"的次数也不会很多。更何况，乾清宫内还有一个阿露，他尽可以在阿露的身上潇洒地走上几个来回。

今天下午，太皇太后博尔济吉特氏突然来到了乾清宫，随她一同到来的，还有皇后钮祜禄氏。

说"突然"，是因为康熙整日地忙于军务，似乎已经有好长时间没有见过自己的皇祖母了。所以，当博尔济吉特氏和钮祜禄氏双双走进乾清宫时，康熙就感到十分惊讶。

康熙本以为自己的皇祖母是有什么事情而来，谁知，博尔济吉特氏却道："没什么事情。只是听说皇上近来十分忙碌，所以我就和皇后过来看看。"

康熙近来自然十分忙碌。让索额图率二十五万大军开往西线战场不是一件寻常之举，如果索额图能很好地完成任务，那平叛战争就会出现一个根本性的转变。相反，如果索额图在西线耽搁的时间过长，不能及时地加入湖北战场，那平叛战争的形势不仅不容乐观，且还十分地严峻，甚至会出现一种相当危险的局面。所以，索额图明天一早就要出发了，康熙便约他今天晚上到乾清宫来进行最后一次的叙谈。确切地讲，康熙是想把自己考虑成熟的东西告诉索额图，让索额图按照自己的旨意去处理西线战事。

看起来，博尔济吉特氏和钮祜禄氏到乾清宫来确实没什么事情。钮祜禄氏好像一直都没做声，只博尔济吉特氏在和康熙说话。博尔济吉特氏也没有说什么有关时局的话，自康熙清除了鳌拜势力之后，她就再也不过问政治了。她只是关心关心康熙的身体，和康熙拉一些家常闲话。然而，在她和钮祜禄氏即将离开乾清宫之前，她倏地问康熙道："皇上，你是否还记得，你已经有多长时间没去坤宁宫了？"

康熙一怔。他一点也不记得了，但又不能不回答博尔济吉特氏的话。所以，他瞥了那钮祜禄氏一眼，喃喃言道："皇祖母，孩儿整天忙忙碌碌的……恐怕，有一个多月没去坤宁宫了吧？"

博尔济吉特氏缓缓地摇了摇头："皇上，让我来告诉你，你已经有两个月零九天没去坤宁宫了！"

康熙愕然道："皇祖母，孩儿真的有这么长时间没去坤宁宫了吗？"

博尔济吉特氏轻叹一口气道："皇上，我知道你很忙，但抽点时间去坤宁宫走一走，也总还是有可能的……我几次去坤宁宫，总看见皇后在痴痴地等你……"

那钮祜禄氏开口了。她是朝着博尔济吉特氏说的，说的声音低得让康熙几乎听不真切："皇祖母，请不要说了……臣妾知道皇上近来太忙，不然的话，皇上一定会……"

康熙这才明白博尔济吉特氏此番的来意。不知为什么，康熙一时间很是有点内疚。是呀，钮祜禄氏毕竟是大清朝的皇后，他再忙，隔三岔五地去坤宁宫留宿一晚也还是有时间的。也甭说是皇后了，就是那些后宫的妃嫔们，他也应该抽出点时间去看望看望她们，安慰安慰她们。不然，一个皇帝要那么多的妃嫔又有何用？

想到此，康熙就做出一些笑容，望着钮祜禄氏言道："皇后，你放心，今晚，朕一定去往坤宁宫歇息。"

钮祜禄氏又说话了。这一回，她是对着康熙说的："皇上既如此说，那臣妾今晚就恭候皇上大驾光临……"

博尔济吉特氏领着钮祜禄氏走了。那个时候，康熙还没有忘记自己对钮祜禄氏的承诺。可是，待索额图到来，同索额图进行了一番叙谈之后，康熙就把自己说过的话给忘了。等打发走了赵昌，寝殿内只剩下他与阿露两个人的时候，他早已把自己说过的话抛到了九霄云外。

阿露挪到康熙的身前道："皇上，你答应皇后娘娘今晚去坤宁宫，现在，你与索大人一番长谈之后，已经是深夜了……"

康熙轻轻地道："是呀，是呀，夜已经很深了……"

当康熙走进坤宁宫的时候，恐怕已是深更半夜了。钮祜禄氏闻之，忙着像脱笼的小鸟一般，飞也似的迎了出来。见着康熙，钮祜禄氏一边施礼一边急急地道："皇上驾到，臣妾来迟，乞请皇上恕罪……"

康熙"啊"了一声道："皇后太客气了！不是你来迟了，而是朕来迟了！"

钮祜禄氏忙道："皇上日理万机，公务繁忙，能在百忙之中抽出时间来看望臣妾，臣妾真是幸莫大矣！"

康熙哼哼哈哈地道："朕确实过于忙碌……适才，朕是在处理了一桩紧急公务之后，才得以抽身至此。"

康熙适才处理了一桩什么"紧急公务"？钮祜禄氏不知，赶紧言道："皇上如此繁忙还来看望臣妾，臣妾真是感激涕零……臣妾恭请皇上入房歇息以养龙体……"

康熙却道："朕虽劳累，暂时还不想歇息。朕想先自沐浴一番，以除去身上汗味，然后再休息不迟。"

康熙应该说"除去身上阿露的汗味"才比较贴切。钮祜禄氏殷勤地道："待臣妾为皇上沐浴更衣……"

康熙摆了一下手道："不劳皇后如此殷勤。你先回房，朕沐浴后自会去见你。"

钮祜禄氏应诺一声，姗姗离去。康熙一指不远处的一位宫女道："你，为朕洗浴。"

能亲手为皇上洗浴，对一般的宫女来说，不啻是莫大的荣幸。那宫女慌忙而又激动地走了过来，口里甜蜜蜜地应了一句道："奴婢遵旨。"

康熙摊开四肢，舒舒服服地浸泡在热水里。房事过后，洗上一个热水澡，也不失为生活中的一大快事。更不用说，还有一位妙龄的女子，在为自己的身体细心地搓洗。

康熙见那宫女不仅洗得细致、搓得认真，且身段相貌也十分地标致，于是就开口询问道："你且告诉朕，你姓甚名谁？"

那宫女答道："回皇上的话，奴婢姓林，名唤兴玉。"

林兴玉，显然是个汉人姓名。大清皇宫中的女子，多为满人，但也有少量的汉人和蒙古人等，如那个阿露便是汉族女子。

康熙听到"林兴玉"三个字后，身体不觉一震。因为，另有一个姓名，康熙近来一直难以忘怀。那个姓名便是吴三桂手下最得力的大将之一——林兴珠。

见康熙身体一震，林兴玉一时非常恐慌："皇上，是不是奴婢……手脚有误？"

康熙言道："不，你搓洗得朕很舒服。朕且问你，有一个男人，大约四十岁，名唤林兴珠的，你可认识？"

这一回，是林兴玉的身体一震了："皇上，奴婢的大哥就叫林兴珠，正是四十岁左右……莫非，皇上见过奴婢的大哥？"

听说，那林兴珠的亲人都已走散。难道，这宫女林兴玉真的就是那林兴珠的妹妹？若是，这事情似乎也真太过巧合了。

但康熙并没有把有关林兴珠的事情告诉林兴玉，原因之一就是，那林兴珠正领着吴三桂的数十万叛军在长江边上与明珠和勒尔锦等人激战。康熙只是淡淡地回道："朕并没有见过你的大哥，朕只是听说过有林兴珠这么一个男人。待朕空闲下来，派人去打听一下，看那个林兴珠是不是你的大哥。"

那林兴玉"扑通"一声跪了下去："奴婢感谢皇上的大恩大德……奴婢五岁的时候，就与大哥失散……"

看林兴玉悲悲戚戚的模样，康熙一时有些不忍："你且起来。你既是五岁便与你大哥失散，你大哥若现在见了你，还如何把你相认？"

林兴玉言道："回皇上的话，奴婢的左臀上有一粒红痣，奴婢若见了大哥，只需把这一特征说出，奴婢的大哥便会知道奴婢是谁……"

"原来如此，"康熙点了点头，"你放心，朕一定派人去把那林兴珠的底细打探清楚。"

沐浴更衣完毕，康熙浑身松弛地走进了孝昭仁皇后的卧房。那钮祜禄氏自然还在等待，康熙也没搭话，径自走过去，和衣躺在了床上。

在与钮祜禄氏战斗时，他的心中几乎什么都没有想。而战斗结束之后，他便马上就又想起了那个一直萦绕在他脑海里的问题：索额图西去，能很快地解决西线叛军的问题吗？

事实是，索额图不仅很快地解决了西线叛军的问题，而且还解决得很好。

第二天的凌晨之后没多久，索额图便带领二十五万大军，离开京城，浩浩荡荡地向着西线开去。

为了争取时间，索额图的大军自然是饥餐渴饮、晓行夜宿。一路上，逢山开路、遇水搭桥，大军的行军速度非常之快，不多日，索额图和他的大军便赶到了西线战场。因为西线早就没有什么战事了，所以整个西线战场看起来就十分的平静。索额图赶到西线后，顾不得休息，马不停蹄地将西线清军各大小将领召集到一起，询问战事情况，商讨作战方略。

西线叛军主要有三支：一支是陕西提督王辅臣，兵力最多，约十万之众，现龟缩在甘肃平凉一带，几无动静。另一支是四川提督郑蛟麟，约有五万人马，盘踞在成都附近，也与清军没什么战事。还有一支是四川总兵吴之茂，也约有五万人马，驻扎在四川与陕西的交界处，与清军有些零星的战事。

索额图在听取了各大小将领的意见后作出决定，用西线原来的清军十多万人，监视吴之茂叛军和郑蛟麟叛军，并密切注意湖北叛军的动向，自己则亲率从京城带来的二十五万大军，直扑平凉一带，首先解决掉王辅臣叛军。

由于王辅臣与清廷为敌的决心并不大，很是疏于防范，加上索额图用兵又十分地诡秘和迅捷，所以，当索额图的清军将平凉一带团团围住之后，王辅臣竟然丝毫没有觉察到。而当一个手下向他报告，说是在平凉周围发现有大批清军时，他竟然训斥那手下道："胡说八道！你定然是看花了眼！我王辅臣早就与清军停火，他们如何会主动来与我交战？"

的确，王辅臣早就不想与清军再打下去了，他的头脑似乎还很清楚。他好像已经看出，不管这场战争目前的状况如何，但战争的结局却只有一个，那就是：清军必胜。

所以，王辅臣就很是后悔。他后悔的是，自己不该为吴世璠的那些银子所诱惑，更不该趁着酒劲儿杀掉康熙的钦差人臣莫洛，而经略大臣莫洛还是他王辅臣的好朋友。

然而，王辅臣后悔是后悔，却不知道以后的路该怎么走。继续与朝廷为敌，肯定是没有出路的，而要投降朝廷，康熙皇帝会放过他吗？左右为难，矛盾重重，这就是王辅臣为什么攻下了兰州之后又主动放弃而退守平凉的真正原因。他想在平凉待上一段时间，静观事态发展，然后再决定自己的行动。从这一点上来看，康熙对王辅臣基本情况的估计大体上还是正确的。由此不难看出，康熙作为一国皇帝，的确有其过人之处。

尽管王辅臣不相信（或不情愿）清军会主动围上来与他交战，但事实却使得他不能不相信：东边发现清军，南边发现清军，西边发现清军，北边发现清军。换句话说，平凉一带已经被清军四面包围了。

王辅臣大惊失色地问手下道："清军从何来的这么多人马？"

没有一个手下能回答王辅臣，因为他们和王辅臣一样，根本就不知晓索额图带着大军赶到西线的事情。一个手下反问王辅臣道："大人，我们现在该怎么办？"

王辅臣皱起了眉头："不要慌乱……先把人马集中起来，如果清军向我们发起攻击，我们就向南冲突，先去与吴之茂会合，然后再突向成都找郑蛟麟。"

看起来，王辅臣的这个"突围"计划，似乎是可取的，但实际上，就当时的情形而言，王辅臣是很难跑到南边去的。因为，不仅索额图手下的兵马是他王辅臣的两倍还多，而且，四川与陕西的交界处，还有十多万清军在等着他。

令王辅臣更为大惊失色的事情发生了。一个手下像活见了鬼似的慌慌张张地跑来向王辅臣报告，说是清军"宁西靖寇大将军"索额图，已经来到王辅臣的军中，直呼其名地要见王辅臣。

"宁西靖寇大将军"一职，确是康熙钦封索额图的。王辅臣虽没见过索额图，却也隐隐约约地听说过。他竭力抑制着自己内心深处的极度恐惧，满腹狐疑地问那报告的手下道："那索额图……带多少警卫过来？"

那手下回道："并无什么警卫，就他一个人。"

王辅臣不禁倒吸了一口凉气，有些自言自语般地道："这索额图，倒也是个胆大之人……"

不难看出，王辅臣虽还没见着索额图，却已经对索额图单枪匹马闯营之举大为钦佩了。一手下问王辅臣道："大人，那索额图已经走近，我们将如何应对？"

王辅臣略一思忖，然后道："两军交战，不斩来使……我王某，切不能再铸大错，断了自己的后路。"

"铸大错"一语，是否指的莫洛一事？"后路"一说，可否含有等待朝廷招安之意？反正，王辅臣已下定决心，不管那索额图是何来意，自己都应始终以礼待之。

客观上讲，索额图只身一人闯入王辅臣叛军营中，的确是有些冒险。因为，王辅臣在平凉一带按兵不动的真正用意，他索额图并不十分清楚，而且，王辅臣在举兵反叛前，曾杀死了朝廷的钦差莫洛。王辅臣既敢杀死莫洛于前，那就同样敢杀死他索额图在后。既然如此，索额图为何又要冒这个风险呢？理由是，索额图主观上以为，此一时彼一时也，现在的情况与当初的情况大不一样了。当初，莫洛是独自一人待在陕西，而当时的王辅臣，在吴世璠的银子的诱惑下，正一心想举行叛乱。但现在不同了，索额图不是单身一人，他的身后有一支强大的清军作后盾，而且，现在的王辅臣，早就退守平凉，与清廷为敌的决心显然已经淡漠。所以，索额图认为，他只身一人闯入叛军营中，安全系数还是比较大的，至少，比当时的莫洛要安全得多。另外一个重要原因是，索额图如此作为，是在遵照康熙的意旨行事，即，如能招安王辅臣，尽量招安，若不能招安，再动用军事手段。既是招安，当然要拿出招安的诚意。索额图一人前往，其"诚意"是再明显不过的了。

实际上，索额图到了西线之后方才明白，虽然自己的兵马明显地比王辅臣占优势，但是，整个西北地区，地形地势极为复杂。若动用军事手段，打败王辅臣是很容易的事，而要将王辅臣的十多万叛军悉数歼灭，则非常困难。稍有不慎，就会让王辅臣和他的大部叛军溜掉。而只要让王辅臣和他的叛军溜掉，想再追赶上加以歼灭，那就不是一件容易的事了。如果真的是这么一种结果的话，索额图即使在这里待上一年半载，恐也不能彻底地解决西线叛军问题。茫茫的大西北，王辅臣等叛军何处不可以藏身？即使索额图在这里最终能够彻底解决西线叛军问题，但恐怕到那个时候，中线和东线的战场情况，早就发生了重大变故。这样一来，索额图解决了西线叛军，对整个战局而言，也就变得无足轻重了。故而，索额图只身闯入王辅臣军营，目的就是想尽快地解决西线战事，好尽快地加入湖北战场。

索额图闯入王辅臣军营的时候，态度是沉毅的，步履是从容的。叛军官兵见索额图这么一副模样，似乎都被他的气势所震慑，谁也不敢大明大亮地加以拦阻。除一个叛军军官跑去向王辅臣报告外，只有十几个叛军官兵，远远地跟在索额图的后面，像是在为索额图保驾护航。

索额图骑在一匹高头大马上，朝着叛军中军大营，不疾不徐地走着。当时是上午，天气很好。一轮明媚的太阳，柔柔地照在索额图的身上。索额图行走在叛军大营中，就像是在自家的庭院里悠闲地散步。

索额图走着走着，突然勒住了马头，转身问一个跟在马后的叛军头目道："前面那一排矮小的房屋，是何所在？"

那叛军头目十分规矩地回道："那一排房屋，正是我们的中军大营。"

索额图"哦"了一声道："既是中军大营，想必那王辅臣王大人就住在里面？"

那头目点了点头，算是作了肯定的回答。索额图又问道："既然王大人住在里面，这么长时间了，为何一直没有动静？"

那头目嗫嚅着双唇言道："王大人的事情，小人如何会知晓……"

这头目的话音还未落，蓦然闻，笙乐齐鸣，锣鼓喧天。打那排矮小的房屋处，走过来一支像模像样的仪仗队来。仪仗队的前面，有一个男人骑着一匹枣红色战马，正"哒哒哒"地朝着索额图奔来。

索额图不知何故，连忙问那个叛军头目道："这是怎么回事？"

那头目勉力挤出一丝笑容回道："这是王大人，欢迎你来了……"

说时迟，那时快，那匹枣红色战马，挟着一股轻风，早驰至索额图近前。四只马蹄还没有停稳，马上之人已滚鞍下马，冲着索额图一抱拳道："王某久闻索大将军威名，今日得见，真是三生有幸啊！"

索额图不认识王辅臣，听见来人自称"王某"，便故意微微一笑问道："来人莫非就是陕西提督王辅臣王大人？"

听到索额图提起"陕西提督"四字，王辅臣的脸庞不由得一红："惭愧、惭愧！在下正是王辅臣……"

索额图"哈哈"一笑道："索某早就闻知王大人一表人才、英俊倜傥，今日一见，果然如此！"

王辅臣赶紧言道："索大将军如此谬奖在下，在下真是无地自容啊。请索大将军随在下一同入大营中稍事休息……"

索额图翻身下马："王大人是主，索某是客，一切当客随主便。"

王辅臣哈了哈腰，让索额图走在前面，自己伴在他的一侧。一时间，鼓乐声又大作，几有震耳欲聋之感。

索额图转向王辅臣："王大人如此礼待索某，索某真是愧不敢当啊！"

王辅臣言道："此处乃穷乡僻壤，无以欢迎大将军光临，只得临时拼凑了这么一支鼓乐队，让大将军见笑了！"

索额图明白过来，王辅臣之所以迟迟走出中军大营，乃是因为他在准备这支鼓乐队。由此看来，王辅臣对索额图的到来，倒也不乏某种真情实意。

想到此，索额图就故意用一种淡淡的语调对王辅臣道："王大人，如果不是这场战争，王大人你又何至于沦落到这种穷乡僻壤之处啊！"

"那是，那是。"王辅臣连着点了几下头，"如果不是这场战争，索大将军也不会千里迢迢地跑到这穷乡僻壤来啊！"

索额图也点了一下头道："王大人言之有理。如果不是这场战争，我索某是不会在这种地方与王大人见面的。既然如此，你我何不就想一个法子，早点结束这场本不该发生的战争？"

"这个……"王辅臣不觉迟疑了一下，"还是请大将军先入大营歇息，然后再谈这个问题也不迟……"

索额图微微一笑道："索额图既来之则安之，一切悉听尊便。"

索额图在前，王辅臣随后，两人依次入了中军大营。分宾主坐下，又上了香茶，待大营内只剩下他们二人时，王辅臣有些期期艾艾地问道："不知索大将军此番前来，对王某有何赐教？"

索额图轻轻地一摆手："赐教是谈不上的。索某此番前来，只是想告诉王大人一个事实，那就是，索某从京城带来的三十万大军，已经散布在平凉的四周。所谓先礼后兵，索某特来告诉王大人一声，希望王大人早点做好交战的准备。"

索额图实际上只带了二十五万军队。不过，二十五万与三十万，好像也没有太大的差别。王辅臣硬是作出一副笑脸道："交战之前，烦将军特来告之在下，这份深情厚谊，在下当感激不尽……在下虽与大将军素未谋面，但大将军的三十万人马已将平凉包围多时，在下竟然浑然不觉，由此可见，大将军定是一位用兵如神的奇才啊！"

索额图笑道："王大人过奖了！不是索某用兵如神，而是王大人根本就没有把这场战争继续进行下去的打算。不然，索某恐怕还没有到平凉，王大人就早已知晓了。王大人，索某之言，可有一些道理？"

索额图所言，自然是实情。王辅臣"啊"了一声道："大将军不仅用兵如神，且也料事如神啊！"

索额图紧接着问道："王大人既已无心恋战，何不就与索某一起，共同想个法子，尽早地结束这场战争？"

王辅臣慢慢地低下了头，一时没有言语。索额图顿了顿，又道："不瞒王大人，索某此番前来，并不是真想与王大人开战。索某真正的用意，是奉当今皇上旨意，来与王大人共同寻找一个尽快解决这场战争的好法子。不然，战端一开，定将造成民不聊生、生灵涂炭的局面。索某请王大人三思。"

王辅臣的头又慢慢地抬了起来："索大将军，如果在下刚才没有听错，大将军是说，你是奉皇上旨意，前来与在下共同寻找解决这场战争的方法？"

索额图点了点头："不错，索某正是奉当今皇上旨意前来。当今皇上非常清楚王大人现在的处境，再三谕令索某，千万不可与王大人兵戎相见，一切当以和平解决为妥。不然，索某何必要到这里来与王大人叙谈？"

王辅臣一时又无言。半晌，他缓缓地言道："大将军既然对在下如此坦诚、信任，在下便只能据实相告……在下早就不想再打下去了，可在下又不能不为自己的前途忧虑……索大将军，在下心中……确有难言之隐啊！"

索额图当然知道王辅臣的"难言之隐"是什么："王大人莫非指的莫洛一事？"

王辅臣重重地点下了头："是的。在下一时鬼迷心窍，犯下了不可饶恕的罪行……在下纵然停止战争、交出军队，可大清皇帝又岂能宽恕于我？"

索额图静静地道："王大人所虑，乃人之常情。一个须眉男儿，谁不想为自己挣得一个美好的前程？不过，人非圣贤，孰能无过？只要王大人真心思过，当今皇上定然会宽恕于你。"

王辅臣苦笑着摇了摇头："大将军对在下关怀备至，在下无以感激。只是，恕在下唐突，纵然大将军诚心宽恕在下，可大将军并不能代表大清皇帝的意旨啊！"

索额图见时候已到，便从怀中摸出皇上亲拟的那道"圣旨"，且郑重地言道："如果王大人诚心思过，就请王大人跪地听旨吧。"

王辅臣一听，几乎没做任何考虑，就"扑通"一声跪在了地上。由此可见，在王辅臣的心中，他已经承认了自己是大清皇帝的一个臣民了。

康熙的这道"圣旨"并不是专写给王辅臣的，而是写给西线战场上所有叛军头领的。这道"圣旨"的文字不多，关键的一句话便是："凡主动停止与朝廷为敌者，往事一概不究。"

当索额图清晰而又铿锵地朗读完了康熙的那道"圣旨"后，王辅臣情不自禁地一连在地上叩了三个响头，且大声呼道："微臣谢主隆恩！祝吾皇万岁万岁万万岁！"

看看，听完了康熙的那道"圣旨"后，王辅臣就以"微臣"自居了。索额图轻松地一笑道："王大人快快请起！只要王大人主动地交出军队，索某愿意在皇上的面前保奏王大人仍留任陕西提督一职，王大人以为如何啊？"

刚刚爬起身子的王辅臣，听了索额图的这番话后，忙又跪地叩头道："属下叩谢索大人栽培之恩……"

索额图一边将王辅臣搀起一边暗自想道：我只是要完成皇上交给我的任务，至于王辅臣最终能否官复原职，那是当今皇上的事情，与我索额图无关。

待王辅臣站起、面露喜悦之色时，索额图轻轻问道："不知王大人准备几时交出军队啊？"

王辅臣赶忙回道："属下一切听从索大人指令！"

索额图正要说出"现在就可以交出"之类的话，却见王辅臣的脸上掠过一缕奇怪之色。于是，索额图就改口问道："王大人好像有什么话要对索某说？"

王辅臣迟疑地道："属下……想请索大人……将皇上的那道圣旨……交与属下暂存……"

索额图不觉皱了一下双眉道："王大人莫非对当今皇上的旨意有些不放心？"

索额图的意思是，王辅臣想"暂存"圣旨，是怕自己交出军队后，皇上说话不算数，自己也好有个"证据"。谁知，王辅臣却结结巴巴地言道："属下怎敢怀疑皇上的旨意？属下只是想……将功补过……"

索额图有些不明白："王大人想如何将功补过？"

王辅臣回道："属下杀死朝廷钦差于前，又举兵反叛朝廷于后，自知罪孽深重，实难得到皇上的宽恕。所以，属下就想用皇上的这道圣旨，去说服其他的叛军，同属下一起，归顺大清王朝……这样，属下也许就真的能够得到皇上的宽恕……"

索额图一听，顿时来了兴趣："王大人此言，确有见地。但不知王大人准备去说服哪路叛军？"

王辅臣道："属下与那郑蛟麟素有来往，且郑蛟麟与属下一样，本无与朝廷为敌之心。属下以为，只要属下持皇上圣旨往成都走一趟，那郑蛟麟必然愿意归顺朝廷。这样一来，甘肃、四川的战事，基本上就算是结束了。"

索额图点了点头，忽又问道："不知王大人与那吴之茂关系如何？"

王辅臣回道："不瞒大将军，属下虽然与那吴之茂有过几次来往，但属下与他本不是一条道路上的人。那吴之茂是吴三桂在四川的亲信，一切都以吴三桂的号令为准。属下退守平凉之后，他曾多次派人来与属下联络，要属下与他共同出兵与清军交战，都被属下婉言相拒。如此，那吴之茂必然对属下怀恨在心。所以，属下若去吴之茂处劝降，不仅毫无把握，而且凶多吉少……"

"是这样……"索额图吁了一口气，"王大人，你去成都说服郑蛟麟，可有几成把握？"

王辅臣信心十足地道："属下以为，至少有九成把握。"

"那好，"索额图果断地道，"王大人，此去成都，并无多少路程。你若真的能够说服郑蛟麟，那十天之内，你应该和郑蛟麟领兵北上了。所以，索某在这里先与王大人约好，十天之后，索某将命大军向那吴之茂发动全线攻击。到那时，吴之茂必然南逃，你便与郑蛟麟在南边将他截住。消灭了吴之茂，这里的战争就真的全部结束了。"

王辅臣应诺道："一切遵从索大将军吩咐。"

就这样，王辅臣带着康熙的那道圣旨，领了几个亲信随从，匆匆地向成都出发了。为防止驻扎在四川与陕西交界处的吴之茂叛军有所警觉，索额图命自己所率的那二十五万兵马和王辅臣的十万军队，就待在平凉一带原地不动，而自己，则带了一队护卫，悄悄地来到了四川与甘肃的交界处。那里，驻有十多万清军，本是索额图留下监视郑蛟麟和吴之茂的。现在，索额图一边命令清军继续监视吴之茂和湖北叛军的动静，一边秘密地做着向吴之茂叛军发动全线攻击的作战准备。

很快，十天就过去了。索额图一声令下，十多万清军从东西两端向吴之茂的叛军发动了总攻击。吴之茂的叛军虽然一直都在防范着清军可能有的进攻，但毕竟实力有限，而索额图的大举进攻又是经过周密计划的。所以，在十多万清军猛烈的攻击下，吴之茂的五万叛军在死伤过半后，全线溃退。吴之茂率残兵败将，果然向南边逃去。索额图命令手下道："穷追吴之茂，一定要将这支叛军全部歼灭！"

索额图率清军追得快，但吴之茂带叛军逃得更快。也许是因为吴之茂和他的叛军比索额图和清军更熟悉这一带地形的缘故吧，索额图率清军穷追了一天一夜，居然连吴之茂的影子也没有追到。

一清军将领问索额图道："大将军，我们还要追下去吗？"

索额图回道："追！不把吴之茂追到，我们就决不罢休！"

索额图"追"的理由很充分：不把吴之茂和他的叛军全部消灭，西线战事就不能说彻底或圆满地解决了。

然而，清军又追了一天一夜，还是没能追到吴之茂，只逮住了数百名掉队的叛军官兵。一清军将领不无担忧地对索额图道："大将军，我们这样穷追下去好像不是个办法啊！如果那王辅臣未能说服郑蛟麟，或者，王辅臣南下，根本就不是去说服郑蛟麟，而是借故脱身，那我们这样穷追下去，不仅难以追到吴之茂，而且还极有可能遭到叛军的伏击……"

这位清军将领的担忧不无道理。如果王辅臣真的未能说服郑蛟麟，或者，王辅臣真的只是借说服郑蛟麟而脱身，那么，索额图和他的清军也就真的有遭到叛军伏击的可能。因为，索额图所率的清军本来是有十多万，但经过与吴之茂的叛军一天激战之后，伤亡人数也达好几万。索额图的身边，现在只有八万多兵马，且还是穷追劳顿之师。而吴之茂的残兵败将加上郑蛟麟的军队，总数也在八万左右，而且，郑蛟麟的五万多兵马，又是以逸待劳之师，如果吴之茂的残兵和郑蛟麟的人马果真兵合一处、将打一家，那选择一个有利地形，打索额图和清军一个措手不及，不仅很有可能，而且还极有胜算。如果索额图真的在这里吃上一个大败仗的话，那西线战事就会变得复杂起来。至少，索额图和他的二十五万大军，在短时间内，是不可能离开这里去加入湖北战场的。

不过，索额图以为，那王辅臣也许有可能没有说服得了郑蛟麟，但"借故脱身"却不大可能。因为，不说别的，就王辅臣本身而言，他原有十万兵马，虽然与索额图的二十五大军交战没有什么胜算，但要想逃跑活命似乎也不是什么难事，他王辅臣根本没有必要多此一举地借说服郑蛟麟而脱身。只是，如果王辅臣真的没有说服得了郑蛟麟，那索额图率数万疲惫清军一直穷追下去，的确是很危险的。

索额图一时间很是为难：继续追下去，十分危险，若停止追击，西线战事就根本谈不上已经结束。究竟该怎么办呢？

索额图最后决定，让数万清军在原地休息待命，另派一支精干的小分队继续南下侦探消息。索额图这是做了两手准备：如果南下的小分队探得的是好消息，那大队清军就继续南追，如果南下的小分队探得的是坏消息，那大队清军就赶紧北撤，以免遭到不必要的损失。索额图这一决定虽然不是什么良策，但在当时那种左右为难的形势下，这也似乎不失为一种权宜之计。

又过了一天之后，"好消息"终于传到了索额图的耳里：南逃的吴之茂叛军，遭到了郑蛟麟五万兵马的拦截，死伤惨重，叛军余部，正无奈北窜。索额图闻之，高兴得差点要跳起来。他急令手下道："都打起精神来，迅速南进，务必将吴之茂叛军一网打尽！"

其实，那个时候的吴之茂叛军，已经毫无战斗力可言了。吴之茂被索额图打败之后，领两万多残兵拼命南逃，迎头碰上郑蛟麟和王辅臣。因为吴之茂并不知道郑蛟麟已经被王辅臣说服同意归顺大清朝廷，还以为郑蛟麟领兵北上是来救援他吴之茂的呢，所以，吴之茂的残兵就被郑蛟麟的兵马打了个措手不及。不仅吴之茂的残兵几乎死伤殆尽，就连吴之茂本人，也作了郑蛟麟和王辅臣的俘虏。侥幸漏网的两千多叛军官兵，在无奈北窜的途中，又遭索额图的数万清军围歼，几乎无一幸免，不是战死，就是被俘。这样一来，索额图就算是彻底地解除了康熙的西线之忧。

郑蛟麟和王辅臣逮住了吴之茂之后，并没有急着处置，而是将吴之茂押到了索额图的面前，请索额图发落。索额图先是嘉勉了郑蛟麟和王辅臣几句，然后对郑蛟麟言道："吴之茂是郑大人所俘，理应由郑大人任意处置，我索某岂能贪功？"

王辅臣似乎明白了索额图的言外之意，忙对郑蛟麟言道："郑大人，这吴之茂死心塌地地跟着吴三桂，对大清朝廷早有不轨之心，现既已被俘，还留他何用？"

王辅臣这是在提醒郑蛟麟：你亲手杀死吴之茂，便是对大清朝廷立下了大功一件，如此，对大清皇帝多少也就有了一个交代。郑蛟麟不是傻子，对此当然心领神会："王大人所言极是！想那吴之茂，仗着是吴三桂的亲信，从不把我这个四川提督放在眼里，并胁迫我举兵与大清朝廷为敌，真是欺人太甚！是可忍孰不可忍，此时不杀他更待何时？"

看看，郑蛟麟不仅要杀吴之茂，而且还将举兵反叛之过统统地推卸到了吴之茂的身上，也可算得上是一个非常精明的人了。不过，那吴之茂面对着死亡，却也毫不畏惧。他冲着郑蛟麟、王辅臣及索额图等人叫嚣道："尔等肖小之人，不要高兴得太早，待大元帅打过长江、打进北京城，定会将尔等碎尸万段！"

吴之茂口中的"大元帅"指的就是吴三桂，吴三桂在举兵反叛时，自封周王，兼天下招讨都元帅。索额图冷冷地对吴之茂道："你这些话，留着在阴间遇到吴三桂的时候再说吧。"

郑蛟麟当着索额图和王辅臣等人的面，亲手处死了吴之茂。索额图赞许地道："郑大人手刃吴贼，足见对大清朝廷忠心耿耿。请郑大人仍留守成都，暂行四川提督职，王大人也暂回原处，代行陕西提督职，待天下太平，索某奏报朝廷后，当今皇上必然会对两位大人有重重封赏！"

王辅臣和郑蛟麟都对索额图感谢不迭。索额图问道："王大人、郑大人，不知你们打算如何处置自己的军队啊？"

王辅臣忙道："属下军队，一切但凭大将军处置！"

郑蛟麟也急急地道："属下五万兵马，任由大将军全权调遣！"

王辅臣、郑蛟麟如此说，当然是为了向大清朝廷表忠心。不然，他们如果仍然手握重兵，大清皇帝如何放得了心？

索额图似乎对此早有考虑："两位大人，陕西、甘肃和四川一带，饱受战争之苦，生产凋敝、民不聊生，所以，索某以为，两位大人不如将各自的军队都遣散，让士兵们都回到家乡从事农业生产，不知两位大人意下如何啊？"

王辅臣和郑蛟麟都异口同声地道："属下谨从大将军之命！"

索额图之所以要遣散王辅臣和郑蛟麟的十五万人马，而不把他们一同带入到湖北战场，原因是，索额图以为，这些"叛军"出身的军队，很不可靠，如果把他们带到湖北战场，如果他们在湖北战场上萌发了什么异端或邪念，那索额图在西线战场上的所作所为，岂不就都前功尽弃了？

　　索额图的这种想法虽然未免有些偏颇，但在当时那种复杂的情形下，他如此小心谨慎，似乎也不为过。于是，在遣散了王辅臣和郑蛟麟的原班人马之后，索额图一边派人回京向康熙禀报西线已无战事，一边率大军向东，沿四川北部边境，直向湖北战场开去。

　　索额图当时所拥有的军队，除留下少数清军驻守陕西、甘肃等地外，开往湖北战场的清军，整整是三十万众。

　　三十万大军当然是一支不容小觑的力量。如果不是担心明珠和勒尔锦等人挡不住林兴珠和韩大任的疯狂进攻，确切点说，如果不是怕违背康熙的旨意，索额图真想率三十万大军从四川境内一直南下，直捣吴三桂的老巢云南。因为索额图以为，吴三桂叛军的主力目前都集中在湖北战场，而且听说，吴三桂和他的孙子吴世璠也都离开了云南、到前线督战去了，这样一来，吴三桂的大本营云南定然非常空虚，如果索额图率三十万大军直扑云南，云南定然可图。然而问题是，康熙并没有要索额图这么做。康熙的旨意讲得很明白：索额图解决了西线战事之后，应立即加入湖北战场。

　　君命不可违。索额图既不敢违，也不会违。索额图率大军在四川东部渡过长江后，立即派人给荆州的明珠和勒尔锦送去了一封信，说自己正率军沿湖北、湖南交界处东进，约好在规定时间内，双方南北夹击，与林兴珠和韩大任的叛军主力在长江沿岸决战，力争一举击溃叛军，彻底改变中线战场形势。

　　索额图的这种想法是非常可行的。因为，索额图和明珠、勒尔锦的兵马加在一起，从人数上说，已经大大地超过了林兴珠和韩大任的叛军。只不过，林兴珠和韩大任不是泛泛之辈，在得知了索额图的大军正迅速东进之后，他们便马上就觉察了索额图的意图。所以，他们也没征得吴三桂和吴世璠的同意，急急地撤离了湖北战场，撤到湖南境内，并一直撤到洞庭湖边的岳州城，与镇守在那里的吴世璠会合。

　　索额图虽然没有能够在湖北战场上击溃叛军的主力，但索额图和明珠、勒尔锦等人会合后，中线战场的形势还是发生了根本性的扭转，即清军已由被动地防御转为主动地进攻了。这一转变，便决定了这场战争的未来结局。

　　几乎就在中线战场的形势发生根本性扭转的同时，东线战场上的形势也发生了一个极其重大的变故。这一重大变故，使得康熙在这场平叛战争中，变得陡然轻松起来。

　　这还要从北京城说起。那一日，康熙正在乾清宫内，由赵昌和阿露陪同着，苦思冥想着西线的战事。忽然，一执事太监匆匆而入禀报道："兵部郎中施琅有要事求见！"

康熙预感到施琅求见定与那西线战事有关，所以就迫不及待地说道："快叫施琅来见朕！"

兵部郎中施琅走进了乾清宫。这是一个看起来貌不惊人甚至有些猥琐的朝廷小吏，然而，就是这个施琅，在未来的日子里，为他自己、为中国历史，都写下了十分精彩的一笔。

果不出康熙所料，施琅所呈，正是索额图向康熙禀报的有关西线战事的奏折。康熙阅罢，不禁喜上眉梢，连连言道："干得漂亮！干得漂亮！索爱卿在西线所为，比朕想象得还要漂亮！"

康熙见那兵部郎中施琅的表现有些异样。施琅似乎想离开，却又不想离开，站在那儿，很是手足无措。

康熙明白过来。施琅呈完奏折后，本应马上告辞，既不告辞，就一定是有什么事情。所以，康熙向施琅问道："爱卿是不是有什么话要对朕说？"

施琅立即回道："是，微臣确有一点想法想对皇上陈述。"

康熙已略略看出，这施琅应该是一个说话和办事都十分干脆利落的人，就像他的长相，虽不怎么受看，却精悍、实用。

康熙言道："爱卿把你的想法快快说出。"

施琅直抒己见道："西线战事已经结束，微臣以为，现在应该结束东线战事了！"

康熙一怔，这施琅果然是一个果断之人。他舒了一口气，缓缓地言道："爱卿所言，固然有理，但朕在东线只有十几万人马，而东线叛军却多达三十万众。朕目前手中已无大军可调，只有等中线战场取得胜利之后，朕才能着手考虑结束东线战事啊！"

施琅却道："恕臣大胆进言，臣以为，也许不必等待中线战场取得胜利之后，东线战事便可结束。"

康熙一惊："爱卿何出此言？"

施琅言道："东线叛军虽然有三十万众，却以福建的耿精忠和广东的尚之信最为强大。据臣所知，目前的耿精忠日子很不好过……"

康熙言道："爱卿莫非指的是耿精忠与台湾郑氏集团的事情？"

耿精忠在反叛前，曾与台湾的郑氏集团约好：彼此井水不犯河水。然而，当耿精忠举兵与清朝军队交战后，台湾郑氏集团却违背诺言，趁火打劫，屡屡派兵在福建沿海登陆，大肆抢劫耿精忠在福建的财物，使得耿精忠只得撤回福建，与台湾郑氏集团周旋、抗衡。

施琅言道："皇上，臣不单单指的是台湾方面的事。一月前，臣奉兵部之命，前往东线考察军情，臣经过仔细考察得知，那祖宏勋与耿精忠二人已经反目成仇……"

康熙不觉"哦"了一声："兵部只告诉朕，东线叛军内部矛盾很大，并未提及什么祖宏勋的事……"

东线各路叛军，除耿精忠和尚之信外，还有原温州总兵祖宏勋、原潮州总兵刘进忠、原广东总兵祖泽清、原广西将军孙延龄等。

康熙又道："施爱卿，你把知道的情况，都说与朕听。"

施琅应诺一声，然后道："据臣所知，目前那祖宏勋手中已有数万兵马，他本来一直是在耿精忠的羽翼庇护下过活。现在，他觉得自己的羽翼已经丰满，所以，他不仅不再理会耿精忠，反而要将耿精忠取而代之。耿精忠对此当然极为不满，故而两人就经常地发生摩擦和冲突。臣听说，在最近的一次冲突中，耿精忠伤亡逾万，祖宏勋的损失也不小。看起来，耿精忠的实力比祖宏勋要强，但实际上，耿精忠是有苦难言，因为他要时刻提防着台湾方面的骚扰和威胁，所以他就不可能集中全部力量来对付祖宏勋。故而，在耿精忠和祖宏勋的冲突中，祖宏勋还常常占了上风……"

康熙轻叹道："施爱卿，如果不是你今日与朕叙谈，朕如何会知道东线叛军中还有如此深刻的危机？看来，明珠不在朝中，那兵部的办事效率也太过低下了！"

明珠是康熙钦封的兵部尚书。施琅小声问道："皇上，还需要微臣继续说下去吗？"

康熙连忙道："爱卿继续说，把你的想法和打算统统说出来。"

施琅略略有些迟疑道："微臣的一些想法和打算，恐怕有些狂妄，请皇上先行宽恕微臣狂妄之罪……"

康熙急道："施爱卿，你何罪之有？想做一番大事业，总该有些狂妄才是。你但说无妨。"

施琅均匀了一下呼吸，然后十分平稳地言道："皇上，耿精忠虽然还有十来万兵马，但已处于一种内外交困的境地。外，有来自台湾方面的莫大威胁；内，有来自祖宏勋的巨大压力。换句话说，耿精忠看起来还貌似强大，实际上早已是不堪一击。臣以为，只要组织起一支十万人的军队，对耿精忠进行一次致命的攻击，耿精忠即使不投降，也将溃不成军！"

康熙好像已经听得兴起："施爱卿，快继续朝下说！"

施琅言道："如果清军真的对耿精忠发起一次致命的攻击的话，那祖宏勋肯定不会前来救援，他巴不得耿精忠早点灭亡呢。而清军只要击溃了耿精忠，再乘胜追击，打败祖宏勋当是一件轻而易举的事。臣曾专门研究过那祖宏勋，他本是一个骄傲自大之辈，胸中并无多少军事方略，他手下虽有数万兵马，但全是一些乌合之众。他之所以敢与耿精忠兵戎相见，而且还略占上风，完全是因为这一次台湾方面的动静很大，有趁乱抢占福建之意，耿精忠实在腾不出手来与他祖宏勋争高低……"

康熙接道："打垮了耿精忠，再打败了祖宏勋，福建就算是被朕光复了！"

施琅言道："皇上，微臣还有一些想法……"

康熙的兴趣越来越浓："爱卿，既还有想法，那就快点说啊？"

施琅言道："臣以为，清军光复福建之后，稍事休息，然后整顿出一支精锐之师，直赴广东，与尚之信交战……"

康熙插言道："爱卿所言，确有见地。只不过，清军纵然能光复福建，恐怕自身也损兵折将，如何还能开赴广东与尚之信交战？"

施琅不慌不忙、胸有成竹地道："皇上，微臣对此早有考虑。清军光复福建，自身难免会有重大损伤。但微臣以为，只要打败了耿精忠和祖宏勋，必然会有许多降兵降将为我所用，而且，饱受耿精忠和祖宏勋压迫的福建百姓，也必然会踊跃参军，这也就是臣为什么说要让清军在福建稍事休整的原因。"

康熙不觉点头道："爱卿果然言之有理啊！不过，爱卿可要记住，那尚之信在广东，至少也有十万兵马……"

施琅忙道："皇上说的是，微臣不敢淡忘尚之信的实力。只不过，微臣以为，当清军开赴广东时，那尚之信不敢倾全力与清军交战。"

康熙问道："这是为何？"

施琅回道："这是因为尚之信有后顾之忧。尚之信叛乱后，曾大举攻入广西境内，名为扫荡广西的清军，实为扫荡广西的财物。对尚之信这种行为，广西的孙延龄极为不满。但由于自己实力不济，孙延龄也只能忍气吞声。假如清军真的攻入广东，尚之信发兵与清军对抗，那孙延龄就极有可能在尚之信的背后捅上一刀子。尚之信再笨，对此也会有所考虑。这样，孙延龄就会为清军牵制住不少尚之信的叛军。如此一来，只要指挥得当，清军打败尚之信当不是一件难事。而打败了尚之信之后，那孙延龄就只有两条路可走，要么投降清军，要么向西入云南投靠吴三桂。而微臣以为，孙延龄投降清军的可能性较大，因为他当时应该可以看出，投靠吴三桂是根本没有出路的。"

康熙言道："光复了福建，又光复了广东，再攻入广西境内，这不仅解决了东线战事，而且对云南和湖南也是一个极大的威胁！"

施琅言道："皇上所言极是！结束了东线战事，中线战事的结束，也就为期不远了！"

康熙突然闭了口，而且好长一段时间，也没有说话。施琅未免有些心慌，他小心翼翼地道："皇上，以上所言，只是微臣的狂妄想法，乞请皇上不要在意……"

康熙开口了。他定定地望着施琅："施爱卿，你知道吗？朕犯了一个极大的错误！"

康熙究竟犯了一个什么大错误？施琅讷讷地言道："臣实不知皇上……"

康熙言道："朕不该直到今日才发觉，你施琅，竟然只在兵部做了一个小小的郎中……"

施琅一时不知康熙何意："皇上，微臣无能，做兵部郎中，已是微臣的莫大福分……"

康熙轻轻地摇了摇头道："施爱卿，你切莫心慌，更不要害怕，朕的意思是，你施琅，本是朕的一位大将军之才啊！让你久居兵部，只做一个小小的郎中，真是太委屈你了！"

施琅慌忙道："皇上金口玉言，微臣实不知该如何理解……"

康熙亲昵地拍了拍施琅的肩："爱卿，你可知东线的清军，现在有多少人？"

施琅赶紧答道："微臣一月前离开东线时，那里的清军官兵一共是十三万四千五百六十八人。"

"不错，很好！"康熙重重地道，"施爱卿，如果朕再给你三万军队，让你去和东线的清军会合，你能否在一年之内，彻底解决东线的战事？"

施琅闻言，急忙跪倒："皇上既如此信赖微臣，微臣保证在一年之内，率清军从福建一直打到广西！"

"好！"康熙双手扶起施琅，"爱卿，朕现在就封你为宁东靖寇大将军，全权负责东线战事。爱卿以为如何？"

施琅忙着要跪地谢恩，但被康熙拦住了。施琅迟疑了一下，终于言道："皇上，恕微臣无知，现在还哪来的有三万军队？"

康熙回道："爱卿东征的时候，把京城内所有能打仗的人都带去！朕刚才估算了一下，戍卫京城的士兵，加上皇宫内的一些侍卫，大约有三万人。人数是少了点，但这些人都很英勇，爱卿东征之时，一定会用得着他们的。"

施琅大惊："皇上，这些人若都被微臣带走，京城和皇宫，岂不是空空如也了？如果京城内发生不测之事，皇上岂不是要受到惊吓？微臣窃以为不妥，请皇上三思……"

康熙回道："现在一切当以平叛为主。京城内留下这些能打仗的士兵，不把他们派上用场，也着实是一种浪费。"

施琅突然跪倒。康熙不解地问道："爱卿，你这是何意？"

施琅先是叩了一个头，然后静静地言道："皇上，如果不留下足够的兵力保卫皇宫，臣甘愿领抗旨不遵之罪，拒绝出征！"

"抗旨不遵"应是杀头之罪，施琅甘领此罪，显然是下了彻底的决心。康熙一时大受感动："爱卿快快平身，朕留下两千人保护皇宫便是。"

施琅又叩了一个响头："微臣恳请皇上留下一万人保护皇宫……"

康熙沉吟道："留下一万人未免太多了……爱卿，你且起身，朕已作出决定，留下五千人，其余的人手，你统统带走。"

康熙既已作出决定，施琅也就不便再过坚持己见。缓缓地起身之后，施琅情真意切地言道："皇上，微臣走后，皇上可要多多保重龙体啊！"

康熙轻轻一笑道："爱卿，该多多保重的是你！朕居在宫中，风吹不到、雨打不着，何须多多地保重？"

施琅躬身言道："皇上对微臣可还有什么别的旨意？"

康熙思忖片刻，然后道："爱卿，你此番东征，最关键的一仗当是与耿精忠的交战，如果顺利，以后的路就好走，如果受挫，以后的事情就不好办。所以，朕在这里想提醒爱卿的是，你到了东线之后，不要急着马上就与耿精忠交手，应观察时机，寻找时机，不战则已，战则必胜。如果条件不成熟，你就耐心地等待，即使不能够将耿精忠击溃，但只要保持东线战场的相对平稳，这也是对中线主战场的支持。爱卿明白朕的意思吗？"

施琅回道："微臣明白！微臣不会急于求成的。如果条件不成熟，微臣是不会拿士兵们的性命开玩笑的，更不会拿大清江山去冒险！"

康熙点头道："朕看得出，爱卿不仅胆大，而且还很心细。你如果真与耿精忠交上了手，那就要密切地留意那祖宏勋的动向。所谓唇亡齿寒，祖宏勋再过骄傲自大，也应该明白这个道理。如果祖宏勋与耿精忠联手，那就将给爱卿的计划增添许多麻烦。"

施琅恭恭敬敬地言道："皇上教诲，臣已铭刻在心。臣请皇上放心，臣此番东征，绝不会打一场无把握之仗。正如皇上所谕，不战则已，战则必胜！"

康熙赞许地笑了笑，然后又道："爱卿，如果一切都如你所料，你领兵打进了广西，那么，你切莫在广西恋战，你只需留下一部清军在那儿骚扰吴三桂的后方，你自己，则应率大部清军撤回福建。爱卿可否明了朕的用意？"

施琅略一思忖，尔后言道："皇上可是要微臣大力防范那台湾势力对福建的渗透？"

"爱卿果然聪明！"康熙不觉加重了语气，"台湾问题，朕终归是要彻底解决的。台湾是朕江山的一部分，岂能容忍它长期分裂出去？待平定了三藩之乱后，朕首先要解决的，便是台湾问题！"

施琅不禁大声言道："皇上圣明！微臣以为，台湾问题，一定要最终解决！"

康熙"哈哈"一笑道："既然爱卿与朕在解决台湾问题上意见如此一致，那统一台湾问题，自然会与爱卿有关。只不过，三藩未灭，现在谈论台湾问题似乎还早了些。爱卿现在要做的，就是替朕去剿灭三藩。"

施琅言道："臣甘愿为皇上战死疆场！"

康熙"哎"了一声道："爱卿，你可不能战死疆场哦！你若战死疆场，谁还来为朕去统一台湾？"

康熙虽说的是玩笑话，却也不难看出，他在平定三藩之乱的同时，就已经在想着统一台湾的问题了。可见，作为大清国的皇帝，康熙确实是想有一番大作为的。也正因为如此，康熙才在清朝历史乃至中国历史上，留下了谁都不敢小瞧的一页。

经过半年时间，施琅就为康熙很好地解决了东线战事。至1677年底，福建、广东和广西的叛军，已基本上被施琅肃清。肃清了东线叛军之后，施琅遵照康熙既定的方针，留下一部清军在广西、广东骚扰吴三桂的后方，自己则率一部清军，带着尚之信、孙延龄等人，返回福建去防备台湾郑氏集团对福建沿海可能有的骚扰了。

当得知施琅只用了半年时间便彻底地解决了东线战事的时候，身居乾清宫的康熙高兴得一把将站在他旁边的阿露揽腰抱离了地面，嘴里还激动地言道："阿露，你知道吗？施爱卿为朕解除了东线之忧，朕从此便可以集中一切力量去对付那个吴三桂了！"

不远处的赵昌见状，不失时机地恭维康熙道："奴才恭喜皇上……"

康熙轻轻地将阿露放回地面上："赵昌，朕何喜之有啊？"

赵昌满脸笑容言道："奴才适闻那施大人已经为皇上彻底地解决了东线战事，皇上取得了平叛战争的又一重大胜利，奴才以为，此等重大胜利，应当可喜可贺……"

客观来讲，赵昌的这番话也不无道理，能收降耿精忠、尚之信这帮叛军主要头领，确实是一件可喜可贺的事。若再从"三藩"角度考虑，耿精忠和尚之信这二"藩"已灭，只剩下吴三桂一"藩"了，似乎就更值得大喜大贺。然而，不知为什么，一听到赵昌谈论起有关国家大事的言语，康熙就打心眼里厌烦。所以，听了赵昌的话后，康熙脸一沉，眉一皱，不冷不热地言道："赵昌，待朕消灭了吴三桂之后，你再贺喜不迟！"

赵昌看出了康熙的不满，于是就赶紧小声应道："是，是，皇上指教得是……奴才适才又多嘴了……"

当然，康熙虽然对赵昌不满，但对战局还是相当满意的。东线叛军和西线叛军都已为大清剿灭，剩下一个吴三桂，还能支撑多久？

然而，就是那么一个吴三桂，却让清军在湖南北部吃尽了苦头。

前书中曾有交代，索额图解决了王辅臣等西线叛军之后，与明珠、勒尔锦等人在长江边上会合。吴三桂手下大将林兴珠和韩大任见势不妙，主动放弃了所占领的湖北部分领土，撤军湖南，与盘踞在洞庭湖边岳州城里的吴世璠会合。从此，中线战场上的形势发生了根本性的转变：吴三桂叛军由攻转守，而清军则由守转攻。

当时，吴三桂叛军的主力几乎全部都集中在湖南战场。仅洞庭湖边的那个岳州小城，就至少聚集了吴三桂二十万兵马。当然，若与清军比较起来，吴三桂那二十万兵马就显得有些微不足道了。索额图、明珠和勒尔锦等人，仅用于攻打岳州城的清军，就多达四十万众。

按常理，四十万清军攻打二十万叛军，当不是一件十分困难的事，更何况，索额图和明珠等人还是那样的绝顶聪明。然而事实却是，索额图和明珠等人指挥着数十万大军朝着岳州小城猛攻了月余，不仅没有拿下岳州城，而且还伤亡惨重。其主要原因是，吴三桂手下那两员大将林兴珠和韩大任，不仅颇通战略战术，而且骁勇异常。有时，清军明明已攻入岳州城里，可结果是，林兴珠和韩大任又亲率叛军将清军打出城来。有一次，林兴珠和韩大任趁清军连日攻城太过疲惫、稍有松懈之际，竟于夜间率叛军摸出岳州城来，将几无防备的一部清军袭杀得鬼哭狼嚎。那一晚，那部清军至少伤亡累万，使得整个清军内部都十分沮丧，以至于有些清军官兵一听到"林兴珠"和"韩大任"的名字，都禁不住地有不寒而栗之感。

索额图急了，明珠急了，勒尔锦等人也急了，可光急是毫无用处的。勒尔锦等人曾建议派兵将整个洞庭湖都围起来，断了岳州城的粮道，让岳州城内的叛军不战自溃。因为岳州城内叛军的粮草军械主要靠长沙城内的叛军供应。如果真的能将洞庭湖封锁起来，倒不失为一个好办法。然而问题是，偌大一个洞庭湖，该派多少兵马才能将其严密封锁住？还有，岳州和长沙等地的叛军会眼睁睁地看着清军封锁洞庭湖而不作出反应？清军在岳州城外的兵力是占压倒性优势，但若分散在洞庭湖四周，就没有什么优势可言了，就很容易让叛军各个击破。

如果能有一支精锐的水师，开进洞庭湖里，消灭岳州城叛军的水兵，这样，便有可能断绝长沙叛军对岳州叛军的粮草供应。可是，索额图和明珠等人的手里没有这样的水师，他们也不可能在很短的时间内就训练出这么一支精锐的水师来。实际上，索额图和明珠等人也不知道水师该如何训练。如此一来，索额图和明珠等人面对着林兴珠和韩大任的顽强抵抗，就有些一筹莫展了。

索额图、明珠和勒尔锦等人在一起商量对策。索额图言道："如果不能尽快地拿下岳州城，士兵的士气就会日渐低落……"

勒尔锦言道："关键的问题是，要设法截断岳州叛军的粮道……"

明珠摇头道："可我们没有足够的军队，也没有水师可用……"

索额图道："看来，我们只有派人回京，向皇上禀告这里的情况，请皇上定夺了。"

勒尔锦道："我同意。我们目前除了请皇上定夺之外，别无他法。"

明珠言道："如果两位没有意见，我想回京向皇上禀告这里的情况……我已经很久没有见到皇上了！"

索额图和勒尔锦都没有意见。索额图只是道："请明大人回京后，向皇上提起，是否可以派一支水师过来。"

勒尔锦接着道："皇上如果没有水师可派，那派几个懂得如何操练水师的将领来也可以。"

明珠回道："两位大人的话明某已谨记。明某此番回京城，无论如何也要向皇上讨得一个攻破岳州城的良策来。"

就在明珠准备回京城之前，索额图等人接到东线战报：施琅率军已彻底地解决了东线战事。

勒尔锦不禁叹道："一个施琅，只率十几万清军，便将东线三十多万叛军全部击溃……真是后生可畏啊！"

索额图也深有同感地道："是呀，施琅为皇上、为大清王朝立下了不朽功勋，实在令人钦佩。可再想想我们，拥有数十万大军，却连一个小小的岳州城也攻不下……想想施琅，我们真是汗颜啊！"

明珠急道："如此，明某这就起程回京！"

却说明珠，只带了几个亲信随从，离开湖南战场，径向北而去。一路上，也不分白天黑夜，只顾纵马赶路。从湖南到北京，明珠和随从们也不知更换了多少马匹。

明珠跃马驰进北京城的时候，正是下午。他来到午门前，翻身下马，然后就踉踉跄跄地闯入了皇宫。他是康熙的近臣，寻常人自然不敢拦阻。不过，看着他那跌跌撞撞的模样，人们心中就不禁纳闷：究竟发生了什么事？

明珠当然不会去理睬别人心中的什么纳闷。他揪住一个太监，问清了康熙就在乾清宫后，便径直向乾清宫而去。

明珠走进了乾清宫。一眼看见赵昌，明珠就气喘吁吁地问道："赵公公，皇上安在？"

赵昌嘘了一声："明大人，小声点，皇上正在午觉呢。"

自施琅解决了东线战事之后，康熙便又常常地睡午觉了。明珠闻言，只得停下脚步，一边"呼哧呼哧"地喘气一边问赵昌道："公公，皇上何时午觉？何时会醒来？"

赵昌迟疑地道："这个时候，皇上应该是醒来了……"

明珠赶紧道："既如此，就烦公公入内察看一下，如果皇上已经醒来，就说微臣明珠有紧急军务禀报……"

赵昌犹犹豫豫地言道："明大人，你的心情我能理解，可是，如果皇上还在午觉，我不合时宜地前去打搅，皇上岂不是会重重地怪罪于我？"

赵昌这么一说，明珠一时也只能无言。是呀，在康熙的面前，赵昌充其量只是一个奴才，也着实犯不着为难于他。然而，自己日夜兼程地从湖南战场赶到皇宫来，莫非就这么站在乾清宫里不成？

明珠不愧是一个聪明之人，他立即想到了阿露。阿露在宫中的地位虽然与赵昌相差无几，但在康熙的心中地位却与赵昌有着天壤之别。

这么想着，明珠就急急地问赵昌道："公公，那个阿露姑娘何在？"

"阿露姑娘……"赵昌猛然用手一指，"明大人，她这不是来了？"

一点不错，阿露正款款地向这里走来。明珠赶忙上前一步道："阿露姑娘……"

阿露一怔。见明珠风尘仆仆、一脸疲惫的模样，她立刻就明白了是怎么一回事："明大人莫非要见皇上？"

"正是！"明珠接道，"可赵公公说，皇上现在正在午觉。"

阿露瞥了赵昌一眼，然后对明珠言道："请明大人稍等，奴婢这就去禀告皇上。"

很快，阿露就陪着康熙走了出来。看康熙衣衫不整的样子，刚才也确实是在睡午觉。明珠立刻单腿点地："微臣叩见皇上，祝吾皇万岁万岁万万岁！"

康熙却冲着那赵昌厉声喝问道："赵昌，明爱卿特来见朕，你为何不及时禀告？"

赵昌腿一软，差点跪下去："奴才想到皇上正在休息，不便打搅……"

"住口！"康熙脸色铁青，"赵昌，你听好了，下次若再有类似的事情发生，朕对你定严惩不贷！"

"是，是，奴才明白……"赵昌倒也识趣，唯唯诺诺几声，就退到一边去了。

康熙这才弯下腰去，双手将明珠扶起，深情地言道："爱卿，你辛苦了……"

见康熙如此，明珠差点落下泪来："皇上辛苦，微臣何苦之有？"

康熙忙道："爱卿快坐下，与朕说说湖南战场的事情……"

明珠找了一个座位欠着屁股坐下去："皇上，微臣与索额图兵合一处之后，从湖北打到湖南，战事一切都很顺利，可万没想到，在洞庭湖边，却被叛军挡住了去路……"

明珠把清军猛攻岳州城月余的事情详详细细地说了一遍，然后言道："皇上，微臣等统率数十万大军，竟然连一个小小的岳州城也攻不下，真是罪该万死呀！"康熙缓缓地摇了摇头道："爱卿，你与索额图等人劳苦功高，何罪之有？岳州城久攻不下，并不是尔等无能，而是那叛匪林兴珠和韩大任太过英勇，加上岳州城位于洞庭湖边，地势特殊，你们一时找不到攻城的良策而已。"

明珠马上道："微臣这次回来，就是想从皇上这儿讨得一个攻克岳州城的良策……"

康熙轻轻地一笑道："明爱卿，你与索额图都没法攻克岳州，朕又会有何良策？"

明珠想了想，然后把索额图和勒尔锦等人提出的派水师或派懂得操练水师的将领去湖南战场的请求说了出来。康熙略略沉吟道："如果真的能从洞庭湖里断了岳州叛军的粮道，那也的确是一个好办法。可是，朕现在手中并无什么水师可调。即使朕调去一支水师，或派遣几个懂得操练水师的将领去湖南，恐也没什么大用，因为，那叛匪林兴珠和韩大任既然如此有勇有谋，那他们就一定会想出办法来对付朕派去的水师的。"

是呀，康熙说得一点没错，那林兴珠和韩大任会眼睁睁地看着清军水师在洞庭湖里断了他们的粮道？由此不难看出，康熙虽然没有亲自上前线，但考虑问题，也着实比索额图、明珠等人要深远得多。明珠多少有些失望地道："皇上，难道就找不出一个攻克岳州城的好办法？"

康熙静静地言道："办法总是有的，但需要深入地去思考……"

康熙"深入"地思考了。明珠也好，阿露也罢，都直直地望着康熙，连大气也不敢出。末了，康熙仿佛是自言自语般地道："岳州城之所以久攻不下，其主要原因，乃是城中有林兴珠和韩大任这么两个人。如果把这两个人招安过来，为朕所用，岳州城岂不是一攻即克？"

明珠忍不住插话道："皇上所虑，的确英明，如果真的能将林兴珠和韩大任招安过来，攻克岳州城当是小事一桩。只不过，微臣有些担心……据微臣所知，那林兴珠和韩大任本来都是下等的士兵，是吴三桂一步步地将他们擢升为领兵的大将军。可以说，吴三桂对他们有知遇之恩，他们会接受我们的招安而背叛吴三桂吗？"

康熙不紧不慢地言道："明爱卿所言，自然有理，但明爱卿不要忘了，现在的情形已与过去大不相同。西线叛军早为索额图解决，不久之前，施琅又为朕解决了东线叛军，剩下一个吴三桂，还能成什么气候？吴三桂的必然灭亡，只是一个时间上的问题。林兴珠和韩大任都是聪明之人，他们不会看不到这一点。而只要他们看到了这一点，朕便有了招安他们的基础和希望。"

明珠迫不及待地问道："莫非皇上已有了招安林兴珠和韩大任的具体办法？"

康熙摇了摇头："朕如何会这么快就想出一个招安的具体办法来？不过……"康熙蓦然冲着阿露言道："起驾坤宁宫！"

阿露虽然不知道康熙此时为何要到坤宁宫去，但她还是应诺一声，忙着去准备了。康熙又对着明珠言道："爱卿也随朕去往坤宁宫。"

坤宁宫是皇后的寝宫，除了皇帝和太监，任何男人都不许擅自进入，当然，皇上特许的除外。虽然明珠的心里也和阿露一样，不明白康熙此举究竟有何意义，但他也没多问，只是应诺一声，便默然不语了。

康熙在这个下午突然驾幸坤宁宫，可着实乐坏了孝昭仁皇后钮祜禄氏。然而，当她看到明珠之后，她的心里便顿时凉了半截。显然，康熙带着一个大臣来到坤宁宫，就不可能是专为宠幸她而来。

康熙来到坤宁宫之后，只对匆匆忙忙迎上来的钮祜禄氏点了点头，然后就在偌大的坤宁宫里四处寻找起来。他找了一间又一间房子，找出一个又一个宫女。很冷的天气，康熙居然找出一头汗来。而看康熙脸上的表情，他显然没找到他想找到的东西。

孝昭仁皇后钮祜禄氏小心翼翼地问康熙道："皇上……要找什么？"

康熙气喘吁吁地道："皇后，朕且问你，你这宫里的宫女都在这儿吗？"

十多个宫女，被康熙从不同的地方找出，正哆哆嗦嗦地站在一边。钮祜禄氏瞟了一眼那些宫女，回答康熙道："还少一个宫女，臣妾刚刚打发她外出……"

康熙立刻大声言道："快去把她唤回来！"

康熙如此大声说话，着实把钮祜禄氏吓了一跳："皇上，臣妾……"

康熙情知适才如此言语有些欠妥，所以就冲着钮祜禄氏淡淡地一笑道："皇后，事情是这样的，朕找那个宫女有要事商谈，请皇后即刻派人去把她找回来。"

钮祜禄氏"哦哦"两声，稍稍定了定神，便忙着按照康熙的吩咐去办了。只明珠和阿露颇觉奇怪：皇上要找那个宫女干什么？那个宫女又与湖南战场有什么关系？

没有多久，康熙要找的那个宫女回来了。康熙一见，指着那个宫女对明珠言道："就是她！"

明珠当然莫名其妙："皇上，恕微臣愚钝，她……是谁？"

明珠纵然再过聪明，也实难猜出那个宫女是谁。康熙解释道："明爱卿，她便是那林兴珠的亲妹妹，林兴玉。"

前书中交代，康熙有次驾幸坤宁宫，曾见过这个林兴玉，还让她为自己洗了一次澡。明珠恍然大悟道："皇上，你是要微臣带她去湖南战场……"

那林兴玉双膝跪在康熙的脚下："皇上莫非已找着了奴婢的大哥？"

康熙点头道："是的。朕过去跟你提到的那个林兴珠，经朕多方打听和证实，他确是你失散多年的胞兄。"

林兴玉急忙问道："皇上，请告诉奴婢，奴婢的大哥，现在何处？"

康熙转向明珠："明爱卿，还是你来告诉她吧。"

明珠"哎"了一声，然后对着林兴玉言道："你大哥林兴珠现在是叛贼吴三桂手下的一员大将，正领兵在湖南与我等交战。"

林兴玉不禁"啊"了一声："奴婢的大哥怎么会……这该如何是好？"

康熙轻轻地道："兴玉姑娘，你且起身说话。"待林兴玉爬起，康熙又问道："兴玉姑娘，你对朕说，你现在想不想与你的大哥团聚？"

若不是阿露事先拦阻，那林兴玉早就又跪了下去。只听林兴玉道："皇上若能让奴婢与大哥团聚，纵使皇上叫奴婢死上千万次，奴婢也心甘情愿……"

康熙微微一笑道："兴玉姑娘是在说傻话呢。朕既让你与你的大哥团聚，那就是要你和你的大哥都好好地活着。只是，你大哥现在正率吴三桂的叛军与清军开战，你们兄妹团聚恐怕不是一件容易的事呢。"

康熙说完，目光炯炯地看着林兴玉。林兴玉赶紧道："皇上若恩准奴婢出宫，奴婢愿随这位明大人去湖南，说服奴婢的大哥放下武器、归顺朝廷……"

康熙紧接着道："如果兴玉姑娘真的能够说服你大哥弃暗投明，不再与朕为敌，那朕现在就向你作出两点承诺：

一、你大哥归顺之后，如果他愿意，依然可以留在清军中做将军，或者到一个什么地方做一个地方官；如果他不再愿意为官，想解甲归田，朕定会给他重重的封赏。二、你大哥归顺之后，你兴玉姑娘也不必再回宫中，你就同你大哥生活在一起。如何？"

林兴玉终于还是跪了下去："奴婢叩谢皇上隆恩……"

康熙对阿露使了个眼色，阿露会意，轻轻地拉起了林兴玉。康熙对林兴玉道："湖南战事紧急，事不宜迟，你今日便随明爱卿上路。"

康熙又转向明珠道："爱卿鞍马劳顿，还未及休息，又要赶赴前线，朕心中实在是有些不忍啊！"

明珠回道："皇上，待彻底地剿灭了叛贼吴三桂，微臣再回到皇上的身边好好地休息也不为迟……"

"说得好！"康熙重重地点了点头，"爱卿切记，一要仔细地保护好这位兴玉姑娘的安全，二要多找些叛军官兵的亲人在阵前喊话。攻城为次，攻心为上。爱卿可否明白？"

明珠笑道："微臣本不甚明白，但经皇上这么一点拨，微臣顿时就豁然开朗起来了。"

康熙也笑道："爱卿既然豁然开朗了，那岳州城就定然不保！"

康熙又叮嘱了几句后，明珠便带着那林兴玉匆匆忙忙地离开了。康熙本也想离开的，那孝昭仁皇后钮祜禄氏却在一旁幽幽地问道："皇上莫非这就要走吗？"

康熙还未答话，阿露抢先言道："奴婢以为，皇上既然来了，就应在皇后娘娘这里休息片刻，再走不迟……"

康熙迟疑地道："朕在乾清宫已经休息好了，现在并无睡意……"

阿露立即道："奴婢以为，皇上即使并无睡意，也应在皇后娘娘这里小憩片刻……"

显然，阿露口中这"小憩"二字是颇有深意的。康熙明白，钮祜禄氏也明白。所以，康熙也好，钮祜禄氏也罢，都有意无意地把目光投在了阿露的脸上。而阿露却似觉不知，只用一对真诚的目光，回望着康熙。

最后，康熙收敛了目光："阿露说得对。朕既然来了，又何必急着回去？"

阿露不自觉地松了一口气。而钮祜禄氏则向阿露投去了感激的一瞥。阿露轻轻言道："奴婢暂且告退……"

阿露一走，其他宫女也都纷纷离去。剩下康熙和钮祜禄氏，手挽手、肩并肩地去坤宁宫深处好好地"小憩"了。

再说明珠，带着那个林兴玉及几个随从，离开繁华的北京城，又向战火纷飞的湖南行去。若依明珠的想法，恨不得一步就跨到洞庭湖边。因为有了这个林兴玉，那林兴珠就极有可能被招降。而只要林兴珠一降，那岳州城就等于被攻下一半了。如果林兴珠能带着那个韩大任一起投降，岳州城岂不是就等于被攻下了？

然而，明珠的心情虽很迫切，但行进的速度却并不是很快。原因是，那林兴玉不比明珠等人来得强健。尽管她想见到大哥林兴珠的心情甚至比明珠等人还要强烈、急迫，但她娇弱的身躯是无论如何也经不起日夜兼程的颠簸的。明珠无奈，只得放慢速度，好让林兴玉在赶到湖南后，还能支撑得住。

这样一来，明珠等人从北京返回湖南所花的时间，整整比他先前从湖南赶赴北京所花的时间多了两倍。以至于当明珠在湖南与索额图等人见了面后，索额图很是有些怨尤地问道："明大人，我等在此一筹莫展，你回京向皇上讨攻城良策，为何竟用了这么许多时间？"

明珠苦笑着回道："索大人，你当明某想故意耽搁这么许多时间？还不是因为……明某从皇上那里，给你们带来了一个宝贝……"

那个"宝贝"当然就是林兴玉。索额图叹道："皇上真是英明……我等怎么就没有想到这种攻心之策？"

林兴玉迫不及待地要去见大哥林兴珠。明珠劝道："姑娘稍安勿躁，且在军

第十一回 耽国事冷落皇后，论朝政擢升大臣

中好好地将息几日。待我等多找些叛军官兵的亲人来到这里之后，你们再一起去阵前喊话不迟。"

接着，索额图、明珠和勒尔锦等人，遵照康熙旨意，派出大批人手，在方圆百里范围内，尽力寻找岳州城内叛军官兵的亲人。功夫不负有心人，花费了一些时日之后，索额图和明珠等人还真找到了上千名岳州城内叛军官兵的亲人。因为守岳州城的叛军官兵有不少都是湖南本地人，索额图、明珠去寻找他们的亲人，并不是一件很困难的事。

这就来到了一个阳光明媚的早晨。虽还是初春，料峭的风儿吹在人们的脸上，依然带有许多的寒意，但明媚的阳光静静地照在岳州城里，也多少使人觉着了些许春天的温暖。

岳州城里，林兴珠正带着一队兵丁巡逻，忽然，那韩大任匆匆跑过来，压低声音对林兴珠道："大哥，小王爷叫你到城墙上去呢。"

"小王爷"即是吴世璠。因为吴三桂起兵反叛时，自封"周王"，所以林兴珠、韩大任就还是按以前的喊法，称吴三桂为"王爷"，称吴世璠为"小王爷"。

见韩大任的表情有些神秘兮兮的，林兴珠就一边跟着他走一边问道："兄弟，究竟发生了什么事？是不是清军又要攻城了？"

韩大任回道："清军并没有攻城，而是弄了一些百姓到城下喊话，小王爷很烦，让我来寻你去看看。"

林兴珠不解地道："几个百姓在城下喊话，小王爷何烦之有？"

韩大任言道："那不是些普通的百姓，他们的亲人都在这个城里。"

林兴珠明白了：清军如此作为，是想扰乱叛军的军心啊。他仿佛自言自语地道："清军这一手，倒是一着狠棋！至少，比攻城要有效得多！"

林兴珠和韩大任一前一后地登上了岳州城的北城墙，那吴世璠一见，连忙过来招呼道："两位将军来看看，那清军攻城不下，便使用这下三烂的手段，弄些婆娘在这城下喊话，妄图蛊惑军心，真是可气可恼啊！"

林兴珠和韩大任向下一看，只见城下不远处，已聚集了上千百姓。这些百姓，大多是些妇女，有年老的，也有年轻的，甚至还有一些孩子。这些人一个劲儿地朝着岳州城上喊话。他们喊的是一个又一个的名字。虽然声音很杂，林兴珠和韩大任听不甚清，但林兴珠和韩大任却也知道，那些城下百姓口中所喊的，无外乎是他们的儿子，或是丈夫，或是父亲。在这初春的早晨，那些呼喊声听起来，也确实十分凄凉。

吴世璠问林兴珠和韩大任道："两位将军，对这些老百姓，我们该怎么办？"

林兴珠回道："小王爷，我们没有什么好办法，只能由着他们去喊。"

韩大任也道："小王爷，我们且当作什么也没听见便罢了。"

·313·

吴世璠却道："不，两位将军，那些可恶的老百姓喊得我心烦意乱，我们不能就这么听之任之。"

韩大任略略不满地道："小王爷，我们总不能放箭去射杀那些老百姓吧？"

林兴珠没言语，只是若有所思地看着、听着。就在这时，吴世璠身边的一个士兵突然朝着城下大声呼喊道："母亲，我在这儿！我在这里呀！"

原来，那名士兵从城下那上千名百姓中认出了自己的母亲，也真切地听到了母亲对自己的呼唤。然而，有谁知，就是他的这么一声"母亲"，却断送了他的性命。

吴世璠鼓起一对眼球，逼视着那名士兵，阴惨惨地问道："你，是不是很想去见你的母亲？"

那名士兵从吴世璠的目光中读出了死亡二字："小王爷，我只是想告诉我的母亲，我还活着……"

吴世璠摇了摇头道："活着却不能去见你的母亲，岂不是很痛苦？就让小王爷我帮你解除这个痛苦如何？"

林兴珠和韩大任万没料到的事情发生了，吴世璠手中的剑毫不拖泥带水地刺进了那名士兵的腹中。那士兵"啊"的一声惨叫，就颓然倒在城墙上。吴世璠似乎还未解气，亲自拖起那名士兵的尸体，从城墙上扔了下去，且口中还阴阳怪气地道："这下好了，他终于见到他的母亲了！"

林兴珠心一沉，不觉缓缓言道："小王爷，你这手段，是不是太过毒辣了？"

吴世璠"哈哈"一笑道："林大将军，你一生杀人无数，心地如何会这般仁慈？如果我不使出一些毒辣手段，这岳州城还能保得住吗？"又转向城墙上的那些叛军官兵们吼道："你们都看到了吧？谁要是动摇军心、不思守战，这就是下场！"

城墙上的那些叛军官兵，早已被吴世璠的凶残手段所震慑，一个个目瞪口呆、噤若寒蝉。

林兴珠微微地叹了一口气，对韩大任言道："兄弟，你在这守着，我自去城中巡视。"

韩大任点点头。他与林兴珠并肩战斗多年，已养成了这么一个习惯：一切都听林兴珠的。

却说林兴珠对韩大任说了一句话后，便要走下城墙。恰在此时，猛听得城下有一个声音高亢而又清晰地喊道："林兴珠将军听着，你妹妹林兴玉有话对你说！"

"兴玉？！"林兴珠大吃一惊，连忙收回已准备走下城墙的脚步，急急地朝着城外看去。不单是林兴珠，韩大任和吴世璠也各自带着不同的表情向着城外看去。

只见城下，那清军"宁南靖寇大将军"明珠，领了一个少女，正一步步地向着城墙走来。那明珠的胆子也真够大的，竟然领着那少女走到了与城墙近在咫尺的地方。这么一段距离，就是寻常的士兵，也能用弓箭射个正着。

因为距离近，阳光又很好，所以林兴珠就能很清楚地看见那少女的面容。明珠又大声喊道："林兴珠将军，你的妹妹就站在这里，你看见了吗？她有话对你说……"

就见那少女高高地仰起头，冲着城墙方向高声言道："大哥，我是兴玉啊！你在城墙上面吗？如果你在，你就答应一声……"

林兴珠当然就在城墙上面，但他一时间毫无反应，只定定地看着城下那名少女。韩大任低低地问林兴珠道："大哥，那小女子果然是你的妹妹吗？"

林兴珠还是没有说话。那吴世璠见了，一边从一个士兵的手中拿过弓箭一边大大咧咧地对林兴珠道："林大将军，别中了清军的圈套。他们在战场上打不过你，便要了这套鬼把戏，随便弄来一个女子，冒充你的什么妹妹……"

见吴世璠已弯弓搭箭，林兴珠急急地开了口："小王爷，你这是何意？"

吴世璠回道："我见那女子让林大将军徒生烦恼，便想替大将军把那女子解决了。所谓眼不见、心不烦，大将军以为如何？"

林兴珠却反问道："小王爷，如果那女子果真是在下的妹妹呢？"

吴世璠愕然道："林将军，你真的相信那女子的一番鬼话？据我所知，你妹妹在很小的时候便与你走散，如果她真的还在人世，为什么早不来、迟不来，偏偏在这个时候来与你相认？"

林兴珠有些冷冷地道："小王爷，不管那女子是否真的是在下的妹妹，但在下想请求小王爷，在没有得到在下的允许之前，小王爷不要擅自放箭！"

林兴珠明为"请求"，实为"命令"，只是碍于"小王爷"的面子，他不好直说而已。韩大任则在一边吆喝开了："没有我的命令，谁也不许向下放箭！否则，韩某定斩不饶！"

韩大任口中的"谁"字，是否包括那个吴世璠？吴世璠没有去深究，深究了也没多大意义。不管怎么说吧，吴世璠终究是放弃了向下射箭的打算，只手中还紧紧地握着弓与箭。

只听城下那少女又大声言道："大哥，我知道你就在城墙上面。你为什么不回答？我是你的妹妹兴玉啊……"

林兴珠没有回答，韩大任却回答了。韩大任从城墙上直直地立起身体，冲着城下朗声言道："城下那小女子听着，我叫韩大任，是林兴珠的好兄弟。你口口声声说你是林兴珠的妹妹，但你有何凭据？你口说无凭，我等焉能相信？"

城下那女子立即回道："韩大哥，既然你是我大哥的好兄弟，那你就应该知道，我和我大哥是如何失散的……"

接着，林兴玉就呜呜咽咽却又十分清晰地诉说了她与林兴珠是如何走散的过程。末了，她又高声言道："韩大哥，请你问问我大哥，他小妹身体上的某个部位，是否有一粒绿豆大的红痣……"

林兴珠和韩大任都有不少亲人失散在外，他们对彼此亲人的相貌和特征都十分地清楚。林兴玉口中的"身体上的某个部位"，即指的是左臀。她也曾对康熙说过，她的左臀上有一粒红痣。她的这一特征，不仅林兴珠知道，韩大任也知道。

所以，听了一番林兴玉的话后，韩大任立即就蹲下身子，急促地冲着林兴珠言道："大哥，兄弟以为，城下那小女子，八成就是你的妹妹。"

韩大任说完话后方才发现，林兴珠的双眼早已红润，且有两颗晶莹的泪珠就在他的两只眼睛里上下闪动，仿佛随时都可能掉下来。

韩大任不无担心地问道："大哥，你没事吧？"

那两颗晶莹的泪珠终于从林兴珠的眼睛里潸然溢出。林兴珠一把攥住韩大任的手，哽咽着言道："兄弟，城下那小女子，正是我的妹妹啊！"

随即，林兴珠抹了一下双眼，从城墙上挺直了身子："小妹，大哥在这里听你说话呢……"

因失散多年，林兴珠很难再一眼就认出已长成大姑娘的林兴玉了。但是，对林兴玉而言，却永难忘记林兴珠的相貌。尽管还隔着一段距离，尽管与过去相比，林兴珠要苍老许多，但是，林兴珠刚一从城墙上站起，林兴玉就立即认出了他。

"大哥！"林兴玉又惊又喜地道，"大哥，小妹看见你了……"

林兴珠强压住内心的情感，不使自己在众目睽睽之下再次落泪："小妹，你到这里来做甚？是不是清军逼你来劝说大哥的？"

林兴玉急道："大哥，没有任何人逼迫小妹，是小妹自愿来的，是小妹向皇上请求到这里来见大哥的……"

"皇上？"林兴珠一怔，"小妹，你说的是大清皇帝吗？""是的，是的！"林兴玉迫不及待地将事情的原委从头至尾地详详细细地说了一遍，然后言道："大哥，大清皇帝对我们兄妹恩重如山，你为什么还要替吴三桂那个奸贼卖命？你为什么不主动地放下武器、停止抵抗，与小妹在一起过生活？"

林兴珠兀立在城墙上，一言不发。那林兴玉又言道："大哥，你为什么不说话？你跟着奸贼吴三桂走，可只有死路一条啊……"

说时迟，那时快，林兴玉的话还没有落音，就听"嗖"的一声，一支利箭从城墙上直向林兴玉射去。那箭射得又快又准，若射中林兴玉，林兴玉恐怕就要一命呜呼了。亏得站在她身边的明珠眼疾手快，在那支箭就要射到林兴玉之前的一刹那，他手中的长剑适时地在她胸前一拨，才恰巧救了她一条性命。

她的性命虽然被明珠救了，却也吓出了一身冷汗。好在她惊魂未定时，便又冲着城墙上喊道："大哥，你为什么要放箭射我？你不想让小妹活了吗？你如果真的不想让小妹再活下去，那小妹现在就死给你看……"

好个林兴玉，一边说着话一边便去抢明珠手中的剑。虽然明珠不可能让她把剑抢到手，但她那又扑又抢的模样倒也非常地逼真，慌得林兴珠赶紧大叫道："小妹，你不能死，你千万不能死啊……纵然大哥死去，你也要好好活着……"

接着，林兴珠转过身来，厉声喝问身边的众人："刚才，是谁向下面放的冷箭？"

还会有谁？除了吴世璠，谁也不会也不敢向下面放冷箭。见众人的目光都自觉不自觉地投向吴世璠，于是林兴珠就冷冷地问道："小王爷，刚才是你向下面放的箭？"

吴世璠倒也没有抵赖："不错，刚才就是我向下面射的箭。我见她造谣惑众、居心叵测，实在忍不住才下了手。"

韩大任猛然向着吴世璠逼近了一步，手中大刀"格楞楞"地一阵乱响："你，难道不知道下面的少女是林大哥的妹妹吗？"

面对着已然动怒的韩大任，吴世璠却也不惧："韩将军，我不知道下面的那少女是谁，我只知道，她在涣散军心、辱骂王爷。所以，我有义务也有责任制止这种不规不矩的行为！"

"你，"韩大任大刀一抢，似乎要对着吴世璠砍下去，"你险些射杀了林大哥的妹妹，竟然还敢在这里强词夺理……"

见韩大任要动武，林兴珠忙使了个眼色："兄弟，算了，这事儿不宜过分计较。"

显然，林兴珠比韩大任要冷静许多。吴世璠见状，急忙对林兴珠言道："林将军，你万万不可轻信那少女的花言巧语。我敢拿身家性命打赌，那少女绝对不是你的妹妹！这只不过是清军的一种拙劣的攻心战术，林将军可千万不要上当啊！"

林兴珠哼了一声道："小王爷，那少女是不是在下的妹妹，在下心中自有分寸。"

跟着，林兴珠重新转向城下，声如洪钟般地道："小妹，你听着，大哥军务在身，不能在此与你多多叙谈。但有一句话你必须牢牢记着，那就是，你无论如何也要好好地活着。小妹，你要相信你大哥，相信大哥与你终有相聚的时候！"

说完，林兴珠就转身离开了城墙。那林兴玉急道："大哥，你怎么走了呀？你为什么不走出城来与小妹相见？"

明珠却似乎看出了名堂，他劝林兴玉道："姑娘，这里很危险，我们回去吧……"

林兴玉却心有不甘："明大人，我大哥他还没出来啊……"

明珠低低地言道："姑娘，如果明某所料不差，你大哥今夜就会出城来与你相见。"

"真的？"林兴玉差点要抓住明珠的手，"明大人说的是真的？"

明珠回道："姑娘不要性急，这只是明某的一种猜测。但明某以为，这种猜测当八九不离十。"

林兴玉虽仍然将信将疑，但最终还是跟着明珠回到了清军营中。她这一走，其他喊城的老百姓也陆续离去。看起来，岳州城又恢复了往日模样。

但岳州城毕竟不是往日的岳州城了。清军找叛军官兵亲人喊城之举，确实收到了应有的效果。短短数天内，至少有万余名叛军官兵偷偷地摸出了岳州城，或投降清军，或找着自己的亲人一起回家。

不过，给岳州城叛军致命一击的，还是林兴珠和韩大任的归顺。这一点，索额图、明珠等人预料到了，但吴世璠却似乎没有预料到。因为吴世璠以为，不管清军作如何小动作，林兴珠和韩大任也是不可能投降清军的。林兴珠和韩大任是吴三桂一手提携起来的，吴三桂对他们可以说是恩重如山，他们岂能轻易地就为了一个"林兴玉"而背叛吴三桂？

实际上，林兴珠和韩大任在归顺清军前，也确曾为此犹豫过。特别是林兴珠，不仅确曾犹豫过，而且犹豫得还很厉害。他是一个恩怨分明的人，有着"受滴水之恩、当涌泉相报"的江湖侠义。吴三桂重用于他、将他视为亲信，他不可能在一夕间就全部淡忘。

所以，在见到自己的亲妹妹林兴玉的那天中午，林兴珠破例地喝了不少酒。说"破例"，不是说林兴珠平日不喝酒，而是说，自跟着吴三桂东征西讨以来，他还从未像那天中午那样一气喝了那么多的酒。当时，陪林兴珠喝酒的是韩大任。韩大任的酒量比林兴珠大，但那天中午喝下去的酒却远比林兴珠少。

林兴珠问韩大任："兄弟，你今日为何只喝这么一点酒？"

韩大任回道："心事满腹，喝不下去酒。"

林兴珠又问："兄弟又没见着自己的妹妹，何来满腹心事？"

韩大任言道："你是我大哥，你的妹妹也就是我的妹妹。我今日见了我的妹妹，当然会有满腹心事了。"

林兴珠点了点头："是呀，是呀，见了自己的妹妹，如何不会有满腹心事？"

韩大任紧接着言道："既有满腹心事，那就要想办法消除。大哥，如果我等走出城去，与小妹见上一面，那满腹心事岂不就云消雾散了？"

林兴珠听了韩大任的话后没有什么反应。显然，他早有了类似的念头，只是不便明说。不过，他不便明说，韩大任却想把自己要说的话全都说出来："大哥，小妹说得对，跟着吴三桂走下去，只有死路一条。王辅臣等人早受了清廷招安，耿精忠和尚之信也投降了清军，剩下我们这一路，还能支撑多久？一年？两年？可两年之后呢？我们又将何去何从？"

林兴珠还是没有反应。韩大任接着道："我知道，大哥对吴三桂有些割舍不下。其实，我又何尝不是如此呢？但是，大哥若能仔细地想一想便会发觉，自我们跟着吴三桂驻扎在云南之后，都干了哪些事情……"

林兴珠不用想也知道，自他们跟着吴三桂驻扎在云南之后，干的净是些"伤天害理"的事情。比如，去镇压那些不堪忍受压迫而起来反抗的苗民，去杀害那些手无寸铁的老人、孩子，还有……

韩大任继续道："大哥，最主要的还是兴玉小妹……她特地从北京赶来，目的就是想见见你这个大哥、与你生活在一起。如果，你不能满足她这个愿望，她的心里该有多么伤心？难道，你就忍心让失散多年的小妹再次离你而去？"

林兴珠动了动双唇，似乎想说什么，但还是没有说出来。韩大任重重地言道："大哥，过去我一直都是听你的，你听吴三桂的吩咐，叫我去杀人，我没有拒绝过，叫我去放火，我也没有推辞过。但是，今日之事，我想自己拿一回主见……如果你始终犹豫不决，那兄弟我就一个人出城去见兴玉小妹！"

林兴珠长叹一声，终于开了口："那好吧，今日之事，就由兄弟你做主。"

韩大任连忙问道："大哥以为，我们什么时候出城比较合适？"

林兴珠苦笑一声："既然决计要离开，那就定在今天晚上吧……"

韩大任高兴地道："这才像我大哥。"

林兴珠迟疑了一下后言道："兄弟，吴三桂终究于我们有恩，所以，今天晚上，只我们兄弟出城，万不要兴师动众。也不要让那吴世璠知道，不然的话，恐免不了一场厮杀……"

韩大任点头道："兄弟一切听大哥吩咐。"

这一天的晚上终于来临了，林兴珠和韩大任肩并肩地朝着岳州城的北门走去。看他们悠然自得、若无其事的模样，好像不是要去归顺清军，而是在漫无目的地散步。

来到北城门，林兴珠冲着守城门的一个叛军军官道："把城门打开，我和韩将军要出城。"

那军官略略有些迟疑："林将军，小王爷早有吩咐，任何人都不许擅自出城……"

韩大任闻言，一抖横在胸前的大刀，逼视着那军官喝问道："你是听小王爷的，还是听我们的？"

那军官慌了，连忙命令手下打开了城门。韩大任也没客气，大步就跨出城去，而林兴珠则在出城前招过那军官言道："你去禀报小王爷，就说我与韩将军出城去了，而且，也不会再回来了……希望小王爷和王爷都能好自为之。"

不难看出，林兴珠虽然已决计出城归降，但对吴三桂和吴世璠，也多少还是有些依恋和牵挂之情的。那叛军军官听了林兴珠的话后，愕然了半天，方才想起去向吴世璠报告。待吴世璠气急败坏地赶到北城门时，那林兴珠和韩大任早就没有了踪影。

林兴珠和韩大任趁夜色顺利地到达了清军营中，受到了索额图和明珠等人的热烈欢迎。林兴珠和林兴玉兄妹相见，一时百感交集，只顾抱头痛哭。韩大任在一边看了，也禁不住地唏嘘不已。

林兴珠和韩大任归降后，索额图和明珠等人并没有马上就对岳州城发起攻击，而是等了数天之后，待林兴珠和韩大任的心情都有些平静了，索额图和明珠这才找着林、韩二人，向他们"讨教"攻打岳州城的计策。因为林、韩二人对岳州城的防务异常熟悉，由他们来制订攻城方略，定然会大大减少清军的损失。

林兴珠为了将功赎罪，主动要求去收降洞庭湖里的叛军水兵。林兴珠对索额图道："只要控制了洞庭湖，岳州城就一片混乱！"

林兴珠如此，韩大任自然不甘落后。韩大任主动请缨去攻打岳州城北门，他对明珠言道："只要攻下了北门，就等于攻下了岳州城，而只要攻下了岳州，长沙将不攻自破！"

索额图和明珠等人商量了一下，决定就依林兴珠和韩大任的请求行事。于是，在一个斜风细雨之夜，林兴珠乘一叶小舟，泛入浩渺的洞庭湖。至次日天明，洞庭湖上的原叛军水师船只，都一律换上了清军旗号。岳州城内的叛军见了，一时大为惊恐，因为失去了洞庭湖，他们就失去了粮草供应的渠道。林兴珠还将大批清军开到水师船上，停泊在岳州城边，威胁着岳州城的南面。

就在岳州城陷入一片慌乱的当口，索额图、明珠命韩大任领一支清军主攻岳州城北门。失去了林兴珠和韩大任的岳州城防务，已经形同虚设。只一天工夫，韩大任就领着清军攻入了岳州城。吴世璠见大势已去，不敢恋战，只得率十数万叛军开岳州城西门逃遁。早已埋伏于此的索额图和明珠，指挥着清军冲上去拦截砍杀。吴世璠见势不妙，也顾不上组织抵抗了，只领着一些亲兵亲将拼命向南突围。还算不错，吴世璠终于摆脱了清军的围追堵截，安全地逃到了长沙，而那十几万叛军，则被清军歼灭大半。从此，叛军再也无力阻挡清军前进的步伐了，而清军所剩下的任务，便是一点点地去统一被叛军占领的土地。

攻下岳州之后，清军作了短暂的休整。林兴珠和韩大任不想再留在军中，也不想去什么地方为官，只想与林兴玉一起，过一种平平淡淡的安静生活。因为康熙曾对林兴玉有过类似的承诺，所以索额图和明珠就满足了林兴珠和韩大任的这个愿望，给了他们大批金银财宝，让他们自寻生路去了。

短暂的休整结束后，索额图和明珠等人率数十万清军南下，直逼长沙。正如韩大任事先所言：只要攻克岳州，长沙定将不保。在大批清军还未到达长沙之前，吴世璠就早早地溜之乎也。吴世璠一走，长沙城就很快被清军攻下。拿下了长沙，清军就等于统一了湖南一半的土地。

吴世璠这次南逃的路程较远，他跑到了衡州城。而当时，吴三桂就住在衡州城里。

反叛大清王朝的军事行动竟然落到今日之地步，是吴三桂所万万没有想到的，也是吴三桂所万万不愿看到的。想当初，反叛军事行动刚刚开始的时候，叛军的形势是多么的喜人。叛军节节胜利，清军节节败退。吴三桂的人马几乎不费吹灰之力，就占领了贵州全境、湖南全境，进而打到了湖北境内。而西边的甘肃、陕西和四川等地，东边的福建、广东和广西等地，当时也都在叛军的控制之下。叛军几乎控制了大清王朝的半壁江山。吴三桂当时想，顶多需要两年时间，叛军就可以打进北京城了，他吴三桂就可以入主紫禁城去圆当一回皇帝的美梦了。然而，令吴三桂大感意外的是，好景不长，很快地，军事形势就发生了巨大的变化。首先是他吴三桂的人马在湖北长江边上受挫，紧跟着，西线和东线的各路叛军在形势一片大好的情况下，不仅不对清军乘胜追击，反而各自退守原地、按兵不动，甚至，为了争夺地盘，叛军内部还自相残杀起来，这就使得清军有了喘息的机会。从那时起，吴三桂就已经隐隐约约地感觉到，他的皇帝美梦怕是永远做不成了。至于西线和东线的各路叛军后来被清军一一击溃，吴三桂以为，那只能是一种必然。

实际上，吴三桂也已经清醒地认识到了，叛军之所以纷纷落败，乃是因为缺乏一个统一的指挥。他虽然自封周王，称"天下招讨都元帅"，但其实，除了他自己的军队之外，他谁也指挥不动，这样就给了清军对叛军以各个击破的大好机会。从这个角度上说，清军胜利，叛军失败，也确实是一种必然。

当岳州城被清军攻破的消息传到吴三桂的耳朵里时，吴三桂并没有感到太大的意外，他似乎表现得十分冷静。所以，当吴世璠逃到衡州、向吴三桂诉说战局之所以变得如此糟糕完全是因为林兴珠和韩大任忘恩负义变节投敌之时，吴三桂竟然淡淡地一笑道："儿，王辅臣等人都可以背叛于我，林兴珠和韩大任为什么不可以这么做？"

吴世璠对吴三桂变得如此"开通"深感惊讶。但旋即，吴世璠便已看出，吴三桂之所以如此说，乃是出于一种深深的无奈。因为此时的吴三桂，一眼看过去，早已是行将就木之人。他逗留在世上的时间，已经不会很多了。所谓"人之将死，其言也善"，吴三桂既已不久于人世，似乎也就不必计较太多的恩恩怨怨了。

然而，行将就木的吴三桂还并没有打算放弃一切。至少，在他弥留之前，他要完成自己的那桩莫大的心愿。他问吴世璠道："你估计清军现在已到达何处？"

吴世璠回道："此时的清军大概已经逼近了长沙。"

吴三桂不觉点了点头："好，很好……长沙距衡州还有很远的路程，一切都还来得及，我还有的是时间……"

吴世璠一怔。吴三桂想干什么？但很快，吴世璠便彻底明白过来。原来，吴三桂在衡州的这段时间里，几乎只忙于一件事情，那就是，他要做一回皇帝。

去北京紫禁城做皇帝的梦想看来是永远也实现不了了，但无论如何，吴三桂也要满足自己做一回皇帝的莫大心愿。吴世璠从长沙逃到衡州之时，吴三桂的"登基"准备工作已经大体就绪。

于是，在1678年的春夏之交，吴三桂在湖南衡州"登基"称帝，国号"大周"，改元"昭武"，大封百官诸将，并立吴世璠为太子。

一般的史书上都说，吴三桂在衡州称帝，其主要目的是鼓舞日渐低落的叛军士气。而实际情况则是，"鼓舞日渐低落的叛军士气"固然不假，但更主要的，还是他想过一把做皇帝的瘾。即使过把瘾就死，他也心甘情愿。而若他没过上这把瘾便死去，他定将死不瞑目。

湖南衡州尽管不能与北京城相比，但穿上龙袍的吴三桂，乍看起来，也颇有一些皇帝的风味儿，只是他的面容太过枯槁，若与康熙并排站在一起，寻常人似乎也不难分出真假皇帝来。当然，就当时的情形而言，吴三桂是不可能与康熙并排站在一起的。

吴三桂终于过了一把做皇帝的瘾。当被他"钦"封的"文武百官"向他跪拜山呼"万岁"时，他激动的心情实在是难以言表。然而，他在激动的同时却未免有些遗憾。他遗憾的是，他的"皇后"在他登基的时候并不在他的身边。

他的"皇后"自然就是那个千娇百媚的陈圆圆。只不过，为体恤她身体娇弱的缘故，吴三桂离开云南的时候，并没有把她带在身边，而是把她留在了昆明平西王府内的"圆圆居"里。吴三桂想，如果自己登基称帝的时候，那陈圆圆也能够看见，那这件事情便了无缺憾而十全十美了。

当然，吴三桂"登基"之时虽然有些缺憾，但得意之情还是最主要的。他甚至都在这么得意地想：如果大清皇帝知道了我吴某在衡州称帝的事情，岂不是要气炸了肺？

康熙并没有气炸了肺。吴三桂于衡州称帝的消息，是在一个晚上传到紫禁城的。当时，康熙正在乾清宫内与阿露嬉笑调情。清军终于攻克了岳州，又轻松地拿下了长沙，正势如破竹地向南扫去。所以，当得知吴三桂称帝的消息后，康熙只是轻轻地对着阿露道："朕以为，那吴三桂定然活不过今年。"

许是康熙真的是"真龙天子"，他的话居然如此灵验。是年秋天，索额图和明珠等人率清军已逼近衡州。不知怎么的，在清军就要打到衡州的时候，吴三桂带着做了皇帝的美好回忆，死在了吴世璠的面前。

几乎就在吴三桂死于衡州的同时，紫禁城内也发生了一件事：德妃乌雅氏为康熙生下了四阿哥胤禛。

康熙当时，几乎就没怎么去多问四阿哥胤禛出生的事，他关心的是，那吴三桂怎么会这么快地就突然死去？

康熙也觉着了一种莫大的遗憾。如果吴三桂还没有死，如果索额图和明珠将吴三桂擒住并押到京城来，那该有多么美妙！

然而吴三桂毕竟是死了。康熙在觉着遗憾的同时，给索额图和明珠等人下了一道谕令：只要有一点点可能，就把那吴世璠活捉并押解入京。但是事实却是，索额图和明珠等人并没有能够活捉吴世璠。

吴三桂死了，吴世璠以"太子"身份继承了"大周皇帝"位，并改元"洪化"。这个时候，索额图和明珠率清军已逼近了衡州。吴世璠为挽救败局，拼凑了一支十几万人的军队，准备在衡州城外挡住清军。但吴世璠同时也知道，在这兵败如山倒的境况下想挡住清军几乎是不可能的事。所以，他一面调兵遣将准备与清军在衡州城外决战，一面又暗中抽调人手准备向西逃跑事宜。

衡州城外大战，也许是清军和吴三桂叛军之间所进行的最后一次大规模的会战。这次会战，共进行了十天十夜。十天十夜之后，吴三桂叛军全线溃退，而清军则乘胜占据了衡州。不过，吴世璠却带着他的"文武百官"向西逃跑了，而且，一直向西逃到了云南。

至1679年底，清军统一了湖南全境，并占据了贵州大部领土。到1680年底，清军已统一贵州全部土地，并分数路攻入云南。换句话说，康熙平定三藩之乱的战争，已经接近尾声。

1681年初的云南，到处是一片混乱状况。饱受吴三桂、吴世璠欺凌压榨的各族百姓，眼见吴世璠的末日已经来到，纷纷起来反抗。完全可以这么说，即使清军不攻入昆明，那些愤怒至极的各族百姓也会毫不犹豫地将吴世璠所盘踞的昆明踏为平地。

盘踞在昆明的吴世璠早已成了惊弓之鸟。一有风吹草动，他便以为是清军打来了。不过，在清军攻入云南之前，吴世璠的生活过得还是极其有滋味的。

前书中曾经交代，吴世璠平生最大的心愿，便是能与吴三桂那心爱的女人陈圆圆睡上一觉。然而吴三桂活着的时候，他吴世璠的这桩平生夙愿是永不可能实现的。甭说跟陈圆圆睡上一觉了，就是平日想多看陈圆圆几眼也不是一件容易的事，因为，陈圆圆几乎整天都待在那个"圆圆居"里，没有吴三桂的允许，吴世璠轻易不敢跨进"圆圆居"半步。既如此，吴世璠就根本不可能与那陈圆圆有什么较深层的关系。

自1678年的秋天以后，情况就大为改观了。虽然衡州城外大战，吴世璠的十几万人马输得一败涂地，但在这之前，吴三桂却已经死去。也就是说，吴世璠虽然输掉了衡州之战，但却赢得了他渴慕已久的陈圆圆。

吴世璠从衡州逃到昆明后所做的第一件事情，便是将平西王府内原属于吴三桂的那成百上千的女人统统收归己有。他封陈圆圆为大周国"皇后"，其他的女人，他统统封为"皇妃"。也就是说，他吴世璠不仅继承了吴三桂的"大周皇帝"之位，同时还巨细无遗地继承了吴三桂所有的女人。这么一种"继承"，当可以算得上是"完全"又"彻底"了。

吴世璠回到昆明后所做的第二件事情——实际上是与"第一件事情"同时进行的——就是将自己的"寝宫"安在了"圆圆居"内。

吴世璠就在"圆圆居"内与陈圆圆日日云雨、夜夜欢娱。如果撇开日益恶化的军事形势不说，吴世璠在那段日子里，倒也过得逍遥自在、无忧无虑。仅此一点而论，吴世璠在那段岁月里，似乎比大清朝的皇帝过得还要充实、还要潇洒。

吴世璠在与陈圆圆日夜欢娱的间隙，也没忘了兼顾其他"皇妃"。只不过，陈圆圆占去了他绝大部分时间，他已没有多少空闲对那成百上千的"皇妃"一一兼顾了，所以他便千方百计地变着花样来与那些"皇妃"们寻欢作乐。

吴世璠与"皇妃"们寻欢作乐的得意之作是，找一个池子，注满水，然后把数十名"皇妃"赶下水池，哪一个"皇妃"率先从水池的这头游到那头，便可以获得与吴世璠同床共枕的奖励；相反，哪一个"皇妃"落在最后，那就要受到吴世璠毫不怜惜的惩罚：轻者遭到鞭笞，重者直至处死。而那些不会游泳的"皇妃"，被赶下水池后不久，便"扑通扑通"几声，香消玉殒。这样一来，许许多多无辜的年少女子，就死在了吴世璠的这种欢乐"游戏"中。

然而，好景毕竟不会长久。当清军的脚步声在云南边境响起时，吴世璠自觉不自觉地就感到了恐慌。

在那么几个月的时间里，也不知道有多少良家女子遭到了吴世璠的淫辱，更不知道有多少无辜的百姓遭到了吴世璠的杀戮。他已不是什么"大周"皇帝了，他完全变成了一头凶残的野兽。

清军分数路攻入云南境内。吴世璠感到自己的末日就要来临了。云南各族百姓奋起反抗，到处袭杀叛军，吓得吴世璠再也不敢轻易走出平西王府半步，甚至，他都不敢轻易地走出"圆圆居"。这个时候的吴世璠，已活脱脱的是一只惊弓之鸟了。就是在与陈圆圆互拥着熟睡之时，吴世璠也常常会被噩梦惊醒。当得知清军已将昆明城团团围住之时，吴世璠凄惨地对陈圆圆道："皇后，朕与你要一起去见老皇上了……"

陈圆圆对吴世璠的话似有不解，吴世璠颇有耐心地对她解释道："朕是大周国的皇上，又是大清朝的死对头，无论如何也不能让清军俘虏。朕既如此，你作为皇后，当然也不能例外。"

陈圆圆感到了恐慌。无论她平日是多么的"逆来顺受"，但面对着死亡，也总是会极端恐惧的。然而，她的命运自己并不能主宰，她的命运掌握在吴世璠的手中。

就在清军攻入昆明的前一天，吴世璠自杀而死。同吴世璠死在一起的，是陈圆圆。

吴世璠和陈圆圆死在一起的情形非常奇特。一支长剑，首先从陈圆圆的脊背洞入，然后又从吴世璠的脊背洞出。也就是说，吴世璠和陈圆圆二人被一支长剑贯穿着，且面面相对，吴世璠的双手还紧紧地拥抱着陈圆圆。真不知道吴世璠和陈圆圆当时是怎么自杀的。还有，吴世璠取这种自杀形式，是否别有一样含义？

尽管，康熙并没有能够活捉吴三桂，也没有能够活捉吴世璠，但是，长达八年之久的"三藩之乱"，终究是被他彻底地平息了。当索额图、明珠等人凯旋进京时，他亲往宫外迎接，并设盛宴为索额图、明珠等人接风洗尘。

凡在平叛战争中立有功勋的人员，都受到了康熙的加封。比如明珠，平叛战争时已是兵部尚书，康熙又加封他为弘文院大学士。比如索额图，被康熙擢升为吏部尚书，也加封为弘文院大学士。这样一来，年纪轻轻的索额图和明珠，不仅早是康熙的近臣，而且一跃成为大清朝廷的权臣了。

康熙高兴地对索额图和明珠道："现在，朕可以着手去解决台湾问题了！"

【第十二回】

台金厦郑氏作乱，龙兴地罗刹犯边

台湾是我国的一大岛屿，隔海与福建相望，自古以来就是中国的领土。但是，从1604年起，殖民主义者荷兰，便多次对台湾、澎湖进行侵略，均被我国军民击退。1624年，荷兰殖民者侵入台湾。1642年，荷兰殖民者将西班牙殖民者从台湾北部的基隆、淡水赶走，完全控制了台湾。

郑成功是明朝把抗清斗争坚持到最后的一个人。至1661年，清朝在北方已经形成统一的局面。西南地区以李定国为首的大西军抗清斗争，也转入低潮。以厦门为抗清基地的郑成功，为暂避清军的攻击，决定从荷兰殖民者手中收复台湾，作为积蓄力量、继续抗清的大本营。正是因为这一决定，使得郑成功永载中国史册。

1661年4月21日，郑成功率军队两万五千人，从金门岛的料罗湾出发，于第二天抵达澎湖列岛，又于4月29日到达台湾鹿耳门，开始了长达十个月的收复台湾的战斗。

在收复台湾的战斗中，郑成功率部先是用木船击溃了荷兰殖民者的战舰，然后又用弓箭和大刀这些原始武器向盘踞在台湾岛上的、拥有大量火枪火炮的荷兰侵略军发动了进攻。这充分表现了中国人民维护国家主权领土完整的坚定不移的立场，显示了中国人民反抗外国侵略的不屈不挠的英雄气概。

在台湾人民的支持和配合下，郑成功率部经过几个月的艰苦卓绝的战斗，把台湾岛上的荷兰侵略军包围在了赤崁城和台湾府中。

郑成功率部首先包围了赤崁城。赤崁城内的荷兰侵略军慑于中国军队的强大威势，被迫投降。郑成功又随即率部包围了荷兰殖民者在台湾的统治首府台湾府。台湾府内的侵略军仗着工事坚固和火力凶猛，决定垂死顽抗。而郑成功则采取围而不打的策略，意欲使侵略军不战自溃。

至1662年1月，龟缩在台湾府内的荷兰侵略军依然不愿意投降，郑成功决定发起总攻。经过二十多天的激战，台湾府内的侵略军，除去战死的和饿死的，还有战斗力的士兵只剩下六百名。在走投无路的情况下，荷兰殖民军头子揆一写信给郑成功，愿意交出台湾府。郑成功接受了揆一的投降，荷兰殖民者于1662年2月1日在投降书上签了字。荷兰侵略者对我国台湾长达三十八年的殖民统治从此宣告结束。美丽的宝岛台湾又回到了祖国的怀抱。

郑成功赶走荷兰殖民者、收复台湾，其主要目的，是想以台湾为根据地，继续他"反清复明"的伟大事业。然而，他壮志未酬身先死。1662年6月23日，即郑成功统一台湾之后四个月零二十二天，郑成功因病去世，年仅三十八岁。

郑成功死后，其子郑经继承了他在台湾的统治地位。不过，在郑成功死后的第二年，郑经在台湾岛上的统治地位曾受到了一次极大的威胁。甚至，他的身家性命都差点葬送掉。这次极大的威胁不是来自清军，也不是来自哪一个殖民主义国家，而是来自台湾内部，来自郑经的叔父郑袭。

郑袭是郑成功的弟弟，跟着郑成功东征西战，也算是立下了赫赫战功，尤其是在统一台湾的战斗中，他身先士卒、一马当先，博得了郑成功的高度赞扬。所以，统一台湾之后，郑成功便把台湾岛上的军事大权交给了郑袭。从这个角度上说，郑袭也可以算得上是台湾岛的半个统治者了。

但郑袭没有想到的是，统一台湾仅过了四个多月，郑成功便撒手西去。郑袭更没有想到的是，郑成功一死，其部将冯锡范、刘国轩和刘国辕等人就一致拥立郑经继位。郑经是郑成功的儿子，子承父位似乎是天经地义的事，郑袭也不便公开反对。但是，郑袭私下里却以为，台湾的统治权应该由他郑袭来掌握。这样一来，郑袭和郑经之间就产生了一个很大的矛盾，且这种性质的矛盾还是很难调和的。

郑经继位后的几个月时间内，他与郑袭之间的这种矛盾还不算很明显。郑经是台湾的统治者，郑袭依然掌握着台湾的兵权。但几个月之后，郑经与郑袭之间的矛盾便逐渐明朗化。因为，郑经感到，兵权掌握在郑袭手中，自己办起事来明显有诸多不便，所以就想着要把兵权从郑袭的手中要回来。而大将冯锡范、刘国轩和刘国辕兄弟等人，平日对郑袭大权独揽早就心存不满，因而竭力支持郑经从郑袭手中夺回兵权。郑经要夺回兵权，郑袭自然不让，这样一来，双方的矛盾就不仅日趋明朗，而且日趋尖锐了。

那一日，郑经在台湾府内为自己的小儿子郑克塽过生日，场面极其的铺张和豪华。大将冯锡范、刘国轩和刘国辕兄弟，还有郑经的大儿子郑克臧等人都在台湾府内饮酒狂欢。酒酣之际，郑经猛然发觉，那前来为郑克塽祝贺生日的郑袭突然不见了踪影。郑经预感到情况有些不对头，便赶紧派冯锡范去打探郑袭的行踪，并命刘国轩和刘国辕兄弟加强台湾府内的戒备，以防不测。

果然，郑经的那种预感应验了。冯锡范匆匆地走出台湾府后不久又匆匆地回来了，他带给郑经一个极其可怕的消息：郑袭已领兵将台湾府团团围住。

郑袭情知，如果自己一直与郑经矛盾下去，那最终的失败者很有可能是他郑袭。所以，他就决定先下手为强。

郑袭得知郑经要在台湾府内为郑克塽过生日，就暗暗地提前做好了兵变的准备。为迷惑郑经等人，更为了能将郑经一伙一网打尽，在郑克塽过生日的那天晚上，他不仅亲往台湾府，而且还为郑克塽带去了一份丰厚的生日礼物。果然，郑经等人并没有做多少防备，只顾在那儿纵酒狂欢。郑袭想，这一回，郑经父子，还有冯锡范、刘氏兄弟等一些郑经的死党，都将难逃他郑袭的致命一击了。一击成功，他郑袭就是台湾岛上理所当然的独裁者了。所以，趁郑经等人酒酣之际，郑袭便偷偷摸摸地出了台湾府。待郑经等人发觉，已然太迟：郑袭已命早就准备好的一万多人将台湾府围了个水泄不通。

闻之台湾府被围，郑经大为震惊。他急将冯锡范、刘国轩和刘国辕等人召到一起，商量对策。冯锡范很是气愤地道："那郑袭太过狠毒，竟然要将我等一网打尽！"

刘国辕有些胆战心惊地道："郑袭手下有一万多人，看来这次我们是在劫难逃了……"

刘国轩对刘国辕的恐慌颇有些不快："兄弟，有什么好害怕的？兵来将挡，水来土掩。他郑袭想杀害我们，我们就那么好杀害的吗？"

冯锡范也道："大不了，我们一起冲出去，跟他郑袭拼个鱼死网破！"

当时，台湾府内，尚住有郑经的三千亲兵。刘国辕哆哆嗦嗦地问道："冯将军，就我们这三千人，能拼得过郑袭的一万人马？"

冯锡范不满地瞥了一眼刘国辕："拼不过也得拼，我们总不能在这儿束手就擒吧？"

刘国辕虽是刘国轩的兄弟，但无论胆气和见识，他都要比兄长相差甚远。刘国轩开始冷静下来："我以为，我们现在不能同郑袭硬拼。郑袭的目的也就是希望我们同他硬拼，他人多势众，我们同他硬拼的结果只能是全部灭亡"

郑经缓缓地开口了："我同意国轩兄的意见。我们不能同郑袭硬拼，我们要想办法从这里出去。"

冯锡范问道："郑袭已将我们团团围住，我们如何能从此脱身？即使侥幸脱身，又能跑到哪儿去？"

郑经言道："郑袭虽有一万多人，但兵力较分散，如果我们集中所有人手，趁着夜色，从一个方向打出去，是应该不难冲出包围的。问题是，我们冲出去之后，该向哪儿去……"

刘国轩言道："如果我们真的能够冲出去，那就不愁没有去处……"

郑经恍然大悟道："我们暂去澎湖一避。"

刘国轩点头："留得青山在，不愁没柴烧。只要去得了澎湖，他郑袭就鞭长莫及了。"

原来，郑袭虽掌握着台湾的兵权，但澎湖列岛却是由刘国轩、刘国辕兄弟防守。因为澎湖是台湾的门户，所以澎湖列岛上配置着很多火炮火枪。郑袭想攻占澎湖，殊是不易。更何况，台湾水师中的兵船，至少有一大半都掌握在刘氏兄弟手中。

郑经问刘国轩道："现在可有船只去得澎湖？"

刘国轩回道："有。我今日从澎湖来，带了几只兵船。郑袭也并不知道那几只兵船停在什么地方。"

"好！"郑经最后道，"我们先想办法突围，然后去澎湖。"

郑袭把台湾府团团围住之后，并没有急于攻打。原因是，天太黑，稍有不慎，就会让郑经等人跑掉。他只想把郑经等人围住，待天明时再发动进攻。所以，他一边督促手下加强戒备，一边派人给郑经送去了一封信。信的大致内容是，只要郑经主动交出台湾府，主动交出统治台湾的权力，他就可以给郑经等人一条生路。

郑经接到郑袭的来信后，决定将计就计。他给郑袭回了一封信，大致意思是，为避免无谓的牺牲，他愿意交出手中的权力，请郑袭在南边闪开一条道路，好让他领着两个儿子撤出台湾府。

郑袭对郑经的回信虽然将信将疑，但也真的在南边让开了一条道路。只不过，如果郑经真的率人从南边撤出的话，那就将遭到毁灭性的攻击。因为，郑袭在故意让开的道路两边，至少埋伏了有五千人马，他郑袭才不会让郑经安全地离开呢。

当然，郑经不是傻瓜，他根本不会从南边"撤出"。他给郑袭写了那么一封信，只不过是要迷惑对方。因此，他一边做着准备从南边撤出的假象，一边悄悄地将大部分亲兵都集中在了台湾府的西路。

双方约定的时间到了。半夜时分，数百名郑经的亲兵簇拥着十几辆马车，缓缓地出了台湾府的南门，径向郑袭的埋伏圈走来。郑袭见状暗自得意：郑经，你的死期到了。

那数百名郑经的亲兵和十几辆马车越走越近，已经走到郑袭的埋伏圈当中了。郑袭一声令下，数千人马迅速地扑了上去。数千人袭击数百人当然十分轻松，半个时辰不到，那数百郑经的亲兵就乖乖地停止了抵抗。郑袭正踌躇满志呢，却忽听手下报告：那十几辆马车中空空如也，既没有郑经父子，也没有冯锡范和刘氏兄弟。郑袭情知大事不妙，正自诧异呢，又忽听手下报告，说郑经率人已从台湾府的西门冲了出去。郑袭大呼"上当"，急忙调集兵马向西边扑去。

郑经的这招"调虎离山之计"也算不得高明，他本也没想着郑袭会真的上当受骗。不过，郑袭既然真的上当受骗了，那他郑经自然就不会客气。所以，当郑袭把注意力集中在了台湾府的南路时，郑经就带着自己的两个儿子郑克臧、郑克塽，并和大将冯锡范、刘氏兄弟，领两千多亲兵，从台湾府的西路杀了出去。

防范台湾府西路的郑袭的手下，约有两千人左右。本来，这两千人要想挡住郑经等人的去路，也不是没有可能，但问题是，郑袭的那两千手下防线拉得较长，而郑经的两千多亲兵却是集中在一点上向外冲突，并且，郑经及其手下的目的只是冲出包围，并不想恋战，所以，在茫茫夜色掩护下，郑经率众向西一冲，就很快地冲破了郑袭手下的围堵，不知跑到哪里去了。待郑袭带着大队人马赶到，郑袭所看到的，只是沉沉的黑夜。郑袭非常恼怒，也非常沮丧。

郑经率众经过两天的跋涉，终于到达了台湾的西海岸。因为走得匆忙，又要竭力避开郑袭的追捕，所以人员损失就相当严重。好不容易抵达西海岸时，郑经的身边，只有几百个亲兵了。好在郑经的两个儿子，还有冯锡范及刘氏兄弟，都安然无恙。

郑经不敢在台湾岛上久留。在刘国轩的引导下，郑经率数百疲惫亲兵，慌慌忙忙地登上几艘兵船，仓皇地离开了台湾岛。不过，郑经在登上兵船之后，曾望着台湾岛咬牙切齿地言道："我郑经，是一定要回来的！"

又经过几天的海上漂泊，郑经一行人终于安全到达澎湖。这里，有刘国轩和刘国辕兄弟所统率的两百多艘兵船及数千官兵。郑袭如果穷兵追来，恐也不会讨到什么好处。所以，郑经到达澎湖之后，就算是有了一个立足之地。

然而，有了一个比较安全的立足之地，对郑经来说，是远远不够的。同大陆相比，台湾只能算是一块弹丸之地，而若同台湾相比，那澎湖又只能称得上是一块弹丸之地了。郑经当然需要拥有澎湖，但他更需要拥有的，则是整个台湾。

只是，郑经心里也清楚，以澎湖区区数千之众，想从郑袭手中重新夺回台湾，谈何容易。所以，从台湾逃到澎湖之后，郑经每天所做的事情，就是着急，还有无奈。

再着急、再无奈，终也无用，所以郑经就叫冯锡范和刘氏兄弟想办法。然而，澎湖列岛上军队和百姓加在一起也不过一万多人，还没有郑袭的士兵多，这叫冯锡范和刘氏兄弟又能想出个什么好办法来？

最终，还是郑经自己想出了一个最好的办法。他对冯锡范和刘氏兄弟道："仅凭我们自己的力量，是不可能将台湾从郑袭手中夺回的。所以，我决定，到大陆去，向耿精忠借兵。"

于是，在一个无风无雨的早晨，郑经率十数艘兵船离开澎湖前往福州海岸。十数艘兵船上，几乎装载的全是金银财宝和美女。冯锡范和刘氏兄弟对郑经亲往福州很不放心，郑经却胸有成竹地道："料也无妨！"

傍晚时分，郑经的船队抵达福州东海岸。耿精忠闻听郑经亲自登门拜访，很是惊讶。虽然他与郑经并非从未谋过面，但如此登门造访，郑经还是第一次。所以，为表示相应的礼貌，耿精忠便也出福州城东门来迎接郑经。

一切似乎都如郑经所料想的那样，看到那么多的金银财宝，看到那么多的各色美女，耿精忠不仅很快就眉开眼笑，而且也很快就被郑经的这番诚意所深深打动。郑经刚一说出来意，耿精忠便立即同意借兵。只是在借兵的数额上，双方发生了一点小小的分歧。郑经为一举成功计，打算向耿精忠借兵两万五千人。这几乎占了当时耿精忠所拥有兵力的半数，所以耿精忠就以种种借口，只答应借给郑经一万五千人。郑经虽然很为失望，却也不便同耿精忠闹僵。最后，耿精忠预祝郑经旗开得胜、马到成功，郑经则向耿精忠保证，一俟夺回台湾，便将耿精忠的人马悉数返还。

就这样，郑经带着耿精忠的一万五千人马回到了澎湖。虽然所借人马没有预期的那么多，但冯锡范和刘氏兄弟还是十分高兴。因为有了这一万五千援兵，他们就有了同郑袭进行一番较量的资本。

借得了援兵之后，郑经并没有急着就去攻打台湾。他深知，如果这一次不能把台湾从叔叔郑袭的手中夺回来，那以后恐怕就再也没有机会了。所以，郑经大约又花了两个月的时间，一方面对所借的一万五千援兵进行严格的训练，另一方面，把澎湖列岛上凡是能够打仗的男人都组织了起来。这样，到郑经率众向台湾岛开去的时候，他的手下，已经有了一支两万多人的军队了。

那是秋季的一天，台湾海峡的海面上，风平浪静。郑经率着两百多艘兵船和一百多艘劫来的商船、渔船，满载着两万多人的军队，离开澎湖，径向台湾岛驶去。郑经在离开澎湖前对冯锡范和刘氏兄弟言道："这一次无论成功与否，我郑经都将不再离开台湾。"

郑经的话，无疑表达了一种破釜沉舟的英勇气概。冯锡范和刘氏兄弟一时大受感动，连一向有些胆小怕事的刘国轩也信誓旦旦地向郑经保证道："此次进击台湾，不成功便成仁！"

显然，郑经在进攻台湾前，已经和部下形成了一种同仇敌忾的共识。而这一共识，恰恰是郑经最后能够取得胜利的重要基础。

经过三天三夜的漂泊，郑经的船队已经驶近了台湾岛的西南海岸。当时台湾岛上的最大城市台湾府，就在距台湾岛西南海岸不远处的地方。当初，郑袭把郑经等人从台湾府里赶了出去，现在，郑经不仅要把郑袭从台湾府里赶出去，而且还要把郑袭及其亲信永远地消灭。

郑经的船队是在一天夜里开到台湾岛西南方的海面上的。为摸清台湾府周围的情况，郑经先派刘国轩领着一支小分队乘小船前往岛上侦察。半夜时分，刘国轩回来向郑经报告：郑袭的一百多艘兵船都停泊在海边，而台湾府内外，共聚集着郑袭一万五千多人马。

也就是说，郑袭所拥有的军队，几乎都集中在这里。郑经重重地对冯锡范和刘氏兄弟言道："如此看来，只要能占领台湾府，也就算是彻底地打败了郑袭！"

从兵力对比上来看，郑经在人数上要占优势。为确保万无一失，郑经决定，由刘国轩和刘国辕兄弟率两百多艘兵船于次日凌晨向停泊在岸边的郑袭的兵船发动突然袭击，力争在最短的时间内，将郑袭的水师彻底打垮。与此同时，郑经和冯锡范各率商船或渔船数十艘并一万人马，从台湾府的南北海岸登陆，对台湾府进行夹击，与郑袭在台湾府周围进行决战。

次日凌晨，天公作美，海面上升腾起一层浓浓的大雾。大雾浓到什么程度？刘国轩、刘国辕率两百多艘兵船几乎都要碰到郑袭停泊在岸边的兵船了，郑袭的水师却几乎一无所知。待天明时候，大雾又突然散去。刘国轩、刘国辕一声令下，两百多艘兵船上的大炮一齐向郑袭的一百多艘兵船上开火。霎时，炮声隆隆，震天动地，火光冲天，硝烟弥漫。工夫不大，台湾府西南方的海面上，便又升腾起了一层比先前大雾还要浓的烟雾。

由于刘国轩、刘国辕采取的是突然袭击的方法，加上他们的兵船在数量上要比郑袭的兵船多一倍，所以，他们兵船上的大炮开始轰鸣的时候，郑袭的水师不仅被打得措手不及，晕头转向，而且即使想组织还击恐也是力不从心。双方的兵船近在咫尺，刘国轩、刘国辕的炮弹砸得郑袭的水师根本就没有什么还手的余力。

还算不错，郑袭的水师在惊慌失措和焦头烂额中，还知道派人去向郑袭报告。郑袭一听，便立即断定是郑经前来骚扰。他之所以认定郑经只是前来"骚扰"，是因为他根本就不知道郑经向耿精忠借兵一事。他始终以为，凭郑经的力量，是不可能对他构成什么威胁的。不过，他也明白，郑经的兵船比他的水师要强大许多。所以，闻听水师遭到袭击，郑袭便立即从台湾府周围抽调数千人马并十几门大炮，赶往海边支援水师。这样一来，就为郑经和冯锡范南北夹击台湾府提供了很大的便利。

就在刘国轩、刘国辕向郑袭水师发动猛烈轰击的同时，郑经和冯锡范各率万余名士兵悄悄地在南北两岸的一处地方登了陆。因为刘国轩、刘国辕的炮火非常猛烈，郑袭的水师不仅难以抵挡，且有被灭顶之势，所以郑袭的注意力就全部被海战吸引住了。如此，郑经也好，冯锡范也罢，在率军登陆的时候，根本就没有遇到任何的拦阻。

郑经从北，冯锡范从南，俩人开始按既定的计划对台湾府进行夹击。因为郑袭已经抽调了好几千人赶到岸边去支援水师，所以郑经和冯锡范的南北夹击就显得十分顺利。只打了两次不大不小的仗，郑经和冯锡范的人马就在台湾府的东边会师了。

当时，台湾府内，尚有郑袭的数千人马把守着，郑袭正带着数千手下在海边从岸上支援自己日渐不支的水师。郑经对冯锡范言道："如果我们能在郑袭撤回台湾府之前就把台湾府攻下，那么，我们最后消灭郑袭，就非常容易了！"

冯锡范回答郑经道："你率军从这里攻城，我带一些人绕到西边去，堵住郑袭撤回来的道路。"

郑经想了想，同意了冯锡范的建议，不过又补充吩咐道："如果在我攻城的时候，城内的敌人弃城西逃，你也不必硬行拦阻，且放他们过去与郑袭会合。"

冯锡范明白，郑经是想与郑袭在海边进行一次面对面的总决战。故而，他郑重地点了点头，领五千人马，别了郑经，向台湾府的西边开去。

郑经是在一天的傍晚开始向台湾府发动进攻的。他亲率一万多人连着向台湾府猛攻了三天，终于在第三天的傍晚攻入了台湾府。台湾府内的守军见势不妙，果如郑经所料，以夜色为掩护，弃城向西逃去。而此时，郑袭闻听台湾府有变，急忙从西海岸撤军，想回师增援台湾府。冯锡范遵照郑经的吩咐，对从台湾城西逃出来的敌人并未进行认真的拦截。这样，从台湾城逃出来的敌人与回师增援的郑袭似乎很轻松地就会合到了一起。

郑袭虽然弄不明白那郑经何来的这么多人马，但他却也知道，郑经是善者不来、来者不善。他郑袭已无路可走，或者说，郑袭即使有路可走，他也不想去走。他要做的，便是与郑经在这里进行一次总决战。不是他郑经死，就是他郑袭亡。

应该说，郑袭当时还是有着与郑经决一死战的资本的。虽然他当时只有万余人马，而郑经却拥有一万数千之众（不包括刘国轩、刘国辕所率的水军），但是，郑经的人马，大多数来自福建，对当时作战的地形地势很不熟悉，这样，就战斗力而言，郑经和郑袭基本上算是扯了个平手。

然而，这场生死决战的结果是，郑袭兵败身亡，郑经大获全胜。

郑袭死了，郑经重新夺回了台湾岛。因为冯锡范和刘氏兄弟功劳卓著，所以郑经就让冯锡范掌管台湾岛上的步军，而澎湖列岛上的驻军及全部水师，则由刘国轩、刘国辕统率。

从此以后，郑经在台湾岛上的统治地位十分的巩固。而他的军事力量也在郑经执政时期达到了顶峰，他曾拥有步军六七万，兵船五百多艘。福建沿海地区，无论是清军管辖的还是耿精忠管辖的地方，他郑经的兵船是想去就去、想干什么就干什么。

不过，在1677年，郑经的军事力量遭到了一次沉重的打击。前文中曾有交代，郑经曾暗中勾结祖宏勋，企图对福州的耿精忠东西夹击，然后与祖宏勋共同瓜分福建。那一次，郑经志在必得，几乎派出了包括冯锡范、刘氏兄弟在内的所有人马及所有兵船。然而，事有凑巧，郑经所为，正赶上施琅奉康熙之命横扫东线叛军。施琅在巧妙地解决了祖宏勋和耿精忠之后，与郑经的人马在福州城东海岸展开了一场异常激烈的拼杀。尽管郑经的人马有兵船上的炮火掩护、支援，但那场战斗的结局却是，郑经的人马被狼狈地赶下了海。那场战斗，郑经共损失了步军、水师两万多人，伤者就更多（包括在这之前与耿精忠交战的伤亡在内）。自此，郑经的军事力量开始一步步地走下坡路，甚至，他都很少再派兵船去福建沿海骚扰了。

1681年（康熙二十年），亦即康熙平定了"三藩之乱"的那一年，郑经死去，他的长子郑克臧继位。后来，在刘国轩等人的支持下，郑克臧的弟弟郑克塽将其兄杀害，成为实际上的掌权者。只不过，郑克塽的好日子没过多久，他就听到这么一条可靠的消息：大清皇帝已经决定统一台湾。

听到这一消息后，郑克塽慌慌张张地就跑去找到了刘国轩，且哆哆嗦嗦地问道："刘大将军，你可曾听说，大清皇帝要统一台湾的事情？"

刘国轩不痛不痒地言道："此事刘某早已听说，但不知此事与你何干？"

"与我何干？"郑克塽不觉睁大了眼，"刘大将军，大清皇帝既然已决定统一台湾，那大清的军队就会很快地开过来。大清的军队都要开来了，此事怎么会与我无关？"

是呀，如果大清朝的军队真的开到了台湾岛，那郑克塽就甭想再过什么花天酒地的生活了。刘国轩却冷哼一声问郑克塽道："你说，大清的军队怎么开到这台湾来？"

郑克塽有些惊讶地回道："当然是坐船来！大清朝那么大，难道会没有船只？"

刘国轩"哈哈"大笑道："难道我强大的水师，会眼睁睁地看着大清朝的船队开到台湾来？"

郑克塽低低地言道："刘大将军，可千万不要低估了那个大清皇帝啊！吴三桂那么多的兵马，还不是被他打败了吗？只一个小小的台湾岛，恐怕实难与大清皇帝相抗衡啊！"

刘国轩不满地乜了一眼郑克塽："你休得长他人志气，灭自己威风！只要满清鞑子胆敢侵犯台湾，我刘某定叫他有来无回！"

郑克塽赶紧苦笑道："刘大将军破敌之心诚实可嘉，但我以为，要想确保台湾安全，似乎应该想想别的什么法子……"

刘国轩瞪着郑克塽问道："莫非，你已经有了什么高见不成？"

"哪里哪里！"郑克塽急忙言道，"在刘大将军面前，我岂能有什么高见？"

刘国轩异常自负地叫嚷道："不日我将亲率兵船去福建沿海走一遭。我要让大清皇帝看一看，我刘某的水师是何等强大！"

郑克塽赔着笑脸恭维了几句，然后就不迭地离开了。刘国轩不知道的是，郑克塽的心中还真的有了一个"高见"，那就是，给大清皇帝写封信。

郑克塽也真悄悄地写了一封给大清皇帝的信。信的内容大致可以分为三个部分：第一部分，郑克塽详详细细地描述了当年郑成功是如何从荷兰殖民者手中统一台湾的。第二部分，郑克塽明明白白地向康熙表示，他愿意对大清朝"称臣入贡"。在第三部分里，郑克塽含含蓄蓄地希望康熙能让台湾和他郑克塽本人保留着一种"独立"的地位。

很显然，郑克塽的这封信，第一部分是引子，第二部分是铺垫，第三部分才是真正的目的。一封信的三个部分，井然有序，既相对独立，又相互关联。由此不难看出，郑克塽也并非是一个绝对"昏庸"的人。

郑克塽悄悄地写好这封信后，又偷偷地叫一个亲信，瞒着刘氏兄弟，找了一个合适的机会，将这封信送到了大清朝福建总督喇哈达的手中。喇哈达见事关重大，不敢怠慢，赶紧派人快马加鞭地又将郑克塽的这封信送到了北京的紫禁城里，呈到了康熙的手中。

康熙阅罢郑克塽的来信后，不禁拊掌大笑道："那郑克塽看来也算得上是一个聪明之人。他先叙郑成功收复台湾之功以感染朕，再向朝廷表白其心之忠以打动朕，最后，他便在其功其忠的基础上与朕讨价还价。哈哈，郑克塽的文笔还真是很流畅呢！"

当时，是在乾清宫里。因为太皇太后博尔济吉特氏突然患病，康熙不放心，便让阿露前往慈宁宫伺候，所以，康熙在乾清宫内的贴身侍从，就只剩下那太监赵昌一人。

听了康熙的笑语后，赵昌又禁不住地言道："皇上，奴才以为，那郑克塽是想在台湾搞一个"独立王国"，呢……"

康熙不满地瞥了赵昌一眼："赵昌，莫非朕看不懂这封信，需要你来解释说明？"赵昌"啪"的一声打了自己一个耳光，口中言道："奴才该死，奴才该死，奴才如何又多嘴了……"

见赵昌那么一副乖巧的模样，康熙又有些忍俊不禁："赵昌，别在那儿演戏了。快去通知六部各尚书，马上到朕这儿来商议要事。"

赵昌"诺诺"两声，赶忙"夹着尾巴"跑了。还别说，赵昌做事也挺麻利的。工夫不大，吏部尚书索额图、兵部尚书明珠及其他各部尚书都陆陆续续地来到了乾清宫。康熙见赵昌还直直地站在一边，便狠狠地瞪了他一眼。赵昌见状，连忙灰溜溜地离开了。

康熙先让各部尚书将郑克塽的那封信轮流地看一遍，然后笑吟吟地问道："各位爱卿对此有何高见啊？"

索额图率先言道："臣以为，那郑克塽向皇上表白忠诚是假意，而想在台湾另立'小朝廷'倒是他的真心。"

明珠接道："通俗点说，郑克塽这封信的用意，只是希望皇上不要派军队去统一台湾。"

康熙轻轻言道："你们以为，朕会答应郑克塽的要求吗？"

皇上的心意，做臣子的岂敢轻易揣度？但一来康熙在台湾问题上的态度早已明朗化，二来索额图和明珠等人又是康熙的近臣，所以，康熙的话音刚一落，索额图就直截了当地道："臣以为，皇上绝不会答应郑克塽的这一要求。"

明珠紧跟着言道："臣也是这么以为。"

但其他尚书却没怎么发言。尤其是礼部满族尚书和理藩院尚书，自明白了康熙召见他们的意图后，一直紧闭着唇，不发一言。

康熙略略加重了语气言道："朕不仅不会答应那郑克塽的要求，而且朕已经物色好了去统一台湾的最佳人选。"

索额图急忙问道："不知皇上选谁去统一台湾？"

康熙重重地道："朕选的是施琅！"

施琅，不仅在平定"三藩之乱"中为康熙立下大功，而且对统一台湾一直持毫不妥协的态度。故而，康熙那"施琅"二字刚一出口，明珠就迫不及待地言道："皇上真乃慧眼识珠啊！"

康熙微微一笑道："朕以为，去统一台湾之人，非施琅莫属！"

一直默不作声的礼部满族尚书此时低低地言道："皇上，微臣有言启奏……"康熙还未发话，那理藩院尚书也低低地言道："皇上，微臣也有言启奏……"

康熙不觉"哦"了一声："两位爱卿，请慢慢把心中话道来与朕听真。"

礼部满族尚书首先言道："皇上，恕臣直言，臣以为，三藩之乱刚刚平定，天下也刚刚太平，似乎不宜重新开战……统一台湾之事，应当暂缓实行……"

康熙微微皱了皱眉，然后转向理藩院尚书问道："爱卿又有何言？"

理藩院尚书言道："皇上，微臣以为，那施琅虽然立有战功，但毕竟是个汉人。微臣担心的是，如果让他去统一台湾，他定将一去不回！"

康熙又皱了一下眉："爱卿的意思是，那施琅统一了台湾之后，会背叛于朕？"

理藩院尚书回道："微臣正是此意。微臣以为，大凡立有战功之人，总会居功自傲，一切他都不会放在眼里，更何况，施琅还是个汉人，而汉人是断然不可靠的……"

康熙听了理藩院尚书的话后，心中很是不快。他用一种十分平淡的语调对理藩院尚书言道："爱卿之言，似乎有两层意思：一是立有战功之人，总会居功自傲，一是大凡汉人，断不可靠。若依爱卿之言推论，那索额图和明珠定然有居功自傲之嫌，而在座的这么多尚书大人，也定然早就对朕怀有异心了……"

康熙的意思是，索额图和明珠在平定"三藩之乱"中所立的战功并不比那施琅小，如果施琅居功自傲了，那索额图和明珠也不能免。而朝廷各部，除理藩院外，其余六部均设有满、汉尚书各一名，如果施琅因为是汉人而不可靠的话，那六部中的汉族尚书当然就不能信任了。照此推断下去，那朝中该有多少人会居功自傲，又该有多少人不能去信任？

听了康熙的话后，那理藩院尚书不觉有些恐慌。他急忙向康熙解释道："皇上，微臣只是说的施琅，与其他人无关……"

康熙不再理会那理藩院尚书，而是将目光投向索额图和明珠等人："各位爱卿，说说你们对此事的看法。"

索额图言道："臣以为，虽然三藩之乱刚刚平定，但统一台湾之事断然不可迟缓。不说别的，就说东北，罗刹国士兵已在那里侵扰多年。不先安内，又如何去攘外？"

康熙神情严肃地点了点头："索爱卿所言甚是。东北之事，朕一直牵挂于心，从不敢轻易忘怀。"

明珠言道："皇上选施琅去统一台湾，臣以为再恰当不过。如果施琅真有反叛之心，恐怕他在平定三藩之乱的时候，早就对皇上反戈一击了，又何必等到现在？"

康熙郑重地言道："汉人有云：用人不疑，疑人不用。朕绝不会因为施琅是个汉人就对他有所疑虑，朕同时也绝对相信施琅对大清朝廷是忠心不二的。"

然而，十多个尚书，除索额图和明珠外，其他的人，似乎都对派施琅去统一台湾持否定意见。康熙不想再啰唆下去了。每在这关键的时刻，他常常一语定乾坤，这便是作为皇帝的那种至高无上的权力。

康熙先是环视了一下众人，然后威严地道："各位爱卿听真，朕已决定派施琅去统一台湾。各位若有什么不同意见可以保留，但绝不许反对，更不可在朝中对施琅说三道四。否则，一经查实，朕决不轻饶！"

听了康熙的话后，众人皆有一种不寒而栗的感觉。这种效果，也许就是人们常说的什么"天子龙威"吧。

六部及理藩院各尚书离去之后，康熙紧接着又在乾清宫内召见了施琅。令康熙略略有些惊讶的是，施琅在叩首完毕后，竟然率先言道："皇上，如果微臣没有猜错的话，皇上此刻召见微臣，定是要派微臣去统一台湾……"

康熙一怔，继而微微一笑道："爱卿，定是有人在此之前将朕的意思告诉了你。"

施琅却道："皇上，并非有人告诉微臣什么……"

康熙有些愕然言道："爱卿，莫非你有未卜先知之能？"

施琅忙道："回皇上的话，微臣从无什么先知之能，但微臣不敢忘怀的是，皇上曾对微臣说过，待平定了三藩之乱后，就派微臣去统一台湾！"

康熙想起来了，他确曾对施琅说过这样的话。于是，他就笑对施琅言道："爱卿真是好记性啊！不过，朕的记性也不差。朕既说过派你去统一台湾，朕就决不会食言。咦，正如你所说的，朕今日召你来，就是为了统一台湾之事。不知爱卿对统一台湾有何高见？"

施琅回道："在皇上面前，微臣岂敢谈论什么高见？不过，自皇上对微臣说过要统一台湾之后，微臣就一直密切地注意着台湾方面的动向。微臣以为，现在统一台湾，正是时候。"

想当初，正是施琅在康熙的面前说了一番解决东线叛军的计划后，康熙才决定让施琅全权负责东线平叛大任的。施琅不仅说得好，做得更好。所以，现在听了施琅的话后，康熙便饶有兴趣地问道："爱卿，你快说说看，为何现在统一台湾正是时候？"

施琅言道："皇上，据微臣所知，台湾在郑经执政时，军事力量最强。微臣曾在福州东海岸与郑经的兵马交过手，虽然微臣最终取得了胜利，但微臣的损失却相当惨重。不过，自那次战斗后，郑经已经伤了元气，好长时间没敢派兵船到东南沿海一带骚扰，而台湾的军事力量也从此开始走下坡路。郑经去年死后，他的长子郑克臧继位，但其幼子郑克塽在大将冯锡范、刘国轩和刘国辕等人的扶持下，杀死郑克臧，自己做了傀儡。台湾政局从此开始动荡不安，其军事力量也日渐衰微。不久前，冯锡范和刘国轩、刘国辕之间又发生了一场大规模的火并。冯锡范战败而死，刘氏兄弟称霸台湾。台湾的军事力量已没入低谷。加上台湾的百姓对刘氏兄弟的专横极为不满，已经无人再愿为刘氏兄弟卖命。据臣所知，乘船偷渡到福建境内的台湾百姓已达数千人。故而，微臣以为，此时统一台湾，当是最佳时机。"

康熙大加赞赏道："施爱卿，你确是去统一台湾的最佳人选。你对台湾的政局和军事，简直如数家珍，了若指掌。放眼满朝文武，还有谁比你施爱卿更了解台湾、更关心台湾？"

施琅有些羞赧地一笑道："皇上太夸奖微臣了。据微臣所知，皇上就比微臣更了解台湾，也更关心台湾……"

康熙不禁大笑道："施爱卿，你是不是也太过夸奖于朕了？若你单说朕更关心台湾，朕倒也不想否认。台湾是朕不可分割的一部分领土，岂能容忍那郑克塽搞分裂？不过，你说朕比你更了解台湾，朕可就不敢承认了。最了解台湾的，只能是你施爱卿。"

施琅赶紧道："皇上万不可这么说……皇上这么说，微臣实在愧不敢当……"

康熙"哈哈"一笑道："爱卿不必愧不敢当，朕说的是实话。不过，爱卿虽然比朕更了解台湾，但朕还是要提醒爱卿两点。"

施琅低头垂手："微臣聆听皇上教诲。"

康熙缓缓言道："施爱卿，台湾的军事力量虽然已大不如昔，但有两点你必须注意。一是，你必须要注意那个叫刘国轩的人。朕听说，当年郑经被他的叔父郑袭赶到了澎湖列岛，后来又从耿精忠那里借得兵马杀死了郑袭，这其中，刘国轩是起了至关重要的作用的。就说不久前吧，刘国轩在赤崁城打败了冯锡范，究其原因，刘国轩在军事谋略上确实高出那冯锡范一筹。所以，你对这个刘国轩，千万不能掉以轻心。第二，据朕所知，台湾的军事力量虽然已是日薄西山，但台湾的水师却依然不可忽视。去统一台湾，必须渡海作战，有那么一个刘国轩，又有那么一支战斗力很强的水师……施爱卿，你的任务的确很艰巨啊！"

施琅恭恭敬敬地言道："皇上谆谆教诲，臣已铭刻于心……"

康熙淡淡一笑道："朕哪里是什么教诲，朕只不过是给爱卿一点提醒罢了。去统一台湾，主要还是靠的爱卿，别人是无法代替的。"

施琅也轻轻一笑道："如此看来，皇上还是比微臣更了解台湾……"

康熙言道："说朕比别人更了解爱卿你，倒也不虚。"

施琅问道："不知皇上还有别的什么旨意？"

康熙略一沉吟，然后徐徐言道："爱卿就作为朕的钦差去福建。你到了福建之后，不要急着就去攻打台湾，得先把有关情况摸清楚了再行事。还有，朕有耳闻，说福建总督喇哈达等人对统一台湾一事并不主动积极。若果然如此，你当速速如实向朕禀报，朕自会作出相应处置。统一台湾，不可能也没有必要派大批军队前往，主要靠的就是福建。如果福建各级官吏不能够精诚团结，齐心协力，那必将一事无成。爱卿明白朕的意思吗？"

施琅响亮地回答："微臣明白！"

康熙点点头："爱卿，统一台湾的重任，朕就交给你了。朕相信爱卿绝不会辜负朕的这一重托！"

施琅迈着铿锵有力的脚步走了。看着施琅坚毅的背影，康熙不由得满意地笑了。他完全有理由相信，凭着施琅卓越的军事才干和对大清朝的耿耿忠心，施琅一定会不辱使命的。

的确，有施琅这样的人才去完成统一台湾大业，康熙不仅十分满意，更十分称心。然而，就在施琅以钦差大臣的身份南下福建后不久，宫中发生的一件事情，却令康熙不仅不十分满意，更不十分称心。也可以这么说，从宫中发生的这件事情中，康熙隐隐约约地对自己的未来产生了一种忧虑。

宫中发生的这件事情，与那个阿露有关，更与康熙在八年前立下的那个太子胤礽有关。

前书中曾有交代，因为太皇太后博尔济吉特氏突然患病，康熙便把自己十分钟爱的侍女阿露派到了慈宁宫去伺候博尔济吉特氏。博尔济吉特氏是康熙的皇祖母，阿露是康熙在宫中最钟情的女人，所以，康熙只要一有空闲，便会去慈宁宫走一遭，探望探望博尔济吉特氏的身体，也顺便看望看望久不在身边的阿露。博尔济吉特氏生病固然令康熙十分挂牵，而阿露的久不在身边，似乎就更令康熙牵挂。

前几次去慈宁宫，似乎一切都很正常。康熙只是觉得，那阿露看起来好像很疲惫，神色似乎也很憔悴。康熙以为，阿露之所以会如此模样，定是因为伺候博尔济吉特氏太过劳累所致，所以也就没有过分在意，只是悄悄地嘱咐她，要多多注意身体。而阿露也没有对他多说些什么。

大概是在施琅奉旨离开京城的第三天，康熙觉得自己有些想念皇祖母了，或者说，他觉得自己有些想念那个阿露了，便在这天的黄昏领着赵昌，离开乾清宫径向慈宁宫而去。

因为康熙心中有所想念，所以他的步子就迈得又大又快。赵昌虽然年轻，跟在康熙的身后，也颇觉吃力。好在赵昌似乎学得乖巧了，从乾清宫到慈宁宫，他只是紧紧地跟在康熙的身后，并没有说什么废话。

到了慈宁宫，康熙首先去的是博尔济吉特氏的卧房。康熙看到的情景是，博尔济吉特氏斜斜地倚在床上，脸色红润，看来病情已大为好转。同往日一样，那八岁的太子胤礽，坐在博尔济吉特氏的床上，正在与她说笑。

康熙给博尔济吉特氏请安，刚刚直起身子，那胤礽"咕咚"一声从床上跳下来，又"咕咚"一声跪在康熙的面前，口中清脆地言道："孩儿给父皇请安！孩儿祝父皇万岁万岁万万岁！"

康熙爱怜地摸了摸胤礽的小脑袋："快快起身。你小小年纪，便懂得如此孝敬，父皇心中着实高兴！"

博尔济吉特氏也笑吟吟地道："我染病在床，多亏了阿露悉心服侍，也多亏了胤礽在此玩耍。有胤礽在，我确实少了许多的寂寞呐！"

前书中曾有详细叙述，1674年，康熙的孝诚皇后赫舍里在生下皇二子胤礽后不幸撒手西去，为感激赫舍里对自己的深情厚谊，康熙便于当年立胤礽为大清太子。

康熙又与博尔济吉特氏和胤礽说笑了几句后，便禁不住地四处张望起来。博尔济吉特氏知道康熙心意，于是就微笑着言道："阿露这几日太过辛劳，整天衣不解带地服侍我。我刚才叫她洗澡去了，并叫她洗完澡后好好睡上一觉，夜里再来陪我。"

康熙点点头，又冲着博尔济吉特氏笑了笑，然后再次拍拍胤礽的小脑袋，就悄悄地走出了博尔济吉特氏的卧房。

在一个宫女的引导下，康熙来到了阿露洗澡的房间，房门居然是虚掩着的。康熙也没敲门，"吱呀"一声就推门而入。房内的阿露已经洗完澡，正准备穿衣。猛听得房门被推开，她竟然发出"啊"的一声惊叫，双手赶紧就严严地护住了双乳。待看清是康熙时，她不觉长长地吐了一口气，只是双手依然护定双乳，似乎她的双乳之上，有着一个很难告人的秘密。

康熙凭直觉感到，阿露今日的表现，很是有点异常。于是康熙严令阿露将手放下，胸前伤痕赫然在目。

得知是胤礽所为后，康熙勃然大怒："这个混账东西，竟然做出这等残忍勾当来！"

他拿起几件衣衫，细心地为阿露穿好，然后，他大踏步迈出房间，冲着不远处的赵昌吼道："快去，把胤礽给朕叫来！"

赵昌见康熙脸色铁青，不敢怠慢，慌慌张张地就朝博尔济吉特氏的卧房跑去。阿露见状，慌忙走到康熙的身边道："皇上，请不要责怪太子，他还小，不懂事……"

怒火中烧的康熙，没有理会阿露的话。见那胤礽高高兴兴地跟着赵昌走来，康熙一指胤礽，厉声喝道："混账东西，还不快快跪下！"

胤礽一愣，显然还不知道发生了什么事。气得康熙抬脚就将他踹倒在地，一边踹一边怒气冲冲地道："你小小年纪，竟有如此歹毒心肠，这怎生了得？"

看起来眉清目秀的胤礽止不住号啕大哭："父皇，你为何要痛打孩儿？孩儿……究竟做错了什么事？"

康熙的手不自觉地就扬了起来。若不是赵昌和阿露死死地拽住，康熙这一巴掌甩下去，那胤礽定然吃消不住。很明显，此时的康熙，心中异常愤怒。

康熙气咻咻地言道："胤礽，朕且问你，你对阿露都做了些什么？若不从实招来，朕决不轻饶于你！"

胤礽这才恍然明白过来。他顿时就止住了哭声："父皇，原来你是为这个生气啊！孩儿只是觉得阿露的那处非常好玩……"

"住口！"康熙已经是忍无可忍，一只大手掌再次高高地扬起，"胤礽，你做出这等伤天害理之事，不以为耻，反以为荣，朕……如何能不闻不问？"

眼看着，康熙的那只手掌就要打下来。阿露"扑通"一声跪倒在地，悲悲戚戚地言道："皇上，请放过太子吧……太子还小，只是与奴婢闹着玩……请皇上处罚奴婢，这一切都是奴婢的罪过……"

胤礽也够机灵的，见状赶紧躲在了阿露的身后，一边躲一边还嘟哝道："父皇，这不怪孩儿，要怪就怪阿露……"

八岁的胤礽，不仅话语说得很流畅，且颇有狡辩之意味。但康熙却简直气炸了肺，身体也禁不住地颤抖起来："赵昌，速把胤礽捆绑起来，听朕发落……"

赵昌应诺一声，却迟迟没有动手。因为，胤礽不是一般的皇阿哥，他是康熙钦定的大清太子。一个太监去手缚太子，赵昌显然有些心惧。

康熙见状，刚要发火，却听见一个软绵绵的声音传来道："皇上，且慢动手……"

那是博尔济吉特氏的声音。在两个宫女的搀扶下，她正颤巍巍地向这里走来。康熙一见，只得上前礼拜道："皇祖母，你怎么……起来了？"

博尔济吉特氏的脸上很明显地带有不快之色："听说皇上在这里当众处罚太子，我能不起来吗？"

康熙见博尔济吉特氏不高兴，就忙把事情的原委大概说了一遍，然后言道："皇祖母，胤礽如此小的年纪，却有如此残忍心肠，更有如此残忍举动，不严加管束教训，任其发展下去，的确堪忧啊！"

博尔济吉特氏却轻声言道："皇上，你管束教训太子，我并不反对。但是，你如此管束教训，却殊为不当。太子毕竟是太子，奴婢毕竟是奴婢，彼此厚薄贵贱，一目了然，因为一个奴婢而如此处罚太子，合适吗？还有，太子是未来大清朝的皇上，你让他当着这么多人的面跪倒受罚，还成何体统？太子的尊严又何在？太子终究是个小孩子，即使做了什么不当之事，也可以慢慢加以教育，你又何必急在一时？再说了，太子的所作所为，只是出于一种好奇，本来就不值得大惊小怪，你又何必如此认真？"

博尔济吉特氏因为年已老迈，又是大病初愈，说了这么一段话后，兀自在那喘息不已。但从此却不难看出，尽管阿露在康熙和博尔济吉特氏的心中，地位似乎很是特殊，但与太子胤礽相比，在博尔济吉特氏的眼里，阿露也只能是微不足道的。

虽然康熙对博尔济吉特氏的话不敢苟同，但既然她这么说了，康熙也不便与她争执。略略沉吟一番后，康熙这样对博尔济吉特氏道："皇祖母教诲，孩儿谨记。不过，为妥当起见，孩儿想把阿露带回乾清宫……"

博尔济吉特氏点了点头，她当然知道康熙对阿露的那种特殊情感："也好，我的病也算是好了，阿露继续留在这里也并无太大用处。皇上要带她走就带她走吧。"

博尔济吉特氏说完，走到胤礽身边，将胤礽拉起来，一同离去了。康熙目睹这一切，暗自叹息不已。也许，就是从这个时候开始，胤礽在康熙心目中的印象，变得不那么美好了。不过，由于死去的孝诚皇后赫舍里的关系，康熙那时还没有生起过废黜太子的念头。

见博尔济吉特氏和胤礽走远了，康熙便也走到阿露的面前，细声言道："阿露，起来，跟朕回乾清宫……朕向你保证，从此以后，再也没有人会如此地欺侮你了……"

阿露很听话，乖乖地爬起了身子，乖乖地跟着康熙走出了慈宁宫。只不过，从慈宁宫到乾清宫，阿露一直紧闭着双唇，没有说一句话。也就是说，自此以后，阿露发生了一个很明显的变化，那就是，她变得沉默了。从早到晚，如果康熙或别人不问她什么，她就一直保持着这种沉默。

一直保持着沉默的人，心中肯定是有浓浓的心事的。康熙自然明白这一点，不过，他也没就此多问阿露什么。他以为，随着时间的推移，阿露一定会重新变得活泼开朗起来。可惜的是，这一回，康熙想错了。

你道阿露会有什么浓浓的心事？原来，她再次萌发了出宫的念头。她记得很清楚，当年赵盛出宫的时候，康熙曾向她许诺过，待大清天下靖平的时候，他就允许她出宫。现在，大清天下能不能算是靖平了呢？还有，她与康熙相濡以沫多年，真就舍得这么一走了之？

赵盛出宫时，将自己的弟弟赵昌留在了乾清宫，如果阿露也出宫而去，又会将什么留在乾清宫内？

康熙当然不很清楚阿露心中这种浓浓的心事。他的心思，几乎都放在了福建和施琅的身上了。当康熙接到施琅的密报，说福建总督喇哈达等人果然无心攻取台湾的时候，索额图又向康熙禀报了一个令康熙非常头疼的消息：侵入大清东北的那些罗刹士兵，已经在黑龙江流域建立了许多据点（城镇），其中以雅克萨城为最大。

康熙沉吟道："看来，罗刹国是想把朕的东北占为己有啊……"

索额图言道："既如此，那我们就应派兵把罗刹士兵彻底地赶出东北！"

康熙点了点头："爱卿放心，朕绝不会让罗刹国的阴谋得逞！本来，朕是想先处理好台湾之事后再行处理东北之事，可现在看来，东北之事也刻不容缓。不然，待罗刹士兵在东北站稳了脚跟，再驱赶他们恐怕就不太容易了。"

索额图忙问道："是不是现在就派军队去东北？"

康熙缓缓地摇了摇头："爱卿不要性急，朕现在急着要处理的，是福建那些官僚的事情。这个事情处理不好，统一台湾就不会顺利。待处理好了福建之事后，朕就要专心去对付罗刹了！"

索额图问道："那微臣现在该做些什么？"

康熙言道："你只需密切注意东北的形势便可，切不可轻举妄动。东北地形复杂，罗刹士兵的火枪火炮又异常厉害。不去同他们开仗便罢，一经交火，就必须取胜！"

索额图回道："皇上旨意，微臣明白！"

康熙像是冲着索额图，又像是自言自语地道："朕的领土，台湾也好，东北也罢，都绝不许别人染指！"

索额图看见，康熙那两道炯炯有神的目光里，充满了必胜的信念。

【第十三回】

域内纷烟终息止，宝岛台湾回版图

施琅奉旨以钦差大臣的身份到达福建后，首先去拜会了福建总督喇哈达。

因为施琅是微服离开京城的，沿途又没怎么张扬，所以施琅走进福州城的时候，并没有什么人知晓。直到走近总督府那威严壮观的门楼前，施琅才向把守总督府大门的差人表明了自己的身份。

福建总督喇哈达闻听朝廷钦差已经来到了府门之外，很是有些惊讶。虽然他早就得知皇上要派一个钦差到福建来，但没想到这位钦差会来得这么快，而且，钦差都快要走进门里来了，他事先竟然一点消息都不知道。喇哈达暗想：这个钦差看来有些不同寻常。

不过，喇哈达也没有怠慢。闻知施琅已经来到府门外后，他略略思忖了一下，穿上华丽高贵的总督官服，然后就一步一步地向着总督府的大门走去。

刚一看见施琅，喇哈达就率先拱手言道："老夫不知钦差大人驾到，有失远迎，乞望海涵！"施琅也忙着拱手言道："有劳总督大人相迎，施某不胜感激！"

喇哈达似乎有些怨尤地言道："钦差大人来福州前，应该先派人通知老夫一声，老夫也好做些相迎的准备……"

施琅淡淡一笑道："总督大人公务繁忙，日理万机，施某岂敢肆意打扰？"

喇哈达摇头言道："日理万机谈不上，但福建不比他处，台湾郑匪常常派兵船来此骚扰，确也让老夫寝食难安。"

施琅紧接着道："此番皇上派施某来，就是想请总督大人与施某一起彻底解决台湾郑匪的问题。"

"彻底解决？"喇哈达不自觉地撇了撇嘴，"真是谈何容易哦！如果能够彻底解决，老夫又何至于此？"

施琅刚要说些什么，喇哈达抢先言道："此事当从长计议。钦差大人一路辛苦，老夫当竭尽绵力为钦差大人接风洗尘。"

施琅一想，统一台湾确也不是一天两天就可以完成的，皇上曾吩咐过，得先把有关情况弄清楚了再行事。这么一想，施琅对喇哈达的"接风洗尘"一说也就没有提出什么异议。施琅想的是，喇哈达既要为自己"接风洗尘"，那福建有地位、有身份的官僚肯定就都要到场，自己正好可以利用这一机会好好地观察一下他们。

果然，当天晚上，在为施琅"接风洗尘"的酒宴上，福建省大大小小的官僚几乎全到场了。虽然这些官僚施琅大多都不认识，但酒宴的气氛，还是相当热烈和欢快的。

酒过三巡、菜过五味之后，施琅慢慢悠悠地说开了："感谢总督大人和各位大人对施某的盛情款待。施某此番前来，是受当今圣上钦派，来与总督大人和各位大人共商统一台湾之事。不知各位大人对此有何高见啊？"

施琅此言一出，整个酒宴的气氛马上就变了样，原先笑语连天的大厅一下子沉寂下来。也真的是沉寂，没有人再喝酒，也没有人再吃菜，除了施琅的声音还在断断续续地回响之外，偌大的宴会厅，再也找不出第二种声音。

施琅颇感意外，他轻轻地言道："各位大人……怎么都不说话了？"

喇哈达说话了。他是福建总督，他不说话，似乎其他的人就都不敢说话。喇哈达是这样说的："皇上圣明！台湾乃大清的土地，于情于理都应将其统一。但是，就目前福建的军事力量而言，老夫以为，现在统一台湾，条件尚不具备，时机尚不成熟。其一，海洋深远；其二，郑氏善战。以福建之力，断然难统一台湾。老夫想请钦差大人给皇上呈个奏折，请皇上多多地派军队和兵船到福建来。不然，仓促冒险去统一台湾，只能是损兵折将，无功而返。"

施琅"哦"了一声道："原来总督大人是如此想法……"

施琅的话音未落，从喇哈达的身边站起一个人来，这站起来的人是福建水师提督万正色。

只听万正色言道："钦差大人，下官以为，总督大人的话颇有见地，更无比正确。下官掌管福建水师，曾与郑匪的兵船交过几次手，下官无不惨败而归。既如此，若贸然出兵台湾，其后果将不堪设想啊！"

施琅不动声色地言道："万大人是和总督大人一样的想法……但不知其他各位大人还有什么高见？"

喇哈达开了头，万正色又接了茬，其他的大小官僚便纷纷地发表了自己的高见。可"高见"来"高见"去，施琅听出，那许许多多的"高见"，几乎没有一点新的内容，几乎都和喇哈达与万正色的"高见"大同小异。

施琅听罢很是失望，福建大小官僚都是如此，还怎么去统一台湾？莫非，还真的要如同喇哈达所言，从别的地方调来大批军队和兵船？依靠福建一省的力量，就真的不能够进取台湾？若是，皇上派我施琅到福建来还有何意义？

施琅心中虽很失望，但面上表情却也从容。甚至，他的脸上还浮现出一缕若有若无的笑容。他就带着这种若有若无的笑容面向着众人言道："各位大人既然对统一台湾的看法如此惊人的一致，那本钦差定将如实向皇上禀告……"

"钦差大人，"蓦地，一个敦敦实实的男人突然从酒桌旁站起，"下官有话要说……"施琅定睛一看，那敦敦实实的男人不是别人，乃是福建总督府按察使姚启圣。

施琅赶紧言道："姚大人有什么话，请直说。"

姚启圣什么人也没看，只看着施琅，目光诚挚而热烈："钦差大人，下官以为，台湾郑匪虽然盘踞在海洋深远之处，且水师也的确剽悍善战，但是，依仗福建一省军力，理应可以统一台湾！"

施琅闻言，心中为之一振。在纷纷攘攘认为台湾断不可取的杂声中，突然有了这么一种认为台湾理应可取的清音，实在是有异样，又非常突出和鲜明。

但施琅没有喜形于色，他竭力用一种很是平淡的语调问姚启圣道："按察使大人认为台湾理应可取，能否扼要地说说理由？"

姚启圣言道："回钦差大人的话，福建一省，虽然军力并不十分强大，但也有陆军数万、水师万余、大小战船数百艘。与台湾郑匪相比，福建军力显然要占优势，以优势之军，击劣势之旅，只要运筹帷幄，正确决策，断无不可取胜之理……下官恳请钦差大人细心掂酌。"

施琅微微地点了点头："嗯……姚大人的话，施某自会细心掂酌。"又转向喇哈达："但不知总督大人对姚按察使的意见有何看法？"

喇哈达"哈哈"一笑道："在福建，姚按察使总是会有一些别出心裁的念头，还望钦差大人不要在意为是啊！"

施琅也"哈哈"一笑道："总督大人，施某如何会在意？但不知，姚按察使适才所言，称福建有陆军数万、水师万余、大小战船数百艘，是否属实？"

喇哈达言道："姚按察使所言，倒也不虚。只因台湾郑匪常来此处骚扰，福建的军力自然就比别省稍稍强大一些。"

施琅接着言道："福建一省既然有如此强大的兵力，那适才姚按察使所言台湾理应可取，就确有几分见地。不知总督大人以为如何啊？"

喇哈达还没有开口，那水师提督万正色就抢先问道："莫非钦差大人也以为台湾可以统一？"

施琅静静地回答："不仅施某这样认为，当今圣上也是这么认为，这就是皇上派施某来此的原因。"

万正色还要说什么，喇哈达打断了他："万提督，你能不能少说几句？钦差大人远道奔波，一路风尘，你总该让他好好地吃上一顿饭，好好地休息一夜吧？再紧急、再重要的事情，明日再谈料也不迟！"

万正色连忙言道："是，是，总督大人言之有理……"

不过施琅却听出来了，喇哈达的话虽然看起来是说给万正色听的，但实际上却是说给他施琅听的。是呀，喇哈达好心好意地摆了这么一场丰盛的宴席来为你施琅接风洗尘，你施琅如何能将这场原本热闹非凡的酒宴弄得如此冷清无比？再说了，统一台湾的问题，一个晚上的工夫，无论如何也是解决不了的。既如此，又何必让喇哈达心中不快，又何必扫了众人的酒兴？

这么想着，施琅就端起酒杯，面带笑容地冲着众人言道："来，各位大人，就依总督大人所说，我们开怀畅饮，饮他个不醉不归！"

施琅这么一说，众人便纷纷举起了酒杯，大厅的气氛渐渐地又活跃起来。不过，施琅的心里，却始终在念叨着一个人的名字，那个名字就是姚启圣。

是夜，施琅几乎花了整整一宿的时间，给康熙写了一本长长的奏折。在奏折里，他向康熙详详细细地叙述了喇哈达等人对统一台湾的消极态度及抵触情绪，并附上了一些自己的建议，供康熙参考。奏折定稿之后，他就即刻派人将它送往京城。剩下的事情，施琅似乎就是耐心地等待了。

在等待的日子里，施琅似乎很悠闲。每日里，他不是在酒馆里自斟自饮，就是独自跑到海滩边闲逛。他几乎不和福州城内的任何大小官僚交往，甚至包括那个姚启圣，弄得姚启圣等人也不知道施琅的葫芦里究竟卖的是什么药。

既是同住在福州城里，施琅就难免要和喇哈达等人碰面。有时，喇哈达还会亲自跑到施琅的住处有意无意地转上一圈。而每次碰见施琅，喇哈达几乎都会这么问道："钦差大人，统一台湾的工作是否准备妥当？"

施琅也几乎总是这么回答："快了，就要去统一台湾了。施某感谢总督大人的关心。"

喇哈达还常常这样言道："如果有什么事情需要老夫帮忙的，请钦差大人不要客气。"

施琅也常常这样回道："那是自然。没有总督大人的帮助，施某只能一事无成。"

施琅还常常在自己的住处周围或海边沙滩上碰见那个姚启圣。姚启圣见着施琅，总是欲言又止的模样。终于有一次，姚启圣忍不住地问施琅道："钦差大人，统一台湾之事，究竟如何了？"

施琅回道："台湾是一定要统一的，只不过目前还需要等待。"

姚启圣不解地道："可究竟要等到什么时候？下官……总不能一直这么空等下去吧？"

施琅言道："等待的时间不会太久。不过，姚大人不能空等，你应该利用这段时间好好琢磨一下，如果去攻取台湾，我们应该做哪些准备工作。不然，这段宝贵的时间，岂不是白白地浪费了？"

姚启圣若有所悟地点了点头。但实际上，他心中几乎一点都没弄明白。好在没有多久，他不仅全弄明白了，而且还明白得欣喜若狂。因为，康熙的圣旨传到了福州。

康熙在"圣旨"上谕示：调喇哈达回京另行委任，封姚启圣为福建总督；调万正色为福建陆军提督，任施琅兼福建水师提督。

康熙还在"圣旨"上明确指示：统一台湾一事由姚启圣任总指挥，具体事宜则由施琅全权负责。

康熙在"圣旨"的最后告诫施琅和姚启圣道："统一台湾之事，切不可匆忙，更不能好大喜功，应充分准备、精心策划，不攻则已，攻则必须成功！"

虽然施琅并没有向谁言说康熙的这道"圣旨"是怎么样的一个来龙去脉，但姚启圣心中却非常清楚：自己能擢升为福建总督，定是施琅在皇上面前极力推荐的结果。

所以，姚启圣就特地赶到施琅的住处向施琅表示衷心感谢。施琅却道："姚大人能升任总督一职，的确是可喜可贺的事。不过，姚大人不必如此感谢施某。施某以为，姚大人现在是福建最高长官，理应把全部精力都放在如何统一台湾一事上。不然，吾皇万岁岂不是要大大失望？"

姚启圣连忙道："钦差大人说得是。姚某一定竭尽全力协助钦差大人早日统一台湾！"

施琅笑道："姚大人此话可有些欠妥哦？现在，你是总督，我是提督，我一切都应该听你的差遣才是啊！"

姚启圣也笑着言道："钦差大人此话更加欠妥。姚某虽已是总督，但也只能唯钦差大人马首是瞻啊！"

两人一起大笑起来。是呀，他们应该这么大笑一回的。虽然台湾尚未被统一，但统一台湾前的一些人为的障碍，却被康熙帮助他们清除了。

喇哈达离开福建后，施琅便与姚启圣等人着手研究如何攻取台湾的问题了。他们很快达成了共识，那就是，先攻占澎湖，再进取台湾。

然而问题是，要攻占澎湖，就得先把澎湖内的郑匪军事情况摸个清楚。

由于澎湖一带的警戒很严，想要把澎湖内的军事情况打探清楚殊是不易。费了许多时间，又费了许多周折，也折损了许多人手，施琅和姚启圣才终于把澎湖内的情况大致摸清楚了。

澎湖列岛上，平日驻军约为五千人，由刘国轩的弟弟刘国辕统率。岛内尚有居民一万多人。列岛四周，大凡地势险要处，均架设有火炮，火炮总数在一百门左右。列岛南端的一个港湾里，平日停有兵船两百艘左右，但由于兵力不足，这些兵船大概有一半无人驾乘，只是在紧急关头，这些无人驾乘的兵船才由岛上的驻军代为驾驶。

姚启圣恍然大悟道："原来如此……难怪郑氏的兵船来此骚扰时，至多也就一百来艘，原来是兵力不足啊！"

施琅却冷静地道："可不要小看了郑匪的这一百来艘兵船，它不是把万提督的兵船打毁了一百多艘吗？"

姚启圣连忙道："钦差大人说得是。要攻取澎湖，那些郑匪的兵船依然是我们的最大威胁。"

施琅道："郑匪兵船的最大优势是火力强大，如果我们也能训练出一支火力强大的水师，再把郑匪的那些兵船堵在那个港湾里猛轰，那么，夺取澎湖，就不是什么太大的问题了。"

姚启圣道："可我们很难训练出一支火力强大的水师啊……我们兵船上的大炮，射程远的，火力弱，火力强的，射程又太近……真是叫人左右为难啊！"

施琅沉吟道："这样吧，姚大人，你负责训练登陆作战的士兵，我负责训练去对付郑匪兵船的水师。待你我都大功告成之后，就去进取澎湖。"

姚启圣点点头，继而又问道："我该训练多少登陆作战的士兵？"

施琅想了想，然后道："岛上的匪军约五千人，加上水师也不过万人，姚大人可以先训练一支两万人的登陆作战部队。还有，姚大人应该去通知万提督，令他抓紧时间训练一支精锐的陆军。如果攻取澎湖牺牲太大，就由万提督的陆军去攻取台湾。"

姚启圣叹道："钦差大人考虑问题实在是详细周到啊！"

施琅言道："不是施某考虑问题有多么详细周到，而是施某不敢忘怀皇上的教谕，不战则已，战则必胜！"

姚启圣言道："姚某今日方知，钦差大人当年为何能横扫耿精忠、尚之信等东线叛军了！"

施琅谦逊地笑道："好汉休提当年勇。能否顺利地攻取澎湖，进而攻取台湾，施某心中也没多少底数。"

姚启圣却铿锵有力地言道："姚某以为，只要我等牢记皇上教谕，殚精竭虑，充分准备，那么，澎湖也好，台湾也罢，都将攻而克之！"

施琅高兴地道："姚总督如此说，施某心自定矣！"

就这样，姚启圣按照施琅的部署，一边悉心操练两万名登陆作战的军队，一边督促那万正色加紧训练陆军。这里暂且按下不提。

　　却说施琅，为了对付刘国轩的那些火力强大的兵船，可谓是绞尽了脑汁、费尽了心机。他找来一些常年在澎湖列岛周围捕鱼的老船工，详细询问澎湖列岛一带的水形地势及航道情况。又找来一些多年从事铸炮行业的工匠，与他们一起仔细探讨如何改进火炮铸造。最后，施琅的心中，渐渐地有了一个明晰的作战方案。

　　刘国轩的那两百艘兵船，之所以要停泊在澎湖列岛南端的那个港湾，主要原因是，那个港湾的两边，全是一些乱石暗礁。不要说寻常的兵船了，就是稍大一些的渔船，也无法通过。而要从正面靠近那个港湾，则很容易就被刘国轩的水师发觉。也就是说，刘国轩虽然自恃自己的水师船坚炮利，但也小心翼翼，生怕清军派兵船对他的水师进行突然袭击。而刘国轩以为，自己的水师待在那个港湾里，可以说是万无一失。只要清军无法对他的水师进行突袭，他的水师就永远所向无敌。

　　然而，施琅却找到了一个对刘国轩水师进行突袭的好办法。他找来大批船匠，为他建造了近五百艘小船。这小船小到什么程度？能从乱石暗礁中自由地穿梭。施琅又命令大批炮匠，为他铸造了近五百门火炮。这火炮炮身很短，炮口却很粗。换句话说，这种火炮的射程虽然很近，但威力却很大，一艘小渔船，如果被这种火炮击中一发炮弹，则将很快地沉入海底。

　　近五百艘小船造好了，近五百门火炮也造好了。施琅命人将近五百门火炮安装在了近五百艘小船上，施琅给这种装上了火炮的小船取名为炮船。每艘炮船上，有火炮一门，炮手两名，炮弹四十余发。

　　五百艘炮船建好后，施琅又特地挑了一处怪石嶙峋、暗礁密布的海湾，让一些经验丰富的老船工、老渔民教导炮船上的炮手练习行船的方法和技巧。仅这一项练习，就花去了近两个月的时间。

　　待炮手们都能熟练地驾驶炮船之后，施琅又从那些经验丰富的老船工、老渔民当中，组织了一支向导船队。这支向导船队的任务是，负责把那五百艘炮船，引到刘国轩水师兵船停泊的那个港湾的东西两侧。

　　施琅准备好了一切，姚启圣和万正色也准备好了一切。待一切都准备就绪后，已是1683年的6月初了。施琅与姚启圣等人商定，于这一年的6月20日进攻澎湖。

　　施琅此次出征澎湖，共率战船两百艘，船载火炮一百门，登陆作战士兵两万名；小型炮船五百艘，船载火炮五百门、炮手一千名；还有他施琅自己乘坐的大型指挥船一艘，船载火炮十门、官兵千余人。另外，还有导航的渔夫、船工若干。单从军事实力而言，施琅比澎湖，显然要占一定的优势。但问题是，施琅是攻，澎湖是守，攻守之势的变化，绝非能简单地说清楚。更主要的，如果刘国轩的兵船不能被很快地消灭，那施琅恐怕就一点优势也没有了，所以施琅就异常小心谨慎。无论大小船只，一律不许点灯，全在黑暗中行进。如果哪只船不幸触礁，其他的船只不得抢救，只顾前进。看起来施琅这样做很有些残忍，但他是在抢时间、争速度，为即将到来的战斗做良好的准备。因为在如此黑暗的海面上，船队行进的速度很慢，如果再中途耽搁，那在预定的时间内就无法到达预定的地点了。

船队行至半夜时分，离澎湖列岛已不是很远了，施琅就把兵力一分为二：那两百艘战船改道向北，自己亲率五百艘炮船绕道向南。

施琅的战略部署是：自己率五百艘炮船从南边去攻击刘国轩的兵船，待他率炮船向刘国轩的兵船发起猛烈攻击后，那两百艘战船就从北面对澎湖列岛进行登陆作战。而实际上，到战斗开始的时候，施琅的那两百艘战船至少在途中损失了十艘，而他的那五百艘炮船，则至少在途中损失了五十艘。只是由于天色太暗，加上又不敢过于声张，施琅当时不很清楚而已。

施琅率五百艘炮船绕到澎湖列岛的南端后，又兵分三路：一路两百艘炮船在渔夫船工的引导下，潜入刘国轩兵船停泊的那个港湾西侧的乱石暗礁中，另一路两百艘炮船潜入那个港湾的东侧，自己则亲率一百艘炮船径向那个港湾的出口驶去。

施琅给每艘炮船下达的命令是：距离那个港湾越近越好。理由是，炮船上的火炮威力虽很大，但射程太近，如果不近距离地靠近那个港湾，就无法对刘国轩的兵船进行毁灭性的打击，而一旦让刘国轩的兵船开出那个港湾，那麻烦和危险就会接踵而至。施琅还下令，待他指挥船上的大炮开始轰击的时候，其他的炮船就一齐开火。

施琅率一百艘炮船一点点地向那个港湾的出口靠近。一个年长的渔夫提醒施琅道："大人，不能再往前开了，再开，就要开进港湾里去了。"

施琅问一个炮手道："从这里往港湾里打，我们的炮火能发挥几成威力？"

炮手回答："大约五到六成。我们大炮的最佳射击距离，是在两百尺以内。"

施琅当即下令："船队继续前进！"

你道施琅将自己的船队开到了什么地方？凌晨时，弥漫了一夜的大雾突然全部散去。熹微的晨光中，施琅的指挥船竟然开到了距刘国轩的兵船队不足一百尺的地方。施琅能清楚地看见刘国轩兵船上的人影，而刘国轩兵船上的人也同样能看清施琅指挥船上的一切。

一个炮手在施琅的身边无比惊讶地道："大人，郑匪的兵船就在那儿……"

施琅笑着言道："你现在不开炮还等什么？想等着郑匪的兵船都摆好了阵势再开炮？"

是呀，先下手为强，后下手遭殃。施琅一声令下，指挥船上的十门大炮怒吼了。跟着，指挥船周围的那近一百艘炮船上的近一百门火炮也发出了震耳欲聋的轰鸣。再跟着，港湾东西两侧那早已潜伏在乱石暗礁中的近四百艘炮船上的火炮也一起咆哮起来。如此近的距离，施琅苦心建造的这些炮船正好可以大显神威。一时间，刘国轩兵船队所停泊的那个港湾里，硝烟弥漫、火光冲天。施琅突袭刘国轩兵船队的计划，应该说是顺利地实现了。

就在施琅率五百艘炮船对刘国轩的兵船队进行毁灭性打击的时候，北路两万名清军乘着两百艘战船也已经接近了澎湖大岛，指挥这两万名清军的是一个名叫哈啰的满族将军。此人虽平日有些倨傲，却也是个能征惯战之辈。他见天色已明，估计施琅已在南边动手，所以便决定强行登岛。

经过一番血战，哈啰终于稳稳当当地登上了澎湖大岛。登岛一战，他至少折损了四千多官兵。这四千多官兵，大半是被刘国辕的炮弹炸死，小半则是被他自己的炮弹炸死。不过，就登岛一战的结局来看，他哈啰无疑是一个胜利者。他不仅打死了约三千名刘国辕的官兵，而且还俘虏了几百名未来得及逃掉的官兵——后来哈啰一气之下，将这几百名俘虏统统扔到了大海里去喂鱼——最主要的是，在这天中午时分，他哈啰明明白白地站在了澎湖大岛上。

刘国辕向东逃跑了。刘国辕的数千手下也跟着向东逃跑了，但哈啰并没有穷追。一来他对澎湖大岛上的地形不熟悉，怕中了刘氏兄弟什么埋伏，二来他还不知道施琅在南边战斗得如何，着实放心不下。所以，待一万五千余清军全部上岛以后，他就命部队原地待命，然后亲率一千多人向着岛的南端摸去。

因为怕途中碰到郑匪，所以哈啰在向岛南摸去的时候就异常地小心翼翼。还好，一路上竟然没有碰到一个郑匪，也没有碰到一个岛上的居民。哈啰心中就有些奇怪，岛上的郑匪和居民莫非都跑到岛的东边去了？

因为小心翼翼，所以哈啰的行进速度就很慢。待他率队终于摸到岛的南端时，已是下午时分。突地，一个手下向他报告道："将军，海边发现一支军队……"

哈啰一惊，忙问道："有多少人？"

那手下回道："大约有一千人。"

哈啰急令手下："准备战斗！"

然而，待仔细看时，那海边的一千多人，正是施琅所率。也就是说，哈啰领人摸到岛的南端时，施琅也刚好率众登陆。

虚惊一场的哈啰很是不快，他狠狠地扇了那个向他报告情况的手下一掌，然后就飞也似的向着海边冲去，一边冲一边高声喊道："钦差大人，下官已经成功地登陆了！"

施琅看见哈啰，自然也十分高兴，他一边迎上来一边赞许道："哈将军，你打得好啊！你不仅打垮了北边的郑匪，连南边的郑匪都让你给吓跑了。不然，我施某此刻恐怕还得在大海上漂着呢。"

施琅如此夸赞，哈啰多少有些不好意思。他喃喃地言道："下官只是奉钦差大人指令行事，又何功之有？不知钦差大人袭击郑匪兵船一事结局如何？"

施琅指着不远处仍在冒着滚滚浓烟的那个港湾言道："哈将军请看，只一个上午时间，郑匪的两百艘兵船就全部化为灰烬！"

哈啰闻言大喜道："钦差大人，你一个上午消灭了郑匪的兵船，下官一个上午率军攻上了岛内，如此一来，那郑匪岂不就无路可逃了吗？"

施琅重重地点了点头："哈将军言之有理。施某消灭了郑匪的兵船，便解除了郑匪对我军的最大威胁。哈将军率众攻上该岛，就意味着我军已彻底地在这里站住了脚跟。不过，依施某看来，最强硬的一仗，恐怕还在后头。"

哈啰问道："钦差大人何出此言？"

施琅反问道："哈将军登岛，歼灭了郑匪多少兵马？"

哈啰略略思忖了一下："大概有三千多人。"

施琅轻轻言道："哈将军消灭了三千多郑匪，我大概炸死了两千多郑匪。这个岛上原有郑匪陆军五千、水师五千，后来刘国轩又带来五千人。如此看来，刘国轩目前手下，至少还有近万人。这近万人郑匪，可不是那么好对付的哦！不知哈将军攻岛，损失了多少人马？"

哈啰回道："战死四千多人……是否要派人回去，叫总督大人再派些军队过来？"

施琅缓缓地摇了摇头："暂时不需要。你我兵合一处，尚有一万七千人左右，比郑匪仍占优势。更何况，这里地形复杂，军队来得再多，恐怕也派不上什么大用场。"

哈啰问道："现在我们该怎么办？"

施琅看了看业已偏西的太阳："时候已不早，先将部队安顿好，让弟兄们好好地吃一顿，再睡上一个好觉，然后设法找到一些当地百姓，摸清郑匪的动向。"

哈啰点头表示同意。之后，哈啰便领着施琅重新回到了岛的北端。因为走得快，到达岛的北端时，才刚刚黄昏，施琅命哈用战船将伤员送回福州，再从福州多带些吃的、喝的东西到岛上来。因为刘国轩在澎湖的兵船已全部被消灭，所以施琅在派战船回福建的时候，心中十分坦然。

哈啰有些不解地道："钦差大人，下官所携带的吃喝东西，足以供军队三天之用，为何还要从福州多带这些东西过来？"

施琅笑问哈啰道："你以为，三天就能彻底解决这场战斗吗？"

哈啰回道：“下官以为，郑匪最强大的就是水师，现水师已被钦差大人所灭，剩下一些残兵败将，当不足为虑。”

施琅告诫哈啰道：“将军万不可有轻敌之念。郑匪虽不足为虑，但那刘国轩却不是一个等闲之辈，我等还是小心谨慎为妥。”

施琅既如此说，哈啰也就不再言语。入夜，在施琅授意下，哈啰一连派出十数批人手，向岛的纵深处搜索，希冀能找到一些岛上的居民。功夫不负有心人，至天明时分，终于有一批搜索队员带回了数十位岛上的百姓。

经询问那些岛上的百姓得知，刘国轩已将岛上万余名百姓全部赶到了岛的东部，这数十位百姓是躲在一个山洞里才侥幸躲过刘国轩的驱赶的。这些百姓还告诉施琅，刘国轩的大本营就设在岛的东部的一个城堡里。那里地势险要，易守难攻。

施琅吩咐哈啰道：“传令全军，迅速东进！”

这支由一万七千余人组成的清军纵队，在施琅和哈啰等人的指挥下，开始向澎湖大岛的东端开进。至中午时分，清军大队已接近了刘国轩的城堡。施琅正要命令部队安营扎寨、准备向刘国轩的城堡发动进攻的当口，突然，从前面不远处的一大片乱石丛中，冒起了一股又一股的青烟，跟着，一发又一发炮弹开始在清军队伍中落下、爆炸。一时间，清军人仰马翻，阵脚大乱，施琅急令向后退却。饶是如此，这一阵突如其来的炮击，也使得清军死伤达千人左右。

施琅惊道：“原来刘国轩把大炮都拖到这儿来了……”

哈啰刚才差点被一发炮弹击中，他骂骂咧咧地言道：“混账，这里起码藏了五十门火炮……”

施琅若有所思地道：“刘国轩果然名不虚传……这里确是隐藏火炮的好地方。如果他兵力充足，刚才一阵炮击之后再紧接着向我等发起攻击，那我等必将一败涂地！”

哈啰余怒未息地道：“钦差大人，速速调些火炮过来，把这些混账东西统统炸死在这里！”

施琅有些苦笑道：“哈啰将军，我们哪里还有什么火炮？”

哈啰一怔。是呀，清军火炮的炮弹已全部打光，虽又缴获了刘国轩几十门火炮，但也只剩下炮筒，并无一发炮弹。哈啰期期艾艾地问施琅道：“要不，派战船回去从福州拉些火炮到这里来？”

施琅反问道：“哈将军，福州还有火炮吗？”

哈啰有些冷静下来。福州一地火炮，已经全被他和施琅带到了这里。若想获得火炮，只有两种办法可选择，一是派人去通知姚启圣总督在福州重新铸造火炮和炮弹，二是在福建全省去寻找火炮和炮弹。但是，不管选择哪一种办法，都需要一段相当长的时间。莫非，一万多清军，要在这澎湖大岛上空等这么长时间吗？

不，似乎还有一种办法可供选择……哈啰低低地对施琅言道："钦差大人，我们应该把郑匪的这些火炮想法子夺过来……"

施琅也低低地言道："哈将军言之有理，施某也正在想这个问题。夺下郑匪这些大炮，不仅扫除了前进的障碍，而且还可以掉转炮口对刘国轩的城堡进行轰击。"

哈啰问道："该如何去夺郑匪的这些火炮？"

施琅言道："哈将军不要性急。先把部队安顿好，防止郑匪的反击或偷袭。待天黑之后，再去仔细地侦察一番。"

天黑之后，施琅命哈啰镇守军营，自己则亲自登上一艘战船，在当地百姓的引导下，沿着海边，对澎湖大岛的东端进行侦察。因为刘国轩在澎湖的兵船队已全军覆没，所以施琅在乘船侦察时是非常安全的。

然而，安全是安全了，但侦察的结果却令施琅大失所望。刘国轩的火炮阵地距城堡约有两里之遥，火炮阵地上，约有刘国轩的三千人马，如果能从火炮阵地与城堡之间插入一支相当数量的清军，则极有可能将刘国轩的火炮阵地拿下，但问题是，施琅侦察来侦察去，最终发现，这一带的岛壁峭滑如削，清军根本就无法攀缘。故而，施琅在大失所望的同时又不禁深深地叹服道："那刘国轩确有卓越的军事才能。"

施琅上半夜是在澎湖大岛东端的北面侦察的，下半夜时，施琅又带着失望绕到了南面，正所谓不到黄河不死心。施琅幻想着南面会有一个可供清军登陆偷袭的地方，但侦察的结果仍然是两个沉甸甸的字：失望。

就在施琅失望复失望的时候，施琅所乘的战船似乎是无意间泊在了一个距澎湖大岛不足千尺的小岛边。因为澎湖是一个列岛，以一个大岛为中心，周围环绕着许多小岛。这许多小岛上，一般无人居住，因为大风大浪起时，风浪会将小岛上的一切都卷入大海里。再者，即使有些小岛适合人居住，也早被刘氏兄弟赶到大岛上去了。不过，任何事情都有例外，尽管大风大浪很是骇人，尽管那刘氏兄弟似乎比无情的大风大浪还要骇人，但仍然有一些大胆的渔民偷偷摸摸地居住在大岛周围的一些小岛上。

所谓无巧不成书，施琅的乘船无意间所停泊的那个小岛上，恰恰住着一个大胆的渔夫。这渔夫独身一人，年已届五十。更巧的是，施琅的乘船刚一停泊在小岛边，那个渔夫便从一处黑暗中走了出来。似乎，这渔夫是专门在此小岛上恭候施琅的到来的。如果真有什么"天意"的话，那施琅此番巧遇这个渔夫，恐怕就是这种"天意"的具体表现。

因为澎湖列岛上的百姓几乎人人都痛恨刘氏兄弟，所以施琅与这个渔夫就谈得很是投机。待听说施琅正为无法登陆去突袭刘国轩的火炮阵地而一筹莫展之后，那渔夫却悠悠然言道："峭壁虽难攀登，但并不等于就无法攀登……不瞒施大人，小人经常从那儿攀上大岛去……"

"那儿"，便是指的刘国轩的火炮阵地与城堡之间的岛壁。施琅简直有些不敢相信自己的耳朵，他竟一把抓住那个渔夫的身体，急急地问道："你是说，你能从那儿攀上去？"

那渔夫一点也不慌张，态度异常从容地言道："大人，就在前几天，小人还从那儿上去又下来过一回……"

施琅的双手慢慢地松了那渔夫的身体，只一对灼热无比的目光紧紧地盯着那渔夫的脸："那儿峭壁异常地陡滑，你如何能攀得上去？"

许是黑夜的缘故吧，那渔夫并未感觉到施琅的目光有多么灼热。他十分冷静地反问道："看来大人是不相信小人所说的话啰？"

施琅忙道："不是施某不相信，而是施某不敢相信……"

渔夫暗暗地一笑，然后对施琅言道："大人请随小人来。"

施琅"哦"了一声，跟着渔夫走去。渔夫走到一个小洞口边，爬进洞去，又弓身爬了出来，手里多了一样东西，是一个像船锚一样形状的铁爪子，只是比船锚要小得多，铁爪子的尾端，拖着一条长长的绳索。施琅不解地问道："船家，这是何物？又有何用？"

饶是施琅精明无比，却也有许多弄不懂的东西。如果他对江湖行当比较熟，就不难知道，那渔夫手中拿着的那个铁爪子，是专供飞檐走壁用的器具。

渔夫向施琅解释道："这叫抓钩，是小人用来攀缘的工具。"

施琅还是不甚明白："抓钩又如何攀缘？"

渔夫也没说话，领着施琅来到一个几乎是直立的大岩石旁。渔夫指着岩石问施琅道："大人，这石壁比那岛壁如何？"施琅看了看石壁，然后道："这石壁似乎比那岛壁还要陡峭、光滑……"

渔夫低低地叫了一声："大人请看好了……"说话的当口，他右手一摆，那抓钩"呼"的一声就朝着岩石的顶端飞去。施琅似乎听到"当"的一声，那抓钩竟稳稳地钩住了岩石的顶端。一条绳索，在施琅的眼前晃荡。

那渔夫也不搭话，双手抄起绳索，身体就像一只猿猴般，轻盈地向着岩石的顶端攀去。转眼间，他就攀到了岩石的顶端，又一松手，身体便"呼"地落回地面，站在了施琅的面前。好个渔夫，做完这一连串的动作后，竟然连大气都不喘一口。

施琅这回算是彻底地明白了。他高兴地言道："船家，用你这种办法，再找些善于攀缘的士兵，便能攀上那处岛壁。"

渔夫浅浅地一笑道："大人终于相信小人所说的话了……"

施琅也陪着渔夫笑道："耳听为虚，眼见为实嘛！"

渔夫止住笑，继而问道："大人是否想让小人领着你的士兵从那儿攀上岛去？"

施琅也赶紧敛了笑："施某正有此意。但不知船家肯否帮忙？"

渔夫言道："小人若不帮忙，大人的士兵是上不了大岛的。"

"那是，那是。"施琅连忙言道，"只要船家肯帮这个忙，船家的任何条件施某都会答应。"

渔夫淡然一笑道："小人只身一人已过了半辈子，风里来浪里去也闲散惯了，并无什么太高的要求。小人只希望大人赶走刘氏兄弟之后，能还澎湖列岛一个安宁。不知大人以为如何？"

施琅立即肃然起敬道："船家肺腑之言，施某已镌刻在心。船家之希望，也正是施某之大望！"

渔夫点了点头："大人既如此说，小人便愿助大人一臂之力。"

施琅欣喜言道："有船家鼎力相助，则郑匪必破！"

俩人又回到施琅所乘的船边。施琅问道："不知那峭壁之上，可有郑匪士兵把守？"

渔夫摇了摇头："从来没有。不然，小人何以能在那儿来去自由？"

施琅沉吟道："郑匪的炮兵阵地与城堡之间只相距两里路程，如果船家领施某士兵攀上峭壁之后便被郑匪发觉，岂不是前功尽弃？"

渔夫却胸有成竹地回道："大人不必为此多虑。那峭壁之上，有一处很大的凹坑。小人会领大人的士兵在那凹坑里隐蔽的。"

施琅眉梢一动："凹坑？那凹坑有多大？能伏多少人？"

渔夫思忖道："如果挤得紧一些，大约能伏两千人。"

施琅不禁叫了一声："太好了！待两千人都攀上了峭壁，伏在那凹坑里，便可以对郑匪的炮兵阵地发动突袭了！"

渔夫言道："只是，那处峭壁只有十来个地方可以挂抓钩。十几条绳索要攀上去两千人，恐会费去很长一段时间。"

施琅问道："一夜时间够不够？"

渔夫想了想："从天黑开始，到黎明……如果速度快，大概差不多了。"

"那就好，"施琅看了看夜空，"如果明天晚上没有月亮，也没有星星，那就更好了！"

渔夫却肯定地道："大人，依小人经验来看，明晚既不会有月亮，也不会有星星。"

渔夫即使说天上的月亮和星星马上就会掉下来，恐怕施琅也是会相信的。渔夫又补充道："大人不必为有无星月多虑，即便有星月，船停泊在那峭壁之下，上面的人也发现不了，更何况，那一段峭壁之上，根本还没有人。"

施琅算是彻底地放心了："船家，时间就定在明晚。现在我们来详细地商议一下具体的方法和步骤……"

天快亮的时候，施琅回到了哈啰等人的身边。未及哈啰问起侦察情况，施琅就迫不及待地说出了一切。哈啰兴奋地道："大人，有那渔夫帮忙，郑匪的炮兵阵地必破！"

施琅沉吟道："现在最主要的问题，是挑选出两千个善于攀缘的士兵……"

天亮了之后，施琅一边派出少许人对刘国轩的炮兵阵地佯攻以麻痹敌人，一边与哈啰紧张而有序地在军中挑选善于攀缘的士兵。至中午，共挑出一千九百九十九名官兵。施琅喃喃自语道："只差一名，就凑足两千人了"

哈啰轻轻言道："大人，下官在福州时，曾徒手攀上过福州的城墙……"施琅一怔："哈将军，你想去参加突击队？"

哈啰又轻轻一笑："大人，这么重要的任务，应该去一个将军统率。"

施琅默然，尔后低低地问道："哈将军，你知道此去会有什么后果吗？"

哈啰点点头："下官明白。此一去，恐怕就再也见不到大人了……"

哈啰说得很对。刘国轩的炮兵阵地与城堡之间相距只有两里路，如果哈啰率队前去，不管偷袭成功与否，遭东西两路敌人合力一夹，在施琅率众冲上炮兵阵地之前，极有可能全军覆没。

施琅顿了一下，然后问道："哈将军，你既然知道这一后果，为何还要前去？"

哈啰静静地回道："大人，下官一直在福州为官，三藩叛乱时，下官也没有离开过福建。下官一直以为，台湾及澎湖理应属大清领土，当尽早收回，但下官人微言轻，没有什么人理会下官的建议。不过，现在好了，皇上派大人来了，福建总督也换了姚大人，统一台湾已付诸了行动。下官的夙愿就要得以实现。所以，攻打澎湖这关键一仗，下官自然要有所贡献。大人以为下官说得对吗？"

施琅一时大受感动。实际上，施琅的本意也是想派哈啰作为突击队的统帅的，只是因为哈啰是满人，施琅多少有些顾虑。施琅早就从姚启圣那里得知，哈啰是一个只要能取得战斗胜利就会不惜任何代价的人。由他去统率突击队，当是最恰当的人选。施琅也正是看中了哈啰这一敢打敢冲、不怕牺牲的特点，才会命他率两万清军从澎湖大岛北端强行登陆的。

施琅重重地对哈啰言道："哈将军，施某同意你去统率突击队！"

哈啰咧嘴笑了："谢大人成全！"

下午，施琅继续命人佯攻刘国轩的炮兵阵地，哈啰则带着两千手下选了一处峭壁进行攀缘训练。黄昏时分，哈率众登上了十艘战船，施琅赶到海边为哈啰送行。哈啰问道："大人对下官还有什么吩咐？"

施琅言道："将军去了小岛之后，一切当听那个船家的吩咐，切莫与他发生争执。"

哈啰回道："这是自然。下官脾气虽暴，却也知道轻重缓急。大人还有什么吩咐？"

施琅慢慢地握住了哈啰的手："有将军前去，施某一百个放心，只要将军在敌人的背后动了手，施某就会以最快的速度冲上去。只希望将军万万保重，因为，台湾还等着将军与施某一同去统一呢！"

哈啰勉力地笑了笑："大人放心，只要有一点点可能，下官就不会轻易地死去。不瞒大人，与大人在一起并肩作战，下官实在称心如意！"

哈啰要离施琅而去了。蓦地，他几乎是俯在施琅的耳边道："大人，下官有一个请求，不知当讲不当讲……"

施琅忙道："哈将军有任何话，尽可以对施某言出。"

哈啰顿了一下，然后言道："大人，下官的这个请求是，如果下官不幸战死，敬请大人将下官的尸体就埋在澎湖大岛上……下官的意思是，即使下官死了，下官也要为大清朝镇守这澎湖列岛！"

施琅一时无言。许久，他才缓缓地言道："如果真的发生了这样不幸的事，施某一定会满足哈将军的心愿！"

哈啰终于离施琅而去了。他挺立在船头，频频向施琅招手。施琅看见，在如血的残阳映照下，哈啰那一向坚毅果敢的脸庞，竟然显得无比的温柔。施琅默默念叨道：哈将军，放心地去吧，如果皇上知道，大清朝有你这般忠心耿耿的将军，他就不会再为统一台湾一事而忧虑了。

天黑了下来，为配合哈啰，施琅命千余手下在刘国轩的炮兵阵地前一会儿呐喊呼叫，一会儿又煽风点火，做出一副要强攻的模样。果然，刘国轩的炮兵不知虚实，只胡乱地向着有动静的地方开炮。而与此同时，施琅组织了一万精兵，埋伏在敌人炮火打不着的地方。施琅给这一万人下达的命令是：待敌人的炮兵阵地上发生混乱的时候，就不要命地向上攻，率先冲上郑匪炮兵阵地的，当官的连升二级，当兵的赏银子一百两。

由于施琅的手下老是在阵地前折腾，刘国轩的炮兵便开始疲倦了，也不朝下面开炮了。而施琅却不愿意罢休，他命手下两三人一组，干脆朝着炮兵阵地的附近摸去，有几组士兵，甚至摸到了一尊大炮的炮口下，慌得刘国轩的炮兵又赶紧连连开炮，还用火枪和弓箭向下射击。这样，一直到黎明前，刘国轩的炮兵阵地前才悄然安静下来。

黎明前是一天当中最为黑暗的时光。而这么一个黎明前，又无疑是施琅极为紧张的时刻。他的大脑里只在想着一个问题：哈啰的两千人马，都顺利地攀上峭壁了吗？

夜晚总是在等待着黎明的到来，而施琅却是在等待着哈啰在郑匪的炮兵阵地后面发动袭击。他一遍又一遍地催问观察的哨兵："哈将军开始攻击了吗？"然而得到的回答却都是：郑匪的炮兵阵地上什么异样的动静也没有。

施琅不无担忧地思忖道："难道，哈啰攀缘峭壁不顺利？"

眼看着，天就要亮了。施琅心中的担忧越来越沉重。如果哈啰等人攀缘不成，那么，待天亮了之后，哈啰等人就没有什么机会了。

就在施琅忧心忡忡的当口，确切讲，就在天亮之前的那一瞬间，负责观察敌人炮兵阵地的哨兵突然朝着施琅喊道："大人，郑匪炮兵阵地上开始骚乱了……"

施琅闻言，就像受到什么强烈的刺激似的，立即就从地面上反弹了起来，并迅即振臂高呼道："弟兄们，向上冲啊！哈将军已经在郑匪的背后动手了！"

一万名士兵，几乎在地上趴了一夜，此时此刻，他们全部的精力都凝聚在了双腿上。他们哪里是在跑，他们简直是在飞。他们知道，他们早冲上去一刻，哈啰和那两千名弟兄就多了一点生还的可能。所以，这一万名士兵，在施琅的率领下，汇成了一股巨大的旋风，直向刘国轩的炮兵阵地上卷去。

有炮弹在施琅的身边爆炸，有火枪和弓箭从施琅的身边射过，但施琅全然不顾，依然一马当先地冲在最前头。

近了，更近了，刘国轩的炮兵阵地就在眼前。施琅看见，偌大的一个炮兵阵地上，也不知道有多少人正在面对面地厮杀。显然，刘国轩的三千炮兵已经被哈啰等人死死地缠住了，他们已经腾不出多少人手和时间来阻止施琅等人的进攻了。

但施琅同时也看见，哈啰等人已经被郑匪团团围住。不仅有刘国轩的三千炮兵，而且还有从刘国轩城堡里赶来的数千人马。施琅急对身后的手下喊道："快上啊！快杀啊！"

施琅等一万清军杀入炮兵阵地，阵地上的情形顿时改观。毕竟施琅的清军在人数上占优，而且施琅还有三千人马在后面赶来，所以清军最后取胜似乎只是个时间上的问题。

厮杀至正午，战场的形势已经明朗。刘国轩的人马再也抵挡不住，向城堡节节败退。有手下建议乘胜追击，一举攻下城堡，但施琅没有同意。施琅的命令是：速速打扫战场，原地休息待命。

你道施琅为何不对刘国轩的人马乘胜追击？原来，刘国轩盘踞的那个城堡的确地势险要。这城堡位于澎湖大岛的最东端，三面环海，一面朝着施琅的方向。城堡内的房屋依地势而建，高低不平，参差不齐，房屋与房屋间的道路，有的宽，有的窄，有的长，有的短，有的笔直，有的弯曲，活像是一座座迷宫，确实易守难攻。刘国轩又有不少火枪和弓箭，如果冒冒失失地追过去，摸不清城堡里的道路，岂不都成了刘国轩火枪和弓箭的活靶子？

施琅下令停止追击，还有一个很重要的原因，那就是，炮兵阵地上的战斗已经结束了，可施琅却始终没有看见哈啰的身影。所以，他在下达了"打扫战场，原地待命"的命令后，紧接着又下达了第二个命令：打扫战场的同时，全力以赴寻找哈啰将军。施琅还重重地强调：寻找哈啰将军，活要见人，死要见尸。施琅虽说是"活要见人，死要见尸"，但他心里面却异常地清楚，"活要见人"的可能性已经不复存在，因为，如果哈啰还活着的话，恐怕早就大呼小叫地跑来见施琅了。所以，施琅下达了第二个命令后，心情是异常地沉重的。不过，施琅心中却还有着这么一种想象：也许哈啰只是负了伤，正躺在一个什么地方，等着施琅派人去找他。

寻找哈啰的任务异常地艰巨。哈啰所率的那两千人的突击队，几乎全部阵亡，侥幸的是，为哈啰等人引路的那个渔夫，除受了一点皮外伤之外，居然安然无恙。施琅率众冲上炮兵阵地与刘国轩的兵马拼杀了半日，也死伤达三千人，而刘国轩则至少在炮兵阵地上丢下了五千具尸体。这样一来，近万具尸体横七竖八地堆放在炮兵阵地上，想从中找出一个哈啰来，也着实不易。

但施琅不怕困难。他不仅命手下在尸骨堆里寻找哈啰，他自己也亲自在尸骨堆里细心地翻找。大热的天，成堆的尸体散发着一股股难以言表的怪味。苍蝇像发现了什么稀罕物似的，成群结队地在尸骨堆上嗡鸣、盘旋。然而施琅不顾，甚至都顾不上去擦一下额上豆大的汗珠，一门心思只顾细心寻找。

终于，一个时辰之后，有几个士兵找到了哈啰。只是，哈啰已经死了。

施琅安葬了哈啰的尸体之后，便开始部署对刘国轩进行最后一击了。施琅尚有一万左右人马，除去伤号和其他，至少还有八九千人可以投入战斗。而刘国轩满打满算，也至多还有五千兵力。也就是说，从军队的人数上看，施琅几乎是刘国轩的二倍。更主要的，施琅夺得了刘国轩的近五十门火炮，且足足有数千发炮弹可供发射。看来，刘国轩将这么多的炮弹囤积于此，是早就做好了与清军在此决一雌雄的准备。但刘国轩没有想到的是，他这一精心准备，居然帮了施琅的忙。

施琅拥有绝对优势的兵力，又拥有威力巨大的火炮，攻下刘国轩的城堡，当不是什么难事。但是，施琅并没有急于向城堡发动进攻。原因是，城堡地形太过复杂，纵然有几十门火炮支援，若强攻进去，也必将招致重大损失。更主要的原因则是，刘国轩已将澎湖大岛上的万余百姓赶进了城堡。刘国轩这么做的目的，一是不让岛上的百姓为清军引路，二是在迫不得已的情况下，拿这些百姓做挡箭牌。如果施琅用火炮猛轰城堡，则城堡内的百姓也必然会有重大伤亡。

施琅想用一种比较和平的方式解决澎湖大岛上的这最后的战斗。他以为，清军已大兵压境，这种和平的方式是完全有可能实现的。所以，他就找来一个俘虏，让这俘虏捎了一封信给城堡里的刘国轩。施琅在信中，先分析了一下目前的形势，然后称，只要刘国轩将军率众投诚，他施琅就绝对保证他们的人身安全。施琅在信中甚至还言称，如果刘国轩愿意协助清军统一台湾，那他施琅就一定在康熙的面前为刘国轩请功。

那个俘虏带着施琅的亲笔信走进城堡的时候是正午。施琅耐心地等待，至下午，那个俘虏也没有出来。施琅并没有灰心，又写了一封信，又打发一个俘虏走进城堡。至黄昏，杳无音信。施琅有些失望了，但还是写了第三封信，派了第三个俘虏再次走入城堡。这一回，天黑的时候，第三个俘虏走出了城堡。施琅喜滋滋地迎了上去。那俘虏给施琅带回了一封刘国轩的亲笔信。刘国轩的亲笔信很简短，也很扼要，只有四个字：少说废话。

施琅气了，更怒了。他认为，自己已经做得仁至义尽了，既然刘国轩不想以和平的方式解决此事，那就不能怪他施琅不客气了！当然，既要开战，也就顾不得城堡里的什么百姓苍生了。

不过，施琅虽然生气，虽然动怒，但也还算冷静。他并没有连夜就向刘国轩的城堡发动进攻，而是命令军队好好地休息一夜，养足精神，待明日凌晨，再向刘国轩的城堡发动总攻。施琅对官兵们言道："用三天时间，彻底解决这场战斗！"

次日凌晨，施琅开始动手了。他把约九千人的军队分成上、中、下三个纵队，每个纵队配备火炮十五门、炮弹千余发。施琅对三个纵队的指挥官命令道："不管其他，只管往城堡里面打，一点点地，一步一步地，把刘国轩和他的城堡蚕食掉！"

总攻开始了。清军的数十门火炮，分上、中、下三路，对着刘国轩的城堡狂轰滥炸。火炮打到哪里，清军就冲到哪里，然后炮火再向前延伸，清军再接着往前冲。这种进攻，虽然进展较慢，但却在很大程度上减少了清军的伤亡。因为清军猛烈的炮火，的的确确摧毁了刘国轩许许多多苦心经营的工事。

然而，清军炮火再猛，终也不能将刘国轩所有的工事都摧毁。刘国轩手下许多火枪手和弓箭手都隐藏在石洞里或由岩石垒成的房屋里，清军的火炮很难将那些石洞和岩房毁坏。待清军炮击停止之后，那些火枪手和弓箭手便开始朝着冲上来的清军射击。这样一来，清军就必须逐洞逐房地与刘国轩的手下争夺。如此，清军进攻的速度不仅很慢，而且进攻的伤亡也着实很大。几乎每前进一步，就会有绝望的清军士兵倒下。

但清军毕竟在人数和火力上占压倒性的优势，加上清军在施琅的鼓动下，一个个视死如归、攻势如潮，所以，尽管刘国轩的手下依仗着有利地形负隅顽抗，但清军的进攻却依然稳步地持续着。

激战了两天两夜后，三路清军终于占领了大部分城堡，刘国轩的残兵败将被迫龟缩在城堡的东南角上。清军的最后胜利，已经触手可及了。

在攻打城堡的第三天，施琅让自己的军队休息了一上午。反正，刘国轩和他的残兵败将龟缩在城堡的东南一角，已是插翅难飞。

下午，施琅把所有还能参加战斗的清军士兵都集中起来，先用数十门火炮把剩下的炮弹都打出去，然后便指挥清军士兵对刘国轩发动了最后一击。

清军的这最后一击，虽然打得很艰难，却也顺利。至黄昏时分，仅剩的刘国轩的数百名残兵败将被迫投降，澎湖之战宣告结束。此时是1683年的6月22日。

然而，刘国轩却逃跑了。据俘虏交代，刘国轩是在清军就要取得最后胜利的前一刻，乘一只小船向台湾方向逃去的。

施琅一时很是后悔，他后悔的是自己有些冲动了。所谓智者千虑、必有一失，他施琅为什么就没有想到事先派战船把刘国轩的逃路给封锁住呢？刘国轩这一逃回台湾，虽不能用"放虎归山"来形容，但却必然会给清军最后统一台湾带来不小的麻烦。

好在刘国轩的主力——无论是水师还是陆军——大部已在澎湖之战中被清军所灭，刘国轩即使逃回了台湾，料也成不了什么大气候。终有一天，他施琅是会将那刘国轩绳之以法的，而且，这一天也为期不远了。想到此，施琅便又略略有些心安。

不过，施琅暂时是无力再继续进攻台湾了。经澎湖一役，施琅的身边，连伤者在内，也只还有五千余众。凭这么一点兵力去统一台湾，显然是不现实的。

所以，施琅就命清军暂在澎湖大岛上安顿了下来，自己则带着伤病员回到了福州，与福建总督姚启圣一起共商统一台湾大计。

姚启圣见施琅平安归来，很是高兴。他对施琅又是接风又是洗尘，殷勤得不亦乐乎。施琅笑谓姚启圣道："姚大人对施某如此盛情，定有他图。"

姚启圣也不隐瞒，据实言道："姚某别无他图，只图能与钦差大人一起去统一台湾！"

因澎湖已克，台湾郑氏已没有多大实力再与清军抗衡，换句话说，去统一台湾，已没有什么风险可言了。所以，施琅就这样回答姚启圣道："总督大人之言，施某敢不从命？"

姚启圣一听，竟然高兴得跳了起来。是呀，完成国家的统一，像这等彪炳史册的光荣之事，一个人的一生，又能遇到几回？

去统一台湾的兵力不成什么问题，福建陆军提督万正色早按施琅的指令训练成了一支两万人的精锐部队。虽然施琅去攻打澎湖时所带的两万多人已所剩不多，但有万正色的那两万官兵去统一台湾，当绰绰有余。施琅和姚启圣需要做的准备工作是：尽快地铸造一些大炮，特别是造出充足的炮弹。

一个多月后，也即1683年的8月初，施琅和姚启圣二人，率战船两百艘、大炮两百门并官兵两万，浩浩荡荡地离开福建，径向台湾岛而去。途经澎湖，又有三千多人登上战船。姚启圣信心十足地对施琅言道："此一去，台湾必克！"

施琅却悠悠然言道："施某现在最关心的是，此一去，定要抓获刘国轩！"

姚启圣会意地一笑道："钦差大人说得是，刘国轩在澎湖跑了一回，这一回，绝不能让他在台湾又跑了！"

施琅轻松地一笑道："姚大人放心，那刘国轩从澎湖可以跑到台湾，可他从台湾，又能跑到哪里去呢？"

姚启圣大笑道："我看，那刘国轩只能往大海里面跑了！"

是呀，清军一攻入台湾，那刘国轩就将无路可逃了。然而，令施琅和姚启圣没有想到的是，清军于8月11日登陆台湾岛，于8月12日向台湾府进发，但在8月13日，那郑克塽却带着数千人马走出台湾府，向施琅和姚启圣投降。也就是说，施琅和姚启圣几乎是兵不血刃地就统一了台湾岛。只不过，施琅和姚启圣一心想抓获的那个刘国轩，却在这之前，就已经死了。

你道刘国轩为何会死去？刘国轩的死，不是自杀，也不是染病而亡，而是死于他杀。杀死刘国轩的人，便是那个郑克塽。原来，刘国轩下定决心要与台湾共存亡，而郑克塽却想苟活，于是设计毒杀了刘国轩。

还别说，郑克塽主动投降的目的还真的达到了。他杀死刘国轩，保全了台湾城，大大小小也是功劳一件，后报经康熙恩准，施琅和姚启圣就留下了郑克塽一条性命。只不过，花天酒地的生活却从此与郑克塽无缘了。人们常说，有所得就必有所失，此谓也。

统一了台湾之后，该如何处置台湾及澎湖等地，姚启圣等人一时拿不定主意，甚至有人向姚启圣建议道：台湾如此偏僻荒凉，还不如将它放弃。

但施琅却以为，台湾虽然偏僻荒凉，却是大清朝东南数省的屏障，如果放弃，则西洋人就肯定还会再来，那样，大清朝的东南沿海就又会面临着莫大的威胁。

　　征得了姚启圣的同意后，施琅就给康熙写了一本长长的奏折。在奏折中，施琅先是简要地叙述了统一澎湖及台湾的经过，然后便详细地叙说了自己对处置台湾及澎湖的看法，并着重强调一点：台湾及澎湖绝不能放弃。

　　施琅的这本奏折送进紫禁城时，是在一个夜里。当时，夜已比较深了，康熙正在乾清宫自己的寝殿里与阿露调笑戏耍。康熙之所以会同阿露调笑戏耍，是因为他当时的心情很好。康熙之所以会有那么好的心情，乃是因为清军在东北同罗刹兵作战打了一次不大不小的胜仗——关于此事，后书中将会有比较详细的交代。康熙既然有这么好的心情，当然就要与他心爱的阿露一起好好地分享一番了。

　　康熙在自己的寝殿里正与阿露调笑戏耍到兴浓之际，那赵昌却一头扎了进来，扎得康熙好不气恼："赵昌，你不想活了吗？"

　　赵昌赶紧跪倒，又赶紧将手中的一本奏折高高地举过头顶："皇上，奴才当然想活，只不过，福建的那个施琅施大人有紧急奏折呈到，奴才不敢怠慢，所以才如此冒犯了龙颜……"

　　闻听"施琅"二字后，康熙急忙离开阿露，大步抢到赵昌近前，一把将赵昌手中的奏折抓过来，迫不及待地展开便阅。待阅毕，康熙止不住地眉飞色舞道："好个施琅，真的没有辜负朕的希望！而且，他对台湾重要性的认识，也颇有见地，真不愧为朕的栋梁之材啊！"

　　那赵昌忙叩首言道："奴才恭喜皇上，恭喜皇上统一台湾……"

　　这一回，康熙并没有对赵昌生起多少厌恶，反而饶有兴趣地问道："赵昌，你如何得知施爱卿已为朕统一了台湾？莫非，你偷看了这本奏折不成？"

　　赵昌"啊呀"一声言道："皇上真是冤枉奴才了……奴才纵然有天大的胆子，也不敢偷看皇上的奏折啊……奴才只是看皇上如此高兴，胡乱猜测来着，没承想，竟然让奴才猜着了！"康熙"哈哈"一笑道："赵昌，人们都说你伶俐乖巧，从今日之事来看，此话倒也不虚！"

　　康熙能如此夸赞赵昌，可以说是破天荒的事儿。所以，赵昌就一连冲着康熙叩了几个响头，一边叩头一边言道："奴才谢皇上夸奖，奴才向皇上保证，奴才今后一定更加伶俐乖巧……"

　　康熙用脚碰了碰赵昌的脑袋："好了，赵昌，起来吧，去把索额图叫来，朕有要事与他商谈。"

　　赵昌"哦"了一声，爬起身就向外跑去。那索额图不仅是大学士、吏部尚书，而且还是领侍卫内大臣。康熙许多重要的事情，都要与索额图商谈了之后再作决定。从这个角度来看，康熙与索额图之间的关系，确乎比康熙与明珠之间的关系要亲近一些。

赵昌走后，康熙回到阿露的面前，用手托起她的下颌言道："在东北，朕狠狠地教训了一下罗刹，在东南，朕又统一了台湾……朕的心里，真是非常高兴……"'

阿露的小脸，直如雨后的荷花，清新、芬芳又娇艳欲滴。她略略有些娇喘地言道："皇上，奴婢今日，心里也非常地高兴……"的确，今日，阿露异常的高兴，甚至高兴得都有些反常。只是康熙自己也太过高兴了，一时没有察觉到阿露的那种"反常"而已。

康熙松了阿露的下颌："待朕与索额图处理好了台湾的事情后，朕就即刻回来伴你。"

阿露的双目，溢光流彩："皇上去吧，还是处理政事要紧……"

康熙回道："处理政事固然要紧，但朕与你的事情也并非寻常。"

阿露笑了一下，笑得康熙有些神魂颠倒的："既如此，皇上且去，奴婢在此恭候皇上的回归……"

康熙温柔地拥抱了她，又温柔地吻了她一下，然后才缓缓地离去。此等情状，不像是一个皇上与一个宫女暂别，倒像是一对恩爱夫妻在互道晚安一般。

康熙缓步走出寝殿，那索额图已在外面恭候。康熙略略惊讶道："索爱卿如何来得这么快？"

索额图回道："臣遵照皇上旨意，将那罗刹将军梅利尼克放了。正待出宫，赵公公找来，所以臣就快步赶来了。"

康熙点点头，然后将施琅的那本奏折递与索额图："爱卿，你且看看，那施琅为朕立下了多么大的一件功劳……都说台湾海洋深远、郑氏善战、不宜攻取，可施爱卿不是很轻松地就将台湾统一了吗？"

索额图看罢那本奏折，也不禁咂舌称赞道："施琅果然英勇，见识也不凡！"

康熙慢慢言道："朕准备给施琅和姚启圣加官晋爵，并拟派施琅和姚启圣二人永远为朕镇守大清东南。索爱卿以为如何？"

索额图立即道："皇上英明！臣以为，有施琅和姚启圣二人，则大清东南将永保平安！"

索额图并非说的是恭维奉承之言，他说的是实情。自施琅和姚启圣二人成了康熙的封疆大吏之后，大清朝的东南确实一直都平安无事。由此可见，康熙在知人用人方面，确有其过人之处。

康熙又道："索爱卿，施琅对处置台湾的建议，你以为如何？"

索额图回道："臣的看法与施琅的一致。台湾既已被统一，就不能再轻易地放弃。不然，一经放弃，则西洋人必将卷土重来，而西洋人一来，则大清东南必无宁日矣！"

康熙言道："既然如此，朕与你现在就把台湾的事情决定下来。否则，若将此事弄到朝中去商议，又将争执得不可开交。有些朝臣，目光实在短浅得很。"

索额图问道："不知皇上意欲如何处置台湾？"

康熙沉吟道："朕的意思，是在台湾设立一级行政机构，隶属福建管辖，而澎湖则归属台湾。这样一来，台湾及澎湖就永远是朕的一部分领土了。即便西洋人想来骚扰，那也得看朕是否愿意了！"

索额图言道："皇上所言极是。将台湾并入福建，西洋人就再也不敢来骚扰了！"

于是，康熙与索额图君臣二人，参照施琅的建议，经过仔细地商量斟酌后，决定如此处理台湾事宜：在台湾设一府三县（台湾府，台湾、凤山及诸罗三县），隶属福建省；在台湾设总兵一员、副将二员，驻兵八千；在澎湖设副将一员，驻兵两千。

这样，无论是行政上还是军事上，台湾都并入了清王朝的统一控制之下。从祖国统一这个角度来讲，施琅与姚启圣二人，当足以彪炳中国史册。

康熙最后对索额图言道："统一了台湾，朕就可以一心一意地去对付罗刹了！"

不过，康熙一心一意地去对付罗刹，似乎至少是明天以后的事情，而今夜，康熙首先要做的，是一心一意地去"对付"那个阿露。尽管阿露与罗刹，二者看起来没有任何共同之处，但是，如果不一心一意，康熙似乎就谁也对付不了。莫非，阿露真的有罗刹那么厉害吗？

索额图走后，康熙就大步朝寝殿里走。那赵昌颇不识情趣，竟然尾随在康熙的身后。康熙只得打住脚，皱着眉头问道："赵昌，你为何还不去休息？"

实际上，赵昌是一个颇识情趣的人。要不然，康熙能当面夸赞他"伶俐乖巧"吗？他跟在康熙的身后，自有他跟着的理由。他这样回答康熙道："皇上，奴才也想去休息啊，可奴才有一个问题很伤脑筋，若是又有紧急奏折呈来，奴才该怎么办？"

是啊，如果真的又有紧急奏折呈来，赵昌是马上就禀报好呢还是扣住不报为妥？马上禀报，必将再次打扰康熙，而若扣下不报，康熙次日发起怒来，一个小小的赵昌，焉能承担得起？

康熙几乎是脱口而出道："朕今日太过劳累，任何奏折，朕都明日再阅。"

看看，如果阿露不是那么"厉害"，康熙岂会一心一意地去"对付"？然而，赵昌刚一转身，康熙却又急急地言道："赵昌，如果东北有奏折呈来，你当速速禀报，其他奏折，你便可以扣下不报。"

也许，阿露确实还没有罗刹那么厉害。因为，在当时康熙的心目中，罗刹之事是摆在第一位的，而阿露之事则只能屈居第二。或许，康熙是这样认为的，如果不把罗刹的事情处理好，他与阿露的事情似乎也就失去了意义。

但不管怎么说吧，赵昌离开后，康熙就迫不及待地跨进了寝殿。入得寝殿这么一看，阿露已软软地躺在床上，似乎睡着了。康熙蹑手蹑脚地到龙床边便也睡下了。

第二日，天刚刚亮，康熙就起了床。他之所以起这么早，是因为要去上早朝。

上完早朝之后，本想即刻回乾清宫的，可又想起有好几天没去慈宁宫了，便决定去慈宁宫看望一下皇祖母博尔济吉特氏。到了慈宁宫，见博尔济吉特氏的身体很好，康熙心中很是高兴。然而，在康熙就要离开慈宁宫的时候，博尔济吉特氏说出的一番话，却令康熙的心中怎么也高兴不起来了。

博尔济吉特氏首先这样问康熙道："听说，你过去曾答应过阿露，在适当的时候，允许她出宫，是吗？"

康熙回道："是的，皇祖母。赵盛出宫的时候，阿露也向朕要求出宫。朕对她说，待天下安定了，朕就允许她出宫。"

博尔济吉特氏微微一笑道："孩子，你这是不想让她出宫呢！"

康熙忙言道："皇祖母何出此言？阿露为皇祖母及孩儿都做了许多的事，孩儿是不会让她在宫中待一辈子的。待天下安定了，孩儿自然就会让她出宫。"

博尔济吉特氏摇头道："孩子，什么才叫天下安定？先前，是三藩叛乱，后来，是统一台湾，现在，东北战事又起，待东北战事平息了，大清天下就什么事情也不会发生了吗？如果大清天下总是有这样或那样的事情发生，那阿露岂不是要在宫中待上一辈子？既如此，你对阿露的许诺，岂不是就毫无意义？"

康熙不觉一怔："皇祖母所言，确也有理。只不过，孩儿是不可能让大清江山一直动荡不安的。"

博尔济吉特氏言道："话虽是这么说，但如果大清江山十年二十年经常有事端发生，阿露岂不是变得人老珠黄了？那个时候再让她出宫，还有什么意义？"

康熙只觉得皇祖母今日的言语有些异样，她为何对阿露出宫一事如此关心？阿露出宫不出宫与皇祖母有多大的干系？

殊不知，阿露出宫不出宫与博尔济吉特氏的关系非常大。康熙的孝诚皇后赫舍里死后，由博尔济吉特氏做主，升贵妃钮祜禄氏为孝昭仁皇后，但因为有阿露的存在，康熙几乎整天地都泡在乾清宫里，很少到坤宁宫去，其他后宫更是遭到康熙的冷落。博尔济吉特氏以为，康熙这种后宫生活，很不成体统。她虽已不再过问大清朝政事，但大清朝宫帷之事，她却不能不问。所以，博尔济吉特氏便想让阿露早日出宫。博尔济吉特氏的想法是，只要阿露一离开宫中，康熙就只能对钮祜禄氏皇后及诸多后妃多加关怀体贴了。

事实是，博尔济吉特氏的这个想法还真的实现了。自阿露出宫以后，康熙也真的对孝昭仁皇后及德妃等诸多后妃大加"关怀"和"体贴"了。不说别的，仅以德妃乌雅氏为例，她在为康熙生下四阿哥胤禛之后，又为康熙生下了六阿哥胤祚（后不幸夭折）和十四阿哥胤禵。如果康熙不对德妃乌雅氏大加"关怀"和"体贴"，她岂能生下这几个阿哥来？当然，这是后话。

此刻，康熙见博尔济吉特氏对阿露出宫一事如此关心，便轻轻问道："依皇祖母的意思，孩儿现在应该拿阿露怎么办？"

博尔济吉特氏言道："你让她出宫啊！你若真关心她，你就现在让她出宫。她现在还算是年轻，出宫之后，也还能找到自己的生活。待她变得老了，你就是催她出宫，恐她都不愿意出宫了呢。"

康熙讪讪地一笑道："皇祖母说的是。待孩儿回乾清宫之后，便与阿露提及此事，看阿露有何想法……"

博尔济吉特氏笑道："她还能有什么想法？定是一心想要出宫罢了。"

康熙不很肯定地道："不会吧？皇祖母，她已经很长时间没有跟孩儿提起出宫的事了。"

博尔济吉特氏道："她没跟你提起，是因为她怕你不同意。我昨日找她谈话时，她已明确表示要出宫。"

"什么？"康熙一惊，"皇祖母，你昨日跟阿露谈话了？什么时候？你们谈的什么话？孩儿怎么一点也不知道？"

博尔济吉特氏回道："是昨天上午，我去了一趟乾清宫。我问阿露想不想出宫，她说想，所以我就同意了。"

康熙连忙问道："皇祖母，你同意阿露什么时候出宫？"

博尔济吉特氏道："她想今天早晨离开，我当然没有反对。"

"这么说，"康熙有些明白过来，"现在这个时候，阿露已经离开了乾清宫？"

博尔济吉特氏点了点头："是的，在你来这里之前，她已经出宫而去。"

"啊！"康熙不觉暗叫了一声。他终于明白过来，阿露昨夜之所以要说出"终生难忘"的话，之所以一反常态地表现得那么激情荡漾……原来，她今日要离他而去。

博尔济吉特氏见康熙脸色非常难看，虽然心中明白，却也仍然问道："孩子，你怎么了？怎么脸色如此苍白？"

康熙有气无力地道："孩儿……有些头晕，孩儿……想回宫了。"

博尔济吉特氏静静地言道："既是头晕，你就回宫好好地休息。不过，你要想得开，阿露终究只是一个寻常的宫女，我让她出宫，也是在为她好。你是大清国的皇上，切莫为一个阿露而想得太多，大清国有许多事情在等着你去做呢！"

是呀，康熙是大清国的皇上，阿露只是大清国的宫女。大清国可以没有像阿露这样的宫女，但万万不可没有像康熙这样的皇帝。这，也许就是博尔济吉特氏内心的真实想法。而她的这些想法，无论对错与否，康熙都是不便与之争执的。这不仅因为她是他的皇祖母，更主要的原因是，如果没有她博尔济吉特氏，恐怕就没有他康熙的今天。

所以，听了博尔济吉特氏的话后，康熙挣扎着笑了一下道："皇祖母教诲，孩儿已铭记。孩儿回乾清宫去了！"

尽管已经知道阿露离开了乾清宫，离开了紫禁城，但康熙回乾清宫的速度还是相当快的。因为他有这么一种幻想：也许阿露有事耽搁了，还未来得及离开乾清宫。

但幻想毕竟不是现实，阿露确已离开了乾清宫。当康熙气喘吁吁地跨进乾清宫时，只看见赵昌和另外一位陌生的小宫女站在门前迎候，康熙劈脸就问道："赵昌，阿露何在？"

赵昌急急地回道："阿露奉太皇太后旨意，已出宫而去。"

"果然……走了……"康熙一阵晕眩，身体有些摇摇欲坠起来，慌得赵昌和那位小宫女连忙上前搀扶。片刻，康熙稳住了心神，一眼瞥见了那位小宫女，不禁喃喃地问道："你是谁？为何会在这里？"

那小宫女赶紧伏地叩头道："奴婢名唤阿雨，是奉太皇太后旨意，前来伺候皇上……"

"阿雨？"康熙不觉盯住了她的脸庞，"你起来。朕且问你，你为何长得与阿露颇为相像？你的名字为何也与阿露的名字颇有关联？"

是啊，一个叫阿露，一个叫阿雨，岂不颇有关联？阿雨还未来得及回答，那赵昌就抢先言道："奴才回皇上的话，这阿雨本是阿露的妹妹，所以二人长得颇为相像……"

"哦？"康熙一怔，"阿雨，你既是阿露的妹妹，那你定然知道阿露是去往何处了？"

阿雨回道："奴婢只知道奴婢的姐姐出宫前向太皇太后请求将奴婢调来伺候皇上，其他事情，奴婢一概不知，请皇上恕罪……"

赵昌忙道："皇上，去问问太皇太后，不就知道阿露去往何处了吗？"

康熙狠狠地瞪了赵昌一眼："赵昌，如果太皇太后也不知道阿露去往何处，你待如何？"

"这个……"赵昌慌忙抽了自己一记耳光，"奴才该死，奴才不该多嘴多舌……"

是的，博尔济吉特氏也不一定知道那阿露去往何处。即使知道，她既不说，康熙又何必要问？尽管，康熙的内心深处，对博尔济吉特氏如此安排他的生活很是有些不快，但除了不快之外，他又能做些什么呢？还算不错，阿露走了，博尔济吉特氏将阿露的妹妹调往了乾清宫，这是对康熙的一种安慰还是一种补偿？

康熙深深地叹了口气。赵盛走了，赵昌岂不是也来到了乾清宫？可赵昌永远不可能代替得了赵盛，而阿雨也不可能代替得了康熙心目中的阿露。

康熙一生中也许只有两个他深深挚爱的女人：一个是孝诚皇后赫舍里，一个是他的侍女阿露。现在，赫舍里死了，而阿露也离他而去。康熙未来的生活，还有什么意义？

但意义终归还是有的。没有了赫舍里，没有了阿露，康熙便只能把自己生理上的精力发泄在孝昭仁皇后钮祜禄氏及诸多饥渴难耐的后妃身上。对钮祜禄氏及诸多后妃而言，这岂不是一种莫大的荣幸？而荣幸，便是一种意义所在。

实际上，自阿露出宫以后，康熙的私生活就变得杂乱无章起来。许许多多的后妃都得到过康熙的"滋润"，在康熙的"滋润"下，许许多多的后妃又为康熙生下了许许多多的阿哥和公主，但是，却没有一个后妃，包括孝昭仁皇后钮祜禄氏在内，能真正得到康熙的宠幸。这，究竟是康熙的不幸还是那些后妃们的悲哀？

亏得康熙的生活中并非只有女人这一个内容。在康熙的生活中，还有许多比女人更为重要的事情。至少，在阿露走后，康熙所面临的一个最棘手的问题，便是如何去对付侵扰大清东北的罗刹国。

【第十四回】

康熙帝分身乏术，罗刹国炮轰无辜

至少从1643年（明崇祯十六年、清崇德八年）起，沙皇俄国就派哥萨克窜到中国的黑龙江流域进行侵略骚扰。1656年（清顺治十三年），沙皇派了一个以巴伊可夫为首的使团来到北京，说是要与清王朝谈一谈黑龙江流域的归属问题，但顺治没有接待。1670年（清康熙九年，亦即康熙清除鳌拜势力后的第二年），沙皇又派了一个叫米洛瓦洛夫的使者来到北京，叫康熙向俄国沙皇称臣纳贡。年少气盛的康熙懒得接见米洛瓦洛夫，只是让朝臣转告米洛瓦洛夫，说沙皇的要求是极其荒谬的，并要求俄国士兵停止在大清东北的骚扰。

1676年，沙皇俄国又派了一个以尼果赖为首的使团来到北京。尼果赖使团来京的目的，表面上看是为了与清朝谋求和平，但实际上，却是为了侦探大清国的虚实与态度，以便部署进一步的侵略活动。

鉴于当时正值平定三藩之乱的紧张时期，清朝还不想也不能同沙皇俄国开战，所以康熙就两次隆重地接见了尼果赖使团，表达了希望两国友好的意愿。但尼果赖却趁机吹嘘道："沙皇是天上的太阳，照亮了月亮和所有的星星。沙皇的恩德不但荫庇了俄国的臣民，而且任何国家的君主都应该受到沙皇的荫庇，好像星星受太阳的照耀一样。"还无理地要求清朝政府每年送四万两银子和大批丝绸、宝物到俄国去。

对尼果赖如此的吹嘘、恫吓和要挟，康熙也没较真，只是笑着对众大臣言道："他们只是这么说说而已。"

至1681年，康熙平定三藩之乱的时候，俄国士兵已在中国黑龙江流域建立了许多据点。其中，以侵略军头子托尔布津在黑龙江中游所建的雅克萨城为最大。

托尔布津原是沙皇俄国的一个没落的贵族，他见在俄国发展无望，又见许多侵略者从东方抢回来大批的金银财物，一个个都由原先的穷光蛋变成了富翁，很是眼馋，更是心动，便主动向沙皇请求去东方为沙皇俄国拓宽疆界。

托尔布津的这一请求，正与沙皇勃勃的侵略野心相吻合。于是，沙皇就允许托尔布津招募军队，去远东发展。

托尔布津没有辜负沙皇的殷殷期望。他带着一支千余人的侵略军，很快窜到了大清国的东北，并很快在黑龙江流域站住了脚，建立了当时沙皇俄国在大清国东北最大的侵略据点雅克萨城。沙皇为表彰托尔布津这一卓越的"贡献"，就任命托尔布津为雅克萨督军，继续扩大俄国在大清国东北的侵略势力和范围。托尔布津更是踌躇满志，决心为沙皇俄国做出更为卓越的"贡献"。他在给沙皇的一封奏折上写道：臣愿为吾皇陛下，鞠躬尽瘁，死而后已。还别说，托尔布津这一腔忠诚的"誓言"，后来还真的实现了。

托尔布津手下最得力的干将叫梅利尼克，这家伙长得五大三粗，且浑身上下布满了一层浓浓的黑毛，活像是一只大狗熊。基于此，托尔布津在自己被沙皇任命为雅克萨督军之后，立即就将梅利尼克提拔为将军。

雅克萨城建立之后，梅利尼克干了一连串让托尔布津"赏心悦目"的事情。这些事情，都发生在1681年，也即康熙平定了三藩之乱的那一年。

第一件事情，好像是这一年的早春。梅利尼克带着一百多侵略军士兵，离开雅克萨，沿着黑龙江南下。一天之后，梅利尼克和他的侵略军到达了黑龙江和精奇里江的交汇口，那里是鄂伦春人居住的地方。

由于梅利尼克和他的侵略军长途跋涉，又饥又饿，便假惺惺地找到一个鄂伦春族的头人，说他们是偶然经过这里，迷了方向，想讨点吃的喝的东西。热情好客的鄂伦春人没有看出梅利尼克的假象，把自己最好吃的东西、最好喝的东西统统拿出来招待侵略军。待酒足饭饱、恢复了体力之后，梅利尼克便露出了其凶残的本相。

首先，梅利尼克命人将那个鄂伦春族的头人五花大绑起来。然后，他又以那个头人的名义将那个部落的数百名鄂伦春人全集中在一个旷野里。接着，梅利尼克命令那个头人下令年轻力壮的鄂伦春人互相残杀。那头人誓死不从。梅利尼克就毫无人性地折磨那个头人，直至将那个头人活活折磨而死。鄂伦春人再也忍无可忍了，赤手空拳地冲上来与梅利尼克等侵略军搏斗。然而，手无寸铁的鄂伦春人不可能是武装到牙齿的侵略军的对手。他们还没有冲到侵略军的面前，就纷纷中弹倒下，连老人、妇女和儿童也没有幸免。几百名鄂伦春人，全部被梅利尼克的侵略军用火枪杀死。杀死之后，梅利尼克命手下大肆抢掠，共抢得牛羊牲畜三百多头、皮货一百多件。

第二件事情，是在1681年的春末夏初。梅利尼克带着两百多名侵略军并两门大炮，离开雅克萨，沿黑龙江南下，再向东拐，经过三天三夜的奔波，到达了牛满河与黑龙江的交汇处，这里是奇勒尔族人定居的地方。

梅利尼克指挥侵略军包围了一个奇勒尔族的村庄，先是用大炮轰，将村庄里的奇勒尔人一点点地赶下了牛满河。时值牛满河发大水，上千名奇勒尔村民至少被大水冲走了一半。然后，梅利尼克命令手下将没有被大水冲走的奇勒尔人拽上岸来捆绑起来，把年老的男人、年老的女人统统砍下脑袋，把年轻力壮的男人集中到一间屋子里，放火活活烧死。而年轻的妇女和孩子，加上近千头猪马牛羊，便成了他梅利尼克的战利品。

这一次行动，梅利尼克心满意足。他还特地挑选了几个奇勒尔族的妇女送给了托尔布津，得到了托尔布津的大加赞赏。

第三件事情，发生在这一年的夏末。梅利尼克见烧杀抢掠屡屡得手，胃口就越来越大。在请示了托尔布津之后，梅利尼克建造了几艘大船，装载着近三百名侵略军及数门大炮，从雅克萨开始，一直向黑龙江的下游驶去。因为黑龙江的水位很高，流速也很快，所以梅利尼克没用几天时间便驶到了黑龙江与乌苏里江的交汇处。这里，是当时费雅喀族人居住的地方。

乌苏里江在黑龙江的南边。乌苏里江以西不远，是松花江。三江之间，有一个费雅喀族人很大的部落。这个大部落加上附近的小部落，足足有两千多人，这两千多人统归一个叫哈达的族长管辖。哈达虽然已经没有了妻子，但却有一个儿子，还有一个女儿：儿子叫海达，今年二十岁；女儿叫蒙达，今年十六岁。海达长得很魁梧，看起来像一个很勇猛的猎人。蒙达长得很瘦弱，看起来一阵风都能把她吹倒。

梅利尼克惨无人道地杀害鄂伦春人和奇勒尔人的消息，哈达早已耳闻。所以，哈达就时时刻刻地提防着沙俄侵略军可能有的对费雅喀族的袭击，并把近千名费雅喀族男人都组织起来，以防不测。

梅利尼克率三百名侵略军在费雅喀族人居住的地方登岸的时候，正是下午。他们所带的粮食已经吃完。所以，梅利尼克就留下二十多人看守船只和大炮，自己带着两百多名侵略军向着能看得见的一个村庄走去。

梅利尼克每次出来活动，所带的干粮都很少。因为，梅利尼克以为，没有吃的了，随便找个村庄掳掠一番，就什么都有了。反正沙俄侵略军属于那种"肉食类"动物，什么猪肉、马肉、牛肉、羊肉，他们都可以用来果腹。然而，令梅利尼克大感意外的是，他这次到费雅喀族人居住的地方来活动，情况却很是不同。

梅利尼克率两百多名侵略军饥肠辘辘地走进了一个村庄，不仅没有看见一个费雅喀族人，连一只活的鸡狗都没有碰见，只有一头死猪臭烘烘地躺在村子里迎接着梅利尼克。梅利尼克起先也没有在意，还以为这个村子里的人看到他们来了都赶着家禽家畜逃跑了。于是，梅利尼克就驱赶着疲惫的侵略军，继续向前走去。

但走了一段时间之后，梅利尼克就发现情况不妙了。他带着侵略军一连走过了三个村庄，可三个村庄里全都空空如也。梅利尼克有些慌了。他慌的倒不是其他的什么事，他慌的是，什么也找不到，他和他的侵略军吃什么？

这个时候，天已经黑下来了。连梅利尼克自己，都又饿又乏地再也走不动了。他只好下令在一个小村庄里留宿，待明日天亮了再想办法解决吃的问题。

这一夜，梅利尼克和他的侵略军可真是受够了苦头，又饥又饿不说，光那些凶猛的蚊子向他们不间断地发起攻击就足以令他们痛苦不堪。好不容易地挨到天亮，梅利尼克和他的侵略军早已一个个地都不像人样了。不，梅利尼克和他的侵略军，本来就不是人，他们只能是一群披着人皮的禽兽。

禽兽梅利尼克从地上爬了起来，他几乎一夜都没合眼。待他爬起身朝四周这么一看，他马上便高声冲着手下尖叫起来："都快起来，拿起枪，准备射击！"

原来，梅利尼克看见，至少有上千个费雅喀族男人已将这个小村庄团团地包围住。虽然费雅喀族人用来战斗的武器很简陋，大多是一些刀、矛、弓箭之类，甚至还有捕鱼用的叉、打狗用的棍子，但一千多人紧紧地围住一个小村庄，其声势也着实吓人。梅利尼克不禁有些后怕：如果这些费雅喀族人在昨天夜里悄悄地摸进村子里面来，他和他的两百多名侵略军岂不是都要完蛋？

梅利尼克的"后怕"一点不错。如果费雅喀族男人在其族长哈达的率领下，于夜间对梅利尼克的侵略军发动突袭，那么，毫无防备的侵略者，纵然有先进的火枪，恐也得全军覆灭。但是，哈达没有这么做。换句话说，梅利尼克"后怕"的事情，正是哈达所犯的一个致命的错误。哈达以为，堂堂正正的费雅喀族人，绝不去做那种偷偷摸摸的事情。要战斗，就大明大亮、堂而皇之地战斗。然而，哈达不知道的是，战斗的最高原则只有两个字：取胜。而如果偷偷摸摸的战略能够取得战斗胜利的话，就应该毫不犹豫地去采用它。更何况，与沙俄侵略军相比，费雅喀族人的武器又是何等的落后和低劣，这就注定了费雅喀族人同沙俄侵略军的这场战斗，必然是以失败告终。

不过，哈达也做了一件"偷偷摸摸"的事情，那就是，在黎明到来之前，他派了一百多个人摸到了黑龙江边，将梅利尼克留下看守船只和大炮的那二十多个侵略军全部活捉。但是，哈达紧接着又犯了第二个致命的错误，他不仅没有将那二十多个侵略军杀死，反而在收缴了他们的武器之后，又将他们放回了梅利尼克等侵略军所盘踞的那个村里。哈达让那些俘虏给梅利尼克带信说，只要侵略军主动地放下武器，费雅喀族人就放侵略军一条生路。

也许，哈达是一位十分仁慈的族长，这种仁慈，不仅表现在费雅喀族人的身上，整个中华民族似乎都具有这种"仁慈"的美德。是的，"仁慈"本身并没有什么错，它也确是人类的一种优秀的品质。但问题是，仁慈只适合用于同样仁慈的人身上，如果把仁慈滥用在一群禽兽都不如的人身上，那就是对自己的最大的残忍了。

中国古代有一个著名的寓言故事，叫"农夫与蛇"，说的是有一位农夫，冬天走在一条路上，看见路边有一条冻僵的蛇，便一时动了恻隐仁慈之心，将那条蛇放入自己的胸口，那蛇苏醒过来之后，不仅没有感谢农夫的大恩大德，反而狠狠地在农夫的胸膛咬了一口。仁慈的农夫就因为自己的仁慈而丧了性命。中国古代的贤哲编这个寓言故事的用意在于告诫世人：绝不能怜惜像蛇一样的恶人。

武装到牙齿且又凶残成性的沙俄侵略军，显然不啻是像蛇一样的恶人，更何况，他们还远远没有冻僵。然而可惜的是，哈达族长并没有听谁说起过这个"农夫与蛇"的故事，他只是主观情愿地想避免一场无谓的流血牺牲。但是，他忘记了一条根本性的规律，那就是，任何侵略者都是不会主动地放下武器的。因此，哈达和他的族人就上演了一场活生生的"农夫与蛇"的悲剧。

当时，梅利尼克看到费雅喀族人把村庄包围起来的时候，他心里是十分恐惧的。尽管，他有二百七八十条火枪，完全可以冲出费雅喀族人的包围，可冲出了包围之后，又能到哪里去呢？梅利尼克很清楚，费雅喀族人既然包围了村庄，那他留在黑龙江边看守船只和大炮的那二十多个人肯定是凶多吉少。没有了船只，就没有了退路，而没有了退路，梅利尼克和他的侵略军就只能在这里累死、饿死或者被费雅喀族人打死。

所以梅利尼克一时间就没敢命令手下向外冲，因为冲出去也没有用。费雅喀族人看来对他们的侵略早有防范，早就把老人、妇女、儿童及牲畜粮食藏了起来。这里山多、林多、河流多，梅利尼克人生地不熟的，到哪里去找牲畜粮食用来充饥？

梅利尼克感到了一种绝望。他和他的侵略军已经饥饿多时了，照此情形发展下去，即使费雅喀族人不主动上来进攻，他和他的侵略军也要举手投降了。

就在梅利尼克感到绝望的当口，梅利尼克的希望同时也出现了，哈达把那二十多个俘虏放回到了梅利尼克的身边。俘虏的被放回并不是梅利尼克的希望，梅利尼克的希望是，那些俘虏告诉了他一个重要的事情。而这"重要的事情"，恰恰就是哈达所犯的第二个致命的错误。确切讲，这第二个致命的错误是哈达的儿子海达铸成的。不过，如果哈达不把那二十多个俘虏放回到梅利尼克的身边，这种错误也许就不会出现。所以，归根到底，一切错误，还是源于哈达。

黎明前夕，海达奉哈达之命，带了一百多个人偷偷摸摸地来到了黑龙江边。梅利尼克留在江边看守船只和大炮的那二十多个人，早已裹着饥饿入睡，他们根本就没有防备会有人来偷袭他们。所以，海达所率的那一百多人用大刀、渔叉等武器很轻易地就将二十多个侵略军全部擒获。纵是如此，海达也没有直接参加这次偷袭行动。他一直是待在岸上的，说是"望风"，其实是他贪生怕死。也正因为海达如此贪生怕死，才加重了后来悲剧的浓重性。

擒获了二十多个侵略军之后，海达便匆匆忙忙地下令撤退。既没有按哈达的意思将侵略军的船只藏起来，更没有毁坏侵略军架在船头上的大炮。一错再错的是，海达如此，哈达竟然没有追问。

闻听船只和大炮都还安然无恙之后，梅利尼克简直是欣喜若狂。他冲着手下咆哮道："这些野蛮的民族，竟然要我等放下武器，岂不是白日做梦？我乃沙皇陛下的大将，焉能不战而降？"

他给手下打气道："都振作起来，先把这些野蛮的男人都消灭掉，然后再去搜寻财物和女人！"

梅利尼克说是这么说，但真实想法却是这样的：向江边冲，夺回船只和大炮。只要有了船只和大炮，也就有了安全，而有了安全之后，再到别处去寻出路。因为，他感觉到，这费雅喀族人太过"刁滑"，在这里待下去，恐怕讨不到什么便宜。只不过，后来事情的发展，却并非像他所想的那样。

主意打定之后，梅利尼克就向手下发出了突围的命令。近三百个侵略军，为了活命，也都强打起了精神。梅利尼克一声令下，近三百个侵略军便一窝蜂地从村里向着黑龙江方向冲了过来，一边冲一边不停地开枪射击。

哈达见侵略军不仅不投降、反而向外突围，非常地愤怒，就立即下令对侵略军进行围追堵截。然而，哈达虽然人多，气也盛，但武器太过落后，尽管缴获了二十多支火枪，却大半不会使用，故而，面对侵略军的疯狂突围，哈达和他的族人是围也围不住、追也追不上、堵也堵不了、截也截不断。尽管哈达和他的族人奋不顾身、英勇杀敌，也砍死了十几个侵略军，但最终还是让梅利尼克突围了出去，而且，自己的族人还死伤百余。

哈达气红了眼，也急红了眼，更杀红了眼。他一挥手中的大砍刀，冲着族人喊道："冲上去！把罗刹鬼子全部砍死！"

这便是哈达所犯的第三个致命的错误。如果他不命令族人向着江边猛冲，后面的悲剧也许就不会发生。然而，悲剧终究还是发生了。这是哈达的错，还是沙俄侵略者的罪孽？

梅利尼克率众终于跑到了江边。果然，那些船只和大炮都丝毫无损停放在那儿。梅利尼克冲着手下呼叫道："都上船，快点上船，离开这里！"

显然，梅利尼克是不想在这里久留的。只是，在他下令将几艘大船开离这儿的当口，一个手下突然向他报告道："将军，那些野蛮人追过来了……"

梅利尼克急掉头观看。果然，八九百个费雅喀人，在一个族长的率领下，前呼后拥着向江边冲过来。梅利尼克仿佛是自言自语地道："这些人也真的野蛮，好像都不怕死啊！"

一个小头目连忙问梅利尼克道："将军，野蛮人就要冲过来了，我们怎么办？"

梅利尼克阴冷地一笑道："这些野蛮人既然想死，那我们何不成全他们？"

接着，梅利尼克就下令：除了炮手留在船上之外，其余的人都下船，分成两组，准备轮番向费雅喀人射击。

梅利尼克的战术简单、实用而又残忍、狠毒：待费雅喀人冲近了，大炮朝费雅喀人的后面轰，断绝费雅喀人的退路，火枪朝着费雅喀人的前面射，将费雅喀男人全部打死。因为当时的火枪还很落后，打完一枪后还得装填火药，所以梅利尼克就把火枪手分成两组，一组射击，一组装弹，这样便能保证火枪连续不断地发射。

哈达和费雅喀人根本就不知道这一切。他们只凭着一腔正气和视死如归的精神，挥舞着大刀、长矛等原始武器，齐声呐喊着向着江边冲来。

近了，更近了。哈达看清了站在船头上的梅利尼克，梅利尼克也看清了挥舞着大砍刀的哈达。哈达振臂一呼："冲上去，把罗刹人统统砍死！"梅利尼克却尖声叫道："开炮，开枪，把这些野蛮人统统打死！"

一场极不公允又极其惨烈的战斗就这样开始了。实际上，这根本就不能称之为"战斗"，这只能称之为一场血腥的屠杀。因为，哈达和他的八九百个费雅喀人，根本还没有冲到江边，就几乎全部倒在了血泊中。

炮弹在费雅喀人的背后爆炸，枪弹在费雅喀人的身前扫射。不到一个时辰，八九百费雅喀人，除一百多个受伤或被俘外，其余全部阵亡。

梅利尼克的这一次行动，虽然损失了二十多个士兵，却俘获了大量的女人、孩子和财物、牲畜，因而得到了雅克萨督军托尔布津的高度赞扬。不过，托尔布津在高度赞扬梅利尼克的同时，也谆谆告诫梅利尼克道："我的将军阁下，你以后行动时，可千万不要低估了那些野蛮人，不然就会吃大亏，你明白吗？"

"是，是！"梅利尼克异常谦恭地道，"督军大人教诲，属下不敢忘怀！"

梅利尼克所言，应该是他的真心话。如果费雅喀的那个族长哈达率众夜袭那个村庄，那他梅利尼克就很可能再也见不着托尔布津了。更主要的是，在托尔布津和梅利尼克率千余名侵略军窜入中国东北之前十多年，至少有一千五百多名沙俄侵略者陆陆续续地窜入到中国东北，可结果是，这一千五百多名侵略者无一生还，全部死在了中国境内，包括沙俄侵略军的一个大头目斯捷潘诺夫。而消灭这些沙俄侵略军的，主要是中国当地的各族百姓。因而，梅利尼克对托尔布津的谆谆"教诲"，也的确是心悦诚服。

最让梅利尼克得意的一件事，发生在1681年的秋暮冬初。因为，他第一次和清朝的军队相遇，而且，他最终打败了清军。

那一次，梅利尼克带了两百名侵略军，从雅克萨出发，先沿着黑龙江向东走，然后再南折，沿嫩江流域侵扰。他之所以窜到嫩江流域，是因为黑龙江下游一带，几乎已经被他侵扰遍了。而黑龙江上游一带，则属于占据尼布楚的沙俄军队的势力范围——尼布楚也是沙俄侵略军的一个大据点。

所以，为扩大侵略势力范围，梅利尼克就奉托尔布津之命，开始向嫩江流域一带侵扰。因为嫩江流域一带极有可能驻扎着清朝政府的军队，所以梅利尼克临出发前，托尔布津就再三交代，一定要小心从事，若遇到大批清朝军队，赶紧回撤。梅利尼克向托尔布津作了两点保证：他一定会小心从事；他绝不会空手而归。

梅利尼克率两百名侵略军，乘坐着四条大船沿嫩江南下。因为每条大船的船头都架有一门火炮，所以梅利尼克就显得趾高气扬。他冲着手下扬言道："一直南下，把我们的战船开到北京城去！"

开头几天，梅利尼克南下的速度很快。因为嫩江两岸，没有什么人居住。他们只抢掠了几个小村庄，抢得的粮食只够他们充饥，抢得的一些女人只够梅利尼克和手下军官在路上消遣，所以梅利尼克很不满足。他下令道："一直向南开！抢得的财物和女人，不把这四条大船装满，本将军就绝不回去！"

一个手下提醒道："将军大人，再往南开，就要开到卜魁了……"

卜魁就是今天的齐齐哈尔，为当时清朝在东北的一个军事重镇。既是军事重镇，就一定驻扎着清朝政府的军队。因此，听手下提醒之后，梅利尼克也不禁有些犹豫起来。他尽管非常狂妄，却也非常地清楚，他身边只有两百个人，若遭遇大批清军，他定然讨不到便宜。

然而，看着空荡荡的四条大船，他又不甘心就这么回雅克萨。思虑再三，又权衡再三，他最后作出了决定："再往南开二十里，若仍然一无所获，就掉头回去！"又马上补充道，"回去之后，向督军大人请求，多带些兵马，再回到这里来！"

就这么着，侵略军的四条大船又继续向南行进。从中午时分，行至下午时分，至少已行进了二十里地，梅利尼克下令暂停前进。

行了二十里路，不仅没碰见一个村庄，甚至连一个人影也没有碰到。梅利尼克失望了，但仍不死心。他找来两个小头目吩咐道："你们各带五十人上岸，一个向东，一个向西，仔细地搜索。有无情况，天黑前都必须回来向我报告！"

两个小头目领命而去。天黑之前，向东而去的那个小头目带着五十个士兵回来了，说是东岸十数里之内，一个村庄也没有，只碰见两个路人，怕他们去向清军报告，所以把他们杀了。梅利尼克狠狠地抽了那小头目一记耳光，严加训斥道："笨蛋！应该仔细盘问那两个人，问清了这里的情况后再杀不迟！"

然而，天黑了之后，往西去的那个小头目却没有按时回来。梅利尼克暗暗地有些担心：莫非，他们碰上了清军？

梅利尼克便把向东去的那个小头目找来，命他带上几个人赶紧向西去侦察一番。那小头目不敢怠慢，慌忙领了五个人向西而去。但很快，那小头目就又回来了。他的身边，已经有了二十个沙俄士兵。

原来，向西去的那个俄军小头目，在走了十数里地之后，被一座很大的土丘挡住了去路。他见天色不早，便想折身回去，但不知是什么原因，他在回去之前，又派了两个士兵去爬那大土丘。这一爬不大要紧，那两个士兵发现，就在大土丘西边不远处，有一个很大的村落，而且村落里的人看起来非常多，人来人往的，中间还杂有一些清军士兵。

那小头目闻知，也忘了回去了，赶紧带着所有的手下爬上了那个大土丘，引颈向下一看，果然有一个大村庄，也果然人来人往非常热闹。小头目细心地观察了好一会儿，才大致看出，那村庄里至少有八九百人，其中大约有两百多名清军士兵。看清了大致情况之后，那小头目才想起应该回去向梅利尼克报告，但又怕自己走了之后那村庄的情况有变，所以就派了十五个士兵回去向梅利尼克报告，自己则带着三十五个士兵留在大土丘上继续监视。

梅利尼克闻听发现了一个大村庄，立即就兴奋起来。他兴奋得自言自语道："好啊！本将军总算没有白来一趟！"

一个沙俄士兵问道："将军大人，我们现在该怎么办？"

梅利尼克熊眼一瞪道："还怎么办？统统下船，突袭那个村庄！"

那沙俄士兵不无担忧地道："将军大人，那个村庄里有两百多清军……如果突袭不成，恐怕就走不脱了……"

梅利尼克冷冷地一笑道："清军有什么了不起？他们那些大刀长矛，能敌得过我的火枪火炮？再说了，本将军就是要好好地教训一下清军，让他们见识见识我们沙皇陛下军队的威风！"

一个俄军小头目小心翼翼地道："将军大人，如此去突袭，确实有点冒险……"

梅利尼克立即言道："战争就是冒险！不冒险战争，我们国家的领土会扩张得这么快？不冒险战斗，那大清皇帝岂会甘心臣服于我们伟大的沙皇陛下？"

紧接着，梅利尼克就下令道："所有的人，带上大炮，向西开进！"

一个小头目问道："这船只怎么办？还有船上的女人怎么办？"

梅利尼克迅速地回道："船只就放在这儿，船上的女人统统丢到江里去！"

梅利尼克一路上共抢得了十多个女人。在梅利尼克的授意下，沙俄士兵将那十多个女人的手脚捆住，然后丢进了嫩江里。秋暮冬初的嫩江，江水该有多么寒冷？那十多个女人，即使手脚不被捆住，恐也会被寒冷的江水冻死。

将十多个女人丢下江里后，梅利尼克就驱赶着士兵推着四门大炮向西开进了。为安全起见，梅利尼克把手下分成两部分，一部分人在前面探路，若遇到可疑的人，不管是谁一律处死，另一部分人推着大炮、扛着炮弹在后面跟着。

大约走了一个时辰，梅利尼克的人马赶到了那座大土丘附近。在大土丘上监视那个村庄的俄军小头目向梅利尼克报告道："将军，那个村庄里的人好像在办什么事情，都在那儿唱啊、跳啊，一直没有停歇。"

梅利尼克赶紧爬上大土丘，瞪大眼睛朝那个村庄这么一看，果然，在村庄中间的一大块空地上，聚集着大约八九百人，其中包括近两百个清军士兵，都围着几堆大火，在那又跳又唱，好不热闹，也好不快乐。

梅利尼克先也有些纳闷：夜都这么深了，他们在那又跳又唱的，干什么呢？但旋即他就明白过来。梅利尼克是哥萨克出身，他记起哥萨克民族也有类似的风俗。所以，他就怪模怪样地对手下言道："这些野蛮人是在办婚事呢！待他们唱够了、跳够了，我们再去收拾他们！"

大约天快要亮的时候，那个村庄里的人不跳了，也不唱了，好像都在火堆旁边喝酒、吃东西。有些人可能太累了、太倦了，干脆倒在火堆旁边睡着了。

梅利尼克下令道："炮手留在这里，向村庄瞄准。其余的人，跟我下去！"

梅利尼克的计划是，先用大炮朝村庄里轰，把村庄里的人打乱、打散，然后他带人冲进村里，先枪杀那些清军和年轻力壮的村民，再把那些年老的村民打死，最后将那些年轻的女人和孩子俘获。

梅利尼克一边带着一百八十来个士兵悄悄地向着那个村庄摸去，一边心里美滋滋地想道：如果那些野蛮人真的是在办婚事，那本将军这一回就要尝尝野蛮人新娘的滋味了。

还真叫梅利尼克猜着了，这个叫地角屯的村庄里，真的是在举行一次婚礼。新郎叫萨果素，是清朝驻东北军队副都统萨布素的弟弟。新娘叫维玛，是地角屯村庄里闻名遐迩的美人。

当时清朝驻东北的军队数量并不多，也不过两千人，由两个副都统统率。一个副都统叫彭春，另一个副都统便是萨布素。萨布素的弟弟萨果素也在清军中供职，任一个小头目。

平日，萨果素与其兄及彭春都驻扎在卜魁。卜魁是清朝政府驻东北军队的大本营，城内驻有一千多清军。因为萨果素担当着巡防的任务，所以他就经常带着手下出卜魁城巡逻。而地角屯村距卜魁城不过五十里，故而地角屯村也就成了萨果素巡逻过程中的一个落脚点。特别是自沙俄侵略军窜入中国东北之后，萨果素奉其兄及彭春之命，更是常常地巡逻到地角屯村以北。这样一来，地角屯村对萨果素而言，就更加熟悉了。有时，因事耽搁了，萨果素干脆就留宿在了地角屯村。时间长了，萨果素不仅对地角屯村异常熟悉，对地角屯村里的人就更是了若指掌。

很早以前，萨果素就闻听地角屯村里有一个叫维玛的女人，长相极其出众，有人甚至把她比作唐代的杨贵妃、汉代的赵飞燕。但那时候，萨果素还只是听别人时不时说起。自从熟悉了地角屯村，熟悉了地角屯村里的人之后，萨果素就很快地眼见为实了。他以为，维玛既不像人们所说的杨贵妃，也不像什么所说的赵飞燕，而是比杨贵妃要苗条，又比赵飞燕要丰满。换句话说，杨贵妃和赵飞燕的不足，维玛没有，而杨贵妃和赵飞燕的所有优点，维玛却全部具备。让萨果素最为高兴和激动的是，那维玛的年纪并不大，还待字闺中。高兴万分又激动不已的萨果素急忙把自己想娶维玛的心愿告诉了兄长萨布素，萨布素为慎重起见，又把此事告诉了同僚彭春。彭春以为，那维玛尚未婚配，萨果素又尚未婚娶，二人恰是天作地合的一对。所以，彭春就主动地担当起了月下老人的角色，终于将萨果素和维玛的婚事定了下来。

一开始，彭春把萨果素和维玛的婚事定在这一年（1681年）的春天，萨布素犹犹豫豫地言道："三藩之乱尚未平息，此时操办萨果素的婚事，恐不太适宜……"

彭春和萨布素都是对康熙忠心耿耿之臣，听萨布素如此说，彭春也就同意道："那就把令弟的婚事安排在皇上平定三藩之乱之后吧。"

待三藩乱止，由萨布素和彭春做主，萨果素和维玛的婚事就定在了这一年的秋暮冬初。本来，萨布素是想把这一婚事定在第二年的开春举办，但萨果素已经等不及了，老是催萨布素。萨布素无奈，只得同彭春商量，将这一婚事提前。殊不知，婚事这一提前，一桩喜事便变成了一出丧事。

萨果素和维玛成亲的这天，萨布素和彭春本都打算亲往地角屯村的，但因为彭春临时接到康熙圣旨，要他回京城汇报东北局势，彭春只得匆匆地离开了卜魁城。彭春这一走，萨布素认为自己也不能擅离卜魁，所以，萨果素前往地角屯村时，萨布素就没有一同前往。不过，为壮声势和门面，萨布素便让萨果素带了两百兵丁前往地角屯村。遗憾的是，萨布素几乎替萨果素把什么问题都考虑到了，但就是没有考虑到，一直在黑龙江流域侵扰的沙俄军队，会这么大胆流窜到嫩江流域来。所谓"智者千虑，必有一失"，更何况，萨布素也还称不上什么真正的智者。

按当地婚事风俗，新郎要带着礼物、随从到新娘居住的地方同新娘的家人、族人欢乐一夜，待第二天上午，新郎方可将新娘带回自己的住地举行婚礼。所以，萨果素就带着两百个清军士兵并几大车迎亲彩礼，于这一天的天黑前，赶到了地角屯村，同维玛的家人和族人一起狂欢。因为地角屯村里的六七百口人几乎都同维玛是一族，故而，这天晚上，几乎地角屯村里所有的人都集中在了村中间的一块空地上，燃火狂欢。

也的确是狂欢，维玛一家早就准备好了吃不完的佳肴、喝不尽的美酒。地角屯村的男男女女、老老少少，围着几堆熊熊燃烧的柴火，吃着、喝着，尽情地唱、尽情地跳。其乐也融融，其情也切切。

当然，最高兴、最兴奋的还是萨果素，他一边尽情地唱着，尽情地跳着一边不时地用火辣辣的目光去瞟近在咫尺的维玛。维玛本来就光彩照人，现在又浓妆艳裹，就越发显得绚丽夺目。萨果素一时间都有些不敢相信：近在咫尺的这个维玛，明日真的就成了我萨果素的妻子？

然而，从今日到明日，虽然只有短短的一夜时间，但在这短短的一夜时间里，却是什么事情都可以发生的，包括悲剧。

萨果素和地角屯村的男女老少们一起尽情地唱啊、跳啊，一直到黎明前，狂欢才告一段落。因为，天亮了之后，萨果素就要带着维玛回卜魁城了。所以，维玛要利用这段时间好好地同家人叙别，而萨果素也可以利用这段时间稍稍地休息一下。

但萨果素不想休息，他精神振奋得很，他甚至这么想，如果允许，他现在就可以抱着维玛一气奔回卜魁城。然而事实是，萨果素的这种想法，不仅不现实，而且也没有实现的机会了。因为，梅利尼克的大炮已经无情地瞄准了这里。

因为唱了一夜、跳了一夜，大部分人都已很疲倦：两百个清军士兵三五成群地坐在火堆旁吃着、喝着，女人们则在一边窃窃私语，一百多个小孩依偎着老人已经甜甜地睡去。原本热闹非凡的场面倏然间变得十分地恬静。而萨果素，则仰望着夜空，热切地盼望着天亮的尽快到来。

天，终于一点点地亮了。不少地角屯村的村民和清军士兵都已经站起身来。他们的脸上，虽然不乏疲倦，却又都充满了喜悦。特别是萨果素，还有那维玛，脸上早荡漾出了一种幸福而又甜蜜的微笑。

然而，就在萨果素和维玛都幸福而又甜蜜地微笑着的时候，沙俄侵略军的炮弹，带着罪恶，带着残忍，开始在地角屯村的中间爆炸。一发，二发，三发，四发……罪恶的炮弹，瞬时便将恬静的场面变得无比残忍，而残忍的炮弹，又瞬时将幸福和甜蜜化为乌有。

绝望的惨叫、恐惧的呼号……男人、女人、老人和孩子，都被侵略军的炮弹炸得惊慌失措又胆战心惊。连那些清军士兵，也都慌慌张张地四处奔逃。

当时最清醒、最冷静的人，恐怕得数萨果素了。虽然他也被突如其来的炮弹炸得不知所措，但他很快就明白过来：这一定是沙俄侵略军打到这里来了。故而，军人的职责使得他顾不上去照看他心爱的维玛，他只能声嘶力竭地呼喊正在四处乱奔的清兵道："都不要跑，快拿起武器，准备同罗刹鬼子战斗！"

萨果素的这大声呼喊也还起到了应有的作用，大约有八九十名清军士兵各提刀剑聚集在了萨果素的周围。只是，萨果素还未来得及作出下一步的指示，那梅利尼克就带着一队沙俄士兵气势汹汹地冲了过来。一阵乱枪射过，萨果素身边的清军士兵至少倒下去了一半。亏得萨果素当时的位置站得靠后，不然，沙俄侵略军的第一次射击，萨果素就会中弹身亡。

那个时候，清朝军队中的火枪数量很少，而萨果素带来的两百个清军士兵，连一支火枪也没有。大刀长矛自然敌不过火枪，所以，萨果素就赶紧下令撤退。

这样一来，地角屯村便成了梅利尼克肆意杀人的场所了。

梅利尼克手下一百八十名侵略军士兵，按照梅利尼克的指示，专拣着清军士兵和年轻力壮的村民枪杀。尽管有不少清军士兵和村民对沙俄侵略军进行了顽强而殊死的反抗，也确曾利用地形地势砍死砍伤了数十名侵略者，但最终，除萨果素领着二十多名清军士兵逃出村子之外，其余清军士兵及年轻力壮的村民，大部被沙俄侵略军打死，只有少部分人逃往别处，包括萨果素和他领着的那二十多名清军士兵。而年老体弱、行动不便的村民，也随后被沙俄侵略军枪杀。剩下两百多名年轻女人和孩子，则全部被沙俄侵略军俘获。这其中，便有萨果素还未娶进家门的新娘维玛。

萨果素虽然逃到了村外，但心却如刀绞。他情知，维玛落在了沙俄侵略军的手里，会有一个什么样的下场。但他更深知，即使他领着身边的二十多个人冲回村里，也是白白送死。所以，萨果素在停顿一会儿之后，便脸色铁青地吩咐手下道："走！我们回卜魁！"地角屯村距卜魁城约为五十里。萨果素虽然一夜未睡，但还是在中午之前领着二十多个手下赶回了卜魁城。这等速度，虽还称不上什么惊世骇俗，但也足以让一般的人自叹弗如。

乍见着萨果素仓皇地回来，萨布素大为惊讶："兄弟，你如何这般模样？"

当萨果素急急地将前因后果说了一遍之后，萨布素更是震惊："罗刹兵竟然打到了地角屯？"

萨果素急道："大哥，快发兵去救维玛，还有地角屯的那些百姓……"

萨布素既是清军副都统，战事经验当然就比萨果素丰富得多。他冲着萨果素摇了摇头道："兄弟，已经来不及了。待我们赶去，罗刹兵早就溜掉了……再说，皇上也没有旨意令军队与罗刹兵开战……"

然而，萨果素却不管什么"旨意"不"旨意"的："大哥，维玛被罗刹兵抓去，我总不能见死不救吧？"

萨果素的心情，萨布素自然能够理解。他沉吟了一会儿，然后点了点头道："好吧，兄弟，我们就去地角屯走上一遭。"

于是，萨布素就点起五百人马，同萨果素一起，出卜魁城，向地角屯方向开去。为防止不测，萨布素不仅用马车驮上了几尊大炮，还把卜魁城内仅有的十名火枪手也一起带上了。

然而，当萨布素等人气喘吁吁地赶到地角屯时，梅利尼克和他的侵略军早就不见了影踪。萨布素看到的，只是一幅惨不忍睹的景象：所有的房屋，都被侵略者焚火烧毁；村里村外，满躺着无辜老百姓的尸体，褐色的土地，早已被鲜血染得殷红，有的地方，鲜血还正在凄清地流淌……

目睹眼前的一切，萨布素圆睁二目，一言不发。他仿佛看见，沙俄侵略军正狞笑着践踏中国的土地，狞笑着点燃了一间又一间房屋，狞笑着杀死了一个又一个中国的百姓……"咚"的一声，萨布素一拳重重地击在了身边的一棵大树上。他击得太重了，血都从指间渗了出来，可萨布素全然不觉。

突地，一声凄厉的尖叫传到了萨布素的耳边："维玛——"

是萨果素。萨布素一惊，急忙朝萨果素奔去。来到近前一看，萨布素不禁惊呆了！

村东头的一棵大树上，绑着一具血肉模糊的人身。这人从上到下，不仅不着寸缕，而且，从头到脚，皮肤尽被剥去……剥去的皮，就扔在地上，旁边，是维玛原先穿着的一身艳装。

萨布素颤颤抖抖地问道："兄弟，这……就是维玛？"

萨果素没有回答萨布素的话，他艰难地蹲下身，将维玛的那身艳装紧紧地搂在怀里。蓦地，他发出了一声震撼天地的呼叫："罗刹兵！我要跟你们拼了……"

紧跟着，萨果素就操起一把长剑，直直地向着北方奔去。萨布素急忙叫道："兄弟，你要去干什么？"

萨果素头也不回地言道："我要去把那罗刹兵，统统杀光！"

萨布素见萨果素有些失去理智了，就赶紧命令手下道："把他截回来！快！"

几个手下，追了好长一段路，又费了好大的劲儿，才终于将萨果素逮住，并架到了萨布素的面前。而萨果素则是又蹦又跳又喊又叫："放开我，快放开我，我要去杀罗刹兵……"

萨布素重重地对萨果素言道："兄弟，就你一个人的心里不好受吗？我们大家，谁的心里好受？可是，我们要冷静，不能冲动，只凭一时的冲动，能干成什么事？我们都是吾皇陛下的臣民，一切都得按吾皇陛下的旨意行事。你明白了吗？"

但萨果素依然不听，依然在那儿又蹦又跳又喊又叫："快放开我，我要去杀罗刹兵，我要报仇……"

萨布素见此情状，只得无奈地吩咐手下道："把萨果素捆起来，扔到马车上，好好地看管，不要让他跑了！"

接着，萨布素又对所有的手下命令道："把老百姓的尸体都细心地掩埋。然后，回卜魁城！"

看起来，萨布素显得非常地冷静。只是，在掩埋维玛那具血肉模糊的尸体时，他却暗暗地流下了热泪。他在心里言道："维玛，安息吧！我和萨果素，一定会为你、全体地角屯村民和所有被沙俄侵略者杀害的无辜同胞，报仇雪恨！"

待回到卜魁城，已是深夜。他找来几个头领，吩咐他们对卜魁城周围严加警戒，并严加看管萨果素。然后，他就骑上一匹快马，连夜向北京城驰去。因为，沙俄侵略军打到了地角屯，已经威胁到了大清朝整个东北的安全，事关重大，他不敢怠慢，必须当面向朝廷报告。

经过十数日奔波，萨布素到达了北京城，并立即找到了彭春，把地角屯村的事情大略叙述了一遍。彭春闻言大惊道："前日我向皇上禀告，还说罗刹兵只在黑龙江流域一带骚扰，没想到，他们竟然打到了地角屯……"

萨布素言道："我以为此事非同小可，所以特地赶到京城来向朝廷汇报！"

彭春言道："理应如此，当速速汇报！"

于是，二人就一起去求见兵部尚书明珠。明珠攻陷了吴世璠的老巢昆明后刚刚回到京城不久，闻听萨布素和彭春所言，觉得事关重大，不敢擅自做主，便即刻去向康熙禀告。康熙传旨：在乾清宫召见萨布素和彭春。

当时，阿露还在乾清宫内与赵昌一起伺候康熙。萨布素和彭春刚一走进乾清宫，赵昌就神秘兮兮地迎上来问道："两位副都统大人，那罗刹兵是不是真的要打到京城来了？"

赵昌的问话虽低，但还是被阿露听到了。阿露对赵昌素无好感，所以就冷冷地言道："赵昌，要不要我把你刚才的问话告之皇上？"

赵昌立即就闭上了口。虽然他很是不满地乜了阿露一眼，但终也没有言语，而阿露却在心里想道：这赵昌，为何与他的兄长赵盛大不相同呢？

萨布素和彭春见了康熙后连忙跪地山呼"万岁"，康熙言道："两位爱卿平身。朕适才听说，那罗刹兵已经打到了卜魁附近？"

萨布素连忙又将地角屯村发生的事情详详细细地说了一遍。康熙闻之，不禁动容，不觉脱口而出道："罗刹兵太过残忍，简直欺朕太甚！"

但说过这句话后，康熙一时又沉默不语。

是呀，三藩之乱虽然业已平息，但整个大清江山却被三藩之乱搞得千疮百孔。康熙治国的一个基本准则是：不安内就无法攘外。要重整大清江山，该耗去康熙多少精力和时间？还有，统一台湾，也已迫在眉睫。康熙要做的事情，确实太多太多。既如此，康熙就很难有多少精力和时间去认真对付罗刹兵的侵扰。

萨布素和彭春虽长年驻扎在东北，但多少也能理解康熙的苦衷。所以，见康熙沉默不语，二人也就对望了一眼，不再说话。

许久，康熙静静地言道："罗刹兵公然南犯，显然是想扩大他们的侵略势力范围，同时，恐也有试探朕的意图。如果对罗刹兵的侵略行为一味地听之任之，恐以后局势的发展，对朕极为不利……"

萨布素和彭春只是认真地聆听，并不问话，更不插话。康熙又静静地言道："但是，对付罗刹兵入侵，不同于朕的平息三藩之乱，也不同于朕去统一台湾，这是两国之间的战事。而罗刹又是一个大国，如果此事处理不妥，朕与罗刹开起战来，要打到什么时候？又要打到什么程度？"

萨布素和彭春依然不言不语。康熙接着言道："朕这样说，并不是朕怕罗刹国，不敢同罗刹国开战。恰恰相反，如果罗刹兵一直赖在朕的土地上不走，干那些杀人放火的残忍勾当，那朕就一定会同他们兵戎相见。朕的土地，一毫一厘也不能让别人夺去。台湾如此，东北也是如此！只不过，朕不想把与罗刹国的这场看来难以避免的战争打得太大、进行得太深。只要能将罗刹兵全部赶出朕的领土，并让他们永远不敢再来侵犯，朕的目的便已达到！"

康熙继续言道："要实现朕的这个目的，就必须在与罗刹国开战前，把一切准备工作做得仔细、做得周到，力争做到万无一失。不战则已，战则必胜。要让罗刹国知道，朕不是好欺负的，朕有足够的力量来保卫大清江山！"

康熙说到这里，停顿了一下，然后认真地看着萨布素和彭春道："两位爱卿回卜魁后，不要轻易地与罗刹兵交战，只需编练军队、加强戒备。只要罗刹兵不再大举南犯，尔等就不要主动出击。待朕安定了天下，处理好了统一台湾的有关事宜后，朕定会认真地去解决罗刹兵入侵的问题。两位爱卿是否明白朕的意思？"

萨布素和彭春一起伏地叩头道："微臣定会严格按照皇上旨意行事！"

康熙微微地点了点头："两位爱卿平身。朕知道，两位爱卿对朕一直忠心不二，又对东北的形势地势非常的熟悉。所以，与罗刹国战事一开，朕可就全要仰仗两位爱卿！"

萨布素和彭春又忙着叩首道："为了皇上，为了大清江山，虽赴汤蹈火，臣等也在所不辞！"

康熙轻轻一笑道："有尔等这般忠臣良将，何愁罗刹之患不除？"

的确，有萨布素和彭春这样的忠臣良将，康熙确实十分地放心。然而，并非所有的事情都能令康熙十分放心的。吏部尚书兼领侍卫内大臣索额图向康熙禀报的一件事，就令康熙很是不放心。确切地说，康熙是对自己的大皇子胤很是不放心起来。

这件事情发生在1681年的年底，是在一天下午的黄昏时分。当时，康熙正在乾清宫内与阿露说笑。准确点说，是康熙在说在笑，而阿露，则不言不语的，既不说，也不笑。阿露越是如此，康熙就越发说笑得厉害。似乎，不把阿露逗乐，康熙就决不罢休。

康熙为何非要把阿露逗乐？阿露为何怎么也乐不起来？前书中曾有交代，就在这之前没多久，阿露在慈宁宫伺候生病的太皇太后博尔济吉特氏，被二皇子——即康熙钦定的大清太子——胤礽用牙、用针将两只乳房咬得、扎得伤痕累累。虽然康熙立即就将阿露从慈宁宫带回了乾清宫，但从此，阿露就变得沉默寡言起来。所以，只要有机会，有可能，康熙就会想方设法地逗阿露开心。

就在康熙以为即将把阿露逗乐的当口，那索额图匆匆忙忙地走进了乾清宫。索额图向康熙禀报道："大阿哥把太子从马背上推了下来……"

据索额图称，当日下午，大阿哥胤禔和太子胤礽在皇宫大花园内跟着宫中侍卫学骑马，练习途中，胤禔非要胤礽跟他同乘一匹马，胤礽也就同意了，可骑着骑着，胤禔一把就将胤礽从马背上推了下来。亏得是胤礽跌在了一丛枯草上，否则，胤礽至少也要落个断臂折腿的后果。索额图还说，他调查了当时花园内所有的人，所有的人都可以为此事作证。

康熙闻知，勃然大怒。他一指索额图，重重地吩咐道："去，把胤禔和胤礽都叫到这儿来！"

很快，索额图就领着胤禔和胤礽走进了乾清宫。当时，胤禔十岁，胤礽方才八岁。瞧胤礽一手捂头一手捂臀又哼哼唧唧的模样，似乎先前确实摔得不轻，连跪地给康熙请安的动作，好像都做得十分艰难。

见胤礽这副模样，康熙是看在眼里疼在心里。因为，胤礽是康熙最钟爱的女人之一孝诚皇后赫舍里所生，正因为胤礽是赫舍里所生，所以胤礽才会被康熙钦定为太子。

十岁的胤禔，跪在康熙的面前不言不语，只是低着头。康熙怒斥道："胤禔，你为何要把胤礽推下马来？你居心何在？"

康熙"居心何在"一语，是有一个很明显的潜台词的。按照惯例，皇帝一位应该传给长子，但康熙因为太过钟爱赫舍里，所以就没有立大阿哥胤禔为太子。故而，康熙自觉不自觉地就有了这么一种想法：胤禔把胤礽推下马去，是一种故意行为，其目的，是想使胤礽摔死或摔残，好让他胤禔继太子位。

康熙的这种想法，不能说一点道理也没有，但客观地看来，康熙的这种想法却未免太过偏激了。英明的康熙之所以会有这种偏激的想法，其主要原因，当然是他太过钟爱赫舍里的缘故。赫舍里不在了，他便把对她的爱有意无意地就转移到了胤礽的身上。这种现象，便是人们常说的"爱屋及乌"。

胤禔闻听康熙怒斥，立刻就抬起了头："父皇，胤礽他把孩儿的裤裆捏得生疼，孩儿只好推他……"

胤礽马上道："父皇，大阿哥他胡说，孩儿根本就没有捏他的裤裆！"

康熙显然是站在胤礽一边："胤禔，你休得胡言乱语！胤礽为何要捏你的裤裆？"

胤禔愤愤不平地回道："父皇，孩儿如何会知道？孩儿骑马骑得好好的，他非要孩儿与他同骑一匹马。可是，孩儿刚刚骑上他的马，他的手就伸到孩儿的裤裆里，使劲地捏，捏得孩儿实在疼痛难忍，只好将他推下马去。"

胤礽急道："父皇，大阿哥在胡说八道，孩儿的手，根本就没有伸到他的裤裆里……"

康熙喝道："胤禔，你竟敢在朕的面前信口雌黄、颠倒是非！分明是你叫胤礽与你同骑一匹马，你为何用谎言骗朕？"

胤禔愕然道："父皇，分明是胤礽叫孩儿与他同骑一匹马，孩儿何来的谎言？"

胤礽大声叫道："父皇，大阿哥他胡说！"

胤禔也不示弱："胤礽，胡说的是你，不是我！"

胤礽、胤禔便在康熙的面前大吵特吵起来。虽二人贵为皇子，但吵架的功夫比寻常人家子弟却毫不逊色，甚至有过之而无不及。只是，寻常人家子弟争吵一番无伤大雅，而两个皇子在一起如此争吵却似乎有失体统。所以，康熙就高声言道："索额图，把胤禔带回去禁闭三日，让他好好地反省！"

索额图立即回道："微臣遵旨！"

但胤禔却哀怨地道："父皇，你为何要冤枉孩儿？一切都是胤礽的错，你为何偏偏惩罚孩儿？孩儿又何错之有？"

胤禔说得真真切切的，只是，康熙不愿意听。在康熙的心目中，一切都是胤禔的错，也只能是胤禔的错。

然而，待康熙冷静下来之后，他却隐隐约约、或多或少地感觉到了自己对这件事情的处理未免有些轻率。因为，存在着这么一种可能性，那就是，胤禔所言，一切都是真的。

胤礽是赫舍里所生，而赫舍里又是索额图的侄女。索额图站在胤礽一边说话当在情理之中。更主要的，胤礽既然能用针扎阿露的乳房，那他就能把自己的手伸到胤禔的裤裆里去。

只不过，康熙没有朝着这条思路深想下去。也许，他对索额图太过信任了。也许，他对死去的赫舍里太过挚爱了。更也许，他不敢把年仅八岁的胤礽深想得那么残忍、那么歹毒。如此残忍、如此歹毒的人，岂能做大清的太子？

是呀，康熙要做的事情太多了。天下还没有安定，台湾还没有统一，而罗刹国已经对大清江山虎视眈眈了……

【第十五回】

黑龙江外扰频频，宫墙内内忧纷纷

1682年3月，康熙借往盛京谒陵为名，对东北的地形地势进行了一番考察，并在回京时，命萨布素和彭春将罗刹兵的底细摸清楚，做好与罗刹兵开战的准备。

于是，萨布素、彭春及萨果素等人，便开始筹划如何去黑龙江一带侦察敌情。本来，萨布素和彭春决定让萨果素留守卜魁，但萨果素高低不同意，非要吵嚷着随萨布素、彭春同去。萨布素无奈，只得叮嘱萨果素道："兄弟，你同去可以，但一切行动必须听从彭大人的指令。还有，遇到罗刹兵，你万万不可冲动。否则，为兄的定将对你军法从事！"

萨果素回道："哥，只要你同意我去黑龙江，我一切行动都听从你和彭大人的指挥！"

就这么着，在这一年的九月初，萨布素、彭春及萨果素，率数百人，以捕鹿为名，沿嫩江北上，开始对入侵中国的沙俄侵略军进行军事侦察。萨布素和彭春告诫萨果素等手下：除非迫不得已，否则不要与罗刹兵发生正面冲突。

沿嫩江一直北上，便可到达黑龙江的一个江边小城呼玛。从呼玛城再向西走三十多里，就是沙俄侵略军在黑龙江边所建造的最大的侵略据点雅克萨了。

那是一个下午，萨布素、彭春和萨果素等人，抬着十几头捕获的鹿，走进了距雅克萨不远的一个小村庄，小村庄里居然有一百多名中国的百姓。这令萨布素、彭春和萨果素等人大感意外，因为，他们以为，沙俄侵略军杀人成性，黑龙江两岸的中国百姓应该早就被侵略军杀光抢光了。殊不知，沙俄侵略军刚刚侵入黑龙江流域的时候，确是见人就杀、见东西就抢，然而，当侵略军在黑龙江流域站稳了脚跟，他们杀人的行为便有所收敛，只要中国百姓不反抗他们，他们也就不再随意杀人。这并不是说沙俄侵略军的杀人本性已经发生了改变，而是因为沙俄侵略军不仅要夺取中国的土地，而且还要对这些土地上的中国人实行殖民统治，如果把这些土地上的中国人都杀光了，他们还对谁实行殖民统治？更主要的是，这些土地上的中国人众多，他们也不可能把所有的中国人都杀光。

萨布素、彭春和萨果素等人用几头鹿同那个小村庄里的人交换了一些食物和布匹。萨布素对彭春言道："看来，罗刹兵是把这里当他们自己的土地了！"

彭春回道："是呀，如果不趁早把罗刹兵赶出去，这里的百姓恐怕会对大清朝起异心啊！"

彭春所言，说的是事实。他们进入这个小村庄之后，一个当地老者问清了他们是从南方来的，曾不无失望地对萨布素和彭春言道："看来，大清皇帝是不想要我们这些臣民了……"

那老者说得失望，表情就更加失望。萨布素不便表明身份，只得轻轻地安慰那老者道："老人家，不要太过灰心，更不能太过失望，因为，大清皇帝是不会抛弃他任何一个子民的。只不过，这需要一些时间……"

那老者问道："大清皇帝究竟要到什么时候才会派军队过来？"

萨布素一时无言。彭春一旁回道："我以为，要不了多久，大清皇帝就一定会派军队过来！"

萨布素、彭春和萨果素等人一直在那个小村庄里逗留到黄昏，把雅克萨城里的沙俄侵略军的情况全部了解，打探清楚后，方才离开那里。他们刚一离开，便有一队从雅克萨城里出来的沙俄侵略军大摇大摆地开进了那个小村庄。躲在村外的萨果素一见，急忙指着那个领头的沙俄侵略军对萨布素道："哥，就是那个罗刹兵杀害了维玛和地角屯村的百姓！"

萨布素和彭春等人都不觉朝那个领头的沙俄侵略军多看了几眼。只见，那沙俄侵略军长得犹如一截铁塔，更像是一头大狗熊。他，正是领兵突袭地角屯村并残忍地杀害了萨果素未婚妻维玛的沙俄侵略军头目梅利尼克。

萨布素问萨果素道："兄弟，你能肯定那个罗刹兵就是杀害维玛的凶手？"

萨果素咬牙切齿地道："哥，这个罗刹兵，纵然烧成了灰，我也绝不会认错！"

见萨果素抓起一杆猎枪，已经做出了一副跃跃欲试的架势，萨布素赶紧问道："兄弟，你想干什么？"

萨果素的双眼早已充血，已然红得怕人："哥，我们冲进村里去，把那些罗刹兵统统杀死！"

彭春不紧不慢地问萨果素道："兄弟，你有把握能将那些罗刹兵统统杀死吗？"

"能！"萨果素肯定又坚定地道，"罗刹兵只有几十人，而我们却有三百多人，只要不怕死，我们就一定能把这些罗刹兵统统杀死！"

彭春却又言道："兄弟，这儿的罗刹兵虽然很少，但这儿距雅克萨很近，如果我们一时不能将这里的罗刹兵统统杀死，而雅克萨城里的罗刹兵又赶来增援，那我们该怎么办？这里的一百多个百姓又该怎么办？"

萨果素头一拧："我不管那么多！这些罗刹兵杀害了我的维玛，我一定要他们血债血偿！"

萨果素一提猎枪，猫腰便想冲出去。萨布素一把按住萨果素的肩，语气严厉地道："兄弟，你切莫冲动！彭大人说得对，我们来这里不是同罗刹兵开战的。我们来这里的主要任务是侦察，还有许多事情等着我们去做。如果我们只凭感情用事，岂不坏了皇上的大计？"

彭春也重重地对萨果素言道："兄弟，血海深仇总是要报的，但现在不是时候！"

萨果素无奈，只得重新蹲下了身子。萨布素看见，萨果素的上齿已经把下唇咬得殷红一片。萨果素，心里在想些什么？

那梅利尼克带着几十名沙俄士兵离开了那个小村庄。他们走时，抬着几头鹿。那几头鹿，正是萨布素和彭春用来同那些村民交换粮食和布匹的。彭春苦笑着对萨布素言道："真没想到，我们捕的鹿，倒成了罗刹兵的美味儿。"

萨布素和彭春、萨果素等人，侦察完了雅克萨之后，就沿着黑龙江南岸，开始对黑龙江下游进行军事侦察。他们费时两个多月，一直侦察到黑龙江的入海口。除在黑龙江下游的乌扎拉小城的边上同沙俄侵略军发生了一场小规模的冲突外，整个侦察活动，基本上还是很顺利的。

萨布素、彭春及萨果素等人，于这一年的年底返回卜魁城。1683年1月，萨布素、彭春二人结伴来到北京城。康熙传旨，在乾清宫召见萨布素和彭春。

1683年1月，施琅和姚启圣正在福建为统一澎湖及台湾紧张地忙碌着。所以，当时的康熙，的确是头绪纷繁，既要确保统一台湾一事万无一失，又要直面日益紧张的东北局势。

萨布素和彭春刚一走进乾清宫，康熙就急急地迎上来言道："两位爱卿辛苦了！请速速将侦察的结果告诉朕。"

萨布素主讲，彭春则在一旁补充。两人详详细细地将两个多月的侦察经过及结果向康熙作了十分准确的汇报。大致内容如下：黑龙江中下游沿岸，建有三十多个大大小小的沙俄侵略军据点，不过，除雅克萨城内有近千名沙俄官兵外，其他的侵略据点内，沙俄士兵都很少，最多的也不过百人，而有的侵略据点内，只有十数名沙俄士兵。

康熙听完汇报后，默然片刻，然后问道："尼布楚城距雅克萨城有多远？里面有多少罗刹兵？"

　　萨布素和彭春虽然没亲往尼布楚一带（当时的清朝还没有对尼布楚一带实行有效的统治），但对尼布楚一带的情况还是大致了解的。萨布素回道："尼布楚距雅克萨有一百多里，城内驻有罗刹兵六百多人。"

　　康熙点了点头，沉吟片刻后问道："依两位爱卿之见，如果现在就同罗刹兵开战，该如何行动为妥？"

　　萨布素和彭春对望了一眼，然后萨布素言道："回皇上的话，依微臣之见，发兵三千，便足以赶走罗刹兵。"

　　康熙又问彭春："彭爱卿意下如何？"

　　彭春回道："微臣也是如此认为。盘踞在黑龙江中下游的罗刹兵，拢共不到两千人，且非常分散，只要发兵三千，就可以将罗刹兵各个击破！"

　　康熙不觉笑道："听二位爱卿之言，倒是信心十足，胜券在握啊！"

　　萨布素和彭春赶紧道："微臣愚见，请皇上训示！"

　　康熙缓缓地言道："同罗刹兵作战，三千兵确实足矣……东北地形复杂，派大批军队前去，既无多大必要，也无多大用处。但是，罗刹兵人数虽少，可他们的火枪火炮却着实厉害。因此，同罗刹兵作战，既不可轻敌，更不能盲动。不战则已，战则必胜！"

　　萨布素和彭春又一起言道："皇上圣明，请皇上教诲……"

　　康熙稳稳地从座位上站起，来回踱了几步，又稳稳地回到座位上坐下："两位爱卿，同罗刹兵作战，须如此如此……"

　　康熙将自己心中已经酝酿成熟的作战计划，仔仔细细地对着萨布素和彭春说了一遍。这一番说教，足足耗去了康熙一个时辰。末了，康熙言道："朕在这里只是纸上谈兵。所谓将在外君命有所不受，具体作战部署，还得靠两位爱卿自己拿主意。"

　　萨布素和彭春同声言道："微臣一定遵从皇上教诲行事！"

　　萨布素和彭春离开京城的时候，兵部尚书明珠按康熙旨意，拨给萨布素和彭春五百藤牌兵（抵挡沙俄侵略军火枪射击的特殊兵种）及四十名火枪手（卜魁城原有十名火枪手，如此，萨布素和彭春共拥有了五十名火枪手）。萨布素对彭春言道："皇上如此厚待我等，我等切不可辜负了皇上的殷殷期望！"

　　彭春回道："为了皇上，为了大清江山，我等不成功便成仁！"

　　萨布素和彭春返回卜魁城之后，就加紧扩大和操练军队。至这一年的夏天，也即施琅和姚启圣统一了澎湖和台湾的那个时候，萨布素和彭春已训练出了一支三千人的精锐之师。康熙圣旨传到卜魁：时机已成熟，可以按计划同罗刹兵开战了！

　　萨果素闻知皇上已决定同罗刹兵开战，简直是欣喜若狂。他冲着他的手下吼道："弟兄们，报仇雪恨的时候到了！"

萨布素、彭春及萨果素等人，率三千精锐之师（其实只有火炮数十门，火枪五十支，其余皆为大刀、长矛和弓箭，同沙俄侵略军比起来，这支清军也实在算不上什么精锐之师的），开始了驱逐沙俄侵略军，保卫大清领土的军事行动。

清军并没有马上就沿着嫩江北上，而是向东，取道松花江一直向北，水陆并进。沿途的老百姓闻听清军要同罗刹兵开战，都自发地组织起来，或为清军送衣送粮，或为清军指引方向。彭春高兴地对萨布素言道："有当地百姓如此支援，何愁罗刹之患不除！"

清军很快抵达黑龙江。按既定计划，萨布素、彭春及萨果素率军向东，先着力肃清黑龙江下游的沙俄侵略军势力。在当地百姓的大力帮助下，清军花了约半年时间，基本上肃清了黑龙江下游的侵略军势力，并在古法坛和乌扎拉两座江边小城同沙俄侵略军打了两场较大规模的战斗，共歼灭沙俄官兵两百余人，大大地鼓舞了清军的士气。当然，清军也有较大伤亡，半年时间内，清军共损失官兵数百人，好在各族百姓同仇敌忾，踊跃参军，故而清军的总人数不仅没有下降，反而略有增加。

经过一段时间的休整后，萨布素、彭春及萨果素领着清军挥师西进，开始打击盘踞在黑龙江中游的沙俄侵略军。同过去的半年一样，萨果素主动请缨领一路人马为清军打头阵。彭春对萨布素言道："令弟不愧为一员虎将啊！"

诚然，沙俄侵略军残酷地杀害了萨果素的未婚妻维玛，现在有了报仇雪恨的机会，萨果素岂能不格外地珍惜？萨布素却对彭春言道："愚弟也只是一员虎将而已！"

又经过约半年战斗，清军主力已逼近嫩江与黑龙江的交汇处——呼玛小城。按康熙既定旨意，萨布素在距呼玛小城不远处的黑龙江北岸，以一个小渔村为基础，新建了一座城市，名黑龙江城（即旧瑷珲城），萨布素领两千清军暂驻扎在这里。萨布素也就成了清朝的第一任黑龙江将军。

萨布素留在了黑龙江城，那彭春和萨果素却领着一千余名清军继续向西挺进。这一千余名清军内，有火炮数十门，火枪五十支，数百名藤牌兵也悉数在此。可以说，这支清军，才是东北清军的精锐所在。

彭春和萨果素领着这支精锐清军一路向西打去，并很快就包围了呼玛小城。呼玛小城内的近百名沙俄官兵拒不投降，彭春就下令用火炮猛轰。猛轰过后，萨果素一马当先，率数百清军杀入呼玛城内。经过大半天激战，近百名沙俄官兵全部被清军杀死。仅萨果素一人，就至少砍倒了五名沙俄侵略军。

清军在呼玛城大获全胜后，彭春下令继续西进。不几日，清军抵达距雅克萨城不到二十里路的江边小城古伊古达儿。盘踞在古伊古达儿城内的八十多名沙俄侵略军见势不妙，仓皇退出古伊古达儿，跑到雅克萨城投奔雅克萨督军托尔布津去了。这样一来，清军便兵不血刃地占领了古伊古达儿，并驻扎于此，与雅克萨城的沙俄侵略军遥遥对峙。

清军之所以没有马上就对雅克萨城发动攻击，乃是康熙有旨在先：如果雅克萨城内的沙俄侵略军主动撤出，那清军就不要大动干戈。显然，康熙虽然命令清军同罗刹兵开战了，但这种开战，是有很大程度的保留的。

清军之所以沿着黑龙江一点点地肃清沙俄侵略军的势力，其目的就是要迫使雅克萨城内的沙俄侵略军主动地撤出。也就是说，清军虽然同沙俄侵略军开战了，但康熙仍然希望着，能用比较和平的方式解决东北问题。只不过，康熙是这么想的，但沙俄侵略军却未必会这么想。还有，当地的各族百姓，似乎也不会这么想。他们饱受沙俄侵略军烧杀抢掠之苦，现在清军打过来了，他们岂不要为死去的同胞复仇？

在雅克萨城与古伊古达儿之间的江边上，有一个小渔村叫厄尔都。厄尔都村是巴尔虎族人居住的地方，男女老少近两百口人。有一天早晨，萨果素率数十名手下经过这里，发现这里的百姓正扶老携幼地要离开这里。萨果素找到这里的一个族长，问其原因。那族长说，今日凌晨，一个沙俄侵略军小头目领着十数名手下从雅克萨城跑到这个村里来，说是要带十名年轻女人和五名儿童回雅克萨。这族长一怒之下，领着村民将那个沙俄侵略军的小头目杀死，并打死了另外八名侵略军，但有三个沙俄士兵逃跑了。那族长告诉萨果素，为防止沙俄侵略军报复，他正准备领着全村人离开这里。

萨果素虽属于那种有勇无谋之类，但有时候，他也会偶尔地想出某种比较高明的计策来。比如此刻，他听了那族长的叙说后，仿佛灵机一动地，他的大脑里就有了一个很是明晰的想法。

萨果素先是告诉那族长让他领着村民往古伊古达儿方向去，然后，又派了两个得力手下骑两匹快马火速赶往古伊古达儿去向彭春报告。萨果素在"报告"中称：厄尔都村百姓不多，罗刹兵前来报复也就不会派出多少人马，待前来报复的罗刹兵来了，他萨果素就且战且退，将罗刹兵引入彭春预先设下的埋伏圈内，力争将这股罗刹兵全部歼灭。

还别说，萨果素"灵机一动"想出来的这条计策，也的确很是高明。大约在萨果素派出的那两个手下骑着快马赶到古伊古达儿的时候，一队从雅克萨城里开出来的沙俄侵略军，恰恰逼近了厄尔都渔村。果不出萨果素所料，这队沙俄侵略军的人数并不多，只有一百余人。一百余名手执火枪的侵略军，来报复一个不到两百口人的小渔村，似乎也绰绰有余了。

萨果素看到那一百余个侵略军呈扇形向厄尔都村庄一点点逼近时，兴奋得两眼都放出火光来。他之所以如此兴奋，最重要的原因便是，统率那一百多个侵略军的头目，正是那个他永远都不会淡忘的梅利尼克。

俗话说，仇人相见，分外眼红，萨果素一看到那个梅利尼克，就恨不得冲上前去一刀宰了他。但让人略略有些惊讶的是，萨果素当时并没有那么冲动。他当时似乎十分冷静，不仅自己很冷静，他还很冷静地吩咐数十名手下道："尔等千万不可恋战，只需且战且退，哪怕我们都死光了，也要把这股罗刹兵引到彭大人的埋伏圈内。"

萨果素相信，彭春接到他的报告后，一定会在某个有利地形处设下埋伏。为避免不必要的伤亡，萨果素还不断告诫部下，尽量与罗刹兵保持一定的距离，最好待在罗刹兵火枪的射程之外。

当时，萨果素的手下有六十多人，其中十名是火枪手，其余的皆为弓箭手。看到梅利尼克和他的侵略军就要冲进村里来了，萨果素一指梅利尼克的方向命令道："开枪、放箭，然后速速东撤！"

梅利尼克指挥着一百多名侵略军耀武扬威地正要冲进厄尔都村的当口，突然间，枪声大作、箭矢乱飞。有一支箭，恰恰从梅利尼克的耳边射过，吓得梅利尼克不觉就出了一身冷汗。他情知，定是遭遇到清军了。所以，他一边慌忙蹲身一边高声下令道："卧倒、射击！把这些野蛮人统统打死！"

一百多支火枪一起朝着厄尔都村射去。但很快地，村里便没了动静。梅利尼克醒悟过来，连忙跃起身，冲着手下喊道："野蛮人要逃跑，快冲进村里去！"

一百多个侵略军在梅利尼克的指挥下，一边不停地鸣枪一边拼命地向村里冲，等冲进村里一看，村里什么人也没有，只找到几具沙俄侵略军的尸体——这几个沙俄侵略军是当日凌晨被村中的巴尔虎族人打死的。

梅利尼克气急败坏地叫嚷道："给我搜！把野蛮人统统搜出来，剖腹挖心，一个不留！"

几乎每天都在干着"剖腹挖心"的勾当，梅利尼克与他口中所称的"野蛮人"，究竟还有什么分别？也许，梅利尼克与"野蛮人"的最大分别就在于，"野蛮人"不管有多么"野蛮"，毕竟还属"人"之列，而梅利尼克及他的侵略军，却只能用"野兽"一词来概括。从这个意义上说，梅利尼克口口声声地称中国军民为"野蛮人"，便纯粹是出于他心中对"人性"的一种嫉妒。人们往往去嫉妒那些自己所没有的东西，而梅利尼克虽然也披着一张人皮，但却恰恰缺少的，正是"人性"二字。

一个手下急急忙忙地跑来向梅利尼克报告道："将军，野蛮人向村东方向逃跑了……"

梅利尼克不假思索地命令道："追！就是追到大海边，也要把野蛮人追到！"

梅利尼克之所以会毫不犹豫地下令追赶萨果素等人，气急败坏固然是一个重要的原因，但更重要的原因则是，他梅利尼克曾经与清军交过手，在梅利尼克看来，拿着大刀、长矛的清军，是不堪一击的。所以，梅利尼克就忘了来时托尔布津曾嘱咐的话：清军在古伊古达儿一带驻有众多人马，若遇清军一定要谨慎从事，切不可贪功冒进。实际上，梅利尼克自己也知道清军大队人马已经开到了古伊古达儿一带，因为有不少沙俄侵略军早就被清军从黑龙江的中下游赶到了雅克萨城，这其中，便有原来驻扎在古伊古达儿小城里的八十多名侵略军。但梅利尼克自恃侵略军武器精良，加上他自入侵中国领土以来，除了一个又一个赫赫"战功"之外，他还没有遭遇过什么比较大的挫折，故而，梅利尼克就驱赶着一百多名侵略军，不顾一切地朝着萨果素逃跑的方向穷追而来。

如果萨果素等人离开厄尔都村后一直拼命地向东奔跑，那梅利尼克的侵略军是很难追得上的。但萨果素不能这么做，他的目的不是逃跑，更不是逃命。他要把梅利尼克的侵略军引到彭春设下的埋伏圈内。所以，他领着数十个手下沿着黑龙江北岸向东跑的时候，一会儿死命地奔，一会儿又伏地用火枪和弓箭朝身后射击。这样，既牢牢地把梅利尼克吸引在了身后，又为彭春打埋伏赢得了宝贵的时间。只不过，由于黑龙江北岸没有什么障碍物，十分有利于梅利尼克侵略军的火枪射击，故而，待萨果素领着手下快要接近古伊古达儿的时候，他那数十名手下，差不多已折损了一半。

萨果素急了，都快要跑到古伊古达儿了，彭春怎么一点动静也没有？莫非，彭春没有接到他萨果素的报告？或者，彭春不想打这股侵略军一个埋伏？

萨果素一急，便会失去应有的理智。他一咬牙，又一横心，恨恨地冲着手下命令道："都不要跑了，就伏在这儿，同罗刹兵拼个你死我活！拼一个够本儿，拼两个赚一个！"

当时，萨果素身边还有三十来名手下。这三十来名手下，是无论如何也拼不过梅利尼克那一百多名侵略军的。一个手下犹犹豫豫地对萨果素言道："我们是不是……撤到古伊古达儿城里去？"

萨果素两眼一翻，冲着那名手下就吼道："你要怕死你就撤回去，但不要忘了给我收尸！"

三十来名手下无奈，只得按萨果素的命令一起伏在了江边潮湿的土地上，准备与梅利尼克作最后一搏。他们并不是怕死，他们只是以为这样死去有些不大值得，然而萨果素是他们的长官，长官的命令他们只得服从。

梅利尼克的侵略军追上来了。虽然萨果素等人在逃跑的时候用火枪和弓箭也射杀了十多个侵略军，但梅利尼克的身边，依然还有一百多人。见萨果素等人伏在地上作出殊死一搏的架势，梅利尼克就笑着对手下言道："这些野蛮人是想主动找死呢！冲上去，先杀死这些野蛮人，然后再夺回古伊古达儿！"

梅利尼克还想攻下古伊古达儿，口气是何等的狂妄。但很快，他就发现情况有些不对劲儿。因为，那萨果素的身边，像是冷不丁地突然冒出了一百多名清军，且那一百多名清军士兵的手上，至少握有四五十支火枪。显然，那一百多名清军是从古伊古达儿城里赶来支援萨果素的。

你道彭春为何直到现在才派出这一百多人赶来支援萨果素？原来，萨果素在厄尔都村派出的那两个去向彭春报告的手下，半途之中出了意外，两匹马不知为何突然都受惊了，将萨果素的那两名手下全都摔晕了过去，还是从厄尔都村里撤出的巴尔虎族人发现了他们，将他们带进了古伊古达儿。巴尔虎族人男女老少近两百口人，行动当然很慢。也就是说，萨果素等人快要撤到古伊古达儿的时候，彭春方才得知这一消息。问清了情况之后，彭春便急急地派了一百多人去增援萨果素。这一百多人中，包括彭春手下所有的火枪手，其余的，皆为藤牌兵和弓箭手。

如果梅利尼克此时率军西撤，或许还能来得及，但梅利尼克却不想罢休。他知道，清军除去火炮外，火器少得可怜，对面那几十名火枪手，定是驻扎在古伊古达儿城内的清军中所有的火器兵了。所以，梅利尼克就大笑着对手下言道："野蛮人就这么一点火枪，把他们消灭了，古伊古达儿就唾手可得了！"

梅利尼克的想法应该说是有道理的。他的火枪不仅在数量上比清军多出一倍以上，且质量也比清军的火枪优越，至少，他手中的火枪，其射程比清军的火枪远。然而，他却忽视了这么一个事实，那就是，在这无遮无挡的平原地带作战，虽然很有利于火枪的射击，但清军的那些藤牌兵，却似乎发挥着比火枪更大的威力。

梅利尼克本来并不清楚那些清军士兵手里拿着的藤牌有什么作用，但他催动着士兵向清军发起攻击的时候，他很快就明白过来：那些藤牌，是用来遮挡火枪子弹的。

梅利尼克的士兵一边射击一边向清军发动了冲锋，而清军躲在厚厚的藤牌后面，毫无动静。待梅利尼克的士兵进入清军火枪和弓箭的有效射程内，清军的几十支火枪和几十架弓箭便从藤牌的边上向外射击。清军有藤牌掩护着，而梅利尼克的士兵却无遮无挡。这样一来，几番进攻下来，梅利尼克的士兵至少倒下去了二三十人。

梅利尼克有些清醒了。照这样攻下去，不仅很难攻得上去，而且即使攻上去了，恐自己的人马也要损伤殆尽。他还想到这么一个问题：为何这一百多个清军只守不攻？还有，据说驻扎在古伊古达儿一带的清军有一千多人，那么多的清军为什么不出现？他们都到哪儿去了？

梅利尼克真正地清醒过来了。他敢和任何人打赌，那么多的清军一定是迂回到了他的北面和背后，对他实施包围。这儿之所以只有一百多个清军，其目的就是要把他梅利尼克拖在这儿，一旦包围圈完全形成，这儿的清军人数肯定会增加。

梅利尼克想得完全正确。只可惜，他太迟了。就在他下令西撤的同时，他的对面，清军人数一下子增加到了两百多人，且在藤牌的掩护下，一点点地向他们逼近。梅利尼克暗暗心惊道：完了，被清军包围了！

果然，有手下向梅利尼克报告道：西边发现大批清军，北边也发现大批清军。只有南面没有发现清军，因为南面是浩浩荡荡的黑龙江。

梅利尼克似乎还想垂死挣扎，他声嘶力竭地冲着手下吼道："沙皇陛下的勇士们，为沙皇陛下尽忠尽节的时候到了！"

连梅利尼克在内，当时侵略军还有八九十人。在梅利尼克的嚎叫声中，八九十个侵略军围成一个圆圈，不停地向着逼过来的清军射击，但这一切均是徒劳的。彭春为保证全歼这股沙俄侵略军，除留下足够的炮手镇守古伊古达儿城之外（有了足够的炮手，即使雅克萨城的托尔布津倾巢赶来增援，他彭春也可以率清军安全地撤回古伊古达儿），他亲率千余名清军，以五百名藤牌兵为掩护，顺利地完成了对梅利尼克的三面合围。

沙俄侵略军的火枪虽然厉害，但击在藤牌上，对清军也就构不成多大威胁了，且清军一边步步逼近一边也不时用火枪和弓箭还击。这样一来，时间一长，沙俄侵略军的人数不仅越来越少，而且子弹也渐渐地打光。到最后，当清军将梅利尼克团团围住的时候，梅利尼克身边，只有十几名绝望的士兵了。

这个时候，梅利尼克便忘了要"为沙皇陛下尽忠尽节"这档子事了。他率先丢下枪和刀，然后爬起来，把自己的双手高高地举过头顶。如此看来，凶残暴虐成性的梅利尼克，充其量也不过是一个怕死鬼而已。

梅利尼克被俘，那萨果素就顿时来了精神。他一个箭步冲到梅利尼克身边，抡起左右手，"噼里啪啦"地就在梅利尼克的脸颊上甩打了起来，一边甩打一边还骂骂咧咧的。"

殊不知，萨果素的未婚妻维玛，就是被梅利尼克活生生地扒皮而死。萨果素是越打越愤怒，越愤怒越死命地打，只片刻工夫，梅利尼克的脸颊便被萨果素甩打得似一块蒸发得很地道的面包。

围观的清军士兵，大多数都对萨果素的所作所为抱支持和赞赏的态度，有的还大声地叫起"好"来。因为他们的心中，也和萨果素一样，对沙俄侵略军充满了无限的仇恨。只有少数几个清兵，还算比较冷静，在一旁小声地劝说萨果素住手，等彭春大人来了再作计较。但萨果素根本就不会住手，他打着打着，猛然间从怀中摸出一把明晃晃的短刀来，冲着身边的几个清军士兵吼道："把这个罗刹人按住，我要活剥了他的皮！"

显然，萨果素要用以牙还牙的方式来为维玛复仇了。早跑过来几个清军士兵，将一边求饶一边又拼命挣扎的梅利尼克死死地摁在了地上。萨果素一抖手中的短刀，冷冰冰地冲着梅利尼克笑道："罗刹兵，你会想到也有今天吗？"

如果彭春来迟一步，那梅利尼克就真的不死也要脱层皮了。萨果素拼命甩打梅利尼克的时候，彭春正派人去侦察雅克萨的侵略军有没有出兵来此增援。他是清军副都统，他要考虑全局问题。就在这时，有一个清军士兵像是偷偷摸摸地跑到他身边，低低地告诉他说，萨果素要杀梅利尼克。彭春闻言大惊，急忙朝出事的地方奔去。也真悬乎，等彭春赶到时，那萨果素已经扒开了梅利尼克的衣衫，正用刀子在梅利尼克的胸膛处比画呢。

彭春急忙大喝一声道："萨果素，你要干什么？"

萨果素头也不回地道："我要扒了这罗刹兵的皮！"

彭春三步并作两步地跨到了萨果素的跟前："萨果素，这罗刹兵是个将军，我等无权随意处置他，应把他送到京城交给皇上处置，你明白了吗？"

萨果素硬硬地回道："我不管那么多，我只要为我的维玛报仇，为地角屯所有的村民报仇！"

彭春情知，此时对萨果素说任何道理也没有用，最要紧的，是赶快下了萨果素手中的刀，不然，萨果素只要捅下一刀，那梅利尼克就小命不保了。

想到此，彭春便大声吆喝道："来人啊，将萨果素手中的刀子拿下！他若不许，军法从事！"

许是"军法从事"四个字起了作用，两个清军士兵走上来，很轻松地就从萨果素的手里拿过了刀子。彭春见一场危机已告化解，就又高声命令道："押着俘虏，回古伊古达儿！"

只有萨果素，一边往古伊古达儿走一边恨恨地自言自语道："下回若再有机会碰上这罗刹兵，我就先一刀宰了他再说！"

也甭说，萨果素希望出现的那个"机会"，后来还真的出现了。只是那"机会"出现的时候，其结局，恐怕连萨果素本人都没有想到。

消灭了一百多个罗刹兵，还捉住了梅利尼克等十几个罗刹俘虏，彭春的心中自然高兴。在征得了驻扎在黑龙江城的萨布素的同意后，彭春命萨果素镇守古伊占达儿，并再三嘱咐萨果素：如果大批罗刹兵攻来了，只许守城，不许反攻。情况实在危急了，便去黑龙江城向萨布素求援。而他自己，则带人押着梅利尼克等十几个俘虏，经嫩江南下，再向西去，往北京城向皇帝禀报。

本来，彭春是想派萨果素押送梅利尼克等人回京城的。因为古伊古达儿离雅克萨城很近，而雅克萨城内的罗刹兵的实力又确实不容低估，让萨果素负责镇守古伊古达儿，彭春委实有些不放心。但同时，如果让萨果素押送梅利尼克进京，彭春似乎就更加不放心。要是萨果素在押送途中一刀宰了梅利尼克，那该谁对此事负责？后来，还是萨布素为彭春解决了这个难题：彭春去京城后，萨布素领了一支清军，离开黑龙江城，开进了古伊古达儿。

彭春是在1685年的4月份押着梅利尼克等俘虏抵达北京城的。康熙对彭春、萨布素在过去的一年多时间里所取得的辉煌战绩非常满意，当即将彭春由副都统擢升为都统，并发圣旨到古伊古达儿，对萨布素、萨果素及所有与罗刹兵作战的清军将士表示嘉奖和慰问。只是，在如何处理梅利尼克等俘虏及雅克萨城等问题上，康熙与朝中大臣的意见，明显地出现了分歧。

绝大多数朝臣都以为，应将梅利尼克等俘虏悉数杀死，然后再命令彭春、萨布素二人一鼓作气攻下雅克萨，给罗刹国一点颜色瞧瞧，让罗刹国知道，大清国不是那么好惹的。

只有索额图、明珠等少数大臣支持康熙的意见，那就是，优待梅利尼克等俘虏，力争以和平的方式解决雅克萨问题。

事情的最终决定权当然是在康熙的手里。康熙力排众议，决定宽大处理梅利尼克等俘虏：愿意回沙皇俄国的，发给路费；愿意留在北京城为民的，拨给房屋居住。结果，除梅利尼克等二三人表示愿意回沙俄外，其余大多数俘虏，最终都主动留在了北京城，并且后来还都在北京城内娶妻生子。这充分说明了，除了极少数战争狂人外，世界各族人民，大多数还是热爱和平的。

梅利尼克想回沙俄，但没有回成，因为，康熙亲笔写了一封信，让他送给雅克萨城内的托尔布津。在信中，康熙希望托尔布津能够主动地撤出雅克萨，离开中国领土，以避免不必要的流血战争。同时，康熙又让一个愿意回沙俄的俘虏给俄国沙皇捎去了一封信。在这封信中，康熙敦请沙皇撤出他在中国境内的士兵，以一种和平的方式来解决两国间的边界纠纷。可以说，在东北战事这一问题上，康熙对俄国沙皇已经做到仁至义尽了。但问题恰恰在于，一种和平能否获得，往往取决于一场战争能否胜利。

梅利尼克不敢独自回雅克萨，康熙只好吩咐彭春一路护送。彭春带着梅利尼克回到古伊古达儿附近时，已是1685年的5月初了。

梅利尼克就要重返雅克萨了。彭春诚心诚意地对梅利尼克言道："雅克萨是大清国不可分割的领土，希望你回到雅克萨之后，多多地劝说托布尔津督军，不要再执迷不悟，还是主动地撤出雅克萨为妥！"

谁知，听了彭春的劝说后，梅利尼克居然一言不发，只"嘿嘿"一笑，就扬长而去。彭春心中不觉一凉。他有了这么一种直觉：自己的这番苦心算是白费了，而皇帝的那番苦心恐怕也只能是白费了。

闻知那梅利尼克又被放回到雅克萨去，萨果素简直就气炸了肺。他也不管什么上级和下级了，冲着彭春就叫嚷道："你先阻拦我杀那个罗刹兵，现在，你又亲手把那个罗刹兵放跑了，你到底是什么意思？"

面对着萨果素的大叫大嚷，彭春也并不在意。因为他知道，有萨果素这种想法的人，绝不止萨果素一个。所以，他只是淡淡地回答萨果素道："放走梅利尼克，并不是我彭春的主意，而是当今圣上的旨意。"

萨果素还要大叫大嚷，一旁的萨布素沉声喝道："萨果素，你如果再敢对都统大人这样无礼，我就以军法处置你！"

萨布素这一喝，萨果素就赶紧噤了声。彭春对着萨布素淡淡地一笑道："萨果素兄弟只是一时愤激之语。其实，放走梅利尼克，我彭某的心里，也多少有些想不通呢。"

萨布素言道："皇上的意思，是想力争以和平的方式解决雅克萨问题……"

彭春微微地摇头道："可在我看来，不通过战争，雅克萨的问题就不可能得到解决。"

萨果素言道："是呀，我的心里，也有这种想法。那些罗刹兵，你不去打他，他是不会主动跑的！"

彭春和萨布素所言，一点也没有错。盘踞在雅克萨城内的托布尔津，从来就没有想过什么主动撤出雅克萨的问题。他整天想的只有一件事，那就是，要向哈巴罗夫学习，做沙皇陛下的一个大英雄。

哈巴罗夫于1650年（顺治七年）1月，受俄国沙皇派遣，领哥萨克军队越过外兴安岭，侵入中国国境。在两年多的时间里，他对中国各族人民犯下了难以尽数的滔天罪行。然而，就是这么一个双手沾满了中国人民鲜血的刽子手，回到莫斯科后，却受到了俄国沙皇的大加封赏：封哈巴罗夫为沙俄贵族称号，赏哈巴罗夫大片田产。又经沙皇御用文人的大力吹捧，哈巴罗夫便成了替沙皇开发新土地的大英雄，成了许许多多存有勃勃野心的沙俄人的偶像。而托尔布津，便是哈巴罗夫许许多多的崇拜者之一。他率兵侵入中国境内，就是想成为像哈巴罗夫那样的大英雄。尽管沙皇已经封他为雅克萨的督军，但他认为自己做得还很不够，他还没有在中国境内捞足资本。所以，无论如何，只要还有一点点可能，他就不会离开中国领土，更不会轻易放弃雅克萨。

当清军从黑龙江下游一点点，一步步地向黑龙江中游推进时，托尔布津多多少少地感觉到了恐慌。他知道，清军这次是来者不善，善者不来。而当梅利尼克全军覆没的消息传到他的耳朵里时，他心中的那种恐慌就自然而然地加重了。

然而，尽管托尔布津心中很是恐慌，但他却从未考虑过什么撤出雅克萨的问题。原因有三：一、他如果撤出了雅克萨，那他就等于失去了所有的一切——他只是一个雅克萨督军；二、他以为，清军虽有两三千之众，但雅克萨城堡非常坚固，又加火力猛烈，清军未必能攻得进来；三、他坚定地认为，雅克萨城堡是沙俄军队在中国境内所建造的最大的侵略据点，即使他托尔布津想放弃，沙皇也不会同意，所以，如果清军真的对雅克萨城堡发动进攻了，那沙皇是绝不会坐视不救的。

为此，在梅利尼克全军覆灭之后，托尔布津主要做了这么几件事：一、密切监视驻扎在古伊古达儿的清军的动向；二、派人向驻扎在尼布楚的沙俄督军通报这里的情况并派人远赴莫斯科向沙皇求援；三、继续加固雅克萨的城防。

这一天，托尔布津正在雅克萨城内巡视城防加固情况。一个沙俄士兵匆匆忙忙地走到托尔布津的面前报告道："督军大人，梅利尼克将军回来了……"

"什么？"托尔布津一怔，"梅利尼克回来了……多少人？"

那士兵回道："就梅利尼克将军一个人。"

托尔布津有些明白了。梅利尼克为清军所获，不可能私自逃脱，现在只身归来，定是清军故意放的。而清军这么做，当然就别有意图。

想到此，托尔布津就吩咐那士兵道："带我去见梅利尼克将军。"

托尔布津之所以要主动亲见梅利尼克，原因是现在形势非常紧张。不管梅利尼克是如何回来的，他都仍然还是托尔布津手下最得力的干将。要想击溃清军，守住雅克萨，托尔布津还少不了像梅利尼克这样的人。

见到托尔布津之后，梅利尼克的脸上却显出了一种很羞惭的神色："督军大人，属下不才，竟然让野蛮人给抓住了……属下真是无脸再见督军大人啊！"

既是"无脸再见"，又为何站在了托尔布津的面前？说到底，梅利尼克也只不过是一个贪生怕死之辈罢了。

托尔布津亲切地拍了拍梅利尼克的肩头："将军阁下何出此言？胜败乃兵家常事，你又何必如此耿耿于怀？"

见托尔布津这么宽容，这么大度，梅利尼克不仅顿感轻松，而且也着实对托尔布津感激万分："督军大人，不管怎么说，属下还是平安地回来了……属下既然回来了，那就有了向野蛮人报仇雪耻的机会了！"

托尔布津高兴地道："我的将军，你这样想就对了。留得青山在，何愁没柴烧？你只要平安地归来，就什么都有了！"

接着，梅利尼克多少有些犹豫地从怀中摸出一封信来："督军大人，这是大清皇帝托我带给你的……"

托尔布津很是惊讶地道："梅利尼克，你见到大清皇帝了？"

梅利尼克低低地回道："属下被俘后，他们把我带到北京城，大清皇帝……召见了我……"

"好，很好！"托尔布津高兴地道，"你既已见过大清皇帝，那等我们打进北京城的时候，大清皇帝就再也逃不掉了！"

看看，托尔布津还梦想着打进北京城呢，康熙想以和平方式解决雅克萨的问题，恐怕只能是一厢情愿了。

梅利尼克不知出于何种心理，十分小声地自言自语道："那大清皇帝，看起来倒也很是威武，很是威严……"

只可惜，托尔布津没能听清梅利尼克这句自言自语的话，他正在看康熙写给他的那封信。看罢，他将信往梅利尼克的手里一塞，语调冰冷地问道："我的将军，你对这封信是怎么看的啊？"

梅利尼克学着托尔布津的样儿，也做出一副冷冰冰的表情，言道："督军大人，属下以为，我们的军队打到哪儿，哪儿的土地就属于伟大的沙皇陛下，其他的人，包括大清皇帝，均无权干涉！"

梅利尼克的话，活脱脱地告诉了人们，什么叫强盗逻辑。而那个时候的俄国沙皇，实际上，在相当长的一段历史时间内，俄国的当权者们，正是运用这一逻辑来大肆扩张他们的疆域的。

托尔布津对梅利尼克的回答大加赞赏："我的将军，你不愧为沙皇陛下最忠诚的勇士。这雅克萨现在已经是沙皇陛下的土地，大清皇帝怎可无理地要求我等撤出？"

托尔布津的口里竟然说出"无理"二字，当真非"厚颜无耻"而不能形容了。梅利尼克见托尔布津毫无责怪自己的意思，便也就忘了自己曾经被清军俘虏的事了。他急急地对托尔布津言道："督军大人，清军仗着人多势众，气焰十分的嚣张，得好好地教训一下他们才行啊！"

托尔布津点了点头道："就目前而言，好好地教训一下野蛮人非常必要。不过，你今日太过辛苦，晚上好好地休息一番，明日我再与你细谈。"

次日凌晨，梅利尼克精神抖擞地找到托尔布津："督军大人，属下已经恢复如初了，快下命令同清军开战吧！"托尔布津言道："现在确实需要一场战斗的胜利来鼓舞我们的士气。自你被清军俘虏之后，我们的士气大为低落，三五个人，根本就不敢出城堡一步。"

梅利尼克不觉垂首言道："督军大人，这都是属下的不是。属下如果不战败，我们的士气又何至如此？"

托尔布津摇头道："我的将军，我不是在责怪你。我只是在告诉你，现在的形势的确比较严重。"

梅利尼克请求道："督军大人，给属下一支人马，属下一定打个胜仗回来报答督军大人！"

托尔布津笑道："将军求胜心切，自然可喜可贺，但我们的兵力并不充足，万不可再贪功冒进了啊！"

托尔布津虽然面带笑容，但实际上是在委婉地批评梅利尼克之所以失败正是因为贪功冒进。梅利尼克这样的人居然也会脸红，他红着脸向托尔布津保证道："督军大人放心，没有十成把握的事，属下以后绝不会去做！"

托尔布津满意地点了点头："据我侦察，清军都龟缩在古伊古达儿城里，要想歼其一部，着实不易。所以，我们只能在古伊古达儿城上打主意。"

梅利尼克问道："督军大人莫非想夺取古伊古达儿城？"

托尔布津回道："我确有此意，但不会强取，强取必将招致重大伤亡。只要能在古伊古达儿打一次胜仗，我的目的就算是达到了！"

大概是在梅利尼克被放回雅克萨城后的第三天早晨，清军都统彭春正在古伊古达儿城里同当地的百姓们叙谈，忽地，那萨果素急急忙忙地奔来言道："都统大人，罗刹兵朝这里开过来了……"

彭春闻言，急急地领着萨果素等人登上城墙。果然，城下远远的地方，尘土飞扬，至少有六百多个罗刹兵正朝古伊古达儿城开来，而且，罗刹兵至少还拖着二十多门大炮。

彭春赶紧吩咐萨果素道："命令所有的士兵都登上城墙，罗刹鬼子要攻城！叫城内的老百姓都找地方藏好，罗刹兵的大炮很厉害！"

萨果素不敢怠慢，忙按彭春的吩咐去做了。彭春暗道：和平解决雅克萨城的希望，看来是一点也不存在了。

当时，小小的古伊古达儿城里，有清军官兵千人左右，还有各族百姓三百多人。见清军士兵都爬上了城墙，彭春就高声命令道："炮手各就各位，准备向罗刹兵开火！"

古伊古达儿城墙上，架有清军五十来门火炮。然而，彭春却发现，罗刹兵在距古伊古达儿城墙很远的地方就停止了前进。彭春隐隐地觉得事情有些不妙，他问一个炮手道："从这儿可以打到罗刹兵那儿吗？"

那炮手回道："太远了，我们的大炮打不着。"

清军的大炮够不上火，但沙俄侵略军的大炮却可以打到古伊古达儿城里来。彭春看见，沙俄侵略军的二十多门大炮已经整整齐齐地排成了一队，炮口直指古伊古达儿方向。彭春赶紧冲着手下喊道："炮手把炮弹藏好，其他的人都躲好，罗刹兵要开炮了！"

彭春话音刚落，沙俄侵略军的二十多门大炮就开火了。炮弹呼啸着落在古伊古达儿的城墙上，落在城里。因为古伊古达儿城太小，而城区里的人畜又太多，所以，沙俄侵略军的每一发炮弹，几乎都能造成人畜伤亡。

古伊古达儿城里顿时就慌乱不堪，特别是那些老百姓，被炮弹炸得在城区里四处乱跑。彭春对萨果素言道："快去告诉那些老百姓，不要到处乱跑，这样乱跑，伤亡会更大！"

萨果素却道："都统大人，你不叫老百姓乱跑，他们又能躲在哪儿？"

彭春想想也是。古伊古达儿城就这么一点大，任你躲在哪儿也都有可能被沙俄侵略军的炮弹击中。于是，彭春就吩咐萨果素道："你带几十个人，护送老百姓出城，一直向东走，并派人去向你大哥汇报这里的情况。"

萨果素答应一声，便匆匆地离开了。彭春对身边的手下道："大家都不要惊慌，罗刹兵的这些炮弹，没什么了不起的……"

彭春话虽是这么说，但却也暗暗心惊：罗刹兵一直这么炸下去，要炸死多少清军士兵？

工夫不大，那萨果素又回来了。彭春不禁皱眉道："我吩咐的事情，你都办妥了吗？"

萨果素回道："都统大人吩咐的事情，小的全已办妥。老百姓都已出城，也有人去黑龙江城向小的大哥汇报去了。但小的以为，与罗刹兵交战，不能缺少我！"

彭春想了想，也就作罢。确实，如果罗刹兵大举攻城，还真的少不了像萨果素这样的勇士来守卫。然而，沙俄侵略军的大炮轰炸了好长时间，却并没有什么攻城的动向。六百多个沙俄侵略军士兵，站在他们大炮的旁边，没有向前迈出一步。

萨果素伸头向城下看了看，然后不解地问彭春道："都统大人，罗刹兵这是什么意思？"

彭春沉吟道："如果我所料不差，罗刹兵并不想强行攻城。只要罗刹兵走到我们的大炮和火枪，弓箭的射程之内，他们的损失就必然很大。雅克萨城内一共才有多少罗刹兵？即使他们能够攻下这古伊古达儿，他们也将付出沉重的代价。我以为，他们不会冒这个险！"

"可是，"萨果素还是不解，"既然罗刹兵不想强行攻城，那又为什么用大炮一个劲儿地猛轰？"

彭春回道："罗刹兵的意思，是想用大炮把我们轰出这里，这样他们便可轻而易举地占领古伊古达儿！"

萨果素不觉睁大了眼睛："都统大人，那我们……就待在这里让罗刹兵炮轰？"

　　彭春点了点头："是的，我们不能离开这里。如果我们离开了，罗刹兵的气焰就会更加嚣张。更主要的，如果我们离开，那我们的这几十门大炮就要悉数丢失。没有了大炮，我们还如何同罗刹兵作战？"

　　萨果素急了："都统大人，我们就待在这里让罗刹兵炮轰，那要被轰死多少人？"

　　彭春坚定地道："即使我们都被轰死了，也不能离开这里！"

　　萨果素刚要发话，"轰"的一声，一发炮弹在附近的城墙上爆炸，两个清军士兵惨叫着跌下城墙去。彭春急忙大叫："弟兄们，都藏好，不要被罗刹兵的大炮击中……"

　　萨果素骂骂咧咧地说了一句道："这罗刹兵欺人太甚！"说着，仗剑就往城下冲。彭春赶紧喊道："萨果素，你要干什么？"

　　萨果素回道："都统大人，与其在这里被罗刹鬼子炸死，还不如冲出去与罗刹兵拼个你死我活！"

　　有不少清军士兵也纷纷向彭春请求出城去与沙俄侵略军拼杀，彭春却十分冷静地道："弟兄们，你们以为我彭某就不想冲出去与罗刹兵痛痛快快地大战一场吗？可是不行啊，弟兄们！罗刹兵正等着我们这样做呢！我们这里还有多少人？罗刹兵又有多少支火枪？我们这样冲出去，恐还没有冲到罗刹兵的面前，就全部被罗刹兵打死了！"

　　萨果素气呼呼地道："都统大人，我们不是有藤牌兵吗？让他们冲在前面，我们跟在后面，罗刹兵的火枪不就打不着我们了吗？"

　　彭春言道："藤牌兵是能挡住一些火枪的射击，但藤牌断不能挡住大炮的轰炸。现在，罗刹兵不但有几百支火枪，还有二十多门大炮，即使我们的藤牌兵再多上一倍，也起不了多大的作用。弟兄们都明白了吗？"

　　萨果素还是不明白："都统大人，我们总不能在此等死吧？"

　　彭春略略加重了语气道："萨果素，我们不是在这里等死，我们是在这里保卫古伊古达儿。只要古伊古达儿还在我们的手中，就是我们的最大胜利！弟兄们，不要慌张，罗刹兵不可能一直这么轰下去的，他们没有那么多的炮弹！"

　　忽地，一发炮弹带着凄厉的哨声，直向彭春藏身的地方飞来。萨果素一见，急忙向彭春扑去，一边扑一边叫道："大人小心……"

　　萨果素准确地扑到了彭春的身上，那发炮弹就在旁边爆炸。彭春安然无恙，萨果素却受了重伤，浑身被炮弹炸得血淋淋的，尤其是双腿，差不多要给炮弹炸断了。萨果素虽然侥幸拣得了一条命，但至少在相当长的一段时间内，他是不可能再直立行走了。

　　因为伤势过重，萨果素当时是被炮弹炸晕过去了。彭春不知究竟，抱着萨果素就大声地呼喊："兄弟，你怎么样了？你快睁开眼啊，你快说话啊！"

萨果素睁开了眼，也开口说话了："大人，我死不了，只是身上疼得很……"

彭春急令身边几个士兵道："快把萨果素抬到城下去，找个安全的地方藏起来……还有，快找医生给他止血疗伤！"

一直到中午时分，沙俄侵略军才停止了对古伊古达儿城的炮击。因为清军一直坚守在古伊古达儿城里，沙俄侵略军不敢冒险，也就放弃了占领古伊古达儿城的打算，排着队，拖着大炮，撤回了雅克萨。

沙俄侵略军虽然没有攻城，但清军的损失却相当惨重，至少有四百多名清军士兵被沙俄侵略军的炮弹炸死炸伤，另外，清军还有十多门大炮被炸毁。亏得城内的百姓撤离得较早，只有数十名百姓被炸死在古伊古达儿城内。

看着满目疮痍、尸骨累累的古伊古达儿城，彭春也不禁脱口大骂了一句道："罗刹兵，这笔血债，我一定要你们加倍偿还！"但彭春是这里的统帅，他不能太过冲动。所以，他就强迫自己冷静下来，指挥士兵掩埋尸体，收拾城防。末了，他去看望受伤的萨果素等人。

萨果素躺在一张木床上。看见彭春走来，萨果素痛苦而悲愤地叫道："都统大人，我再也站不起来了，我再也不能去杀罗刹兵了！"

彭春安慰萨果素道："兄弟，你一定会重新站起来，也一定会再去杀罗刹兵！不过，你现在却不能性急，要好好地疗伤，只有把伤疗好了，你才能够站起来，才能够去杀罗刹兵！"

萨果素又大声叫道："都统大人，皇上为什么要对罗刹兵这么仁慈？为什么还不下令对雅克萨发起攻击？"

许多伤员都紧紧地盯着彭春。显然，他们的心里，都有着和萨果素同样的不解。彭春，该如何回答这个问题呢？

彭春略一思忖，然后言道："各位兄弟，彭某以为，皇上并不是对罗刹兵有多么仁慈，皇上一定是从整个大清江山的角度来考虑问题的。皇上不比我们，我们可以只图在战场上把罗刹兵杀个痛快，但皇上，却要为整个大清江山的安危着想。不过，依彭某之见，要不了多久，皇上就会下令我们对雅克萨发起攻击的。"

萨果素立刻叫道："都统大人，你去北京跟皇上说说，叫皇上等小的腿伤好了再下令进攻！"

彭春笑道："萨果素兄弟，我彭春能对皇上发号施令吗？"

众伤员都一齐开心地笑起来。彭春对众伤员道："弟兄们，你们都不要急，安心地养伤，只要罗刹兵不退出我们大清的领土，你们就一定有仗打！"

黄昏时分，黑龙江将军萨布素领着五百人马赶到了古伊古达儿。彭春将上午发生的事情细说了一遍，然后对着萨布素喟叹道："若不是令弟舍身相救，彭某恐怕就无法站在你的面前了！"

萨布素不禁歔感慨一番，跟着彭春去看望了一下萨果素等伤员，然后就与彭春独处一室，商讨目前与今后的战局。

萨布素言道："罗刹仗着火器凶猛，主动挑衅进攻，也着实欺人太甚！"

彭春叹道："看来，皇上想和平解决雅克萨问题，已经成为不可能。"

萨布素接道："我们也不能老是这么被动挨打！长此以往，弟兄们的士气定会大受影响。"

彭春点了点头："我以为，我们应尽快地把这里的情况禀告皇上。"

萨布素言道："我同意。还有，我们从现在起，就要做好进攻雅克萨的准备。"

彭春言道："最主要的问题，是要想出一个法子去对付罗刹的大炮。从今日战事来看，罗刹的大炮确实威力很大。如果不想出一个好办法，恐怕我们很难攻得进雅克萨。"

萨布素轻轻一笑道："从这个意义上说，今天我们的损失虽然很大，但却从中汲取了经验教训。"

彭春言道："是呀，再不利的事情，也会有有利的一面。弟兄们的鲜血，总不会白流的。"

第二天一大早，彭春和萨布素就派了几个手下骑着快马向北京城驰去。这一年（1685年）的六月初，康熙的圣旨传到了古伊古达儿城：命彭春为统帅、萨布素为副帅，领兵攻取雅克萨。不几日，五百名骑兵拖着十门重炮抵达古伊古达儿支援。彭春笑对萨布素道："看来，皇上是被罗刹激怒了，要大干一场了！"

萨布素却轻轻地摇了摇头道："也不尽然，皇上还是留有余地的。"

萨布素的意思，是指康熙在圣旨中还写有这么一条：攻下雅克萨后，应允许罗刹俘虏带武器和财产离开大清领土，但不许再回来。萨布素言道："皇上是不想把战事扩大啊！"

彭春言道："但不管怎么说，弟兄们这回是可以出出心中的恶气了！"

听说要去攻打雅克萨，所有的清军官兵自然都很高兴。但是，也有人却怎么也高兴不起来。比如那个萨果素，虽然他坚决要求去参加攻打雅克萨的战斗，但无论是彭春还是萨布素，都不同意。原因是，萨果素的伤虽然好得很快，但就是一时间站不起来。

萨果素向萨布素请求："哥，你就同意我去参加战斗吧！哪怕是爬，我也会爬到雅克萨！"

　　萨布素回答萨果素道："兄弟，攻打雅克萨的战斗，彭大人是统帅，我只是副帅。就算我同意了，也是说话不算数的啊！"

　　萨果素又去请求彭春。彭春的回答是："虽然我是统帅，但你大哥不想让你去，我岂敢勉强？依我之见，你还是在这儿好好地养伤吧！"

　　萨果素无奈，只得躺在病床上，在古伊古达儿城里长吁短叹。不过，他虽然不能亲往雅克萨，但他的心，却早已飞到了雅克萨。

　　1685年6月23日，三千清军士兵（藤牌兵五百、骑兵五百、步军两千，并五十门大炮和数十支火枪）在都统彭春和黑龙江将军萨布素的率领下，离开古伊古达儿，乘着夜色向雅克萨开进，于次日凌晨，将沙俄侵略军在中国境内所建的最大的侵略据点雅克萨城团团围住。因为清军行动迅速、隐秘，待清军将雅克萨城团团围住之后，城内的沙俄侵略军方才发觉清军的动向。

　　根据事先安排，进攻雅克萨的战斗主要由彭春指挥，而萨布素则率五百骑兵防范着沙俄侵略军对雅克萨城可能有的增援，并协助彭春防范着雅克萨城内的敌人可能有的突围。

　　彭春并没有马上就向雅克萨城发起攻击，而是根据康熙旨意，首先命人向雅克萨城内喊话，要托尔布津领着他的军队撤出雅克萨，离开中国领土。彭春并向托尔布津保证：只要沙俄侵略军同意撤出，清军就可以网开一面。

　　然而，彭春的"好心"并没有得到"好报"。托尔布津站在雅克萨城的城楼上，对着清军狂妄地宣称："雅克萨是我们伟大的沙皇陛下的领土，你们野蛮人若不速速撤离，本督军就将你们统统消灭在雅克萨城外！"

　　托尔布津不仅出言不逊，且还命令梅利尼克率两百侵略军出城挑衅。梅利尼克更加狂妄，竟然率着两百兵丁径向彭春的统帅部发起进攻。好在彭春早已把一切都部署妥当，梅利尼克的这次进攻遭到了强有力的反击。在城外丢下二十多具尸体后，梅利尼克只好又缩回城里。彭春已经看出，雅克萨城内的沙俄侵略军虽然不乏突围的能力，但却没有突围的意思。也就是说，托尔布津和梅利尼克根本就不想放弃雅克萨城。这样一来，彭春便可以安安心心地对雅克萨城发动攻击了。

　　彭春和萨布素已经商定，对雅克萨城发动攻击的主要方式是炮击。因为沙俄侵略军的火器凶猛，若强行用人攻城，必将招致重大损失。又由于沙俄侵略军的大炮射程较远，所以彭春和萨布素就在清军的大炮上安装了轮子，做成了一个又一个"炮车"。这种"炮车"最大的特点是行动自如灵活，可以打一炮换一个地方，或进或退，这样一来，就可以在很大程度上削弱了沙俄侵略军大炮射程较远的优势。

　　彭春和萨布素的意思是，清军的大炮比侵略军的大炮多出一倍以上，且炮弹十分充足，只要集中火力对雅克萨城连续不断地轰击，轰它个一天、两天，那么，城内的侵略军定将被清军大炮轰得溃不成军。到了那个时候，城内的侵略军即使再想突围，已经是不可能了，而清军趁机攻城，则会变得十分容易。

不过，就在当天晚上——6月24日晚，萨布素接到报告，说是有从尼布楚方向开过来的沙俄侵略军，已经到达了鄂尔河西岸，看样子，是想连夜进驻雅克萨。萨布素闻知，急忙找到彭春，共商对策。

得知从尼布楚方向开过来的沙俄侵略军大约在一百二十人时，彭春问萨布素道："不知将军对此有何看法？"

萨布素回道："从尼布楚过来的罗刹兵可能还不知道我们已经将雅克萨包围，不然，不会只派这么一点兵力来增援。同样，雅克萨城内的罗刹兵也不知道正有一支罗刹兵向他们这儿走来。所以，我想先带人把从尼布楚过来的那支罗刹兵击溃，然后都统大人再下令炮击雅克萨。不知都统大人意下如何？"

彭春本来的打算是天一黑就向雅克萨城进行炮击，因为天黑进行炮战显然对清军有利。而听了萨布素的建议后，彭春便言道："好，待将军击溃了从尼布楚来的罗刹兵后，彭某再下令对雅克萨进行炮击！"又赶紧问了一句道，"将军可有把握取胜？要不要带些火枪手和藤牌兵过去？"

萨布素道："都统大人要防备城内的罗刹兵夜袭，比我更需要火枪手和藤牌兵。我有五百骑兵，只要突击得当，击溃一百多个罗刹兵当不成什么问题。"

彭春最后道："那好吧。将军前去，彭某在此恭候佳音。"

由于时间紧迫，萨布素不敢耽搁，别了彭春之后，便催起五百骑兵，直向鄂尔河方向飞驰而去。

鄂尔河位于雅克萨城西十几里的地方，是黑龙江的一个小岔河。萨布素率五百骑兵没用多少时间就飞抵鄂尔河东岸附近。打尖的士兵向萨布素报告，说一百多个罗刹兵正在渡河。萨布素下令：所有的人都下马，悄悄地向鄂尔河岸靠近。

这一夜的月色很暗，仿佛是在有意掩护萨布素的行动。萨布素渐渐地接近鄂尔河了，依稀看见，那一百多个罗刹兵差不多都已渡过了河，正在河边整顿队伍。萨布素低低地命令道："所有的人全部上马！听我一声令下，只顾往河边冲，冲到河边之后，只要马上有人，就只顾砍杀！"

五百名骑兵悄悄地翻身上马。萨布素长剑一举，一声令下："弟兄们，冲啊！"

五百匹战马，驮着五百名战士，在萨布素率领下，如一股不可遏止的旋风，直向鄂尔河边卷去。"哒哒"的马蹄声敲碎了夜的宁静，雪亮的马刀更是照彻了夜的黑暗。这样的气势，这样的勇士，谁能抵挡得住？

　　一百多个沙俄侵略军，虽然听到了震耳的马蹄声，看到了炫目的马刀在黑暗中划出的道道弧光，但因为太过突然，距离又太近，有些侵略军的火枪刚刚举起，而有些侵略军的火枪还未来得及举起，萨布素和他的五百骑兵就如潮水般地涌到了鄂尔河边。

　　对萨布素和清军而言，这真是一场痛快淋漓的战斗，确切地说，这真是一场痛快淋漓的砍杀。五百个清军骑兵，将一百多个沙俄侵略者紧紧地围住，手中的马刀，只管朝马下劈砍。尽管也有少数沙俄士兵拼命地反抗，乱放枪，但一百多个人头，怎禁得住五百把马刀的砍杀？

　　很快，沙俄侵略军就放弃了抵抗的打算，纷纷朝鄂尔河里逃窜。河水并不深，沙俄侵略军能窜入河里，清军骑兵当然也能追入河里。于是，清军骑兵的马刀又在小小的鄂尔河里大显威风。

　　因为月色太暗了，有一些沙俄侵略军的士兵逃到了鄂尔河的对岸。有些清军骑兵还想追过河去，萨布素制止道："穷寇莫追！我们的目的已经达到，应速速回去向彭大人报告！"

　　这一仗，规模虽不是很大，但清军在萨布素的带领下，打得却异常干净利落，战绩也颇值得称道。清军以伤亡三十多人的代价，砍死了一百来个沙俄侵略军。更主要的，鄂尔河战斗的胜利，为清军攻击雅克萨免除了后顾之忧。这样，彭春和萨布素便可以全力去对付雅克萨城内的侵略军了。

　　萨布素得胜归来后，彭春连声称赞："萨将军，你们打得太好了、太漂亮了！"

　　萨布素谦逊地道："彭大人过奖了！只是那些罗刹兵毫无防备，萨某才能如此顺利得手。"

　　彭春言道："萨将军有所不知，你往鄂尔河去的时候，那梅利尼克也带着两百多个罗刹兵偷偷地出城来偷袭。若萨将军不及时地把那股罗刹兵击溃，而让那股罗刹兵冲到这里来，恐这里的形势就会变得复杂起来。"

　　萨布素忙着问道："那梅利尼克又出城来侵扰？我们可有多少损失？"

　　彭春笑道："将军凯旋之前，我们已将梅利尼克击退。虽然我们有些损失，但梅利尼克也没讨到便宜。"

　　萨布素也笑着道："既如此，都统大人便可以下令开炮了！"

　　彭春回道："此时不开炮，更待何时？"

　　于是，在彭春和萨布素的指挥下，清军的五十门安上了轮子的大炮，从东南西北四个方向朝雅克萨城推进。由于夜色很暗，清军的炮车行动很是隐秘。

　　清军的炮车推到了指定位置后，按照彭春的命令，东边的十多门大炮首先向雅克萨城内开火，每门大炮在发射了几发炮弹之后，迅速回撤，撤到侵略军大炮的射程之外。这样，侵略军的二十多门大炮虽然很快地朝着东边开火，但对东边清军的十多门大炮并没有造成什么威胁和损失。而东边的清军大炮刚一撤到安全地带，西边清军的大炮便马上向着城内射击。同样，每门大炮在发射了几枚炮弹之后，西边清军的大炮又迅速地撤离危险区。接着是南边的清军大炮开始射击……然后是北边清军的大炮接着射击……再然后，可能又是南边的清军大炮向城内开火……

清军的这种"游击式"炮击战术，是彭春和萨布素等人精心策划的结果。他们吸取和总结了侵略军炮轰古伊古达儿的经验教训，给清军的大炮装上轮子，变被动为主动，确实十分奏效。侵略军摸不清清军的大炮究竟会在哪个方向发射，只能朝着城外乱打炮。这种乱打炮，不仅很盲目，而且极耗炮弹，根本不可能坚持很久。而只要哪个方向上的侵略军的炮弹打得稀疏了，那个方向上的清军大炮就会推上前去，朝着城内猛轰一阵，待侵略军马上加强了这个方向的炮击后，清军的大炮便又很快地撤离。而另一个方向（或同时两个方向、三个方向）上的清军大炮则接着推上前去朝着城内猛轰。这样，侵略军的大炮虽然射程较远，但因为大炮和炮弹的数量都很有限，不可能一刻不停地朝着城外的每一个方向炮击，只能被动地挨打。所以，雅克萨战争的主动权，从一开始便掌握在了清军的手里。而战斗的一方掌握了主动权，那么取胜似乎只是时间上的问题了。

彭春指挥炮击，而萨布素则领着一支由骑兵为主力的机动部队，在雅克萨城四周不停地巡视，既提防侵略军可能有的增援，又防范雅克萨城内的侵略军向外突围。二人配合得十分默契，即使用"天衣无缝"来形容，恐也不算太过分。

一夜过后，雅克萨城已被清军大炮轰击得千疮百孔。彭春兴奋地对萨布素言道："只要再轰它一夜，罗刹兵恐怕就支撑不住了！"

萨布素点头道："都统大人说得是。不过，罗刹兵如果支撑不住了，就会狗急跳墙！"

彭春立即言道："将军大人说得是。对罗刹兵可能有的突围，我们不能不严加提防。"

天亮了之后，雅克萨城的四周突然变得异常地寂静，似乎连一点点声音都没有了。你道为何？原来，清军正在轮流睡觉。

战斗了一夜，清军士兵太过疲惫，需要休息，而天亮了之后，清军的大炮不便向前推进，只得原地不动。所以，彭春和萨布素经过商量后决定，由萨布素领着一半清军休息，而彭春则率另一半清军监视雅克萨的动静。一段时间过后，彭春休息，萨布素则带人监视。清军如此，雅克萨城内的侵略军似乎也如此。故而，雅克萨战争，白天无战事。

而当夜晚一来临，情况就大不相同了。清军的炮车顿时就活跃起来，一发发曳着刺目闪光的炮弹从四面八方射向雅克萨城里，而侵略军的炮弹也开始对着城外进行零星的反击。只是，在清军强大的火力下，侵略军的反击显得是那样地苍白、软弱。而到了次日凌晨，侵略军的大炮渐渐地无声无息了。显然，侵略军的二十多门大炮，不是被清军摧毁，就是已经没有了炮弹。

彭春下令："所有的大炮都推上前去，不顾一切地猛轰！"

四十余门大炮（在炮战中，清军也损失了近十门大炮）在彭春的统一指挥下，从东南西北四个方向，一起推进了雅克萨城，并开始对雅克萨城进行猛烈轰炸。

一时间，炮声隆隆、硝烟弥漫，整个雅克萨城，都笼罩在纷飞的炮火之中。一段时间过后，不算太小的雅克萨城，已经被清军的炮火炸得支离破碎。如果清军继续进行炮击，恐雅克萨就要变成一座废墟了。

但彭春停止了炮击。他对萨布素道："城内还有不少百姓，如果继续轰炸，那百姓们就会全部被我们炸死！"

萨布素表示同意，且言道："城内残存的罗刹兵，可能要向外突围了！"

彭春笑道："他们除了向外突围，便无路可走了！"

萨布素也笑着道："他们即使向外突围，也是无路可走！"

雅克萨城内本来有八九百名沙俄侵略军，经过清军两夜的炮击，侵略军死伤大半，还能活动的侵略军，大概有三百人左右，且大炮也大半被清军炮火摧毁，剩下几门大炮，也早就无炮弹可发。

看起来不可一世的梅利尼克，此时又感觉到了一种深深的恐惧。他神情沮丧地对托尔布津言道："督军大人，如果清军再进行一轮炮击，恐我等都得葬身在这里啊！"

托尔布津神色黯淡地点头道："你说得不错。看来，雅克萨……我们是守不住了……"

梅尼利克问道："督军大人，我们现在该怎么办？"

托尔布津回道："冲出去！我曾经对你说过，留得青山在，不怕没柴烧。只要我们能够从这里冲出去，我们就还有希望！"

但问题是，他和梅利尼克能够从这里冲出去吗？梅利尼克曾经领教过被清军包围是一种什么样的滋味儿，故而他对能否从这里冲出去心中实在没底。只不过，往外冲总比在这里坐以待毙强，所以，梅利尼克只得强打起精神，去执行托尔布津突围的命令了。

沙俄侵略军向外疯狂地突围了，彭春和萨布素为何还如此地谈笑风生？原来，侵略军向外突围，本就在彭春和萨布素的意料之中；更主要的，侵略军突围的方向，与彭春和萨布素的预料完全一致。侵略军是向西突围的，企图冲过清军的防线，逃到尼布楚去。而彭春和萨布素早就把火枪手和藤牌兵等精锐部队，陈列在西线。如此成竹在胸，彭春和萨布素当然会谈笑风生了。

彭春首先对炮兵命令道："瞄准，对着罗刹兵开火！"

因早有准备，清军在西线的火炮已经增加到了近二十门。二十门火炮，朝着徒步冲过来的沙俄侵略军进行轰击，当然十分地痛快，更十分地过瘾。一炮打过去，总有侵略军被炸翻、被炸飞。二十多炮一起打过去，该有多少侵略军被炸翻、被炸飞？

但沙俄侵略军好像已经顾不了那么多了，一排士兵倒了下去，另一排士兵又不要命地一边打枪一边疯狂地冲了过来。因为距离太近了，清军的大炮不便开火了，所以彭春又下令道："大炮撤回，藤牌兵上前，火枪手和弓箭手射击！"

清军的藤牌兵挡住了侵略军射来的子弹，而清军的火枪手和弓箭手却在藤牌兵的掩护下，几乎弹无虚发。"呼！"一颗子弹射出去，一个侵略军惨叫着倒下。"嗖！"一支利箭射出去，又一个侵略军哀号着倒下。清军有数十名火枪手、数百名弓箭手，该射倒多少名侵略军？

萨布素见时机已到，便长剑一挥，冲着身边的数百名骑兵命令道："冲上去，把这些罗刹兵全部消灭！"

但清军并没有能够把这些侵略军全部消灭。原因是，侥幸存活的托尔布津见突围无望，觉得还是以保命为紧要，所以就率先丢下枪，高高地举起了双手。跟在托尔布津身边的那个梅利尼克，见托尔布津都投降了，便赶紧效仿。其他残存的侵略军，更不敢怠慢，纷纷扔下武器，向冲过来的清军骑兵投降。

第一次雅克萨战争，便这样以清军的完全胜利而告终，托尔布津以下，包括梅利尼克在内，共百余名侵略军士兵成了清军的俘虏。

若依广大清军官兵的意见，托尔布津和梅利尼克等百余名俘虏，至少是难逃一死的。但是，彭春和萨布素却不敢这么冲动。他们不敢忘了康熙的旨意：攻克雅克萨后，应允许罗刹官兵携武器和财产离开雅克萨。所以，尽管彭春和萨布素二人对康熙的这道旨意也多少有些隐隐地不解甚至不快，但他们却只能按照皇帝的旨意办。

不过，彭春和萨布素经过紧急商量后，还是对皇帝的这道旨意做了一点小小的"手脚"。他们没有杀托尔布津和梅利尼克等人，并且也把火枪交还给了托尔布津等侵略军，只是，他们交还给托尔布津等人的，全是一些空枪，而且，他们也没有对托尔布津等人提起什么财产的事。因为，他们认为，托尔布津等人的所谓财产，全是从中国各族百姓那里抢掠来的，这些财产，理应交还给它真正的主人，所以，彭春和萨布素二人，后来就把托尔布津等人在雅克萨城里的那些财产全部分给了从雅克萨城里被救出来的一百多个索伦族和巴尔虎族百姓。

托尔布津和梅利尼克等侵略军俘虏就要被释放了。萨布素正告托尔布津道："尔等之所以逃得一死，全仰仗于我大清皇帝的浩荡皇恩。望尔等回去之后，闭门思过，永远不要再踏上我大清领土一步！"

能免于一死，托尔布津简直是喜出望外。听了萨布素的正告后，托布尔津表面上做出一副唯唯诺诺的模样，但在心里，却咬牙切齿地言道："只要我能够活着回到尼布楚，那我就一定还会打回雅克萨！"

托尔布津是这么想的，后来也真的是这么做的。只不过，当他第二次回到雅克萨之后，其命运，就没有像现在这般幸运了。

萨布素在一边正告托尔布津，而彭春则在另一边教训那个梅利尼克。说起来，彭春和梅利尼克也算是有缘了。梅利尼克第一次战败被俘，是彭春所为，后来，彭春亲自将他押赴进京去见康熙，又奉康熙旨意，把梅利尼克护送回东北释放。现在，梅利尼克第二次被彭春所俘虏，又第二次被彭春所释放。

彭春教训梅利尼克的话语十分地简单："将军阁下，我希望在大清国的领土上不要再看见你的面孔！"

梅利尼克似乎很想说些什么，但嘴唇颤抖了几下，就是什么也没有说出来。也难怪，两次做了彭春的手下败将，又两次被释放，梅利尼克还能说些什么呢？但问题是，作恶多端且凶残成性的梅利尼克，会从这两次被释放中吸取一点有关生与死的教训吗？

托尔布津和梅利尼克带着百余名残兵败将狼狈地西去了。许多清军官兵义愤填膺地质问彭春和萨布素为何要放走那些罗刹强盗。彭春无言，萨布素回道："这不是我萨某与彭大人的意思。这是皇上的旨意！"

有大胆的士兵继续追问萨布素："皇上为什么要放走那些罗刹兵？"

萨布素笑着回答："皇上的旨意，我萨某岂敢妄加揣测？好在罗刹兵败，我等已胜利地完成了皇上交给的任务，这的确是一件可喜可贺的大事啊！"

因雅克萨城已遭严重破坏，不宜驻扎军队，又因康熙并没有旨意令清军留守雅克萨，所以，彭春和萨布素经过商量后，便领清军离开雅克萨，向东开去。

在东撤的途中，彭春笑问萨布素道："将军大人，如果令弟参加了这次战斗，并擒住了那个梅利尼克，那梅利尼克还能活着回去吗？"

萨布素言道："都统大人，依我之见，萨果素根本不可能擒住梅利尼克。"

彭春一时不解："将军大人此话何意？莫非，令弟没有擒住梅利尼克的本领？"

萨布素淡淡一笑回道："并非萨果素没有擒住梅利尼克的本领，而是萨果素根本就不会再让梅利尼克活在世上！"

萨布素的意思是，萨果素与梅利尼克有不共戴天之仇，上一回彭春按皇帝旨意释放了梅利尼克，萨果素就已经气炸了肺，如果再让萨果素面对面地碰见梅利尼克，萨果素还不当即就将梅利尼克杀死？既当即杀死，自然就不可能"擒住"了。

所以彭春也就笑着言道："萨将军说的对，令弟是不可能擒住梅利尼克的。"

清军开回到古伊古达儿之后，狂饮了一顿酒饭。然后，除留下少数人驻扎在古伊古达儿之外，萨布素领着萨果素及大队清军，沿黑龙江北岸，撤回到自己的领地黑龙江城。而彭春则带着一些随从，作别萨布素、萨果素兄弟，径往京城去向皇帝汇报雅克萨战争的结果。后来，彭春又从京城回到嫩江东岸的卜魁城，去行使他清军都统的职权了。从职权这个角度来说，整个东北的清军，都归彭春管辖，而萨布素作为黑龙江将军，则专管黑龙江一带的军事。看起来，萨布素似乎也归彭春管辖，但实际上，黑龙江将军一职却是独立的，直属朝廷兵部辖制。从此不难看出，大清朝对黑龙江一带的地位和安危，是十分重视的。

康熙得知清军在雅克萨大败沙俄侵略军的消息时，是在一个深夜。当时，他正在坤宁宫内就寝。自他的贴身女侍阿露于1683年出宫而去后，他与皇后钮祜禄氏的关系似乎一下子亲密了许多。隔三差五他便会到坤宁宫来与钮祜禄氏亲热一番。这样一来，不仅钮祜禄氏乐不可支，就是年迈的太皇太后博尔济吉特氏也常常笑得合不拢嘴。她们都以为，皇上是真正地"回心转意"了。

殊不知，康熙根本就没有"回心转意"。他所钟爱的仁孝皇后——赫舍里氏在生下太子胤礽后撒手去了，他同样所钟爱的女侍阿露也离宫出走了，剩下一个正值年富力强又精神旺盛的他，该如何打发一个又一个寂寞难耐的漫漫长夜？对身处深宫中的女人来说，无论是皇后还是皇妃，似乎是一件莫大的荣幸，因为，有许多囿于后宫中的女人，恐怕一辈子连皇上的面都没有亲见过呢。像赫舍里氏和阿露那样深得皇上宠爱的女人，古今又有几个？

当赵昌小心翼翼地走到钮祜禄氏的寝殿门外，低声地向康熙禀报清军已在雅克萨战争中大获全胜的消息时，康熙一骨碌就从床上翻身坐起来。他冲着门外叫道："赵昌，速派人去通知索额图和明珠，叫他们到这里来见朕！"

康熙穿好了衣衫之后，钮祜禄氏低低地问了一句道："要不要臣妾……去伺候皇上？"

康熙回答道："你自在这里休息，朕现在不需要什么人伺候。"

钮祜禄氏无奈，只得幽幽地目送着康熙走出屋去。

康熙健步走出了钮祜禄氏的卧房，那赵昌已经不在，却有一个十分年少的姑娘恭恭敬敬地站在门外，无声无息，一动也不动。这年少的姑娘，便是阿露的妹妹阿雨。

前文中曾有交代，阿露在出宫前，向太皇太后博尔济吉特氏请求，将自己在宫中的妹妹阿雨调至乾清宫去伺候皇上。博尔济吉特氏考虑再三，最终还是同意了。

阿雨今年该有十六岁了吧？长得十分清秀可喜。虽然她也与阿露一样，手脚非常勤快，但其性情，却与阿露有明显的不同，阿露好像是外向的，活泼好动、天真烂漫，而阿雨却似乎是内向的，平日不多说话，一副异常温顺的模样。对阿露，康熙自然是情有独钟。只要见着阿露，康熙就会热血沸腾、激情荡漾。而对阿雨，康熙虽然也万般欢喜，但这种欢喜，与对阿露的情有独钟有本质的不同。通俗地说，康熙对阿雨，几乎一点邪念都没有，康熙似乎只是把阿雨当自己的一个女儿来看待的。康熙觉得自己有责任、有义务去保护阿雨，不让她受一点点委屈，更不会让她受一点点伤害。康熙为何会对阿雨产生这么一种父女之情，似乎只有康熙自己才能够说清楚了。

见阿雨无声无息地垂手站在钮祜禄氏的卧房门外，康熙就略略有些惊讶地问道："阿雨，你怎么也起来了？朕不是叫你好好地休息吗？"

阿雨轻轻一笑，笑得十分的甜，也十分的美。她轻轻地回答康熙道："奴婢正在睡觉，赵公公过来唤我，说是东北发生了一件大事情，皇上一定会起床，所以奴婢就起身赶来伺候皇上了。"

康熙不觉言道："这赵昌，有时候倒也能干……"又面对着阿雨言道："既如此，那你就为朕去泡一杯热茶吧。"

阿雨"唉"了一声，忙走去泡茶。康熙走入一间客厅刚刚坐下，阿雨的一杯热腾腾又香喷喷的茶便放在了康熙的面前。康熙吩咐她道："阿雨，这儿没什么事儿了，你去休息吧。"

阿雨又"唉"了一声，悄悄地离开了。看着她离去的背影，康熙便不禁想起那个阿露来。是啊，阿露出宫已整整两年了，她现在究竟在何处？康熙与阿露，此生还会再见上一面吗？

一杯茶还没有喝完，那赵昌就急急地走到了康熙的身边："禀皇上，索大人和明大人已经到来……"

康熙"嗯"了一声道："赵昌，今夜之事，你做得很不错，朕很高兴。"

赵昌连忙言道："感谢皇上夸奖！奴才今后，一定会把事情做得更不错……"

"好了，"康熙摆了摆手，"你可以下去了。记住，以后不要动不动地就把阿雨唤起来。她还很小，需要多多休息。"

"是，是，奴才谨遵圣旨，以后绝不轻易地在半夜三更把阿雨姑娘唤醒……"赵昌一边唯唯诺诺地说着一边躬身退了出去。

赵昌刚一退出，那索额图和明珠就双双走了进来。你道索额图和明珠为何来得这么快？原来，自东北形势吃紧之后，康熙便严令六部各衙门昼夜办公。赵昌适才就是去吏部和兵部把索额图和明珠找到的。

给康熙问安之后，明珠率先问道："皇上，那都统彭春正在兵部休息，要不要把他也找来面见皇上？"

康熙回道："不必了。彭春很辛苦，就让他好好地休息吧。东北雅克萨战事，朕从赵昌的口里已大致了解。彭春和萨布素干得很不错，朕自会好好地嘉奖他们的。待明日，叫彭春把雅克萨战事写一份奏折呈给朕也就是了。"

明珠点点头。索额图还未来得及开口，康熙就又迫不及待地问道："两位爱卿，依你们之见，朕的东北，经此雅克萨一战，可会从此变得安宁？"

索额图仿佛是不假思索地脱口而出道："回皇上，依微臣之见，东北边境，恐还不会彻底安宁……"

康熙不觉"哦"了一声道："索爱卿何以见得？"

索额图回道："罗刹军队虽然在雅克萨吃了败仗，也吃了教训，但罗刹国侵略的野心，恐并未就此死去。他们在尼布楚一带还盘踞着相当数目的官兵，这些官兵，随时都可能卷土重来。最主要的是，皇上曾先后两次致函给罗刹国的沙皇，但罗刹国沙皇至今也没有回音，这就说明罗刹国沙皇根本就没有诚意和平解决两国边界纷争。既如此，罗刹国沙皇就极有可能会在大清的东北重新挑起新的事端……"

康熙沉沉地点了点头："索爱卿所言，确有见地。不过，罗刹兵在雅克萨吃了败仗，应该会有所教训。还有，朕对俘虏的罗刹兵那么宽大，罗刹国沙皇应该会理解朕的良苦用心。两国如此打下去，对谁都没有好处。用和平的方式来解决两国间的边界纷争，岂不比动用武力为好？"

索额图言道："皇上如此想，但那罗刹国的沙皇恐不是这么想。皇上可还记得，那罗刹国沙皇，几番派使者前来，其目的根本就不是想什么和平解决两国边界纷争，而是狂妄地要我大清国臣服他们罗刹国！"

康熙回道："朕自然都还记得。罗刹国这么想，只不过是痴人说梦罢了。朕之所以决定在雅克萨对罗刹兵开战，其主要目的，就是想让罗刹国沙皇那狂妄的大脑能够清醒一些。现在，他兵败雅克萨，大脑应该要比过去清醒一些的。"

索额图淡淡地一笑言道："但愿罗刹国沙皇的头脑会比过去清醒一些，但愿微臣适才所言，全是一些杞人忧天之语……"

康熙略一沉吟，然后转向明珠问道："不知明爱卿对此又有何高见？"

明珠稳稳地回道："微臣不敢妄加断言大清东北自雅克萨一役后是否会从此安宁，但微臣以为，只要还有罗刹兵留在大清的土地上，那大清的江山就不能算是安宁了。而目前的情况恰恰是，还有不少罗刹兵仍然留在大清的土地上，比如尼布楚。微臣始终以为，尼布楚也应是大清江山不可分割的一部分……"

康熙问道："明爱卿的意思，是不是要朕在尼布楚再同罗刹兵打一仗？"

明珠言道："微臣不敢违背皇上的意愿。皇上既然想以和平的方式解决大清国与罗刹国之间的边界纷争，那就不必再在尼布楚同罗刹国大动干戈。不过，微臣以为，虽然罗刹兵在雅克萨吃了败仗，但大清国东北防务却一刻也不能松懈。否则，若有意外事件发生，恐我等会处于一种被动不利的局面……"

康熙点头道："明爱卿言之有理！这样吧，你明日便给萨布素写封信，以朕的名义，叫他在黑龙江城抓紧操练兵马，时时刻刻提高警惕，以应付不测事件的发生。还有，着彭春回到卜魁城后，应与萨布素保持密切的联系，萨布素需要什么，彭春应鼎力支持。明爱卿，朕如此安排，你以为如何？"

明珠赶紧道："皇上圣明，微臣敢不遵旨？"

康熙笑道："好了，两位爱卿，毕竟是罗刹兵吃了败仗，不管前景究竟会如何，朕与尔等现在都应高兴才是啊！"

索额图连忙道："皇上说的是！微臣适才……也着实太过多虑了！"

次日，康熙到弘德殿上了早朝，处理了一应政事之后，便带着赵昌和阿雨往慈宁官而去。近来，康熙经常往慈宁宫走动。原因是，他的皇祖母博尔济吉特氏的年纪越来越大，且身体状况也大不如前。令康熙略略有些意外的是，他走进慈宁宫的时候，发现皇后钮祜禄氏也在。

博尔济吉特氏斜倚在床上，脸色看起来倒也红润。钮祜禄氏侧立在床边，脸上更是一团喜气。似乎，在康熙到来之前，她们正说着什么非常有意思的事情，而且这事情，无论是钮祜禄氏还是博尔济吉特氏，都非常的高兴。

见康熙走进来，博尔济吉特氏忙着言道："皇上，听说你近来经常到坤宁宫去，我正为此高兴万分呢！"

康熙走到床边，对着博尔济吉特氏微微一笑道："皇祖母，她是皇后，孩儿是皇上，皇上自然是要经常地到皇后那儿去了。"

博尔济吉特氏闻言，苍老的脸颊上竟然泛起朵朵红霞来："皇上，听你这么说，见你这么想、这么做，我真是打心眼里高兴啊！"

康熙本来打算在慈宁宫多待些时间的，可见钮祜禄氏在这儿，他就放弃了这种打算："皇祖母，孩儿今日不能在此久留，孩儿要带二阿哥和四阿哥到南苑去骑马射箭。"二阿哥胤礽是仁孝皇后赫舍里所生，而四阿哥胤禛却是德妃乌雅氏所生。博尔济吉特氏言道："皇上，你自去忙你的吧。有皇后在这儿陪着，我也并不寂寞的。"

康熙冲着钮祜禄氏轻轻地说了一句"有劳皇后了"，就领着赵昌和阿雨走出了慈宁宫。

很快，一辆车辇载着康熙和二阿哥胤礽、四阿哥胤禛，另一辆马车乘着赵昌和阿雨等侍从，在数十名骑马的侍卫簇拥下，出午门离开紫禁城，径向北京南苑驰去。

康熙本也想把大阿哥胤禔一同带往南苑的，但因为过去曾发生过一起胤禔把胤礽从马背上推下去的事情，所以康熙为防再出什么意外，也就没带胤禔同去。现在，胤礽和胤禛就并肩坐在康熙的对面，康熙左看看，右瞧瞧，心中也着实欢喜。毕竟，这两个阿哥都是康熙与喜欢的人所生，而胤礽还早就被康熙立为了太子，康熙能不喜欢吗？

二阿哥胤礽今年应是十二岁了。若不知道他的年龄，一眼看上去，胤礽起码有十五六岁光景了，长得高高大大又结结实实的，眉宇间透露出一股男子汉的风采。康熙暗自思忖，自己在十二岁的时候，虽也不算矮小，但若与现在的胤礽比起来，则既没有胤礽高大，也没有胤礽结实，似乎，还没有胤礽长得这么英俊潇洒。康熙不禁在心中叹道：胤礽真不愧为朕所生，更不愧为仁孝皇后赫舍里所生啊！

四阿哥胤禛尚年幼，方才八岁，看起来很瘦弱，个头也不高。康熙之所以非常喜欢胤禛，倒不是真的因为他是德妃乌雅氏所生。虽然康熙对乌雅氏没有什么厌恶，但也不会因此而特别偏爱胤禛。康熙喜欢胤禛的原因是胤禛年纪虽小，但学习很认真，无论是读书还是骑射，似乎胤禛一点就通。而康熙最为欣赏的人，便是武要行，文也要行，文武兼备，才是真人才。从这点上说，胤禛倒也合乎康熙的胃口。不过，康熙略略有些不快的是，胤禛是很聪明，但似乎也太聪明了。所以，康熙虽然笑眯眯地望着四阿哥胤禛，但心里却在暗暗地言道："四阿哥毕竟不是仁孝皇后所生啊！"

到了南苑之后，康熙顾不得休息，忙着把胤礽和胤禛带到了练习骑射的场地。这里，为皇室成员豢养了许多匹骏马，也豢养了好多头专供皇室成员猎杀取乐的动物。

康熙来到一处空地上，没要人扶持，便背上弓箭，熟练地跨上了一匹高头大马。骑在马上的康熙，显得异常威武。是呀，他今年刚交三十三岁，正是大有作为的年龄。

康熙在马上冲着马下的胤礽和胤禛叫道："两位皇子看好了，朕现在给你们做一个示范。你们切记，大清江山就是从马背上打出来的。无论你们以后如何，都不能荒废了马上的功夫！"

在胤礽和胤禛应答过了之后，康熙又冲着饲养管理各种动物的奴仆叫道："放一只兔子过来！"

一只灰色毛兔，蹿到康熙的马下后，又急速地向着前方蹿去。只见康熙一抖缰绳，那匹高头大马就甩开四蹄朝前纵去。好个康熙，端骑在马背上，身体竟然纹丝不动。居然松了缰绳，一手弯弓，一手搭箭，只听"嗖"的一声，正向前猛蹿的那只灰兔，一头栽在地上，连连抽搐了几下，就一动也不动了。

赵昌乐颠颠地跑过去，又乐颠颠地跑回来，手里提着被康熙射死的那只兔子。康熙的箭法也真准，力道也真大，一支箭，恰恰从那只兔子的脑袋上穿过。

赵昌将那只死兔高高地举过头顶，对着阿雨嚷道："你见过有像皇上这么高妙的箭法吗？"

阿雨没有说话，却抿着嘴无声地笑了。因为，赵昌把那只死兔举得太高了，从那死兔身上流出的血，一点点地滴在了他的脸上，而他却全然不觉，依然在那儿高声叫嚷。此情此景，实在令阿雨忍俊不禁。

康熙也没有理会赵昌，而是对着胤禛吩咐道："四阿哥，你先上场试上一试。"

胤禛应了一声，迈开小腿，走到了空地的中央。养马的侍从特地为胤禛挑了一匹非常驯顺的矮马，还特地为他选了一副小模样的弓箭。谁知，八岁的胤禛却嘟着小嘴走回到康熙的身边，指着那些养马的侍从道："父皇，他们看不起儿臣……"

康熙有些惊讶地问道："皇儿，他们如何看不起你了？"

胤禛满脸的不高兴："父皇，儿臣每次来这里，他们总是给儿臣挑选那么小的马、那么小的弓箭。这，不是分明看不起儿臣吗？"

康熙笑了："皇儿，你这是误会他们了。因为你还太小，等你长成朕这么大了，他们就一定会为你挑选大马和强弓的。"

胤禛却道："不，父皇，儿臣今日不要骑那么矮的马，不要射那么小的箭。儿臣今日便要骑大马、拉强弓！"

康熙想了想，然后冲着那些养马的侍从们叫道："你们，把朕的马牵过来让四阿哥骑，把朕的箭拿过来让四阿哥射！"

一个侍从慌里慌张地跑到康熙的身边，忐忑不安地对康熙言道："皇上，恕奴才多嘴，四阿哥这么年幼，如何能骑皇上的马、射皇上的箭？"

这侍从看起来是向康熙提建议，实际上却是在为自己担心：如果胤禛骑康熙的马出了什么意外，那他这养马侍从是肯定脱不了干系的。

康熙自然明了这侍从的心理。他淡淡地一笑对那个侍从道："四阿哥如此有志气，朕岂能扫了他的兴？你只管把朕的马牵来，把朕的箭取来，若四阿哥不慎从马上摔下来，朕不治你的罪便是。"

康熙既如此说，那侍从便如释重负地去做准备了。康熙叮咛胤禛道："皇儿，骑在马上，千万不要慌张，只管将身体坐稳，眼视前方……"

胤禛信心十足道："父皇放心，儿臣不会有事的！"

胤禛说完，"咚咚咚"地就向空地的中央跑去。康熙不觉在后面喊道："皇儿小心哦……"

胤禛的个头本来就小，站在康熙的那匹高头大马旁边，就显得更加矮小了。一个侍从匍匐在马前，让胤踩着他的背上马。但胤禛没有这么做，而是叫那侍从走开。只见胤禛，稍稍地向后退了几步，然后猛地向前一跃，竟然跃到了那匹高头大马的背上。看得康熙不禁拍掌叫道："好！四阿哥是好样的！"

康熙这么一叫"好"，那赵昌就马上跟着叫起"好"来。很快，在场的所有的人——应该除去太子胤礽，因为他一样东西正看得专注入神——都"劈里啪啦"地鼓起掌来。

康熙又大声叫道："快放一只兔子出来！"

一只白色大兔子，"嗖"一下从胤禛的马下穿过，急得赵昌一个劲儿地喊道："四阿哥，你倒是快放箭啊！"

众人都紧张地注视着胤禛。八岁的胤禛如何能拉开康熙使用的弓？而胤禛却不慌不忙。反正，这儿四周都圈有篱笆，那兔子怎么跑也是跑不脱的。

胤禛在马上一抖缰绳，那匹高头大马就向前奔跑起来。马虽跑得不快，但小小的胤禛在马背上颠簸却也十分惊险。胤禛拉弓了，他居然拉开了弓。尽管他的弓拉得并不满，但弦上的那支箭却毕竟射了出去。也许今日该他胤禛要在康熙和众人的面前露脸吧，他射出去的箭本来根本就挨不着那兔子的身，但不知为何，许是鬼使神差吧，就在胤禛射出去的箭即将要落地的那一瞬间，那只白兔竟然"呼"地蹿到了那支箭的前边儿，让那支箭恰好射了个正着。因胤禛的力气太小，那只兔子驮着那支箭一直跑到康熙的眼前才渐渐地断气。那支箭，射进了那只兔子的肚腹中，只是没有穿透。

也没等康熙发话，赵昌就跑过去将那只死兔举到了康熙的面前，且指指点点地言道："皇上，现在四阿哥的箭术就已经不得了了，假以时日，四阿哥的箭术定然更加了不得！"

胤禛连蹦带跳地跑到了康熙的眼前，小脸上红扑扑煞是喜人："父皇，儿臣从此可以骑大马、拉强弓了吧？"

康熙慈爱地看着胤禛，不由得欷感叹道："皇儿，朕在八岁登基称帝时，自以为骑术和箭术都很出类拔萃了，可现在想想看，朕那时候的骑术和箭术，与此时的皇儿相比，要着实逊色一筹啊！"

康熙此话何意？他登基称帝时刚好八岁，而此时的胤禛也刚好八岁。莫非，胤禛比康熙更具有帝王的资质？果真如此的话，那早已被康熙立为太子的二阿哥胤礽又将如何？

康熙唏嘘感叹了一番之后，便冲着一直站在自己右侧的胤礽道："皇儿，现在该轮到你出场了！"

然而，二阿哥胤礽却没有回应。康熙只好转过头去："皇儿，你怎么了？"

胤礽没有怎么了，他只不过是在看一样东西，看得那么专注又看得那么出神。你道胤礽在看什么东西？原来，他看的是不远处的阿雨。自到南苑之后，他几乎一直都在专注而出神地看着她。一个十二岁的男孩，为何会如此专注而出神地看着一个十六岁的女孩呢？

康熙自然不知道那胤礽自到西郊以后几乎一直都在注目着阿雨，如果康熙知道，那后来的那件事情也许就不会发生了。康熙只以为，胤礽对骑马射箭的事情不够专心。所以，康熙就沉声对着胤礽喝道："皇儿，该你出场了！"

康熙的声音虽不很高，但穿透力极强，震得胤礽不禁打了个哆嗦。胤礽只得恋恋不舍地收回了目光，且回答康熙道："是，父皇，儿臣这就出场！"

胤礽所要骑的，依然是康熙所骑的那匹高头大马。和胤禛、康熙有些不同的是，胤礽的身后，竟然背了一兜子的箭，至少有十数支，而且，胤礽也不是自个儿上马的，而是踩在两个侍从的背上爬上马的。不过，已颇具男人风度的胤礽爬上马之后，还是显得很光彩照人的。

康熙又叫道："放一只兔子过来！"

一只兔子慌里慌张地跑到了空地上。这只兔子既不是灰兔也不是白兔，而是属于那种杂毛兔。杂毛兔看了胤礽一眼，似乎是在请他手下留情，然后就围绕着篱笆墙，胡乱地奔跑起来。显然，杂毛兔已经感觉到了自己即将大祸临头，只是无法改变自己的命运而已。

胤礽开始纵马狂奔了。十二岁的他，稳稳当当地骑在马背上，着实有些康熙跃马奔腾的风采。康熙看在眼里，喜在心里，不禁关爱地吆喝道："皇儿，不要让马跑得太快了！"

站在康熙左侧的胤禛，此时小声地嘀咕了一句道："父皇，太子是在逞能呢！"

胤禛所言倒也不虚。胤礽如此纵马狂奔，确有卖弄之嫌。于是康熙就又冲着胤喊道："皇儿，该射箭了……"

胤礽拔出了一支箭，"嗖"的一声就射了出去。看起来，胤礽的箭法的确不错，一箭就将那只杂毛兔射死在地上。众人都以为胤礽该下马了，赵昌都跑过去要拣那只死兔了，谁知，胤礽并没有下马，依然在催马狂奔。赵昌跑到那只死兔的旁边，刚要弯腰去拾，只听"嗖"的一声，一支利箭恰恰从赵昌的面门前穿过，又准确地射在了那只死兔的身上，吓得赵昌脸色惨白、双膝发软，差点跪倒在地。

就在赵昌呆呆地立在那儿的当口，胤礽的第二支箭又射中了那只早已死去的杂毛兔。这回赵昌清醒了，也顾不得再拾什么兔子了，赶紧一缩头，"噔噔噔"地就向康熙跑去，一边跑一边还心有余悸地叫唤道："皇上，太子殿下适才差点射中了奴才的脸……"

但康熙没有理睬赵昌，因为康熙的注意力已经完全集中在纵马狂奔的胤礽身上了。只见胤礽，打马从那只死兔的旁边跑过一回，便对着那只死兔狠狠地射上一箭。一直到胤礽身后兜里的箭都射完了，胤礽才兴高采烈地跳下马来，脸上挂着掩饰不住的得意和满足。

康熙轻轻地吩咐赵昌道："去，把太子射死的兔子取来让朕观瞧。"

赵昌"嗯啊"一声，眼见得胤礽确实是下了马，这才放心地朝着那只死兔走去。但很快，赵昌就又空着双手走回到康熙的身边："皇上，你去看看吧……那只兔子，奴才实在没法拿……"

康熙不觉皱了皱眉，真的朝那只死兔走去。待走到近前一看，康熙才明白赵昌所言是何意。原来，胤礽的那十几支箭，全部都命中了那只杂毛兔的身体。那只杂毛兔，早已被胤礽射得支离破碎、血肉绽翻。如此模样，当然就不好拣拾了。胆小的人如果看到这只杂毛兔的死状，说不定会被吓一大跳。

康熙不觉心中暗道：胤礽啊，你箭法虽准，但如此射法，也未免有些残忍了！

胤礽大步跨到康熙的近前，一指地上的那早已不成形状的死兔，高声地问道："父皇，儿臣这箭法究竟如何？"

康熙的脸上挤出一缕笑容来："不错！太子的箭法很不错，四阿哥的箭法也很不错。两位阿哥都有如此不错的箭法，朕实在是高兴！"

胤礽见康熙把自己与那胤禛并提，心中很有些不快活，不过也没有言语。康熙又对着众人言道："今日上午的骑射就到这里结束。大家都回去，稍事休息后，准备用膳。"

南郊苑囿是专供皇室成员练习骑射、消遣娱乐的地方，自然一切都应有尽有。不过，在吃午饭前，曾发生过这么一件小事情，康熙并不知道。知道这件小事情的，只有两个人，一个是胤礽，另一个是阿雨，因为他们两个都是当事人。

这件小事情的经过是这样的。胤礽在无人注意的时候，偷偷地走到阿雨的身边低低地道："阿雨，你跟我来一下。"

太子唤她，她焉能不从？所以，她就跟着胤礽，来到了一个房屋的拐角。这儿比较僻静，没什么人来往。刚一站定，阿雨就怯生生地问道："太子殿下……唤奴婢有什么事？"

胤礽虽才十二岁，却似乎比十六岁的阿雨还要高一些。胤礽的目光，肆无忌惮地在阿雨脸上、身上爬行，爬得阿雨浑身不自在、浑身难受。

"太子殿下，"她挣扎着笑了一下，"奴婢……要去伺候皇上了！"

胤礽开口了，全然不像一个十二岁男孩所说的话："阿雨，我很喜欢你，我一直都很喜欢你，你知道吗？"

阿雨不仅不知道，更不明白："太子殿下，奴婢听不懂你的话……"

阿雨确实应该听不懂胤礽的话。尽管阿雨已到了那种情窦初开的年纪，但胤礽才十二岁啊。一个十二岁的男孩，又能懂得些什么呢？

但胤礽却好像很懂，而且还懂得很多。他直直地盯着阿雨，说出来的话有一种毋庸争辩的威严："阿雨，我不管你懂不懂，你都要记住我的话。我喜欢你，非常喜欢你。因为我这么喜欢你，所以我就要对你做一些事情。不管我对你做什么事情，你都必须绝对服从，不许叫唤，更不许反抗。你明白了吗？"

阿雨被胤礽这一番话说得有些发晕："奴婢……如何敢违背太子殿下的意愿？"

胤礽不由得笑了，笑得很是怪异："好，阿雨，你这样说话，我非常满意。现在，我要你把眼睛闭起来！"

阿雨心中虽很惶恐，但却不得不从，更不敢不从。胤礽贵为太子，而她只是一个贱奴。即使胤礽叫她马上去死，她似乎也没有不去死的任何理由。

阿雨慢慢地把眼睛闭起来了。胤礽却显得有些迫不及待了。她刚一闭上眼，他的两只手就抓向了她……

吃午饭的时候，阿雨站在康熙的身后，默默地一言不发。平日阿雨就不苟言笑，所以她这副模样，别人也就不以为意。而那个胤礽，同胤禛和赵昌等人有说有笑的，好像在这之前什么事情也没有发生过。康熙呢，手执一壶酒，自斟自饮，兴致倒也很高。

吃着，喝着，那胤礽突然对康熙言道："父皇，你一个人喝酒，也太没有意思了，就让儿臣陪父皇喝上几杯吧。"

康熙以为胤礽说这番话是出自心中的一种孝敬，所以就淡淡地一笑道："胤礽，朕很想与你对饮几杯，但你现在还太小，还不适宜饮酒。"

谁知，那胤禛却在一边小声地道："父皇，你恐怕还不知道吧？太子可能喝酒呢！"

康熙颇为惊异地问道："四阿哥，你如何知道太子很能饮酒？"

胤禛回道："有一回，儿臣与太子在太皇祖母（博尔济吉特氏）那儿玩耍，中午，太皇祖母要儿臣与太子陪她用膳。用膳的时候，太子一连喝下去两壶酒，把太皇祖母身边的几个公公都喝醉了……"

康熙即刻便问胤礽道："四阿哥所言，可有此事？"

胤礽答道："儿臣曾在太皇祖母那儿饮酒是真，但四阿哥说儿臣喝了两壶酒、还喝醉了几个公公，就是夸张的说法了！"

胤禛急了："父皇，儿臣一点也没有夸张，儿臣说的都是真话。不信，父皇回宫之后，去问问太皇祖母……"

康熙轻轻一笑道："四阿哥，这点小事，就不必去麻烦你们的太皇祖母了。

不过，胤礽既然有喝酒的历史，今日就不妨让他陪朕小酌几杯！"

胤礽一听，马上就眉开眼笑道："儿臣谢父皇成全！儿臣祝父皇万寿无疆！"

说着，胤礽就拿过康熙面前的酒杯，一饮而尽。康熙赶紧言道："皇儿，饮酒不必如此慌张，当慢慢品尝，方可品出酒中之味儿。"

赵昌慌慌地拿来一只酒杯。康熙与胤礽父子二人，就你一杯他一盏地对饮起来。一壶酒刚刚喝完，胤礽就摇摇晃晃地站了起来，且结结巴巴地道："父皇……真是海量，儿臣……已不胜酒力了……"

见胤礽喝成这副模样，康熙就笑问胤禛道："四阿哥，太子如何能喝下去两壶酒？"

胤禛也觉得有些莫名其妙："父皇，那一回，太子分明喝下去两壶酒，而且喝下去后什么事也没有，太皇祖母当时还夸太子是海量呢……"

胤礽似乎还想说什么，但话还没出口，身子就一个趔趄，径向一边倾倒，吓得赵昌急忙一把将胤礽抱住，且冲着康熙叫道："皇上，太子殿下真的喝多了，这该如何是好？"

康熙无奈地摇了摇头："小小年纪，在饮酒上逞强好胜，岂不要吃苦头？赵昌，扶二阿哥回房休息，再弄点醒酒汤。他喝得并不多，休息一番，应该就没什么事了。"

一边的胤禛，依然在那儿大惑不解地自言自语地道："这是怎么回事呢？太子明明那么大的酒量，为什么只喝这一点酒就醉了呢？"

殊不知，胤礽根本就没有醉。换句话说，胤礽是在装醉。你道胤礽为何要装醉？却原来，胤礽下午不想跟着康熙到野外去围猎。

以南郊苑囿为中心，方圆数十里内不许普通的百姓放牧、砍柴，更不许随意捕猎。所以，这一带的野地里，各种大小动物就非常多。康熙以为，在苑囿里虽也能练习骑马射箭，但要获得一身真正的本领，则必须到野外去实地捕猎。故而，康熙昨日就已作出决定，今日下午，他要带胤礽、胤禛和众侍卫到野外去进行围猎活动。

你道胤礽为何不想跟康熙围猎？原因是，他想跟那个阿雨待在一起。胤礽以为，围猎那么辛苦，需要不停地奔波，那阿雨是定然不会跟着康熙到野外去的。只要他一装醉，他就能在苑囿里对阿雨做很多事了。平日在皇宫里，阿雨老是跟康熙形影不离的，害得胤礽一直没有动手的机会，今天机会来了，他胤礽岂能轻易放过？

你看看，胤礽才十二岁，竟然有如此的心计，待胤礽长大成人，他还会干出什么事情来？

一切还真的如胤礽所料。午睡过后，康熙让赵昌去看看胤礽，是否还能跟他一起到野外去围猎。赵昌回来禀告说，太子依然躺在床上，直嚷头昏脑胀。康熙无奈地道："太子下一回恐再也不敢喝这么多的酒了！"

康熙果然没带阿雨去野外，而是让她留在苑囿内服侍胤礽。康熙让她留下的时候，她很想说些什么，但她说得太慢了，等她想说的时候，康熙已经带着赵昌及众侍卫远远地离去了。

有一点倒是出乎胤礽的意料，那就是，康熙留下阿雨的同时，也把四阿哥胤禛留了下来。不过，胤礽以为，四阿哥方才八岁，会是很好对付的。然而，正是因为留下了这个四阿哥，康熙后来才得以知晓那么一桩让他发指的事情。

该走的都走了，该留下的似乎也都留下了。阿雨虽然一万个不情愿，但还是按照康熙的吩咐走到了胤礽的床边去照料胤礽。而胤禛却早就被胤礽打发到骑射场去练习骑马射箭了。

一间装饰得异常华丽的屋子里，只剩下胤礽和阿雨了。本来，胤礽是躺着的，阿雨是站着的。但很快，阿雨就躺在了床上，而胤礽则站在了床边。

胤礽真的没醉，而且一点都没醉。如果他真的醉了，哪怕只是稍稍有点醉，他也不会将阿雨的衣衫扒个精光……

骑射场上的胤禛，许是觉得一个人练习骑射太没有意思，所以练习了一会儿也就跳下了马。又许是觉得二阿哥胤礽今天中午的酒醉得有些奇怪，所以，他跳下马之后，便径往胤礽躺着的那间屋子走去。他去的目的，本来只是想当面问问胤礽，为什么那日在慈宁宫喝了两壶酒都没事而今日只喝了几杯酒就一醉不起？

还没走到胤礽躺着的那间屋子前呢，一个侍卫就忙着跑过来问胤禛道："四阿哥可是要往太子殿下那儿去？"

胤禛点点头："正是。有什么事吗？"

那侍卫点头哈腰地道："四阿哥，太子殿下对小人吩咐过，任何人现在都不许靠近那屋子。"

胤禛头一横："你说的任何人，莫非也包括我四阿哥在内吗？"

"这个……"那侍卫连忙堆上笑，"四阿哥当然例外……"

胤禛哼了一声，又白了那侍卫一眼，然后，就朝着那间屋子走去了。走到门边，他刚想敲门，忽地又住了手。因为他想到了这么一个问题，那就是，太子为什么不许别人靠近这间屋子？莫非，他在这屋子里正干着什么事情不想让别人知道？

胤禛当然不是一个笨蛋。如果他是笨蛋的话，他后来就不可能登上皇帝的宝座了。只见他，蹑手蹑脚地摸到窗户边，从一条很小的缝里朝屋内看。这么·看可了不得，差点没把他惊得大叫起来。

还好，胤禛还算比较冷静。他哆哆嗦嗦地离开了那间屋子，找到先前的那个侍卫，哆哆嗦嗦地言道："你，快找一匹马来……"

却说康熙领着赵昌及众侍卫驰马来到一处旷野之后，便开始大规模地围猎了。这儿的各种野生动物也真多，天上飞的、地上跑的，甚至是水里游的，真是应有尽有。

康熙的兴致正高着呢，左手持弓，右手执箭，一会儿天上，一会儿地下，射得不亦乐乎，那赵昌却慌里慌张地跑到他的身边道："皇上，四阿哥来了……"

康熙微微一皱眉："他怎么擅自跑到这儿来了？朕不是让他陪伴二阿哥的吗？"

康熙刚一说完，那胤禛就在一个侍卫的引导下，满头大汗地跑了过来，一边跑一边大声地叫道："父皇，大事不好了，出了大事情了……"

康熙一把揪住胤禛的臂膀："四阿哥，何事如此惊慌？莫非天塌下来一块不成？"胤禛倒也知道有些事情不宜公开说："父皇，这件事情真是了不得啊……你把他们都赶开，儿臣才好向您禀报。"

康熙见胤禛不像是开玩笑的样子，便挥了挥手，将赵昌及众侍卫支开："说吧，四阿哥，到底是什么了不得的大事情？"

胤禛很是神秘兮兮地问道："父皇，您知道您走了以后，太子都干了些什么事情？"

康熙没有听明白："太子不是喝醉了吗？他躺在床上，又能干什么事情？"

胤禛小嘴一嘟："父皇，太子根本没有喝醉，他是在骗你呢……上一回，在太皇祖母那里，他一连喝了……"

"四阿哥，"康熙立即打断胤禛的话，"快说，究竟发生了什么事情？"

胤禛不敢再啰唆了："父皇，儿臣看见，那个阿雨，睡在太子的床上，身上什么也没有穿，太子呢，趴在阿雨的身上，又是抓又是咬……"

"啊？！"一股热血，霎时涌上康熙的脑际。他猛然间便想起，就是那个胤礽，曾在慈宁宫里，用针和牙齿，将阿雨的姐姐阿露的双乳折磨得伤痕累累。

想到此，康熙二话没说，纵身跃上一匹马，就向着苑囿驰去，慌得胤禛在后面大叫道："父皇，儿臣刚才所说的，是不是一件了不得的大事情啊……"

说时迟，那时快，康熙纵马飞驰到苑囿之后，"嗖"的一下就从马上跃到了马下，其速度，丝毫不亚于他在野外射出的箭。刚一跃下马，他就冲着迎上来的几名侍卫喝问道："胤礽何在？阿雨何在？"

那几名侍卫还未及回答，那胤礽就不知从何处钻了出来，且恭恭敬敬地问康熙道："父皇去野外围猎，如何这么早就回来了？"

乍见着胤礽一副镇定从容的模样，康熙不觉一怔："胤礽，你不是喝醉了吗？怎么看起来一点醉意也没有啊？"

胤礽咧了咧嘴道："回父皇的话，儿臣中午是喝醉了，不过喝了几碗醒酒汤后，儿臣已无大碍。这不，儿臣正想到野外去跟父皇一起围猎呢！"

一时间，康熙有些疑惑起来：莫非，那四阿哥胤禛说的全是假话？

康熙轻轻地问胤礽道："朕叫阿雨留下服侍于你，那阿雨现在何处？"

胤礽嘘了一声道："阿雨刚才还在这里，一转眼，她就不知跑到哪里去了……"

但康熙马上就看见了阿雨。

她站在一个墙角，动也不动，低着头，似乎不知道康熙正在与胤礽说话。她，真的不知道康熙已经回来了吗？她的眼里，是否又汪着了两滴沉重的泪？

康熙一步步地朝着阿雨走去，阿雨依旧低着头。直到康熙走到她的面前站下了，她才"哦"的一声抬起了头："奴婢不知道……皇上已经回来了……"

从阿雨的脸上，似乎也看不出有什么异样，只是她的头发有些凌乱，衣衫好像也不够整齐。康熙小声地问道："阿雨，你实话告诉朕，朕离开这里之后，你都做了些什么？"

阿雨似乎想笑，但毕竟没有笑出来："皇上走后，奴婢按皇上吩咐，去服侍太子殿下……"

康熙定定地望着她："你服侍太子，太子有没有对你做过什么……不该做的事情？"

阿雨慌忙言道："没……有。太子殿下什么也没有做……太子殿下对奴婢……很好……"

康熙真以为这一切都是四阿哥胤禛在说谎了。他准备离开阿雨去追问胤禛说谎的究竟了。可就在他离开阿雨之前，不知为何，他想为她将将头发、整整衣衫。所以，他一边向她伸出手去一边微微摇头道："看你，弄成这么一副懒散的模样……"

为她将头发也没将出什么别样意思来，然而，在他为她整理衣衫的时候，他却倏然发现，她的颈间，有一道明显的伤痕，且这伤痕，显然还是新近留下的。

康熙的心猛然一紧，头皮顿时就炸开了："阿雨，你适才所言，都是真话吗？那胤礽，真的没有对你做过什么吗？"

阿雨急忙去掩饰自己的颈项："不，皇上，太子对奴婢，什么也没有做……"

康熙一指她的颈项："说，你这伤痕，是怎么回事？"

她的目光里，流露出一丝恐惧："这伤痕，是奴婢不小心……用指甲划破的……"康熙看了看不远处的众人，包括胤礽、胤禛和赵昌，众人都眼巴巴地望着康熙和阿雨。不过，没有康熙的旨意，他们谁也不敢靠近，也不敢擅自离开。

康熙一咬牙，冲着阿雨言道："你，随朕到屋里来！"

阿雨抖抖颤颤地随着康熙走进了一间屋子。康熙"咣"的一声把门关上，然后指着阿雨道："你，现在把衣服脱了，全部脱光！"

阿雨一听，骇然叫道："皇上，奴婢不能……"

康熙朝着她靠近一步："你若不肯脱，那朕就帮你脱！"

阿雨落泪了。她的眼泪其实也不能算少，她就那么一边流泪一边当着康熙的面脱衣服。她的衣服脱得很慢，但她的眼泪却流得很快，当她的衣服脱完，她的泪水早已把地面流湿了一大块。

她的衣服脱完了，康熙的泪水也流了下来。他流的泪水并不多，但每一颗泪珠，都足以将地面砸出一个坑来。

她的身体，从颈间往下，一直到小腿，几乎没有一处没有伤痕。轻的伤痕，非青即紫，重的伤痕，则早已血迹斑斑。尤其是她的双乳上和两条大腿上，用"惨不忍睹"来形容，一点也不过分。

康熙不敢再去看她的身体。他因过度悲愤连声音都变了调，他就用这种变了调的声音抖抖索索地对阿雨道："你……快把衣裳穿好……"

她也许也很能忍受痛苦。那么伤痕累累的身体，她在穿衣服的时候，竟然一声不吭，只是不停地流泪。待她将衣服穿好，他走过去，轻轻地把她揽在怀里，哽咽着言道："阿雨，是朕不好，朕不该把你留在这里……朕对不起你，更对不起你的姐姐……"

她突然"哇"的一声，放声大哭起来。这号啕大哭的声音，不仅康熙听得真真切切，就是站在屋外的那些人，包括胤礽，包括胤禛，也不会听不真切。但问题是，所有听到她哭声的人，是否都听得明白？

康熙松了阿雨，只一步就跨到了门边，猛地将门拽开，几乎是歇斯底里地冲着屋外吼道："胤礽，你快滚进屋来！"

胤礽当然不会滚着进屋，他只是在走进屋子之后，"扑通"一声跪在了康熙的面前，且抢先言道："父皇，儿臣知错了，儿臣不该把阿雨的身上弄出那么多的伤，儿臣应该下手轻一点……"

看看，胤礽虽然知道"错"了，但却认为自己错在不该下手下口那么重。换句话说，如果他下手、下口稍稍轻一些，他就什么错都没有了。也许，胤礽贵为大清太子，对是非的看法，同普通人相比，就是不一样。

"啪"一记响亮的耳光，明明白白地抽在了胤礽的脸颊上。因为康熙太气愤了，这一巴掌没有惜力，所以胤礽的脸颊便也迅速地肿胀起来。康熙愤而咆哮道："胤礽，你把阿雨弄成这个样子，你，你还是个人吗？"

康熙这话似乎说错了。因为，胤礽本来就不是人，他是一个龙子，假以时日，他登上了大清皇帝的宝座之后，他便也和现在的康熙一样，变成一个真龙天子了。

康熙下手那么重，胤礽却也没有叫唤。他只是显得很是委屈的样子，嘀嘀咕咕地道："父皇，你为何如此痛打儿臣？儿臣有什么错？儿臣只是躺在床上，觉得无聊，便同阿雨在一起玩玩。又有什么不是？"

"什么？"康熙抬手又给了胤礽一巴掌。这一回，胤礽的两边脸颊都肿胀了起来，且肿得那么匀称，胀得那么丰满。不知情的乍看见了，还以为胤礽本来就长得这么富态。

康熙气得两眼都要冒出绿光来："普天之下，有像你这么残忍的人吗？你如此残忍地折磨阿雨，同那些畜生还有什么分别？"

谁知，胤礽也高声地叫嚷起来："父皇，你为何要如此替一个奴才说话？在父皇的眼里，儿臣难道连一个奴才也不如吗？儿臣只不过与这个奴才在一起随便地玩儿玩儿，父皇如何生这么大的气，发这么大的火？父皇，儿臣与这个奴才，究竟谁轻谁重？"

"你——"康熙的手又不自觉地扬了起来，但旋即，他扬起来的那只手，又绵软无力地垂了下去。他记得，当年胤礽在慈宁宫折磨阿露，他准备好好地教训胤礽一顿的时候，皇祖母博尔济吉特氏也说过类似"谁轻谁重"的话。

是啊，像阿露、阿雨这样的奴才，天下何止千万？而像胤礽这样的皇太子，大清朝却只有这一个啊！更不用说，胤礽还是仁孝皇后赫舍里所生。即使胤礽先前把阿雨折磨致死，他康熙又准备把他怎么样呢？实际上，康熙又能把胤礽怎么样呢？他现在把胤礽的脸颊打得如此青肿，博尔济吉特氏要是追问下来，他又该如何向她解释说明？毕竟，大清江山社稷比阿露和阿雨都要重要得多啊！

由此不难看出，康熙完全有能力治理好一个千疮百孔的国家，但却无力治理好自己的一个小家。这就注定了康熙的晚年，必将是一场令人扼腕痛惜的悲剧。

康熙无力地指了指胤礽："你，走吧……"

胤礽也没客气，爬起身来，摸了摸隐隐作痛的脸颊，又恶狠狠地瞪了呆若木鸡的阿雨一眼，然后便不紧不慢地离去。

康熙走到阿雨的身边，柔柔地言道："阿雨，今日之错，全在朕。朕没有好好地照顾你。朕向你保证，从此以后，朕绝不会再让任何人来欺侮你……"

如果康熙不健忘的话，他应该还记得，在胤礽折磨了阿露之后，他也曾对阿露说过类似这样的话。可结果呢？阿露离宫出走了。现在，他又对阿雨这么说了。他，真的能够使柔弱的阿雨不再受任何人的欺侮吗？

尽管胤礽又一次地极大地刺伤了康熙的心，但康熙依然没有生起过要废黜胤礽大清太子的念头。他只是常常这么扪心自问：赫舍里那么仁厚宽爱、温顺有加，为何竟生出这么一个如此残忍的胤礽来？由此不难看出，尽管康熙对胤礽十分不快和不满，但对死去的赫舍里，却依然一往情深。

一个人对自己所爱过的人一往情深，这本是人世间的一种美德。但作为一个国家的统治者，如果因为一往情深就对某些罪恶不加原则地宽恕，恐怕就很不妥当了。

胤礽折磨阿雨的事情，康熙一直隐隐作痛了很久。直到第二年（1686年，即康熙二十五年）的春天，康熙才算是把这件事情淡忘。因为，春天的时候，黑龙江将军萨布素回京向康熙报告：罗刹军队又重新占领了雅克萨。

【第十六回】

挥利剑抗击外寇，鼓唇枪签订条约

托尔布津和梅利尼克兵败雅克萨被清军释放后，一路向西，逃到了沙俄侵略军在黑龙江上游所建的一个大据点——尼布楚。尼布楚督军弗拉索夫不冷不热地接待了他们。

托尔布津和梅利尼克在尼布楚艰难地度过了1685年的冬天。当1686年的早春到来时，托尔布津情不自禁地咧开嘴笑了，他笑着对梅利尼克言道："我的将军，我们的苦日子终于熬到头了！"这一年的早春，一支由六百人组成的沙俄侵略军拖着二十多门火炮赶到了尼布楚。这支侵略军的头目名叫拜顿，有人说他是一名普鲁士军官，也有人说他是英格兰人。拜顿给托尔布津和梅利尼克带来了俄国沙皇的最新谕令：重占雅克萨，扩大沙俄在中国的侵略势力范围，如有必要，全面开战！

弗拉索夫的饯行宴会是在中午举行的。下午，托尔布津就催起军队，领着梅利尼克和拜顿等人，匆匆地离开了尼布楚。因为当时的黑龙江上游没有任何清军，所以托尔布津的行进速度就很快。不几日，托尔布津的军队就抵达了雅克萨。

可能是求胜心切吧，拜顿建议继续东进，寻找清军交战。梅利尼克不满地道："如果继续东进，一旦交战失利，那我们该往何处去？"

托尔布津也认为应先在雅克萨站住脚，然后再向东扩张。拜顿虽然心中不悦，但也不好固执己见，因为，托尔布津不仅是梅利尼克的大人，也是他拜顿的大人。

就这样，托尔布津等人开始大规模地修复雅克萨城了。确切地说，他们是在重建一座新的雅克萨城堡。因为，过去的雅克萨城，几乎已被清军的炮火夷为废墟。所以，重建雅克萨城的工作，耗去了托尔布津等人很长的时间和很大的精力。

托尔布津总结了上一次在雅克萨被清军战败的经验教训，把重建雅克萨的重点放在了防止清军炮火轰击这一方面。比如城墙，两边用木材，中间填土夯实，墙外遍涂泥土，这样既可有效地抵挡炮火，又可防止清军火攻。宽厚的城墙上，筑有三十座炮楼，炮楼上的大炮，能一直打到黑龙江里。城内建造了一座督军衙门和十座军营，无论是衙门还是军营，都建得既结实又隐蔽。托尔布津还在雅克萨周围建了一圈外城，外城之外是一道很深的壕沟。托尔布津这样做的目的，是为了阻止清军炮车的推进。上一次雅克萨之战，托尔布津吃够了清军炮车的苦头。这一回，托尔布津似乎变得聪明了：壕沟可以阻挡清军炮车向前推进，而驻扎在外城里的士兵又可以向试图填补壕沟的人开枪射击，更主要的，托尔布津架在雅克萨城墙上的大炮，恰恰能够打到那道壕沟之外，这样，如果清军来攻打雅克萨了，若想先攻下外城，那么就必须要进入托尔布津大炮的射程之内。可以说，托尔布津这种环环相扣的防守，也真是煞费苦心了。托尔布津认为，只要清军的大炮越不过那道壕沟，其炮弹就无法打到雅克萨城里，而清军的大炮如果失去了作用，那雅克萨城就只能是固若金汤、牢不可破了。

托尔布津还作了具体分工：外城由梅利尼克负责防守，城墙上的大炮由拜顿负责指挥，他自己，则坐镇督军衙门里，统一调度。

托尔布津等沙俄侵略军在雅克萨一带忙得不可开交，而驻扎在黑龙江城的清军官兵却几乎一无所知，连黑龙江将军萨布素都跑到卜魁城找彭春谈天叙旧去了。据史书记载，清军在第一次雅克萨之战中取胜之后，确有一种大功告成、万事大吉的麻痹思想，匆匆撤离雅克萨的时候，连雅克萨周围业已成熟的庄稼都未及收割完毕。还有的史书记载，当时，驻扎在黑龙江城的一些清军将领，滋生了一种偷懒怕苦的思想，他们从雅克萨撤到黑龙江城后，既没有在雅克萨设立哨所，也没有派兵在这一带巡逻，而是热衷于把黑龙江城从黑龙江东岸迁往西岸，还想进一步地把黑龙江将军衙门迁到墨尔根（今嫩江县城），而且当时的墨尔根已经在动工筑城了。故而，侵略军都在雅克萨建起了一座更大规模的城堡了，黑龙江城里的清军官兵竟然毫无察觉。第一个得知侵略军又重占雅克萨城这一消息的清军将领是萨布素的弟弟萨果素。当萨果素飞马赶到卜魁，向萨布素和彭春报告了沙俄侵略军重占雅克萨的消息后，萨布素和彭春都深感震惊。萨布素连连自责道："都是我的过错，我不该对此一无所知……"

彭春言道："现在不是追究谁的责任的时候，应速速将此事报之皇上知道！"

于是，萨布素就命萨果素在卜魁稍事休息后立即赶回呼玛，防止意外事情发生，自己则带了几个随从星夜驰往北京去向皇上面奏此事。

三月底，萨布素到了北京城，即刻向兵部尚书明珠报告。明珠觉得自己难以擅作主张，便急忙向康熙禀奏。康熙闻言，龙颜大怒，拍案而起道："这罗刹人也太不知好歹了！朕一而再，再而三地忍让，他们非但不理解朕的一番好意，反而得寸进尺、卷土重来，是可忍孰不可忍？"

随即，康熙就在乾清宫内召见了萨布素。见着康熙，萨布素就跪地谢罪道："都是微臣之罪！微臣不该轻易地放弃雅克萨，致使前番胜利的成果化为乌有……"

康熙却道："萨爱卿，你何罪之有？若其中真有什么过错，那也是朕的考虑不周。朕没有想到，狂妄的罗刹人野心不死，还想对朕的领土有非分之想，朕，岂能容忍这种明目张胆的强盗行径？"

当时在场的明珠轻轻地言道："皇上，微臣以为，第二次雅克萨之战当不可避免，不然，罗刹人将会更加狂妄！"

康熙重重地道："罗刹人既敢重占雅克萨，那朕就可以再打一次雅克萨战争！"

萨布素急忙言道："请皇上恩准微臣戴罪立功……"

康熙点头道："你是黑龙江将军，此番与罗刹兵开战，就交与你全权负责。"

萨布素叩头道："谢皇上恩典！微臣一定会把罗刹兵消灭在雅克萨！"

康熙问道："萨爱卿，你目前的军力如何？"

萨布素回道："微臣尚有两千人马并四十门火炮、五十支火枪，江中还有十艘战船。"

康熙沉吟道："这些兵力恐没有绝对把握取胜……"转向明珠："你速速通知彭春，叫他拨一千人马和二十门火炮给萨布素！"

明珠谨诺。康熙又面对着萨布素言道："爱卿，请记住朕的话，不战则已，战则必胜！不管花多大代价，也不管花多少时间，都一定要将罗刹人消灭在雅克萨！"

听康熙之言，仿佛他这一次已经痛下决心要好好地、彻底地教训一下沙俄侵略军了。其实则不然，康熙之所以会这么说，乃是因为他为沙俄侵略者这种得寸进尺的行径所气愤，而在他的内心深处，他还是不想把东北的战事扩大，还是希望能用一种和平的方式来解决与罗刹国之间的边界纷争。

萨布素坚定地回答："皇上，微臣若不能彻底地将罗刹兵消灭在雅克萨，微臣就提着脑袋来向皇上谢罪！"

康熙微微一笑道："萨爱卿，你若真的提着脑袋来见朕，朕岂不是要被你吓坏？"

萨布素一怔。明珠解释道："皇上的意思是，虽然一定要把罗刹兵消灭在雅克萨，但在与罗刹兵交手时却千万要谨慎，更不能大意！"

康熙补充道："萨爱卿，朕不希望你提着你的脑袋来见朕，朕希望你提着罗刹人的脑袋来见朕，你明白了吗？"

萨布素也笑着回道："微臣决不辜负皇上的期望！"

萨布素没在京城多耽搁，他带着明珠写给彭春的信返回了卜魁城。

1686年（康熙二十五年）6月下旬，萨布素遵照康熙旨意，率三千兵马离开了黑龙江城，水陆并进，开始了第二次收复雅克萨的战争。7月初，清军抵达古伊古达儿。打尖的萨果素回来报告，说雅克萨城内的罗刹兵并不知晓清军已到来。萨布素下令：大军在古伊古达儿稍事休息后，立即开往雅克萨。

大约是在7月中旬的一天黄昏，清朝军队仿佛是从天而降，突然又一次地包围了雅克萨城。当时，梅利尼克正在雅克萨外城巡视，看到那么多的清军正朝雅克萨围过来，大为惊骇，慌忙跑进雅克萨城内的督军衙门，向托尔布津报告道："督军大人，不得了了，清军已经包围了雅克萨……"

见梅利尼克如此慌张，托尔布津很是不悦："我的将军，你为何如此害怕那些野蛮人？"

是啊，暴虐无比的梅利尼克为何变成一副胆小如鼠的模样？梅利尼克赶紧言道："督军大人，不是属下胆小慌张，而是清军这一回……开来的人太多……"

托尔布津大嘴一撇："清军开来了多少人？"

梅利尼克回道："大约有一万人，而且火炮特别多……"

托尔布津也大吃一惊："有这么多的清军？你莫不是看花了眼？"

梅利尼克言道："属下岂敢谎报？督军大人可以自己去观瞧……"

托尔布津哼了一声，忙带着梅利尼克登上了雅克萨的城楼。城楼上，那拜顿正站在一尊大炮的旁边，气愤地自言自语道："那些野蛮人也太过狡猾，若再前进一步，我的大炮就能够打得着了……"

托尔布津没顾得上理会拜顿，而是举目向四周看去。果然，在夕阳映照下，雅克萨外城的外面，几乎到处都是清军，乍看上去，没有一万，也至少有八千。

梅利尼克小声地在托尔布津身边嘀咕道："督军大人，属下没有谎报吧？"

托尔布津不禁倒吸了一口凉气道："清军这一回真的是大动干戈了……"

只有拜顿不以为然，他恶狠狠地言道："督军大人，不管清军有多少，只要他们敢攻城，我就一个一个地都把他们炸死！"

托尔布津却皱着眉头吩咐道："清军太多，我们不可造次。梅利尼克，你速回外城，令士兵们都睁大眼睛，防止清军趁夜填壕沟。拜顿，你今夜就留在城楼上，如果清军有所图谋，你就开炮轰击！"

梅利尼克走了。拜顿很是不屑地看着梅利尼克的背影哼道："我本来听说，梅利尼克是一个英勇善战的将军，万没想到，他竟如此胆小怕事！实在令我失望！"

托尔布津淡淡地一笑道："将军阁下有所不知，梅利尼克之所以会如此，乃是因为这一次的清军，来得实在太多了！"

拜顿撇了撇嘴："清军人再多，也只是一群乌合之众，不堪一击！我就不信，清军能攻进雅克萨来！"

托尔布津点头言道："将军阁下所言甚是！这一次的雅克萨，绝不是上一次的雅克萨了！只要我们精诚团结、配合默契，清军除陈尸城外，必将一无所获！"托尔布津话虽说得牛气，但抬头看了看城外，心里还是不觉有些怃然：清军来得也确实太多了！

清军只有三千，为何梅利尼克和托尔布津等人都以为有万人左右？原来，闻听清军要来收复雅克萨，方圆近百里的中国各族百姓，纷纷主动地、成群结队地带着粮食等物赶到了这里。来的老百姓，几乎是清军人数的两倍。所以，梅利尼克和托尔布津等人从雅克萨的城楼上向外看去，清军确实有万人模样。

不过，萨布素也没有急着向雅克萨发起攻击。因为天色已晚，清军要忙着安营扎寨。更主要的，萨布素已经看出，这次的雅克萨城，攻打起来非常地棘手。所以，萨布素命令清军，除留下足够的人手防备罗刹兵夜袭之外，其余的人，全部休息。

当然，萨布素是不会马上就休息的。他的那些副都统、协领、佐领等将官，包括萨果素在内，也不会马上就休息。他们聚集在萨布素的中军大帐内，共商攻城大计。

绝大多数的将官都以为，这一次的雅克萨城，实在不好攻打。因为，不要说清军的大炮很难推进到一定的方位了，即使清军的炮火能够打到雅克萨城，恐也很难起到多大的作用。这一次的雅克萨城，被侵略军修建得太牢固了，清军的大炮不会对它构成太大的威胁，而若直接攻城，不仅伤亡将很惨重，且也难以攻下城来。绝大多数将官最后的结论是：用炮轰城难，而用人攻城则更难。

萨布素望了望众人，然后一板一眼地道："各位兄弟，这一次同罗刹兵开战，显然不同于上一回。上一回的炮车战术，这一次恐很难奏效。好在皇上并没有限定我们在多少时间内拿下雅克萨，这样，我们就有充足的时间来对付这批罗刹兵。我的看法是，这一次我们不需强攻，而是以守为攻，只需将雅克萨紧紧地围住，看罗刹兵能支撑到何时！"

一协领问道："大人的意思是，我们不进攻，只防守，把罗刹兵困死在这里？"

萨布素点头道："正是这样！罗刹兵能储存多少粮食？夏天一过，秋冬降临，罗刹兵又能准备多少棉衣？到时候，我们不进攻，罗刹兵恐怕就要主动地向我们发起进攻了！"

一佐领接道："只要罗刹兵向我们发起进攻了，那我们的几十门大炮可就能派上用场了！"

萨布素笑道："一点不错！不然，我们这几十门大炮不就白白浪费了吗？"

萨果素却道："将军大人，要想把罗刹兵困死在这里，那要围多长时间？"

萨布素回道："管他多长时间！半年不行，我们就困他一年。正好这里来了许多百姓，我准备明天就让他们帮助我们在这里盖房造屋，作长期围困的准备。不知各位可有其他的什么想法？"

除萨果素一声不吭外，其他的将官都表示同意。一副都统起身言道："大人，现在除了围困之外，也确实找不到别的什么好办法了。不过，雅克萨连同它的外城，那么大的范围，就我们目前的三千兵马，恐实难围得住啊！"

的确，雅克萨的外城很大，而清军又只能驻扎在雅克萨外城之外很远的地方。这么大的一个范围，清军只三千兵马，确实很难围得拢，即使勉强围拢了，也不会围得严密。侵略军只要派出一支军队，随便往哪个方向一冲，就会很轻易地冲开清军的防线。虽然前来助战的百姓很多，但百姓与战士毕竟还有一段距离。如果围而不拢、围而不严，那就等于没围，更不可能困死侵略军。

萨布素默然，少顷，他抬起头来道："这里只有一千多罗刹兵，朝廷不太可能再给我们增派更多的军队来。实际上，军队太多了，后勤供应也会增加更多的困难。所以，我们不能再向朝廷请求增兵。我们只能靠我们自己。因此，我们急着要做的，就是力争把我们的包围圈缩小到最低限度。这样，虽然我们只有三千人马，但也绰绰有余了……"

这一回，萨果素倒是听明白了萨布素的话。他急急地言道："将军大人，要想把我们的包围圈缩小到最低限度，那就必须摧毁雅克萨的外城……"

萨布素回道："正是！如果摧毁了雅克萨的外城，那我们的三千人马就能够将雅克萨紧紧地包围住！"

如果摧毁了雅克萨的外城，那清军的包围圈就能够推进到侵略军挖掘的壕沟附近，甚至，清军还可以越过壕沟，就依托雅克萨的外城工事对雅克萨实施围困。"只是"，萨布素缓缓地言道，"要想摧毁雅克萨外城，并不容易……"

雅克萨外城主要由一条与那条壕沟平行的战壕及战壕边上的一些零星小屋构成。平时，驻扎在外城里的侵略军都待在那些小屋中，但战事一开，那些侵略军肯定都会钻到战壕里，而战壕之上，覆盖着一层厚厚的泥土，寻常的炮弹很难将那些泥土炸开。也就是说，清军仅依靠大炮，是很难摧毁外城的，只有派出士兵冲到那条战壕里，与侵略军逐段逐段地争夺。这样一来，清军就要面对着驻扎在外城的侵略军的火枪射击，更要面对着雅克萨城墙上的侵略军的大炮的轰击。

萨布素接着言道："攻取外城，我军必将招致重大伤亡。但是，不管有多大伤亡，我军又必须攻取外城！"

攻下外城，清军就能大大地缩小自己的包围圈。同时，攻下了外城之后，清军还可以依托外城的那条战壕，对雅克萨城进行封锁。

　　萨布素最后决定道："明日上午，对罗刹兵的外城进行仔细地观察。如果条件成熟，明日下午便对外城发起攻击！"

　　第二天很快地就到来了。太阳刚一跃出地平线，萨布素就带着众将官围绕着雅克萨开始对外城进行观察。观察的重点有两个，一是外城里大致有多少罗刹兵，二是哪个地段可以作为清军发起攻击的突破口。清军在观察敌情，沙俄侵略军似乎也在揣摩清军的意图。整个上午，雅克萨平静无事。

　　观察了一个上午，萨布素等人大致把雅克萨外城的情况看了个大概。雅克萨外城内，驻有侵略军三百余人，这三百余侵略军，几乎平均分布在外城的那条战壕里。如果不是战壕前的那条壕沟，如果不是雅克萨城墙上的那些大炮，那么，清军要想攻取外城也并不是太难的事，因为，那三百来个侵略军分布在那么长的一条战壕里，火力就显得十分分散。

　　最令萨果素高兴的则是，他已经观察得清清楚楚，罗刹兵在外城的指挥官，就是那个梅利尼克。所以，整个一上午，萨果素都这么激动地想着：维玛，我就要为你报仇了！

　　中午，萨布素和众将官一边吃饭一边在一起商议。萨布素言道："现在情况已经很清楚了。若想攻取外城，首先得准备好通过那道壕沟的木板，其次要尽力阻止雅克萨城内的罗刹兵向外城增援。"

　　一协领言道："木板不成问题，这儿的树木很多，只要发动老百姓，这事儿并不难。"

　　一副都统接着道："阻止增援也不是太难的事。我们的大炮多，只要罗刹兵从雅克萨里出来向外城靠近了，我们就用大炮轰他们！"

　　虽然清军的大炮在壕沟之外打不进雅克萨城里，但打到雅克萨和外城之间却也不是难事，甚至，只要清军炮兵不怕侵略军大炮的轰击，勇敢地把大炮向壕沟处推进，就可以封锁雅克萨的城门了。

　　萨布素静静地道："解决了木板和阻止增援的问题，剩下的，就要考虑该从哪个地方向外城发起攻击了！"

　　萨果素立刻道："我以为，就从梅利尼克的指挥部那儿发起攻击！"

　　一副都统赞成道："萨果素兄弟言之有理！所谓擒贼先擒王，如果一开始就捣毁了梅利尼克的指挥部，那外城的罗刹兵就陷入一种群龙无首的状态，便于我军攻战。"

　　众将官也都同意把梅利尼克的指挥部作为攻击的突破口。萨果素未免有些洋洋得意地对萨布素言道："将军大人，你还犹豫什么？快下令发起攻击吧！"

　　萨布素却淡淡地一笑言道："把梅利尼克的指挥部作为进攻的突破口，我没有意见；但是，如果仅仅从这一个地方发起进攻，那么，外城的三百多个罗刹兵就会很快地都集中到这儿来。这样，我们就恐怕很难攻进外城呢！"

听了萨布素的话，众将官都纷纷点头称是。是啊，如果三百多个罗刹兵都集中到一块儿，也甭说还有雅克萨城墙上的那些大炮了，就那三百多个罗刹兵手中的三百多条火枪，也能给清军造成重大伤亡。

"所以，"萨布素接着道，"我们可以把梅利尼克的指挥部作为攻击的突破口，只不过，当这里打起来之后，当外城里的罗刹兵都朝这里集中了之后，我们再从东西两个方向对外城同时发起攻击，这样，外城的罗刹兵就只能顾此失彼了！"

众将官立即就明白了萨布素的意图。以攻击梅利尼克的指挥部来吸引侵略军的注意力，这样，从东西两个方向发起攻击的清军就会相对轻松地攻入到外城里。只不过，向梅利尼克指挥部发起攻击的这路清军，定会遭受到惨重的损失，因为，不仅外城的三百多个侵略军大都会集中在这里，而且雅克萨城墙上的侵略军大炮也会集中火力朝这里开炮。

也许萨布素的手下都是一些奋不顾身之辈，萨布素的话音刚落，众将官便纷纷向萨布素请求带兵向梅利尼克的指挥部发起攻击。谁知，萨布素大手一摆道："大家都不要争了！这路军队的指挥官我早有了合适的人选！"众将官闻言，都眼巴巴地看着萨布素。萨布素用手一指萨果素："就是他！"众将官似乎还没反应过来，萨布素又用手指着一个协领道："你，率队从西路发起进攻！"再用手一指一个副都统："你，率队从东路发起进攻。攻下外城后，三路清军由你统一指挥，牢牢地守住外城的战壕！只要能够守住，雅克萨城的罗刹兵就成了瓮中之鳖！"众将官一时都默不作声。萨布素知道这是为何，于是就轻轻地问道："弟兄们，你们是不是以为，萨果素不能胜任攻城的重任？"

萨果素急忙言道："各位兄弟，如果我萨果素完不成攻城的任务，我就死在你们的面前！"一副都统走到萨布素的跟前，低声地言道："大人，属下记得，大人就萨果素这么一个兄弟，万一……属下请大人再行斟酌……"

萨布素拍了拍那副都统的肩："我已经斟酌了一个晚上了。俗话说，打仗亲兄弟，上阵父子兵。我不派萨果素上阵，我还派谁？"那副都统忙着道："大人，话虽是这么说，但我等属下，也绝非孬种和无能之辈……"

萨布素微微一笑道："你说得不错，但你们，不都是我萨布素的好兄弟吗？"

那副都统还要说什么，萨布素却冲着众人高声地言道："大家都回去各司其职。黄昏时分，开始向外城发起攻击！争取在明日凌晨，完全彻底地占领外城！"

萨布素既然下了命令，众将官也就不好再多言，各自回营，准备木板的准备木板，准备大炮的准备大炮，准备军队的准备军队。

萨布素留下了萨果素。见萨布素一时没言语，萨果素就小声地言道："大哥，有什么话你就直说吧。"

萨布素盯着萨果素："兄弟，你知道你肩上的重担吗？"

萨果素点头："我知道，大哥。如果我这边攻得不顺利，就会影响到整个战局！"

萨布素缓缓地摇了摇头："兄弟，你理解错了！你不是攻得顺利不顺利的问题，你最主要的任务，是把外城里的罗刹兵都吸引到你这里来，把雅克萨城墙上的炮火，也都吸引到你这里来。兄弟，你知道该怎么做了吗？"

萨果素脸色铁青地言道："大哥，兄弟我知道该怎么做了……不管有多大牺牲，我都一直向前冲！"

萨布素竟然笑了："兄弟，你只有拼命地向前冲，才能最大程度的吸引敌人……"

萨果素也笑了："大哥，你放心吧，我绝不会给你丢脸！"

萨布素不再笑了："兄弟，你回营吧，把准备工作做好！"

萨果素也不笑了："大哥，兄弟我早就做好了一切准备！"

仿佛是转眼间，黄昏就来临了。面对着梅利尼克指挥部的方向，也即面对着雅克萨城堡的城门的方向，清军排列了四十余门大炮和萨果素率领的六百名官兵。而在另外东西两个方向，清军还暂时隐藏了各十门大炮和两百名官兵。也就是说，萨布素为了夺取雅克萨外城，动用了全部大炮和一千名官兵。

萨布素站在萨果素的身边，告诫道："兄弟，待大炮轰击之后，你就率领弟兄们不顾一切地向前冲！"

萨布素亲自对着炮兵们下令："瞄准！开炮！"

四十余门大炮，一起朝着梅利尼克的指挥部轰去。尽管那里的侵略军早就看出了情况不妙，大都已躲入战壕，但还是有几个侵略军士兵跑得慢了一些，连同战壕边上的几间木屋，一起被清军炮火炸上了天。亏得梅利尼克的动作比较灵活，他虽然本来也是站在战壕外边的，但当清军大炮响起的时候，他还是狼狈不堪地钻到了战壕里。不过，虽然他侥幸拣得了一条命，但右手却被炸伤，连握着手枪都感到十分地吃力。

萨布素见梅利尼克指挥部一带已被清军的炮火所笼罩，于是就凝重地对萨果素道："兄弟，现在就看你的了！"

萨果素举起早已握在手中的长剑，冲着身边的官兵们喊道："弟兄们！为了皇上，为了大清江山，为了死去的百姓，冲啊！"

萨果素这一番豪言壮语，倒也颇为奏效。六百名清军官兵，跟在他的身后，就像疯了似的，一个劲儿地向着梅利尼克的指挥部方向冲了过去。看得萨布素不禁击掌叫道："兄弟，好样的！"

沙俄侵略军终于清醒了过来。躲在战壕里的梅利尼克一边用手枪不停地朝外射击一边大呼小叫道："快，把人手都调过来，野蛮人开始攻城了！"结果，外城里的三百多名侵略军，至少有两百多名都集中在了梅利尼克的身边。

站在雅克萨城楼上的托尔布津和拜顿，一开始也以为清军是要攻城，所以，托尔布津就命令拜顿指挥城墙上的大炮向冲过来的萨果素等人轰击。侵略军一共只有三十来门大炮，经过紧急调运，差不多有二十多门大炮都集中在了城门一带。

但很快，托尔布津便觉察到清军并非要攻雅克萨，因为，清军如果要攻雅克萨的话，不会只派那么几百个人。几百个人，无论如何也是攻不下雅克萨的。所以，托尔布津就急急忙忙地命令拜顿道："你，速带两百个人去支援梅利尼克！"

拜顿有些不解："督军大人，这是为何？"

托尔布津脸色苍白地道："清军要夺取外城！外城一失，我们就很难出得去了！"

拜顿闻言，赶紧跑下城墙，纠集了两百兵丁，打开城门，一窝蜂地冲了出去。一协领慌忙向萨布素报告道："大人，有一股罗刹兵冲出城来了！"

萨布素一见，急对炮兵命令道："炮火延伸，把那股罗刹兵赶回城里去！"

四十余门清军大炮，很快地推上前去，并很快地发出了怒吼。四十多发炮弹一起砸向雅克萨城门附近。刚刚跑出城门没多远的拜顿和两百名侵略军士兵，被清军的这一顿突如其来的炮击打得魂飞魄散，丢下十几具尸体之后，慌忙退入城里。

城楼上的托尔布津见状，急忙调过十多门大炮向清军的炮队射击。托尔布津不可能把所有的大炮都调过来，因为他还要去阻止萨果素等人的冲锋。拜顿见清军的炮队受到轰击，忙又率队冲出了城门。谁知，指挥清军炮队的那几个佐领非常聪明，他们见侵略军的炮弹打过来了，就命令炮队化整为零，疏散开来，这样，侵略军的大炮就对清军的炮队构不成太大的威胁了。尽管最终，清军的大炮被侵略军的大炮炸翻了几门，清军也死伤了一些炮手，但拜顿和他的侵略军，除丢下二三十具尸体外，没能跨出雅克萨城门一步。丧魂落魄的拜顿无可奈何地对托尔布津道："督军大人，那些野蛮人也太过英勇，看来我过去是小瞧他们了！"

托尔布津却忧心忡忡地道："但不知梅利尼克……能否守得住外城……"

萨布素见时候已到，吩咐身边的一个协领道："通知东西两路人马，同时对罗刹的外城发起攻击！"

东西两路清军，各有十门大炮和两百名士兵。因为那里的外城中，已经没有什么侵略军把守，而雅克萨城墙上的大炮，多已调至城门一带，所以，东西两路清军的数百名官兵，在炮火的掩护下，很快地就冲入了外城的战壕里，与数量很少的侵略军，逐段逐段地厮杀起来，并一点一点地朝着城门方向逼近。

萨布素闻知东西两路清军进攻得很顺利，心中自然高兴。然而，当他抬头观看，正前方依然是炮火连天，枪声不断时，他的心中却又沉甸甸的：兄弟，你现在究竟怎么样了？

萨果素在夜幕降临的时候，也终于率队攻进了雅克萨外城的战壕里。只不过，在这之前，萨果素和他的六百名弟兄，却经历了一场极其惨烈的过程。

清军的炮火打响了，萨果素领着六百名士兵冲上去了。刚开始的时候，一切都还顺利。但很快，梅利尼克的侵略军就向他们疯狂地射击了，而且火力越来越密集、越来越凶猛。萨果素眼睁睁地看着自己的弟兄在自己的前后左右惨叫着倒下，他急令手下："快卧倒！尽力向前爬！"

趴在地上前进，能减少侵略军火枪射击的伤亡。但是，萨果素和他的手下刚一卧倒，侵略军的大炮又无情地开始向这里轰炸。一个又一个士兵，在萨果素的身边，被侵略军的炮弹炸飞。有些士兵被炸红了眼，爬起身来向前冲，可冲了没几步，却又被侵略军的火枪射倒……一颗子弹，擦着萨果素的头皮掠过，他全然不觉。一发炮弹，将萨果素掀翻，他转过身来，继续向前爬。许许多多士兵，都在萨果素的身边死去，但萨果素却一直顽强地活着。也许，大仇未报，萨果素当时还不能死。即使他死了，他也会死不瞑目。

萨果素一边不停地向前爬一边不停地冲着手下喊道："弟兄们，一直向前进！哪怕我们只剩下一个人，也绝不能后退一步！我们要把罗刹兵的火力都吸引到这里来！"

萨果素的目的达到了。沙俄侵略军的火力大部分都被吸引到他这方面来了。这样，他就为东西两路清军的攻击创造了极其有利的条件。只不过，萨果素和他的六百名士兵却伤亡极其惨重。接近那道壕沟的时候，萨果素的手下，至少有两百多人倒在地下，再也爬不起来了。好在萨果素所率的那六百名手下，都是精心挑选出来的勇士，尽管伤亡惨重，他们却没有一个人后退。

萨果素率先爬到了那道壕沟的近前。他冲着跟上来的手下吆喝道："快，把木板架过去，爬过这条壕沟，就能够冲进罗刹兵的战壕了！"

十多块宽大的木板将壕沟的两端连接了起来。木板上，早已是血迹斑斑。显然，为携带这些木板，也不知有多少清军士兵付出了生命。

萨果素朝着一块木板就爬去。一个士兵抢到他的前头道："大人，让小人先爬！"

那士兵晃晃悠悠地爬到了壕沟的对面。也许，他想对萨果素说些什么吧，可他的头刚一翘起，一阵子弹就射在了他的头上。他哼都没来得及哼一下，就永远地伏在了地上。

萨果素大叫了一声"罗刹兵"，弓身就要往木板上冲。一士兵赶紧扑在他的身上："大人，卧倒……"

一发炮弹，"轰"的一声将萨果素面前的木板炸成碎片。萨果素安然无恙，可扑倒在他身上的那名士兵却再也不能动弹了。萨果素紧紧地抱着那名士兵的尸体，悲怆地言道："兄弟，你是为我而死的呀……"

一小头目爬到萨果素的身边道："大人，罗刹兵好像要炸碎我们所有的木板……"

果然，侵略军的炮弹全集中在了壕沟左右爆炸。萨果素等人只剩下十几条木板了。如果木板全被侵略军的炮火炸断，那萨果素等人就无法冲到外城里去了。

萨果素一瞪血红的双眼，一蹬双腿，身子便弓了起来。他冲着身边的人喊道："弟兄们，不要命的就跟着我冲！"

此时，天就要黑了。萨果素一个箭步就冲上了木板，并随即就滚到了壕沟的对面伏倒。侵略军一排子弹射来，竟然没有伤着萨果素。其他清军士兵，仿着萨果素的样，先是跳到木板上，再迅速地滚向前方。尽管，许多清军士兵在跳上木板的时候或在向前滚动的时候，被侵略军的火枪射中，被侵略军的火炮炸飞，但最终，有两百多人和萨果素一样，安全地越过了壕沟。

过了壕沟，就距离侵略军的外城战壕不远了。因为天已经黑了，侵略军的大炮就很难准确地捕捉目标了，加上萨布素还在后方指挥着清军炮队不时地向着雅克萨的城墙和城门射击，侵略军的大炮还要抽出相当一部分来还击清军炮队，所以，萨果素等人越过壕沟之后，受到侵略军炮火的威胁，就相对小多了。

萨果素吩咐手下道："一直朝前爬，一直爬到罗刹兵的面前！"

沙俄侵略军的那道外城战壕，几乎环绕了雅克萨城一周。战壕大约有一人深、二人宽，上面覆盖着厚厚的泥土，只隔一段距离有一个出入口。所以，这样的战壕，基本上是能够挡得住炮火的轰击的。

梅利尼克就躲在这样的战壕里，指挥着他的手下，拼命地从枪眼往外射击，企图阻止萨果素等人接近战壕。他很明白，如果清军攻入了战壕，那他手下的那些火枪就发挥不了作用了，倒是清军手中的那些刀啊剑啊的很有威力。然而，天黑了之后，外面的东西看不清楚，梅利尼克的手下只能胡乱地向外射击。

梅利尼克总算明白过来了，清军并非想攻取雅克萨，而是想夺取他的外城。虽然他的手下还有近三百人——被清军炮火炸死了数十人——但他的心中却一直惴惴不安，他领教过清军的厉害。他几乎敢肯定，凭他和他的近三百名手下，是不可能守住外城这么长的一条战壕的。

梅利尼克被清军炮火炸伤的右臂一直在隐隐作痛。他焦躁不安地问身边的人道："城内的援军怎么还没有冲过来？"

一手下惶惑地回道："清军的炮火封锁了城门，城内的人冲不出来……"

梅利尼克破口大骂道："城门冲不出来，就不能从别的地方从城墙上吊一支人马过来增援？"

梅利尼克的话听起来不无道理。但是，那手下马上又言道："将军，四面八方都有清军的大炮，从哪儿也出不来啊！"

梅利尼克几乎是绝望地对着身边的人道："没有援兵，一切都完了……外城完了，我完了，你们也完了……"

仿佛是要验证梅利尼克的话似的，他的话音还未落，一个侵略军士兵就慌慌张张地跑来向他报告道："将军，东边战壕里有数百清军正向这里杀过来……"

梅利尼克闻言大惊失色，连忙用颤抖的声音吩咐道："快，抽调五十个人，去堵住东边的清军……"

战壕不是那么宽敞，侵略军的火枪又特别地长，五十来个侵略军士兵一边把长枪从枪眼里拽出来一边朝东边跑去，就显得十分地拥挤又十分地混乱。

梅利尼克还没有喘过一口气来，又一个士兵满脸血污地跑来报告道："将军，西边战壕杀过来一支清军，我们十几个人，都被他们杀死了……"

梅利尼克简直如五雷轰顶。东边有清军已经杀来，西边有清军已经杀来，而正面的清军正向这里杀来……这回真的是彻底地完了。

尽管如此，梅利尼克还是挣扎着命令道："快，再抽几十个人到西边去，挡住清军……"

又有六七十个侵略军士兵推推搡搡地向西边跑去，萨果素等人的压力顿时减轻了许多。而实际上，此时的萨果素和手下的两百多个士兵，已经爬到了战壕的边上。

萨果素对左右的手下道："吩咐弟兄们，各自找战壕的出入口，找着了之后，就往下冲，哪里有罗刹兵，就朝哪里杀！只要和罗刹兵绞缠在一起，罗刹兵的火枪就一点用也没有了！"

两百多个清军士兵，以二十人左右为一组，找着战壕的出入口，纷纷向战壕里冲去。战壕里几乎什么也看不见，只看见清军士兵手中的大刀和长剑在黑暗中闪烁着令人不寒而栗的光芒。有的侵略军士兵还未来得及把枪从枪眼里抽出，就做了清军士兵的刀下之鬼和剑下游魂。一时间，厚厚泥土覆盖下的战壕里，喊声不断，叫声不断，零星的，还有几声枪响。只不过，战壕里的一切声音，都被地面上的炮弹轰炸声给淹没了。

萨果素率二十来个手下冲进战壕里的时候，迎面正碰上一队慌里慌张的侵略军士兵。萨果素不敢怠慢，在侵略军开枪之前，仗剑就扑了上去，一剑便把领头的那个侵略军给刺死了。因为战壕空间比较狭小，萨果素用的力气又太大，领头的那个侵略军一死，后面的那些侵略军士兵竟然都被撞倒了。所以，尽管有几个侵略军士兵在慌乱中开枪了，可因为身体失去了平衡，那些子弹都是朝上方放的。萨果素身后的那些清军士兵自然不会错过这一良机，争先恐后地拥上前去，你一刀、我一剑，像切豆腐切西瓜似的，三下五除二地便将这一队十来个侵略军士兵给解决了。

这时，萨果素明明白白地看见，一个像狗熊一样的身影正朝着战壕外面爬去。就是这个罗刹兵，刚才射倒了萨果素的手下。现在，这个罗刹兵想要逃跑了。

萨果素大喝一声："梅利尼克，你往哪里逃？"说着，一个鱼跃，人和剑一起朝着那黑影撞去。

战壕里黑乎乎的，萨果素如何敢断定那黑影就是梅利尼克？原因是，那黑影的形状轮廓很像一只大狗熊，再者，那黑影使用的是一把手枪。

像大狗熊又使用手枪的，岂不就是梅利尼克？还真的让萨果素猜中了，那黑影正是梅利尼克。梅利尼克射倒了一个清军士兵之后，见对方人多，不敢在此久留，便慌慌忙忙地想爬到战壕外面去。正朝外爬着呢，猛听得有人叫出"梅利尼克"几个字，他就不由得一愣。就在他发愣的当口，那萨果素连人带剑一起朝他撞了过来。他赶紧转身，向着撞过来的萨果素就开了一枪，但因为心中过于慌乱，右手臂又早被清军的炮火炸伤，他这一枪，竟然没能击中萨果素。而萨果素手中的剑，则"嗤"的一声，直直地刺进了梅利尼克的腹部。恰好，一发炮弹就在附近爆炸，梅利尼克那张扭曲的脸和萨果素那张坚毅的脸，都被炮火映照得清清楚楚、明明白白。

果然是萨果素朝思暮想的那个梅利尼克，萨果素不由得高声叫道："维玛，我终于把这个罗刹兵杀死了……"

但萨果素错了，而且是致命的错。他一剑虽然刺中了梅利尼克的腹部，但梅利尼克却真的像一只大狗熊一样，并没有马上就咽气。在萨果素深情地呼唤"维玛"的当口，梅利尼克的右手一点点地抬了起来。当萨果素以为维玛的大仇已报，正欲转身离去时，梅利尼克的手枪响了。这一枪，不偏不斜地正击在萨果素的胸膛。萨果素就像被人死死地砸了一铁锤似的，慢慢地倒在了地上。死前，萨果素还说了这么一句话："维玛，等等我，我来接你去成亲了……"

十几个清军士兵拥过来，将萨果素抱离了地面，但萨果素再也不能开口说话了。而那个梅利尼克在死的时候，身上至少又被清军士兵砍了十刀、刺了十剑……

半夜时分，清军完全占领了战壕。战壕里的三百多个沙俄侵略军官兵，除数十人侥幸逃回雅克萨城里外，其余的，包括梅利尼克在内，全部被清军杀死。但清军也为此付出了沉重的代价，萨果素以下，大约有六百名清军官兵在这场夺取外城的战斗中身亡。

夺取了战壕之后，负责防守战壕的那个清军副都统，亲自带了几个人，抬着萨果素的尸体，回到了萨布素的中军大营。因为侵略军已经知道外城尽失，所以便停止了炮击。侵略军不打炮了，清军也停止了炮击。故而，刚才还是炮火连天的战场，一时间竟然变得十分的平静。只不过，这种平静也太过于沉寂了，沉寂得令人恐怖。

萨果素的尸体就静静地摆放在萨布素的中军大帐内。带萨果素回来的那个清军副都统很是沉痛地对萨布素道："大人，万没有想到，在就要取得战斗胜利的时候，萨果素兄弟却……"

萨布素的唇角竟然挂着一缕淡淡的笑意。他对那副都统言道："既然打仗，就肯定会要死人的。那么多的弟兄都能死，萨果素为何不能死？我以为，萨果素死得值，那么多的弟兄也都死得值！"

那副都统还要说什么，萨布素挥手打断了："我们花这么大的代价，就是要夺取外城。外城既已夺得，那就千万不能再失去。不然，就对不起这些死去的兄弟们。只要守住外城，雅克萨城的罗刹兵就只能被我们困死在这里！"

那副都统神色凝重地回道："大人请放心，属下就是丢掉脑袋，也绝不会丢掉外城！"

萨布素点了点头道："你马上回战壕去，把火枪手和弓箭手都带去。你的重点，是防住雅克萨的城门。其他的地方，只需派人监视即可。如果罗刹兵企图突围，我会命令炮兵支援你们的。记住，你只需固守外城，其他的事情，由我来做。"

那副都统应诺一声，便匆匆忙忙地走了。他这一走，带去了五百多名火枪手和弓箭手。这样一来，战壕里的清军总人数，便又在千人左右了。

那副都统走了，大帐里只剩下萨布素一个人了，不，还有萨果素。萨布素再也控制不住自己的感情，眼泪就像断了线的珠子"噼里啪啦"地往下掉。萨布素只是这么任泪水倾泻，一句话也不说。是啊，即使萨布素说出了千言万语，他的兄弟也是一个字也听不见了。

许久，萨布素才从萨果素的身边站起来。他抹了抹眼泪，冲着帐外轻轻地叫了一声道："来人啊！"

两个士兵急忙跑进帐来："大人有何吩咐？"

萨布素小声地道："把萨果素葬在黑龙江边。"

两个士兵没有言语，只是小心翼翼地抬着萨果素的尸体走了。本来，萨布素是很想把萨果素的尸体运回到卜魁城北面的那个小村庄地角屯，让萨果素和他的未婚妻维玛生不能同房而死能同穴，但是，一来战事吃紧，二来正值盛夏，尸体很难久存。所以，萨布素便在心中默默念道：兄弟，恕大哥不能把你运回到维玛的身边……

天亮了之后，一切看起来依然是那么的平静。雅克萨城门紧闭，只城墙上，侵略军在不停地来回走动。显然，侵略军是在严密提防着清军可能会对雅克萨城发起的攻击。

只是清军根本就不想对雅克萨发起什么攻击。在萨布素的统一部署下，清军士兵和赶来助战的各族老百姓一起，开始在雅克萨城的四周筑土建屋。因为老百姓人手多，当地的木材又便于取伐，所以清军建屋的速度就很快。只一天工夫，便有许多漂亮的小木屋在雅克萨城的四周出现。有的小木屋，甚至还升起了袅袅的炊烟。

站在雅克萨城楼上的托尔布津和拜顿等人对清军这一举动很是大惑不解。拜顿对托尔布津言道："督军大人，这些野蛮人不像是来攻城，倒像是来这里过日子的……"

托尔布津皱着眉头言道："莫非，清军是想把我们一直围困在这里？"

拜顿笑了："督军大人，清军能围得住吗？我们城堡里有充足的粮食，还有充足的水井，清军又能围困到何时？"

托尔布津也笑了："我敢肯定，不出三个月，伟大的沙皇陛下一定会派援兵到来！"

托尔布津为何说出"不出三个月"之语？原来，雅克萨城堡里的粮食虽然很"充足"，但充其量，也只能勉强维持三个月左右。这里便出现了这么一个问题，如果三个月之后，没有援兵到来，托尔布津和拜顿又将如何？

于是，第二次雅克萨之战便出现了这么一种奇怪的现象：沙俄侵略军紧闭雅克萨城门，高低不出来；而清军也只是紧紧地围住雅克萨，始终不攻城。如果不是清军的那些大炮和雅克萨城墙上的那些炮楼，这里几乎没有丝毫的战争气氛。

然而，战争又毕竟是残酷的。不说别的，单以守战壕的那一千名清军官兵为例，整天地待在那狭小的战壕里，吃喝拉撒睡都在里面，只是晚上，才能分散地悄悄地偷偷爬出战壕吸一口空气看一眼夜空，其滋味儿又当如何？

而在后方的萨布素，也只能利用夜间偷偷摸摸地派人去给战壕里的清军送吃的喝的。好在战壕里的清军官兵士气都很高昂，那种苦、那种闷，他们全然不放在眼里。有一回，萨布素亲自带人给战壕里的清军送东西，战壕里的清军官兵纷纷向萨布素表示，只要能够困死罗刹兵，他们就是在战壕里待上十年八年，也心甘情愿，听得萨布素差点当着众人的面掉下泪来。

相比较而言，雅克萨城里的沙俄侵略军似乎过得十分舒服。不愁吃的，也不愁喝的，托尔布津和拜顿等人，几乎整日地待在城楼上晒太阳看风景。晒得烦了、看得累了，托尔布津和拜顿还会命手下朝城外轰他几炮。有一回，清军停泊在黑龙江上的战船没留神靠北岸太近了，被侵略军的大炮击中了一艘，燃起火来，乐得那个拜顿差点从城楼上摔下来。

当然，无论是托尔布津还是拜顿，其内心都是相当着急的。雅克萨已经被清军围困一个多月了，他们不敢轻易出去，又始终没有援兵到来，这种僵持局面，到底要持续多久？

而实际上，侵略军是有"援兵"往雅克萨来的，只是这些"援兵"来得人数太少，全被清军和老百姓给打跑了。一次是从尼布楚方向来的，大约七八十个侵略军，好像是来侦察雅克萨动静的。萨布素对此早已知觉，便抽调出几门大炮和二百余名清军在半路上截击，一顿炮轰之后，那七八十个侵略军士兵魂飞胆丧，狼狈地向西逃去。从此，尼布楚方向再也没有向雅克萨派出什么"援兵"。还有一次，也不知道是从什么地方流窜过来六十多个侵略军士兵，可能是迷了路，又累又饿，竟误闯入清军和老百姓驻扎的营地里，清军士兵还未来得及动手，那些愤怒的老百姓就群起而攻之，将那六十多个侵略军士兵活活打死了一多半，少数腿长跑得快的侵略军，才侥幸逃生。尽管这流窜过来的侵略军并未给清军营地造成什么威胁，但萨布素却从中得出一个教训：不能只派人监视尼布楚方向的动静，应当全方位地提高警惕。好在上面两件事情发生之后，再也没有别的什么侵略军来骚扰清军和老百姓。这样，萨布素和清军便可以一心一意地围困雅克萨了。

清军围困雅克萨四个多月后，时令已进入冬季。雅克萨城堡内，只要是能果腹的，已全部被侵略军吃光，只要是能取暖的，也全部被侵略军烧光。纵使如此，雅克萨城堡内，开始出现了饿死人、冻死人的现象。那些体弱多病的侵略军，一个个相继地被饿死、被冻死。

一开始，拜顿还命人将那些饿死或冻死的人掩埋起来，但很快，就无人再去掩埋了，因为，即使活着的人，也早已被饿得、冻得气息奄奄，谁还能去干掩埋那样的力气活？更主要的，那些被饿死、冻死的人，虽然早已骨瘦如柴，但在如柴的骨头上，总还有一些血肉，这些血肉被掩埋在泥土里，岂不是太可惜了？所以，雅克萨城堡里的沙俄侵略军，便开始活人吃起死人来。一开始，死人比较少，不够活人吃的，但紧接着，死人越来越多，活人似乎怎么吃也吃不完了。然而，吃来吃去，雅克萨城堡里的死人却越来越多、活人却越来越少。原因是，死人再多，终有被吃完的时候，更重要的原因是，也许是上天要惩罚这些作恶多端的侵略军吧，雅克萨城堡里的沙俄士兵，不知从什么时候开始，流行起了一种致命的坏血病。这样一来，沙俄侵略军死亡的速度便越来越快，死亡的人数当然也就越来越多。

到1687年1月（清军整整围困雅克萨城六个月之后），雅克萨城堡内的沙俄侵略军，只剩下包括拜顿在内的二十二个人（据俄国有关史书记载，到清军完全撤围为止，雅克萨城内幸存的俄军共六十六人，1687年10月，俄国政府奖赏了这六十六个人）。拜顿已病危，其他的人也都染病在身。

　　然而，就在雅克萨城堡唾手可得的时候，大清朝兵部尚书明珠赶到了卜魁城，然后同彭春一道，又赶到了雅克萨城外萨布素的大营里。萨布素本以为，明珠定是奉皇帝之命来催他早日攻下雅克萨，可萨布素万没有想到，明珠虽是奉皇帝之命而来，但皇帝的命令却是：清军立即停止攻城，速速撤离雅克萨一带。

　　萨布素对皇帝的这道旨令大为困惑。他几乎是在质问明珠道："明大人，雅克萨眼看就要全取，为什么皇上又要下令撤兵？"

　　萨布素口中的"又要"二字，乃是指的第一次雅克萨之战，清军虽然攻取了雅克萨，但康熙却下令释放了托尔布津和梅利尼克等俘虏。那一次，萨布素等人虽然自己也有困惑，但还是遵照康熙旨意而行，而且还对手下进行开导教育。可这一回，萨布素的心中却着实有些沉不住气又包不住火了。

　　尽管萨布素的态度不是那么温和，但明珠却耐心地向他解释道："萨将军，你的心情我可以理解，但是，你我作为臣子的，却都要理解皇上的旨意。皇上的意思，是不想把这场战争扩大，尽量用一种和平的方式来解决边界纷争。明某来东北前，罗刹国的使者已经到达北京，说是罗刹国的沙皇已经派了一个谈判使团正在来北京的路上，希望我们大清朝暂时停止在雅克萨的军事行动。萨将军，罗刹国既已如此，皇上当然就不会让你再攻取雅克萨了！不然，皇上还如何同罗刹国进行和平谈判？"

　　明珠的一番言论说得温文尔雅，但萨布素的怒气却似乎依然未消："明大人，皇上的意思下官自然能理解，皇上的旨意下官也不敢不遵行。但是，下官围攻雅克萨这么多天，死了那么多的弟兄，眼看着雅克萨城就要得手，可突然间，一切都前功尽弃，这叫下官……如何能心甘？"

　　明珠不紧不慢又不高不低地对萨布素道："萨将军，你心甘也好，心不甘也罢，皇上的旨意，你只能不折不扣地遵照执行！"

　　彭春见萨布素虽然不再言语，但脸色却依然难看，便走到萨布素的近前，轻轻地言道："萨兄，我知道你现在的感受。萨果素兄弟，还有那么多的弟兄，都为国捐躯了，换了我，我的心里也不会好受……可是，皇上这么做，是为了江山社稷和黎民百姓着想啊！如果能用和平的方式来解决这场争端，岂不是一件天大的好事情？"

　　萨布素苦笑着对彭春道："彭兄，你不用再劝解了，萨某岂能不明白个中利害？萨某遵旨而行便是。"

　　萨布素又悄悄地独自来到黑龙江边，走到萨果素的坟墓前，眼含着热泪对九泉之下的萨果素言道："兄弟，大哥我就要离开这里了……不要怪大哥没有为你报仇，是皇上不让我杀死那些罗刹兵啊！兄弟放心，每年的这个时候，大哥我都会来这里看你。有这条黑龙江在你身边，你也不会太过孤单的……还有，如果罗刹兵胆敢再到这里来骚扰，大哥我就一定会赶来与兄弟你并肩作战！兄弟，大哥我……这就要走了……"

随即，萨布素便遵照康熙旨令，率清军撤离了雅克萨。因为天寒地冻，道路不畅，清军先撤至古伊古达儿一带休整。天气渐暖之后，清军才陆续地全部撤到了黑龙江城。第二次雅克萨之战，就这么草草地结束了。

萨布素撤了，明珠也回京复命了。剩下彭春等人，遵照明珠的命令，派人给雅克萨城内残存的侵略军士兵，送去了粮食、衣物和干柴，还找了几个医生进城给侵略军士兵治病。直到从尼布楚方向过来一队沙俄士兵来雅克萨接应拜顿等人，彭春才如释重负地返回卜魁城。

康熙之所以下令萨布素和清军不要攻取雅克萨，自然与俄国沙皇派了使者来到北京有关。不过，这期间发生的另一件事情，似乎与康熙下令萨布素撤军也不无关联，那就是，在这一年（1687年）的早春，康熙的皇祖母博尔济吉特氏，突然病逝于慈宁宫。

说博尔济吉特氏"突然病逝"，似乎也不确切，因为，博尔济吉特氏早已老迈，且近几年来，身体也一直不是很好。虽然她的死，还称不上什么"无疾而终"，但真正能"无疾而终"的人，世上又有几个？故而，博尔济吉特氏的病逝，至少也能算得上是"自然死亡"了。人吃五谷杂粮，自然会有生老病死之虞，博尔济吉特氏虽然贵为大清朝的太皇太后，但也不可能独立于生死轮回这条自然规律之外。更何况，她还是一个比较笃诚的佛教徒，对"轮回"一说，应比寻常人有更深切的体会。据说，她在死时，是十分平静而祥和的。

博尔济吉特氏死时，康熙不在她的床侧。从这个角度来说，对康熙而言，博尔济吉特氏的死，也着实有些"突然"。这并不是说康熙对她的生死漠不关心，相反，康熙对她的病情一直都极为关注。只由于康熙当时太过繁忙，一时无暇顾及，待康熙慌慌忙忙赶到慈宁宫的时候，博尔济吉特氏已经溘然长逝了。

对博尔济吉特氏的死，康熙感到无限的悲痛。悲痛之余，康熙便为博尔济吉特氏举行了一次有清以来最为浩大、最为隆重的葬礼。无限悲痛之下的康熙，不管是有意还是无意，自然就会对东北战事有所松懈。当然，使得康熙下令萨布素及清军从雅克萨一带撤离的根本原因，还是俄国的沙皇确乎有了和平解决中俄两国边境纷争的诚意。

沙皇俄国政府于1686年1月30日，正式任命戈洛文为谈判使团的全权大使，同时任命俄国驻尼布楚督军弗拉索夫为副大使（弗拉索夫当时依然驻扎在尼布楚）。待一切准备就绪后，戈洛文于1686年2月5日，率领那支庞大的军事意图很明显的谈判使团，从莫斯科出发，开始了远东之行。

俄国派出这样庞大的使团和军队穿行西伯利亚，还是有史以来的第一次。由于俄国占领西伯利亚仅仅只有几十年的时间，沿途只有一些稀疏的据点，无法为使团提供粮食和运输工具，戈洛文一路上只好命令军队强征粮食物资和夫役差马，使得西伯利亚当地居民或则逃亡、或则起而反抗，加上路途上多是急流浅滩，戈洛文携带的大炮等辎重很难通过，故而，戈洛文使团的前进速度就十分地缓慢。至1686年的10月8日，戈洛文的使团才到达安加拉河边的雷宾斯克。

这个时候，戈洛文已经接到了尼布楚督军弗拉索夫连续发来的求援文报，知道了俄军在雅克萨被围困，情况十分地危急，于是，戈洛文就决定，先和中国打上一仗，给清朝政府来个下马威。由此不难看出，戈洛文来中国，是想扩大和中国的战争，而不是迅速地和中国进行和平谈判。

戈洛文先后数次派军队赶往雅克萨。第一次派鲍加蒂廖夫中校征召三百名哥萨克前往雅克萨，第二次派施马伦贝格上校率两百名火枪手赶往雅克萨，第三次派别查利德大尉领二百一十人驰援雅克萨。戈洛文命令这些增援雅克萨的俄军，务必在年底赶到雅克萨，和中国军队交锋，但是，由于冰雪封冻、道路泥泞，戈洛文派出的各批援军在1686年底只到达贝加尔湖东西两岸，没有赶到雅克萨。后来，清军主动停战，从雅克萨一带撤离，这样，戈洛文想扩大事态同清朝政府全面开战的企图就未能得逞。

由于气候恶劣，戈洛文的使团只好滞留在雷宾斯克。1687年3月，俄国先遣使文纽科夫和法沃罗夫从北京返回俄国，途经雷宾斯克和戈洛文会面。文纽科夫向戈洛文报告说，清朝皇帝愿意就边界问题同沙皇陛下进行和平谈判，并许诺，在俄国谈判使团到达北京之前，清军将不对雅克萨等地采取军事行动。文纽科夫同时还向戈洛文报告说，中国喀尔喀蒙古地区的局势非常地严重，侵入那里的俄军经常遭到喀尔喀蒙古人和布利亚特蒙古人、索伦人等中国人的袭击。戈洛文大感意外道："看来，我得先收拾喀尔喀蒙古地区的局面了！"

喀尔喀蒙古，即漠北蒙古，其管辖范围，东至额尔古纳河和呼伦贝尔，西达阿尔泰山，与厄鲁特蒙古相邻，南临沙漠，连接漠南蒙古，北面包括贝加尔湖周围地区。从十七世纪中叶开始，沙皇俄国的军队在窜入黑龙江流域的同时，也侵入了贝加尔湖以东地区，并在建立尼布楚、雅克萨等侵略据点的同时，又在贝加尔湖以东地区相继建立了乌的柏兴和楚库柏兴等侵略据点，其中以楚库柏兴为最大。然而，勤劳勇敢的喀尔喀蒙古人民，自俄军侵入贝加尔湖以东地区的那一天起，就对残暴的沙俄军队进行了不屈不挠的反抗，而且这种反抗的势头愈演愈烈、反抗的规模也越来越大。

戈洛文深知喀尔喀蒙古的这种反抗会有什么样的严重后果。如果这种反抗斗争进一步发展，不仅会使俄国在贝加尔湖以东地区的侵略利益化为乌有，而且将严重威胁尼布楚和雅克萨等侵略据点——这也是尼布楚的俄军为什么不能全力去支援雅克萨俄军的主要原因。所以，戈洛文便决定，在中俄谈判之前，集中力量，把喀尔喀蒙古抗俄斗争的火焰扑灭下去，加强对贝加尔湖以东地区的占领，使俄国在未来的谈判中处于一种有力又有利的地位上。

实际上，自俄军侵入贝加尔湖以东地区的那一天起，沙皇政府便开始拉拢、引诱喀尔喀蒙古的上层，企图把喀尔喀蒙古从大清朝分裂出去，为俄国沙皇所用。这一次，戈洛文从莫斯科东行，身上便携带了一封沙皇给喀尔喀蒙古领袖土谢图汗的信，信中，沙皇用赤裸裸的语言，唆使、挑拨土谢图汗背叛大清朝。沙皇政府之所以要这么一而再、再而三地拉拢土谢图汗，是因为俄国沙皇已经看出，剽悍英勇的喀尔喀蒙古人，仅靠武力是难以征服的。只不过，喀尔喀蒙古人在土谢图汗等人的领导下，对沙皇政府的拉拢、引诱根本不为所动，依然高举抗俄大旗，同入侵的沙俄军队进行了顽强而不懈的斗争。而这一次，戈洛文自恃军力强大，更主要的，还要同清朝政府进行谈判，由于时间有限，故而，戈洛文便想凭借武力从速把喀尔喀蒙古人的抗俄斗争镇压下去。

这一年（1687年），西伯利亚的春天仿佛来得特别迟，到5月中旬，安加拉河面上的坚冰才开始解冻。5月25日，戈洛文的使团从雷宾斯克启程，至9月21日，使团到达贝加尔湖东岸的乌的柏兴，不久，又继续南下，到达楚库柏兴。

戈洛文为大规模镇压喀尔喀蒙古人而制造借口说：喀尔喀蒙古人偷去了俄军一百匹马和五十头牛羊。随即，戈洛文便派遣军队蹿到喀尔喀蒙古人的各个牧场，闯进帐篷，随意搜捕蒙民，还逼迫一些头领发誓不再反抗俄国的入侵。喀尔喀蒙古民众实在忍无可忍，他们在土谢图汗等领袖的率领下，于1688年1月底，在楚库柏兴周围的要道上，密布岗哨，制止俄军出城骚扰。戈洛文命令俄军出城攻击。喀尔喀蒙古人沉着应战，从一月到四月，戈洛文的俄军虽有火枪、火炮等先进武器，但却连吃败仗，损失严重。戈洛文心惊胆战、束手无策，甚至都不敢走出楚库柏兴一步。

尽管戈洛文故意隐瞒自己的行踪好全力镇压喀尔喀蒙古人的反俄斗争，但清朝政府还是得知了戈洛文使团已经到达贝加尔湖以东地区，所以，康熙便即刻派人去通知土谢图汗等人，不要对楚库柏兴发起攻击，等待清朝政府与戈洛文使团的和平谈判。这边刀枪相见，那边却要和平谈判，康熙对沙俄侵略军是不是太过仁慈了？

土谢图汗等人虽然心有不甘，可康熙和清朝政府的命令却又不能不执行，所以，土谢图汗等人就只好在楚库柏兴城外远远地安营扎寨，进行戒备。

如果喀尔喀蒙古人就这么团团地包围着楚库柏兴，那么，清朝政府在与戈洛文进行谈判的时候，是定会占有一个极其有利的地位的。然而，就在这紧要关头，一件似乎很意外的事情发生了。这件意外事情的发生，使得喀尔喀蒙古地区的形势出现了不利于中国的急剧变化，直接影响到清朝政府在与沙皇俄国谈判中的政策，使清朝政府不得不对沙俄作出重大的领土让步。

蒙古在清朝初期主要分为两部分：一部分是喀尔喀蒙古，另一部分是厄鲁特蒙古。后来，由于种种原因，厄鲁特蒙古又分为和硕特、准噶尔、杜尔伯特和土尔扈特四部，占据着中国西北地区的天山以北、阿尔泰山以南、西至巴尔喀什湖的大片地区。不过，至少从明朝开始，厄鲁特蒙古就一直服从中央政府。

准噶尔蒙古一直游牧在伊犁河流域的肥沃牧场上，贸易较发达，力量逐渐强大，其首领巴图尔·珲台吉渐渐地成了厄鲁特蒙古四部的共同领袖。1653年，巴图尔·珲台吉死，他的儿子僧格继位。不久，准噶尔内部发生争权夺利斗争，僧格被杀。僧格的弟弟噶尔丹，击败了自己的政敌，掌握了准噶尔部蒙古实际的统治权——准噶尔部名义的统治者是僧格的儿子索诺木阿拉布坦。

噶尔丹的确是一个阴险狡诈的野心家。他取得准噶尔部实际统治权之后，在内部加紧专制集权，在外，则对邻近部族发动了一系列的兼并战争。1676年，他进攻青海和硕特部蒙古，杀掉了自己的岳父鄂齐尔图车臣汗——有点奇怪的是，噶尔丹的妻子阿奴对噶尔丹的所作所为却大加赞赏，也许，噶尔丹和阿奴，的确是志同道合的一对恩爱夫妻。接着，又打败了自己的叔父楚琥尔乌巴什。1678年，噶尔丹吞并了天山南路，后来又谋杀了僧格的儿子索诺木阿拉布坦。从此，噶尔丹统治着天山南北，控制了青海和西藏，野心勃勃，企图进一步扩大地盘，与大清王朝分庭抗礼，甚至将大清王朝取而代之。

不过，噶尔丹也还算是有些自知之明的。他情知，凭他一个准噶尔部蒙古的力量，是很难与大清朝一争长短的。也甭说大清朝了，就是那个喀尔喀部蒙古，也足以让他噶尔丹感到头疼万分了。所以，为了实现自己那勃勃的野心，噶尔丹就必须要找一个强有力的靠山。而对噶尔丹而言，最理想的靠山当然就是沙皇俄国了，因为沙皇俄国也正想找一个侵略中国的代理人。可以这么说，噶尔丹与沙皇俄国一拍即合。自1674年起，噶尔丹就多次派使者秘密赴俄联络，俄国沙皇出于自己侵略中国的需要，向噶尔丹提供了大量的武器装备。这也就是噶尔丹为什么能在较短的时间内就统治了天山南北、控制了青海和西藏的一个重要的原因。不过，在戈洛文使团到达贝加尔湖以东之前，噶尔丹的一切背叛行为还是比较隐秘的，他在表面上，依然臣服于清朝中央政府。

当得知戈洛文使团到达了贝加尔湖以东，并对喀尔喀蒙古人进行大规模镇压的时候，噶尔丹认为，他大显身手的时候到了。只要他派兵去帮助戈洛文，那么，他既可以讨好俄国沙皇，同时又可借俄国军队的手来彻底击溃喀尔喀蒙古。到了那个时候，整个大清朝的北方和西方就都是他噶尔丹的天下了，他噶尔丹就可以公开地与大清王朝撕破脸皮了。

于是，噶尔丹就找来他的妻子阿奴言道："你亲自去一趟楚库柏兴，告诉戈洛文大使，叫他准备兵力，与我里应外合，彻底击溃土谢图汗！"

噶尔丹的妻子阿奴，长得精悍俏丽，一看就属于"女强人"。她大大咧咧地回答噶尔丹道："你就准备行动吧！我一定会把你的意思原原本本地转告戈洛文大使。"

噶尔丹嘱咐道："此去山重水远，你一定要注意安全。"

阿奴爽朗地大笑道："你就放心吧！大业未成，我还不想死！"

就这么着，阿奴带了几个随从，乔装打扮一番之后，就直奔楚库柏兴而去。她这一走，噶尔丹便催起两万人马，越过杭爱山，气势汹汹地向着喀尔喀蒙古辖地开去。

喀尔喀蒙古领袖土谢图汗闻听噶尔丹大兵压来，颇感震惊，连忙从楚库柏兴一带抽调兵力，在鄂罗会诺尔抵挡噶尔丹的叛军。而楚库柏兴城内的戈洛文，接到噶尔丹妻子阿奴的密报后，早就在楚库柏兴、乌的柏兴等地准备了两千人左右的一支军队，土谢图汗的人马刚一撤走，戈洛文就带着这支沙俄军队径向鄂罗会诺尔扑来。土谢图汗遭到两面夹击，情形顿时危急万分。苦战了三天三夜后，喀尔喀蒙古人的战线全部崩溃。土谢图汗只得带着一些人向南奔逃，请求康熙保护。史书上记载土谢图汗这次溃败的情景是："各弃其庐帐器物，马驼牛羊，纷纷南窜"，"溃卒布满山谷，行五昼夜不绝"，"迁徙者蚁聚蜂屯，其色惊惶"。轰轰烈烈的喀尔喀蒙古人反抗沙俄侵略军的斗争，在噶尔丹叛军和沙俄侵略者的联合镇压下，最终宣告失败。

土谢图汗南逃，喀尔喀蒙古辖地似乎就真的成了噶尔丹叛军的天下了。噶尔丹叛军在喀尔喀蒙古辖地内，四处侵扰，随意烧杀，并大言不惭地要求清朝政府交出土谢图汗等人。而戈洛文又趁火打劫，胁迫一些喀尔喀蒙古的上层人物，要他们发誓效忠俄国沙皇陛下。少数喀尔喀蒙古的上层人物，经不起戈洛文的威逼利诱，开始与大清朝貌合神离。一时间，大清朝的北疆，狼烟四起，危机重重。

康熙得知此事后，既震惊又不安，他连忙在乾清宫召来索额图、明珠等一干亲信大臣商议对策。

有大臣提出：既然罗刹人如此嚣张，那就派大军北上，狠狠地教训一下戈洛文等人。明珠等人不同意：戈洛文是罗刹国派来和平谈判的全权大使，如果直接与他开战，恐和平谈判的意愿就将化为泡影。

索额图向康熙道："不知皇上以为如何？"

康熙面色凝重地道："朕以为，应速速派人北上与戈洛文进行谈判……噶尔丹叛乱的迹象已很明显，如果不尽快地与罗刹国达成一个和平的协议，那噶尔丹的势力就会越来越强大，控制的土地也就会越来越多。到了那个时候，叛贼噶尔丹恐怕就不好对付了……"

显然，康熙是急于要同沙俄停战，好集中全力去对付噶尔丹的叛乱。康熙这么一说，众大臣便纷纷表示同意。因为，众大臣都很清楚，如果不马上同沙俄达成一个和平协议，那大清朝就面临着同时与沙俄和噶尔丹两线开战的问题，而如果与沙俄达成了和平协议，那沙俄侵略军就至少不便直接参与噶尔丹的叛乱。

于是，在康熙皇帝直接安排下，戈洛文从楚库柏兴派到北京来的一个使者科罗文，又从北京返回了楚库柏兴。科罗文为戈洛文带去了康熙皇帝的旨意：清朝政府愿意在楚库柏兴与戈洛文使团举行谈判事宜。科罗文还告诉戈洛文：清朝政府的谈判代表团已经离开北京向楚库柏兴而来。

戈洛文对康熙及清朝政府这么迅速的行动很觉意外。他本来的打算是，利用噶尔丹的公开叛乱，扩大沙俄在贝加尔湖以东的侵略势力范围，同时也可以大大增加在未来谈判中的筹码。但没想到，清朝政府的谈判使团这么快就朝楚库柏兴开来，而戈洛文还没有任何理由加以拒绝，这该如何是好呢？

戈洛文毕竟属于那种老奸巨猾之辈，他一边命令沙俄军队在乌的柏兴、楚库柏兴一带集结、戒备，打算万一清朝政府的谈判使团如期到来后，利用这一带的军事力量胁迫清朝使团在谈判中就范，一边派人把那个噶尔丹叫到了楚库柏兴。

你道戈洛文要找噶尔丹作甚？原来，戈洛文要噶尔丹的叛军设法阻止清朝政府的谈判使团到楚库柏兴来。戈洛文毫不掩饰地对噶尔丹道："如果清朝政府的谈判使团顺利地到达这里，那我的军队，就无法配合你行动了！"

戈洛文口中的"配合"二字，是指帮助噶尔丹大肆镇压、屠杀喀尔喀蒙古人。土谢图汗虽然战败，但喀尔喀蒙古人却还有很多，凭噶尔丹一己的力量，是很难完全控制喀尔喀蒙古的。故而，听了戈洛文韵话后，噶尔丹马上就心领神会地道："大使阁下放心，清朝的谈判使团，绝不可能到达这里！"

戈洛文"哈哈"一笑道："待博硕克图汗（指噶尔丹）完全统治了这里，我愿意向沙皇陛下建议，与你结成联盟。"

噶尔丹几乎是感激涕零地道："大使阁下果能玉成此事，那我的一切，不仅伟大的沙皇陛下可以任意支配，就是大使阁下，也可以任意支配！"噶尔丹这一番言论，已经是一个彻头彻尾的叛国贼、卖国贼了。后来，戈洛文还真的向俄国沙皇提议与噶尔丹结盟一事，只是由于种种原因，俄国沙皇并没有同意。

暂且搁下戈洛文和噶尔丹在楚库柏兴如何谋划不提，且说清朝政府的谈判使团，于1688年5月30日，出北京德胜门，浩浩荡荡地向北方而去。

清朝政府谈判使团的首席代表，是领侍卫内大臣兼吏部尚书索额图，第二谈判代表是都统、国舅佟国纲。其他的谈判代表有：理藩院尚书阿尔尼、左都御史马齐、护军统领马喇。使团中还有两个汉族官员：一个是兵部督捕理事官张鹏翮，一个是兵科给事中陈世安。另外，还有两个外国传教士充当译员。

清朝政府谈判使团除了谈判代表、官员及译员外，还携带护卫部队八百人，由都统郎谈（曾参加过两次雅克萨战争）、班达尔善等人率领。此外，还有一支庞大的后勤队伍，携带着大批粮食物资及驼马牛羊。因为从北京到楚库柏兴，相距数千里，沿途大多是山岭和沙漠，人烟稀少，缺粮缺水。

谈判使团离开京城前，康熙对索额图等人做了一番重要指示。这番指示，也就是索额图等人和戈洛文谈判的纲领和前提。其关键内容如下：尼布潮（尼布楚）、雅克萨、黑龙江上下，及通此江之一河一溪，皆我所属之地，不可少弃之于鄂罗斯（俄罗斯）。也就是说，康熙以为，尼布楚、雅克萨、黑龙江上、中、下游，包括通向黑龙江的每一条河、溪，都是大清朝的土地，绝不可让与沙皇俄国。

当索额图问起：如果戈洛文不同意，怎么办？康熙回道："……否则，尔等即还，不便更与彼议和矣！"

康熙的意思是，如果戈洛文不同意清朝政府的谈判条件，那索额图等人就马上返京，不要与戈洛文再进行谈判。

从此不难看出，虽然康熙当时很想尽快地与沙皇俄国达成一项和平协议，但收复失地，保卫国家领土完整的决心却非常的大。只可惜，由于后来喀尔喀蒙古一带的局势进一步恶化，康熙又不得不修正自己此番的这种决心。

康熙十分重视这次谈判使团的派出，亲自将索额图等人送出了北京的德胜门，又特派自己的大阿哥胤褆代替自己在德胜门外的清河镇设座赐茶，为谈判使团钱行，使得索额图等人大受感动。

清朝政府谈判使团于1688年5月30日离开北京后，一路北上，开始的十多天还比较顺利，6月15日便到达归化城（今呼和浩特），但接着，使团的行程就比较艰难了，因为由归化城往北，就进入喀尔喀蒙古的辖地，这一带多是广阔的沙漠，饮水就成了使团一个非常难解决的问题，加上当时的天气又十分炎热，清朝使团中几乎每天都有人马死亡。尽管如此，清朝谈判使团在索额图的指挥下，依然顽强地不屈不挠地向前跋涉着，并于7月5日到达了克勒阿祭拉漠。再往前走不远，便是土谢图汗的兄弟哲布尊丹巴·呼图克图的驻地库伦。

索额图对国舅佟国纲等人言道："只要到了库伦，我们缺水少粮的状况就会得到改善！"

清朝使团上下数千之众，一起鼓足精神，向库伦开去。然而，索额图等人没行多远，便碰上了一批又一批向南逃徙的喀尔喀蒙古人。原来，噶尔丹在清朝使团到达库伦之前，率叛军抢先攻占了库伦，打败了呼图克图，大肆烧杀，已经将库伦变成了一座废墟。

巧得很，索额图还遇见了那个呼图克图。呼图克图悲怆地对索额图道："大人，那叛贼噶尔丹，勾结罗刹，杀我同胞，裂我土地，吾皇陛下不能不闻不问啊！"

索额图安慰呼图克图道："你就放心地率众南下吧！吾皇陛下不会不闻不问的。你和土谢图汗的土地，那叛贼噶尔丹抢不去！"

呼图克图率众凄凄惨惨地南下了，但索额图一行人却陷入了进退维谷的境地。继续前进，势必遭遇到噶尔丹叛军，噶尔丹正处于一种丧心病狂的状态中，他什么事情做不出来？清朝使团虽然有数千之众，但大多是后勤人员，真正的军队只有八百人，以八百人去闯噶尔丹叛军营地，无疑是以卵击石。可不继续前进，又不便折头南归，使团的任务就是北上楚库柏兴去和戈洛文谈判的，怎能半途而返？进也不能，退也不能，索额图等人可真是一筹莫展了。

一筹莫展中，索额图只得命令使团在原地待命，一边又急派人手火速赶回京城向皇帝禀明情况。7月22日，康熙派人赶到使团驻地，命令谈判使团折回北京。索额图遵照皇帝旨意，派参领索罗希带少数人手绕过库伦前往楚库柏兴，向戈洛文通报清朝政府谈判使团受阻一事，建议中俄谈判日期推迟，具体的谈判日期和地点由戈洛文派人到北京商定。清朝政府的谈判使团第一次出行就这样无功而返了。

1688年的12月，康熙亲派兵部尚书明珠前往楚库柏兴，敦促戈洛文尽快派使者来京商定。这一回，戈洛文尽管闪烁其词，但最终还是答应明珠，一定尽快派使者去北京。

你道戈洛文为何会答应明珠？原来，沙皇俄国在西方同土耳其的第二次战争中，吃了败仗，在克里米亚半岛，沙俄军队被土耳其军队打得人仰马翻，溃不成军。俄国沙皇深恐戈洛文在中国做得太"过火"而激怒了清朝政府，那俄国军队就要同时在东、西两线开战，所以，俄国沙皇就急急地通知戈洛文：可以同清朝政府谈判了，还可以考虑让出雅克萨。

只可惜，康熙及清朝政府并不知道沙俄军队在克里米亚半岛吃了大败仗，而狡猾的戈洛文又一直装腔作势，不然的话，康熙就不会对沙皇俄国作出那么大的领土让步了。

1689年初，戈洛文派洛吉诺夫作为自己的使者前往北京。洛吉诺夫领数十随从取道尼布楚、卜魁等地，于5月23日抵达北京。康熙派索额图接见洛吉诺夫。因为康熙只想着尽早地与俄国进行谈判，所以谈判的时间和地点均由洛吉诺夫选定。洛吉诺夫依照戈洛文的指令，将中俄双方谈判的地点定在了尼布楚。谈判的时间没有确定，洛吉诺夫只是说："戈洛文大使阁下已经前往尼布楚，希望贵国也尽快组团从速前往。"索额图把与洛吉诺夫商谈的结果禀告康熙，康熙没有异议。

　　清朝政府很快就组建成了一支庞大的谈判使团。这支谈判使团与上一次的谈判使团没有多大的变化，依然由索额图任首席谈判代表。不同的是，因为这次谈判的地点是在尼布楚，所以康熙就特地钦定黑龙江将军萨布素也作为谈判使团的一员。还有一点不同是，康熙听说尼布楚一带已集结了大批沙俄军队，所以康熙就大大地增加了随使团前往的清军人数，以确保使团成员人身安全。上一次使团出发只携带了八百名军人，而这一次，随使团前往尼布楚的清军，步军有一千多人，水军也有一千多人，水步军合计约三千人。而庞大的后勤队伍，人数至少是军队的两倍以上。整个清朝政府的使团，总人数几近万人。康熙派这么庞大的一个使团前往尼布楚，自然是有炫耀大清国力的意思。

　　不过，索额图此次前往尼布楚，心中多少有些不踏实。因为，他在离开北京前，曾和皇帝有过这么一段对话：

　　索额图问康熙道："皇上，微臣此次前往，该如何与罗刹人谈判？"

　　康熙轻轻地反问道："以索爱卿之见，当如何？"

　　索额图不假思索地回道："依微臣所见，一切当以皇上前次所定，以尼布楚为界，尼布楚以下，都是大清领土。如果罗刹人不同意，臣请即刻回京！"

　　康熙却默然。少顷，康熙缓缓地言道："索爱卿，如果以尼布楚为界，那罗刹人想与大清贸易往来，就没有了栖身之地，罗刹人……未必会愿意……"

　　索额图不由一怔："皇上如此说，微臣着实有些不明白……请皇上明示！"

　　康熙低低地言道："朕以为，爱卿与罗刹人谈判时，可以先要求以尼布楚为界，如果罗刹人坚持索要尼布楚，爱卿可以退而要求以额尔古纳河为界……爱卿切记，如果罗刹人还要得寸进尺，则爱卿一定寸土不让！朕虽迫切需要与罗刹人和平相处，但朕决不会割让朕的大片领土！"

　　额尔古纳河从南边流入黑龙江，大约位于尼布楚和雅克萨的中间。索额图略略惊讶道："皇上，尼布楚乃大清固有领土，怎可白白地让与罗刹人？"

　　康熙微微叹息道："索爱卿，那叛贼噶尔丹气焰日盛，若不尽快剿灭，则后患无穷啊！为此，朕只能对罗刹人作出些许的让步。如若不然，大清与罗刹两国一时就不可能有和平。而朕现在最需要的，就是和平啊！"

　　不难看出，康熙之所以会对沙皇俄国作出如此重大的领土让步，主要的原因，就是那噶尔丹已经在开始分裂大清王朝了。换句话说，康熙对沙皇俄国让步，着实是出于无奈。

　　索额图冲着康熙重重地点头道："皇上既如此说，微臣便全明白了。请皇上放心，微臣此番前往尼布楚，一定不辱使命！"

　　索额图率众于1689年6月13日离开北京城，前往黑龙江上游的尼布楚，而黑龙江将军萨布素等人则于6月11日由黑龙江城乘船往尼布楚而去。萨布素等人是7月

26日到达尼布楚的，而索额图等人则晚了几天，于7月31日抵达尼布楚。然而，沙皇俄国谈判团的全权大使戈洛文却不见踪影。索额图质问沙俄谈判团副大使、尼布楚督军弗拉索夫道："我等已经来此，贵国戈洛文大使为何迟迟不到？"

弗拉索夫搪塞道："定是路途太过遥远，所以戈洛文大使才迟迟未到……"

索额图冷冷地驳斥道："从楚库柏兴到尼布楚，不过数百里，而我等来此，又何止千里之遥，究竟什么才叫路途遥远？"

弗拉索夫只得讪讪地回道："具体情况，我也不知，还是等戈洛文大使来了之后，你再去问他吧……"

实际上，戈洛文是故意姗姗来迟的，目的是想在清朝政府代表团的面前摆摆架子。一直到8月19日，戈洛文才带着他的使团及两千名左右士兵，慢腾腾地来到了尼布楚。到了尼布楚之后，戈洛文并不想马上就进行谈判。索额图义正词严地对戈洛文道："贵国使团姗姗来迟于先，又推三阻四在后，显然没有多少谈判的诚意，既如此，我等也就没有必要再待在这里了！"

听索额图如此说，戈洛文心中着实有些惊慌。尽管就戈洛文本人来说，他根本就不想与清朝政府进行什么和平谈判，但沙皇的旨意，他终究也不敢违抗。所以，权衡再三，戈洛文还是在到达尼布楚的当天就与索额图进行了第一轮正式会谈。第一轮会谈，主要是双方各自摆明观点和意见。这种观点和意见自然出入很大，最大的出入点便是，戈洛文坚持在黑龙江流域以雅克萨为中俄分界线，而索额图则坚持以尼布楚为中俄分界线。因为是第一次会谈，双方也没怎么太过争执，只戈洛文时不时说出一些武力相威胁的话，但索额图却对此一笑了之。休息了几天后，双方进行第二轮谈判。看起来，双方都对自己的观点和意见作了一些修改，但关键的问题，也即在黑龙江流域到底以什么地方为分界线的问题，双方却依然故我，各不相让。中俄双方的第二轮会谈，以不欢而散而告终。

在这之后的十多天里，虽然中俄双方的首席代表索额图、戈洛文没有举行正式谈判，但中俄双方代表团的其他成员却频频接触。最后，清朝政府代表团表示：可以让出尼布楚。而沙俄政府代表团也表示：愿意让出雅克萨。

关键的问题解决了，中俄双方的首席代表索额图和戈洛文便又面对面地坐在了一起。1689年9月7日，即康熙二十八年七月二十四日，索额图和戈洛文分别代表清朝政府和俄国政府，在《中俄尼布楚条约》上签字。

【第十七回】

守疆域将军丧命，克叛匪御驾亲征

伊犁是一个美丽富饶的地方，但在当时，却是噶尔丹叛军的根据地和大本营。噶尔丹和他的妻子阿奴就居住在这里。

噶尔丹叛军早就侵入到喀尔喀蒙古腹地，为何又退回到了西北的伊犁？只因为，《中俄尼布楚条约》签订得似乎太快了。条约签订好了之后，噶尔丹还未能完全控制喀尔喀蒙古地区，沙俄军队一撤，清军就大批开进，随即，土谢图汗又带着喀尔喀蒙古人返回了家园。噶尔丹虽然兵马众多，但失去了沙俄军队的直接配合，他也不敢留在喀尔喀蒙古地区与清军和喀尔喀蒙古人抗衡，故而，噶尔丹只得咬牙切齿又灰心丧气地和妻子阿奴一起撤回到了伊犁一带。当然，噶尔丹虽然离开了喀尔喀蒙古，但霸占喀尔喀蒙古的野心却从未消失。回到伊犁之后，噶尔丹一边在新疆等地招兵买马，一边屡次派人去沙皇俄国求助。

1690年的7月底，"抚远大将军"福全和副将明珠，率两万清军西去。与此同时，"安北大将军"常宁和副将索额图也率两万清军西去。而康熙，则亲率三万清军浩浩荡荡地离开了北京城，准备亲往乌兰布通，与噶尔丹叛军一决高低。

随同康熙一起西去的，除赵昌、阿雨等一干侍从外，还有朝中十几位大臣。另有两个人也不能不提，一个是已经被康熙革去都统之职的国舅佟国纲，一个是康熙钦定的大清太子二阿哥胤礽。佟国纲是奉康熙之旨前去戴罪立功，而胤礽则是向康熙主动请缨要去参加平叛战斗。康熙考虑到胤礽已经十七岁了，是个大人了，作为大清国的太子，应该到战场上去锻炼锻炼，所以就同意了胤礽的请求。不过，在离开京城前，康熙曾再三叮嘱佟国纲：在战斗中，一定要确保二阿哥的安全。然而，康熙未能亲往乌兰布通。在走到一个叫波罗和屯（今天河北省隆化县城境内）的地方时，康熙突然发起高烧来，且一连三日，高烧不止。康熙这一发烧，不仅把赵昌、阿雨等侍从及十几位朝中大臣吓得不轻，而且那三万清军也只得在波罗和屯一带滞留了下来。

清军这一停留下来，可急坏了太子胤礽。胤礽此番积极主动请战，就是听了索额图的劝告，要改变自己在康熙心目中的不良印象。可是，清军滞留在波罗和屯，胤礽还如何表现自己？

所以，这一天，也就是康熙抵达波罗和屯的第三天，晚上，康熙经御医调治之后，高烧略有下降，正与环伺榻边的众大臣小声议论着什么的当口，胤礽大踏步地跨进了康熙的临时住房，且大声地言道："父皇，儿臣的两个皇叔（指福全和常宁）早已领兵西去，我等这般滞留于此，岂不要贻误了战机？"

应该说，康熙染病在身，又正与众大臣在说话，而胤礽如此冒失地闯进来又如此冒失地发问（实际上几近于质问了），确实是很不礼貌的。然而，康熙对此却大为赞赏："皇儿，问得好！朕正与众爱卿在商谈此事呢！皇儿你说说看，却待如何？"

胤礽高声言道："儿臣以为，父皇有疾，可以在此停留。但三万大军，却不可在此停留一日，当速速西去，与两位皇叔汇合，一举歼灭叛军！"

"好！"康熙的声音竟然十分地洪亮。显然，他对胤礽的这一番话相当地满意。他召过佟国纲，轻声地言道："国舅，朕染病在身，看来是不可能再去乌兰布通了。朕现在决定，就由你和太子一起，率这路清军，快马加鞭，火速西往，争取在预定的时间内，和南北两路人马一道，将噶尔丹叛军，在乌兰布通，围而歼之！"

因为康熙连续高烧，身体十分虚弱，说起话来就难免有些断断续续的。佟国纲非常凝重地回道："皇上放心，臣一定和太子一道，如期赶到乌兰布通！"

康熙点点头，又低低地吩咐道："国舅，太子年轻，定然气盛，你要多多地加以劝导！"

佟国纲应道："臣一定会设法保护太子的安全的！"

康熙又召过胤礽，先是仔细地端详了一番，然后笑吟吟地言道："皇儿，朕不能亲往乌兰布通，你就替朕多杀死几个叛匪吧！朕会在这里，等候皇儿你凯旋的消息！"

胤礽腰板一挺，硬硬地回道："父皇，儿臣此一去，那噶尔丹叛匪，定将作鸟兽散！"

噶尔丹和阿奴的防线分为内外两层。外层防线便是那驼城，驼城的后面，潜伏着一万五千名叛军官兵，由阿奴指挥。内层防线由一些建筑物和新挖掘的战壕工事组成，里面掩藏着两万名叛军骑兵，由噶尔丹指挥。

噶尔丹和阿奴的意图是，利用驼城来消耗清军的兵力和锐气，待清军攻也不得退也不能之时，噶尔丹便率那两万名养精蓄锐的叛军骑兵，倾巢出动，一举将清军打垮。从战术构思上来看，噶尔丹和阿奴的这种想法不乏可取之处。因为要以少胜多，就必须出奇招和险招。但这却需要一个必要的前提，那就是，噶尔丹和阿奴的驼城，是否能够消耗清军的兵力和锐气，如果答案是否定的，那噶尔丹和阿奴的一切计划就只能化为泡影。

噶尔丹和阿奴本来以为，他们的驼城，至少可以抵挡清军五天的进攻，而五天之后，清军所携带的粮草恐怕就所剩不多了。但战斗的结果，却大大出乎噶尔丹和阿奴的意料。

清军完成了对叛军官兵的战略包围之后，已是到达乌兰布通的第二天。各路清军统帅马上就召开了联合会议，会上，佟国纲比较详细地叙述了上次在乌尔会河兵败的经过，末了，佟国纲深有感触地言道："叛匪的那些骆驼，确实不可小觑，稍稍处理不当，我军必吃大亏！"

参加会议的裕亲王福全、恭亲王常宁，还有索额图和明珠等人，一时都不知该如何去对付叛军的那些骆驼。裕亲王福全——各路清军总统帅——不无忧虑地道："如果不能想出一个好办法来去对付叛军的那些骆驼，那我们就很难速战速决……"

索额图接道："不解决好叛军骆驼的问题，我们就不能缩小包围圈，这样，叛军就很容易溜掉！"

可是，几个人议论来议论去，就是找不到一个可以让大家都满意的方法。一直默不作声的胤礽开口了。他开口的时候，脸上是一副很不屑的表情："我看你们几个都是被叛军的那些骆驼给蒙住了。那些骆驼有什么了不得的？架起大炮一轰，什么样的骆驼还不都被炸飞？骆驼一炸飞了，叛军还能往哪里逃？这么简单的问题，值得你们几个如此大惊小怪吗？"

胤礽此番话的口气，应该说是极不妥当又极不礼貌的。因为，撇开明珠不说，裕亲王福全和恭亲王常宁都是他的叔叔辈，而佟国纲和索额图则更是他的爷爷辈——佟国纲是康熙生母的兄弟，索额图则是胤礽生母的叔叔——按一般情理，胤礽是无论如何也不该用这种不屑和教训的语气对他的几位长辈说话的。但胤礽是康熙钦定的大清太子，既是太子，当然就不能以一般的情理来论了。不过，听了胤礽的话后，明珠却不禁暗暗地皱了皱眉。

胤礽的话音刚落，索额图便当即叫道："太子言之有理！叛军的骆驼，可以用我们的大炮来对付它！"

索额图这倒不是故意恭维胤礽，因为胤礽说得确实在理。事情往往就是这样。有些问题，看起来好像十分复杂，而实际上，解决的方法却非常简单。胤礽适才所言，正是这种简单的方法。也许，就是因为这种方法太过简单了，所以胤礽的脸上才会现出那种很是不屑的表情来。

福全、常宁、佟国纲，包括明珠在内，都对胤的方法没有异议。众人商定：先集中清军所有大炮对着一个地方猛轰；待那个地方的骆驼被炸开一条通道之后，再派一支清军精锐骑兵冲进骆驼圈里，把躲在骆驼背后的叛军消灭掉；然后，所有清军迅速收拢包围圈，将剩余叛军紧紧地包围在第二道防线里，力争全歼。

剩下的问题是，该由谁去率领那支精锐骑兵。这一点非常关键，因为清军的大炮将叛军的骆驼炸开一条通道之后，那支精锐骑兵应当迅速地将骆驼后面的叛军解决掉，不然的话，清军就很难迅速地收拢包围圈，而包围圈若不能压缩到最低限度，那叛军就极有可能溜掉。

几个人当中，以佟国纲和福全的年龄偏大一些。所以，索额图和明珠，包括恭亲王常宁在内，都争着向福全请求去率领那支骑兵。几个人这么一争，便弄得福全很是为难。是呀，福全究竟该同意谁好呢？

但很快，福全就不再感到左右为难了。因为，胤礽这时候开口了。他是用一种毋庸争辩的语气开口的，他冲着众人开口道："你们都不用再争了！那支骑兵，由我去统率！"

胤礽此言一出，众皆愕然。因为，胤礽是大清太子，让他去冲锋陷阵，万一出了什么意外，谁敢承担这天大的责任？

胤礽见众人一个个都默然不言，于是便自顾一笑道："各位大人不必惊慌，我向父皇请求来此参加战斗的目的，就是要杀敌立功的。如果不能杀敌立功，我又何必离开北京城？"

胤礽向康熙请求来此参战，本是索额图在暗中向胤礽建议的，但索额图的原意，是叫胤礽一直跟在康熙的身边，并非真的想让胤礽去冲锋陷阵。胤礽没有一点点实战的经验，如果真的发生什么意外，那对索额图而言，该是多么巨大的危险？

想到此，索额图便重重地咳嗽了一声，然后含笑对胤礽言道："太子殿下，你能亲赴平叛第一线，这本身就是大功一件，不一定非得要冲锋陷阵啊？"

"对，对！"福全马上道，"索大人说得对！太子殿下不必冲锋陷阵，只需坐镇指挥便可！"

福全虽是康熙的哥哥，但也不敢让胤礽去冒险。谁知，胤礽把头一拧，异常生硬地道："不！那支骑兵的统帅，非我莫属！"

胤礽执意如此，福全只能无奈。福全无奈，其他的人也都只能跟着无奈。福全最后决定：拨给胤礽两万名骑兵，其他人等，准备收拢包围圈。在胤礽的两万名骑兵里面，还有佟国纲。因为，佟国纲不敢忘了康熙的嘱咐，要竭尽全力地保护胤礽的安全。事实是，在战斗打响之后，为了保护胤礽的安全，大清国舅佟国纲，也确实是竭尽了自己的全力。

尽管清军长途奔袭，跋涉数百里，但也还是携带了数十门大炮。也亏得有这数十门大炮，不然，清军对叛军的那道驼城，还真的没有什么好办法。虽然叛军也有数十门大炮，但那数十门大炮是分散在驼城里面的，不可能像清军炮队一样，把所有大炮都集中在一处。

当天（清军抵达乌兰布通的第二天）黄昏时，清军已经做好了一切战斗准备，但并没有马上就对叛军发动进攻，因为天还亮堂时移动大炮，容易被叛军发觉意图。天黑下来之后，清军便把数十门大炮一起悄悄地集中在叛军防线的南端。

南端清军由裕亲王福全指挥。他叫过胤礽，仔细叮嘱道："待大炮将骆驼炸开一截之后，你便率队猛冲进去。切记，只需将骆驼背后的叛军打垮便可，千万不要再往里面攻。里面的叛军工事比较复杂，得等天亮了之后再行进攻！"

胤礽大大咧咧地回答福全道："皇叔放心，我只会取胜，不会误事！"

胤礽说得信心十足，但福全不放心，又找来佟国纲言道："国舅大人，如果太子只一味地往里冲，你可要百般地劝阻啊！"

佟国纲回道："王爷放心，我一定会让太子按王爷的吩咐去做的！"

这晚的月亮好像是在故意帮清军的忙。月亮虽很大，也很圆，但就是不明，照得地上模模糊糊的，说看不清楚吧又有点看得清楚，说看得清楚吧却又什么也看不清楚。这样的月光，似乎最适合于夜袭。

福全来到炮兵阵地。他抬头看了看天，又低头看了看地，再举目望一望不远处的那些朦朦胧胧的骆驼，然后大手往上一扬，又猛地向下一劈，高声吼道："全体炮兵，开炮！"

清军炮兵早已一切准备停当。福全的"开炮"刚一脱口，数十发炮弹就几乎在同一时间内一起飞离了炮膛。数十道闪亮的光束，划出数十道闪光的弧线，煞是好看，而当数十发炮弹一起在那些骆驼的周围爆炸时，其景就更为壮观。

福全几乎是拼着性命吼叫道："打！狠狠地打！在叛匪还没有回过神来之前，炸开一条通道！"

清军炮兵个个铆足了劲儿，他们恨不得把所有的炮弹都在刹那间一起发射出去。他们是在争时间，他们争取在叛军把所有的大炮都集中在这一方面之前，就把叛军的骆驼阵炸开一大段，为太子胤的骑兵发起冲锋开辟道路。

客观地说，胤礽要亲自带队冲锋，对清军官兵的鼓舞是非常大的。太子都要真刀实枪地干了，那些清军炮兵还有什么理由不更加卖力？

一发发炮弹，准确地落在预定的目标处。叛军的炮兵虽也有零星的还击，但因为叛军的大炮太过分散，并不能对清军大炮构成什么威胁。甚至，叛军设在南面的十多门大炮，还没怎么进行还击，便已经有至少半数被清军猛烈的炮火所摧毁。

清军主帅福全看见，一发发炮弹落在那些骆驼的左边、右边、上面、下面，直炸得那些骆驼血肉横飞、支离破碎。但福全发现，尽管有许多骆驼被清军的炮火将躯体炸得粉碎，但那些没有被炮火击中的骆驼，甚至包括那些已经被炮火炸伤的骆驼，却依然首尾相连，一动不动地卧在地上。

福全不禁大为惊叹："谁训练了这些骆驼，定然是旷世奇才！"

福全看着、看着，一个念头忽然萌生出来：既然这些骆驼如此经得住炮轰，为何不可以为我所用？

想到此，福全便马上找来几个亲兵，重重地吩咐道："速去通知恭亲王爷和索大人、明大人，叫他们在太子冲进骆驼阵之后，立即领兵向骆驼靠近！"

福全的意思，是要把叛军的驼城当清军围困叛军的工事。这一点，不仅福全事先没有想到，就是噶尔丹和阿奴，恐怕也始料未及。叛军还击的炮火渐渐地有些猛烈。显然，叛军的大炮已经大都移到了南面。只不过，叛军的动作虽然比较快，但还是迟了一步。因为，经清军炮火一顿狂轰滥炸之后，叛军的驼城已经被清军炮火撕开了一个缺口。那缺口不算很大，用今天的眼光来看，大约有一百五十米的宽度。这宽度，足够清军的骑兵发起冲锋了。

福全还没来得及下令，那早已等得很不耐烦的胤礽，就迫不及待地催马向那道缺口冲去，慌得一边的佟国纲赶紧冲着左右喝道："快！上前保护太子！冲！"

两万名清军骑兵，排成五路纵队，奋不顾身地就跟着胤礽向前冲。佟国纲更是一马当先，带着一些亲兵，紧紧地护定胤礽。胤礽似乎不理会佟国纲的好意，跃马横刀，冲在队伍的最前面。这使得佟国纲一边冲锋一边又在提心吊胆。

叛军虽已在南面集中了不少大炮，但这些大炮都是用来对付清军炮兵的。待叛军慌慌忙忙地降低炮口准备向冲过来的清军骑兵轰击时已然太晚，因为，清军骑兵早已经冲到了那个缺口附近。

叛军只能尽力想堵住那个缺口。巧的是，坐镇南面防线指挥的叛军首领，正是那个阿奴。阿奴见自己苦心练就的驼城被清军炮火炸开了一个缺口，大惊失色，赶紧率着数千人向缺口扑来，企图把冲过来的清军骑兵给堵回去。但她这是怎样的一个妄想啊！

胤礽双腿一夹马肚，胯下之马便"嗖"地跃入驼城里。一个叛军士兵慌忙举枪向胤礽瞄准，可还没等他瞄准好呢，胤礽便手起刀落。那叛军士兵的脑袋，就像吐鲁番的葡萄一般，骨碌碌地滚落在地。殊不知，为了使杀人更过瘾，胤礽早在离开京城之前，就特地准备了一柄杀人不见血的大砍刀。

其他清军骑兵，见太子胤礽如此神勇，便早把生死抛诸脑后，一个催着一个地冲入缺口，迎着扑过来的叛军官兵就杀了过去。

这晚的月亮也真的是在帮清军的忙。清军的骑兵刚一冲入到驼城里面，原先模模糊糊的月光，突然间变得异常皎洁起来。

两万名清军骑兵已经全部冲入到驼城里面，开始分东西两路向躲在骆驼背后的叛军发起攻击。福全看得真切，忙吩咐手下道："快，都冲到骆驼跟前去！"又命令炮兵道："把大炮推向前，如果里面的叛匪出来增援，就用大炮轰他们！"

因为骆驼后面的叛军已经被胤礽、佟国纲率领的骑兵冲得七零八落，根本不可能再对福全、常宁及索额图、明珠等人指挥的清军进行有效的射击和拦阻，所以，清军收拢包围圈的行动就十分地顺利。

而驼城之内，战斗进行得就异常激烈。尽管胤礽、佟国纲的骑兵在人数上占优势，速度也快，但阿奴所率的那一万多名叛军官兵却十分顽强。虽然清军骑兵不时地将一个个叛军砍翻在地，但叛军却用火枪、火铳又不时地把一个个清军打下马来。

胤礽杀得性起，不顾一发发子弹从耳边射过，哪里叛军多，就催马往哪里冲。佟国纲则带着一队亲兵，始终不离胤礽左右。

胤礽正向前冲呢，突然，一干叛军挡在了前面。这干叛军有两百多人，全骑着高头大马。为首的一人，正是噶尔丹的妻子阿奴。

月光如水，静静地泻在阿奴的身上。一身戎装的阿奴，在如水的月光映照下，竟然显得是那样的楚楚动人。只不过，当时的胤礽，可没有闲情逸致去欣赏什么阿奴的美妙，更何况，阿奴再过俏丽，终也是半老徐娘。而对半老徐娘之类的女人，胤礽是从不感兴趣的。所以，见阿奴挡在了前面，胤礽便忙着把大刀往怀中一带，一抖缰绳，就要冲杀过去。

一边的佟国纲赶紧叫道："太子殿下，这女匪煞是厉害，千万不可大意……"

胤礽不觉一怔："女的？女的也当叛匪？"

敢情，胤礽还并没有看出这阿奴是男是女来。佟国纲忙提醒道："太子殿下，可不要小看这个女匪。我与阿尔尼大人曾经和她交过手，她手中一刀一剑，端的厉害无比……"

阿奴曾经用手中的刀剑同时分别攻向佟国纲和理藩院尚书阿尔尼，而佟国纲和阿尔尼都差点没招架住。但胤礽却很不以为然，他瞥了一眼佟国纲，冷冷地言道："一个女叛匪，能有多大能耐？"说着，大刀往胸前一横，就要冲将过去。

而此时的阿奴，却不想在这里久留。若在这里久留，恐怕就难以脱身了。她万没有想到她以为牢不可破、坚不可摧的驼城，似乎只是片刻工夫，就被清军的炮火炸开了一个缺口。当清军骑兵大批向缺口涌来时，她曾带着数千人手企图堵住那个缺口，可她的手下刚一扑向那个缺口，就被清军骑兵冲了个七零八落。没办法，她只好命令手下各自为战、顽强抵抗。

阿奴本想带着身边的两百多人撤回里层防线与噶尔丹会合的。她怕噶尔丹不冷静，带着那两万名骑兵冲出来，那样的话，已经缩小了包围圈的清军大队人马就很容易打一个歼灭战。尽管阿奴也不知道如何才能冲出清军的包围，但有那两万叛军骑兵在，便有了突围的资本，只要能够突围出去，就有东山再起，卷土重来的机会和希望。

阿奴既已想撤回里层防线，为何又拦在了胤礽的面前？只因为，她已经看出，这个胤礽的身份地位非同一般，而且清军的骑兵之所以一个个都那么奋不顾身，与这个非同一般的胤礽有很大的关系。虽然她并不知道这个胤礽就是大清朝的太子，但她却知道这么一点，那就是，如果能把这个胤礽打死，那清军的士气就将大为低落。也就是说，阿奴拦在胤礽的面前，其目的，就是要杀死胤礽。

阿奴可以肯定，如果让她与胤礽单打独斗，她可以在十个回合内打败胤礽。但战场上不行，胤礽的身边簇拥着那么多的清军骑兵，如果她冲上去与他搏杀，那些清军骑兵是绝不会袖手旁观的，弄得不好，她不仅杀不了胤礽，而且连自己的性命也要丢掉。噶尔丹还在里面等着她呢，她不能就这么轻易地死去。

既要保全自己，又要很快地杀死胤礽，难度自然很大。不过，在纵马拦住胤礽之前，阿奴早已经准备妥当。她自以为，她此番格杀胤礽，绝不会失手。因为她已经看出，胤礽虽很勇猛，但却是一种匹夫之勇。既是匹夫之勇，她就有办法来对付他。事实是，如果没有佟国纲在，大清太子胤礽就真的要血洒疆场了。

佟国纲虽然武功平平，但经验却十分丰富。他见那阿奴只是拦在胤礽的马前，并不主动出手，便觉事情有些蹊跷。所以他一边提醒胤礽多加留神，一边密切注意着阿奴的一举一动。

以上写了那么多的文字，其实在当时只是一瞬间的事情。胤礽对佟国纲说过话之后，就大刀一横，催动了胯下之马。胤礽的坐骑刚一举起前蹄，阿奴右手的长剑就朝着胤礽掷了过来。那长剑挟着一股寒风，直直地朝着胤礽的胸膛射去。胤礽虽然识得厉害，但马已扬蹄，身体不稳，只得慌慌张张地用大刀去封架来剑。胤礽的大刀还没有架到飞来的长剑，那阿奴左手的长刀就又脱手，并旋转着向胤礽飞来。阿奴这飞刀飞剑，的确是很厉害的杀招，只要胤礽被飞刀飞剑击中，不死也得重伤。所以，正准备跟着胤礽一起冲的那些清军骑兵，顿时就傻了眼又慌了神，一时都不知道该怎么办，一个个呆骑在马上，手足无措。

只有佟国纲看得最为真切，反应也最快。阿奴的飞刀飞剑并不是最厉害的杀招，最厉害的杀招还在后面。佟国纲看得清清楚楚，就在阿奴左手的刀向胤礽飞去的同时，阿奴的右手中，仿佛是突然间就多出了一把手枪，并且那手枪已经迅速地向着胤礽瞄准。

试想想，这么近的距离，阿奴一枪打来，胤礽岂还有命在？更何况，胤礽早已经被飞刀飞剑逼得手忙脚乱、心惊胆寒。如果没有人及时救助，胤礽只能是死路一条了。

救助胤礽的人只能是佟国纲。阿奴的枪响了，胤礽从马背上摔了下来。只是，胤礽不是被枪打下来的，他是被佟国纲用双手推下马背的。佟国纲当时唯一能做的，就是从自己的马背上纵起身来，然后不顾一切地扑到胤礽的马上，把胤礽推下去。胤礽摔下马去，佟国纲也随即摔下马去，而且，不偏不倚的，佟国纲正摔在胤礽的身上，压得胤礽禁不住地"哎哟"一声。阿奴打完枪之后就带人匆匆地跑了，这儿的清军骑兵没有一个人上去追赶。因为，大清国舅和大清太子一起都摔下马来，早已把他们吓得魂飞魄散。被佟国纲压在身下的胤礽一连叫唤了几声，那些清军骑兵也没有回过神来。

后来，还是福全带人跑过来，那些清军骑兵才稍稍地有些清醒，忙着七嘴八舌地向福全报告，说是国舅爷和太子殿下都被叛匪用枪给打到马下了。

福全之所以会跑到这里来，是因为驼城一带的战斗已接近尾声，守驼城的叛军官兵大都被歼灭，只有少数人逃到里面去了。清军遵照福全的命令，并没有追赶，而是牢牢地守着驼城，将叛军的驼城防线变作自己的防线，把剩余的叛军牢牢地困在里面。福全是因为不放心太子胤礽，这才匆匆带着人跑到这里来的。

闻听佟国纲和胤礽都被叛军用枪打下马来，福全的脑袋顿时就"嗡"地炸开了，连声音都变得像太监嗓门儿那般尖细："他们，在哪儿？"

福全刚一问话，就有一个声音回道："皇叔，我在这儿呢……"

原来，那胤礽几经努力，终于从佟国纲的身下钻了出来。见胤礽似乎安然无恙，福全便略略地放了点心："太子，你没事吧？"

胤礽活动了一下手脚："我没事儿。只是那女匪太过狡猾，我心中气闷不已！"

福全不觉松了口气。然后问身边的人道："国舅大人安在？"

几个清军士兵七手八脚地将依然躺在地上的佟国纲抬到了福全的面前。福全一见，顿时就又慌了神，因为，此时的佟国纲，在月光映照下，脸色是那样地苍白，更主要的，佟国纲早已是气息奄奄。原来，佟国纲在奋起把胤礽推下马去的时候，他的背部被阿奴的枪弹击中。这么近的距离，被火枪击中，又击中在背部，显然是致命的。

福全急忙一把将佟国纲抱住，颤抖着声音问道："国舅大人，你……怎么样？"

佟国纲异常艰难地言道："王爷，请转告皇上，太子杀敌，实在英勇……还有，我再也不能保护太子了……"

胤礽直到此时似乎方才明白，佟国纲把他推下马是在保护他。但有一点，胤礽还是不明白："他把我推下马，他自己怎么会中枪呢？"

可怜的佟国纲，为保护太子而遭到枪击，胤礽竟然还不明白是怎么一回事儿。福全高声吆喝道："快，快找医生来！"

然而，没等医生赶到，佟国纲就怆然地咽了气。一代大清国舅，就这样战死在平叛的斗争中。他如此死去，值也不值？

佟国纲死了，当然不是一件小事情。福全忙着把常宁、索额图和明珠等人召到一起，共商对策。常宁、索额图和明珠等人对佟国纲突然战死大感震惊，众人最后商定：一、尽量把佟国纲的死讯控制在最小范围内，以免影响清军士气；二、迅速把佟国纲的遗体送到波罗和屯，报皇帝知道。

据说，康熙看到佟国纲的遗体时，眼泪止不住地往下流，半晌，康熙才一边流泪一边自言自语地道："朕应该把他留在京城的……"

是呀，如果不是康熙叫佟国纲去乌兰布通"戴罪立功"，佟国纲岂会丢了性命？不过话又说回来，如果康熙不失去佟国纲，恐怕就要失去太子胤礽。如果佟国纲和胤礽二人必死一个，叫康熙来选择，康熙会选择谁呢？

佟国纲死了，乌兰布通的战斗仍在继续。在清军夺取了叛军驼城之后的第二天早晨，清军又对剩下的叛军发起了猛烈的攻势。

守卫驼城的叛军本来有一万五千人，被清军歼灭万余，剩下的三四千人和阿奴一样，都跑到叛军内层防线里与噶尔丹的两万叛军骑兵会合。也就是说，盘踞在内层防线里的叛军总人数，尚有两万四千人左右。

叛军的内层防线，主要是由一条条壕沟和一座座建筑物组成，中间还有一座小山包，噶尔丹的叛军统帅部就设在那座小山包上。总起来看，叛军内层防线虽不是很坚固，但地形较复杂，不易攻打。

清军为了尽快地结束这场战斗，集中了近四万兵力，对叛军内层防线发动了不停歇的进攻。清军的进攻由索额图和明珠负责指挥，他们先用大炮轰，然后便与叛军一条壕沟一座建筑物地进行争夺。这样的争夺战，清军的伤亡自然很大。好在叛军的大炮几乎已全部被清军缴获，这样，清军便占有绝对的火力优势。所以清军的伤亡很大，而叛军的伤亡就更大。

福全、常宁和胤礽等人，则率着剩下的清军负责防守。所谓"防守"，就是密切地注视着叛军可能有的突围。如果叛军企图在哪个方向突围，他们就会率军加以封堵。不过，在索额图和明珠的强大攻势下，叛军即使想突围，恐怕也抽不出时间来。还有，福全、常宁等人牢牢地守卫着那道驼城，即使叛军能腾出时间来突围，恐也很难越过那道驼城。驼城本来是叛军用来防御清军的，可现在倒好，却变成叛军突围的一个很大障碍了。

这里有必要简单地提一下那个胤礽。清军在向叛军内层防线发起进攻之前，曾召开过一个军事会议。会议上，胤礽不再积极地要求领兵去冲锋陷阵了，而是主动提出留下来防守。个中原因，胤礽虽没有明说，但众人的心里却也清楚，佟国纲的死，对胤礽的影响甚大。胤礽再也不想（或是不敢）在战场上建什么功立什么业了。不过，这样一来，倒省去了福全等人的一块心病。如果胤礽依然执意要领兵冲锋，福全等人还真的不太好处理。于是，福全就拨给胤礽五千人马，让胤礽负责守卫驼城的那道缺口。然而事实证明，福全的这一决定是极其错误的。

　　索额图和明珠率清军对叛军的内层防线猛攻了一整天，尽管伤亡很大，但却完成了预定的任务。叛军的一条条壕沟和一座座建筑物，几乎全为清军所夺、所毁。叛军的残余人马已经被清军压缩在了仅有的那座山包上。换句话说，噶尔丹和阿奴的叛军已经成了瓮中之鳖。清军全歼叛军，只是个时间上的问题。

　　夜幕降临之后，索额图和明珠便停止了进攻。一来进攻了一整天，官兵们很累，需要好好地休息，二来那座山包上地势比较险要，不利于清军夜攻。所以，索额图和明珠便把进攻部队撤到驼城之外福全负责防守的区域内进行休整，待明天日出之后，再对叛军发动最后的一击。无论是福全还是索额图和明珠，都对明天的最后胜利充满了信心，他们甚至都这么想：如果明天噶尔丹和阿奴拒绝投降，就双双把他们打死。

　　然而，就在这天夜里，噶尔丹和阿奴却率着他们的残兵败将顺利地突围了。他们突围的地点，便是胤礽负责把守的那道缺口。

　　胤礽当然不会故意放噶尔丹和阿奴逃走。只是因为在夜里的时候，噶尔丹和阿奴的一个使者来到了胤礽的营地，说是噶尔丹和阿奴要向清军投降，永远臣服大清皇帝。胤礽闻言，大喜过望。胤礽想：如果自己亲手捉住了噶尔丹和阿奴，把这两个叛匪头子献给皇帝，自己岂不就成了乌兰布通战役的头号功臣？故而，胤礽为了独占头功，便同意了那个使者的投降请求，而且更没有将此事报以福全等人知晓。殊不知，噶尔丹和阿奴从来就没有什么投降归顺的念头。他们派使者去胤礽处请降，目的是想麻痹胤礽，因为只有他的防区是最利于叛军突围的。噶尔丹和阿奴的目的达到了。

　　夜半时分，一支千余人的叛军队伍来到胤礽的防区缴械投降。这些叛军对胤礽说，噶尔丹和阿奴马上就带着剩下的人赶来归降。胤礽对叛军的话深信不疑，他甚至都这么在想：待会儿生擒了噶尔丹和阿奴之后，先好好地折磨他们一番，然后再把他们献给父皇。

　　就这样，胤礽便端坐在自己的大帐里等待着噶尔丹和阿奴来投降了。很快，就有手下向胤报告道：大队叛军开过来了。

　　胤礽问开过来的叛军有多少人，手下回答说共有五六千人。胤礽心中的这个乐啊，简直没法形容。他想，自己不仅生擒了噶尔丹和阿奴，还俘虏了这么多的叛军官兵，乌兰布通战役中，还有谁的功劳会比他太子胤礽大？即使那佟国纲还活着，恐也要对他胤礽赞不绝口呢。

　　胤礽左等右等，却不见那噶尔丹和阿奴来投降。胤礽正暗自纳闷呢，突地，帐外人声鼎沸、枪声乱起。胤礽情知不妙，赶紧跑出大帐。一名手下慌里慌张地跑来向他禀报道："太子殿下，叛匪不是来投降，而是来突围的……"

　　"啊！"胤礽大惊失色，刚才在帐内所做的那个黄粱美梦顿时化为乌有。他气急败坏地冲着手下吼道："快，快去把叛匪堵住！"

然而，哪里还能堵得住？胤礽只想着美滋滋地受降了，根本就没做任何防止叛军突围的准备。如果他稍有准备，他手下的五千人马是完全有可能将叛军堵在驼城里的，因为福全就在他西边不远处，福全的防区里还驻扎着索额图和明珠的大队清军，只要他胤礽能够坚持一会儿，福全等人就会火速赶来支援。

然而，胤礽一会儿也没坚持住，他的部下完全处于一种松弛状态中。噶尔丹和阿奴带着五六千叛军骑兵走过来了，胤礽的部下一点防范也没有。噶尔丹和阿奴带着叛军骑兵突然这么一冲，胤礽的部下就乱了套。几乎只是一眨眼的工夫，噶尔丹和阿奴便带着叛军冲出了驼城。这时候，胤礽的部下方才如梦初醒，纷纷追着叛军开枪放箭。可噶尔丹和阿奴的叛军，早已经消失在茫茫夜色中。

福全等人听到枪声后迅速带兵赶了过来，可除了截住几百名跑得稍慢些的叛军士兵外，大部叛军还是逃之夭夭了，包括噶尔丹和阿奴。

福全一时追悔莫及。是呀，驼城缺口那么一个重要的地方，为什么自己不去把守而要让胤礽去守卫？

福全对常宁和索额图、明珠言道："叛匪成功逃窜，责只在我一人！"

的确，太子胤礽是不会有什么错的。即使有错，福全作为清军主帅，不能够全歼叛军；也应付完全的责任。福全又对常宁和索额图、明珠言道："如果皇上严加追究，我承担全部的责任！"好在康熙并没有"严加追究"。虽然清军未能逮住噶尔丹和阿奴，康熙多少有些失望，但清军在乌兰布通一役中，至少歼灭了三万名叛军官兵，这无论如何也是一件值得庆贺的事。尤其让康熙感到高兴的是，清军从乌兰布通返回到波罗和屯之后，全军上下，几乎没有人不说太子胤礽在战斗中是如何如何地英勇，简直就到了"有口皆碑"的程度。虽然国舅佟国纲正是为了保护胤礽而死，康熙一时难释心中莫大的伤悲，但太子胤礽受到三军上下如此一致的高度赞扬，康熙也的确是感到由衷的高兴。毕竟，胤礽是他康熙钦定的未来的接班人啊！

康熙对索额图和明珠等人言道："朕敢肯定，经此乌兰布通一役，噶尔丹叛匪元气大伤，三年之内，断然不会东犯！"

诚然，噶尔丹和阿奴一下子丢掉了三万多精兵，着实元气大伤，想要在短时间内恢复过来，肯定难以做到。不过，康熙并没有因为噶尔丹叛军元气大伤就停止了彻底平定噶尔丹叛乱的步伐。相反，康熙正在为第二次平叛行动做着积极的准备。

噶尔丹兵败乌兰布通之后，逃到了一个叫科布多的地方。科布多在伊犁东北部，距伊犁有数百里之遥。那里多为沙漠，地形极其空旷，许多地方寸草不生，十分荒芜。如果清军远征于此，显然有诸多的不便。

为了加强对漠北地区的统治，也是为了清军第二次平叛做准备，康熙一面命令清军在木兰地区行围习武，提高清军的战斗力，一面又亲自与蒙古各部首领于多伦诺尔会盟，联合除准噶尔蒙古之外的其他蒙古各部力量，共同来对付噶尔丹叛乱。

1691年5月，康熙带着索额图、明珠等大臣和赵昌、阿雨等侍从并大批军队，离开北京，出古北口，溯滦河而上，到达多伦诺尔。

多伦诺尔，又名七星潭，在今承德市西北处，是当时漠北地区比较富饶的地方。康熙到达多伦诺尔之后，蒙古各部首领，包括喀尔喀蒙古首领土谢图汗，都纷纷赶到这里，听候皇帝的传谕。蒙古各部首领在清廷理藩院大臣及鸿胪寺官员的引导下，逐次被引进康熙的御帐，朝见康熙。康熙与三十多个蒙古各部首领共进御宴，在隆重而友好的气氛中举行了会盟大典。康熙首先调解了蒙古各部首领间原有的纠纷及分歧，明确了各自的领地和职责，然后郑重宣布：保留蒙古各部原有的"汗"号，取消蒙古贵族原来的济农、诺颜等名号，按满洲贵族的封号，各赐以亲王、郡王、贝勒、贝子、镇国公、辅国公等爵位。

多伦诺尔会盟，结束了蒙古各部长期以来的分裂混乱局面，加强和巩固了清朝政府对蒙古各部的统治和管辖，也为后来清朝军队远征噶尔丹叛军解决了十分棘手的粮草供应问题。当然，若从国防角度而言，多伦诺尔会盟，对加强和巩固大清国的北部边防，也有着十分重大的意义。

在多伦诺尔会盟期间，康熙曾屡次派人去约远在科布多的噶尔丹来此会盟，以促其服从清廷的统治。这就不难看出，康熙虽然早就下定决心要彻底平息准噶尔部蒙古的叛乱行为，但在康熙的心中，却依然抱有一丝和平解决叛乱的希望和念头。这固然与康熙早年的"仁慈"性格有关。然而，噶尔丹根本就不理会康熙的屡次约请，反而数次致书康熙要康熙交出喀尔喀蒙古领袖土谢图汗及土谢图汗的兄弟哲布尊丹巴·呼图克图，并密派使者去策动蒙古各部领袖叛离清朝。

康熙异常愤怒地对索额图和明珠等人道："那叛匪噶尔丹，不仅一点不思悔改，反而变本加厉地与朕为敌，是可忍孰不可忍？"

于是康熙在多伦诺尔会盟之后，并没有马上就回京城，而是在清军练兵的木兰地区停留了很长时间。以后的几年内，康熙又屡次出巡漠北地区，看视部队，熟悉地形，为第二次大规模的平叛行动做充分的准备。至1694年底，集结在木兰地区的清军已多达十万，这其中，包括黑龙江将军萨布素所率的东北清军，包括大将军费扬古等人率领的陕西、甘肃等地的清军，还有蒙古各部的武装力量。可以这么说，清朝政府的第二次平叛行动，康熙几乎调动了全国可以调动的一切军事力量。这十万清军中，有骑兵半数，大炮一百多门。

康熙决定：第二年春天，清军向噶尔丹盘踞的科布多开进，力争一举剿灭叛军。巧的是，1695年春天到来的时候，清军还未及向西北开进，那噶尔丹和阿奴就带着叛军主动地向东南进犯了。

原来，噶尔丹和阿奴逃到科布多之后，一边收集残部组建军队，一边屡屡派人赴俄国乞求沙皇给予军事援助。沙皇俄国看到噶尔丹仍然有利用价值，便决定继续支持噶尔丹叛乱。除给噶尔丹运去大批枪炮外，还派了不少哥萨克骑兵加入到噶尔丹的叛军队伍中，直接参与叛乱。

1695年春，噶尔丹拼凑成了一支由三万名骑兵和三万名步兵组成的军队，扛着沙皇俄国给的火枪，推着沙皇俄国给的大炮，同他心爱的妻子阿奴一道，又重新燃起了叛乱的战火。

噶尔丹和阿奴离开科布多前，他们的女儿钟齐海随同其侄策妄阿拉布坦特地从伊犁赶到科布多为他们送行，并预祝他们凯旋。噶尔丹和阿奴为策妄阿拉布坦的这种行为大受感动，他们以为，除了钟齐海之外，策妄阿拉布坦便是他们在世间最亲近、最值得信赖的人了。然而，噶尔丹万万没有想到的是，就是这个最亲近、最值得信赖的策妄阿拉布坦，在他最需要拉上一把的时候，却投石下井，断了他噶尔丹的后路。

噶尔丹和阿奴领六万叛军离开科布多之后，沿克鲁伦河南下，并于这一年的年底，打到了巴颜乌兰。噶尔丹扬言道："此次出兵，不打到北京城誓不罢休！"

而那个阿奴则在一边柔柔地对噶尔丹道："王爷，你打到哪里，妾身就冲到哪里！"

这一男一女的夫唱妇随还没有完全结束，便有手下匆忙报告：大清皇帝已经亲率军队逼近了巴颜乌兰。

噶尔丹和阿奴一听，不敢怠慢，忙在巴颜乌兰摆好阵势，欲与康熙决一死战。

康熙确实亲率大军逼近了巴颜乌兰。当得知噶尔丹的叛军已经南犯了之后，康熙便命令驻扎在木兰一带的十万清军迅速北上，迎击叛军。在逼近巴颜乌兰之前，康熙把索额图、明珠、费扬古和萨布素等人召到一起，布置了与噶尔丹叛军作战的方略。

康熙问众人道："各位爱卿，你们说，如果朕在巴颜乌兰将叛军击溃，叛军会逃往何处？"

索额图和明珠等人跟着康熙在漠北地区待了很长时间，对漠北一带的地形地势自然不陌生。尤其是明珠，身为兵部尚书，对漠北的地理特征更是了若指掌。所以，康熙问过话之后，明珠便马上回道："皇上，臣以为，如果我们在巴颜乌兰将叛军击溃，则叛军不管逃往何处，都必须经过昭莫多。"

"明爱卿说得对！"康熙重重地道，"昭莫多是叛军北撤的必经之地。各位爱卿，如果尔等预先在昭莫多一带设下埋伏，那叛匪噶尔丹岂不就无路可逃了吗？"众人闻言，都不觉为之一振。不难看出，康熙对第二次平叛行动，不仅信心十足，而且也早已成竹在胸了。但众人在为之一振之后，又不免隐隐地有些担心：如果都去昭莫多一带设伏了，那由谁在巴颜乌兰迎击叛军？要知道，叛军有六万之众，且武器精良，不是轻易就可以击溃的，而如果不能在巴颜乌兰击溃叛军，那清军在昭莫多设伏，岂不是就形同虚设？众人一时便很有感慨：如果再能有数万军队，那该有多好？

然而康熙似乎与众人想的不一样。他以为，以十万清军去对付六万叛军，当绰绰有余了。只听康熙仿佛漫不经心地吩咐道："费扬古大将军，你带两万人马，绕过巴颜乌兰，赶到昭莫多的西面埋伏。索额图和明珠，各带一万人马，分别赶到昭莫多的南面和北面设伏。昭莫多一带，多为树林和山峦，只要尔等精心设计，是完全有可能将叛军堵住的！"

众人闻言，又不觉大吃一惊。听康熙的意思，康熙是想留下来，亲自在巴颜乌兰与叛军正面交锋。故而，听了康熙的话后，众人一时都默然不语，只定定地望着康熙。

康熙当然知道众人的心理，他微笑着问道："各位爱卿，你们是不是不相信朕能够在这里将叛军击溃啊？"

索额图马上道："皇上，微臣等不是不相信，而是不放心。叛军人多势众，微臣以为，皇上还是不要冒这个风险。不然，微臣等实在是放心不下啊！"

索额图这么一说，明珠和费扬古等人便立即跟着附和，都以为不应由皇帝留在这里与叛军正面交锋。康熙却不以为然地笑着道："朕会有什么风险？叛军人多势众，朕的人也不少。朕的大炮比叛军的还多。更重要的是，朕的身边有萨布素将军在！萨爱卿连凶狠的罗刹兵都能打得落花流水，岂还会怕噶尔丹的这些乌合之众？"

见众人似乎还想说什么，康熙大手一摆道："都不要再说了！朕意已决！尔等速速领兵北上。尔等切记，一不要被叛军发觉意图，二要一定能够将叛军堵在昭莫多一带。如果朕在这里将叛军击溃了而尔等却让叛军跑了，那朕就要唯尔等是问，至少治尔等一个作战不力之罪。尔等是否听得明白？"康熙既如此说，众人只能唯唯诺诺。不过，在众人领兵北上之前，他们又几乎不约而同地一起找到那个萨布素，要萨布素千千万万地切实保护皇帝的安全。萨布素向索额图、明珠和费扬古等人保证道："各位大人放心，下官不仅能够切实地保护皇上的安全，还能够与皇上一道，在这里将叛军击溃！"

众人不管是否完全相信萨布素的话，却也只能各自领兵北去。待索额图等人走后，康熙郑重地问萨布素道："爱卿，依你之见，清军在这里击溃叛军的把握有几成？"

萨布素毫不犹豫地回道："只要皇上想击溃叛军，那臣在这里击溃叛军的把握就有十成！"

"好！"康熙高兴地道，"爱卿，现在你是这里的主帅，朕做你的副将。你命令朕冲向哪里，朕就冲向哪里！"

康熙自然说的是玩笑话。只有君指挥臣，哪有臣指挥君的道理？然而萨布素却仿佛是拿了鸡毛便当令箭，很是一本正经地对康熙道："皇上，自古君无戏言。皇上适才讲的话，微臣都已铭记在心。虽然微臣万不敢对皇上发号施令，但在这战场之上，恳望皇上能够听从微臣的安排。不然，微臣击溃叛军的把握，只有五成！"

所谓"五成"的意思便是，清军有可能将叛军击溃，但同时也有可能被叛军击溃。故而康熙马上就言道："爱卿，如何作战，由你全权指挥，朕决不干涉！"

康熙说的是实话。虽然他颇有韬略，却只是运用在战术方略的制定上，至于具体作战的方法，他就不能与像萨布素这样富有战斗经验的将军相提并论了。就像先前，他虽然制定了在昭莫多设伏的战略，但至于如何设伏，如何才能堵住叛军的退路，那就是索额图、明珠和费扬古等人的事了。

萨布素一声令下，清军大队人马开始向噶尔丹的叛军逼近。当时，叛军有六万人马，半数骑兵、半数步军，还有七八十门大炮。而康熙和萨布素的身边也有六万人马，也是半数骑兵、半数步军，只是大炮却有一百多门。总的来看，当时巴颜乌兰一带的清军和叛军，无论是从人数还是从实力上来看，用"旗鼓相当"来形容，当不算偏颇。

萨布素指挥着清军一直推进到距噶尔丹叛军不足两里远的地方。若再向前推进一些，就要进入叛军大炮的射程了。当时是上午，天气很好，清军和叛军都能把对方阵地看得清清楚楚。萨布素看见，叛军把七八十门大炮一溜儿摆在阵地的最前面，大炮的后面是骑兵，骑兵的后面是步军。显然，叛军是想先用大炮与清军对轰，然后用骑兵发动冲锋，最后用步兵向前推进。

于是，萨布素找到康熙问道："皇上，索大人、明大人和费大将军，大约需要几天能抵达昭莫多并设下埋伏？"

康熙回道："朕以为，两天赶路，一天设伏，三天足矣！"

萨布素点点头："那好，皇上，微臣就等待三天。三天之后，微臣再发动进攻。"

康熙有些不明白："爱卿，为何要等待三天？现在不可以发动进攻吗？"

萨布素回道："皇上，如果微臣现在就发起进攻，叛军被击溃，逃向昭莫多，索大人他们岂不是还没有赶到昭莫多？"

索额图等人是绕道而行，至少需要两天的时间才能赶到昭莫多，加上设伏准备，没有三天的时间是不够的。而如果从巴颜乌兰直接往昭莫多而去，则只需要不到一天的时间。

康熙大为惊讶道："爱卿，你一发起进攻，叛军就会被击溃？"

萨布素信心十足地回道："皇上，微臣不能迅速打败这支叛军，但迅速击溃这支叛军，料也不是难事！"

康熙将信将疑地问道："爱卿，你就这么有把握？"

萨布素静静地言道："皇上，那噶尔丹叛匪，看起来来势汹汹，不可一世，但充其量，正如皇上所言，他们只不过是一群乌合之众。更何况，自古以来，邪不压正。皇上所率，乃正义之师，而噶尔丹叛匪，却是邪恶之旅，以正义之师去击邪恶之旅，焉有一战不胜的道理？"

尽管萨布素并没有说出如何作战的方法，但他的这一番话，却说得康熙心花怒放："好，萨爱卿，就依你的，三天之后，再行进攻！"

虽然萨布素对击溃叛军充满了信心，但为了万无一失，他还是特地拨了两千骑兵专门保护康熙。他吩咐那两千骑兵的清军头领道："如果事有不测，你就赶紧护卫皇上向东撤。如果皇上不愿意撤，你就是捆也要把皇上捆走！"

尽管"捆"字多少有些"大不敬"的意味，但由此不难看出，萨布素对康熙，的确是忠心耿耿的。好在康熙这次远赴大漠亲征，并没有带什么女眷侍从，连赵昌和阿雨这样的贴身侍从都留在了乾清宫，所以，如果真的出现了什么意外情况，康熙想撤逃，也还是十分轻松和便捷的。更何况，萨布素一直坚持叫康熙留在军队的最后面，无论如何都不让康熙到最前沿去。这样，萨布素在与叛军交战时，就少了一个后顾之忧。

萨布素之所以对击溃叛军充满了莫大的信心，原因固然很多，但有这么两点至关重要：一是，皇帝亲征，清军官兵的士气显然十分高涨、饱满，有这样高涨、饱满的士气，清军官兵还不个个都能以一当十？二是，萨布素手下的那六万清军，其中大半来自东北，有不少人都曾经参加过两次雅克萨战争，特别是那些炮兵，几乎全是萨布素在东北的旧部下。除去东北清军之外，剩下的，便都是些内外蒙古各部派出的勇士了。换句话说，当时萨布素手下的六万清军，全是能征惯战和不怕死的人。有这样一支精锐军队，萨布素还怕击溃不了噶尔丹叛军？

当然，萨布素并不是想同噶尔丹叛军硬拼。拼个你死我活的，定然要两败俱伤。萨布素不想这样，他想的是，只要能够将叛军从这里打跑就行了。把叛军打跑到昭莫多，然后紧紧追赶，将叛军追赶到索额图等人设下的埋伏圈内，几路清军一合围，便可以将叛军聚而歼之。

在萨布素的指挥和安排下，清军一连三天按兵不动。清军不动，噶尔丹的叛军也没有动静。两支军队相距不足两里，就那么互相对峙着，模样确实有些奇怪。

你道噶尔丹和阿奴为何也连着三天按兵不动？原来，许许多多的叛军官兵，见到大清皇帝亲自征战，不由得萌生了许许多多的怯意。加上噶尔丹和阿奴也着实弄不清萨布素和清军的意图，所以就没敢轻举妄动。

也就是说，虽然在三天之内，清军和叛军都没有主动进攻，但双方力量的对比，却发生了一种微妙的变化。有史书说，噶尔丹的叛军开到了巴颜乌兰，当听说大清皇帝亲自率兵来征讨时，吓得"尽弃庐帐、器械，乘夜逃去"。史书上的记载虽然有些夸张，但有一个事实却是肯定的，那就是，当清军与叛军在巴颜乌兰对垒时，清军官兵个个摩拳擦掌、跃跃欲试，而叛军官兵，看到大清皇帝身边的龙旗在风中招展、飘扬，便军心浮动、无心恋战。这样一来，两军虽还未交手，而清军就已经占了上风，这也许就是康熙那无与伦比的"龙威"在起作用吧。但不管怎么说，清军这一占了上风，就为萨布素一举击溃叛军创造了极其有利的条件。

三天过去了。萨布素要开始行动了。他将近千名炮兵集合在一起，神情凝重地言道："弟兄们，你们在雅克萨，为皇上建立了不朽的功业，今天，我希望你们当着皇上的面，再立新功！只要我一声令下，你们就推着大炮，勇往直前，把叛军的骑兵部队轰他个稀巴烂！你们听明白了吗？"

全体炮兵一起响亮地回道："明白了！"

这些炮兵都是萨布素的旧部下，对萨布素的战术自然心领神会。萨布素不想用清军的炮兵与叛军的炮兵互相对轰——尽管清军的炮兵在数量上占优势——而是叫清军炮兵不顾一切地将大炮向前推，去轰击叛军的骑兵部队。这种战术，萨布素在第二次雅克萨战争中曾经运用过。当时，为了夺取雅克萨外城，萨布素命令清军炮兵不顾俄军大炮的轰炸，将大炮推到前沿，硬是轰得雅克萨内城的俄军不敢出来增援外城，为清军夺取雅克萨外城创造了条件。今天，在平叛战场上，萨布素又要如此。这一次，萨布素的这种战术还能够奏效吗？

萨布素又把两个骑兵头领叫到自己身边仔细吩咐道："待我军大炮将叛军的骑兵部队轰得一片混乱时，你二人各率一万骑兵从左右两侧径向叛军阵地冲去！注意，你们只需夺取叛军的大炮，并不要去掩杀叛军。只要能将叛军大炮夺过来，则叛军必然不敢在此久留！"

原来，萨布素是想以迅雷不及掩耳之势夺取叛军的炮兵阵地，一举将叛军击溃。应该说，萨布素的这种想法，是非常富有创意的。问题就在于，如果他真的夺取了噶尔丹的炮兵阵地，噶尔丹叛军是否会全线溃逃，如果答案是否定的，那清军与叛军就只能在巴颜乌兰一带厮杀得昏天黑地了。因为，叛军丢失了炮兵阵地，是会不惜任何代价要把它重新夺回来的。只是萨布素以为，这种昏天黑地的场面是不可能出现的。

第四天的早晨，清军的一百多门大炮突然都出现在了阵地的最前沿。萨布素一声令下，近千名清军炮兵推着大炮、扛着炮弹，旁若无人似的径直向噶尔丹的阵地走去。两军本来相距只有不到两里，清军炮兵这么大模大样地一走，使得噶尔丹的炮兵一时间大为诧异。当噶尔丹的炮兵终于回过神来，手忙脚乱地向着清军的炮兵开火时，清军的炮兵距噶尔丹的阵地只有不到一里的路程了。

尽管噶尔丹的炮兵手忙脚乱，但还是有几架清军炮车顿时被炸翻在地。可清军炮兵就像什么也没看见，什么也没发生似的，依然一步步地推着大炮向前走去。清军这一有违常规的举动，竟然吓得很多噶尔丹的炮兵惊慌失措，甚至忘了向步步进逼的清军炮兵开炮。

不仅是噶尔丹的炮兵了，就连康熙，一开始也被萨布素的这一举措弄得莫名其妙。

康熙本来是被萨布素"安排"到部队的最后面的。战斗开始后，萨布素对康熙的"安排"有些松懈，康熙就不顾左右的劝阻，跑到阵地的前沿来了。萨布素一见，很是惊讶地问道："皇上，战斗已经开始，你怎么能到这儿来？"

康熙本想回答萨布素的，可看到清军炮兵正冒着叛军的炮火向前推进时，便立即也大为惊讶地问道："爱卿，你这是做甚？"

萨布素只得回道："微臣是想用我们的炮火去轰炸叛军的骑兵。"

"哦……"康熙略一思索，便马上明白过来，"爱卿是想夺取叛军的炮兵阵地啊！"

萨布素急道："皇上，这里太危险，你还是回到后面去吧……"

但康熙对萨布素的关心一点也不理会。他继续问萨布素道："爱卿，叛军的炮火看来不够猛烈……你为何不命令炮兵还击？"

萨布素又只得回道："皇上，如果命令炮兵还击，则必然影响推进速度，还有，我们携带的炮弹有限，要把这有限的炮弹全用在叛军的骑兵身上……"

"爱卿用兵果然高明……"康熙点点头，忽而又大叫道，"炮兵开火了！"

原来，清军炮兵以损失十多门大炮的代价，终于推进到了噶尔丹叛军阵地的前沿。确切地说，是推进到了距噶尔丹叛军炮兵阵地近在咫尺的地方。近到什么程度？几乎两军的炮兵只要一抬腿，便可以跨到对方的大炮中间了。清军的大炮只有推得这么近，才可以将炮弹送到叛军的骑兵阵地上去。

这个时候，清军的炮兵就不会再沉默了。他们急急地瞄准、装弹，然后毫不客气地将炮弹和怒火一起发泄到叛军的骑兵阵地上。霎时间，噶尔丹的骑兵阵地上，火光冲天、硝烟四起。被清军炮火击中的叛军骑兵，要么一命呜呼，要么鬼哭狼嚎，而没有被清军炮火击中的叛军骑兵，则争先恐后地调转马头朝着后面的步兵阵地跑去。

萨布素见时机已到，急忙命令身边的两个手下道："快！领着你们的骑兵，包抄过去，迅速占领叛军的炮兵阵地！"

顷刻，便有两支清军骑兵，从清军阵地中冲出，如两支利箭，一左一右地向着噶尔丹的炮兵阵地射去。

康熙几乎高兴得手舞足蹈道："萨爱卿，你真的是用兵如神啊！"

萨布素却几乎是在乞求道："皇上，你还是到后面去吧……如果叛军发起反击，微臣可实在是放心不下啊！"

康熙淡淡地一笑道："萨爱卿不必多虑。如果叛军发起反击，朕马上就躲到后面去。不过现在，叛军并没有发起反击，所以朕便要在这里看看热闹。爱卿用兵如此大胆，朕岂能不好好地欣赏一番？"

萨布素正想再好好地恳求皇上几句，冷不丁地，一个骑兵头领匆匆忙忙地催马过来道："禀皇上，报将军大人，那些叛军丢下了炮兵阵地后，已经全部北撤！"

"跑了？"萨布素不觉睁大了眼，"叛军……全部都跑了？"

康熙微微一笑道："萨爱卿，你果然有神机妙算的本领啊！你说叛军只是一群乌合之众，一触即溃，这不，你刚一发起进攻，那些叛匪就都被你吓跑了！"

萨布素赶紧摇了摇头道："不……皇上，微臣却以为，叛军跑得似乎太快了些……微臣本以为，叛军至少是要反击一下的，微臣把火枪手和弓箭手都集中起来了，准备马上就冲过去，可……叛军却全跑了……皇上，叛军溜得这么快，是不是有点奇怪？"

经萨布素这么一说，康熙的双眉也不由得微微皱了一下。随即，康熙问那个骑兵头领道："叛军北撤时，队伍是否很有组织？还有，叛军的骑兵是否跑在最前头？"

骑兵头领回道："一切都如皇上所料。叛军北撤时，很有组织，步兵殿后，骑兵早已北上！"

康熙急对萨布素道："快，命令三军，轻装前进，迅速跟上叛军步兵！"

萨布素不敢急慢，先派一支骑兵小分队跟踪叛军，然后指挥三军迅速北上。萨布素还悄悄地吩咐一个炮兵佐领道："你不要急着北上。你领你的手下想办法弄些大炮带上，到时候围歼叛军用得着。"

那佐领问道："要弄多少大炮？"

萨布素回道："你能弄多少就弄多少吧，不过，要快点跟上来。还有，炮弹要尽量多带些！"

萨布素虽然指挥着清军跟在了叛军的后面，但对叛军为什么会跑得这么快还是没弄明白。他正要去询问康熙时，一个手下跑来报告道："我们的骑兵小分队遭到叛军的袭击……"

萨布素一惊："我们可有多少损失？"

那手下回道："没多大损失。是叛军的一些火枪手，袭击了一下之后就又向北跑了。"

萨布素赶紧找着康熙，将骑兵小分队遭袭击的事情禀告了。康熙吩咐萨布素道："派一支大规模的骑兵部队去突袭一下叛军的步兵，让他们知道，清军大队人马正在追击他们。"

萨布素忙派手下照康熙的话去做了，但心中却依然很不明白。康熙笑问萨布素道："爱卿是否知道叛军的步兵为何要袭击你的骑兵小分队吗？"

萨布素摇头，说："微臣实不知晓，微臣正想请教皇上……"

康熙"哈哈"一乐，道："叛军是在引我们向北追击呢！"

萨布素更不解："皇上，叛军为何这么做？"

康熙指了指北方："叛军的骑兵正赶往昭莫多设埋伏呢！"

萨布素立刻就恍然大悟过来："皇上，原来叛军是想在昭莫多打我们的伏击啊！难怪他们会跑得这么快……"

康熙大笑道："叛军比朕更了解昭莫多的地形地势，朕能想到在那儿设伏，叛军理应也会想到这一点。只不过，他们比朕想得稍稍晚了一些罢了！"

萨布素言道："皇上，既如此，那我们就应加快追击的速度。不然，叛军的骑兵发现昭莫多一带已有我们的埋伏后，是有可能逃回来的。"

康熙摆手道："萨爱卿休得慌忙。虽然朕不会打仗，但朕却也知道，只要叛军的骑兵跑进了索额图等人的埋伏圈。恐怕就很难再跑出来了。所以，萨爱卿只需集中力量把殿后的这些叛军步兵追到昭莫多就行了！"

昭莫多，蒙古语是"大树林"的意思。那里多为山岭和树木，地势极其险要。骑兵到了那儿，就不再有什么马匹的优势了。可以这么说，昭莫多是一个天然的打埋伏的战场。

诚如康熙所料，那噶尔丹和阿奴，见叛军不敢在巴颜乌兰与康熙亲率的清军交战，就不惜丢弃所有大炮，主动撤出巴颜乌兰，准备在昭莫多一带设伏击溃康熙所率的清军。由噶尔丹率大部骑兵先去昭莫多，阿奴则率步兵及小部骑兵在后面牵引着清军。只是噶尔丹和阿奴没有料到，康熙早就派了清军在昭莫多一带等着他们呢。

从早晨追到下午，已经接近昭莫多了。确切地说，噶尔丹的叛军骑兵肯定已经在昭莫多一带与设伏的清军交上了手。康熙对萨布素言道："爱卿，你现在可以加快追击速度了！"

于是，萨布素就集中所有的骑兵，对着殿后的叛军步兵发起了凶猛的冲击。一来叛军步兵和少量骑兵很难抵挡得住清军骑兵的进攻，二来阿奴以为那噶尔丹肯定已经在昭莫多一带设下了埋伏，所以，清军骑兵这么一攻，阿奴便带着手下且战且退，战得少，而退得却特别快，快到清军的骑兵都几乎追不上的地步了。

然而，到黄昏时分，阿奴便发觉事情不妙了。她正领兵往北边跑呢，却看见从北边陆陆续续地跑过来一些噶尔丹的骑兵。一经打听，阿奴差点当场晕倒：噶尔丹已经被清军包围了！

一手下大惊失色地问道："我们现在怎么办？"

后有清军追兵，前有清军埋伏，怎么办？只见阿奴一咬牙、一瞪眼，几乎是恶狠狠地道："继续向前，冲进清军的包围圈，救大王要紧！"

于是，阿奴就带着叛军步兵和少量骑兵一窝蜂地向前冲去。索额图、明珠和费扬古的包围圈，似乎经不住阿奴的冲击，很快地让开一条道，让阿奴冲进去与噶尔丹会合了。但旋即，康熙和萨布素率领的清军人马，立即就将索额图等人让出的那条道严严实实地堵住。这样一来，清军的包围圈就变得更加牢固了。十万清军，依仗有利地形，将六万叛军紧紧地包围在昭莫多一带，顺利地实现了康熙预定的战略目标。再说阿奴率队冲入清军的包围圈之后，很快就与噶尔丹见了面。噶尔丹颇为沮丧地对阿奴道："万没想到，那大清皇帝棋高一着……看来，我等今日是到了山穷水尽的地步了！"

的确，噶尔丹和阿奴这次南犯所率的六万叛军，几乎是他们全部的军事力量。如今落入清军的包围圈内，噶尔丹似乎也就真的叫天天不应，叫地地不灵了。但阿奴却不这么看。尽管她也知道此次叛军失败，她和噶尔丹就没有什么看家本钱了，但她却固执地以为，只要能够从这里冲出去，她和噶尔丹就还有东山再起的希望。所以，她重重地对噶尔丹言道："大王，不要灰心，只要能够冲出去，只要能够回到伊犁，我们就还不能够算完！"

伊犁是噶尔丹的大本营和根据地，现为噶尔丹的侄子策妄阿拉布坦把守着。如果噶尔丹真能够冲出清军的包围圈，回到伊犁，那清军一时也鞭长莫及。

"可是，"噶尔丹忧心忡忡地道，"清军已经将我的骑兵打得七零八落，我现在已经很难再把他们组织在一起了！"

阿奴回道："大王不要焦急。骑兵散了，正好可以牵制东、西、北三面清军，这样，我们就可以集中所有的步兵，从南面杀开一条血路，突围出去！"

阿奴口中的"南面"，便是康熙和萨布素所统率的清军。噶尔丹满脸忧郁地道："南面清军如此强大，我们如何才能突击出去？"

阿奴却一脸坚毅地道："大王不必多虑！待妾身率步兵冲开一道缺口之后，大王就领着骑兵突出去！"

噶尔丹将信将疑地问道："这，能成功吗？"

阿奴坚定地回道："只要想冲，就一定能够冲得出去！"

实际上，就是明知道冲不出去也要做最后的一搏。总不能在这里束手就擒、坐以待毙吧？故而，噶尔丹最后很是无可奈何地道："好吧，就冲他一次试试！"

当时，天已近薄暮。索额图、明珠和费扬古等人正忙于围歼被打散的叛军骑兵，一时还不可能冲到南面来与康熙和萨布素会合。于是，阿奴就集中了近三万名步兵和五千多名骑兵，要对南面的清军发起最后一次冲击了。

阿奴对噶尔丹言道："待妾身将清军的防线冲散之后，你就带着骑兵迅速地冲出去！"

噶尔丹似乎直到此时方才明白阿奴的用意。他连忙问道："夫人，我若是冲出去了，你可怎么办？"

阿奴异常深情地道："大王，即使妾身冲了出去，也无什么用处。但大王若是冲了出去，便可以重新招兵买马，与大清皇帝再决高低！"

噶尔丹也不禁动容道："夫人，你我恩爱多年，叫我如何能忍心抛下你不管？"

阿奴一下子露出一种非常温柔的表情来："大王，如果你真惦记着你我多年的恩爱，那就一定要从这里冲出去，日后来为妾身报仇！"

噶尔丹似乎真真切切地落下了两滴泪："夫人，如果我真的能够从这里冲出去，那我就一定会再打回来为你报仇雪恨！"

阿奴嘱咐道："大王，时间不容耽搁。如果东、西、北三面的清军包抄过来，那我们就没有任何机会了！大王还是速速地去准备突围吧！"

噶尔丹应诺一声，不敢怠慢，忙着去指挥那五千多叛军骑兵了。再看阿奴，冲着身边的人吼道："目标，大清皇帝，前进！"

好个阿奴，为了鼓舞士气，竟然一马当先，冲在了队伍的最前面。她这一表率垂范，还真的起到了应有的作用。那近三万名叛军步兵，一起强作精神，声嘶力竭地呐喊着、狂叫着，向着康熙所在的地方，发起了几乎是自杀性的进攻。

阿奴采用的是那种"射人先射马，擒贼先擒王"的战术。尽管阿奴也清楚，想要能够对康熙怎么样，几乎是完全不可能的事情，但她同时却又知道，只要集中力量对康熙所在的位置发动猛烈的进攻，则清军必将调集重兵来全力护卫康熙，这样，南面清军的防线就会出现松动，就会出现薄弱的环节，如此一来，那噶尔丹就有机会冲出包围圈了。

阿奴的这种想法还真的实现了。本来，在康熙的周围，有近两万名清军护卫，可经阿奴这么拼命地一冲，康熙周围的形势便马上吃紧。萨布素自然不敢大意，急忙从附近抽调了一万多名官兵赶到了康熙的周围。恰在此时，萨布素留在巴颜乌兰的那个炮兵佐领及时赶到，他为萨布素带来了三十多门大炮。这些大炮很快就投入使用，且也的确起到了很大的威慑作用。

一发发炮弹准确地在叛军群中爆炸，炸得叛军哭爹叫娘，心惊胆寒。一时间，许多叛军官兵不敢再往前进攻，甚至有的叛军官兵已经开始向后败退。

阿奴对清军防线中突然出现了大炮也深感意外和吃惊。那些大炮，清军都丢在了巴颜乌兰，怎么又会在这里出现？看来，大清皇帝的确是一个料事如神的人。殊不知，这些大炮全是萨布素所为，与康熙几乎没有任何关系。

清军大炮的突然出现，着实让叛军锐气大消。但阿奴深知，如果不把南线清军大部都吸引到这里来，那噶尔丹就没有什么机会冲出包围。所以，阿奴一边组织敢死队继续向前猛冲一边用自己的亲兵组织了许多支督战队。阿奴给督战队下达的命令是：不管是什么人，只要畏缩不前，一律格杀勿论。

在阿奴的胁迫下，叛军的攻势顿时就猛烈起来。尽管清军的炮兵、火枪手和弓箭手不时地将一排排的叛军撂倒，但更多的叛军却又蜂拥而上。有一次，一股叛军竟然冲到了距康熙不足两百米远的地方，着实让萨布素惊吓出了一身冷汗。

这时候天已经黑下来了。透过清军的炮火，可以看到一股又一股的叛军依然拼命地往上冲。萨布素情知，如果再从附近抽调大批清军过来，那整个南线防守，就会变得十分稀松，就会很容易被别的什么地方的叛军趁黑夜冲出去，但萨布素同时又深知，一切还是以保护皇上为紧要，如果皇帝有了什么闪失，那即使将叛军一个不漏地全歼了，也是得不偿失的。还有，萨布素已经看出，向皇帝这儿发动攻击的叛军，至少在三万人左右，如果把这股叛军歼灭了，再加上被索额图、明珠和费扬古围着的叛军骑兵，则叛军的主力基本上就没有了，即使漏网一些叛军，也寥寥无几。

这么想着，萨布素便又从附近调来了两万名清军，分左右两路，向阿奴所率的叛军包抄过去。这样一来，阿奴和她所率的叛军，纵然插上翅膀，恐也难逃了。但同时，康熙左右两侧的清军防线，只有不到一万名清军官兵把守了。而噶尔丹身边的叛军骑兵，则还有五千多，在夜色掩护下，是不难冲破清军左右防线的。也就是说，阿奴以自己和近三万名叛军步兵的性命为代价，为噶尔丹脱逃创造了充分而又必要的条件。

战至午夜，阿奴所率的三万名叛军步兵至少已死伤过半。而索额图、明珠和费扬古等人也早歼灭了叛军骑兵，开始与康熙、萨布素一起，合围阿奴。到次日黎明，除数千叛军投降外，其余叛军全部被清军所歼。

然而，噶尔丹却乘着夜色逃跑了。不过，让清军略略感到安慰的是，在一处山坡的凹地里，发现了噶尔丹的妻子阿奴的尸体。她显然是被炮弹炸死的，浑身上下血肉模糊，只一张俏丽的脸蛋似乎丝毫无损。她仰卧在地，一手握刀，一手执剑。一对水灵灵的眼睛睁得溜圆，仿佛在深情地凝望着已经逃之夭夭的噶尔丹。

康熙特意走到阿奴的尸体旁，先是默默地看了看她的死状，然后吩咐萨布素道："把这个女人就地掩埋了吧……虽然她是个叛匪，但她的英勇无畏，朕却也欣赏！"

康熙又面对着索额图、明珠和费扬古道："朕向你们保证，只要那噶尔丹还活着，朕就一定还会亲征！"

昭莫多一役，虽然噶尔丹逃跑了，但噶尔丹的叛军主力，却基本上被清军所歼灭。换句话说，自昭莫多一役后，噶尔丹便再也没有力量举兵东犯或南犯了。

实际上，噶尔丹自兵败昭莫多后，已经处于一种垂死的境地。他本想逃回自己的大本营伊犁的，可据守伊犁的他的侄子策妄阿拉布坦却布下重兵，要活捉他解送清廷。原来，策妄阿拉布坦听说噶尔丹在昭莫多惨败后，马上就派人赴北京向清廷表示归顺之意，还将噶尔丹和阿奴的女儿钟齐海也押往北京，表明他与噶尔丹彻底决裂的立场。这样，噶尔丹最后的退路便被策妄阿拉布坦彻底地断了。

这里有必要补充一点的是，策妄阿拉布坦虽然当时明确地表示臣服于大清朝廷，但在康熙末年和雍正年间，当准噶尔部又逐渐强大起来之后，策妄阿拉布坦便又与大清朝廷为敌，重燃内战烽火，最终为清军所败。这里还有必要补充一点的是，策妄阿拉布坦虽然与噶尔丹一样，都曾与大清朝廷开战，但开战的性质却有着本质的不同。噶尔丹是在沙俄侵略者的支持下发动叛乱的，他的行为，是一种分裂祖国的可耻行为。而策妄阿拉布坦与清廷开战，则属于一国之间的民族矛盾和冲突。后来，沙俄侵略者乘策妄阿拉布坦与清廷交战兵败之际，竭力拉拢引诱策妄阿拉布坦，甚至劝说策妄阿拉布坦加入俄罗斯国籍，这不仅遭到了策妄阿拉布坦的严词拒绝，而且当沙俄侵略军对准噶尔地区发动武装入侵时，策妄阿拉布坦还率领准噶尔军民对沙俄侵略军进行了英勇的反击。当然，这些都是后话。

噶尔丹不能再回伊犁，自然对策妄阿拉布坦非常气愤，可是，当时噶尔丹的身边，只剩下四千多个残兵败将，根本不可能远赴伊犁与策妄阿拉布坦一较长短。万般无奈之下，噶尔丹只好把最后的希望寄托在沙俄政府身上，乞求沙俄政府对他进行庇护。因为噶尔丹深知，就他身边这几千个人，只要清朝大军一到，他就再也没有生还的机会了。然而，令噶尔丹大失所望的是，沙俄政府根本就不愿庇护他，甚至拒绝他进入俄罗斯境内。噶尔丹对沙俄政府的这种"背信弃义"的做法自然又大为愤慨，可除了"愤慨"之外，他又无能为力。

既不能去伊犁，又不能去沙俄，噶尔丹只能带着残兵败将流窜于塔米尔河一带，成了一股名副其实的流匪、流寇。据沙俄有关书籍记载，当时的噶尔丹，"士兵不到五千人，牲畜寥寥无几，许多人连帐篷也没有……在即将到来的严冬，他们的处境非常艰难，没有食物，没有住处，没有可靠的供应来源……"

可以这么说，当时的噶尔丹，已经是走投无路、日暮途穷了。然而，尽管如此，噶尔丹也从未想过去归降清朝政府。只时不时地想起自己那心爱的妻子阿奴来。一想起阿奴，他就不禁悲从心来，潸然落泪。他常常这么顿足而泣：如果阿奴还在，自己的境遇又何至于如此悲惨？所以，有的时候，噶尔丹也确曾想到了死，只是，他似乎又舍不得他这条还在苟延残喘的性命，故而，他就像一条丧家之犬一般，带着他的残部，成年累月地在塔米尔河一带流窜，过着饥寒交迫，牛马不如的生活。

然而，大清皇帝却不想让噶尔丹继续苟延残喘下去。在康熙的心目中，大逆不道的噶尔丹，只有当年犯上作乱的吴三桂才可以比拟，甚至，康熙以为，噶尔丹比吴三桂还要让人痛恨三分。对吴三桂，康熙是不诛不快，对噶尔丹，康熙就更不会网开一面了。康熙曾对索额图和明珠等人道："朕不愿妄杀人，更不想乱杀人，但该杀可诛之人，朕也绝不会手软！"

本来，康熙对远征西北大漠还存有不少的顾虑。从北京到伊犁，路途太过遥远，且多荒漠野岭，大军出征，极为不便。现在可好了，康熙把一切都打探得清清楚楚，策妄阿拉布坦已经正式归顺朝廷，沙俄政府见噶尔丹已无利用价值明确表示放弃，噶尔丹因为平日树敌太多，无路可走，只能流窜于塔米尔河流域。此时是彻底剿灭噶尔丹叛匪的最佳时机，康熙岂会轻易放过？故而，康熙决定，第三次亲征平叛。

1697年春天，康熙带着索额图、明珠并三万精锐清军，浩浩荡荡地开到了宁夏。然后，康熙领一万人驻扎在宁夏，而派索额图和明珠各率一万精兵向北，从东西两侧夹击噶尔丹残匪。以当时噶尔丹的力量，康熙带来如此大军，也真的有些用牛刀杀鸡的意味了。

在索额图和明珠出征前，康熙笑谓二人道："你们谁能献上噶尔丹的首级，朕就重重地封赏谁！"

康熙本来也许说的是笑话，但索额图和明珠却当了真。他们本来就是康熙的近臣、朝中的权臣，若再能得到康熙"重重的封赏"，岂不就成了一人之下、万人之上的炙手可热的人物了吗？所以，索额图和明珠别了康熙之后，就像发了疯似的迅速北上。你夜行八百里，他日走一千里，俩人就像比赛似的几乎同时赶到了塔米尔河流域，并立即向噶尔丹残匪发动了猛烈地进攻。

客观地讲，清军在塔米尔河流域并没有遇到过什么抵抗。噶尔丹身边本来是有四五千人，可闻知清军要来进剿，大都作鸟兽散，待清军开始从东西两路对塔米尔河流域进行扫荡时，噶尔丹的身边，只剩下数百名死心塌地的亲兵了。亲兵再忠诚、再英勇，毕竟只有数百名，怎禁得两万清军的扫荡？所以，清军扫荡塔米尔河流域，并不是进剿什么叛军，而是奉索额图或明珠之命，仔细搜寻那噶尔丹的下落。但不知为何，清军在塔米尔河流域整整搜寻了一天一夜，也没有发现噶尔丹的影踪。索额图和明珠都不禁大失所望地想：莫非，噶尔丹又逃跑了？或者，噶尔丹已经投河自尽？

实际上，噶尔丹并没有逃跑。他深知，他已经是上天无路、入地无门了。但他又不想让清军俘虏，因为若是被俘，他的下场肯定很惨。既不想被清军生擒又无路可逃，那噶尔丹就只有一条路可走：自己结束自己的生命。

噶尔丹确是自尽的，不过不是跳河而死，而是服毒自杀。他知道自己早晚会有这么一天，所以就早早地替自己预备了毒药。在清军打到这里之前，他就饮药自尽。他死后，他的亲兵依据他的遗嘱，将他的尸体埋在了河边的沙地里。而掩埋他尸体的那几个亲兵也的确很忠诚，在掩埋了他的尸体之后，那几个亲兵也自杀了。这样，便无人知道噶尔丹的下落了。

但是，也许是噶尔丹的那几个亲兵太过匆忙，没能将噶尔丹的尸体埋得深些；更也许，是苍天不想让噶尔丹的尸体长埋地下，所以，在清军到达塔米尔河流域的第二天上午，清军的骑兵在河边上跑来跑去的，马蹄子在沙滩上刨来刨去的，不知怎么地，就那么把噶尔丹的尸体给刨了出来。这一下子可了不得了，索额图和明珠的手下，马上飞奔过去向各自的主子报告。

可以想象得出，索额图和明珠在听到发现噶尔丹的尸体后是何等的欣喜万分。两人就像是射出弓的箭一般，几乎同时蹿到了噶尔丹尸体的旁边。

明珠的岁数虽然比索额图大那么二三岁，但动作却似乎比索额图快。刚到噶尔丹的尸体旁，他就"呼"地跃下马来，仗剑便要去割噶尔丹的脑袋。但明珠的剑碰到的并不是噶尔丹的脑袋，而是索额图从对面伸过来的剑。显然，索额图的动作也不是很慢。

明珠似乎很是愕然地问道："索大人，你这是何意？"

索额图冷冷地反问道："明大人，你这又是何意？"

明珠哼道："明某的手下发现了这叛贼的尸体，明某来取他首级，天经地义！"

索额图也哼道："分明是索某的手下发现的这具尸体，明大人又何必强词夺理？"

明珠回头冲着自己的亲信们吼道："你们说，究竟是谁先发现的这具尸体？"

那些亲信们齐声回道："是属下首先发现的！"

明珠笑问索额图道："索大人，你可曾听见？"

索额图不甘示弱地也回头冲着自己的亲信们喝道："你们说，到底是谁先发现这具尸体的？"

那些亲信们同声应道："是属下首先发现的！"

索额图笑问明珠道："明大人，你可曾听见？"

明珠手中的剑弹动了一下："索大人，你今日好像成心与我明某过不去啊！"

索额图手中的剑也弹动了一下："明大人，不是我索某成心跟你过不去，而是你明大人成心跟我索某过不去！"

明珠手一挥，他身后的亲信们便"呼啦啦"地向前围拢了过来："索大人，我就不信，你今日能在我的眼皮底下把这叛贼的首级取去！"

索额图见明珠似乎要动真格的，便赶紧摆了摆手，他的那些亲信也"呼啦啦"地冲上前来。索额图冷笑着言道："明大人，我取不了这叛贼的首级，谅你也不能！"

两边的亲信一个个都剑拔弩张。只要索额图或明珠再挥挥手，一场流血冲突便不可避免。清军中几个将领闻讯，慌忙一起跑过来，劝索额图和明珠千万要冷静。末了，几个将领在征得了索额图和明珠的同意后决定，由他们另派人手，将噶尔丹的尸体完整地抬回去，恭请皇上圣裁。

就这样，叛乱头子噶尔丹的尸体，竟然被清军从塔米尔河畔用马一直驮到宁夏康熙的行营。一路上，索额图和明珠居然没说一句话。

见了康熙，索额图和明珠各执一词，互不相让，都说是自己首先发现噶尔丹的尸体的，甚至，二人还当着康熙的面大吵大闹起来。

康熙愕然问道："两位爱卿，你们一个是朕的左膀，一个是朕的右臂，平日里情投意合，从不计较，为何今日，为了一个叛贼的首级而争执得不可开交啊？"

康熙所问，自然在理，但康熙有所不知的是，当自身的重大利益受到损害时，即使平日里再"情投意合"的伙伴或兄弟，恐也会立即反目成仇的。更何况，索额图和明珠二人，既称不上什么真正的伙伴，更不是什么兄弟关系，他们只是两个攀缘着康熙这棵大树使劲向上爬的人。过去，他们各在康熙的一侧，互不干扰，倒也可以称得上是"从不计较"，可当他们都爬到康熙的一侧时，为了自己还能够顺利地朝上爬，就难免要"争执得不可开交"了。甚至，他们爬得太过火了，还会危及康熙这棵大树的生长。这个道理，康熙在以后的日子里，应该是深有体会的。只是当时，康熙见索额图和明珠为了一个噶尔丹竟然争吵得面红耳赤，委实大感诧异。

索额图的脸上，满布委屈之色："皇上，不是微臣想与明大人抢这份功劳，实是微臣首先发现的噶尔丹，当立头功啊！"

明珠立即言道："皇上，索大人强抢功劳不说，还当着皇上的面冤枉微臣，微臣恳请皇上明察……"

索额图刚想说些什么，康熙制止了："好了，两位爱卿，你们不要再争执了。叛贼噶尔丹残部已经全部剿灭，这份功劳，朕给你们一人记上一半如何？"

康熙既如此说，索额图和明珠就是心中再有不满，也不便当面说。不过，从此以后，索额图和明珠之间的关系，就再也不会像过去那般融洽了。

而实际上，自平定了噶尔丹叛乱之后，康熙的为人，似乎也发生了一个重大的变化。通俗地讲，在这之前，康熙作为一个皇帝，还称得上是开明和英明的，可在这之后，依然作为皇帝的康熙，就变得不那么开明和英明了，甚至，康熙还走上了一条糊涂和昏庸之路。这，究竟是什么原因造成的呢？

而若从另一个角度来看，也正是因为康熙晚年渐渐地糊涂和昏庸，才造就了大清朝的另一个皇帝：雍正。

第十八回

手足相争谋大宝，弟兄阋墙争皇权

这一年（1697年）的年底，在奏请了康熙的恩准后，明珠在北京城为自己过了五十大寿。

明珠过寿，自然不是一件小事。说整个北京城都被惊动了，是一点也不夸张的。虽然明珠在向康熙奏请时言称："微臣过寿，绝无声张之意。"但实际上，满朝文武，包括京畿一带的大小官僚，哪个不向他明珠送了一份厚厚的寿礼？就是那些大大小小的皇阿哥，也不敢怠慢，或派人去明珠府上献礼，或亲自到明珠府中恭贺。这其中，以四阿哥胤禛给明珠的印象最深。这倒不是说，四阿哥胤禛给明珠送的寿礼有多么多么贵重，而是因为，在明珠过寿的日子里，胤禛为明珠鞍前马后、跑上跑下的，着实勤劳，也着实让明珠感动。不知情的人还会以为，胤禛不是什么皇子，而是明珠的一个仆役。这个"仆役"，今年刚刚二十岁。

当然，在所有给明珠送的寿礼中，最特别也是最贵重且让明珠最爱不释手的礼物，是康熙所送。康熙曾问明珠道："爱卿，你即将过寿，朕究竟送你一件什么礼物好呢？"

明珠回道："微臣过寿，岂敢让皇上送礼？皇上能恩准微臣办席，微臣就已经感激不尽了！"

但康熙最终还是送给了明珠一件礼物。这件礼物不是别的，而是一件黄马褂。明珠心中这个高兴啊！放眼满朝文武，包括那个索额图在内，除了他明珠，谁还拥有皇帝的这份殊荣？拥有皇帝亲赐的黄马褂，其身份地位，不就仅次于皇帝了吗？

按常理，明珠的这个五十大寿，虽然"绝无声张之意"，但最终的结果，明珠应该是相当满意的。不说别的，就皇帝所送的那件黄马褂，也足以让明珠有充分的理由感到风光和自豪了。然而，不知何故，五十大寿一过，明珠就显出一种闷闷不乐的神情来。

原来，明珠之所以在过完五十大寿后有些闷闷不乐，其原因，正是由于那个索额图和胤礽。索额图和胤礽，就像不知道明珠要过寿似的，既没有送来什么贺礼，更没有前来赴什么寿宴。这不能不让明珠感到，在索额图和胤礽眼里，他明珠是算不上什么的。

然而，明珠只知道索额图和胤礽对他的五十大寿不闻不问，却不知道索额图和胤礽这么做的原因。实际上，明珠只要仔细地想一想便会发现这么一个问题：连皇帝都给他明珠送礼了，那索额图和胤礽又何必公开与他明珠过不去？

事实是，索额图和胤礽本来都是准备给明珠送礼的，甚至，索额图还准备去参加明珠的寿宴。只是后来，有一个人既含蓄又巧妙地向索额图暗示道：明珠过寿，不欢迎索额图和胤礽去参加。索额图想想自己与明珠之间的过节，觉得此话非常可靠，一气之下，便和胤礽取消了准备给明珠送寿礼的打算。

明珠当然不会知道这其中的缘故。明珠更不知道的是，既含蓄又巧妙地向索额图暗示的人，不是别人，正是对他殷勤有加的四阿哥胤禛。

虽然明珠对索额图和太子胤礽一直耿耿于怀，但明珠同时又知道，凭他目前的实力，还不能把索额图怎么样，更不能对太子胤礽如何如何了。如果直接去面见皇帝，自己却无真凭实据，也不好向皇上开口。更主要的，如果索额图和胤礽真的在康熙的面前对他明珠说三道四，而康熙又不对他明珠提及，那就说明，康熙对他明珠，的确是存有某种偏见了，至少，康熙对索额图和胤礽要比对他明珠信任得多。所以，明珠对索额图和胤礽，可以说是充满了怨恨，又充满了愤怒。而这一点，又恰恰是胤禛所要追求和达到的效果。

一个人的心中若是有了极大的怨恨和愤怒，那总是要找机会发泄的。平时，明珠还能克制得住自己，但酒后，特别是当饮酒过量的时候，明珠对他心中的那种怨恨和愤怒，就有些拿捏不住了。

在这么一个春寒料峭的夜晚，明珠趁着酒劲儿，要去索额图的府宅"拜访"一下。

明珠为何要在夜里去索额图的宅内走动？原来，自明珠的五十大寿过后，明珠和索额图在白天里见面，顶多敷衍了事地寒暄几句，然后各自走人。而今日，明珠的大脑被酒精烧得滚烫，他要去索额图的家中看看，看看索额图夜里在家中究竟会干些什么。殊不料，此一去，就使得明珠和索额图之间的矛盾变得公开化了，更变得尖锐化了。

明珠来到索府，看到索额图正在挑选美女，于是讪笑着问道："索大人，今夜贵府来了这么多妙龄女子，莫非……都是索大人自己享用？"

索额图翻了翻眼皮："明大人，说话可不能如此唐突哦？你好好地看看，这些女子一个个皆天姿国色，我索某岂有资格享用？"

"那是，那是。"明珠赶紧应道，"就明某所知，索大人好像也不是这等好色之人啊……"

索额图的脸色顿时就变得十分难看，其声音也变得十分难听："明大人说话可否多多地斟酌些，你适才究竟是在说谁好色？你就不怕闪了你明大人的舌头？"

索额图的话说得虽很难听，但明珠一时却未敢反唇相讥。因为，明珠朦朦胧胧地意识到，索额图既然不是在为自己选美女，那就一定是在为别人选美女，而能让索额图为之选美女的人，当然不会是一般的人。莫非……

明珠不觉一惊。如果是当今皇上让索额图为之选美女而又不让他明珠知道，那就充分说明，在康熙的心目中，索额图远比明珠重要。或者说，康熙认为，索额图要比明珠值得信赖。

这么想着，明珠就又不觉出了一身冷汗。如果真失去了皇上的信任，那他明珠就永远没有前途了。

索额图见明珠默然不语，便笑哈哈地问道："明大人，这热闹，你还看不看了？"

明珠勉力挤出一丝笑容："索大人为皇上办事，明某岂敢耽误？明某这就告辞……"

明珠说罢，匆忙离座，就要往屋外走。索额图却道："明大人，谁跟你说索某是在为皇上办事了？"

明珠闻言，一下子就停住了脚："索大人不是在为皇上挑选美女？"

索额图反问道："除了皇上，其他的人就不能挑选美女了吗？"

明珠马上便醒悟过来。索额图口中的"其他的人"，不会是别人，只能是太子胤礽。所以，明珠就"哈哈"一笑道："索大人，闹了半天，原来你只是在为太子挑选美女啊！"

明珠的"只是"二字，索额图听了很觉不快："明大人，当今太子殿下，莫非就不能挑选美女？"

明珠翻了翻眼皮："索大人，明某不是说太子不能挑选美女。明某的意思是，太子挑选美女，用不着索大人亲自操办，更用不着如此兴师动众啊！"

索额图当即喝道："明大人，你说话休得狂妄。索某为当今太子挑选王妃，如何叫兴师动众？你明大人眼里，还有没有当朝太子？"

若是平日，明珠对索额图的这种严厉语气恐多少还有点顾忌，可现在，他浑身上下都被酒精烤得炽热。所以，面对索额图那咄咄逼人的口气，明珠就毫无顾忌了。

"索大人，"明珠重重地道，"太子挑选王妃，本来无可厚非，但此事宫中自有安排，又何劳索大人亲自过问？索大人如此，岂不有小题大做，越俎代庖之嫌？"

索额图冷冷地问道："明大人，你适才说，太子殿下挑选王妃，是小题大做之举？"

实际上，明珠只是说索额图为太子挑选王妃是小题大做，并未说太子挑选王妃一事本身。但明珠却顾不了那么多了，头一扬，脖子一梗，毫不拖泥带水地回道："不错！明某就是这么说的。你又待怎的？就是面见皇上，明某也不惧！"

索额图厉声喝道："明大人，难道你连当今皇上也不放在眼里吗？"

明珠毫不示弱地回道："不把当今皇上放在眼里的人不是我明某，而正是你索大人。你索大人背着皇上在自己的家中偷偷摸摸地为太子挑选美女，岂是把皇上放在眼里的做法？如果皇上知道了这一切，会作何感慨？又会如何处置你索大人？"

索额图颇有意味地问道："这么说，明大人是想在皇上的面前告我索某一状了？"

明珠豪气十足地回道："不错，明某正有此意！明某不仅要告你索大人一状，而且还要参太子一本！"

"哦？"索额图眉头一皱，"明大人的口气不小啊！你果真要在皇上的面前状告索某和太子殿下？"

明珠义正词严地道："明某身为朝中大臣，不能对今日之事熟视无睹，更不能不闻不问！"

索额图像模像样地点了点头："那好，明大人，如果索某现在把太子殿下请来，你可敢当面与他论说？"

明珠一怔：莫非，太子胤礽现也在索府？许是索额图在虚张声势吧？明珠酒劲儿一涌，硬硬地想道：纵然太子胤礽现在真的就在索府之中，我明珠又何惧之有？

想到此，明珠便大声地言道："索大人，你去把太子叫来，看我明某可敢与他论说！"

谁知，明珠刚一说完，便从门外踉踉跄跄地闯进一个人来。确切说，是同时闯进三个人来，一男二女。那男的满嘴酒气，看模样，今晚所喝的酒，绝不会比明珠少，而且，从他嘴里喷出来的酒气，那么浓烈、那么新鲜，说不定，他一直在不停地饮酒。那两个女人倒不是什么"闯"进屋里来的，而是那男人的两只手臂完全扒在她们的肩头，那男人一踉跄地闯进，她们也只好跟着他一同踉跄地闯进来了。看得出，那两个女人太过年少，被那男人压得满脸通红、气喘吁吁。

那男人刚一闯进屋内，便瞪着血红的双眼喝问道："刚才是谁人……要与本宫论说？"

明珠本能地一惊。因为，这踉踉跄跄闯进屋里来的男人，正是当朝太子胤礽。看来，胤礽果真一直是待在索府之中。

胤礽确实喝了不少酒，若不是两个少女倾力搀扶，他定然走不了半步便要摔倒在地。然而，胤礽却似乎又很清醒。他盯着明珠的那一对眼睛，虽有些混沌，却又非常地逼真。他就这么盯着明珠问道："刚才，是你……要与本宫论说一番吗？"

明珠未及回答，一边的索额图却低低而又清晰地道："太子殿下，刚才明大人说，您挑选王妃（太子妃）一事，纯属小题大做之举！"

"什么？"胤礽几乎是抱着两个少女一起朝着明珠跟跄地逼近了一步，"明珠，小题大做之语，是你说的吗？"

明珠不自觉地向后一退。索额图又在一边言道："太子殿下，这明大人还说要在皇上面前参你一本呢！"

"混蛋！"胤礽双手一推，搀扶他的那两个少女就应声倒地。失去了搀扶的胤礽，向前一栽，也差点摔倒，但毕竟最终站住了。他一指明珠，双目暴睁，喝道："你竟敢来干涉本宫的闲事，是不是活够了？"

见胤礽用手指着自己，明珠也反用手指着胤礽言道："你身为堂堂的大清太子，不思垂范楷模，却贪杯渔色，无端扰民，这……还成何体统？"

胤礽没开口，那索额图却接上了茬："太子殿下，这明大人是在教训你呢！"

胤礽"呃"地喷出一个酒嗝："明珠，除了皇上，谁也不敢对我指手画脚！你算老几？竟敢来教训于我？"

明珠正想说"我今日就是要好好地教训教训你"，可话还未出口，只听"啪"的一声，胤礽的一只手就重重地甩在了他的大耳光上。

胤礽身形都不稳了，却还能在转瞬之间就准确地抽了明珠一记耳光，这功力，虽不敢讲惊世骇俗，但就明珠而言，却只有自叹弗如了。更主要的，明珠乃堂堂的朝廷命官，被人当众抽了一记响亮的耳光，该有多么的难堪和何等的羞辱？就是皇上，也没有对明珠这么做过。故而，明珠仿佛不相信似的瞪着胤礽道："你，居然用你的手，打在我堂堂朝廷命官的脸上？"

胤礽"嘿嘿"一声冷笑："明珠，你这个老混蛋！本宫不仅要打你，本宫还要一并宰了你！"

明珠刚想说"你敢"之类的话，却见那胤礽不知从身体的什么地方拔出一把短剑来。那短剑亮闪闪、寒飕飕，在这灯光映照下，着实怕人。

看到胤礽拔出了短剑，明珠立刻就被吓得清醒了。明珠这一清醒，说话便开始哆嗦起来："你……太子……想把我怎么样？"

胤礽歪歪斜斜地向前走了两步，一边走一边言道："我要杀了你这个不识好歹的老混蛋！"

明珠害怕了。胤礽既然敢打他，那也就敢杀他。所以，明珠一边紧张地向后退着一边不时地朝着屋门的方向瞅。显然，明珠想开溜了。所谓识时务者为俊杰，三十六计走为上，明珠情知，如果此时开溜不掉，那后果就不堪设想了。

亏得胤礽酒喝得太多，不然的话，明珠就实难逃掉。胤礽"哇呀"一声怪叫，身体一挫，手中的剑便向明珠刺去。胤礽这一动作很快，明珠很难躲避，但因为胤礽双脚不稳，这一剑却刺偏了。

明珠一惊，心中暗道：此时不溜，还待何时？就在胤礽一剑刺偏的同时，明珠身子一纵，就向屋门方向蹿去。要知道，明珠的武功身手也自不弱，逃跑起来，其速度也的确可圈可点。胤礽一击不中刚刚回过头来，那明珠就已经蹿到屋门的近前了。

如果索额图起身拦阻，那明珠是决计逃不掉的。因为索额图的身手，至少不比明珠差，他们都曾是皇帝的御前侍卫。但索额图并没有起身，他只是在明珠从他身边蹿过时，不浓不淡地说了一句道："明大人好走，欢迎下次再来看热闹！"

而胤礽就没有索额图那般大度和幽默了。他见明珠已逃至门边，一边气急败坏地大叫"老混蛋，你往哪里逃"，一边就将手中的短剑朝明珠掷去。

若是胤礽没有喝酒，他这一剑掷出去，那明珠十有八九在劫难逃了。许是明珠命大吧，胤礽喝得这么东倒西歪的，所以，胤礽掷出去的剑，就没能击中明珠的后背，而是击在了一边的门框上。饶是如此，那明珠也被吓出了一身冷汗。当然，明珠顾不上去擦冷汗，而是不顾一切地蹿出了门外。那把短剑，直直地插在门框上，本来也没有什么动静，但随着明珠的出逃，剑身却奇怪地发出了一阵颤抖。

如果不是索额图从中劝阻，那胤礽肯定要对明珠穷追下去。胤礽气呼呼地走到门边，拔下剑，刚要追出门去，索额图急忙走过来道："太子殿下且慢！不要追了……"

胤礽双目一瞪道："就让这混蛋这么给逃了？"

索额图微笑着道："那老混蛋不足为虑，逃就逃吧。我们还是办正经事要紧！"也亏得索额图能说得出口。他只比明珠小那么一两岁，如果明珠真的是"老混蛋"的话，那他索额图又是什么？想当年，也甭说想当年了，就是不久以前，他索额图和明珠还是康熙手下的一对亲密的战友，可现如今，二人却成了"冤家对头"了。这是人事太过沧桑，还是世界变化太快？

胤礽才不会去考虑什么"人事"和"世界"的问题呢。他听索额图说"办正经事要紧"，觉得倒也有理，于是就勉力打住脚步言道："那老混蛋，谅也逃不出我的手心！"

索额图点头道："太子这么想就对了！太子若跟那老混蛋太过计较，岂不有失太子的身份？"

胤礽有些不耐烦地挥了一下手道："好了，那老混蛋跑了，你也不要太啰唆了。我问你，还有多少女人未经挑选？"

索额图很是恭敬地回道："未经我粗选的女子已所剩无几，但未经太子挑选的女子却还有二十多个……太子的速度，是不是可以稍稍放快些？"

胤礽不满地瞪了索额图一眼："你这不是废话吗？我不想把速度放快些吗？可我的速度能放快吗？我得认真地一个一个地仔细观察和严格检查。不然，挑选出来的女人，怎能配得上我这个大清太子？"

"那是，那是。"索额图连忙道，"太子着实辛苦，而我却着实轻松……"

"那是自然！"胤礽不由自主地一连打了两个酒嗝，"你坐在这里，只需用眼睛看，是何等的轻松自在。可我呢？不仅要看她们的身体上有无疤痕，而且还要检查她们的身体是否柔软、是否细嫩……着实辛苦得很呐！"

说完，胤礽还深深地叹了一口气，似乎，他这么辛苦，也确实是出于无奈。索额图赶紧冲着那两个曾经搀扶胤礽进屋来的年少女子吩咐道："还不快些伺候太子殿下去干正经事？"

那两个年少女子诚惶诚恐地走到胤礽的两侧。胤礽双臂一张，就几乎完全趴在了那两个少女的身上。然后，胤礽一边惬意地打着酒嗝一边舒舒服服地走出了这间屋子，去干索额图口中的所谓"正经事"了。

之后，明珠却好像一下子变得沉默寡言起来。无论是朝上朝下还是家里家外，明珠很少与人主动搭话，更少看见明珠的脸上会有什么笑容。明珠，真的变成另外一个人了吗？

似乎只有一个人在密切注视着明珠的变化，这个人便是康熙的四皇子胤禛。胤禛注视着明珠的一举一动，当然不是要关心他，而是要把明珠往灾难的边缘再推前一步。

那是一个淅淅沥沥的雨天。晚上，明珠正在家中独自喝着闷酒。所谓抽刀断水水更流，举杯消愁愁更愁。就在明珠愁闷不已、惆怅弥天之际，侍卫头目固里跑来报道："大人，四阿哥来了！"

明珠闻听胤禛到来，简直是喜出望外，连忙吩咐固里道："快，快把四阿哥请到这里来！"

明珠话音刚落，那胤禛就已经出现在了明珠的眼前，且笑容可掬地言道："我只是顺道而来，何劳明大人邀请？"

明珠赶紧迎上去道："四阿哥冒雨前来看望明某，明某真是无言称谢啊！"

不难看出，明珠依然把胤禛看作自己的知心朋友，这就注定了明珠不会有一个什么好的下场。

固里默默地离开了。胤禛坐在了明珠的对面，明珠殷勤地要为胤禛斟酒，胤禛摆手道："明大人岂不知我从不饮酒？"

明珠道："这阵子，明某整天糊里糊涂的，把四阿哥从不饮酒这档子事都给忘了！"

实际上，胤禛并非真的从不饮酒。他只是强迫自己，无论在什么场合，只要能不饮酒，就绝对不沾一滴。因为胤禛深知，酒能误事，而他要想向权力的最高峰攀登，就绝对不能误一点事，所以，胤禛就必须时时刻刻地要保持一个比较清醒的头脑，而尽力不喝酒则是保持清醒头脑的一个很重要的环节。由此不难看出，胤禛为了实现自己崇高的目标，对自己的要求是非常苛刻的，而这种苛刻要求所体现出来的一种毅力，绝非常人所能具备。

明珠见胤禛不喝酒，自己便也撂下了酒杯。胤禛笑着道："看来我是不该来打搅明大人啊！我来了，明大人连酒都不想喝了！"

明珠连忙道："四阿哥误会了！并非四阿哥来了我不想喝酒，而是这酒喝到肚子里不是个滋味啊！"

"是啊，"胤禛接道，"我正是看到明大人这阵子好像闷闷不乐的，所以才到这里来陪明大人聊聊。"

明珠叹道："满朝文武，只有四阿哥最关心我明某啊！"

胤禛言道："关心谈不上，只是看着明大人难受，我心里也不好受！"

明珠挣扎着笑了一下道："有四阿哥这句话，我心里确实好受多了。可一想起那些窝窝囊囊的事情，我心里又怎么也好受不起来！"

胤禛的脸上，适时地呈现出了一种深表同情和理解的神色："是啊，明大人的心情，我不会不知道，明大人那些窝窝囊囊的事情，我也略知一二。那些事情如果搁在我身上，我心里也是不会好受的。不过，我以为，明大人不能老是这么一个人在家喝闷酒，一个人独自难受，明大人应该好好想一想，这些事情究竟是怎么发生的，根源在哪儿？以后应该怎么办……"

明珠现出一脸的苦笑道："四阿哥，我早已经好好地想过了……我与太子本没有什么过节，皇上也曾十分信任于我，可现在，一切都改变了……太子要杀我，皇上也要取我脑袋。个中原因，我就是不说四阿哥也会知道，这一切全是因为那个人在背后搞我的鬼。太子与我翻脸，是他从中挑拨，皇上不信任我，是他从中栽赃诬陷，可是，那个人现在却深得皇上宠信，我明某……又能想出什么好办法来？"

胤禛深深地点了点头道："明大人所言，句句属实，句句中肯。不过，如果明大人能够重新博得皇上的信任，那一切不都彻底改变了吗？"

明珠"唉"道："四阿哥，明某何尝不想如此？可这委实比登天还难啊！只要那个人依旧深得皇上宠信，那明某就永无翻身之日！"

胤禛一时无言，明珠则又不自觉地自斟自饮起来。待明珠几大杯酒下肚，酒嗝泛起的时候，胤禛轻轻地问道："明大人，近日我听得一个故事，现在就说与你听听，如何？"

明珠回道："四阿哥，我现在哪有什么心绪听什么故事啊！"

胤禛微微一笑道："明大人此言差矣！你饮你的酒，我说我的故事，两不相扰。说不定，我的这个故事，还能佐明大人多喝几杯酒呢！"

明珠以为，胤禛定是要讲一个十分有趣的故事来逗他开心。人家这番美意，自己岂能辜负？于是，明珠就言道："四阿哥但讲无妨。明某一边饮酒一边听着！"

然而明珠错了。胤禛说出来的故事并非十分有趣，甚至连一点趣味都没有。但是，明珠却听得津津有味，确切地说，明珠是听得入迷了，因为明珠听着听着，就不自觉地忘记了饮酒。

胤禛所讲的故事大致内容如下：春秋时代，亦即秦始皇统一天下之前的那个时候，有一个小国家叫邹国，百姓不很多，疆域也不很大。不过，其统治机构倒也俱全，有国王，还有各管一摊的诸大臣，其中，以一个文官和一个武将最得国王宠信。本来，国王对那个文官和那个武将不偏不倚，都宠爱有加，后来，不知从哪天开始，国王对那个武将越来越疏远，越来越不信任。武将起初不明白是怎么回事，经多方打探方才知晓，这一切全是那个文官在作祟。文官想独霸国王的信任，便经常在国王面前栽赃诬陷那个武将，说武将是个奸臣，既贪又虐。武将得知事情的原委后，非常气恼，可一时间又想不出什么好的办法来对付那个文官，因为他自己已经失去国王的信任了。但武将没有气馁，更没有一味地消沉下去，而是在暗中筹划谋略，准备给那文官以致命的一击。终于，武将找到了一个忠诚而又英勇的刺客，他要派这个刺客去把那个文官杀掉。在派出刺客前，那武将也确曾犹豫过，因为他与那个文官，过去一直是好朋友，都为保卫邹国立下了汗马功劳。可最终，那武将还是将刺客派了出去。武将想的是，对方既然不仁，我又何必要义？结果是，武将派出去的刺客，神不知鬼不觉地将那个文官杀死在家中。那武将重新博得了国王的宠信，成为当时邹国一人之下万人之上的权臣。

胤禛给明珠讲故事的时候，讲得非常投入、非常传神，似乎历史上确曾有过这么一个故事。然而事实是，中国的历史上虽然有过那么一个邹国，但邹国的历史里却从未有过胤禛所讲的这个关于文官和武官的故事。如此看来，这个故事所以产生，便只有天知地知胤知了。

胤禛讲这个故事的意图应该说非常明显。他所说的那个文官和武将，岂不就是索额图和明珠的化身？所以，胤禛故事讲罢，明珠呆愣愣地坐在桌边，半天没吭声。但谁都可以看出，明珠虽然不言不语，却是在回味着那个故事里的情节和人物。

胤禛低低地问道："不知明大人以为那文官如何，武将又如何？"

明珠还是没说话，只定定地看着胤禛。胤禛仿佛是自言自语地道："我听说，明大人府内的那个侍卫头领固里，不仅武功出神入化，而且对明大人更是忠心耿耿……这样的一个人才，只让他待在府内，岂不是太过浪费？"

是呀，如果明珠把固里派去刺杀索额图，那固里便是人尽其才、物尽其用了。胤禛如此"自言自语"，岂不是在赤裸裸地煽动明珠？而明珠，是否会被胤禛一煽就动呢？

明珠终于开口了，他也仿佛自言自语地道："固里……确实是个人才啊……"

明珠所言，是何意思？胤禛微微一笑道："明大人，时候不早，我这就告辞！"

明珠依旧呆愣愣地坐在桌边，好像没有听见胤禛的话。胤禛也不以为意，冒着渐下渐大的雨离去。他冒雨而来，又冒雨而去，其心也的确够诚的。

两天之后的上午，明珠散朝后找到胤禛，几乎是咬牙切齿地言道："四阿哥，我已经作出决定，就在今天晚上……"

胤禛不由得一阵窃喜，但口中却很是真诚地道："量小非君子，但无毒不丈夫！我这里先行预祝明大人马到成功！"

明珠究竟作出了什么决定？胤禛为何会暗暗地窃喜？当天下午，胤禛偷偷地溜进了索额图的家中，见到了索额图，还有太子胤礽。

胤禛毫不掩饰地对索额图道："明珠今夜将派固里到这儿来刺杀索大人，望索大人加强戒备，不要让明珠的阴谋得逞！"

索额图一惊："那明珠胆子也忒大了，竟敢对我用如此狠毒手段……"

胤礽大声叫道："那个老混蛋，本宫上回饶他不死，他这回倒得寸进尺了！"

索额图问胤禛道："那个固里，武功身手究竟如何？"

胤禛回道："在我看来，那个固里的武功，京城之内，恐怕无人能出其右……"

胤礽不满地盯着胤禛道："本宫的武功，比那固里如何？"

胤禛忙着回道："太子武功盖世，那小固里，怎能与太子相提并论？"

胤礽目露凶光言道："今夜，本宫就在这里等候，看那固里的脑袋，究竟是铜打的还是铁铸的，究竟是他的脑袋硬还是我的拳头硬！"

胤禛却转向索额图道："索大人，这性命攸关之事，可万万大意不得啊！"

索额图轻轻一笑道："四阿哥休得多虑！那固里不可怕，明珠也不可怕，固里如果真的来了，那明珠也就彻底完蛋了！"

胤礽大大咧咧地拍了拍胤禛的肩膀言道："你不用担心，待我今夜生擒了固里之后，明日便请你喝酒！"

胤禛赶紧回道："多谢太子美意！明日那顿酒，我是喝定了！"

当晚，胤礽果然留在了索额图的府中。他见索额图紧张地忙来忙去，很不以为然。他以为，凭他一人一剑，便足以对付那个固里了。宫中那么多名声很大的侍卫，岂不都败在他胤礽的剑下？殊不知，宫中侍卫即使名声再大、武功再好，也不敢轻易地占他胤礽的上风啊！

半夜时分，一个蒙面黑衣人，纵身跃入索府院内。那么高的院墙，蒙面人落地时竟然无声无息。紧接着，蒙面人便向索额图的卧室处摸去。这个蒙面人，便是明珠派来刺杀索额图的固里。看来，明珠失去了皇帝的信任后，着实变得头脑简单了。他居然真的相信了胤禛的蛊惑。他就没能好好想一想，即使固里谋刺成功，皇帝就一定会重新恢复对他明珠的信任？而如果行刺失败，他明珠又会落到一个什么样的境地？

只是，现在说什么都已经迟了，固里已经朝着索额图的卧室摸去。所谓"月黑杀人夜，风高放火天"，今夜既无风又无月，似乎正是杀人的好时光。然而，杀人的人真的是固里吗？而被杀的人又真的是索额图吗？

固里像一片落叶般地飘到了索额图的卧室门前。他先是向四周看了看。四周全是暗黑一片，什么也看不见。他接着伸手去推索额图卧室的门。门居然没闩，是虚掩着的。这多少有些奇怪，但固里也顾不了那么多了，身子一侧，便闪进了屋内。屋内竟然点有一盏小灯，小灯的旁边，贴有一张大白纸，大白纸上写有四个大字：自投罗网！屋内空无一人。

固里情知不妙，赶紧纵身飞出索额图的卧室。可他刚飞到屋外，索府之内，就突然灯火通明起来。紧跟着，至少有数十人迅速将固里团团包围起来。为首的便是太子胤礽。

固里虽不明白这究竟是怎么一回事，但他却也知道，行刺计划已经失败。固里现在要做的，只能是从速逃离此地。然而问题是，这么多人紧紧地围着他，他能够逃得掉吗？

胤礽手执一柄长剑，先是冲着左右人等喝道："你们只需将刺客围住，不许动手！"然后，胤礽一抖剑尖，就大踏步地向着固里逼去。

固里知道，索府的人早有准备——他并不认识胤礽——如果不尽快脱身，时间拖长了，恐怕就会越来越麻烦。这么想着，固里便伸手在腰中一拽，拽出一把十分柔软的剑来。这种柔软的剑，可以像布带子一样系在腰间，谓之"带剑"。一般的江湖人士都知道，使用带剑的人，大都是武林高手。所以，固里抽出带剑之后，围住他的那几十个人——都是索额图特地找来的武林高手——全都不自觉地倒吸了一口凉气。

只有胤礽，不知带剑有什么厉害。他长剑一晃，欺身就向固里刺去。固里身体微微一偏，胤礽便长剑落空。胤礽刚想回剑再刺，固里手中剑一抖，便缠住了胤礽长剑的剑身。胤礽还不知道是怎么一回事呢，固里的带剑就将胤礽的长剑卷上了夜空。

胤礽心中一惊，方才明白自己根本不是固里的对手。但胤礽不想也不会善罢甘休，他一边急急后退，一边从怀中摸出一把短剑来，并迅疾将短剑向固里掷去。

胤礽怀中从不离一把短剑。上一回，明珠在索额图家中，若不是胤礽喝多了酒，明珠恐怕十有八九要丧生在胤礽的这把短剑之下。而今晚，胤礽为了备战固里，只喝了不到两壶酒，所以，胤礽向固里掷出去的那把短剑，不仅速度极快，而且方位极其准确：那短剑，直直地朝着固里的胸膛射去。胤礽身边的一位武林高手不禁拍手称道："太子殿下真是好剑法！"

固里闻听"太子殿下"不由得心中一惊，但手中的带剑却在心惊的同时本能地绕出了一朵花儿。就听得一声脆响，眼看着就要击中固里的那把短剑，居然掉转了方向，反朝着胤礽射来，那速度、那力道，绝不比胤礽掷出去的时候逊色半分。

胤礽吓得"哇呀"一声怪叫，慌忙躲在了身边的一位武林高手的身后。只听"啊"的一声惨叫，刚才称赞胤礽"好剑法"的那个武林高手，只比胤礽躲得稍稍慢了一步，便被胤礽从不离身的那把短剑击中，哀号着死去。

固里得知先前掷剑的那人便是当朝太子后，更不敢在此恋战。明珠叫他来行刺索额图，他固里不曾有过多少犹豫，但如果明珠叫他去行刺当朝太子或当朝皇上，恐怕固里就不会那么爽快答应了。太子毕竟是皇上钦定的接班人啊！在当时人们的眼里，"龙威"是神圣不可侵犯的。

故而，固里杀死一人又逼退了太子之后，便冲着围住他的那几十个武林高手沉声言道："我只想离开这里，并不想杀人，如果你们不想死，就赶快闪开一条道！"

众人见固里在举手投足之间便显露出了深不可测的武功，哪里还敢硬行拦阻？胤礽虽不甘心就让固里这么逃掉，可又深知自己的武功与固里相差甚远，所以就始终躲在别人的身后，不敢开口，更不敢露面。

眼看着，固里就要从容地离此而去。然而，就在固里走出众人的包围圈，欲向索府院门方向掠去时，一个人施施然地挡在了固里的面前，且阴阳怪气地言道："固里，我这索府是你想来就来想走就走的吗？"

拦住固里的人，正是索额图。固里大愕：自己始终蒙着脸，索额图为何知晓我的名字？又一想：不管三七二十一，先将主动送上来的索额图杀掉再说。

固里的想法似乎没有错。他来索府，就是要杀索额图，现在索额图就在眼前，这个机会岂能错过？而且固里还对自己十分自信，只要手中的剑一出手，索额图定将人头落地。

固里的自信当然是有理由的，他的武功比明珠何啻高明十倍，而明珠和索额图的武功又在伯仲之间，他欲取索额图的性命，自然是易如反掌。

然而固里终究是错了。他错就错在，如果索额图没有十分的把握能够制服他固里，岂会这么大明大亮地现身？

就在固里心念一动，手中的带剑将要抖动之际，那索额图突然高声言道："来啊！把人带过来！"

固里硬生生地收住了就要出手的带剑。索额图此时要把什么人带到这里来？只见，随着索额图的话声，几个男人扭着一个女人慢慢地向这里走来。那几个男人长得粗壮而凶狠，而那个女人却长得秀丽而妩媚。秀丽而妩媚的女人被几个粗壮而凶狠的男人架扭着，就像一只柔弱的羔羊。女人的脸上，满布着恐惧和泪水，只是说不出话，因为她的嘴被一团棉絮严严实实地堵着。所以看见了固里，她只能呜咽地从喉咙里发出一阵闷响。

而固里看见那女人，却顿时就放弃了再格杀索额图的念头。因为那女人不是别人，正是固里新婚不久的妻子。索额图探得固里很爱自己的妻子，所以便在固里离开明珠府宅后不久，设法将固里的妻子骗了出来。应该说，索额图这一招是极其狠毒的。他深知，像固里这种天不怕地不怕的人，只有用"亲情"才能使之乖乖地听话。

索额图笑嘻嘻地看着固里言道："还不快快摘下蒙面，与你心爱的妻子打个招呼？"

果然，固里一下子变得十分听话，他乖乖地摘下蒙面，又乖乖地向着妻子走去。索额图急忙叫道："固里，休得靠近你妻子，不然，你妻子就没命了！"

固里只得站在了索额图和自己妻子的中间。一瞬间，他闪过这么一个念头：先擒住索额图，然后再令索额图放了自己的妻子。然而，固里只是闪过这种念头，并没有将其付诸实践。因为，索额图很警觉，固里没有绝对的把握能将其生擒，万一失手，固里的妻子就会遭到不测。更主要的，索额图虽是这里的主人，但恐怕一切都还得听从太子胤礽的，纵使固里能够一击便将索额图生擒，恐索额图也未必有权下令释放固里的妻子。固里虽然过去从未见过胤礽，但因为常伴在明珠左右，所以对胤礽的为人，也大略知晓。

索额图厉声喝道："固里，还不快快放下剑来，束手就擒？"

固里当然会有些犹豫。他想到了明珠，但更想到了自己的妻子。最后，他终于放下手中的带剑，并低低地言道："索大人，你怎么对待小人都可以，只请不要伤害小人的妻子……"

索额图邪邪地一笑道："固里，你放心，你妻子长得如此美貌，本大人怎么忍心伤害于她？只要你乖乖地听话，一切都按本大人的吩咐去做，那么，不仅你妻子会平安无事，就是你，也定会平安无事的。"

索额图说完话，响亮地一拍巴掌，很快地，便有十数人抬着一副手铐脚镣走过来，将固里牢牢地缚住。一副手铐脚镣竟然要用十数人抬，该有多么沉重？纵然固里武功高强，可戴上这么一副手铐脚镣之后，却也只能举步维艰。

见固里已经失去了自由，那胤礽便顿时又神气活现起来。他急急地从人群中钻出，急急地奔到固里身边，对着固里就是一顿拳打脚踢，一边打一边还骂骂咧咧地道："你这个混蛋，你这个猪狗不如的蠢货，竟敢差点要了本宫的性命，本宫一定要好好地惩罚你！"

固里手脚被缚，只能任由胤礽拳打脚踢。胤礽打人，是从不惜力的。顷刻，固里的脸上，便已是眼青鼻肿、血迹斑斑。

胤礽嫌这样拳打脚踢还不够解气，便从旁边找过一把剑来。看他那凶神恶煞的模样，定是要用剑在固里的身上戳几个窟窿。索额图一见，急忙拦住胤礽道："太子殿下且慢！这固里还不能杀！"

胤礽似乎也不是笨蛋。他强迫自己扔掉剑，然后气呼呼地对索额图道："我明白，留着这个家伙作证，告明珠那个老混蛋图谋行刺你索大人，这样，皇上就可以治明珠那个老混蛋的罪了！"

索额图诡谲地一笑道："不是告明珠刺杀于我，而是告明珠阴谋刺杀太子殿下……"

胤礽一怔，继而大笑道："对，明珠那老混蛋阴谋行刺当朝太子，这样一来，他就彻底完蛋了！"

距天亮似乎不是很遥远了。索额图言道："太子殿下先回房安息，待明日，再与那明珠老混蛋好好地计较！"

胤礽却道："这固里被抓，那明珠老混蛋要是跑了怎么办？"

索额图回道："太子殿下放心，我早已安排人手去监视明珠，谅他也跑不出北京城！"

胤礽这才放心地夸奖索额图道："姜终究还是老的辣啊！"

索额图的辈分明显地比胤礽高出两个档次，可听了胤礽的这句夸奖后，索额图的脸上，竟然泛起了一种孩子般天真烂漫的笑容来。这，是不是委实有点奇怪？

再说明珠，自半夜派出固里之后，就一直在家中等候消息。然而，待东方破晓，固里也没有回来，明珠便隐隐地觉得事情有些不妙。又闻听固里的妻子不知何时已然消失，明珠就更觉得事情有异。至天大亮，那固里依然不见影踪，明珠就知道，行刺计划定然失败了。最让明珠担心的是，如果那固里被索额图抓住，如果固里向索额图供出了一切，那后果就不堪设想了。

不过，明珠在惴惴不安的同时，也还有着这么一种想法，那就是，固里一身武功出神入化，即使行刺失败，也不一定就会被索额图抓住，即使固里万一被抓，出于对明珠的忠诚，固里也不一定就会招供。只要固里不被抓获，或者只要固里守口如瓶，那索额图纵然去向皇帝告御状，明珠也顶多承担个"管教不严"的责任。

看看，明珠把一切想得是多么的简单又似乎多么的美好。他就没这样想过，固里的妻子为何会突然失踪？如果固里向索额图供出了一切，他明珠的结局又会如何？也许，明珠始终坚信，尽管皇帝对他已不再像过去那般信任，但他毕竟为大清王朝立下了赫赫的功劳，皇帝无论如何也不会对他明珠做出太过严厉的处罚的。

所以，明珠就没去上朝。他托病在家，似乎想静观事态的发展。时近中午，明珠终于知晓了一切，而且知晓得还非常彻底。

一个钦差带着一队禁卫军走进了明珠的府宅。那钦差还带来了康熙的一道圣旨。康熙在圣旨中宣称，明珠惯于玩弄权术，不思对朝廷作出贡献，只图拉帮结派、结党营私，扩充自己的势力范围，又贪婪成性、聚敛钱财，家中银两甚至比国库还要充盈，更胆大包天、目无王法，竟然派刺客去刺杀当朝太子，实属罪大恶极、十恶不赦之徒，按律当斩、当剐。姑念其过去曾立过不少功劳，所以免去死罪，革去所有官职，永不录用，并抄没家产。家中人等，一律迁出京城，以儆效尤。

从明珠的家中，共抄出纹银数百万两，确实比当时的大清国库还要充盈。受明珠连累的朝中大臣共有二十多位，有的充军，有的革职，还有的被打入牢狱。这就是康熙一朝中所谓的"明珠集团案"。

明珠的势力彻底地完了，许许多多人都松了一口气。那太子胤礽也没忘记自己曾经许下的诺言，在明珠被赶出京城的当天晚上，特地摆了一桌极其丰盛的宴席，专门"酬谢"四阿哥胤禛。宴会的场面十分奢华，歌女舞女争妍斗丽。不过，真正来作陪的却只有一个人，那就是索额图。

像这样的宴席，胤禛是不可能一点酒都不喝的，如果不喝，胤礽就肯定不高兴。所以，在席间，胤禛频频举杯，做出一副受宠若惊的模样。而实际上，胤禛喝到肚子里的酒是少之又少，且又常常露出不胜酒力的神色，让胤礽和索额图二人以为他真的不能喝酒。

胤礽当然不会有什么顾虑和顾忌。他一边大加夸赞胤禛对他胤礽忠心耿耿，一边大口大口地将酒往肚里灌。索额图虽然也不停地喝着酒，但喝酒的模样似乎比胤礽要文雅许多。毕竟，索额图比胤礽要老成不少，也稳重不少。

就在宴席将要结束的当口，胤禛突然低低地道："太子、索大人，有一件事情，我早就想对你们说了，可又不知……当说不当说……"

这个时候，无论是胤礽还是索额图，都已经喝得头晕目眩。胤禛挑这个当口说出自己早就预备好的话，也算是煞费苦心了。

胤礽马上就冲着胤禛嚷道："有什么话你就快说，别扭扭捏捏的像个女人！"

索额图也含混不清地言道："四阿哥，太子殿下最喜欢听你说一些他不知道的事情……"

胤禛仿佛吞吞吐吐地言道："这件事情，我若是说出来，恐怕对大阿哥有些不利……"

一个酒嗝，冲开了胤礽的嘴："大阿哥？大阿哥会有什么不利？"

看起来，索额图比胤礽要清醒些。他凑近胤禛问道："是不是大阿哥在背后说太子殿下什么坏话？"

胤禛未及回答，那胤礽就转向索额图问道："大阿哥怎么敢在背后说我的坏话？他难道不知道我是当朝的太子？"

索额图轻轻言道："太子殿下焉能不知？按前朝旧制，当朝太子应是大阿哥……然而皇上看不惯大阿哥的庸庸碌碌，这才英明地决定立殿下为当朝太子……"

胤礽不屑地言道："什么前朝旧制？父皇也不是先皇的长子，不照样登基做了皇上？父皇能如此，我为什么不能？"

胤礽的话虽说得有些蛮横，却也不无道理。康熙并非顺治的长子，而是顺治的第三子。康熙之所以能够当上皇帝，那个死去的皇祖母博尔济吉特氏是起了很大的作用的。这些事情，皇室内讳莫如深，胤礽和胤禛等人未必知晓，但索额图却比较清楚。

当然，索额图是不会对胤礽说那些陈年旧事的。他只是这样回答胤礽道：

"太子殿下所言，句句在理。但大阿哥如何会与太子殿下想的一样？大阿哥没能当上太子，肯定牢骚满腹。而牢骚满腹之后，就又肯定会在背后说太子殿下的坏话，乃至做出对太子殿下不利的事情……"

胤礽即刻转向胤禛道："大阿哥真的在背后说我什么坏话了？"

胤禛的脸上顿时就现出了一种诚惶诚恐的表情来，而且显得十分逼真："不……大阿哥其实也没有说什么坏话。他只是说，他应该为太子。他还说……"

胤禛故意打了一个嗝。胤礽马上就逼视着胤禛问道："他还说什么？"

胤禛"嗯啊"两声，最终言道："大阿哥还说，他准备向父皇建议，重新立一个太子……"

"什么？"胤礽勃然大怒，"他胤禔竟然想夺我太子之位？是可忍孰不可忍？"

索额图"哈哈"一笑道："太子殿下休得如此慌乱！你太子之位，乃当今皇上钦封，普天之下，无人不知，无人不晓，大阿哥怎么会轻易夺去？"

"不行！"胤礽口中酒气乱喷，"他既有夺我太子之想法，就必有夺我太子之行动！我绝对不会再容忍下去！"

索额图小心翼翼地问道："太子殿下准备怎么办？"

胤礽使劲儿地打出两个酒嗝，然后一指索额图，用命令的口吻重重地吩咐道："你，马上便派人去监视胤禔的一举一动，只要他有不轨之举，就立即来通知我。我绝不会轻饶于他！"

胤礽又一指胤禛，同样用命令的语气道："你，要经常去和胤禔接触，看看他究竟还会说我什么坏话。他若从此老老实实便罢，否则，我一定让他吃不了兜着走！"

看胤礽那颐指气使的模样，倒也很像一位指挥着千军万马的大将军。而再看唯唯诺诺的胤禛，却又像是胤礽帐下的一名小喽啰。然而，刚与胤礽和索额图告别没多久，那胤禛便窃笑起来。他窃笑的原因，当然是他想挑拨胤礽与胤禔之间的关系这一目的顺利地实现了。换句话说，胤禛在"清除"了明珠之后，又开始着手"清除"他的大阿哥胤禔了。

大阿哥胤禔自然不知道四阿哥胤禛的险恶用心。甚至，胤禔都不知道他的一举一动早就在索额图的手下监视之内。他依然像过去那样，大部分的时间都待在直郡王府内，过着一种似乎十分平静的生活。

然而胤禛是不会让胤禔永远那么平静下去的。在一个月明星稀的夜晚，胤禛优哉游哉地走进了直郡王府——胤礽叫胤禛多"接触"胤禔，恰恰为胤禛出入直郡王府提供了十分便捷的条件。不然，胤禛去见胤禔，就只能以一种偷偷摸摸的方式。

胤禛大明大亮地走进直郡王府，却让胤禔大感惊讶："四阿哥，都如此深夜了，你来这里做甚？"

胤禛没回答，只认真仔细地盯着胤禔看。看得胤禔很是莫名其妙："四阿哥，你这种眼光，好像从未见过我似的……"

胤禛说话了。说话之前，他明明白白地叹了口气："大阿哥，真没有想到，我在这里还能见到你……"

胤禔闻言，不觉一惊："四阿哥，你这是什么意思？莫非，你出了什么意外之事？"

胤禛摇头："不是我出了什么意外，而是我以为，大阿哥你一定是出了什么意外之事……"

胤禛如此说话，胤禔更觉惊讶："四阿哥，你为什么会认为我一定是出了什么意外之事？"

胤禛的脸上立时就现出了一种十分奇怪的神色："什么？大阿哥你还不知道这事？"

胤禔当然比胤禛还要奇怪："四阿哥，你今日说话为何如此蹊跷？我还不知道什么事？"

胤禛也不搭话，拉着胤禔就朝院门方向走。胤禔言道："哎，四阿哥，你这是拉我上哪去？"

胤禛没有回答。待走到院门近前，胤禛对胤禔道："大阿哥，你朝院外看看，看看院外都有些什么……"

胤禔想打开院门，胤禛拦下了，而示意胤禔从门缝里看。胤禔无奈，只得躬起身子，趴在门缝处向外观瞧。观瞧了好一会儿，胤禔才直起了身。

胤禛问道："大阿哥，你都看见了什么？"

胤禔皱着眉头道："没有什么很特别的东西啊……前方有一个男人，左边也有一个男人，右边好像还有一个男人……就这些了！"

胤禛马上低低地问道："大阿哥，都如此深夜了，那几个男人站在你的王府院外，不是很有些奇怪吗？"

胤禛这么一提醒，胤禔便很快地"明白"过来："是啊，四阿哥，那几个男人的确有些古怪……莫非，他们是在监视我？"

胤禛还没开口，胤禔便又紧接着言道："哦，我想起来了，这阵子，无论我到哪里，好像总有人在后面跟着我……四阿哥，他们是些什么人？是谁派来的？为什么要跟踪我？又为什么要监视我？"

胤禛缓缓地摇了摇头，然后就一步步地向着府内走去。胤禔赶紧亦步亦趋地言道："四阿哥，你不可能不知道的，你若是不知道，你就不会到我这里来了……快告诉我，他们为什么要监视我？他们到底是谁派来的？"

一直走到一间屋内坐下，胤禛也没有开口，他的脸上，真真切切地露出了一种十分为难又好像十分痛苦的表情。

胤提当然是急得不行："四阿哥，你怎么不说话？你为什么不告诉我？是不是你不敢告诉我？是不是……他们是父皇派来的人？父皇……为什么要这么做？"

胤禛咬了咬牙，似是下定了很大的决心："大阿哥，我来这里，就是想看看你是否还安然无恙……这件事，我早就想对你说了，可始终不敢……若此事泄露出去，我就会惹出大麻烦来……"

胤禛的一句"是否还安然无恙"，让胤提的全身都变得冰凉："四阿哥，院外那几个男人，莫非……真的是父皇派来的？"

胤提以为，敢派人来监视他大阿哥的，似乎只有皇帝。而如果真的是康熙派人来监视，那他胤提的未来就很难预测了。谁知，胤禛却摇了摇头："不，大阿哥，不是父皇，是太子……太子不仅是要监视你，太子还想……谋你的性命……"

"啊！"胤提一屁股就跌坐在了一张椅子上。胤提比胤礽大两岁，胤礽的为人，胤提自然一清二楚，"太子为何要如此待我？他又为何竟要谋我的性命？"

胤禛故意压低嗓门儿，像是在透露着一个不可告人的秘密："大阿哥，太子以为，你要篡夺他的太子之位……"

胤提立即就张大了双目："四阿哥，我何曾想篡夺太子之位？"

胤禛问道："大阿哥可否说过当朝太子不应是现在的太子之语？"

胤提紧张兮兮地回道："我确曾说过，可那是好多年前的事了，而且，我也只是这么说说而已……"

胤禛异常诡秘地道："大阿哥多年前说过的话，太子一直牢记在心。而且，太子更不认为大阿哥是这么说说而已，太子认为，大阿哥不仅这么说了，更这么做了。他闻听，大阿哥已经在父皇的面前建议重立太子……"

胤提一下子张口结舌起来："这……怎么可能？我即使果有此想法，也不敢在父皇的面前提起啊……"

胤禛言道："大阿哥这么认为，但太子不这么认为。太子只认为，大阿哥要夺他的太子之位，所以太子就要对大阿哥你采取行动！"

一时间，胤提只是张着大嘴，吐不出一个字来。胤禛却似乎很是关切地言道："太子的为人，大阿哥比我更了解。对太子所为，大阿哥可不能不提防啊！"

半晌，胤提才喃喃地言道："我只有……将这件事情，向父皇如实禀告了……"

胤禛忙言道："大阿哥，向父皇禀告又有何用？父皇是会听你的还是会听太子的？想那明珠明大人，在朝中的地位不可谓不高，立下的功劳不可谓不大，可结果呢？太子和索额图在父皇面前只那么一告，那明珠就灰溜溜地离开了京城。若不是父皇以慈悲为怀，那明珠的人头恐早已落地。大阿哥你想想看，如果太子在父皇面前再告你一状，你的结局又会如何？"

胤禛如此一说，胤提就越发惊恐起来："四阿哥，这……究竟如何是好？你能否替我想一个办法避过这一劫？"

胤禛无言。末了，他重重地叹了一口气道："大阿哥，太子所作所为，谁能阻挡得了，谁又能想出什么好办法来？"

胤愣住了。既无任何办法可想，那就只能任由胤礽宰割了。而胤礽"宰割"别人的手段，却是"韩信将兵，多多益善"的。想到此，胤禔的身体都禁不住有些颤抖起来。

胤禛站起了身子："大阿哥，我已把一切都告诉了你，现在告辞……望大阿哥多多保重啊！"

胤禔慌忙道："请四阿哥再多坐会儿……外面有那几个男人，我很觉不安……"

胤禛轻轻言道："大阿哥，我不能在此久留。若待得时间长了，太子知道定会起疑心的。"

胤禔无奈，只得手足无措地将胤禛送至院门旁边，并心慌意乱地问道："四阿哥从这里出去，太子的人一定会发现，如果太子追究下来，当如何是好？"

胤禛小声地回道："不瞒大阿哥，我此番前来，正是受太子所差。太子叫我到这里来，看看大阿哥晚上在家究竟干了些什么……我心中实在不忍，便把一切都如实告诉大阿哥……"

胤禔赶紧道："如此，不管未来如何，我这里都要谢过四阿哥！"

胤禛摇头道："大阿哥不必言谢。我总以为，兄弟之间，应该和睦相处，何必互相猜忌、钩心斗角？可是，有些人却并非这么想啊！"

胤禛说得情真意切，胤禔一时大受感动。感动之余，胤禔便准备亲自为胤禛拉开院门。可就在胤禔将要拉开院门的一刹那，胤禛突然低低地言道："大阿哥，有一件事情，不知当说不当说……"

胤禔急忙缩回了要拉开院门的手："四阿哥有什么事尽管说出！"

胤禛做出一副迟疑的样子道："我听说，如果找一些喇嘛在家中做法事、念咒语，可以祛邪镇魔……"

胤禔心中一动："四阿哥此话当真？"

胤禛用一种不很肯定的语气道："我也只是道听途说而已。我以为，将此事告诉大阿哥，或许对大阿哥有些用途……"胤禔追问道："此法果真灵验？"胤禛回道："这个我就不敢肯定了……不过，我的意思是，在没有办法的时候，任何办法都不妨一试……"

胤禔沉吟道："四阿哥言之有理。所谓病急乱投医，死马也要当活马医……"

胤禛心满意足地走了。走到一个无人注意的角落，胤禛忍不住窃笑起来。他窃笑的原因是，父皇有那么多的儿子，而只有他胤禛是最聪明的。是啊，聪明和阴险狡诈本来就是一对孪生兄弟。

　　胤禛去胤禔王府的本意是，唆使胤禔请几个喇嘛在家中念咒语，然后再把此事向胤礽报告。这样一来，胤礽和胤禔之间的矛盾就必然加剧，而矛盾的结果，则必然是胤礽战胜胤禔。如此，他胤禛就可以借胤礽的手"清除"掉胤禔了。

　　然而，胤禛没有想到的是，事情的发展，比他预料得还要顺利和迅速。

　　就在胤禛去直郡王府唆使胤禔请喇嘛在家中念咒语的第二天，胤禔就把十个喇嘛叫进了直郡王府，又是做法事又是念咒语，忙得不亦乐乎。而第三天，当朝太子胤礽便染病在身，卧床不起。莫非，喇嘛做法事、念咒语就真的这么灵验？

　　没有人知道这是怎么一回事。反正，太子胤礽是确确实实地病倒了，而且病得还十分地蹊跷，只不停地发着低烧，偶尔地还胡言乱语几句。

　　太子胤礽病倒了，康熙自然倍加关切。他不仅常去太子府走动，而且还把宫中最好的御医全部派往太子府，昼夜不离地伺候胤礽，医治胤礽。可是，所有的太医都使出了浑身的解数，也未能止住胤礽的低烧，甚至，都没有一个太医能确切地道出胤礽所患何病。急得康熙整天在太子府转悠，气得他对那些太医动辄非打即骂。有几个太医，差点被康熙处以绞刑。

　　胤礽这一病倒，可着实乐坏了四阿哥胤禛。胤禛之所以乐，倒不是因为他以为这一场奇怪的病能将胤礽怎么样，他乐的理由是：太子胤礽这一病倒，那大阿哥胤禔恐就要完蛋了。

　　于是，在一个黑漆漆的伸手不见五指的夜晚，胤禛以一副诚惶诚恐的表情走进了永和宫。在这之前，胤禛已经打探清楚，康熙自太子府回到紫禁城后，没有去乾清宫，而是直接到了德妃乌雅氏的永和宫。

　　乌雅氏的永和宫，除了康熙之外，其他的人，包括皇阿哥在内，未经皇上允许，都是不准擅入的。但这一回，胤禛好像忘了这些，也没叫任何人通报，就径自走进了永和宫。

　　胤禛正往永和宫里走呢，一个人慌慌忙忙地过来拦住了胤禛的去路："四阿哥，皇上和德妃娘娘已经安歇，不宜打搅……"

　　拦住胤禛去路的人，是康熙的贴身女侍阿雨。阿雨的年纪也老大不小了，但看起来，却依然十分年轻、秀丽。而正是这个阿雨，在未来的日子里，却"帮"了胤禛一个很大的忙，而这个"忙"，又是以阿雨的生命为代价的。只可惜，阿雨没有未卜先知的能力。

　　当时的胤禛，也并不知晓这个阿雨以后会对他有那么大的作用。他只是意识到这么一点，那就是，父皇身边的人，对他胤禛都是有用的。比如这个阿雨，还比如那个赵昌。不过，就胤禛当时而言，他还没有考虑那么深远。他当时所考虑的，就是尽快将大阿哥胤禔"清除"掉。所以，见阿雨拦住了去路，胤禛也就没言语，而是绕过她的身子，继续向乌雅氏的寝室走去。阿雨见状，既不敢强拦，又不敢走开，只得慌慌张张地跟在胤禛的后面。

胤禛一直走到乌雅氏的寝室门前方才止住脚步。看到阿雨就站在旁边，他也不以为意，而是冲着寝室内小声又清晰地言道："儿臣恭祝父皇和额娘晚安……"

胤禛是乌雅氏所生。胤禛这么一言语，那乌雅氏马上就有了反应："是四阿哥吗？"

"正是孩儿！"胤禛略略提高了声音，"孩儿来此，是向父皇禀告太子因何患病……"

室内立即就传出康熙的声音："四阿哥速来见朕！"

敢情，康熙和乌雅氏都还没有睡觉。胤禛应了一句"儿臣遵旨"，便毕恭毕敬地走进了乌雅氏的寝室。

室内亮有一盏小灯，康熙和乌雅氏都和衣倚在床上。这也难怪，太子胤礽的病一直没有起色，康熙如何能安心就寝？

胤禛刚要下跪，康熙迅速阻止道："你不需多礼，只需将太子病因如实道来。"

胤禛躬身低头言道："回父皇的话，太子之病，不是天灾，乃是人为……"

胤禛的话，简洁而有力。康熙立刻就坐在了床沿："你此话何意？"

胤禛回道："经儿臣多方探查，始知太子之病，乃是大阿哥所为……"

接着，胤禛就绘声绘色地将大阿哥胤禔如何请喇嘛在家中念咒语的事情添油加醋地说了一番，直说得康熙眉横目怒，粗喘不已。胤禛话音刚落，康熙便逼视着胤禛问道："你适才所言，可有半点虚构？"

胤禛抬起头言道："儿臣若有半句假话，任由父皇处罚！"

胤禛当然敢这么说。因为他在来永和宫之前，曾特地去直郡王府观察了一番，见大阿哥胤禔所请的那十个喇嘛正在卖力地念着咒语呢。而且胤禛还敢肯定，康熙听了他的报告后，必将亲往直郡王府。这样一来，胤禔便人赃俱在，百口莫辩了。纵然胤禔会向康熙陈诉请喇嘛一事是由他胤禛提起的，但盛怒之下的康熙是根本不会听信胤禔的话的。更何况，胤禔向康熙陈诉的可能性还非常小，所以，胤禛向康熙报告了一切后，心中便十分安稳。

果然，康熙听胤禛说得煞有介事后，"扑通"一声就跳下床来，也没顾得上跟乌雅氏打个招呼，便急匆匆又气呼呼地朝外走去。胤禛明白，康熙这是去直郡王府找大阿哥胤禔算总账了。

因为康熙没有叫胤禛带路，所以胤禛也就落得一分心安。不然，跟着康熙在一起，看康熙严厉训斥，严加惩处胤禔，胤禛的心里恐怕会有些不太好受。毕竟，那胤禔也是他胤禛同父异母的皇兄啊！

那乌雅氏有点惴惴不安地问道："四阿哥，大阿哥真的那么狠毒，要咒死太子？"

你道胤禛会如何回答？胤禛的回答是："额娘，人心难测啊！"

殊不知，真正狠毒的是他胤禛，而真正难测的，也正是他胤禛的心。乌雅氏虽为胤禛的生母，却也并不知晓胤禛究竟是何种品性，究竟是何种心机。

胤禛见乌雅氏坐在床上像是在发愣，便也贴近床边，轻轻地问道："额娘，父皇一向待你如何？"

乌雅氏真的愣住了，她没有想到自己的儿子会问她这样的问题。是呀，康熙究竟待她如何？她又如何来回答胤禛？

胤见乌雅氏不发话，就追问了一句道："莫非，父皇一向待你不好？"

乌雅氏长长地吁出一口气道："孩子，如果你是当朝的太子，那一切都会不一样了……"

乌雅氏此话何意？但胤禛至少已听出，他的父亲康熙对他的母亲乌雅氏并不是那么很好。不过，胤禛不是那种喜形于色的性情中人。从他的脸上，很难看出他心中的真实想法。听了乌雅氏的话后，他只是慢慢地坐在了床沿，又慢慢地拿起乌雅氏的一只手细心地摩挲着，然后慢悠悠地言道："额娘，来日方长，一切都可以得到改变……"

胤禛此话又是何意？乌雅氏许是没有听懂。她只是"唉"了一声道："只要我的身体还好，只要你和胤禵（胤禛的亲弟弟，乌雅氏在康熙二十七年生的十四阿哥）都平安无事，我也就心满意足了……"

胤禛没有言语。他只是在心中这样想道：如果一切都平安无事，岂能成就一番大事业？

离开永和宫后，胤禛哪儿也没去，而是直接回到了自己的贝勒府。回到贝勒府后，胤禛什么也没有干，而是找了两个女人在床上左拥右抱。他左拥右抱的目的并非要寻找什么生理上的刺激，而是他整天绞尽脑汁盘算，身体太过疲惫，他要在女人身体上找些温柔。更主要的，他今夜不能入眠，他要聆听那大阿哥胤褆的消息。

半夜过后，胤禛等到了他要等的消息：康熙带人夜闯胤褆的直郡王府，果见直郡王府内有十个喇嘛正在做法事、念咒语。康熙一怒之下，也没仔细盘问，便下旨革去大阿哥的直郡王爵位，并将胤褆打入监牢，终身监禁。一句话，在胤禛的精心谋划下，大阿哥胤褆和先前的明珠一样，从此退出了康熙一朝的历史舞台，成为某些人心中的一个记忆了。

第二天中午，胤礽便在太子府设宴款待胤禛。作陪的依然只有索额图一个人。席间，索额图常常夸奖胤禛对太子胤礽最是忠心，未来必有锦绣前程。而胤礽，病了数日未能喝酒，此刻，便顾不得与胤禛和索额图多唠叨，只顾大口大口地喝酒。工夫不大，胤礽就一脸的酡颜，满嘴的酒气了。

胤禛正和索额图打趣逗乐呢，忽闻胤礽在一旁沉沉地叹了口气。胤禛赶紧问道：“莫非太子阿哥有什么沉甸甸的心事？”

胤礽确实有心事，而且心事也果真沉甸甸的。他猛然灌下去一杯酒，又将酒杯重重地往桌面上一撂，然后直起嗓子言道：“从古至今，有像我这样做了这么多年太子的人吗？”

原来，胤礽是嫌他做太子的时间太长了。想想也是，自1674年胤礽生下后被康熙钦封为太子，距今已有二十多个年头了。当了二十多年的太子，似乎也着实令人不耐烦。不过，康熙而今只有五十岁左右，总不能马上就退下来让他胤礽继承帝位吧？换句话说，尽管胤礽做太子做得有些不耐烦了，但也只能一如既往地继续做下去。除非，康熙不再是皇上了，或者，他胤礽不再是太子了。

胤礽发这样的“牢骚”也不是第一次了。只要他酒喝得实在太多了，他就会常常发上一句两句这样的牢骚。不过，真正能亲耳听到胤礽发这种牢骚的人也并不多，因为，胤礽即使酒喝得再多，他也不会在大庭广众之下说这种话，更不会当着康熙的面大加抱怨。

胤礽的牢骚刚刚发罢，索额图就深有感触地接道：“是啊，太子殿下不知到何年何月才能真正地驾临大清江山啊！”

很显然，胤礽也好，索额图也罢，都在热切地盼望着能早日改朝换代。而胤禛，却早已是听在了耳里，记在了心上，因为，有一种念头，陡然在他的脑海里滋生蔓延。只不过，胤禛的脸上，却是一副很为胤礽忧虑的表情。胤禛小心翼翼地道：“太子皇兄说得是啊！当了二十多年的太子，也实在过于悠久，可是……”

胤禛适时地住了口。他“可是”的后面会是什么样的内容？胤禛当然知道。胤礽和索额图也自会明白。只是，他们谁都没有点破。

大阿哥胤禔被康熙“终身监禁”在牢狱之后，皇宫之内，甚至整个北京城，似乎都一下变得风平浪静了。仿佛胤禔真的是罪大恶极的祸首，他不在了，世界便太平吉祥了。然而，有句话说得好，树欲静而风不止。康熙的整个晚年，其皇宫内外，几乎没有一天是平平静静的。有时候，看起来像是平安无事，而实际上，一个阴谋正在酿成。

大概是胤禔遭囚的一个月后，三阿哥胤祉的诚郡王府内，来了一位不速之客。这位不速之客，便是四阿哥胤禛。

在胤禛通往权力最高峰的路途中，三阿哥胤祉自然算不上是他胤禛的最大威胁。但是，胤禛以为，在诸多皇兄皇弟中，除了胤礽，除了他胤禛，便要算三阿哥胤祉最想当太子了。故而，不管胤祉愿意不愿意，他都成了胤禛心目中的一大障碍。更主要的，胤禛对胤祉的为人相当了解，胤祉不仅想当太子的欲望非常强烈，而且为了能当上太子，胤祉还会不择手段。这样，胤禛便可以利用胤祉这一特点，来对付他心目中最主要的“敌人”了。胤禛最主要的“敌人”，会是谁？

胤禛走进胤祉的诚郡王府，是在一个阳光灿烂的早晨。他刚踏进诚郡王府，便觉耳边"嗖"的一声，一支利箭堪堪从他的耳旁掠过。如果这支箭稍稍偏一些，那胤祉的一只耳朵便没有了，如果这支箭再稍稍偏一些，那胤禛就至少失掉一只眼睛，甚至失掉一条性命。而就在胤禛不自觉地被吓出一身冷汗的当口，却见那三阿哥胤祉正提着一张弓笑嘻嘻地站在了胤禛的面前。

胤祉若无其事地问道："四阿哥，你没事吧？刚才没吓着你吧？"

胤禛强作镇定地笑道："三阿哥射箭，我还会被吓着？你要射我的左眼，就绝不会射到我的左眉毛……"

胤禛所言，虽有恭维之意，却也并不夸张。在康熙的诸多皇子中，包括胤礽在内，其箭法能超过胤祉者，恐怕难觅。康熙就曾当着许多人的面夸赞胤祉道："三阿哥箭法，尽展大清风范！"

看看，胤祉的箭法都成了大清朝马上民族的一种象征和标志了，其箭术还不端的高超？当然了，胤禛来见胤祉，不会只想夸赞胤祉的箭术，他要借胤祉的为人，来制造一个新的矛盾。

三阿哥胤祉是康熙的荣妃马佳氏所生，只比胤禛大一岁半左右。因为二人年龄相仿，虽然一个是诚郡王，一个是贝勒，但谈起话来，却也十分随便、十分轻松。至少，表面上看起来的确是如此。

因为谈得随便、谈得轻松，所以二人的话题就非常分散。一会儿谈宫内，一会儿又谈宫外，一会儿谈大臣，一会儿又谈诸皇子。谈着谈着，二人的话题就自觉不自觉地谈到了太子胤礽的身上。

谈到了胤礽，胤祉就显得非常生气。他虽然没有明说，却含蓄地向胤禛表达了这么一个观点：胤礽只知花天酒地，任意胡为，如何能继承大清帝位？

胤禛虽然没有说什么胤礽的坏话，但既然胤祉生气了，他便也显出一种十分生气的模样，且在生气之余，他还这么对胤祉言道："对了，三阿哥，就在前些天，我听太子说过，他当了二十多年的太子了，已经当得不耐烦了……"

胤祉马上便兴趣陡增："四阿哥，他当真这么说过？"

胤禛的脸色十分诚挚："三阿哥，我干吗要骗你？对了，三阿哥，太子说这样的话，是何意思？"

胤祉"哈哈"一笑道："他还会是什么意思？他现在就想当皇帝呢！"

胤禛立刻就现出一种惊恐的表情："三阿哥，这如何了得？父皇还在位上，他怎么可以有这种想法？"

胤祉沉声言道："有这种想法，便是大逆不道，犯上作乱！过去，我对此虽早有耳闻，却苦于没有真凭实据。现在，一切都水落石出了，我定要在父皇面前认真地告他一状，看他这太子之位，究竟还能保多久！"

胤祺慌忙言道："三阿哥，你向父皇告状的时候，可千万不要说是我所言啊，不然，让太子知道了，我定然要吃大苦头！"

胤祉"嘿嘿"一笑道："四阿哥不必多虑，我只向父皇说一切都是我亲耳所听，岂不就与你毫无干系了吗？"

"那是，那是，"胤祺点头哈腰地道，"三阿哥做事，就像三阿哥的箭术，实在是高明！"

胤祉乐了，乐得眉开眼笑的。胤祺也乐了，却是乐在心里。一明一暗地这么乐了一会儿，胤祺就离开了诚郡王府。胤祺敢肯定，要不了多长时间，那胤祉就会去往皇宫找父皇告太子胤礽的状。

果然，胤祺刚一离开，胤祉就迫不及待地装束一番，径往皇宫去了。来到宫内，打听到康熙皇帝现在乾清宫，便又马不停蹄地直奔乾清宫而去。进得乾清宫，迎面撞上那个赵昌，胤祉就急急地问道："赵公公，皇上安在？"

赵昌见胤祉走得满头大汗，心知定有紧急之事，于是就忙着哈腰言道："诚郡王请随奴才过来……"

胤祉跟着赵昌刚一挪步，却见那康熙已经稳步走了出来："三阿哥有何事要见朕？"

胤祉见赵昌站在一边，欲言又止。康熙瞪了赵昌一眼道："你在此还有何干？"

赵昌慌忙回道："奴才这就退去，这就退去……"一边说着一边就没了踪影。

胤祉这才用一种十分气愤的语调言道："父皇，儿臣近日听得一件事情，心中非常不快，所以特来禀告父皇知道！"

康熙"哦"了一声道："何事惹得三阿哥如此不快啊？"

胤祉煞有介事地回道："十多天前，儿臣与那太子在一起玩耍，玩得正高兴呢，那太子忽然言道，当了二十多年的太子，委实不耐烦了……儿臣听到此话，简直就不敢相信自己的耳朵！太子为何要说这样的话？太子说这种话又是何意？儿臣思虑再三，觉得此事非同儿戏，终不敢隐瞒……"

胤祉说完，直直地看着康熙。而康熙，也定定地看着胤祉。这父子俩儿，就这么互相看着，一时谁也没言语，他们好像都在揣摩着对方的心理。胤祉所言都是真的吗？康熙听到这件事情，心中会有何种感受？

终于，康熙率先开了口。他说话的语调，听起来非常平淡，甚至有一种漫不经心的味道："胤祉，你适才所言，都是你亲耳所闻？"

胤祉赶紧道："儿臣适才所言，句句属实，句句都是儿臣亲耳所闻！"

康熙点了点头，语调依旧是那么淡淡的："好了，胤祉，你可以走了。这件事情，朕自会处理的。"

胤祉颇感意外。康熙听了这么重要的事情，怎么会如此无动于衷？可既然康熙叫他"可以走了"，他又没有任何理由再在这里逗留。故而，胤祉只是深深地看了康熙一眼，又狠狠地吞下去一口唾沫，便快快地离开了乾清宫。

而实际上，康熙并非像胤祉想象的那样无动于衷。听了胤祉的话后，他一直在十分严肃地思考着这么两个问题：一、胤祉所言，是否属实？二、如果胤礽真的说过这样的话，目的何在？

康熙思考的结果是：一、如果胤礽真的说过这样的话，那定然别有企图；二、如果胤礽未曾说过这样的话，那胤祉也定然别有企图。究竟是谁在别有企图呢？

康熙唤过赵昌："去，把太子叫到朕这儿来，要快！"

赵昌的手脚的确很麻利，工夫不大，他便不知从什么地方就把太子胤礽领到了乾清宫。见了康熙，胤礽跪地请安。康熙言道："你起来吧，朕有话对你说。"

站在康熙面前的胤礽，高大魁梧，看起来委实气度不凡。康熙静静地问道："胤礽，你今年多大岁数了？"

胤礽不觉一怔。他的岁数，康熙如何会不知？但康熙既然问起，他也就只能回答："儿臣今年已经满二十六岁……"

胤礽是1674年生，至1700年，正好满二十六岁。康熙又问道："胤礽，你做大清太子，共有多少个年头了？"

胤礽更觉诧异。他自生下来便被康熙立为太子，他做太子的年头，显然与他的年龄相等。康熙是真的淡忘了还是明知故问？"回父皇的话，儿臣做大清太子，也已经做了二十六年……"

康熙又点了点头："是呀，做了二十六年的太子，也着实不易啊！"

康熙此话何意？胤礽正紧张地思考着呢，康熙又问道："胤礽，你可知朕今年多少岁数？"

胤礽似乎越发摸不着头脑："父皇今年……应该是四十八岁……"

康熙微微一笑道："你记得很清楚。这就说明，你在时时刻刻地惦记着朕！"

胤礽赶紧言道："做儿臣的，哪有不惦记着父皇的道理？"

康熙脸上的笑容消失了："胤礽，你是在惦记着朕的年龄，还是在惦记着朕的帝位？"

康熙如此说，胤礽便有些慌乱："儿臣实不明白父皇话中的意思……"

"你还会不明白？"康熙勃然大怒，又拍案而起，"你心里比谁都清楚！你不是说过，你当了二十多年的太子，已经当得不耐烦了吗？"

胤礽真的慌了。他确实说过这样的话，而且还不止一次。可是，皇帝怎么会知道？莫非，有人向康熙告了状？是谁有这么大的胆子敢告他太子胤礽的状？

胤礽这么一慌，一时间也就不知如何言语。康熙追问道："胤礽，你为何不敢开口？你是不是要朕马上就退下来让你来做大清的皇上？"

"儿臣不敢，儿臣该死！"胤礽"咕咚"一声跪倒在地。他已决定，先向康熙承认了再说。待混过这一关，再详加调查究竟是谁告的黑状。所以，胤礽就一边冲着康熙不停地叩头一边几乎痛哭流涕地道："父皇，儿臣真是该死啊……前些日子，儿臣不慎饮酒过量，便胡言乱语了几句。万没想到，竟然有人跑到父皇的面前告儿臣不忠不孝，儿臣就是跳到黄河也洗不清啊……儿臣该死，儿臣真是罪该万死！"

胤礽在康熙面前的痛苦表现，倒也可圈可点。只不过，康熙好像不吃他那一套。康熙冷冷地言道："胤礽，你以为你酒后所说，便是胡言乱语了吗？难道你没听说过'酒后吐真言'这句话吗？看来，你胤礽确是一个很有野心的人啊！"

康熙一语道破天机，胤礽却也没再狡辩。他情知，此刻再作狡辩也无多大用处。所以，他只是不停地叩头不停地谢罪："儿臣知罪，儿臣该死！儿臣该死，儿臣知罪……"

胤礽叩头也算是卖力，前额都几乎叩出血来。康熙见此情状，便多少有些不忍心起来。毕竟，胤礽是孝诚仁皇后赫舍里所生。毕竟，胤礽是他康熙钦封的太子。毕竟，胤礽也只是说了那么几句话并没有做出什么相应的举动。所以，默然了一会儿之后，康熙就不冷不热地言道："胤礽，你要记住朕的话，既不要乱说乱动，更不能得意忘形！你只需小心谨慎地做你的太子便是，否则，你的前途堪忧……"

"前途堪忧"四个字是何意义？反正，康熙一训起胤礽来，便会情不自禁地想起那个赫舍里，而只要一想起那个赫舍里，康熙最终似乎就都能宽恕胤礽的所作所为。这，究竟是康熙用情太专，还是康熙已经一步步地走向了糊涂和昏庸的深渊？

康熙可以原谅胤礽的不忠不孝之语，但胤礽却绝不会宽恕向康熙告状的那个人的所作所为。别了康熙之后，胤礽径直找到了索额图，一边揉着早已红肿的额头一边气咻咻地吩咐索额图道："你要想尽一切办法，给我查出究竟是谁在背后说我的坏话！"

胤礽的话对索额图而言，不啻是最高指示了。然而，胤祉告胤礽的状，是当着康熙的面直陈的，而并非是通过什么奏折，所以，索额图折腾了好几天，终也未能查出背后的胤祉来。就在索额图感到万般无奈，一筹莫展之际，他猛然间想起一个人来。他以为，宫中和朝中之事，没有那个人所不知道的。那个人，便是四阿哥胤禛。

然而，当索额图找到胤禛，将来意说了一番之后，胤禛却明明白白地摇了摇头。索额图急道："连四阿哥都不知道，看来这人做事也太过诡秘了！"

胤禛自然知道是胤祉在康熙面前告胤礽状的。胤禛之所以不当面告诉索额图，是因为他没有充分的理由什么都知道，如果他胤禛真的什么都知道的话，反而会引起别人的怀疑。所以，胤禛装模作样地思考了一番之后，这样对索额图言道："索大人，虽然我不知道究竟是谁在皇上的面前告太子的状，但我却知道，只要找着一人仔细地盘问，便可真相大白……"

索额图忙问道："四阿哥，快说，该找谁去盘问？"

胤禛不动声色地言道："去找那个赵昌，或者去找那个阿雨……"

经胤禛这么一点拨，索额图立即就豁然开朗起来。是啊，那人既然当着康熙的面告胤礽的状，就必然会去康熙的寝宫，而赵昌和阿雨几乎从不离康熙的左右，是一定会知道其中内情的。索额图不禁叹道："四阿哥，你当真是聪明绝伦啊！"

胤禛忙谦逊地摆了摆手道："索大人太过夸奖了……只是有人敢告太子的黑状，我心中发急，一时这么胡思乱想来着，哪有什么聪明绝伦之说？"

索额图重重地道："待此事查个水落石出之后，我定报知太子殿下，让太子殿下好好地奖赏你！"

胤禛回道："如此多谢索大人！不知索大人去找赵昌还是去找阿雨？"

索额图言道："阿雨那女人整天闷闷的，软硬不吃，还是找赵昌比较稳妥！"

胤禛笑道："索大人言之有理！只要给赵昌一些好处，赵昌什么都会说！"

果然，在得了索额图一些银两之后，那赵昌便告诉索额图：那天上午，在皇上唤太子胤礽之前，三阿哥胤祉曾入乾清宫面见皇上，行为极其可疑。但当索额图追问是否敢肯定就是胤祉告胤礽的状，赵昌却吞吞吐吐地道："我没有听见诚郡王和皇上的谈话……"索额图未免有些失望，但不管怎么说，毕竟有了胤祉这么一个嫌疑人。而当胤礽得知这一切后，却异常肯定地道："就是胤祉告的状！他对我当太子一直心怀不满！他以为只有他胤祉才够当太子的料！真是气煞我也！"

然而胤祉毕竟不同于那个大阿哥胤禔。胤祉是不会在乎别人对他进行什么威胁和恫吓的。索额图有些为难地问道："太子殿下，该如何对付三阿哥呢？"

胤礽其实也没有什么好办法可想，但他却依然气急败坏地冲着索额图嚷道："找些人手，再找个机会，先好好地教训那个混蛋一顿！"

索额图没辙，只得按胤礽的吩咐，先找人日夜监视胤祉了。胤禛闻知后，也没有闲着，而是找来一人道："三阿哥现在被盯得很紧，我不便接近，你可以利用上朝散朝的机会，告诉三阿哥，就说太子已经知道他告状的事了，正派人监视他，而且还要找机会杀掉他！"

那人点点头，照着胤禛叮嘱的话去做了。后来那人回复胤禛道："三阿哥叫我代他好好谢谢四阿哥。三阿哥说，他已经作了周密的安排，太子是不会轻易得手的。三阿哥还说，既然太子决计要除掉他，那他就会先下手为强！"

胤禛高兴地拍着那人的肩膀道："隆大人，好戏就要开场了！"

你道那"隆大人"是谁？他就是当时清廷中的理藩院尚书隆科多。胤禛的一切所作所为，他不仅全部知道，而且还充当了得力的帮凶这一角色。这样的角色，最终会有一个什么样的结局呢？

【第十九回】

战沙场提枪纵马，捉刺客分逆辨忠

　　且说日月如梭，光阴荏苒，转眼便到了1703年的春天。就在这年的春暮，康熙决定南巡。

　　康熙南巡，和后来他的孙子乾隆下江南光景大不相同。乾隆自命风流倜傥，又极爱奢侈豪华，所以，乾隆数次下江南，每次都竭尽铺张，渲染之能事，场面搞得宏大、壮观，却也使得民不聊生、怨声载道。大清一朝，由乾隆时期达到极盛，又从乾隆时期转为衰败，恐与乾隆数次下江南这种追求豪华奢靡的生活风气不无关系。俗话说，上梁不正下梁歪。你乾隆可以如此耽于享受，其他的大小官吏自有充分理由效仿。

　　而康熙则不然。康熙自幼便崇尚节俭，加之连年战乱，他对民生疾苦也是比较了解的。他一生虽也几次南巡，但与乾隆相比，他南巡时给百姓带来的负担和造成的痛苦，恐怕就微不足道了。尽管康熙晚年性情似乎大异，但他崇尚节俭之风，却也没丢。比如这次南巡，康熙的随行人员就十分简单：有十多个太监和女侍，包括赵昌和阿雨，有十多个朝中大臣（索额图托病留在京城），还有几个后妃，包括生下十阿哥胤䄉的温僖贵妃钮祜禄氏、生下十三阿哥胤祥的敬敏皇贵妃章佳氏等。护卫禁军，只有数百人。诸皇子中，康熙只将十五岁的十四阿哥胤禵（德妃乌雅氏所生、胤禛的同父同母兄弟）带在了身边。康熙只将胤禵一人带去南巡，莫非别有一番意思？

　　康熙此次南巡的目的主要有三：一、到江南去散散心，因为康熙总是觉得皇宫里太闹；二、巡视一下漕运问题，漕运是康熙最为关切的问题之一；三、顺便整顿一下沿途的吏治，让十四阿哥胤禵开开眼界。可以说，康熙南巡的目的基本上都达到了。尤其是第一个目的。待康熙南巡归来，无论是身体还是精神，他都觉得焕然一新。只不过，在归京的途中，确切地说，是在康熙南巡归来，就要走进北京城之前的时候，康熙的身体和精神，却受到了一次极为沉重的打击。

　　康熙在江南逗留了数月，于这一年（1703年）的秋天开始往北京城返。一路上，康熙的兴致很高，同十四阿哥胤禵、赵昌和阿雨、温僖贵妃钮祜禄氏和敬敏皇贵妃章佳氏、各位朝中大臣等，说说笑笑，好不开心。康熙常挂在嘴边的一句话是："朕此次归来，就像是换了一个人似的！"殊不知，他在京城南郊，真的差点"换"了一个人。

康熙顺运河北上，到达北京城南郊时，已是秋暮。京城虽繁华，但郊外却是别样光景。尤其是康熙等人当时正在行进中的京城南郊，似乎就更加荒芜，除了沟沟坎坎，便是衰草枯树，乍看上去，很有些冬天模样。

按理，康熙一行人都要接近北京城了，城内的大小官吏及百姓人等应该出城来迎驾。但康熙不想过于张扬，他禁止随从入城内通知。他对胤禵和随行的大臣们言道："朕悄悄地入城，再悄悄地回宫，岂不是很好？"然而，就这"悄悄"二字，却差点丢了康熙的性命。当时正是夕阳下山时候，夕阳、衰草、枯树，便构成了一幅十分荒凉却又颇能勾引人无限遐想的景象。当然，有大清皇帝融入这景象，即便真的是冬天，恐也会春意盎然的。

康熙估计，顶多一个时辰，他就可以重新踏上北京城的土地了。如果把北京比作是康熙的家，那康熙已经有好几个月没有回家了。这么长时间没有回家，应该会对家产生一种思念的感情，而当来到家门附近，又应该会产生一种激动的情感。可是，对康熙来说，却既没有什么思念更没有什么激动；相反，康熙对北京、对皇宫，似乎还有一种很厌恶的感觉。换句话说，康熙真想留在青山秀水的江南，再也不回北京了。但康熙同时又深深知道，无论他去往哪里，无论他在外滞留多长时间，最终，他还是要回到北京，回到高墙林立的皇宫里。这，是不是有些矛盾？康熙作为大清江山的主宰，能否有办法解决这个矛盾呢？康熙似乎真的在想什么办法来解决这个矛盾了。他骑在马上——康熙不喜欢乘车，他把车辇都让给了后妃及阿雨等女侍——眉头紧锁，苦思冥想着。紧傍在康熙右侧的十四阿哥胤禵，见康熙这副模样，便忍不住地问道："父皇，就要进北京城了，在想什么呐？"

康熙十分严肃地回答胤禵道："父皇在想一个很重要的问题，你小孩子是不会懂的！"

胤禵急急地言道："父皇，孩儿都十五岁了，是个大人了……"

康熙笑道："你十五岁如果是一个大人的话，那父皇岂不是一个老头子了？"

康熙笑归笑，但心中却也蛮喜爱这个十四阿哥的。胤禵虽然才十五岁，可个头却很高，直追康熙。更主要的，康熙始终以为，在诸皇子中，若以才学论，胤禵绝不逊于三阿哥胤祉。康熙心念一动，十四阿哥都这么大了，也该封个贝勒了。

胤禵自然不会知道康熙的心理活动，他依然很认真地争辩道："父皇，你不是老头子，但孩儿也绝不是小孩子！"

康熙还未及答话，傍在康熙左侧的那个赵昌却抢先说上了："十四阿哥，这种道理你还不懂？在父母的眼里，儿女始终都是长不大的孩子……"

康熙当即喝道："赵昌，朕与十四阿哥谈论，你如何敢在一边胡言乱语？"

赵昌本是想凑凑热闹的，可却讨了个没趣，于是赶紧噤声，一勒马缰，就落在了康熙的后面。康熙余怒未息地对胤禵道："这个赵昌，胆子越来越大，什么时候他都敢插上嘴来，真是气煞朕也！"

胤禵忙劝慰道："父皇息怒，那赵昌只不过是个奴才，如果父皇对他不满意，可以……"

可胤禵的话还没有说完，那赵昌却又催着马匹追上了康熙。这一回，赵昌可不是来插嘴的。他脸色苍白，神情极度恐慌，双唇抖动了好一会儿，才抖动出这么一句话来："皇上，大事不好了，后面发现蒙面刺客……"

胤禵一听，忙跃马舞剑，冲到了赵昌的近前："赵公公，那刺客何在？"

赵昌未及开口，一个禁军头领便匆匆跑到康熙面前禀告道："皇上，前面有蒙面刺客挡住去路……"

那禁军头领话音未落，又有几个禁军头领跑来报告道："左边发现蒙面刺客！""右边发现蒙面刺客……"

胤禵一时大为惊诧："怎么会……到处都有蒙面刺客？"

康熙静静地对胤禵道："十四阿哥，我们已经被蒙面刺客包围了！"

胤禵喝问那几个禁军头领道："这些蒙面刺客是些什么人？竟敢如此惊动圣驾！他们不要命了？"

一个禁军头领回道："十四阿哥，小的们也不知道何故……小的们对那些蒙面人说，这里是皇上圣驾，快快闪开，可那些蒙面人依然挡住去路……"

康熙轻轻地言道："胤禵，不要再问了，那些蒙面人是来取朕性命的！"

胤禵大怒道："父皇，待孩儿冲上前去，将那些蒙面人杀个片甲不留！"胤禵说着，便要催马离去。康熙迅速制止道："胤禵休得冲动！现在最重要的是冷静！"

康熙也果然十分冷静。这个时候的康熙，颇有他年轻时候的风范。他先详细地问清了四周的情况，然后自言自语地道："蒙面人虽有数百之众，但朕的身边，也有五六百禁军，尽管来者不善、善者不来，但抵挡一阵，也总是可以的……"

接着，康熙召过两个禁军头领道："这里距京城近在咫尺，你二人应想办法从这里冲出去，到京城去搬救兵……"

那两个禁军头领回道："小人就是粉身碎骨，也要搬来援兵救驾！"

康熙微微笑道："你们可不能粉身碎骨啊，你们粉身碎骨了，谁来救驾？"

康熙这一笑，给了那两个禁军头领以无限的信心和勇气。后来，那两个禁军头领也不辱使命，在一片混战中，终于冲了出去——实际上只冲出去一个，另一个为掩护冲出去的那一个而为皇上捐躯。

康熙又吩咐剩下的那几个禁军头领道："把禁卫军都朝这里收拢。蒙面人不动，你们也不要动！"

很快，五六百个禁卫军就收拢成了一个圆圈，将康熙及温僖贵妃钮祜禄氏、敬敏皇贵妃章佳氏等女眷紧紧地护在了中间。康熙自然不会完全被动地接受保护，他才五十一岁，还能驰骋疆场。他虽然被禁卫军护在了当中，但他的手中，却早就握住了一把长剑。康熙如此，诸大臣及太监们，尽管心中多少有些惊慌，却也不甘示弱似的，各自找着武器，做出一副随时准备冲锋陷阵的模样。就连那赵昌，也不知从什么地方找着了一把女人用的小剪刀，用手横握着，还不时地比画两下。只不过，不知内情的人看到赵昌那模样，还以为他是要用剪刀来自杀。只有那十五岁的胤裪，紧紧傍在康熙的身边，一手提着马的缰绳，一手握着闪着寒光的长剑，显得气宇轩昂、英姿飒爽。

太阳落山之后，空气中显得有些寒冷的时候，那数百个蒙面人开始行动了。他们从东南西北四个方向朝康熙的禁卫军逼近。他们有的骑马，有的步行，有的手握刀剑，有的却赤手空拳。尽管他们的面部都蒙着一层黑布，只露出一双鬼魅的眼睛，但内行人还是可以看出，那每一双鬼魅的眼睛里，都充满了冷酷的杀气。显然，这是一批专门以杀人为职业的人，专门以杀人为职业的人，究竟是些什么人？

康熙算不上是个行家，但他还是很快地看出了其中的究竟。他低低地对胤裪言道："今日之事恐有些不妙，这些蒙面人大都是江湖上的杀手……"

胤裪一怔："江湖杀手？他们为何要在此地截杀我等？"

康熙回道："这些江湖杀手只认钱不认人，只要给他们足够的钱，他们什么人都敢杀！"

胤裪若有所悟地道："父皇的意思是，是有人收买了这些人，让他们特地到这里来截杀父皇及孩儿？"

康熙沉沉地点了点头："应该是这样……一定是这样！而且，这人的来头还不小。你想想看，一下子买通这么多江湖杀手，该需要多少两银子？而且，要杀的人还不是别人，是朕，是大清的皇上……"

胤裪怒目圆睁道："父皇，这该是何人？"

康熙回道："只要能躲过这一劫，朕定会查个水落石出！"康熙正与胤裪嘀咕着呢，不知是哪个蒙面人突然发出一声长啸，跟着，所有的蒙面人都一起向着康熙的禁卫军冲了过来，而且阵形保持得十分整齐。显然，这些蒙面人是经过较长时间专门训练的。训练这些蒙面人的人，会是谁？康熙的禁卫军自然是清军中的精英。可是，与那些蒙面人相比，康熙的禁卫军就显得不堪一击了。因为康熙估计得一点不差，那些蒙面人几乎都是江湖上的职业杀手。江湖上的职业杀手，该是何等的冷酷无情？这些冷酷无情的人聚在一起，又受过较长时间的专门训练（指排兵布阵，互相配合等方面），在这面对面的肉搏战场上，该有何等的威力？

康熙本以为，蒙面人虽然来者不善，但也只不过数百人，而他的禁卫军便也有五六百人，并不比蒙面人少多少，纵然禁卫军不敌，也至少能抵挡一阵子。只要能抵挡一阵子，待那两个禁军头领搬得救兵来，就能化险为夷了。但康熙没有想到的是，那些个蒙面人刚刚发起冲锋，他的禁卫军就有些招架不住了。

那些个蒙面人，使刀的刀精，使剑的剑熟，赤手空拳的，不是拳脚利索，就是暗器厉害，直打得康熙的禁卫军，不是哭爹叫娘，就是抱头鼠窜。其实这也难怪，在这些只要钱不要命的江湖杀手面前，寻常的官兵怎能抵挡得住？

似乎只是一眨眼的工夫，康熙的禁卫军就差不多溃不成军了。好在康熙的禁卫军里，还有一百多名弓箭手，这些弓箭手平日里都是百发百中的，虽然此时此刻，这些弓箭手未必能一箭就射倒一个蒙面人，但一百多支箭一起射出去，那些蒙面人还是颇有忌惮的。所以一时间，康熙等人还是比较安全的。然而，弓箭手携带的弓箭毕竟有限，待弓箭手无箭可射的时候，康熙等人还会那么安全吗？

实际上，蒙面人在发起了第一次攻击之后，就已经在准备着发起第二次的攻击了。因为蒙面人很清楚，这里距北京城太近，时间拖得越久，就越对他们不利，他们必须速战速决。他们每人都有一身过硬的功夫，禁卫军的弓箭对他们的威胁也并不是特别大。所以，他们准备发起的第二次攻击，也就是最后一次的攻击。

胤禵虽小，却也看出了形势的危急。他环顾四周之后对康熙言道："父皇，这些江湖杀手，果然凶残无比，只攻了一次，禁卫军便死伤过半……"

康熙静静地问道："胤禵，今日之情形，你可否害怕？"

胤禵回答："孩儿何怕之有？孩儿只是有些担心……"康熙深深地望着胤禵道："你莫不是担心父皇会有什么不测？"

胤禵点头："孩儿正是担心这一点……"

康熙"哈哈"一笑道："胤禵，你休得担心！父皇自八岁登基以来，虽也曾南征北战，但还从未真刀实枪地拼杀过！今日得此良机，父皇正好可以一展身手！"

康熙所言，当然主要是为了给胤禵以鼓励，但另一方面，康熙的"身手"也确实不容小觑。想当年，为了制服鳌拜，康熙和索额图、明珠等人一起，研习了许多的武功。后来，康熙骑马射箭，几乎从未间断过，尽管现在已经五十一岁了，但骑在马上，手握长剑，康熙依然不失一名大将风范。

见康熙如此临危不惧，胤禵便也高声言道："父皇，今日就让孩儿与你并肩作战！""好！"康熙大叫一声，"你与父皇并肩作战，当无往而不胜！"

说话间，蒙面人的第二次攻击就已经开始。很显然，蒙面人是想在天黑以前解决问题。尽管禁卫军的弓箭手不停地放箭，但蒙面人还是从四面八方攻了上来。而且，有几个蒙面人冲破层层拦截，直向康熙和胤禵冲来。

康熙微笑着对胤禵道："皇儿，敌人冲过来了，该是父皇与你并肩作战的时候了！"

胤禵豪气十足地道："父皇放心，孩儿绝不会给您丢脸！"

康熙大笑道："皇儿，你不会给父皇丢脸，父皇也绝不会在皇儿的面前贪生怕死！"

说时迟、那时快，一个骑马的蒙面人疯狂地冲到近前，抡起大刀就朝康熙砍来。凡使大刀之人，必有过人的力气。康熙识得厉害，不敢正面封挡，赶紧一抖缰绳，马蹄便向前跃。只听"呼"的一声，那蒙面人的大刀就贴着康熙的马尾砍在了地上。好险！如果康熙躲得稍稍慢一步，即使康熙能够逃得一命，那康熙的坐骑也必将被蒙面人的大刀一分为二。蒙面人一击不中，提起大刀就想对康熙发动第二次攻击。一边的胤禵看得真切，急忙大叫一声道："何方妖孽，竟敢伤我父皇！"说着话，他便纵起身子，连人带剑一起向那蒙面人扑去。

胤禵这种打法，是一种拼命的打法，那蒙面人纵然可以回刀砍倒胤禵，但胤禵手的剑也必将刺中蒙面人。这样，蒙面人就有了两种选择，要么与胤禵拼个两败俱伤，要么就赶紧勒马躲避。勒马躲避，蒙面人心有不甘，而两败俱伤，蒙面人又心有余悸。这个蒙面人，究竟该作何选择呢？面对面的厮杀，最忌讳犹豫不决。实际上，那蒙面人也只是犹豫了一刹那。可就是这一刹那，却决定了那蒙面人的命运。因为一刹那的工夫，胤禵的剑已经迫近了蒙面人的胸膛。同样是一刹那的工夫，康熙的剑也迫近了蒙面人的脊背。蒙面人的大刀，不知是挡前好还是遮后好，就在这一刹那，康熙的剑和胤禵的剑几乎是同时刺进了那蒙面人的身体。一前一后两把剑，又刺得那么有力，蒙面人岂还有命在？尤其是胤禵那把剑，贯穿了那蒙面人的身体，不仅自己差点摔下马来，而且还差点戳到了蒙面人背后的康熙。

康熙一边拔剑一边言道："皇儿，这份功劳，应该记在你的头上！"

胤禵因用力过猛，加上又是第一次这么真真切切地杀人，所以脸色苍白、气喘吁吁地回道："父皇说错了！这份功劳，应该记在父皇的头上！"

康熙爽朗地一笑道："这样吧，皇儿，这份功劳，就记在父皇与你并肩作战的头上……"

蓦地，胤禵大叫一声："父皇，您身后有刺客……"

康熙还算机敏，闻听胤禵喊叫，并没有回头，而是赶紧将身体伏在了马上。康熙刚一伏身，就听"嗖"的一声，一个什么东西便擦着康熙的头皮掠过。那东西虽没有擦伤康熙，但康熙的头皮还是感觉到一阵冰凉。

原来，康熙的马后，来了一个步行的蒙面人。那蒙面人手持一对链子锤，端的厉害。刚才擦过康熙头皮的，便是那对链子锤中的一只。如果康熙的头颅被那只链子锤砸中，纵然康熙贵为大清皇帝，也保不住脑浆迸裂、一命呜呼。

那蒙面人一锤不中，前趋一步，另一只链子锤就又向康熙砸来。恰在此时，一个禁卫军士兵见有机可乘，便端起长枪，狠狠地朝着那蒙面人的脊背扎来。可那蒙面人就像背后长了眼似的，一手收回砸向康熙的那只锤，另一只手却同时将另一只锤向背后甩了过去。那一锤甩得也真准，正甩在那禁卫军士兵的左肋上。只听"扑"的一声闷响，那禁卫军士兵双手一张，喷出一口鲜血，扑地而死。

康熙看在眼里，后悔不迭：如果及时刺出一剑，即使救不了那禁卫军士兵，也至少可以将那蒙面人刺中。康熙正后悔呢，那胤禵又大叫道："父皇小心……"

原来，那步行蒙面人一锤砸死了一名禁卫军士兵之后，又恶狠狠地舞动着双锤，直向康熙砸来。康熙气愤至极，也顾不得其他了，一抖剑身，就迎着双锤冲去，一边冲一边还高声言道："朕与你拼了！"

胤禵见康熙要拼命，大吃一惊，不敢怠慢，急忙言了一声："父皇，孩儿来也！"说着话，催马舞剑，也迎着双锤冲了过去。

按常理，那蒙面人的双锤已然向前砸来，纵使康熙和胤禵气贯如虹，这么明明白白地冲上去，也只能明明白白地去送死。然而怪事出现了，就在那蒙面人的双锤即将砸到康熙和胤禵的瞬间，那蒙面人突然大声地嚎叫一声，身体直直地蹿了起来。这样一来，蒙面人的双锤就"呼"然落地，而康熙和胤禵的两把剑却无遮无挡地刺进了蒙面人的胸腔。这个蒙面人，直到死时都不知道究竟发生了什么事。

甭说蒙面人了，就是康熙和胤禵一时间也不明就里。那蒙面人的双锤分明已砸来，可为何在半途中突然撒了手？所以，刺死了蒙面人之后，康熙和胤禵都有些发愣，他们似乎都不敢相信眼前发生的事情。不过，康熙很快就明白是怎么一回事了。因为，他看见，在地上，有一个人正使劲儿地从那死去的蒙面人的双臀间拔着一把剪刀。那人便是赵昌。原来，那蒙面人使双锤分别砸向康熙和胤的当口，那赵昌不知为何竟然爬到了那蒙面人的身后。蒙面人正集中注意力去对付康熙和胤禵，自然不会发现伏在地上的赵昌。赵昌见情形不妙，也不知从哪来的那么一股胆量和勇气，弓起身子就将手中的剪刀从那蒙面人的双臀间戳了进去。赵昌用的力气太大了，那把剪刀几乎全戳入了蒙面人的体内。饶是那蒙面人天不怕地不怕，也被赵昌戳得又是嚎又是跳。这就是康熙和胤禵能够一击得手的真正原因。

胤禵当然也看见了赵昌。他恍然大悟地对康熙道："父皇，原来是赵公公立了头功……"是呀，没有这个看起来胆小如鼠的赵昌，就没有了康熙和胤禵的性命。这一番功劳，岂是一个"头功"可以了得？

康熙重重地对赵昌言道："待朕平安回京，一定好好地封赏于你！"

康熙也没有食言。平安回到京城后不久，就赏赐了赵昌一项四品顶戴。要知道，当时的太监，最高官衔也不过四品。赵昌的哥哥赵盛，与康熙的"私交"甚笃，破例出宫时，康熙也只是给了他一个四品的顶戴。也就是说，赵昌凭着一把女人用的剪刀，由一个无职无衔的寻常太监，一跃成为皇宫中的"权臣"。

赵昌还未来得及谢恩呢，却听"的的"一阵马蹄声，几个蒙面人横刀舞剑，将康熙和胤禵及赵昌围在了中间。

赵昌一见，顿时哭丧着脸言道："皇上、十四阿哥，奴才的这把剪刀现在没用了……"

胤禵高声道："赵公公，你闪过一边，待我上前与这些亡命之徒大战三百回合！"

但康熙知道，纵然换了三阿哥胤祉在此，恐也不是这几个蒙面人的对手。不过，康熙依然大声叫道："胤禵，待父皇与你并肩作战！"

胤禵精神一振，策马来到康熙身边。这皇父皇子对望一眼，便要做殊死一搏了。而殊死一搏的最后结果，康熙清楚，胤禵也清楚。

然而，康熙毕竟不是凡夫俗子。他是大清皇帝，是天子，他的生死不是这几个蒙面人所能决定的。所以，看起来康熙和胤禵形势非常危急，用"危在旦夕"来形容一点也不过分，但实际上，却只能用"有惊无险"来形容。

就在那几个蒙面人意欲对康熙和胤禵发动最后一击的关键时刻，只听"呼"的一声，从康熙和胤禵的身后，飞来一颗火枪子弹，将一个蒙面人当即打落马下。其他蒙面人正自发愣呢，"呼啦啦"地涌过来上百名骑兵，将康熙和胤禵等人严严实实地护住。为首的，正是康熙派往京城去搬救兵的两个禁军头领中的一个——前书中曾有交代，另一个禁军头领已经战死——康熙高兴得还未来得及发话，又听"呼呼啦啦"的，至少有上千名骑兵从康熙等人的旁边掠过，向着前方的蒙面人掩杀了过去。这上千名骑兵中，不仅有大批的弓箭手，而且还有数目可观的火枪手。如此一来，那些蒙面人武艺再高强，也只得落荒而逃。此时，天刚刚蒙上了黑影。

康熙问身边的那个禁军头领道："你们为何来得如此之快？"

前书中虽然写了那么许多文字，但从夕阳下山到天蒙上黑影，其实是比较短暂的。在这比较短暂的时间里，要冲出包围圈到京城里去搬救兵再赶到这里来，几乎是不可能的。除非，正好有一支军队在城外等候着。

那禁军头领刚要回话，却见一匹马风驰电掣般地跃到康熙的近前。马上之人，迅捷地翻身下马，单腿跪在康熙的马前："禀皇上，所有蒙面刺客均已被打散……微臣救驾来迟，乞望皇上恕罪！"虽然天色朦胧昏暗，但康熙还是一眼就看出，跪在马前之人，乃朝廷理藩院尚书隆科多。这隆科多为何会带兵及时救驾？还有那些蒙面人，究竟是受何人指使？

康熙不想在这郊外把诸多疑点一一弄清。既然已经平安脱险，那就等回宫之后再行处理。所以，康熙就高声言道："隆爱卿速起，你救驾有功，何罪之有？"

隆科多爬起身子。康熙忽又问道："隆爱卿，你可曾生擒几个蒙面刺客？"

隆科多回道："那些蒙面刺客太过狡猾，微臣曾逮住十多个，但大都自尽身亡，只剩三人，被微臣结结实实地捆绑起来……"

康熙马上吩咐道："那三人要好生看管，万不可再出什么意外！"

隆科多"喳"了一声，不敢怠慢，忙亲自去看押那三个俘虏了。康熙抖擞了一下精神，冲着站在马尾边的赵昌言道："赵昌，起驾回宫！"

赵昌见性命无忧，也不禁精神抖擞起来，急急地扯开尖细的嗓门叫道："起驾——回宫！"康熙和胤禩等人虽然保住了性命，但郊外这场变故，却让康熙刻骨铭心。保护康熙的那五六百名禁卫军，战死十之八九。而随行的十几位朝中大臣，更是非死即伤。所幸的是，温僖贵妃钮祜禄氏和敬敏皇贵妃章佳氏及阿雨等女眷，却几乎丝毫无损。也许，蒙面刺客不想无端地去猎杀那些女人。但不管怎么说吧，康熙从郊外回到皇宫之后，内心的愤怒的确是难以言表。刚一回到皇宫，康熙便与隆科多一起，对被俘的那三个蒙面刺客进行了秘密审讯。然而，无论隆科多如何逼问，那三个蒙面人就是一言不发。

隆科多请求道："皇上，让微臣带他们下去，给他们一点颜色瞧瞧！"

所谓"颜色"，便是用刑。那个时代，用刑是极其普遍和正常的现象。皇宫内也不例外。但康熙却对着隆科多摇头道："朕以为，这些江湖杀手，连死都不惧，又岂怕受皮肉之苦？"

隆科多惶然言道："既如此，他们就是不开口，又如之奈何？"

康熙微微一笑道："隆爱卿休得焦急，朕自有办法让他们开口！"

隆科多不觉睁大了眼："皇上，不施以酷刑，他们如何肯开口？"

康熙信心十足地道："朕以为，这些江湖杀手，虽然不惧怕死，但却渴望活。隆爱卿以为如何？"

隆科多不明白，只得摇摇头。是啊，既然不怕死，又何来的渴望活？这不是自相矛盾吗？殊不知，世上万事万物，本来就都是处于一种矛盾当中。没有矛盾，就不会有万事万物的发展变化。如果说康熙确实比一般人聪明，那他似乎就聪明在这一点。

如果隆科多能深入地想一想，就不难明白康熙话中的道理。这些江湖杀手，本来就不怕死，加上又犯了弥天大罪，就更无活路可言。在这种死路一条的境况下，你就是扒了他们的皮，抽了他们的筋，他们也不会开口的，因为开口不开口，他们只能有一条路可走，那就是死。与其开口死去，还不如顽抗到底——江湖中很讲究这种死法——但是，求生却是任何人与生俱来的欲望。尽管这些江湖杀手不惧怕死，可如果有人给了他们一条活路，他们也是不会轻易放弃的。至少，康熙认为，完全有这种可能性。

所以，康熙就慢慢悠悠地踱到了那三个蒙面刺客的面前——他们此时当然已不再蒙面了——然后，康熙又慢慢悠悠地言道："朕以大清朝皇帝的名义宣布，只要你们供出你们幕后的指使者是谁，朕就恕你们无罪！"

自古君无戏言。康熙恕谁无罪，谁即使犯下滔天罪行，也将一笔勾销。故而，康熙如此一说，那三个刺客就不禁面面相觑起来。

然而，那三个刺客也只是面面相觑，一时间并没有说话。康熙不由得暗自思忖道："莫非，朕估计错了？"

但康熙不甘心，确切地说，他不死心。他几乎就像任何独裁者一样，总是认为自己是始终正确的。所以，他就又大声地言道："朕说恕你们无罪，只是此刻，过了此刻，即使你们全部招供，也难逃活命！"

康熙这一番话还真管用。话音刚落，便有一个刺客慌慌张张地叫道："皇上，只要您能放小人一条活路，小人愿如实招供……"

康熙心中一喜，但表面上却依然十分沉静。他望着另外两名刺客问道："你们此刻做何感想啊？"那两个刺客一言不发。显然，这两个刺客至死也要守着道中规矩——杀手这一职业，按道中规矩，无论如何也不能说出雇主是谁——康熙淡淡地笑着对隆科多道："这两个冥顽不化的家伙，就交与你任意处置吧！"

隆科多即刻唤道："来人啊！将这两个刺客打入死牢，听候发落！"

立即就跑过来几个侍卫，把那两个被捆绑得结结实实的刺客拖了下去。等待这两个刺客的，除了死亡之外，别无他路。

康熙望着剩下的那个刺客问道："朕已恕你无罪，你现在就如实招供吧！"

那刺客多少犹豫了一下，然后终于言道："小人等所作所为，全是受索额图索大人指使……"康熙闻言，愕然问道："你是说，索额图？"

那刺客点头："索大人给小人等每人五千两银子，还说待事成之后，每人再赏五千两！"康熙禁不住地朝后"噔噔噔"地连退了好几步："索额图……竟然要谋取朕的性命……"是啊，康熙与索额图，在过去的岁月里，可以说是患难与共，尽管后来俩人的关系日渐疏远，康熙对索额图也日渐不满，但就康熙而言，似乎从来就没有想过要把索额图置于死地。也甭说索额图了，就是那明珠，康熙不也网开一面吗？康熙的晚年再多变化，也从没有忘记索额图和明珠在过去的岁月里为大清朝、为自己所立下的丰功伟绩。然而现在，索额图竟花大把银两收买江湖杀手要取他康熙的性命，这叫康熙如何敢相信？信与不信，那刺客就是这么说的。康熙正自发呆呢，隆科多一旁轻轻地言道："皇上，微臣早就疑心这一切都是那索额图所为……"

康熙更是惊诧："隆爱卿，你如何会早就疑心？"

隆科多答道："自皇上离开京城南巡之后，微臣便发现索额图有不轨之心……"

康熙怔怔地道："朕直到现在，还不敢相信，这一切竟然都是索额图所为……"

隆科多建议道："皇上，将这刺客带到索府，与那索额图当面对质，不就真相大白了吗？"

康熙点点头，然后问那刺客道："你可愿意与朕一起去往索额图家中？"

那刺客凄然一笑道："小人既已和盘托出，还在乎见那索大人一面吗？"

这刺客也真的应当"凄然"。因为，康熙虽然当着他的面恕他无罪，但最终，他还是被关进了监牢，数年之后，便郁郁而死。是康熙变得不守信用了，还是他实在罪有应得？

于是，康熙就与隆科多一道，带着数百名宫廷侍卫，连夜赶到了索额图家中。索府的院门竟然洞开着，索府院内，灯光亮如白昼，只是不见一个人影。

隆科多大惊失色道："皇上，莫非那索额图已经逃之夭夭？"

康熙也不禁有些疑惑。是啊，阴谋不成，事情败露，索额图是极有可能逃跑的。可就在这当口，那索额图却不知从什么地方钻了出来，且冲着康熙一拱手道："皇上，臣在这里已经等您很久了……"

康熙一怔，继而喝道："索额图，你如何敢阴谋行刺于朕？"

索额图先是瞟了一眼站在康熙身边的那个被铐住手脚的刺客，然后对着康熙淡淡地一笑道："皇上，人各有志，你也就不需多问了！"

康熙大怒道："索额图，你犯下如此之罪，还敢巧言令色，朕绝不轻饶！"又高声叫道："来人啊！将罪大恶极的索额图立即带到午门，斩首示众！"

索额图也没动弹，更没做任何反抗，规规矩矩地让几个侍卫将他捆了起来。只是，在几个侍卫将他推走之前，他挣扎了一下，然后对康熙言道："皇上，臣所有家人，已经全被遣散，如果皇上要缉拿他们，现在还来得及……"

一旁的隆科多忙言道："皇上，索额图所犯之罪，按律该满门抄斩，株连九族，是不是现在就……"康熙默默地摇了摇头。显然，康熙虽然对索额图愤恨已极，但也毕竟记挂着他与索额图过去的关系。或者说，康熙还记得，索额图终究是孝诚仁皇后赫舍里的叔父，与当朝太子胤礽也有割不断的血缘关系。故而，康熙尽管决定要杀索额图，但对索额图的家人，也算是网开一面了。

索额图深深地言道："罪臣索额图，谢过皇上开恩……"说完，在众侍卫的推推搡搡下，索额图尽可能地昂首挺胸地走了。

索额图当即被斩首。许多年之后，一想起此事，康熙还深恶痛绝地道："索额图诚本朝第一罪人也！"由此可见，康熙对索额图的痛恨，究竟到了什么程度了。而也正是在这种痛恨下，康熙将五位留京的皇子打入宗人府的监牢，其中包括胤礽、胤祉、胤禛等。

如果索额图的父亲索尼九泉下有知，当会一释心中久存的疑团。索尼曾找到一个汉人算命者给赫舍里和索额图算命。算命的结果是：赫舍里福大命不大，索额图却是福大命也大，但善始不能善终。现在看来，那算命者的预言确实十分灵验。赫舍里做了皇后，但早早地因难产而死。索额图活了五十多岁，享尽了人间的荣华富贵，但最终被康熙处死。也许，只要是人，就总有个宿命吧。

康熙处死了索额图之后，一时又有些后悔起来。他并非后悔处死了索额图，而是后悔索额图死得太快了。因为，康熙仿佛是突然间想到了这么一个问题，索额图为何要在郊外阴谋行刺他？刺杀他对索额图有什么好处？如果自己真的遭遇不测，那得到最大"好处"的应该只有一个人，那就是……太子胤礽。

难道，是胤礽叫索额图这么做的？康熙不敢再深想下去了。即使索额图还活着，恐怕康熙也不敢深入仔细审问。因为，万一真的审出一个胤礽来，康熙会做何感想？又会对胤礽如何处置？

康熙惶然了，也害怕了。也就是从这个时候开始，康熙变得几乎对任何人都不再相信了，也不敢相信了。而被囚于监牢的胤禛等五位皇子却从中拣了个"便宜"。因为康熙在处决了索额图之后没多久，便下旨宣布释放胤禛等五位皇子。康熙为什么要这么做？又为什么始终囚住大皇子胤禔不放？

确实没有人知道康熙为什么要这么做。那四阿哥胤禛只知道，他被康熙释放出来了，他伟大的计划和理想又可以着手去实现了。

然而，胤礽似乎也知道了自己的处境很不妙，一下子变得极其老实，极其本分起来，干什么事情都循规蹈矩的，甚至让人无可挑剔。实际上，自索额图被康熙处死之后，胤礽就大大变了模样。索额图阴谋行刺皇上一事，胤礽虽不是什么主谋，但却至少是个知情者。确切地讲，如果胤礽不同意，索额图也不会那么去做。所以，索额图东窗事发之后，胤礽就一直提心吊胆的，生怕康熙会追查到他的头上。尽管康熙后来并没有一查到底，但胤礽也知道，如果自己还一如既往地骄横下去，那太子之位是早晚要被康熙废掉的。故而，自那以后，一眼看上去，胤礽确实比过去收敛了许多。甚至，过去与他过往甚密的一些朝中大臣，如步军统领托合齐、刑部尚书耿额和兵部尚书齐世武等人——所谓的"太子党人"——也与他疏远了不少。这样一来，胤礽的太子之位，便又稳稳当当地坐了五六年。在这五六年里，北京城里最心焦的人，自然莫过于胤禛了。不过，胤禛也没有急于求成，而是和隆科多等人一起，耐心地等待着时机，直到1708年夏天的到来。

1708年的夏天，北京城里异常酷热。康熙决定到热河行宫去避暑，随康熙一同前往热河的，有朝中十几位大臣，有赵昌等侍从，还有孝昭仁皇后等女眷。因自京郊遇险之后，康熙对十四阿哥胤禵颇为钟爱，所以特地将胤禵也带在了身边。本来，那阿雨也肯定要随康熙前往热河的，但不巧的是，阿雨正患病，康熙只好将她留在乾清宫内，嘱咐太医好好地为她诊治。殊不知，阿雨这一留在乾清宫，不仅误了自己的性命，还引发了一场宫廷风雨。

事情的经过大致是这样的。康熙离京后不久，那胤禛就满面笑容地找到隆科多问道："隆大人，你可否觉得，彻底搞掉胤礽太子之位的机会来了？"

隆科多自然不知道："四阿哥，那胤礽现在老实得很，皇上对他好像又恢复信任了，这又如何能彻底搞掉他的太子之位？"

胤禛回道："胤礽的老实只是表面的，皇上的信任也只是表面的，不然，皇上为何不带胤礽去热河？"

隆科多点头道："四阿哥言之有理！不过，要彻底搞掉胤礽的太子之位，恐也不那么容易。"

胤禛"嘿嘿"一笑道："说不容易，是不容易，但说容易，也就容易！"

隆科多忙问道："莫非，四阿哥又有了什么锦囊妙计？"

胤禛伸过头去，在隆科多的耳边嘀嘀咕咕了好一阵儿。隆科多的脸色由愕转惊，又由惊转喜，最后言道："四阿哥此计甚妙！但必须做得小心谨慎，千万不可露出破绽！"

胤禛言道："此事由你我亲自动手！对付一个病恹恹的女人，也不是什么难事！"

你道胤禛和隆科多要对付哪个"病恹恹的女人？"他们对付那个"病恹恹的女人"又如何能搞掉胤礽的太子之位？暂且按下不表。

却说一日傍晚，大清太子胤礽在自己的太子府内与亲信步军统领托合齐、刑部尚书耿额和兵部尚书齐世武等人一起饮酒。酒至半酣，胤礽不禁喟叹道："自索额图死后，你们便是我最亲近的人了！可是，皇上在京时，我却不敢与你们大张旗鼓地来往……这种人不像人鬼不像鬼的日子，我实在是受够了！"

托合齐附和着道："是呀，堂堂大清太子，竟然落到如此凄凉境地，想来也着实令人心酸！"

胤礽接道："现在，我做什么事情都要瞻前顾后，说什么话都要斟酌再三，这，哪里还是人过的日子啊！"

耿额安慰道："太子殿下也不必太过伤心，熬他个一段岁月，待太子殿下做了大清皇帝之后，一切不都改观了吗？"

胤礽哼道："熬？我都熬了这么多年了，可不仅没熬成大清皇帝，反而离大清皇帝的宝座越来越远！我现在整天都提心吊胆的，生怕父皇哪一天就把我给废了！你们说，我到底要熬到哪一天才能真正出头？"

没有人能给胤礽一个明确的答案。好一会儿，兵部尚书齐世武才轻轻地言道："太子殿下……也着实熬得太过悠久……"

因为胤礽的心境不好，所以众人的心境也都跟着不好。没有人再说什么多余的话，只是互相碰杯喝着闷酒。这种闷酒是最容易醉人的，故而，至深夜时分，酒量如海的胤礽也喝得烂醉如泥。托合齐等人虽然比胤礽好不到哪里，但在侍从的照料下，还是晕头转向地各自回府了。只剩胤礽，醉倒在床上，直到第二天的早晨，也没有睁开眼。

但胤礽还是在第二天的早晨睁开了眼。因为，有人来给他送请柬，请他去参加四阿哥胤禛的三十岁生日宴会。给胤礽来送请柬的不是别人，正是理藩院尚书隆科多。陪隆科多一同走进太子府的，还有五阿哥胤祺和七阿哥胤祐等几位皇子。

胤禛过三十岁生日是真的。1708年，胤禛正好满三十岁，而这一天，又似乎正好是胤禛的生日。本来，皇子过大小生辰，宫中自有人专门安排，但因为康熙和皇后都不在宫中，所以胤禛便在几天前就晓示于宫内外，他要为自己过一个盛大的生日。

胤禛过生日虽是真的，但如此过生日却不是他的目的。他的目的是要为隆科多亲往太子府找一个不会被任何人怀疑的合情合理的借口。就像隆科多，他受四阿哥委托给胤礽送请柬确实是真的，但同样不是目的。他的目的，是要在太子府内"发现"一样东西给随行的五阿哥胤祺和七阿哥胤祐等诸皇子看。"发现"那样东西，既是隆科多的目的，当然更是胤禛的目的。隆科多要"发现"的，究竟是什么样的东西？

进了太子府之后，太子府的家人告诉隆科多等人道：太子昨夜醉酒，尚未醒来。隆科多言道："我们在花园里等太子殿下。四阿哥说了，这封请柬，必须亲自呈到太子殿下手中！"

于是，隆科多和五阿哥、七阿哥等人就来到了太子府的花园里。太子府的花园，自然非比寻常，又值盛夏，园里花团锦簇，煞是迷人。但隆科多不是来欣赏风景的，他是来"发现"的，而且，还是由五阿哥胤祺首先发现了隆科多需要"发现"的东西。

五阿哥胤祺本来也许是真的在欣赏花园里的美妙景致，但没有多久，胤祺便发现在那美妙景致中有一种别样的东西。那是一条很长的淡黄色丝绢，一头飘在一簇花上，另一头却埋在土里。胤祺觉得很奇怪，就招呼隆科多和胤祐等人道："你们快过来看……这是什么意思？"

隆科多和胤祐等人马上就跑到了胤祺的身边。胤祐看到那条丝绢，也觉得莫名其妙："若是谁遗落在此，又为何会埋起一头？"

只有隆科多的心里不觉得奇怪，更不会莫名其妙，因为，这条丝绢，还有埋在土里的东西，正是隆科多和胤禛的"杰作"。为完成这件"杰作"，隆科多和胤禛可花费了不少的心机和气力，因为要想不为人知地进出太子府，并不是一件很容易的事，但胤禛和隆科多却做到了，而且做得还十分完美。

当然了，和胤祺、胤祐等人在一起，隆科多的脸上也是一副不知所以的表情。他装模作样地盯着那条丝绢道："这东西……委实有些奇怪……莫不是，这土里埋着什么东西？"

听隆科多这么一说，胤祺就好奇地抓起那条丝绢使劲地朝怀里一带。可不得了了，胤祺这一带，竟然从土里拽出一只手来，那只手被丝绢的另一头紧紧地缠绕着，显然是一只女人的手。

胤祺当即吓得将丝绢扔掉。胤祐也早被吓得连连后退了好几步。隆科多故意哆哆嗦嗦地道："莫不是……太子殿下……杀了什么人？"

胤祺和胤祐不禁对视了一眼。他们虽然没有说话，但在心里却也同意了隆科多的观点，因为，太子胤礽的暴戾凶残在宫里宫外是出了名的。

说来也巧，太子府内的一只大狼狗不知何故乐颠颠地跑了过来，叼住那只女人手掌，竟然将一具赤裸裸的女人尸体整个儿地拖出了地面。这么大热的天，那具尸体居然没有什么腐烂的迹象，显然是刚被杀死不久。

只是，那具女人尸体确实惨不忍睹：从颈项到大腿，几乎全被刀剑之类的锐器割裂得皮开肉绽、血迹斑斑。而那女人的面部却完好无损，几乎没有受到一点点伤害。

虽然，这女人如此模样，是隆科多和胤禛昨夜里亲手所为，但此刻，隆科多看着那具女尸，想着昨夜里与胤禛在一起的所作所为，也还是有不寒而栗之感。故而，他此刻颤颤抖抖地说出来的话就显得异常地逼真："五阿哥……七阿哥，这女人，我怎么看着……很是有些眼熟啊……"

五阿哥胤祺也大着胆子对那具女尸认真地看了几眼："不错，这女人……我好像也在哪儿见过……"

胤祺当然见过。这女人常常伴在康熙皇帝身边，他如何会感到陌生？只是他当时又惊又怕，记忆有点模糊罢了。

七阿哥胤祐终于认出了那女人。他瞠目结舌地言道："这，不是乾清宫里的阿雨姑娘吗？她……怎么会死在这里？"

原来，为了篡权的需要，胤禛和隆科多竟然将阿雨姑娘骗出宫来，残忍地杀害，又移尸太子府来嫁祸胤礽。这一年，阿雨三十九岁，但看起来，就像二十出头。康熙是因为感激和怀念阿雨的姐姐阿露才始终将阿雨留在乾清宫的，但最终，阿雨却这般不明不白地死去。

五阿哥胤祺也看清楚了："是啊，阿雨姑娘……怎么会如此这般地埋在土里？"

隆科多却在胤祺和胤祐的身边低低地道："难道，这是太子殿下所为？"

胤祺没有说话，胤祐也没有说话，但从他们的眼神里却不难看出，他们已经完全相信了隆科多的话。因为，他们多多少少听说过，胤礽在年幼的时候，曾在博尔济吉特氏居住的慈宁宫折磨过阿雨的姐姐阿露，后来又在南苑折磨过阿雨。现在，阿雨赤身裸体又遍体鳞伤地被埋在太子府的花园里，岂不是顺理成章的事吗？

胤祺感到恐怖了，胤祐也觉得非常害怕。二人正要劝说隆科多赶紧离开，忽听一个声音高叫道："五阿哥、七阿哥，你们呆头呆脑地站在那儿干什么？"

敢讲胤祺和胤祐"呆头呆脑"的，除了康熙，恐只有太子胤礽了，胤礽昨夜酒醉得厉害，本不想起床的，可听说是四阿哥胤禛派人送请柬来，也就竭力地爬起了床。因为，在胤礽的印象中，那胤禛是个诚实可靠的人，与他胤礽的"关系"

非常密切，如果躺在床上不起来，似乎对胤禛是不够礼貌的，胤礽以为，自己今后肯定还会用得着胤禛。

胤礽起了床，走出了屋子，看见胤祺和胤祐及隆科多等人都呆若木鸡地站在花园的一角，就忍不住大叫了一声。可叫过之后，那胤祺、胤祐和隆科多等人就像没听见似的，无动于衷。于是胤礽就又大叫了一声道："隆科多，你们是不是都聋了？"

依然没有人回应胤礽。胤礽气急败坏地大步赶过去，刚要发作，却一眼看见了那阿雨的尸体——那只大狼狗，正用舌头在阿雨的尸体上舔来舔去，状态极其亲热——胤礽双目一瞪，用手一指阿雨的尸体，逼视着胤祺、胤祐和隆科多问道："这，是怎么回事？"

胤祺和胤祐没有言语。而隆科多却低低地言道："太子殿下，我们正要……问你呢……"

"什么？"胤礽一步就蹿到了隆科多的面前，"隆科多，你这是什么意思？"

隆科多装作很害怕的样子连连后退了两步，但嘴中却又言道："太子殿下，这事不是明摆着的吗？阿雨姑娘陈尸在你的花园里，这事儿还用多解释吗？"

胤礽立刻勃然大怒："隆科多，你是不是以为，这女人是我所杀？"

隆科多看了看胤祺和胤祐，然后回答胤礽道："太子殿下，这一切……五阿哥和七阿哥都亲眼所见，我并没有信口开河啊！"

胤礽马上又蹿到胤祺和胤祐的身边，几乎是咆哮着问道："你们也以为这女人是我所杀？"

胤祺和胤祐慌忙向后退了几步。他们虽然没开口，但等于是默认了。气得胤礽暴跳如雷，一边大嚷大叫着一边从身上拔出一把短剑来——前书中曾有交代，胤礽的身上，几乎从不离一把短剑——隆科多一见，赶紧大喊了一句道："五阿哥、七阿哥，快快逃命，太子殿下要杀人灭口了！"

隆科多这么一喊不打紧，可把胤祺和胤祐给吓坏了。他们再也不敢怠慢，拔脚就朝太子府外奔去。隆科多当然也不会留在这里，紧紧跟着胤祺和胤祐向外奔。隆科多等人在前面跑，胤礽拿着短剑在后面追，那情那景，也着实有些像"杀人灭口"的模样。

也不知胤礽在后面追了多久，反正，隆科多和胤祺、胤祐一直跑得精疲力竭才敢停下来稍事歇息。向后一看，胤礽已不见了踪影，三人这才放心地大口大口喘起气来。胤祺一边喘气一边气愤地言道："那太子胤礽也太不讲道理了！杀了阿雨姑娘不说，还要杀我等灭口，这不是欺人太甚了吗？"

胤祐也愤愤不平地道："像这种残暴成性、任意滥杀之人，如何能做得了大清太子？"

见胤祺和胤祐已经完全相信那阿雨就是胤礽所杀，隆科多心里当然高兴。他和胤禛所要达到的正是这个目的。当然，胤禛所要达到的真正目的还没有实现。所以，隆科多就做出一副愁眉苦脸的样子道："两位阿哥，光说这些气愤的话恐怕一点用也没有啊，我们还是认真考虑一下我们现在的危险处境吧……"

胤祺忙问道："隆大人此话怎讲？"

隆科多回道："我等虽然暂时脱离了危险，但以后呢？太子殿下会轻易放过我们？"

胤祺愕然言道："隆大人的意思是说，太子还要杀我们灭口？"

隆科多故意四处张望了一下："我担心，太子殿下现在正调集人手，要对我们围追堵截呢……"

胤祺惊诧得一时无话可说。那胤祐言道："我以为，隆大人言之有理。皇上现不在京城，京城内外，全由太子一人说了算，他如果要加害我们，是不愁找不到理由和手段的……"

胤祺的脸色一下子就变得异常难看："这，该如何是好？"

隆科多在一旁仿佛是自言自语般地道："看来，只有皇上才能制止得了太子这般的胡作非为啊……"

胤祐突地言道："要不这样，我们现在就去热河找皇上，让皇上为我们做主！"

隆科多马上言道："我同意七阿哥的意见。不迅速去找皇上，恐我等顷刻间便会送命！"

胤祺也只得点头道："既要去热河，那就赶快去吧……走得迟了，恐怕就出不了京城了！"

于是，两位大清皇子和一位朝中大臣，仓皇地出了北京城，径向热河奔去。这么大热的天，又没有一个随从，也真是难为了两位大清皇子了。好在隆科多的身上备了不少银两，京城距热河又不是很遥远，出了北京城之后，隆科多给他们三人一人买了一匹马，这样，尽管他们看起来异常狼狈，但还是比较顺利地到达了热河。

康熙闻听五阿哥胤祺、七阿哥胤祐和理藩院尚书隆科多星夜兼程从北京城赶来，大为惊讶。待胤祺、胤祐和隆科多将事情的来龙去脉详详细细——显然又添油加醋——说了一番之后，康熙的表情和心情就不是"惊讶"二字所能形容的了。

胤祺先禀道："那阿雨姑娘被太子折磨得体无完肤……"

胤祐接着道："儿臣等发现了太子的罪行，他便要杀人灭口……"

隆科多最后道："臣等乞请皇上为臣等做主……"

康熙再也遏制不住心中的愤慨，愀然作色言道："那胤礽，自幼便残暴成性！先是在慈宁宫凶残地折磨阿露，后又在南苑凶残地折磨阿雨。现在，阿雨都偌大年纪了，他还不肯放过，竟至凶残地折磨而死！此等毫无人性之人，朕又如何放心将大清江山交付于他？"

康熙当即下令：起驾回京！从热河回到北京后，康熙没顾得上喘口气，便迅速拟了一道圣旨，宣布废黜胤礽的大清太子之位，并将胤礽打入囚牢。有点奇怪的是，康熙只是宣布废黜胤礽的太子之位，并没有另立哪位皇子为新的大清太子。

康熙之所以如此迅速地便废了胤礽，除了康熙已不再像过去那般明察秋毫这一原因外，恐怕还有一个很重要的原因也不容忽视，那就是，在胤礽的太子府花园里发现的女尸不是一般寻常的宫女，而是康熙一直牵肠挂肚的那个阿露的妹妹阿雨。如果换作一般的宫女，即使康熙会废了胤礽的太子之位，恐也不会将胤礽打入囚牢。这是胤礽的悲剧还是康熙的悲剧？抑或是阿雨甚至是阿露的悲剧？胤礽被废、被囚，最高兴的，莫过于四阿哥胤禛了。胤礽被囚的当天晚上，那隆科多兴冲冲地跑到胤禛的贝勒府向胤禛表示祝贺，且言道："明珠已倒，索额图也死去，朝中大臣里已无障碍。现在，大阿哥早囚，胤礽被废，四阿哥该集中精力去对付三阿哥胤祉了吧？"

隆科多的意思是，只要胤禛再想办法把三阿哥胤祉搞倒，那大清太子之位就非胤禛莫属了。谁知，胤禛却缓缓地摇了摇头道："不，我不打算去对付胤祉……"

隆科多惊讶地问道："四阿哥这是何意？"

胤禛反问隆科多道："你说，就算我很快地搞倒了胤祉，皇上就一定会立我为大清太子吗？"

"这个……"隆科多当然不敢肯定，"皇上似乎对哪个阿哥都不太信任……不然，皇上废了胤礽之后，就会另立一个新太子……"

"你说得一点不错！"胤禛重重地道，"在我看来，皇上现在最信任的是十四阿哥胤禵。如果让皇上在诸皇子中选择，那皇上一定会选择胤禵做太子！"

隆科多急道："四阿哥，如果皇上废了胤礽，真的再立胤禵为太子，那你与我，岂不都是白费心机了吗？"

胤禛点头道："所以我要改变计划，不能再这样按部就班……"

隆科多问道："四阿哥打算怎么做？"

胤禛回道："我要在皇上重立太子之前，就坐上大清皇帝的宝座！"

隆科多不明白："四阿哥，皇上不立你为太子，你又如何做得了大清皇帝？"

胤禛"嘿嘿"一阵冷笑："我已决定，从现在开始，我就要寻找机会，准备对他下手！"

隆科多渐渐地明白过来："四阿哥，你说的那个他，指谁？"

胤禛直视着隆科多："隆大人，量小非君子，无毒不丈夫！我说的那个他，你真的不知道是谁吗？"

隆科多先是不知道，但现在知道了，胤禛口中的那个"他"，只能是指当今的皇帝。换句话说，康熙的四儿子胤禛要对他的父亲康熙"下手"了。

第二十回

半世恩怨今犹在，一代贤愚后人评

就在胤禛积极准备着要对康熙"下手"的当口，一件非常意外的事情发生了。说这件事情"非常意外"，是因为在这件事情发生之前，一点点迹象都没有。胤禛一无所知，朝中文武百官也同样一无所知。

这件"非常意外"的事情是，康熙于1709年3月的一次早朝中突然宣旨：立即释放二皇子胤礽，恢复胤礽的大清太子之位。

康熙这一"突然宣旨"，可以说是举国皆惊。朝中上下就更不用说了，就连胤礽本人，也大感意外和震惊。康熙为什么要这么做？纵然他对死去的孝诚仁皇后赫舍里情深似海，也不能"深"到这种任意废立太子的地步啊！时人不知个中原因，后人更不知其中究竟有何玄机。人们只知道，胤礽数月前被康熙所废，数月后又被康熙复立为太子。

最感到意外、震惊又最感到难受的人，莫过于四阿哥胤禛了。因为，他正积极地准备着要对他的父亲康熙"下手"。可突然间，胤礽又成为大清朝的太子了，这样一来，即使他胤禛对康熙"下手"获得成功，那大清皇帝之位，也只能由那胤礽继承。所以，胤禛只得暂时放弃对康熙"下手"的念头，而不得不把注意力重新集中在胤礽的身上。胤礽复立太子之位，自然有人欢欣鼓舞，比如步军统领托合齐、刑部尚书耿额和兵部尚书齐世武等人。不过，也有人对此惶恐不安，比如理藩院尚书隆科多等人。胤礽刚一复立为太子的当天中午，隆科多就神色慌张地溜进了胤禛的贝勒府。

一见着胤禛，隆科多就急急忙忙地道："四阿哥，胤礽复立为太子，恐对我隆某不利啊！"

隆科多的意思是，胤礽数月前被废被囚，是因为他隆科多和五阿哥胤祺、七阿哥胤祐在康熙皇帝面前告的状，现在，胤礽又变得有权有势了，岂不要对他隆科多进行报复？胤祺和胤祐皆为皇子，胤礽恐一时不会对他们怎么样，但他隆科多只是一个小小的尚书，胤礽要对他进行打击报复，还不是易如反掌的事？

胤禛自然理解隆科多的心情，隆科多的担心也不无道理。不过，听了隆科多的话后，胤禛却淡淡地一笑道："隆大人不必如此紧张，我以为，那胤礽不会对你怎么样的！"

隆科多将信将疑地问道："四阿哥莫不是在安慰隆某？"

胤禛缓缓地摇了摇头道："隆大人，你我可以说是一根绳子上拴着的两只蚂蚱，我又何必安慰于你？"是啊，隆科多所做的一切，全是受胤禛指使，如果隆科多遇到了什么麻烦，那他也跑不了。从这个意义上说，胤禛也确乎没有必要空洞地去安慰隆科多。

"可是，"隆科多吞吞吐吐地言道，"胤礽又当了太子，我这心里总是不踏实……"

胤禛静静地言道："隆大人，我劝你还是把心放回肚子里。你想想看，胤礽刚刚被复立为太子，如何敢像过去那般胡作非为？既不敢胡作非为，隆大人还不绝对地安全？"

胤禛这么一说，隆科多便略略放下了心。是啊，胤礽被废被立，是应该会从中汲取教训的。至少，在相当长的一段时间内，胤礽不会明目张胆地去打击报复谁。他必须施展一切所能，在康熙的面前表现自己，让康熙充分地相信自己。不然，康熙既能第一次废他胤礽，就还有可能第二次废他。

隆科多的心一放回肚子里，便就想起胤禛的千秋大业来。他小心翼翼地问胤禛道："四阿哥，胤礽这一重做太子，可就搅乱了你的全盘计划了……"

胤禛点点头："不错！情况发生了变化，我的计划也要跟着作相应的改变。"

隆科多轻声问道："不知四阿哥可有什么新的打算？"

胤禛回道："我打算加入太子那里去！"

隆科多微微地皱了一下眉："四阿哥为何要这么做？"

胤禛若有所思地道："我以为，胤礽绝不会一直老老实实下去……他必然要对父皇有所图谋……"

隆科多惊问道："四阿哥何以敢如此肯定？"

胤禛言道："胤礽并不是那种彻头彻尾都笨蛋的人！他必然已看出，皇上已经变得喜怒无常。父皇今日可以复立他为太子，可明日，说不定又会废了他……换了我，也会在父皇可能再次废我之前，爬上皇帝的宝座！所以，胤礽一定会在暗中进行什么阴谋勾当……"

隆科多醒悟道："四阿哥的意思是，打入太子阵营，把胤礽的阴谋勾当查清楚，然后禀报皇上，让皇上再次废了他……"

胤禛十分含蓄地一笑道："那胤礽一直以为我跟他的关系不错，只要我常去太子府走动，胤礽就不会向我隐瞒什么。依我之见，胤礽要么不动，只要一动，就必定是一个大的阴谋。只要我查出了真凭实据，向父皇一告，父皇就断无不废胤礽之理。只要父皇再次废了胤礽，我就绝不会再给父皇重立太子的机会！"

胤禛说得有些咬牙切齿的，一连串的"只要"，既反映了他的一种勃勃野心，同时又可看出他对未来充满了必胜的信心。且不论胤禛为人如何，单这"必胜的信心"一条，就是他胤禛高出别的皇子一筹的地方。

隆科多不禁感慨道："四阿哥，你有如此神机妙算，这大清皇帝，当真是非你莫属了！"

胤禛却异常冷静地道："隆大人，你说这样的话未免太早了……你给我听好了，从现在起，你必须记住两点：一、轻易不要到我这儿来。若被胤礽发觉你我关系如此密切，对你对我都将大为不利。有什么事情需要你去办，我自会通知你。二、拉拢赵昌。我以为，到了最后关头，定然非赵昌不行。只是，你现在不要对赵昌透露得太多。你给他银子，他能将皇上的有关事情告诉你，也就行了。如果真要对赵昌说出一切，我会亲自去说。你明白了吗？"

隆科多有些夸张地冲着胤禛一鞠躬道："四阿哥之命，隆某敢不遵从？"

自胤礽被复立为太子后，胤禛就成了太子府的常客。无论是太子府内外，还是在朝中上下，胤礽的旁边，总是会时常看到胤禛的身影。在别人的眼里，胤禛和胤礽的关系的确是十分密切。

而胤礽对胤禛，也确乎非常热情、非常友好。他常常当着别人的面夸赞胤禛忠于兄弟情义，没在他胤礽"落难"时对他落井下石。每当胤禛前往太子府，只要胤礽没有什么急事，必留胤禛与他一起饮酒畅谈。胤礽"畅谈"最多的，是父皇。胤礽说父皇"实在圣明"，如此圣明的皇上，只能"前无古人，后无来者"。胤礽还常常"畅谈"自己，他说自己虽然身为大清太子，但若与父皇比较，无论是才能还是智慧，他都不及父皇万分之一，所以他整天都诚惶诚恐、努力学习，不敢稍有懈怠。

胤礽的"畅谈"，看起来确实是实话。自被复立为太子之后，无论是言谈还是举止，同过去相比，胤礽都像是换了一个人似的。言谈不再那么粗鲁，举止也变得彬彬有礼起来。见着文武百官，无论年龄大小、官职高低，胤礽一概笑脸相迎。时不时地，胤礽还亲往乾清宫，给康熙请安，向康熙讨教一些治国的方略。至于文化功课方面，胤礽似乎就更加努力、专注，常常博得授课的几位大学士的称赞，大有直追并赶超三阿哥胤祉之势，连十四阿哥胤禵也时常感叹道："太子殿下的功课突飞猛进，不日定将冠盖群雄、技压群芳！"

面对胤礽如此的所作所为，胤禛就像是被人兜头打了一棒，闷了。那胤礽，莫非真的改邪归正了吗？俗话说，江山易改，禀性难移，胤礽本就是那么一种禀性，为何会如此快就痛改前非？难道，自己原先对胤礽的估计和盘算，都错了？

那是1712年冬暮的一天傍晚，天气很好，虽然十分寒冷，但西天那若有若无的晚霞似乎也给人带来了些许的暖意。毕竟，冬天就要过去，春天即将来临。不管是什么人，也不管是什么心境，对春天的到来，似乎总是抱有一种渴望的。

胤禛正是抱着这种渴望，在那么一个冬暮的傍晚走进胤礽的太子府的。一走进太子府，胤禛就觉得气氛跟过去大不相同。太子府内，人来人往，热闹非凡，像是在办一件什么重大的事情。胤禛急忙打听，却并无什么大事，只是胤礽与几个"大人"要在一起饮酒。再打听是哪几个"大人"，却是步军统领托合齐、刑部尚书耿额和兵部尚书齐世武等人。胤禛心头一震，这几位"大人"都是胤礽的亲信，胤禛进出太子府也不知有多少回了，可还从未见过他们一起留在太子府内与胤礽共进晚餐——胤礽为避嫌，表面上减少了与托合齐等人的来往——这一回，托合齐等人不仅一起留在了太子府，而且太子府内的情景还十分忙碌和热闹，莫非，今晚真的会有什么"重大的事情"发生？

胤禛不由得一阵激动，但是，他的脸上却十分平静。他找着一个太子府家人，请那家人向胤礽通报一声。家人走后，胤禛不免有点紧张：如果胤礽借故推托不见，自己该怎么办？总不能强行闯入吧？

但胤禛的那种紧张很快就消失了。他得到的回复是，胤礽请他进去共饮几杯。胤禛笑了，他当然是笑在内心的。他敢肯定，他此番前来，必有重大收获。

胤禛走进大厅时，胤礽和托合齐等人已经在开怀畅饮。大厅内，炉火熊熊，温暖如春。数十名妙龄佳丽，正在轻歌曼舞为胤礽等人添酒助兴。而胤礽和托合齐等人的怀中，更有一二美貌女子在斟酌献媚。胤禛不禁心道：这，才是胤礽真正的生活啊！

美酒加美女，便是胤礽生活的本性。一个人如果露出了自己的本性，还怕不会吐出他内心的隐私？

胤禛冲着胤礽和托合齐等人一抱双拳道："太子阿哥，各位大人，这里美酒飘香，佳丽如云，何止是人间仙境啊！"

胤礽"哈哈"一笑道："四阿哥不必卖弄口才，快快坐下与我等共饮几杯！"

胤禛一边坐下一边笑道："恭敬不如从命，既来之，则安之！"

胤禛刚一坐下，便有一年轻貌美的女人走过来倒入他的怀中。他做出一副来者不拒的模样，顺势将她紧紧地搂住，一边饮酒一边与她调笑取乐。似乎，胤禛与那胤礽，也并没有多少分别。

一开始，胤礽与托合齐等人，只是大口喝酒，大声说笑，吞酒、说笑之余，再与怀中的女人嬉耍一番。看模样，他们似乎并无什么特别的事情要谈，只是聚在一块饮酒作乐而已。但胤禛却不这么想，他坚信，事情绝非这么简单，只是未到时候而已。

胤禛不动声色又逢场作戏地在等待。他估计，要不了多久，真正的"好戏"便要开场。因为"酒后吐真言"虽不适合于任何人，但对胤礽来说，却是亘古不变的真理。果然，大约又过了一个时辰，胤禛苦苦等待的场面终于出现了。在胤礽、托合齐、耿额和齐世武几人中，数齐世武的酒量最小，所以，当耿额又一次向齐世武敬酒时，齐世武赶紧摆手道："耿大人，小弟实在不能再喝了……再喝一杯，小弟就要出洋相了……"

耿额还未发话，那胤礽就大声叫道："齐世武，你今天就是喝死了也要喝！我憋了整整三年多，眼看就要大功告成了，如何不痛痛快快地大醉一回？今天，谁要不喝个酩酊大醉，谁就不许离开这里！"

胤禛一惊，胤礽口中的"大功告成"是何含义？但胤禛不敢将惊讶流露在脸上。相反，他做出一副醉态，就像没听见胤礽说话似的。

只听那齐世武含混不清地言道："太子殿下，我齐某……今日可不能喝死啊！如果我齐某今日喝死了，谁……还替你领兵占领太和殿？"

胤禛的耳朵立刻就颤动了一下，齐世武所言是什么意思？为什么要领兵占领太和殿？

胤礽发话了。他虽然还没有大醉，但口齿也不是很灵便了："齐世武，你不要以太和殿为借口……那还早着呢，有一个多月呢……就算你今天喝死了，一个多月后，你还醒不过来？你要是真的醒不过来，那你就真的是死了……"

托合齐开口了。听托合齐的话音，他好像还比较清醒："太子殿下，你别听齐世武瞎扯！离了他，就没人去占领太和殿？我托合齐能占领一个北京城，还占领不了一个太和殿？"

那耿额好像不甘示弱地也发了言。他是站起来说的，所以声音特别的大："托合齐，还有你齐世武，你们都不要吹大话！你们一个占领北京城，一个占领太和殿，那皇宫的其他地方谁来控制？是我，是我耿额耿大人！少了我耿额，太子殿下的大业能成吗？"

胤礽也摇摇晃晃地站了起来："好了！你们都不要吹大牛了！那些大牛，待一个月以后再好好地吹吧！现在，你们的任务就是喝酒，谁要是不喝，我就撬开他的嘴巴往里灌！"

胤礽说完，"咕咚"一声坐了下去。紧接着，耿额也"咕咚"一声坐了下去。几个人又胡喝了一通，这才散去。

胤禛回到自己的贝勒府，已经是后半夜了。他连着做了两件事：一是派家人去通知隆科多速来议事；二是赶紧躺在床上回忆自己在太子府里的所见所闻。

待胤禛将一切都清清楚楚地回忆起来之后，那隆科多也匆匆忙忙地赶到了胤禛的身边，胤禛便把自己在太子府里的所见所闻详详细细地告诉了隆科多。

隆科多大惊失色地道："四阿哥，你没有听错吧？他们要在一个月之后占领北京城和控制整个皇宫？"

胤禛回道："我没有听错，绝对没有听错……我唯一担心的是，他们是不是故意在我的面前说这番话……"

隆科多沉吟道："我看不像……他们既不可能知晓你去的本意，更无考验你的必要……"

胤禛点头道："我也是这么想……既如此，那他们所说的一切，就都是真话。"

隆科多皱起了眉头："他们在一个月之后要占领北京城和控制整个皇宫，目的是什么呢？莫非……"隆科多不由得瞪大了眼："莫非，他们要用武力逼迫皇上退位？"

"很有这种可能！"胤禛明明白白地道，"不仅仅是有这种可能，而应该肯定是这样！不然，他们就没有必要占领整个北京城！"

隆科多顿了一下，然后问道："假如他们真的是要用武力逼迫皇上退位的话，为什么非得要等到一个月之后？是他们没有准备好？还是由于别的什么原因？"

胤禛摇头道："他们不可能没有准备好。他们都手握兵权，这么长时间了，他们应该准备就绪了……而且，看他们今晚那种得意的模样，仿佛早已经胜券在握了！不然，我如何能侥幸听到他们这番谈论？"

的确，如果胤礽等人不是太过于得意了，胤禛是不可能探知这一重大秘密的。突然，隆科多大叫了一声道："四阿哥，我知道他们为什么要等到一个月之后了……"胤禛赶紧问道："快说，你都知道什么？"隆科多言道："四阿哥，那齐世武不是说，他要在一个月之后占领太和殿吗？"

胤禛回道："不错，齐世武是这么说过，这又如何？"

隆科多挤了挤双眼："四阿哥，你想想看，一个月之后，在太和殿上会有什么事情发生？"

胤禛"哦"了一声，终于想起是怎么一回事来了。原来，再过一个多月，就是1713年了。这一年，康熙整整六十岁。

每年的万寿节（皇帝的生日），皇帝都要在太和殿内接受文武百官、各民族代表和外国来使的朝贺，其典礼仪式极其隆重。

胤禛恍然言道："原来，胤礽等人是要等到万寿节的那天逼皇帝退位啊！"

隆科多接道："一个多月后，便是皇上的六十大寿，到时候，凡有品级的官员，都要前来朝贺，还有各民族的首领，还有不少外国的使者……胤礽选这一天发动兵变，不是最有利的时机吗？"

胤禛点头道："是呀，在这一天发动兵变，可以收到家喻户晓，举世皆知的效果……如此看来，那胤礽倒也不笨，而且胆量更大……"

隆科多问道："胤礽的阴谋，我们已知晓，现在该怎么做？"

胤禛言道："我们只是知道他们的意图，还并没有掌握他们要发动兵变的证据，所以，我们现在还不能轻举妄动！"

隆科多急道："四阿哥，难道我们就在这里等着胤礽发动兵变？"

"当然不是！"胤禛马上言道，"在这里干等，只有死路一条！"

隆科多没再问，只是紧紧地盯着胤禛的脸。胤禛沉吟道："既然胤礽已决定要在一个月之后发动兵变，那他们现在就应该做好了一切准备……我估计，京城之外必然驻扎着托合齐的亲兵，而且人数还不会少！"

隆科多立刻道："四阿哥是不是叫我到京城四周去侦察一番？"

胤禛回道："我正有此意！你是理藩院尚书，你可以利用你的身份到京城四周去巡视……托合齐的亲兵不可能是一下子就开到京城附近的，那样太引人注目了。他一定是以各种理由和借口将他的亲兵一点点地集中在了京城的四周。反正齐世武是兵部尚书，这种理由和借口他们很好找。所以，你去侦察的时候，一定不要被一些假象所迷惑，一定要把真实情况弄清楚！"

隆科多信心十足地道："四阿哥放心，他们绝对蒙骗不了我。我到各民族地区去巡视，只要发现哪里驻有军队，我就会详细地询问各民族百姓，这些军队是从什么地方开来的。开来多久了，都干了些什么……他们也许会从中做些手脚，但绝不可能骗得了当地的百姓！"

胤禛赞道："隆大人言之有理！待隆大人将一切侦察清楚后，我准备亲自去向皇上面奏！"

隆科多问道："我什么时候出城？"

胤禛言道："事不宜迟，今日早朝，你便向皇上请奏！"

实际上，待胤禛和隆科多商议完毕，就已经到了早朝的时间了。隆科多也没回家，而是直接从胤禛的贝勒府赶去上朝，向康熙请求出城到各民族地区去巡视。康熙也没思考，便宣旨"准奏"。这样，隆科多就以合法的身份和合法的理由到北京城外去巡视了。

隆科多出城之后，从表面上看，胤禛依然如故，时不时地跑到太子府里与胤礽等人闲聊，而实际上，胤禛的心里却是非常焦急。因为，如果隆科多的侦察没有什么结果，那他胤禛就没有把握搞垮胤礽。而如果胤礽在一个月之后真发动兵变的话，那他胤禛就彻底完了。

五天过去了，隆科多没有回来。十天过去了，隆科多依然没有回来。胤禛不仅是焦急了，更有些心慌了。是隆科多出了什么意外还是隆科多的侦察一无所获？眼看着，万寿节的日子就一天天地临近了。那隆科多，难道不知道时间非常紧迫吗？

一直到二十天之后，隆科多才风尘仆仆地回到了北京城。看隆科多一脸憔悴的模样，便可知隆科多此番出城定然是跑了不少的路、吃了不少的苦。但胤禛不关心这些，胤禛关心的是隆科多侦察的结果。

隆科多向胤禛报告道："那托合齐很是狡猾，我差点就被他蒙骗过去。距京城数十里外，驻有托合齐大量的亲军，但托合齐不让他的亲军固定在某一个地方，而是将他们调来调去，比如把北方的军队调到南方，把东边的军队调到西边，这样，连当地的百姓都不知道这些军队是干什么的，还以为只是打此路过……亏得我没有上当，而是东奔西跑，将那些军队的底细摸了个一清二楚……"

胤禛问道："托合齐聚集在京城四周的军队，大约有多少人？"

隆科多回道："具体人数不详，但据我估计，至少在八万人左右。"

"这么多人……"胤禛不禁倒吸了一口凉气，"胤礽果然是要发动兵变……"

当时，卫戍北京城的军队，包括皇宫里的侍卫，加在一块儿，也不过三万多人。胤禛便彻底相信了，胤礽和托合齐等人，真的是要武力夺取大清皇帝之位。

胤禛对隆科多言道："你先把肚子填饱，然后好好地睡一觉，待天黑以后，我与你一起去面见皇上！"

胤禛既如此说了，隆科多便敞开肚皮，大吃大喝了一顿然后就在胤禛的府内，一觉睡到黄昏时分。这期间，胤禛一直坐在一间客厅里苦思冥想。待隆科多醒来，二人又密谋了一阵，再胡乱吃点东西，接着便踏着夜色径向皇宫走去。

康熙今日的心情好像很好。胤禛和隆科多给他请安时，他一直都是笑容满面的。不仅如此，康熙还笑嘻嘻地对隆科多言道："爱卿出城奔波多日，身心一定非常疲惫，好好地休息一晚，明日再来向朕禀告也不迟啊！"

大臣奉旨外出公干，回来是要及时地向皇上禀报公干的经过和结果的，用今天的话来说便叫"述职"。谁知，康熙的话刚一落音，那隆科多就"扑通"一声跪倒在地道："微臣乞请皇上恕罪……"

康熙惊讶道："隆爱卿，你主动要求出城巡视，朕心中很是高兴，你应该劳苦功高，又何罪之有？"

隆科多叩首道："微臣乞请皇上恕臣欺君之罪……"

康熙更为惊诧："爱卿，你如何欺朕？"

隆科多回道："皇上，微臣主动要求出城，并非去巡视，而是为了去做一件别样大事……"

康熙略略地皱起了眉："隆爱卿，你可否把话说得明白一些，朕是越听越糊涂！"

隆科多连忙道："回皇上的话，微臣之所以主动要求出城，乃是因为微臣发现了一个天大的秘密……当朝太子殿下，要在皇上万寿节那天发动兵变……"

康熙闻言，不啻是晴天霹雳："隆科多，你说太子……要发动兵变？"

隆科多再叩首道："微臣所言，句句属实。微臣去得北京城外，发现京城四周，已至少聚集了十万来历不明的军队……经微臣多方查证，终于探明，那十万军队是步军统领托合齐陆陆续续从全国各地调到这里来的，而托合齐和当朝太子的关系，皇上比微臣更清楚……"

"十万军队"当然有些夸张。康熙脸上的笑容早已消失得无影无踪："隆科多，你……可否清楚你刚才所说的话？"

隆科多应道："微臣刚才说，当朝太子殿下要在皇上万寿节那天发动兵变！"

康熙默然片刻，又突然问隆科多道："你说，太子发动兵变的目的何在？"

隆科多不慌不忙地回道："太子发动兵变，目的是要逼皇上退位，让他取而代之……"

康熙倏地又"嘿嘿"冷笑一声道："隆科多，你真是用心良苦啊！只可惜，朕不会上你的当！"

隆科多，还有胤禛，听了康熙的话后，浑身都不由得一震。难道，康熙发现了他们的意图？于是，胤禛赶紧给隆科多使了个眼色，暗示他不要慌张，一切按既定方针办。

有胤禛那道眼色，隆科多确实镇静了不少。他做出一副很委屈又很迷惑的神态言道："皇上所言，微臣实不明白……微臣出城二十余天，着实用心良苦，但微臣为的是侦探太子殿下的阴谋，以保大清江山社稷永固啊……"

"隆科多，"康熙从鼻子里哼了一声，"你说得倒也中听啊！朕问你，太子自复立之后，三年多时间了，一直勤勉有加，何时有过不轨之心或不轨之举？还有，自太子复立以来，朕对他一直信任有加，他为何还要发动兵变逼朕退位？"

隆科多还未及回答，康熙又跟着补充道："隆科多，你若回答不出朕的这两个问题，朕就治你个图谋不轨之罪。"

隆科多多少有些心慌。康熙所说的那两个问题，他一时确实很难回答清楚。隆科多正自犹豫和为难呢，那胤禛"咚"地跪地道："父皇，儿臣可以证明隆大人适才所言句句属实……"

康熙瞥了瞥胤禛："隆科多适才所言，都是你暗中指使的，是不是？"

胤禛回道："儿臣岂敢暗中指使隆大人？只是儿臣与隆大人都发现了太子要发动兵变的阴谋，所以才走到一起来的……"

康熙不明意味地笑了笑："四阿哥，你对父皇倒是忠心耿耿啊！"

胤禛言道："儿臣对父皇，自然是忠心耿耿！如果不然，儿臣就不会同隆大人一道来揭发太子殿下的大阴谋了！"

康熙淡淡地问道："胤禛，你如何敢肯定太子会发动兵变？朕听说，自太子复立以来，与太子关系最密切，往太子府走动最频繁的阿哥，就是你了，是也不是啊？"

胤禛心中不禁"咯噔"一下。看来，康熙对诸皇子——当然包括他胤禛——一直是十分留意的。但胤禛的脸上，却依然一副的诚挚和从容："父皇圣明！自太子复立之后，儿臣确实经常往太子府走动。只不过，儿臣去往太子府，并非要与太子密切什么关系，因为儿臣早就看出，太子表面上的勤勉有加，只是在用假象蒙骗父皇，太子在暗地里，一直进行着一个大阴谋，所以儿臣去太子府走动的目的，只是要尽快地掌握太子进行阴谋的罪证。但由于太子行事太过隐秘，儿臣很长时间一无所获……"

康熙不觉对着胤禛多看了几眼。这个四阿哥，长得清清瘦瘦的，像个文弱书生。但康熙知道，就是这个文弱书生，却非比寻常，若以计谋论，别的皇子恐都要对他甘拜下风。换句话说，在康熙的心目中，这个胤禛是不能够太过相信的。

于是，康熙就轻轻地问胤禛道："莫非，你现在已经掌握了太子要发动兵变的所谓罪证？"

"所谓"一词，不难看出康熙对胤禛的态度，只是胤禛根本就不会去考虑什么"态度"的问题。胤禛十分认真地回答道："儿臣就是因为掌握了太子的罪证，才请隆大人向父皇请求出城巡视的……"

康熙缓缓地点了点头："胤禛，如此看来，隆科多的所作所为，还是由你在暗中指使啊！"

胤禛滇言道："不管父皇如何看待儿臣，儿臣也要把太子的阴谋向父皇禀报！"

胤禛说得铿锵有力的，康熙也就不禁问道："胤禛，你究竟掌握了太子的什么罪证？"

胤禛回道："父皇，二十天前，儿臣在太子府内，亲耳听到太子与托合齐、耿额和齐世武等人秘密商谈……他们要在父皇万寿节那天发动兵变，由托合齐领兵控制北京城，耿额领兵占领皇宫，齐世武带人包围太和殿，然后当着文武大臣百官的面，逼迫父皇退位……"

胤禛说得如此有名有姓，那康熙就不由得动容问道："胤禛，你适才所言，真的是你亲耳所闻？"

胤禛加重了语气言道："儿臣愿当着父皇的面，与太子等人当面对质！"

康熙紧紧地盯着胤禛："你可否知道，如果你是一派胡言，会有什么后果？"

胤禛几乎是虔诚地冲着康熙叩了一个头："儿臣情愿父皇现在就把儿臣打入死牢！待太子一事调查个水落石出之后，父皇再对儿臣仔细判处……"

胤禛的话，听起来是那么可信，毫无虚假和造作的成分。康熙默然了，似乎康熙也只能默然。是啊，康熙除了默然，还能做什么呢？

默然了片刻之后，康熙对胤禛和隆科多道："你们起来吧……太子一事，朕自会认真查处！"

"认真查处"一句，康熙说得有气无力。隆科多似乎还想对康熙说什么，见胤禛甩过来一个眼色，于是就把想说的话咽了回去，然后同着胤禛一道，不声不响地退出了乾清宫。退出乾清宫后，隆科多才低低地问道："四阿哥，你说皇上会去认真查处胤礽吗？"

胤禛意味深长地回道："隆大人，我只知道，皇上今夜不能入眠……"

的确，胤禛和隆科多离开后，康熙并没有马上就回寝殿休息，而是站在原地，苦思良久。康熙的脸色很难看，且十分沮丧。康熙，会在想些什么呢？

许久许久之后，康熙才动弹了一下身子。动弹了一下身子之后，康熙便大声地叫道："赵昌何在？"

赵昌就像一个影子般，突然出现在了康熙的身边："奴才来了，皇上有什么吩咐？"

康熙的目光直直地逼视着赵昌，一言不发。赵昌不知何故，双腿不自觉地颤抖起来："皇上，奴才扪心自问，近日并未做过什么不妥之事……皇上这般看着奴才，奴才心中委实不踏实……"

康熙慢慢地收回了那种咄咄逼人的目光，取而代之的，是一种绵软无力的问话："赵昌，你老老实实回答朕，当朝太子，可会做出谋害朕的事情？"

这样重大的问题，赵昌岂敢轻易回答？"皇上，奴才人微言轻，哪敢随便议论皇上及太子之事？自皇上屡屡教训奴才，奴才早就不敢妄加评论不该奴才评论的事了……"

"赵昌！"康熙突然加大了音量，"朕既叫你说，你就必须老老实实地说，只要你老老实实地说，朕便恕你无罪！"

赵昌渐渐明白过来。那胤禛和隆科多前来面见皇上，定然是说了与"胤礽"和"谋害"有关的事情。想想自己曾从胤禛和隆科多那里得到的那么多好处，再想想自己从太子胤礽那里没有得到过一分银两，于是，赵昌就用一种犹犹豫豫、地语调言道："皇上既叫奴才说，奴才就不敢不说……奴才以为，太子殿下自复立之后，虽然看起来与过去有很大不同，但在奴才看来，太子的一切恐都是假装的，说不定，是在故意蒙骗皇上……所以，奴才想，太子既然会蒙骗皇上，那就极有可能会做出谋害皇上的事情来……"

康熙当即喝问道："赵昌，你适才所言，可都是你的真心话？"

赵昌慌忙跪倒："皇上，奴才所言，全都发自肺腑……皇上说过恕奴才无罪的……"

康熙"哦"地低吟一声，有些踉踉跄跄地向着寝殿走去。剩下赵昌，一时间很是有些提心吊胆。不过，几天之后，他的这种提心吊胆就得到了相应的补偿。他把这件事情悄悄告诉了隆科多，隆科多不仅重重夸奖了他，还塞给他一张沉甸甸的银票。赵昌在接过那张银票时不禁有些不恰当地这样想道："塞翁失马，焉知非福？"

当夜，康熙是否"不能入眠"，别人自然不得而知，不过，到了第二天的早晨，一眼看上去，康熙确实显得十分疲倦，又十分憔悴。也许，那胤禛对隆科多说对了，康熙的确是"今夜不能入眠"。如果真的是这样的话，那康熙一夜在想些什么呢？

康熙就是带着那种十分疲倦又十分憔悴的神色上朝的。众大臣见康熙一副没精打采的样子，一时窃窃私语起来。执事太监宣道："有事上奏，无事散朝……"

没有什么大臣上奏。那胤禛和隆科多只是会意地相视一眼，也不言语。众大臣便准备相继离去。忽地，执事太监又高声宣道："步军统领托合齐托大人、刑部尚书耿额耿大人、兵部尚书齐世武齐大人……皇上命尔等暂且留下，有要事相商……"

皇上留大臣商谈，本是很正常的事情。所以，众大臣依然陆陆续续地离殿而去。只是在走出殿外之后，那胤禛悄无声息地凑近隆科多，低低地言了一句道："隆大人，好戏已经开场了！"

显然，胤禛的心中是极其高兴的。与此相反，有一个人的心中却极其不安，那个人便是太子胤礽。因为，康熙留下来的三个大臣，恰恰都是他胤礽的亲信。更主要的，托合齐、耿额和齐世武三人，还都是他胤礽要发动兵变的知情者和主要执行者。事情为何会这么巧？难道康熙皇帝已经发觉了他们的阴谋？然而，康熙并未叫他留下，胤礽也只能随着众大臣离去。只是，待走出殿外，胤礽的身上已经全部汗透。这么冷的天，汗水将衣衫全部湿透，心中该有多么紧张啊！

如此紧张的当然不止胤礽一个。被康熙留在大殿内的托合齐、耿额和齐世武三人，心中的紧张程度并不比胤礽低多少。只不过看起来，托合齐和耿额好像还比较镇静，而齐世武则有些惶惶不可终日的模样了。俗话说"做贼心虚"，齐世武等人虽然不是一般意义上的贼，但心底也终究是不踏实的。

令托合齐等人感到有些奇怪的是，皇上把他们留下来后，并没有同他们商谈什么要事，而是径自离去。剩下托合齐、耿额和齐世武三人呆立在空洞洞的大殿内，很是有点不知所措。他们既不便随意谈论，更不敢擅自离开，只能站在原地，大眼瞪小眼。时间一长，三人都感到了一种恐惧。尤其是那个齐世武，身体仿佛都在颤抖起来。

尽管托合齐也觉着事情有些不妙，但他还是用一种暗示性的话语给齐世武打气道："齐大人，天气还不是真的很冷，你不必如此哆嗦！"

那耿额也低低地对齐世武言道："齐大人，纵然天气再冷，也只是这么几天，待几天过去，便是春天了……"

齐世武自然明白托合齐和耿额话中的意思。他挣扎着笑了一下回答道："两位大人说得对，两位大人不必多为我挂牵，齐某并非真的怕冷……"

可齐世武话虽是这么说，但身体却一直颤动个不停。托合齐和耿额赶紧用目光罩住齐世武的脸，仿佛要给齐世武送去温暖、送去勇气。

不知过了多长时间，一个执事太监走到了托合齐等人的身边。耿额急忙问道："公公，皇上安在？"

那执事太监却绷着脸，一副公事公办的模样言道："几位大人请随我来……"

托合齐等人互望了一眼，只得随着执事太监而去。那执事太监也不言语，只是领着托合齐等人在宫中转来转去，似乎漫无目的。托合齐等人尽管越转越迷惑、越转越心寒，但终也不好开口询问。

终于，那执事太监停下了脚步，他指着一间敞开门的小屋对托合齐言道："托大人屋里请！皇上一会儿就来与你商谈！"

那小屋的门的确是敞开着的，但屋门的旁边，却直立着两个面无表情的侍卫。托合齐无奈，只得硬着头皮走进屋去。耿额和齐世武也想跟着托合齐进屋，那执事太监却拦阻道："两位大人请继续跟我来……"

耿额"哦"了一声，对着齐世武使了个眼色，然后跟着执事太监向前走去。又来到一间敞开门的小屋前，执事太监言道："耿大人屋里请，齐大人请随我来！"

耿额一边往屋里退一边对齐世武言道："齐大人多多保重啊……"

齐世武很想在耿额的面前表现出一种英雄气概，但双唇嗫嚅了好几回，终也未说出话来。当那执事太监将齐世武"请"进又一间敞开门的小屋时，齐世武说话了。齐世武是带着一脸的惶恐问那个执事太监的："敢问公公，皇上将我等三人分别安排在三间屋里，这是何故？"

那执事太监回道："齐大人，皇上这样安排自有这样安排的道理。我只是奉旨行事，不得相告！"说完，便转身离去。剩下齐世武一人待在那间小屋里，禁不住地胡思乱想起来。

那执事太监当然是奉旨行事。他将托合齐等人"安排"好了之后，就赶到乾清宫去向康熙禀报。康熙对他言道："你就在这里稍事休息，一个时辰之后，领朕去见他们！"

康熙在散朝前留下托合齐等人，显然是相信了胤祯和隆科多的话：胤礽伙同托合齐等人要发动兵变。但康熙不想对托合齐等人行刑逼供，也许康熙认为行刑逼供太过残忍。康熙昨夜想了一宿，想出一种"攻心"之计来。那就是，对托合齐等人，不从肉体上逼供，而是从精神上逼供。所以，在朝中留下托合齐等人后，康熙故意避而不见，之后又将他们分别"请"进一间屋子，等一个时辰以后，康熙再分别去找托合齐等人"谈话"。康熙以为，如此一折腾，托合齐等人的精神防线必将被摧垮，如果他们真有发动兵变的大阴谋，定会不打自招。

一个时辰之后，康熙要去实现他"攻心"战略的最后一步了。他吩咐那个执事太监道："领朕去见托合齐他们！"并吩咐赵昌一同前往。不难看出，康熙对赵昌，已经很是信任了。

那执事太监领着康熙和赵昌，率先来到软禁托合齐的那间小屋外。康熙对那执事太监道："你在屋外候朕！"又对赵昌言道："你随朕进屋！"

于是，赵昌在前，康熙在后，二人走进了小屋。关在屋里的托合齐见了康熙，忙伏地叩头："微臣叩见皇上……"

康熙也不叫托合齐起来，而是用一种很冷的语调问道："托合齐，这么长时间了，你可否想好要对朕坦白交代？"

托合齐一怔，但旋即言道："皇上，微臣不明白……微臣一直拘留于此，心中只有迷惑。乞望皇上给微臣指点迷津……"

康熙哼了一声道："托合齐，事已至此，你还不想彻底坦白？"

托合齐的脸上，很有一些委屈之色："皇上，微臣实不知要坦白什么……"

康熙突然提高了声音："托合齐，你知罪吗？"

托合齐"啊"的一声："皇上，微臣罪从何来，何罪之有？"

康熙煞有介事地喝道："托合齐，那耿额和齐世武已经把罪行全部坦白，你难道要对朕顽抗到底吗？"

托合齐心中一凉，又一惊。耿额和齐世武真的全都说出来了吗？但他眼珠暗暗地转动了几圈之后,便很快地回道:"皇上,微臣实不知那耿大人和齐大人都向皇上坦白了什么,恳望皇上明示……"

这一回,轮到康熙心凉了。康熙所谓的"攻心"战术,最关键的一环便是一个"诈"字。可在托合齐的身上,这"诈"字并未收到预期的效果。是"诈"字根本不灵,还是托合齐等人根本就没有什么兵变的大阴谋?

康熙很失望,但并没有灰心,更没有绝望。"诈"字在托合齐的身上不灵,但在耿额和齐世武的身上也许就会大显神威。故而,康熙就换了一种淡淡的语调问道:"托合齐,你是抱定决心不想向朕坦白了?"

托合齐回道:"微臣很想向皇上坦白,可微臣想来想去,却无任何坦白的内容……"

康熙最后道:"既如此,那你就好好地在这里待着吧!"说完,就领着赵昌怫然而去。

康熙第二次走进的是刑部尚书耿额被关押的屋子。康熙的身边,照例傍着那个赵昌。进了屋子,还没等耿额跪地请安,康熙就厉声喝道:"耿额,你犯下滔天大罪,还不从实招来?"

康熙如此喝问,耿额竟然一点也不慌张。看来,耿额的心理素质不错,早已做好了相应的思想准备。他只是做出一种莫名其妙的表情言道:"皇上龙颜大怒,微臣却不知所以……不知微臣究竟犯了何种滔天大罪?"

见耿额如此镇静,康熙心中也颇为惊讶。他压低声音,逼视着耿额问道:"耿额,事已至此,你还想在朕的面前演戏吗?"

耿额"扑通"跪地:"皇上真是大大冤枉微臣了……微臣对皇上忠心耿耿,如何会演戏?请皇上明察……"

康熙冷冷地道:"耿额,那托合齐和齐世武都已向朕交代了他们的罪行,你还想继续抵赖下去吗?"

耿额一怔,但很快就又言道:"皇上圣明!那托合齐和齐世武既已向皇上交代了他们的罪行,那就证明他们确实是对皇上犯下了不可饶恕的滔天大罪,可是微臣一身清白,委实无从交代啊……"

康熙见那"诈"字在耿额的身上也不灵,便哼都没哼,怒气冲冲地走了出去。而那赵昌,却在走出屋子之前,冲着那伏地的耿额阴阳怪气地言道:"耿大人啊,你都死到临头了,还这么顽固不化,真是不可救药了……"

赵昌并不了解个中内情,他只是见康熙怒气冲冲的模样,故意奚落耿额一番的。康熙都对耿额不满了,他赵昌再落井下石一回,既不会有什么大不了的后果,同时也能小过一把"官瘾",又何乐而不为?没承想,赵昌的这一番话,恰恰被康熙听见了。康熙眉头一皱,计上心来,急忙唤过赵昌吩咐道:"你须如此如此，这般这般……你可明白？"

赵昌赶紧回道："奴才明白……"

康熙一行人来到了关押兵部尚书齐世武的那间小屋外。康熙一摆手，赵昌就急急忙忙地跑进了屋内。而康熙则贴近门边，偷听屋内的动静。原来，康熙这一回换了手段，让赵昌先进去引诱试探，然后自己再去收拾局面。

赵昌肩负康熙的重托，当然会尽心尽力。他一跑进屋子，就做出一副大惊失色的模样问齐世武道："齐大人，你如何会犯下十恶不赦之罪？"

赵昌是康熙的近侍，齐世武当然不会陌生。赵昌如此大惊失色，齐世武就更是惊恐不安："赵公公，你……此话何意？"

赵昌故意凑近齐世武："齐大人，皇上已经见过托合齐和耿额……你是不是要在万寿节的那天领兵占领太和殿？"

"啊……"齐世武失声尖叫，"赵公公，皇上……都知道了？"

听见齐世武如此说，赵昌心中一阵高兴。看来，他赵昌今日又要为皇上立下一大功了。当然，赵昌的脸上依然是一种很紧张的神色："齐大人，皇上什么都知道了……是那个耿大人交代的。我听见皇上对耿大人说，托合齐顽固不化，只有死路一条……我以为，如果齐大人能够主动地坦白交代，皇上也许就会从轻处罚你。我见齐大人尚有一线生机，所以特地赶来告知于你……齐大人可不能错失良机啊！"

与托合齐和耿额相比，齐世武的心理承受能力显然要弱得多，又听说康熙皇帝已经全部知晓，而且如果主动坦白尚有活命的可能，所以，齐世武就结结巴巴地问赵昌道："如果我全部坦白，皇上真的能饶我不死吗？"

赵昌信誓旦旦地回道："我到这里来，就是想救齐大人一命。只要齐大人主动坦白，我赵昌就敢用自家性命担保，你齐大人一定会平安无事的！"

齐世武慌忙对着赵昌言道："如此多谢赵公公……烦请公公转禀皇上，就说罪臣齐世武愿意交代全部罪行……"

赵昌却在心里笑道：齐世武，我只负责诱你招供，你的性命问题，我赵昌概不负责！

齐世武的话音刚落，康熙就大步跨进了小屋。因为在屋外已将赵昌和齐世武的对话听了个大概，所以康熙跨进屋后底气就非常足，说出的话音几乎能将大地震得颤抖："齐世武，你可知罪？！"

齐世武被康熙的这一声怒吼吓得双膝一软，不自觉地就跪在了地上，叩头如捣蒜："微臣知罪，乞请皇上恕罪……"

康熙又大喝一声道："齐世武，还不快快把罪行从实招来？"

齐世武哆哆嗦嗦地道："罪臣愿意坦白交代……"

接着，齐世武就一五一十地将胤礽等人如何谋划在万寿节那天以武力逼迫康熙退位的阴谋全盘招供。末了，齐世武用一种哀求的语调言道："皇上，这一切都是太子殿下的主意，微臣实在是迫不得已，乞请皇上恕罪……"

但康熙已经不再想理睬齐世武了。证明了胤礽确有一个发动兵变的大阴谋，对康熙来说，这就足够了。康熙走出屋外，重重地吩咐那执事太监道："传朕的旨意，将托合齐、耿额和齐世武这三个十恶不赦的罪犯，统统打入死牢！"说完，康熙就铁青着脸返回乾清宫。那赵昌本想从康熙的嘴中讨得几句夸赞的，可见康熙脸色如此沉重，也就知趣地闭了口。

康熙之所以脸色铁青，是因为他万没有想到，太子胤礽竟然想用武力来逼他退位。逼他退位与谋他性命又有何区别？连太子胤礽都想谋他康熙的性命，他康熙究竟还能相信谁？故而，从此以后，康熙就变得疑神疑鬼的了，几乎不再相信任何人，包括揭发胤礽阴谋的胤禛和隆科多。

托合齐、耿额和齐世武被打入死牢之后，康熙并没有就此罢休，而是以此为突破口，穷追猛查，受托合齐等人的牵连，至少有十几位大臣和数十位带兵的将领被康熙投入监牢。康熙对这桩"太子兵变案"一直追查了好几个月，直到实在无可追无可查了，康熙才气咻咻地罢手。前前后后，究竟有多少人遭到了康熙的查处，已经很难确切统计。

这桩"太子兵变案"的最终结果是，托合齐、耿额和齐世武等"太子党"的主要骨干，被康熙毫不留情地一一处死。而此案的主谋胤礽，许是受到那赫舍里在天之灵的庇佑吧，侥幸拣得了一条性命。不过，胤礽的结局也不是很乐观。这一年（1713年）的9月，康熙宣旨再度废黜胤礽的太子之位，并将胤礽打入监牢，永远囚禁。也就是说，胤礽最终落得了和大阿哥胤禔一样的下场。

胤礽落得如此下场，最高兴的，当然是那胤禛。而胤禛更为高兴的是，康熙在废黜了胤礽之后，同上回一样，并没有马上就另立新的太子。所以，胤礽刚一再度被废，胤禛就急急地找来隆科多道："我们一定要在皇上另立太子之前，把最后的事情做完！"

胤禛口中"最后的事情"会是什么事情？隆科多心领神会地道："四阿哥言之有理！如果不把最后的事情做完，待皇上另立了太子，四阿哥与隆某所做的一切，就前功尽弃了……"

然而，就在胤禛和隆科多紧锣密鼓地要把"最后的事情"尽快做完的当口，那赵昌却偷偷地告诉了隆科多这样一件事：皇上想立十四阿哥胤禵为大清太子。

隆科多得知此事后很是恐慌，他对胤禛言道："如果皇上迅速立胤禵为太子，那我们就没有时间做最后的事情了……"

胤禛却不慌不忙地言道："皇上想立胤禵为太子，本在我的预料之中，我自有办法对付！"

隆科多虽然不知道胤禛有何办法，但他却相信，胤禛既然说"自有办法"，那就一定会有好办法。由此可见，隆科多对胤禛，那是绝对心悦诚服的。

于是，有那么一天，胤禛探知胤禵在永和宫逗留，便装作若无其事的样子也赶往永和宫。住在永和宫内的德妃乌雅氏，既是胤禵的母亲，也是胤禛的母亲。所以，胤禵在永和宫逗留很正常，而胤禛赶往永和宫也毫无异常之处。只不过，胤禛去往永和宫的目的，如果要明明白白说出来的话，恐怕就不那么正常了。

胤禛走进了永和宫，先是给乌雅氏请安，然后便同十四阿哥胤禵海阔天空地聊了起来。兄弟俩儿在一块儿攀谈，自然非常正常。而且，胤禛说出来的话，似乎还越听越中听，越听越正常。

那是在胤禵将辞别乌雅氏之前的时候，胤禛仿佛突然想起什么似的对乌雅氏言道："母妃，听说父皇要立胤禵为太子……果真如此的话，那母妃就成了大清太后了……"

乌雅氏喜滋滋地言道："胤禛，你说得没错，皇上确曾在我的面前提过此事……"

那胤禵赶紧言道："母妃，父皇只是有这么一种意向，并没有作出最后决定……现在还是少谈这件事为妥。"

胤禛忙言道："十四弟，你对此可千万不能掉以轻心啊！父皇既然有这个意向，那付诸实施就只是个时间上的问题了。所以，就你而言，应当努力去争取这一天的早日到来！"

胤禵笑着道："四阿哥，父皇的意志，别人是无法改变的，小弟我又如何去努力争取？"

胤禛也笑着言道："十四弟，话虽是这么说，但事在人为……我认为，如果十四弟主动向父皇请求西去平叛，那父皇肯定会对十四弟大加赞赏。如此一来，大清太子之位，除了十四弟以外，谁还能染指？"

胤禵闻胤禛所言，心中不觉一动：是啊，如果我主动要求西去平叛，那父皇岂不是真的要对我另眼相看？既另眼相看，那我做大清太子的可能性不就又大大增加了？

但胤禵想是这么想，可又不便当着胤禛的面明说，因为胤禛也是皇阿哥。自胤礽二度被废之后，哪个皇阿哥不想成为大清太子？故而，胤禵就用一种征询的目光投向乌雅氏，仿佛在请求母亲为他拿主意。

而乌雅氏也觉得胤禛适才所言颇有道理，所以，瞥见胤禵的目光后，她就面带着微笑言道："胤禵，你明日便去向皇上提请求吧……"

胤禵连忙躬身言道："孩儿谨遵母妃旨意……"说完，冲着胤禛感激地一笑，便轻快地走出了永和宫。

客观地讲，胤禵是应该要"感激"胤禛的，因为胤禛对他所言确实是一个不错的主意。但问题却在于，胤禛的动机和目的，胤禵却一无所知。如果胤禵知道了胤禛的真正用意，恐怕他就不会对胤禛投去那么"感激"的一笑了。

胤禛的真正用意是，把胤禵支出北京城，让大清太子之位一直就那么悬空着。这样，他胤禛和隆科多等人就会有充足的时间来完成他们那件"最后的事情"了。

胤禛的意图实现了。胤禵向康熙请求领兵西征，康熙当即大加夸奖，并任命胤禵为"抚远大将军"，全面主持西部军务。据说，康熙还曾这样对胤禵言道："皇儿且西去，待凯旋之后，必有莫大惊喜！"

康熙口中的"莫大惊喜"自然含义颇深，胤禵就带着对"莫大惊喜"的莫大憧憬领兵西去了。他在青海、甘肃一带驻扎了四年，连连打败策妄阿拉布坦的军队，立下了赫赫的战功。只因为西部战争尚未完全平息，他一时还不能班师回京。可就在这当口，他却听到了一个令他丧魂失魄的消息：皇上在北京西郊的畅春园驾崩。更令胤禵魂飞胆裂的消息则是，皇上在驾崩前，口谕群臣及诸皇子：大清皇帝之位，由四皇子胤禛继承。胤禵不禁仰天长叹："这，都是真的吗？"

也许这一切都是真的，也许这一切又都是假的，历史本来就是在一种真真假假的逻辑中向前迈进的。

胤礽再度被废，胤禵又离开了北京城，大清太子之位就一直空在那儿，等着一个合适的人选去坐。所以那胤禛便加快了行动的步伐，他要在胤禵班师回京之前把那件"最后的事情"做完。确切地说，胤禛不是想做什么大清太子，他是想一步登天，直接就坐在大清皇帝的宝座。

在胤禛通向权力最高峰的路途中，现在只剩下最后一个障碍了，那便是他的父亲康熙皇帝。而胤禛要做的"最后的事情"，正是要将康熙这个最后的障碍清除掉。通俗地讲，胤禛要用一种神不知鬼不觉的手段去谋取康熙的性命，然后再用一种合情、合理又合法的方式登上大清权力的顶峰。

看起来，胤禛这"最后的事情"也并不是太难，找个合适的时间和地点把康熙给解决掉也就完事儿。但问题是，"解决"康熙也许真的很容易，叫难就难在，康熙死了之后，他胤禛如何能以一种"合情、合理又合法"的方式当上大清朝的皇帝。他胤禛总不能自封为皇帝吧？就算他胤禛敢于自封，恐诸皇子也是不会答应的。故而，十四阿哥胤禵虽然被支出了北京城，但情急之下的胤禛，在相当长的一段时间内，也始终找不到一个彻底解决问题的好办法。

这并不是说胤禛变得不再那么聪明了，而是因为康熙变得越来越警觉了。

自"太子兵变案"之后，康熙便觉得任何人都有谋害他的想法或可能。所以，康熙就一下子变得行踪飘忽起来。他白天去哪儿，晚上睡在何处，别人很难知晓。他一般不再轻易地召见大臣，早朝的时候，他是否露面也很难说。有时候，他还让执事太监或赵昌代他接受大臣们的奏折或者代为传达他的口谕。为安全起见，他还经常把宫内的侍卫调来换去，而御膳房的大小太监，则更是他经常调换的对象。故而，胤禛与隆科多在一起早就拟好的几个"解决"康熙的方案，终因康熙的越来越警觉，越来越小心而搁浅。实际上，即使胤禛和隆科多现在只想把康熙谋害掉而不顾及其他，也变得不太可能了。因为，他们根本就很难见到康熙，甚至，连那个赵昌的面，他们也很难再见到了。只是有的时候，赵昌代康熙上朝，他们才有可能与赵昌简短地嘀咕几句，可这几句嘀咕，又解决不了任何问题。

日子一天天地过去，可胤禛与隆科多等人依然是束手无策。隆科多不无忧虑地对胤禛道："再这么拖下去，待十四阿哥胤禵回京，那我们就全完了！"

胤禛缓缓地摇头道："我不担心胤禵回京，我担心的是找不到一个好办法……"你道胤禛为何不担心胤禵回京？原来，胤禛除隆科多之外，还有一个非常知己的亲信，那便是时任陕西、四川总督的年羹尧。后来，胤禛做了皇帝，年羹尧的妹妹成了胤禛的一个妃子。当时，胤禵以"抚远大将军"的身份西去平叛，年羹尧负责胤禵的后勤供应。年羹尧向胤禛保证，在胤禛"最后的事情"办成之前，他绝不会让胤禵轻易地回京城。换句话说，年羹尧同隆科多一样，都是胤禛阴谋篡权的知情者和支持者。

一直到1722年的秋天，胤禛苦苦等待的机会才终于来临。是年秋，康熙带着赵昌一行人去热河打猎，一月后返回北京，又马不停蹄地去南苑行围。不几日，又住进了畅春园，并命那赵昌回到皇宫，向王公大臣们宣读了这么一道"圣旨"：钦封隆科多为步军统领兼顾命大臣，速往畅春园侍候皇上！

原来，康熙连日奔波，太过劳累，加上天气渐寒，年岁又迈，不慎染上风寒，住在了西郊的畅春园。因为年纪大了，又生了病，康熙怕有不测，所以就任命隆科多为顾命大臣，前往畅春园听候差遣。

康熙为何只任命一个顾命大臣且又恰恰是隆科多？具体原因已经很难查证。大致原因可能是，康熙不敢相信太多的人，所以只想任命一个顾命大臣——大凡独裁者到了晚年的时候总是会这么疑神疑鬼的——而隆科多本是康熙国舅佟国维的儿子，既占有皇亲国戚之便，又没有皇室子弟争权夺利之嫌。故而，康熙也许就认为，如果在文武大臣中还有人值得稍加信任，那这人就似乎只能是隆科多了。

书中暗表，隆科多本和八阿哥胤禩及胤禩的生母良妃卫氏是一家人。按常理，隆科多应大力帮助胤禛登上大清皇帝的宝座才是。然而，人的私欲和历史的发展却往往与所谓的"常理"背道而驰。

但不管怎么说吧，康熙既然任命隆科多为他的唯一顾命大臣，那就给胤禛弑父篡位提供了一个千载难逢的好机会。在隆科多去往西郊畅春园之前，胤禛大明大亮地找到赵昌，并直截了当地对赵昌言道："只要你帮助隆科多解决了皇上的性命，我就保证你以后有享不尽的荣华富贵！"

尽管在这之前，隆科多已经向赵昌透露了大致的内容，但听到这种话从胤禛的口里赤裸裸地说出来，赵昌还是不由得一阵地颤抖。毕竟，康熙是胤禛的生身父亲啊！

"四阿哥，"赵昌哆哆嗦嗦地道，"皇上对我恩重如山，还给了我一个四品的顶戴，你叫我去谋害皇上，我如何下得了手啊……"

胤禛已经听出，赵昌表面上是在拒绝，但实际上却是在讨价还价。所以，胤禛就"哈哈"一笑道："赵公公，四品顶戴算得了什么？如果你按我的吩咐去做，事成之后，我就把这整个皇宫都交与你管辖，让你做一品大员，如何？"

赵昌的脸上，掠过一缕不易察觉的笑容。做一品大员，这岂不是赵昌梦寐以求的事吗？于是，赵昌就用一种诚惶诚恐的语调对胤禛言道："赵某一切但凭四阿哥吩咐……"

胤禛笑了，赵昌也笑了。虽然俩人笑的内容不尽相同，但笑的形式却一模一样：都笑得那么开心，又都笑得那么含蓄。

是啊，无论是胤禛还是赵昌，都有充分的理由笑他个三天三夜。然而，卧在畅春园里的康熙，却无论如何也做不出一丝笑容来。

体衰老迈，又染上疾病，加上疑心也重，康熙只能整天地愁眉苦脸。虽然看起来，那隆科多非常尽职，来到畅春园之后的第二天，隆科多就以"步军统领"的身份，将拱卫畅春园的禁卫军至少增加了一倍以上，并严令，没有他隆科多的批准同意，任何人，包括朝中的王公大臣，都不许擅自踏入畅春园一步。而且，隆科多还与赵昌一起，几乎寸步不离地环伺在康熙的左右。但不管隆科多如何尽职，赵昌如何悉心，康熙也总是开心不起来。也许，康熙把开心的日子，都留在过去了。

生了病，又整天闷闷不乐，所以康熙的病情就不可能在短时间内得到根本性的好转。更主要的，康熙一点也不知道，他的末日正在来临。不过，在临死前的那一刻，康熙却得到了一种莫大的开心和快乐。

那是一个黄昏时分。康熙躺在床上，周围环绕着隆科多、赵昌和一干太医。这几天来，康熙的心情很是不好。他早就让隆科多代为传旨，叫十四阿哥火速回京见驾，可据隆科多说，胤禵称西线战事尚未完全结束，暂时还不能回京。事实当然是，隆科多根本就没把康熙的旨意传到胤禵的耳中，而且，根据胤禛的吩咐，隆科多和赵昌决定：尽快地结束康熙的性命，以免夜长梦多。

隆科多对那一干太医言道："你们快去给皇上熬药，药熬好了之后，速速端来！"

一干太医不敢怠慢，相继离去。那赵昌冲着隆科多暗暗地点了点头，也跟着太医离去。隆科多正要与康熙闲扯几句来分散康熙的注意力，倏地，一个上了年纪却依然眉目清秀的尼姑飘然而至，几乎吓了隆科多一跳。因为，畅春园四周有重兵把守，这尼姑是如何进来的？

那尼姑进屋之后，径直向康熙走去。隆科多不知究竟，急忙上前拦阻。那尼姑只用手中拂尘轻轻一扫，隆科多便跟跄倒地，且跌得骨软筋麻。床上的康熙不禁挣扎着叫道："这位大师真是好身手啊……"

那尼姑缓缓地走到康熙的床边，看着面容异常憔悴的康熙，她的双眼不禁红润起来。康熙很是莫名其妙，一阵咳嗽过后，康熙轻轻问道："敢问这位大师，你何故来此？见了朕，你又何故如此悲凄？"

那尼姑没有说话，只是缓缓地摇了摇头。康熙突然睁大了眼，紧紧地盯着那尼姑："你是谁？朕为何见你这么熟悉？"

那尼姑慢慢地向后退去。康熙记忆的闸门立刻訇然打开。他马上努力地欠起了身子："你，是阿露……是朕朝思暮想的那个阿露……你终于看朕来了……"

康熙的记忆没错，这尼姑正是三十九年前离宫而去的那个阿露。康熙一生真正钟爱的女人只有两个，一个是仁孝皇后赫舍里，一个便是这个阿露。

康熙该有多少话要对阿露倾诉啊！近四十年的风风雨雨，阿露是如何度过的？又如何会成为一个武林高手？还有，阿露的妹妹阿雨……然而，阿露已经退到了门边。在即将退出这间屋子之前，她终于开口了，声音还一如过去那般清脆悦耳："皇上，你在宫外，还有一个女儿……"说完，她就飘然不知去向。

康熙多想能够追回阿露啊！可他办不到。他连下床的力气也没有了，他只能躺在床上，回味着阿露的音容笑貌："还有一个女儿……"这么说，阿露当年出宫的时候，已经怀孕？康熙的这个宫外的女儿，差不多快要四十岁了。她长得是像康熙呢还是像阿露？康熙想着想着，脸上不由得浮现出了一种十分灿烂的笑容。

康熙就是带着这种十分灿烂的笑容离开人世的。阿露刚走不久，那隆科多就带着大批侍卫赶来。很快，那赵昌亲自端着一碗药也走进了屋子，康熙正是喝了赵昌端着的那碗药咽气的。死时，康熙笑容满面，就仿佛在酣睡中做了一个好梦。隆科多疑疑惑惑又战战兢兢地道："这定与那来历不明的尼姑有关……"这一年，康熙六十九岁，从八岁登基到死去，康熙在皇帝位整整六十一年，成为中国古代在位时间最长的皇帝。康熙刚一死，那隆科多就以顾命大臣的身份向朝中上下宣读了所谓的"康熙遗诏"。"遗诏"是：皇四子胤禛人品贵重，深肖朕躬，必能克承大统，著继朕登基，即皇帝位。于是，那胤禛就堂而皇之地登上了大清皇帝的宝座，是为雍正帝。

实际上，康熙如何死，雍正如何登基，一直是一个历史之谜。不过，从种种迹象来看，雍正确有弑父篡位之嫌。因为，雍正刚一即位，就把那赵昌以莫须有的罪名处死；两年之后，封疆大吏年羹尧被雍正责令自裁；又过了两年，那隆科多因"私藏玉牒"罪被雍正禁锢至死。如果雍正心中不虚，为何要把赵昌等人一一处死？还有，雍正即位不久，就对其他诸皇子进行了无情的打击：十四阿哥胤禵被召回北京后即遭囚禁，然后送去看守陵墓。相比之下，胤禵的遭遇还算是幸运的。三阿哥胤祉被永远禁锢；八阿哥胤禩在囚禁中不明不白地死去；九阿哥胤禟先被发往西宁，后被雍正召至保定害死；十阿哥胤䄉被发往张家口后不久即遭永远囚禁……如果雍正即位真的是"名正言顺"的话，他又何必对他的兄弟们大加迫害？

不过，作为一个皇帝，雍正还是有着不可磨灭的杰出政绩的。康熙死时，大清国库里只有数百万两银子；而雍正死时，大清国库里的银子却多达数千万两。如果没有雍正，后来的乾隆就不可能那么的风流倜傥、流芳百世。

雍正共在位十三年，死于圆明园。据说雍正死时，头颅被人割去。有一种传说，是阿露的女儿为父报仇所为。至于雍正的头颅究竟被谁割去，似乎又只能是一个历史之谜了。